Hans Fallada

Jeder stirbt für sich allein

Roman

 aufbau taschenbuch

Ungekürzte Neuausgabe
Herausgegeben mit einem Nachwort
von Almut Giesecke

Mit 12 Abbildungen und einer Karte

MIX
Papier aus verantwor-
tungsvollen Quellen
FSC® C083411

ISBN 978-3-7466-2811-0

Aufbau Taschenbuch ist eine Marke der Aufbau Verlag GmbH & Co. KG

12. Auflage 2016
© Aufbau Verlag GmbH & Co. KG, Berlin
Bei Aufbau in dieser Textfassung erstmals 2011 erschienen
Umschlaggestaltung Mediabureau Di Stefano, Berlin
unter Verwendung eines Fotos von © Mary Evans Picture Library
Abdruck des historischen Stadtplans Berlin 1944 mit freundlicher
Genehmigung von Pharus Plan © www.pharus-plan.de
Druck und Binden CPI books GmbH, Leck, Germany
Printed in Germany

www.aufbau-verlag.de

Die Geschehnisse dieses Buches folgen in großen Zügen Akten der Gestapo über die illegale Tätigkeit eines Berliner Arbeiter-Ehepaares während der Jahre 1940 bis 1942. Nur in großen Zügen – ein Roman hat eigene Gesetze und kann nicht in allem der Wirklichkeit folgen. Darum hat es der Verfasser auch vermieden, Authentisches über das Privatleben dieser beiden Menschen zu erfahren: er musste sie so schildern, wie sie ihm vor Augen standen. Sie sind also zwei Gestalten der Phantasie, wie auch alle anderen Figuren dieses Romans frei erfunden sind. Trotzdem glaubt der Verfasser an »die innere Wahrheit« des Erzählten, wenn auch manche Einzelheit den tatsächlichen Verhältnissen nicht ganz entspricht.

Mancher Leser wird finden, dass in diesem Buche reichlich viel gequält und gestorben wird. Der Verfasser gestattet sich, darauf aufmerksam zu machen, dass in diesem Buche fast ausschließlich von Menschen die Rede ist, die gegen das Hitlerregime ankämpften, von ihnen und ihren Verfolgern. In diesen Kreisen wurde in den Jahren 1940 bis 1942 und vorher und nachher ziemlich viel gestorben. Etwa ein gutes Drittel dieses Buches spielt in Gefängnissen und Irrenhäusern, und auch in ihnen war das Sterben sehr im Schwange. Es hat dem Verfasser auch oft nicht gefallen, ein so düsteres Gemälde zu entwerfen, aber mehr Helligkeit hätte Lüge bedeutet.

Berlin, am 26. Oktober 1946.   H. F.

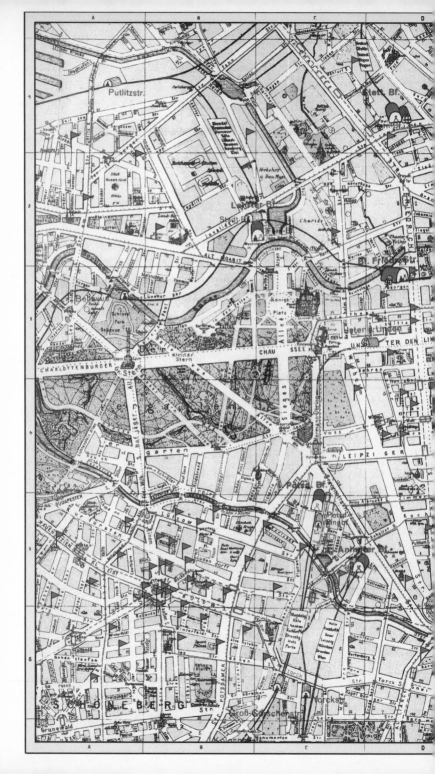

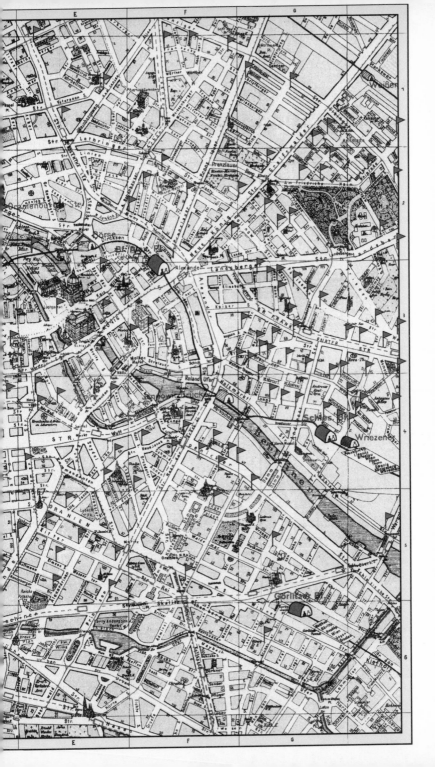

ERSTER TEIL

Die Quangels

1. KAPITEL

Die Post bringt eine schlimme Nachricht

Die Briefträgerin Eva Kluge steigt langsam die Stufen im Treppenhaus Jablonskistraße 55 hoch. Sie ist nicht etwa deshalb so langsam, weil sie ihr Bestellgang so sehr ermüdet hat, sondern weil einer jener Briefe in ihrer Tasche steckt, die abzugeben sie hasst, und jetzt gleich, zwei Treppen höher, muss sie ihn bei Quangels abgeben. Die Frau lauert sicher schon auf sie, seit über zwei Wochen schon lauert sie der Bestellerin auf, ob denn kein Feldpostbrief für sie dabei sei.

Ehe die Briefträgerin Kluge den Feldpostbrief in Schreibmaschinenschrift abgibt, hat sie noch den Persickes in der Etage den »Völkischen Beobachter« auszuhändigen. Persicke ist Amtswalter oder Politischer Leiter oder sonst was in der Partei – obwohl Eva Kluge, seit sie bei der Post arbeitet, auch Parteimitglied ist, bringt sie alle diese Ämter doch immer durcheinander. Jedenfalls muss man bei Persickes »Heil Hitler« grüßen und sich gut vorsehen mit dem, was man sagt. Das muss man freilich eigentlich überall, selten mal ein Mensch, dem Eva Kluge sagen kann, was sie wirklich denkt. Sie ist gar nicht politisch interessiert, sie ist einfach eine Frau, und als Frau findet sie, dass man Kinder nicht darum in die Welt gesetzt hat, dass sie totgeschossen werden. Auch ein Haushalt ohne Mann ist nichts wert, vorläufig hat sie gar nichts mehr, weder die beiden Jungen noch den Mann, noch den Haushalt. Stattdessen hat sie den Mund zu halten, sehr vorsichtig zu sein und ekelhafte Feldpostbriefe auszutragen, die nicht mit der Hand, sondern mit der Maschine geschrieben sind und als Absender den Regimentsadjutanten nennen.

Sie klingelt bei Persickes, sagt »Heil Hitler!« und gibt dem alten Saufkopp seinen »Völkischen«. Er hat auf dem Rockaufschlag schon das Partei- und das Hoheitsabzeichen sitzen – sie vergisst ewig, ihr Parteiabzeichen anzustecken – und fragt: »Wat jibt's denn Neuet?«

Sie antworte vorsichtig: »Ich weiß doch nicht. Ich glaube, Frankreich hat kapituliert.« Und sie setzt rasch die Frage hinzu: »Ob bei den Quangels wohl einer zu Hause ist?«

Persicke achtet gar nicht auf ihre Frage. Er reißt die Zeitung auseinander. »Da steht's ja: Frankreich kapituliert. Mensch, Frollein, und det saren Se eenem so, als ob Se Schrippen vakoofen! Det müssen Se zackig herausbringen! Det müssen Se jedem saren, bei dem Se kommen, det überzeugt noch die letzten Meckerköppe! Der zweite Blitzkrieg, hätten wa ooch geschafft, und nu ab Trumeau nach England! In 'nem Vierteljahr sind die Tommys erledigt, und denn sollste ma sehen, wie unser Führer uns leben lässt! Denn können die andern bluten, und wir sind die Herren der Welt! Komm rin, Mächen, trink 'nen Schnaps mit! Amalie, Erna, August, Adolf, Baldur – alle ran! Heute wird blaugemacht, heut wird keene Arbeet anjefasst! Heute begießen wir uns mal die Neese, heute hat Frankreich kapituliert, und heut Nachmittag gehen wa valleicht bei de olle Jüdsche in de vierte Etage, und det Aas muss uns Kaffee und Kuchen jeben! Ick sare euch, die Olle muss jetzt, wo Frankreich ooch am Boden liegt, jetzt kenne ick keen Abarmen mehr! Jetzt sind wa die Herren der Welt, und alle müssen kuschen vor uns!«

Während Herr Persicke, von seiner Familie umstanden, sich in immer aufgeregteren Ausführungen ergeht und die ersten Schnäpse schon hinter die Binde zu gießen beginnt, ist die Briefträgerin längst in die Etage darüber hinaufgestiegen und hat bei den Quangels geklingelt. Sie hält den Brief schon in der Hand, ist bereit, sofort weiterzulaufen. Aber sie hat Glück; nicht die Frau, die meist ein paar freundliche Worte mit ihr wechselt, sondern der Mann mit dem scharfen, vogelähnlichen

Gesicht, dem dünnlippigen Mund und den kalten Augen öffnet ihr. Er nimmt wortlos den Brief aus ihrer Hand und zieht ihr die Tür vor der Nase zu, als sei sie eine Diebin, vor der man sich vorzusehen hat.

Aber Eva Kluge zuckt zu so was nur die Achseln und geht wieder die Treppe hinunter. Manche Menschen sind eben so; solange sie die Post in der Jablonskistraße austrägt, hat dieser Mann noch nie ein einziges Wort zu ihr gesagt, nicht einmal »Heil Hitler« oder »Guten Tag«, trotzdem auch er, wie sie weiß, einen Posten in der Arbeitsfront hat. Nun, lass ihn, sie kann ihn nicht ändern, hat sie doch nicht einmal den eigenen Mann ändern können, der mit Kneipensitzen und mit Rennwetten sein Geld vertut und der zu Haus nur dann auftaucht, wenn er ganz abgebrannt ist.

Bei den Persickes haben sie in ihrer Aufregung die Flurtür offen gelassen, aus der Wohnung klingt Gläsergeklirr und das Lärmen der Siegesfeier. Die Briefträgerin zieht die Flurtür sachte ins Schloss und steigt weiter hinab. Dabei denkt sie, dass dies eigentlich eine gute Nachricht ist, denn durch diesen raschen Sieg über Frankreich wird der Friede näher gerückt. Dann kommen die beiden Jungen zurück, und sie kann ihnen wieder ein Heim schaffen.

Bei diesen Hoffnungen stört sie aber das ungemütliche Gefühl, dass dann solche Leute wie die Persickes ganz obenauf sein werden. Solche zu Herren haben und immer den Mund halten müssen und nie sagen dürfen, wie einem ums Herz ist, das scheint ihr auch nicht das Richtige.

Flüchtig denkt sie auch an den Mann mit dem kalten Geiergesicht, dem sie eben den Feldpostbrief ausgehändigt hat und der dann wohl auch einen höheren Posten in der Partei bekommen wird, und sie denkt an die alte Jüdin Rosenthal, oben im vierten Stock, der die Gestapo vor zwei Wochen den Mann weggeholt hat. Die kann einem leidtun, die Frau. Rosenthals haben früher ein Wäschegeschäft an der Prenzlauer Allee gehabt. Das

11

ist dann arisiert worden, und nun haben sie den Mann weggeholt, der nicht weit von siebzig ab sein kann. Was Böses getan haben die beiden alten Leute sicher nie jemandem, aber immer angeschrieben, auch für die Eva Kluge, wenn mal kein Geld für Kinderwäsche da war, und schlechter oder teurer als in andern Geschäften war die Ware bei Rosenthals auch nicht. Nein, es will nicht in den Kopf von Frau Eva Kluge, dass so ein Mann wie der Rosenthal schlechter sein soll als die Persickes, bloß weil er ein Jude ist. Und nun sitzt die alte Frau da oben in der Wohnung mutterseelenallein und traut sich nicht mehr auf die Straße. Erst wenn es dunkel geworden ist, macht sie mit dem Judenstern ihre Einkäufe, wahrscheinlich hungert sie. Nein, denkt Eva Kluge, und wenn wir zehnmal über Frankreich gesiegt haben, gerecht geht es nicht bei uns zu …

Damit ist sie in das nächste Haus gekommen und setzt dort ihren Bestellgang fort.

Der Werkmeister Otto Quangel ist unterdes mit dem Feldpostbrief in die Stube gekommen und hat ihn auf die Nähmaschine gelegt. »Da!«, sagt er nur. Er lässt ihr stets das Vorrecht, diese Briefe zu öffnen, weiß er doch, wie sehr sie an ihrem einzigen Sohne Otto hängt. Nun steht er ihr gegenüber; er hat die dünne Unterlippe zwischen die Zähne gezogen und wartet auf das freudige Erglänzen ihres Gesichtes. Er liebt in seiner wortkargen, stillen, ganz unzärtlichen Art diese Frau sehr.

Sie hat den Brief aufgerissen, einen Augenblick leuchtete ihr Gesicht wirklich, dann erlosch das, als sie die Schreibmaschinenschrift sah. Ihre Miene wurde ängstlich, sie las langsamer und langsamer, als scheute sie sich vor jedem kommenden Wort. Der Mann hat sich vorgebeugt und die Hände aus den Taschen genommen. Die Zähne sitzen jetzt fest auf der Unterlippe, er ahnt Unheil. Es ist ganz still in der Stube. Nun fängt der Atem der Frau an, keuchend zu werden …

Plötzlich stößt sie einen leisen Schrei aus, einen Laut, wie ihn ihr Mann noch nie gehört hat. Ihr Kopf fällt vornüber, schlägt erst gegen die Garnrollen auf der Maschine und sinkt zwischen die Falten der Näharbeit, den verhängnisvollen Brief verdeckend.

Er ist mit zwei Schritten hinter ihr. Mit einer bei ihm ganz ungewohnten Hast legt er seine große, verarbeitete Hand auf ihren Rücken. Er fühlt, dass seine Frau am ganzen Leibe zittert. »Anna!«, sagt er. »Anna, bitte!« Er wartet einen Augenblick, dann wagt er es: »Ist was mit Otto? Verwundet, wie? Schwer?«

Das Zittern geht fort durch den Leib der Frau, aber kein Laut kommt von ihren Lippen. Sie macht keine Anstalten, den Kopf zu heben und ihn anzusehen.

Er sieht auf ihren Scheitel hinunter, er ist so dünn geworden in den Jahren, seit sie geheiratet. Nun sind sie alte Leute; wenn Otto wirklich was zugestoßen ist, wird sie niemanden haben und bekommen, den sie liebhaben kann, nur ihn, und er fühlt immer, an ihm ist nicht viel zum Liebhaben. Er kann ihr nie und mit keinem Wort sagen, wie sehr er an ihr hängt. Selbst jetzt kann er sie nicht streicheln, ein bisschen zärtlich zu ihr sein, sie trösten. Er legt nur seine schwere, starke Hand auf ihren dünnen Scheitel, er zwingt sanft ihren Kopf hoch, seinem Gesicht entgegen, er sagt halblaut: »Was die uns schreiben, wirst du mir doch sagen, Anna?«

Aber obwohl jetzt ihre Augen ganz nahe den seinen sind, sieht sie ihn nicht an, sondern hält sie fast geschlossen. Ihr Gesicht ist gelblich blass, ihre sonst frischen Farben sind geschwunden. Auch das Fleisch über den Knochen scheint fast aufgezehrt, es ist, als sähe er einen Totenkopf an. Nur die Wangen und der Mund zittern, wie der ganze Körper zittert, von einem geheimnisvollen inneren Beben erfasst.

Wie Quangel so in dies vertraute, jetzt so fremde Gesicht schaut, wie er sein Herz stark und stärker schlagen fühlt, wie er seine völlige Unfähigkeit spürt, ihr ein bisschen Trost zu spenden, packt ihn eine tiefe Angst. Eigentlich eine lächerliche Angst diesem tiefen Schmerz seiner Frau gegenüber, nämlich die Angst, sie könne zu schreien anfangen, noch viel lauter und wilder, als sie eben schrie. Er ist immer für Stille gewesen, niemand sollte etwas von Quangels im Hause merken, und gar Gefühle laut werden lassen: Nein! Aber auch in dieser Angst kann der Mann nicht mehr sagen, als er auch vorhin schon gesagt hat, nämlich: »Was haben sie denn geschrieben? Sag doch, Anna!«

Wohl liegt der Brief jetzt offen da, aber er wagt nicht, nach ihm zu fassen. Er müsste dabei den Kopf der Frau loslassen, und er weiß, dieser Kopf, dessen Stirne schon jetzt zwei blutige Flecke aufweist, fiele dann wieder gegen die Maschine. Er überwindet sich, noch einmal fragt er: »Was ist denn mit Ottochen?«

Es ist, als habe dieser vom Manne fast nie benutzte Kosename die Frau aus der Welt ihres Schmerzes in dieses Leben zurückgerufen. Sie schluckt ein paarmal, sie öffnet sogar die Augen, die sonst sehr blau sind und jetzt wie ausgeblasst aussehen. »Mit Ottochen?«, flüstert sie fast. »Was soll denn mit ihm sein? Nichts ist mit ihm, es gibt kein Ottochen mehr, das ist es!«

Der Mann sagt nur ein »Oh!«, ein tiefes »Oh!« aus dem Innersten seines Herzens heraus. Ohne es zu wissen, hat er den Kopf seiner Frau losgelassen und greift nach dem Brief. Seine Augen starren auf die Zeilen, ohne sie noch lesen zu können.

Da reißt ihm die Frau den Brief aus der Hand. Ihre Stimmung ist umgeschlagen, zornig reißt sie das Briefblatt in Fetzen, in Fetzchen, in Schnitzelchen, und dabei spricht sie ihm überstürzt ins Gesicht: »Was willst du den Dreck auch noch lesen, diese gemeinen Lügen, die sie allen schreiben? Dass er den Heldentod gestorben ist für seinen Führer und für sein Volk? Dass er ein Muster von 'nem Soldaten und Kameraden abgab? Das willst du dir von denen erzählen lassen, wo wir doch beide wissen, dass Ottochen am liebsten an seinen Radios rumgebastelt hat, und weinen tat er, als er zu den Soldaten musste! Wie oft hat er mir in seiner Rekrutenzeit gesagt, wie gemein sie dort sind, und dass er lieber seine ganze rechte Hand hergäbe, bloß um von denen loszukommen! Und jetzt ein Muster von Soldat und Heldentod! Lügen, alles Lügen! Aber das habt ihr angerichtet, mit euerm Scheißkrieg, du und dein Führer!«

Jetzt steht sie vor ihm, die Frau, kleiner als er, aber ihre Augen sprühen Blitze vor Zorn.

»Ich und mein Führer?«, murmelt er, ganz überwältigt von diesem Angriff. »Wieso ist er denn plötzlich *mein* Führer? Ich bin doch gar nicht in der Partei, bloß in der Arbeitsfront, und da müssen alle rein. Und gewählt haben wir ihn immer alle beide, und einen Posten in der Frauenschaft hast du auch.«

Er sagt das alles in seiner umständlichen, langsamen Art, nicht einmal so sehr, um sich zu verteidigen, als um die Tatsachen klarzustellen. Er versteht noch nicht, wie die Frau plötzlich zu diesem Angriff gegen ihn kommt. Sie waren doch eigentlich immer eines Sinnes gewesen …

Aber sie sagt hitzig: »Wozu bist du denn der Mann im Haus und bestimmst alles, und alles muss nach deinem Kopf gehen, und wenn ich nur einen Verschlag für die Winterkartoffeln im Keller haben will: er muss sein, wie du willst, nicht wie ich will. Und in einer so wichtigen Sache bestimmst du falsch? Aber du bist ein Leisetreter, nur deine Ruhe willst du immer haben und bloß nicht auffallen. Du tust, was sie alle tun, und wenn sie schreien: ›Führer befiehl, wir folgen!‹, so rennst du wie ein Hammel hinterher. Und wir haben wieder hinter dir herlaufen müssen! Aber nun ist mein Ottochen tot, und kein Führer der Welt und auch du nicht bringen ihn mir wieder!«

Er hörte sich das alles ohne ein Widerwort an. Er war nie der Mann gewesen, sich zu streiten, und er fühlte es zudem, dass nur der Schmerz aus ihr sprach. Er war beinahe froh darüber, dass sie ihm zürnte, dass sie ihrer Trauer noch keinen freien Lauf ließ. Er sagte nur zur Antwort auf diese Anklagen: »Einer wird's der Trudel sagen müssen.«

Die Trudel war Ottochens Mädchen gewesen, fast schon seine Verlobte; zu seinen Eltern hatte die Trudel Muttchen

15

und Vater gesagt. Sie kam abends oft zu ihnen, auch jetzt, da Ottochen fort war, und schwatzte mit ihnen. Am Tage arbeitete sie in einer Uniformfabrik.

Die Erwähnung der Trudel brachte Anna Quangel sofort auf andere Gedanken. Sie warf einen Blick auf den blitzenden Regulator an der Wand und fragte: »Wirst du's noch bis zu deiner Schicht schaffen?«

»Ich habe heute die Schicht von eins bis elf«, antwortete er. »Ich werd's schaffen.«

»Gut«, sagte sie. »Dann geh, aber bestell sie nur hierher und sag ihr noch nichts von Ottochen. Ich will's ihr selber sagen. Dein Essen ist um zwölfe fertig.«

»Dann geh ich und sag ihr, sie soll heute Abend vorbeikommen«, sagte er, ging aber noch nicht, sondern sah ihr ins gelblich weiße, kranke Gesicht. Sie sah ihn wieder an, und eine Weile betrachteten sie sich so schweigend, diese beiden Menschen, die an die dreißig Jahre miteinander verbracht hatten, immer einträchtig, er schweigsam und still, sie ein bisschen Leben in die Wohnung bringend.

Aber sosehr sie sich jetzt auch anschauten, sie hatten einander kein Wort zu sagen. So nickte er schließlich mit dem Kopf und ging.

Sie hörte die Flurtür klappen. Und kaum wusste sie ihn wirklich fort, drehte sie sich wieder nach der Nähmaschine und strich die Schnitzelchen des verhängnisvollen Feldpostbriefes zusammen. Sie versuchte, sie aneinanderzupassen, aber sie sah schnell, dass das jetzt zu lange dauern würde, sie musste vor allen Dingen sein Essen fertigmachen. So tat sie denn das Zerrissene sorgfältig in den Briefumschlag, den sie in ihr Gesangbuch legte. Am Nachmittag, wenn Otto wirklich fort war, würde sie die Zeit haben, die Schnitzel zu ordnen und aufzukleben. Wenn es auch alles dumme Lügen, gemeine Lügen waren, es war doch das Letzte von Ottochen! Sie würde es trotzdem aufbewahren und der Trudel zeigen. Vielleicht würde sie dann weinen können, jetzt stand es noch wie Flammen in ihrem Herzen. Es würde gut sein, weinen zu können!

Sie schüttelte zornig den Kopf und ging an die Kochmaschine.

2. KAPITEL
Was Baldur Persicke zu sagen hatte

Als Otto Quangel an Persickes Wohnung vorüberging, scholl grade beifälliges Geheul daraus, untermischt mit Siegheil-Geschrei. Eiliger ging Quangel weiter, bloß um keinen von der Gesellschaft treffen zu müssen. Sie wohnten schon zehn Jahre im gleichen Haus, aber Quangel hatte von jeher alles Zusammentreffen mit den Persickes ganz besonders zu vermeiden gesucht, schon damals, als der noch ein kleiner, ziemlich verkrachter Budiker gewesen war. Jetzt waren die Persickes große Leute geworden, der Alte hatte alle möglichen Ämter bei der Partei, und die beiden ältesten Söhne waren bei der SS; Geld schien bei denen keine Rolle zu spielen.

Umso mehr Grund, sich bei ihnen vorzusehen, denn alle, die so standen, mussten sich bei der Partei in Beliebtheit halten, und das konnten sie nur, wenn sie was für die Partei taten. Etwas tun, das hieß aber, andere angeben, zum Beispiel melden: der und der hat einen ausländischen Sender abgehört. Quangel hätte darum am liebsten schon lange die Radios aus Ottos Kammer verpackt in den Keller gestellt. Man konnte nicht vorsichtig genug sein in diesen Zeiten, wo jeder der Spion des andern war, die Gestapo ihre Hand über alle hielt, das KZ in Sachsenhausen immer größer wurde und das Fallbeil in der Plötze alle Tage Arbeit hatte. Er, Quangel, brauchte kein Radio, aber Anna war gegen das Fortschaffen gewesen. Sie meinte, das alte Sprichwort gelte noch: Ein reines Gewissen ist ein gutes Ruhekissen. Wo so was alles doch schon längst nicht mehr galt, wenn es je gestimmt hatte.

Mit solchen Gedanken ging also Quangel eiliger die Treppen hinab und über den Hof auf die Straße.

Bei den Persickes aber haben sie darum so geschrien, weil das Licht der Familie, der Baldur, der jetzt aufs Gymnasium geht und, wenn's Vater mit seinen Beziehungen schafft, sogar auf eine Napola soll – weil also der Baldur im »Völkischen Beobachter« ein Bild gefunden hat. Auf dem Bild sind der Führer und der Reichsmarschall Göring zu sehen, und unter dem Bilde steht: »Beim Empfang der Nachricht von der Kapitulation Frankreichs.« So sehen die beiden auf dem Bilde auch aus: der Göring lacht über sein ganzes feistes Gesicht, und der Führer klatscht sich sogar die Schenkel vor Vergnügen.

Die Persickes haben sich auch wie die auf dem Bilde gefreut und gelacht, der Baldur aber, der Helle, hat gefragt: »Na, seht ihr denn nichts Besonderes auf dem Bilde?«

Sie starren ihn abwartend an, so völlig sind sie von der geistigen Überlegenheit dieses Sechzehnjährigen überzeugt, dass keiner auch nur eine Vermutung laut werden lässt.

»Na!«, sagt der Baldur. »Überlegt doch mal! Das Bild ist doch von 'nem Pressefotografen gemacht worden. Hat der wohl gleich dabeigestanden, wie die Nachricht von der Kapitulation gekommen ist? Sie muss doch auch durchs Telefon oder durch 'nen Kurier oder vielleicht gar durch einen französischen General gekommen sein, und von alledem sieht man auf dem Bilde gar nichts. Die beiden stehen hier ganz allein im Garten und freuen sich …«

Baldurs Eltern und Geschwister sitzen noch immer stumm da und starren ihn an. Ihre Gesichter sind vom gespannten Aufmerken fast dumm. Der alte Persicke würde sich am liebsten schon wieder einen neuen Schnaps genehmigen, aber das wagt er nicht, solange der Baldur spricht. Er weiß aus Erfahrung, der Baldur kann sehr unangenehm werden, wenn man seinen politischen Vorträgen nicht die genügende Aufmerksamkeit schenkt.

Der Sohn fährt unterdes fort: »Also, das Bild ist gestellt, es ist gar nicht beim Eintreffen der Nachricht von der Kapitulation gemacht worden, sondern ein paar Stunden später oder vielleicht erst am folgenden Tage. Und nun seht euch an, wie sich der Führer freut, er klatscht sich ja sogar auf die Schenkel vor Freude! Glaubt ihr denn, dass ein großer Mann wie der Führer sich noch am nächsten Tage so sehr über solche Nachricht freut? Der denkt doch jetzt schon längst an England und wie wir die Tommys drankriegen. Nee, das ganze Bild ist eine Schauspielerei, von der Aufnahme angefangen bis zum Händeklatschen. Das heißt, den Dummen Sand in die Augen gestreut!«

Jetzt starren den Baldur die Seinen so an, als seien sie die Dummen, denen Sand in die Augen gestreut wird. Wenn's nicht der Baldur gewesen wäre, jeden Fremden hätten sie für so 'ne Bemerkung bei der Gestapo angezeigt.

Der Baldur aber fährt so fort: »Seht ihr, und das ist das Große an unserm Führer: er lässt keinen in seine Pläne reingucken. Die denken jetzt alle, er freut sich über seinen Sieg in Frankreich, und dabei sammelt er vielleicht schon die Schiffe für eine Invasion in England. Seht ihr, das müssen wir von unserm Führer lernen: wir sollen nicht jedem auf die Semmel schmieren, wer wir sind und was wir vorhaben!« Die andern nicken eifrig mit den Köpfen; endlich glauben sie erfasst zu haben, worauf der Baldur hinauswill. »Ja, ihr nickt«, sagt der Baldur ärgerlich, »aber ihr macht's ganz anders! Keine halbe Stunde ist es her, da habe ich Vatern erst vor der Briefträgerin sagen hören, die olle Rosenthal oben soll uns Kaffee und Kuchen spendieren …«

»Och, die olle Judensau!«, sagt Vater Persicke, aber doch mit einem entschuldigenden Ton in der Stimme.

»Na ja«, gibt der Sohn zu, »viel Aufhebens wird von der nicht gemacht, wenn ihr mal was passiert. Aber wozu den Leuten so was erst erzählen? Sicher ist sicher. Kuck dir mal 'nen Menschen an wie den über uns, den Quangel. Kein Wort kriegst du aus dem Manne heraus, und doch bin ich ganz sicher, der sieht und hört alles und wird auch seine Stelle haben, wo er's hinmeldet. Wenn der mal meldet, die Persickes können die Schnauze nicht halten, die sind nicht zuverlässig, denen kann man nichts anvertrauen, dann sind wir geliefert. Du wenigstens bestimmt, Vater, und ich werde keinen Finger rühren, um dich wieder rauszuholen, aus dem KZ oder aus Moabit oder aus der Plötze oder wo du grade sitzt.«

Alle schweigen, und selbst ein so eingebildeter Mensch wie der Baldur spürt, dass dieses Schweigen nicht bei allen Zustimmung bedeutet. So sagt er denn noch rasch, um wenigstens die Geschwister auf seine Seite zu bringen: »Wir wollen alle ein bisschen mehr werden als Vater, und wodurch können wir es zu was bringen? Doch nur durch die Partei! Und darum müssen wir's so machen wie der Führer: den Leuten Sand in die Augen streuen, so tun, als wären wir freundlich, und dann hintenrum, wenn keiner was ahnt: erledigt und weg. Es soll auf der Partei heißen: Mit den Persickes kann man alles machen, einfach alles!«

Er sieht noch einmal das Bild mit dem lachenden Hitler und Göring an, nickt kurz und gießt dann Schnaps ein, zum Zeichen, dass sein politischer Vortrag beendet ist. Er sagt lachend: »Zieh bloß keinen Flunsch, Vater, weil ich dir mal die Meinung gegeigt habe!«

»Du bist erst sechzehn und mein Sohn«, fängt der Alte, noch immer gekränkt, an.

»Un du bist mein Oller, den ich ein bisschen zu ville besoffen gesehen habe, als dass du mir noch groß imponierst«, sagt Baldur Persicke rasch und bringt damit die Lacher, sogar die ständig verängstigte Mutter, auf seine Seite. »Nee, lass man, Vater, eines Tages werden wir noch alle im eigenen Auto fahren, und du sollst alle Tage Sekt zu saufen kriegen, bis du voll bist!«

Der Vater will wieder etwas sagen, aber dieses Mal nur gegen den Sekt, den er nicht so schätzt wie seinen Kornschnaps. Aber Baldur fährt rasch und leiser fort: »Ideen hast du gar nicht so schlechte, Vater, bloß, du solltest mit keinem darüber reden als mit uns. Mit der Rosenthal ist vielleicht wirklich was zu machen, aber mehr als Kaffee und Kuchen. Lasst mich nur darüber nachdenken, das muss vorsichtig angefasst werden. Vielleicht riechen andere den Braten auch, und vielleicht sind andere besser angeschrieben als wir.«

Seine Stimme hat sich gesenkt und ist gegen den Schluss hin fast unhörbar geworden. Baldur Persicke hat es wieder fertiggebracht, er hat alle auf seine Seite gezogen, selbst den Vater, der erst eingeschnappt war. So sagt er denn: »Prost auf die Kapitulation von Frankreich!«, und weil er sich dabei lachend auf die Schenkel klatscht, merken sie, dass er damit etwas ganz anderes meint, nämlich die alte Rosenthal.

Sie lachen lärmend durcheinander und stoßen an und trinken dann so manchen Schnaps, immer einen hinter dem andern. Aber sie vertragen auch was, dieser ehemalige Gastwirt und seine Kinder.

3. KAPITEL
Ein Mann namens Barkhausen

Der Werkmeister Quangel ist auf die Jablonskistraße hinausgetreten und hat vor der Haustür herumstehend den Emil Barkhausen getroffen. Es schien der einzige Beruf Emil Barkhausens zu sein, immer irgendwo rumzustehen, wo es was zu gaffen oder zu hören gab. Daran hatte auch der Krieg nichts geändert, der doch überall mit Dienstverpflichtungen und Arbeitszwang vorgegangen war: Emil Barkhausen stand weiter rum.

Er stand da, eine lange, dürre Gestalt in einem abgetragenen Anzug, und sah verdrossen mit seinem farblosen Gesicht in die um diese Stunde fast menschenleere Jablonskistraße. Als er Quangels ansichtig wurde, kam Bewegung in ihn, er trat auf ihn zu und bot ihm die Hand. »Wo gehen Sie denn jetzt hin,

Quangel?«, fragte er. »Das ist doch noch nicht Ihre Zeit für die Fabrik?«

Quangel übersah die Hand des andern und murmelte fast unverständlich: »Eiliger Weg!«

Dabei ging er schon weiter, nach der Prenzlauer Allee zu. Dieser lästige Schwätzer hatte ihm gerade noch gefehlt! ·

So leicht ließ sich der aber nicht abschütteln. Er lachte meckernd und rief: »Da haben wir ja denselben Weg, Quangel!« Und als der andere, stur gradeaus starrend, eilig weiterschritt, setzte er hinzu: »Der Doktor hat mir nämlich gegen meine Hartleibigkeit viel Bewegung verordnet, und allein rumlaufen, das langweilt mich!«

Er fing nun an, weitläufig und genau zu schildern, was er alles schon gegen seine Hartleibigkeit getan hatte. Quangel hörte gar nicht hin. Ihn beschäftigten zwei Gedanken, und der eine verdrängte immer wieder den andern: dass er keinen Sohn mehr hatte und dass Anna gesagt hatte: du und dein Führer. Quangel gab es sich zu: er hatte den Jungen nie geliebt, wie ein Vater seinen Sohn zu lieben hat. Von der Geburt an hatte er das Kind nur als Störer seiner Ruhe und seiner Beziehungen zu Anna empfunden. Wenn er jetzt doch Schmerz fühlte, so darum, weil er mit Unruhe an Anna dachte, wie sie diesen Tod aufnehmen, was dadurch alles geändert werden würde. Hatte doch Anna schon zu ihm gesagt: Du und dein Führer!

Es stimmte nicht. Hitler war nicht sein Führer oder doch nicht mehr sein Führer, als er Annas Führer war. Sie waren sich immer einig gewesen, als er 1930 mit seiner kleinen Tischlerwerkstatt verkracht war, dass der Führer den Karren aus dem Dreck gerissen hatte. Nach vier Jahren Arbeitslosigkeit war er Werkmeister in der großen Möbelfabrik geworden und brachte jetzt alle Wochen seine vierzig Mark nach Hause. Damit kamen sie gut aus. Das war durch den Führer gekommen, der hatte die Wirtschaft wieder in Gang gebracht. Darüber waren sie sich immer einig gewesen.

Aber in die Partei waren sie darum doch nicht getreten. Einmal reute sie der Parteibeitrag, man musste schon so an allen Ecken und Enden bluten, für das WHW, für alle möglichen Sammlungen, für die Arbeitsfront. Ja, in der Arbeitsfront hatten sie ihm in der Fabrik auch ein Ämtchen aufgehuckt, und grade das war der andere Grund, warum sie beide nicht in die Partei eingetreten waren. Denn er sah es bei jeder Gelegenheit, wie sie ständig einen Unterschied zwischen Volksgenossen und Parteigenossen machten. Auch der schlechteste Parteigenosse war denen noch mehr wert als der beste Volksgenosse. War man einmal in der Partei, so konnte man sich eigentlich alles erlauben: so leicht passierte einem nichts. Das nannten sie Treue um Treue.

Er aber, der Werkmeister Otto Quangel, war für Gerechtigkeit. Jeder Mensch war ihm ein Mensch, und ob er in der Partei drin war, das hatte damit gar nichts zu tun. Wenn er in der Werkstatt immer wieder erleben musste, dass dem einen ein kleiner Fehler am Werkstück schwer angekreidet wurde und dass der andere Pfusch über Pfusch abliefern durfte, so empörte ihn das stets von Neuem. Er setzte die Zähne auf die Unterlippe und nagte wütend an ihr – wenn er's gekonnt hätte, er wäre auch dieses Pöstchen in der DAF längst los gewesen!

Die Anna wusste das gut, darum hätte sie das nie sagen dürfen, dies Wort: Du und dein Führer! Bei der Anna war alles auch ganz anders gewesen, sie hatte ganz freiwillig das Amt in der Frauenschaft übernommen, sie hatte nicht gemusst wie er. Gott ja, er verstand es, wie es dazu bei ihr gekommen war. Zeit ihres Lebens war sie bloß ein Dienstmädchen gewesen, erst auf dem Lande, dann hier in der Stadt. Zeit ihres Lebens hatte sie Trab laufen müssen und war kommandiert worden von anderen. Und in ihrer Ehe hatte sie auch nicht viel zu sagen gehabt, nicht etwa, weil er sie nun viel kommandiert hätte, sondern einfach weil sich um ihn, den Geldverdiener, nun einmal alles drehen musste.

Aber jetzt hatte sie nun dieses Amt in der Frauenschaft, und wenn sie auch hier ihre Befehle von oben empfing, so hatte sie doch nun eine Menge Mädchen und Frauen und sogar Damen unter sich, denen nun sie kommandierte. Das machte ihr einfach Spaß, wenn sie da wieder so eine faule Nichtstuerin mit rotgelackten Fingernägeln aufgetrieben hatte, und sie konnte sie in eine Fabrik schicken. Wenn von einem der Quangels überhaupt so ein Wort zu sagen war wie ›Du und dein Führer‹, dann noch am ersten von der Anna.

Gewiss, gewiss, auch sie hatte schon längst ein Haar in der Suppe gefunden und zum Beispiel gemerkt, dass sich manche von diesen feinen Dämchen einfach nicht zur Arbeit schicken ließen, weil sie zu gute Freunde hatten oben. Oder es empörte sie, wenn bei der Verteilung von warmem Unterzeug immer dieselben drankamen, und das waren eben die mit dem Parteibuch. Auch Anna fand, dass die Rosenthals anständige Leute waren und solch ein Schicksal nicht verdient hatten, aber darum dachte sie doch nicht daran, ihr Amt aufzugeben. Sie hatte neulich erst gesagt, dass der Führer gar nicht wüsste, was seine Leute da unten für Schweinereien begingen. Der Führer konnte nicht alles wissen, und seine Leute belogen ihn einfach.

Aber nun war dieser Tod von Ottochen gekommen, und mit Beunruhigung spürte Otto Quangel, dass von jetzt an alles anders werden würde. Er sieht das kranke, gelblich weiße Gesicht Annas vor sich, wieder hört er ihre Anklage, er ist jetzt zu einer ganz ungewohnten Stunde unterwegs, diesen Schwätzer Barkhausen an der Seite, heute Abend ist die Trudel bei ihnen, es wird Tränen geben, endloses Gerede – und er, Otto Quangel, liebt doch so sehr das Gleichmaß des Lebens, den immer gleichen Arbeitstag, der möglichst gar kein besonderes Ereignis bringt. Schon der Sonntag ist ihm fast eine Störung. Und nun soll alles eine Weile durcheinandergehen, und wahrscheinlich wird die Anna nie wieder die, die sie einst war. Das war zu tief aus ihr gekommen, dieses ›Du und dein Hitler‹. Das hatte wie Hass geklungen.

Er muss sich das alles noch einmal ganz genau überlegen,

nur der Barkhausen lässt ihn nicht dazu kommen. Jetzt sagt dieser Mann doch plötzlich: »Sie sollen ja auch einen Feldpostbrief bekommen haben, und er soll nicht von Ihrem Otto geschrieben worden sein?«

Quangel richtet den Blick seiner scharfen, dunklen Augen auf den andern und murmelt: »Schwätzer!« Weil er aber mit niemandem Streit bekommen will, selbst nicht mit solch einem Garnichts wie dem Rumsteher Barkhausen, setzt er halb widerwillig hinzu: »Die Leute schwatzen alle viel zu viel!«

Der Emil Barkhausen ist nicht beleidigt, den Barkhausen kann man so leicht nicht beleidigen, er stimmt eifrig zu: »Sie sagen's, wie's ist, Quangel! Warum kann die Kluge, die Briefschleiche, nicht das Maulwerk halten? Aber nein, gleich muss sie allen erzählen: Die Quangels haben einen Brief aus dem Felde mit Schreibmaschinenschrift bekommen! Ist doch genug, wenn sie erzählen kann, dass Frankreich kapituliert hat!« Er macht eine kleine Pause, und dann fragt er mit einer ganz ungewohnten halblauten, teilnehmenden Stimme: »Verwundet oder vermisst oder …?«

Er schweigt. Quangel aber – nach einer längeren Pause – antwortet nur indirekt auf die Frage des anderen: »Also Frankreich hat kapituliert? Na, das hätten die gut auch einen Tag früher machen können, dann lebte mein Otto noch …«

Barkhausen antwortet ungewöhnlich lebhaft: »Aber weil soundso viel Tausende den Heldentod gestorben sind, darum hat Frankreich sich doch so rasch ergeben. Darum bleiben so viele Millionen nun am Leben. Auf so 'n Opfer muss man stolz sein als Vater!«

Quangel fragt: »Ihre sind alle noch zu klein, um ins Feld zu gehen, Nachbar?«

Fast gekränkt meint Barkhausen: »Das wissen Sie doch, Quangel! Aber wenn sie alle auf einmal stürben, durch 'ne Bombe oder so was, da wäre ich nur stolz drauf. Glauben Sie mir das nicht, Quangel?«

Aber der Werkmeister beantwortet diese Frage nicht, sondern denkt: Wenn ich schon kein rechter Vater bin und den Otto nie so lieb gehabt habe, wie ich musste – dir sind deine Gören einfach eine Last. Das glaube ich, dass du froh wärst, die durch eine Bombe alle auf einmal loszuwerden, unbesehen glaube ich dir das!

Aber er sagt nichts derart, und der Barkhausen, der schon des Wartens auf eine Antwort überdrüssig geworden ist, hat nun so gesprochen: »Denken Sie doch mal nach, Quangel, erst das Sudetenland und die Tschechoslowakei und Österreich und nu Polen und Frankreich und der halbe Balkan – wir werden doch das reichste Volk von der Welt! Was zählen da ein paar hunderttausend Tote? Reich werden wir alle!«

Ungewohnt rasch antwortet Quangel: »Und was werden wir mit dem Reichtum anfangen? Kann ich ihn essen? Schlaf ich besser, wenn ich reich bin? Werd ich als reicher Mann nicht mehr in die Fabrik gehen, und was tu ich dann den ganzen Tag? Nee, Barkhausen, *ich* will nie reich werden und so schon bestimmt nicht. So ein Reichtum ist nicht einen Toten wert!«

Plötzlich hat ihn Barkhausen beim Arm gepackt, seine Augen flackern, er schüttelt den Quangel, während er eilig flüstert: »Wie kannst du so reden, Quangel? Du weißt doch, dass ich dich für so 'ne Meckerei ins KZ bringen kann? Du hast ja unserm Führer direkt gegen's Gesicht gesprochen! Wenn ich nun so einer wäre und meldete das …?«

Auch Quangel ist erschrocken über seine eigenen Worte. Diese Sache mit Otto und Anna muss ihn viel mehr aus dem Gleise geworfen haben, als er bisher gedacht hat, sonst hätte ihn seine angeborene, stets wachsame Vorsicht nicht so verlassen. Aber der andere bekommt von seinem Erschrecken nichts zu merken. Quangel befreit seinen Arm mit den starken Arbeitshänden von dem laschen Griff des andern und sagt dabei langsam und gleichgültig: »Was regen Sie sich denn so auf, Barkhausen? Was habe ich denn gesagt, das Sie melden können? Gar nichts habe ich gesagt. Ich bin traurig, weil mein Sohn Otto gefallen ist und weil meine Frau nun vielen Kummer hat. Das können Sie melden, wenn Sie's wollen, und wenn Sie's wollen, dann tun Sie's! Ich geh gleich mit und unterschreibe, dass ich das gesagt hab!«

Während Quangel aber so ungewohnt wortreich daherredet, denkt er innerlich: Ich will 'nen Besen fressen, wenn dieser Barkhausen nicht ein Spitzel ist! Wieder einer, vor dem man sich in Acht nehmen muss! Vor wem muss man sich eigentlich nicht in Acht nehmen? Wie's mit der Anna werden wird, weiß ich auch nicht …

Unterdes sind sie aber am Fabriktor angekommen. Wieder streckt Quangel dem Barkhausen nicht die Hand hin. Er sagt einfach: »Na denn!«, und will hineingehen.

Aber Barkhausen hält ihn an der Joppe fest und flüstert eifrig: »Nachbar, was gewesen ist, darüber wollen wir nicht mehr sprechen. Ich bin kein Spitzel und will keinen ins Unglück bringen. Aber nun tu mir auch einen Gefallen: Ich muss der Frau ein bisschen Geld für Lebensmittel geben und habe keinen Pfennig in der Tasche. Die Kinder haben heut noch nischt gegessen. Leih mir zehn Mark – am nächsten Freitag bekommst du sie bestimmt wieder – heilig wahr!«

Der Quangel macht sich wieder wie vorhin von dem Griff des andern frei. Er denkt: Also so einer bist du, so verdienst du dein Geld! Und: Ich werde ihm nicht eine Mark geben, sonst denkt er, ich habe Angst vor ihm, und lässt mich nie wieder aus der Zange. Laut sagt er: »Ich bringe nur dreißig Mark die Woche nach Haus, und ich brauche jede Mark davon alleine. Ich kann dir kein Geld geben.«

Damit geht er ohne ein weiteres Wort oder einen Blick in den Torhof der Fabrik hinein. Der Pförtner dort kennt ihn und lässt ihn ohne weitere Fragen durch.

Der Barkhausen aber steht auf der Straße, starrt ihm nach und überlegt, was er nun tun soll. Am liebsten ginge er zur

Gestapo und machte Meldung gegen den Quangel, ein paar Zigaretten fielen dabei schon ab. Aber besser, er tut's nicht. Er ist heute früh zu vorschnell gewesen, er hätte den Quangel sich frei ausquatschen lassen sollen; nach dem Tode des Sohnes war der Mann in der Verfassung dazu.

Aber er hat den Quangel falsch eingeschätzt, der lässt sich nicht bluffen. Die meisten Menschen haben heute Angst, eigentlich alle, weil sie alle irgendwo irgendwas Verbotenes tun und immer fürchten, jemand weiß davon. Man muss sie nur im richtigen Augenblick überrumpeln, dann hat man sie, und sie zahlen. Aber der Quangel ist nicht so, ein Mann mit so 'nem scharfen Raubvogelgesicht. Der hat wahrscheinlich vor nichts Angst, und überrumpeln lässt der sich schon gar nicht. Nein, er wird den Mann aufgeben, vielleicht lässt sich in den nächsten Tagen mit der Frau was machen, 'ne Frau schmeißt der Tod vom einzigen Jungen noch ganz anders um! Dann fangen so 'ne Weiber an zu plappern.

Also die Frau in den nächsten Tagen, und was macht er jetzt? Er muss wirklich der Otti Geld geben, er hat heute früh heimlich das letzte Brot aus dem Küchenspind weggegessen. Aber er hat kein Geld, und woher kriegt er auf die Schnelle was? Seine Frau ist 'ne Xanthippe und imstande, ihm das Leben zur Hölle zu machen. Früher war sie Hure auf der Schönhauser Allee und konnte manchmal richtig nett und lieb sein. Jetzt hat er fünf Blagen von ihr, das heißt, die meisten sind wohl kaum von ihm, und sie kann schimpfen wie 'n Fischweib in der Markthalle. Schlagen tut das Aas auch, zwischen die Kinder, und wenn's ihn trifft, so gibt es eben 'ne kleine Klopperei, bei der sie immer das meiste bezieht, aber das macht sie nicht klug.

Nein, er kann nicht ohne Geld zur Otti kommen. Plötzlich fällt ihm die alte Rosenthal ein, die da jetzt ganz allein, ohne allen Schutz im vierten Stock Jablonskistraße 55 wohnt. Dass ihm die olle Jüdin nicht eher eingefallen ist, die ist doch ein lohnenderes Geschäft als der alte Geier, der Quangel! Sie ist 'ne gutmütige Frau, er weiß es noch von früher, als sie noch ihr Wäschegeschäft hatten, und zuerst wird er es auch auf die sanfte Tour versuchen. Will sie aber nicht, so gibt er ihr einfach einen vor den Deez! Irgendwas wird er schon finden, ein Schmuckstück oder Geld oder was zu essen, irgendeine Sache, durch die Otti besänftigt wird.

Während Barkhausen so überlegt und sich immer wieder ausmalt, was er wohl finden wird – denn die Juden haben noch alles, sie verstecken's bloß vor den Deutschen, denen sie's gestohlen haben –, während solcher Gedanken geht Barkhausen immer schneller in die Jablonskistraße zurück. Als er unten im Treppenhaus angekommen ist, lauscht er lange hinauf. Er möchte doch nicht gerne, dass ihn jemand hier im Vorderhaus sähe, er selbst wohnt im Hinterhaus, was sich Gartenhaus schimpft, im Souterrain, hat also zu gut deutsch eine Kellerwohnung. Ihn selbst stört das nicht, nur wegen der Leute ist es ihm manchmal peinlich.

Es rührt sich nichts im Treppenhaus, und Barkhausen fängt an, eilig, aber leise die Stufen hochzusteigen. Aus der Wohnung der Persickes schallt wüster Lärm, Gejohle und Gelächter, die feiern schon mal wieder. An so 'ne wie die Persickes müsste er mal Anschluss bekommen, die haben die richtigen Verbindungen, dann ginge es auch mit ihm voran. Aber solche sehen einen Gelegenheitsspitzel, wie er ist, natürlich gar nicht an; besonders die Jungen in der SS und der Baldur sind unglaublich hochnäsig. Der Alte ist schon besser, schenkt ihm manchmal fünf Mark, wenn er angesoffen ist …

In der Wohnung der Quangels ist alles still, und eine Treppe höher bei der Rosenthal hört er auch keinen Laut, so lange er auch das Ohr gegen die Tür legt. So klingelt er rasch und geschäftsmäßig, wie es etwa der Briefbote täte, der es eilig hat, weiterzukommen.

Aber nichts rührt sich, und nach ein, zwei Minuten Warten entschließt sich Barkhausen zu einem zweiten und später zu einem dritten Klingeln. Dazwischen lauscht er, hört nichts, flüstert aber doch durch das Schlüsselloch: »Frau Rosenthal, machen Sie doch auf! Ich bring Ihnen Nachricht von Ihrem Mann! Schnell, ehe mich einer sieht! Frau Rosenthal, ich hör Sie doch, machen Sie schon auf!«

Dazwischen klingelt er immer wieder, aber alles ganz erfolglos. Schließlich packt ihn die Wut. Er kann doch nicht auch hier wieder ganz erfolglos abziehen, mit der Otti gibt es einen Heidenstunk. Die olle Jüdsche soll rausgeben, was sie ihm gestohlen hat! Er klingelt rasend, und dazwischen schreit er am Schlüsselloch: »Mach uff, du olle Judensau, oder ich lackier dir die Fresse, dass du nich mehr aus den Augen kieken kannst! Ich bring dich heute noch ins KZ, wenn du nicht aufmachst, verdammte Jüdsche!«

Wenn er jetzt bloß Benzin bei sich hätte, er steckte dem Aas auf der Stelle die Türe an!

Aber plötzlich wird Barkhausen ganz still. Er hat tiefer unten eine Wohnungstür gehen gehört, er drückt sich eng an die Wand. Keiner darf ihn hier sehen. Natürlich wollen die auf die Straße, er muss jetzt bloß stille sein.

Doch der Schritt geht treppauf, unaufhaltsam, wenn auch langsam und stolpernd. Es ist natürlich einer von den Persickes, und ein besoffener Persicke, das ist grade, was dem Barkhausen jetzt gefehlt hat. Natürlich will der auf den Boden, aber der Boden ist durch eine verschlossene Eisentür gesichert, da gibt's kein Versteck. Nun ist nur noch die einzige Hoffnung, dass der Betrunkene, ohne ihn zu merken, an ihm vorübergeht; wenn's der alte Persicke ist, kann's passieren.

Aber es ist nicht der alte Persicke, es ist der ekelhafte Bengel, der Baldur, der Schlimmste von der ganzen Bande! Ewig läuft er in seiner HJ-Führer-Uniform herum und erwartet, dass man ihn zuerst grüßt, obwohl er doch ein reiner Garnichts ist. Langsam kommt der Baldur die letzten Treppenstufen hoch, er hält sich fest am Treppengeländer, so angetrunken wie er ist.

Er hat natürlich trotz seiner glasigen Augen den Barkhausen da an der Wand längst gesehen, er spricht ihn aber erst an, als er direkt vor ihm steht: »Was schnüffelst du denn hier vorne im Hause herum? Ich will das nicht haben, mach, dass du in den Keller zu deiner Nutte kommst! Marsch, hau ab!«

Und er hebt den Fuß mit dem genagelten Schuh, setzt ihn aber gleich wieder hin: zum Fußtrittgeben steht er zu wacklig auf den Füßen.

Einem Ton wie dem eben ist der Barkhausen einfach nicht gewachsen. Wenn er so angeschnauzt wird, kriecht er ganz in sich zusammen, hat bloß Angst. Er flüstert demütig: »Entschuldigen Sie bloß, Herr Persicke! Wollte mir nur mal 'nen kleinen Spaß mit der ollen Jüdschen machen!«

Der Baldur legt vor angestrengtem Nachdenken die Stirne in Falten. Nach einer Weile sagt er: »Klauen wolltste, du Aas, das ist dein Spaß mit der ollen Jüdschen. Na, geh voran!«

So grob die Worte auch waren, so klangen sie doch zweifelsfrei wohlwollender; für so was hatte Barkhausen ein feines Ohr. So sagt er denn mit einem für den Witz um Entschuldigung bittenden Lächeln: »Ick klau doch nicht, Herr Persicke, ick organisier bloß manchmal ein bisschen!«

Baldur Persicke erwidert das Lächeln nicht. Mit solchen Leuten macht er sich nicht gemein, wenn sie auch manchmal nützlich sein können. Er klettert nur vorsichtig hinter Barkhausen die Treppe hinunter.

Beide Männer sind so mit ihren Gedanken beschäftigt, dass sie darauf nicht achthaben, dass die Flurtür bei den Quangels jetzt nur angelehnt ist. Und sie wird sofort wieder geöffnet, als die beiden Männer vorüber sind. Anna Quangel huscht ans Treppengeländer und lauscht hinunter.

Vor der Flurtür der Persickes hebt Barkhausen stramm die Hand zum deutschen Gruß: »Heil Hitler, Herr Persicke! Und ich danke Ihnen auch schön!«

Wofür er eigentlich dankt, weiß er selbst nicht so genau.

Vielleicht, weil er nicht mit dem Fuß in den Hintern getreten und die Treppe hinuntergeworfen ist. Er hätte sich das ja auch gefallen lassen müssen, solch kleiner Pinscher wie er ist.

Baldur Persicke erwidert den Gruß nicht. Er starrt den andern mit seinen glasigen Augen an und erreicht, dass der nach kurzem zu blinzeln anfängt und den Blick zur Erde senkt. Baldur fragt: »Du wolltest dir also einen Spaß mit der alten Rosenthal machen?«

»Ja«, antwortet Barkhausen leise mit gesenktem Blick.

»Was denn für 'nen Spaß?«, wird er weiter gefragt. »Bloß so Firma Klau und Lange?«

Barkhausen riskiert einen raschen Blick in das Gesicht seines Gegenübers. »Och!«, sagt er. »Ich hätte ihr auch schon die Fresse lackiert!«

»So!«, antwortet der Baldur nur. »So!«

Eine Weile stehen sie schweigend. Der Barkhausen überlegt, ob er jetzt gehen darf, aber eigentlich hat er noch nicht den Befehl zum Abtreten bekommen. So wartet er stumm, mit wieder gesenktem Blick, weiter.

»Geh da mal rein!«, sagt Persicke plötzlich mit sehr mühsamer Zunge. Er zeigt mit ausgestrecktem Finger auf die offene Flurtür der Persickes. »Vielleicht habe ich dir noch was zu sagen. Mal sehen!«

Barkhausen marschiert, wie vom weisenden Zeigefinger befohlen, schweigend in die Wohnung der Persickes. Baldur Persicke folgt ein wenig schwankend, aber in soldatischer Haltung. Die Tür schlägt hinter beiden zu.

Oben löst sich Frau Anna Quangel vom Treppengeländer und schleicht in die eigene Wohnung zurück, deren Tür sie sachte ins Schloss gleiten lässt. Warum sie die beiden eigentlich bei ihrem Gespräch, erst oben vor der Wohnung der Frau Rosenthal, dann unten vor Persickes Tür, belauscht hat, sie weiß es nicht. Sie folgt sonst ganz der Gewohnheit ihres Mannes: die Mitbewohner können tun und lassen, was sie wollen. Frau Annas Gesicht ist noch immer krankhaft weiß, und in ihren Augenlidern ist ein irritiertes Zucken. Ein paarmal schon hätte sie sich gerne hingesetzt und geweint, aber sie kann es nicht. Ihr gehen Redensarten durch den Kopf wie: »Es drückt mir das Herz ab«, oder: »Es hat mich vor den Kopf geschlagen«, oder: »Es steht mir vor dem Magen«. Von all dem empfindet sie etwas, aber auch noch dies: »Die sollen mir nicht ungestraft meinen Jungen umgebracht haben. Ich kann auch anders sein …«

Wieder weiß sie nicht, was sie mit dem Anderssein meint, aber dies Lauschen eben war vielleicht schon ein Anfang davon. Otto wird nicht mehr alles allein bestimmen können, denkt sie auch noch. Ich will auch mal tun können, was ich will, auch wenn es ihm nicht passt.

Sie macht sich eifrig an die Fertigstellung des Essens. Die meisten Lebensmittel, die sie beide auf Karten zugeteilt erhalten, bekommt er. Er ist nicht mehr jung und muss ständig über seine Kraft arbeiten; sie kann viel sitzen und Näharbeit tun, also versteht sich solche Teilung von selbst.

Während sie noch mit ihren Kochtöpfen hantiert, verlässt Barkhausen wieder die Wohnung der Persickes. Sobald er die Treppe hinuntersteigt, verliert seine Haltung all das Kriecherische, das sie vor denen hatte. Er geht aufrecht über den Hof, sein Magen ist angenehm von zwei Schnäpsen erwärmt, und in der Tasche hat er zwei Zehnmarkscheine, einer von ihnen wird Ottis üble Laune besänftigen.

Aber als er die Stube im Souterrain betritt, ist Otti keiner üblen Laune. Auf dem Tisch liegt eine weiße Decke, und Otti sitzt mit einem Barkhausen nicht bekannten Manne auf dem Sofa. Der Fremde, der gar nicht schlecht angezogen ist, zieht hastig seinen Arm, der um Ottis Schulter lag, zurück. Aber das hätte er gar nicht zu tun brauchen, in so was war Barkhausen nie heikel.

Er denkt: Kiek mal, das alte Aas, solche fängt sie sich auch ein! Der ist mindestens Bankangestellter oder Lehrer …

In der Küche heulen und jaulen die Kinder. Barkhausen bringt jedem eine dicke Scheibe von dem Brot, das auf dem Tisch steht. Dann fängt er selber zu frühstücken an, es ist sowohl Brot wie Wurst wie Schnaps da. Für was so ein Freier alles gut ist! Er streift den Mann auf dem Sofa mit einem zufriedenen Blick. Der Mann scheint sich nicht so wohl wie Barkhausen zu fühlen.

Darum geht Barkhausen auch schnell, sobald er ein bisschen gegessen hat. Er will den Freier um Gottes willen nicht vergraulen! Das Gute ist, dass er nun die ganzen zwanzig Mark für sich behalten kann. Barkhausen richtet seine Schritte nach der Rollerstraße; er hat von einer Kneipe dort gehört, wo die Leute besonders leichtsinnig reden sollen. Vielleicht lässt sich da was machen. Man kann jetzt in Berlin überall Fische fangen. Und wenn nicht bei Tage, dann bei Nacht.

Wenn Barkhausen an die Nacht denkt, zuckt es immer wie Lachen hinter seinem lose herabhängenden Schnurrbart. Dieser Baldur Persicke, alle diese Persickes, was für 'ne Bande! Aber ihn sollen sie nicht für dumm verkaufen, ihn nicht! Sie sollen bloß nicht glauben, bei ihm ist es mit zwanzig Mark und zwei Schnäpsen getan. Vielleicht kommt noch mal die Zeit, wo er alle diese Persickes in die Tasche steckt. Er muss nur jetzt demütig und schlau sein.

Dabei fällt Barkhausen ein, dass er noch vor der Nacht einen gewissen Enno finden muss, Enno ist vielleicht der richtige Mann für so was. Aber keine Angst, den Enno findet er schon. Der macht täglich seine Runde durch nur drei oder vier Lokale, wo die kleinen Rennwetter verkehren. Wie dieser Enno wirklich heißt, das weiß Barkhausen nicht. Er kennt ihn nur aus den paar Lokalen, wo ihn alle Enno rufen. Er wird ihn schon finden, und er wird vielleicht sogar der richtige Mann sein.

4. KAPITEL

Trudel Baumann verrät ein Geheimnis

So leicht Otto Quangel auch in die Fabrik gekommen war, so schwer war es zu erreichen, dass die Trudel Baumann zu ihm herausgerufen wurde. Sie arbeiteten hier nämlich – übrigens genau wie in Quangels Fabrik – nicht nur im Akkord, sondern jede Arbeitsstube musste auch ein bestimmtes Pensum schaffen, da kam es oft auf jede Minute an.

Aber schließlich erreicht Quangel doch sein Ziel, schließlich ist der andere genauso ein Werkmeister wie er selbst. Man kann einem Kollegen so was schlecht abschlagen, besonders wenn grade der Sohn gefallen ist. Das hat Quangel nun doch sagen müssen, bloß um die Trudel zu sehen zu kriegen. Daraus folgt, dass er's ihr auch selber sagen muss, gegen die Bitte der Frau, sonst würde es ihr der Werkmeister erzählen. Hoffentlich gibt's kein Geschrei und vor allem keine Umfallerei. Eigentlich ein Wunder, wie die Anna sich gehalten hat – nun, die Trudel steht auch auf festen Beinen.

Da kommt sie endlich, und Quangel, der nie ein anderes Verhältnis als das zu seiner Frau gehabt hat, muss sich gestehen, dass sie reizend aussieht mit ihrem Wuschelkopf dunkler, plustriger Haare, dem runden Gesicht, dem keine Fabrikarbeit die frischen Farben hat nehmen können, mit den lachenden Augen und der hohen Brust. Selbst jetzt, wo sie wegen der Arbeit lange blaue Hosen trägt und einen alten, vielfach gestopften Jumper, der voll von Garnresten hängt, selbst jetzt sieht sie reizend aus. Das Schönste an ihr ist aber vielleicht ihre Art, sich zu bewegen, alles sprüht von Leben, jeden Schritt scheint sie gerne zu tun: sie quillt über vor Lebensfreude.

Ein Wunder eigentlich, denkt Otto Quangel flüchtig, dass solch eine Trantute wie der Otto, so ein von der Mutter verpimpeltes Söhnchen, sich solch ein Prachtmädel einhandeln konnte. Aber, verbessert er sich gleich, was weiß ich denn vom

Otto? Ich habe ihn ja eigentlich nie richtig gesehen. Er muss ganz anders gewesen sein, wie ich gedacht habe. Und mit den Radios hat er wirklich was losgehabt, die Meister haben sich doch alle um ihn gerissen.

»Tag, Trudel«, sagt er und gibt ihr seine Hand, in die rasch und kräftig ihre warme, mollige schlüpft.

»Tag, Vater«, antwortet sie. »Nun, was ist los bei euch zu Haus? Hat Muttchen mal wieder Sehnsucht nach mir, oder hat Otto geschrieben? Ich will sehen, dass ich möglichst bald mal bei euch reinschaue.«

»Es muss schon heute Abend sein, Trudel«, sagte Otto Quangel. »Die Sache ist nämlich die …«

Aber er spricht seinen Satz nicht zu Ende. Trudel ist in ihrer raschen Art schon in die Tasche der blauen Hose gefahren und hat einen Taschenkalender hervorgeholt, in dem sie jetzt blättert. Sie hört nur mit halbem Ohr zu, nicht der richtige Augenblick, um ihr so was zu sagen. So wartet denn Quangel geduldig, bis sie gefunden hat, was sie sucht.

Diese Zusammenkunft der beiden findet in einem langen, zugigen Gange statt, dessen getünchte Wände ganz vollgepflastert mit Plakaten sind. Unwillkürlich fällt Quangels Blick auf ein Plakat, das schräg hinter Trudel hängt. Er liest ein paar Worte, die fettgedruckte Überschrift: »Im Namen des deutschen Volkes«, dann drei Namen und: »wurden wegen Landes- und Hochverrates zum Tode durch den Strang verurteilt. Die Hinrichtung wurde heute morgen in der Strafanstalt Plötzensee vollzogen.«

Ganz unwillkürlich hat er mit beiden Händen die Trudel gefasst und sie so weit zur Seite gezogen, dass sie nicht mehr vor dem Plakat steht. »Wieso?«, hat sie erst überrascht gefragt, dann sind ihre Augen dem Blick der seinen gefolgt, und sie liest auch das Plakat. Sie gibt einen Laut von sich, der alles bedeuten kann: Protest gegen das Gelesene, Ablehnung von Quangels Tun, Gleichgültigkeit, aber jedenfalls kehrt sie nicht an den alten Platz zurück. Sie sagt und steckt den Kalender wieder in die Tasche: »Heute Abend geht's unmöglich, Vater, aber morgen werde ich gegen acht bei euch sein.«

»Es muss aber heute Abend gehen, Trudel!«, widerspricht Otto Quangel. »Es ist nämlich Nachricht gekommen über Otto.« Sein Blick ist noch schärfer geworden, er sieht, wie das Lachen aus ihrem Blick schwindet. »Der Otto ist nämlich gefallen, Trudel.«

Es ist seltsam, derselbe Laut, den Otto Quangel bei dieser Nachricht von sich gegeben hat, kommt jetzt aus Trudels Brust, ein tiefes »Oh …!«. Einen Augenblick sieht sie den Mann mit schwimmenden Augen an, ihre Lippen zittern; dann wendet sie das Gesicht zur Wand, sie lehnt ihre Stirn gegen sie. Sie weint, aber sie weint lautlos. Quangel sieht wohl ihre Schultern beben, aber er hört keinen Laut.

Tapferes Mädel!, denkt er. Wie sie doch am Otto gehangen hat! In seiner Art ist er auch tapfer gewesen, hat nie mit diesen Scheißkerlen mitgemacht, hat sich nicht von der HJ gegen seine Eltern aufhetzen lassen, war immer gegen das Soldatenspielen und gegen den Krieg. Dieser verdammte Krieg!

Er hält inne, erschrocken über das, was er da eben gedacht hat. Verändert er sich nun auch schon? Das war ja eben beinahe so etwas wie Annas ›Du und dein Hitler!‹.

Dann sieht er, dass Trudel mit der Stirne nun grade gegen jenes Plakat lehnt, von dem er sie eben erst fortgezogen hat. Über ihrem Kopf steht in Fettschrift zu lesen: »Im Namen des deutschen Volkes«, ihre Stirn verdeckt die Namen der drei Gehängten …

Und wie eine Vision steigt es vor ihm auf, dass eines Tages solch ein Plakat mit den Namen von ihm und Anna und Trudel an den Wänden kleben könnte. Er schüttelt unmutig den Kopf. Er ist ein einfacher Handarbeiter, der nur seine Ruhe haben und nichts von Politik wissen will, Anna kümmert sich nur um ihren Haushalt, und solch ein bildhübsches Mädel wie die Trudel dort wird bald einen neuen Freund gefunden haben …

Aber die Vision ist hartnäckig, sie bleibt. Unsere Namen an der Wand, denkt er, nun völlig verwirrt. Und warum eigentlich nicht? Am Galgen hängen ist auch nicht schlimmer, als von einer Granate zerrissen zu werden oder am Bauchschuss krepieren! Das alles ist nicht wichtig. Was allein wichtig ist, das ist: Ich muss rauskriegen, was das mit dem Hitler ist. Erst schien doch alles gut zu sein, und nun plötzlich ist alles schlimm. Plötzlich sehe ich nur Unterdrückung und Hass und Zwang und Leid, so viel Leid … Ein paar Tausend, hat dieser feige Spitzel, der Barkhausen, gesagt. Als wenn es auf die Zahl ankäme! Wenn nur ein einziger Mensch ungerecht leidet, und ich kann es ändern, und ich tue es nicht, bloß weil ich feige bin und meine Ruhe zu sehr liebe, dann …

Hier wagt er nicht weiterzudenken. Er hat Angst, richtig Angst davor, wohin ihn ein solcher zu Ende gedachter Gedanke führen kann. Sein ganzes Leben müsste er dann vielleicht ändern!

Stattdessen starrt er wieder auf das Mädchen, über dessen Kopf »Im Namen des deutschen Volkes« zu lesen ist. Nicht grade gegen dieses Plakat gelehnt, sollte sie weinen. Er kann der Versuchung nicht widerstehen, er dreht ihre Schulter von der Wand fort und sagt, so sanft er kann: »Komm, Trudel, nicht gegen dieses Plakat …«

Einen Augenblick starrt sie die gedruckten Worte verständnislos an. Ihr Auge ist schon wieder trocken, ihre Schultern beben nicht mehr. Dann kommt wieder Leben in ihren Blick, nicht das alte, frohe Leuchten, mit dem sie diesen Gang betreten, sondern etwas dunkel Glühendes. Sie legt ihre Hand fest und doch zärtlich an die Stelle, wo das Wort »gehängt« steht. »Ich werd nie vergessen, Vater«, sagt sie, »dass ich grade vor so einem Plakat wegen Otto geheult habe. Vielleicht – ich möcht's nicht –, aber vielleicht wird auch mal mein Name auf so einem Wisch stehen.«

Sie starrt ihn an. Er hat das Gefühl, sie weiß nicht genau, was sie spricht. »Mädel!«, ruft er erschrocken. »Besinn dich! Wie sollst du und solch ein Plakat ... Du bist jung, das ganze Leben liegt vor dir. Du wirst wieder lachen, du wirst Kinder haben ...«

Sie schüttelt trotzig den Kopf. »Ich krieg keine Kinder, solange ich nicht bestimmt weiß, sie werden mir nicht totgeschossen. Solange irgend so ein General sagen kann: Marschier und krepier! Vater«, fährt sie fort und fasst jetzt seine Hand fest in die ihre, »Vater, kannst du denn wirklich wie bisher weiterleben, jetzt, wo sie dir deinen Otto totgeschossen haben?«

Sie sieht ihn eindringlich an, und wieder wehrt er sich gegen das Fremde, das in ihn eindringt. »Die Franzosen«, murmelt er.

»Die Franzosen!«, ruft sie empört. »Redest du dich auf so was raus? Wer hat denn die Franzosen überfallen? Na wer, Vater? Sag doch!«

»Aber was können wir denn tun?«, wehrt sich Otto Quangel verzweifelt gegen dieses Drängen. »Wir sind nur ein paar, und all die Millionen sind für ihn, und jetzt nach diesem Siege gegen Frankreich erst recht. Gar nichts können wir tun!«

»Viel können wir tun!«, flüstert sie eifrig. »Wir können die Maschinen in Unordnung bringen, wir können schlecht und langsam arbeiten, wir können deren Plakate abreißen und andere ankleben, in denen wir den Leuten sagen, wie sie belogen und betrogen werden.« Sie flüstert noch leiser: »Aber die Hauptsache ist, dass wir anders sind als die, dass wir uns nie dazu kriegen lassen, so zu sein, so zu denken wie die. Wir werden eben keine Nazis, und wenn die die ganze Welt besiegen!«

»Und was erreichen wir damit, Trudel?«, fragt Otto Quangel leise. »Ich sehe nicht, was wir damit erreichen.«

»Vater«, antwortet sie. »Ich hab's im Anfang auch nicht verstanden, und ganz richtig versteh ich's noch immer nicht. Aber, weißt du, wir haben hier so im Geheimen eine kommunistische Zelle im Betrieb gebildet, ganz klein erst, drei Männer und ich.

Da ist einer bei uns, der hat's mir zu erklären versucht. Wir sind, hat er gesagt, wie der gute Same in einem Acker voll Unkraut. Wenn der gute Same nicht wäre, stünde der ganze Acker voller Unkraut. Und der gute Same kann sich ausbreiten ...«

Sie hält inne, als sei sie über etwas zutiefst erschrocken.

»Was ist, Trudel?«, fragt er. »Das mit dem guten Samen, das ist kein schlechter Gedanke. Ich werde darüber nachdenken, ich habe so viel nachzudenken in nächster Zeit.«

Aber sie sagt voll Scham und Reue: »Nun habe ich das mit der Zelle doch ausgeplappert, und ich habe doch heilig geschworen, es keinem einzigen Menschen zu verraten!«

»Darüber mach dir keine Gedanken, Trudel«, sagt Otto Quangel, und seine Ruhe überträgt sich unwillkürlich auf das gequälte Ding. »Bei dem Otto Quangel geht so was zum einen Ohr rein und zum andern raus. Ich weiß von nichts mehr.« Mit einer grimmigen Entschlossenheit starrt er jetzt auf das Plakat. »Da könnte die ganze Gestapo kommen, ich weiß eben von nichts mehr. Und«, setzt er hinzu, »und wenn du willst, und es macht dich ruhiger, so kennst du uns eben von dieser Stunde an nicht mehr. Du brauchst auch heute Abend nicht mehr zu Anna zu kommen, ich mach's ihr schon irgendwie mundgerecht, ohne ihr etwas zu sagen.«

»Nein«, antwortet sie darauf, sicher geworden. »Nein. Zur Mutter gehe ich heute Abend noch. Aber ich werde es den andern sagen müssen, dass ich mich verplappert habe, und vielleicht wird dich einer vernehmen, um zu sehen, ob du auch zuverlässig bist.«

»Die sollen mir nur kommen!«, sagt Otto Quangel drohend. »Ich weiß von nichts. Ich hab mit Politik noch nie was zu tun gehabt, mein ganzes Leben lang nicht. Auf Wiedersehen, Trudel. Ich werde dich wohl heute nicht mehr sehen, vor zwölfe komme ich fast nie von der Arbeit zurück.«

Sie gibt ihm die Hand und geht dann den Gang zurück, in das Innere der Fabrik hinein. Sie steckt nicht mehr so voll von sprühendem Leben, aber sie ist immer noch voller Kraft. Gutes Mädel!, denkt Quangel. Tapferer Kerl!

Dann steht Quangel allein auf dem Gang mit seinen Plakaten, die in dem ewigen Zug leise rascheln. Er schickt sich an zu gehen. Aber vorher tut er noch etwas, das ihn selbst überrascht: Er nickt dem Plakat, an dem Trudel weinte, zu – mit einer grimmigen Entschlossenheit.

Im nächsten Augenblick schämt er sich seines Tuns. Das ist ja blöde Fatzkerei! Dann macht er, dass er nach Hause kommt. Es ist die allerhöchste Zeit, er muss sogar eine Elektrische nehmen, was seinem Sparsinn, der manchmal fast an Geiz grenzt, verhasst ist.

5. Kapitel
Enno Kluges Heimkehr

Um zwei Uhr nachmittags war die Briefträgerin Eva Kluge mit ihrem Bestellgang fertig geworden. Bis gegen vier Uhr hatte sie noch mit der Abrechnung ihrer Zahlkarten und Anweisungen zu tun gehabt: War sie sehr müde, verwirrten sich ihr die Zahlen, und sie verrechnete sich immer wieder. Mit brennenden Füßen und einer schmerzenden Öde im Kopf machte sie sich auf den Heimweg; sie mochte gar nicht daran denken, was sie noch alles zu tun hatte, bis sie endlich ins Bett gehen konnte. Auf dem Heimweg erledigte sie noch ihre Besorgungen auf Karten; beim Fleischer musste sie ziemlich lange anstehen, und so war es fast sechs Uhr geworden, als sie langsam die Stufen ihrer Wohnung am Friedrichshain emporstieg.

Auf der Treppenstufe vor ihrer Tür stand ein kleiner Mann in hellem Mantel und mit Sportmütze auf. Er hatte ein farbloses Gesicht ohne allen Ausdruck, die Lider waren ein wenig entzündet, die Augen blass, solch ein Gesicht, das man sofort wieder vergisst.

»Du, Enno?«, rief sie erschrocken und nahm die Wohnungsschlüssel unwillkürlich fester in die Hand. »Was willst du denn bei mir? Ich habe kein Geld und auch kein Essen, und in die Wohnung lasse ich dich auch nicht!«

Der kleine Mann machte eine beruhigende Bewegung. »Warum denn gleich so aufgeregt, Eva? Wieso denn gleich so bösartig? Ich will dir doch bloß mal guten Tag sagen, Eva. Guten Tag, Eva!«

»Guten Tag, Enno!«, sagte sie, aber nur widerwillig, denn sie kannte ihren Mann seit vielen Jahren. Sie wartete eine Weile, dann lachte sie kurz und böse auf. »Jetzt haben wir uns guten Tag gesagt, wie du wolltest, Enno, und du kannst gehen. Aber wie ich seh, gehst du nicht, was willst du also wirklich?«

»Siehste, Evchen«, sagte er, ihr immer gut zuredend. »Du bist 'ne vernünftige Frau, und mit dir kann man 'n Wort reden ...« Er fing an, ihr umständlich auseinanderzusetzen, dass die Krankenkasse nicht mehr länger zahlte, weil er seine sechsundzwanzig Wochen Kranksein rum hatte. Er musste wieder arbeiten gehen, sonst schickten sie ihn zurück zur Wehrmacht, die ihn seiner Fabrik zur Verfügung gestellt hatte, weil er Feinmechaniker war, und die waren knapp. »Die Sache ist nun die und der Umstand der«, schloss er seine Erklärungen, »dass ich die nächsten Tage einen festen Wohnsitz haben muss. Und da habe ich gedacht ...«

Sie schüttelte energisch den Kopf. Sie war zum Umsinken müde und sehnte sich danach, in die Wohnung zu kommen, wo so viel Arbeit auf sie wartete. Aber sie ließ ihn nicht ein, ihn nicht, und wenn sie die halbe Nacht hier stehen musste.

Er sagte eilig, aber es klang immer gleich farblos: »Sag noch nicht nein, Evchen, ich bin noch nicht zu Ende mit meinen Worten. Ich schwöre dir, ich will gar nichts von dir, kein Geld, kein Essen. Lass mich bloß auf dem Kanapee schlafen. Ich brauch auch keine Bettwäsche. Du sollst nicht Arbeit von mir haben.«

Wieder schüttelte sie den Kopf. Wenn er bloß aufhören wollte mit reden, er sollte doch wissen, dass sie ihm nicht ein Wort glaubte. Er hatte noch nie gehalten, was er versprochen hatte.

Sie fragte: »Warum machst du das nicht bei einer von deinen Freundinnen ab? Die sind dir doch sonst gut genug für so was!«

Er schüttelte den Kopf: »Mit den Weibern bin ich durch, Evchen, mit denen befass ich mich nicht mehr, mit denen hat's mir gereicht. Wenn ich alles bedenke, du warst doch immer die Beste von allen, Evchen. Gute Jahre haben wir gehabt, damals, als die Jungen noch klein waren.«

Unwillkürlich hatte sich ihr Gesicht bei der Erinnerung an ihre ersten Ehejahre aufgehellt. Die waren wirklich gut gewesen, damals, als er noch als Feinmechaniker arbeitete und jede Woche seine sechzig Mark nach Haus brachte und von Arbeitsscheu nichts wusste.

Enno Kluge sah sofort seinen Vorteil. »Siehste, Evchen, ein bisschen hast du mich doch noch gerne, und darum lässt du mich auch auf dem Kanapee schlafen. Ich versprech dir, ich mach's ganz schnell ab mit dem Arbeiten, mir liegt doch auch nichts an dem Kohl. Bloß so lange, dass ich wieder Krankengeld kriege und nicht zu den Preußen muss. In zehn Tagen schaff ich's, dass sie mich wieder krankschreiben!«

Er machte eine Pause und sah sie abwartend an. Diesmal schüttelte sie nicht den Kopf, aber ihr Gesicht sah undurchdringlich aus. So fuhr er fort: »Ich will's diesmal nicht mit Magenblutungen machen, da geben sie einem nichts zu fressen in den Krankenhäusern. Ich reise diesmal auf Gallenkoliken. Da können sie einem auch nichts nachweisen, bloß mal röntgen, und man *muss* keine Steine haben für die Koliken. Man kann bloß. Ich habe mir alles genau erklären lassen. Das klappt schon. Bloß dass ich erst diese zehn Tage arbeiten muss.«

Sie antwortete wieder mit keinem Wort, und er fuhr fort, denn er glaubte daran, dass man den Leuten ein Loch in den Bauch reden kann, dass sie schließlich doch nachgeben, wenn man nur beharrlich genug ist. »Ich habe auch die Adresse von 'nem jüdischen Arzt in der Frankfurter Allee, der schreibt jeden krank, wenn man will, bloß dass er keine Schwierigkeiten hat mit den Leuten. Mit dem schaff ich's: in zehn Tagen bin ich wieder im Krankenhaus, und du bist mich los, Evchen!«

Sie sagte, müde all dieses Geschwätzes: »Und wenn du bis Mitternacht hier stehst und redest, ich nehme dich doch nicht wieder auf, Enno. Ich tu's nie wieder, du kannst sagen, was du willst, und du kannst tun, was du willst. Ich lass mir nicht wieder alles kaputtmachen von dir und deiner Arbeitsscheu und deiner Rennwetterei und deinen gemeinen Weibern. Ich hab's dreimal erlebt und das vierte Mal und noch mal und noch mal, und nun hat's geschnappt bei mir, nun ist es alle! Ich setze mich hier auf die Treppe, ich bin nämlich müde, seit sechs bin ich auf den Beinen. Wenn du willst, setz dich dazu. Wenn du magst, rede, wenn du nicht magst, halt den Mund, mir ist alles egal. Aber in die Wohnung kommst du mir nicht!«

Sie hatte sich wirklich auf die Treppenstufe gesetzt, auf die gleiche Stufe, die vorher sein Warteplatz gewesen war. Und ihre Worte hatten so entschlossen geklungen, dass er fühlte, diesmal half auch alles Reden nichts. So rückte er denn seine Jockeymütze ein wenig schief und sagte: »Na denn, Evchen, wenn du durchaus nicht willst, wenn du mir nicht mal so 'nen kleinen Gefallen tun willst, wo du weißt, dein Mann ist in Not, mit dem du fünf Kinder gehabt hast, und drei liegen auf dem Kirchhof, und die zwei Jungen kämpfen für Führer und Volk …« Er brach ab, er hatte ganz maschinenmäßig so vor sich hin geredet, weil er das Immerweiterreden aus den Kneipen gewohnt war, obwohl er doch begriffen hatte, hier war jedes Reden zwecklos. »Also, ich geh denn jetzt, Evchen. Und dass du's weißt, ich nehm dir nichts übel, das weißt du, ich mag sein, wie ich will, übelnehmen tu ich nichts.«

»Weil dir alles gleichgültig ist bis auf deine Rennwetterei«, antwortete sie nun doch. »Weil dich sonst nichts auf der Welt interessiert, weil du nichts und keinen gern haben kannst, nicht einmal dich selbst, Enno.« Aber sie brach sofort wieder ab, es war so nutzlos, mit diesem Mann zu sprechen. Sie wartete eine Weile, dann sagte sie: »Aber ich denke, du wolltest gehen, Enno?«

»Jetzt geh ich, Evchen«, sagte er ganz überraschend. »Mach's gut. Ich nehm dir nichts übel. Heil Hitler, Evchen!«

»Heil Hitler!«, antwortete sie ganz mechanisch, immer noch fest davon überzeugt, dass dieses Abschiednehmen nur eine Finte von ihm war, bloß die Einleitung zu neuem, endlosem Gerede. Aber zu ihrer grenzenlosen Überraschung sagte er wirklich nichts mehr, sondern fing an, die Treppe hinabzusteigen.

Eine, zwei Minuten saß sie noch wie betäubt auf der Stufe, sie konnte noch nicht an ihren Sieg glauben. Dann sprang sie auf und lauschte ins Treppenhaus. Sie hörte deutlich seinen Schritt auf der untersten Treppe, er hatte sich nicht versteckt, er ging wirklich! Nun klappte die Haustür. Mit zitternder Hand schloss sie die Tür auf; sie war so erregt, dass sie zuerst das Schlüsselloch nicht finden konnte. Als sie drinnen war, legte sie die Kette vor und sank auf einen Küchenstuhl. Die Glieder hingen ihr runter, dieser Kampf eben hatte die letzte Kraft aus ihr gepumpt. Sie hatte kein Mark mehr in den Knochen, jetzt hätte sie einer nur mit einem Finger anstoßen müssen, sie wäre glatt vom Küchenstuhl gerutscht.

Aber allmählich, wie sie dort hockte, kehrten wieder Kraft und Leben in sie zurück. So hatte sie es denn auch einmal geschafft, ihr Wille hatte seine sture Hartnäckigkeit bezwungen. Sie hatte ihr Heim für sich behalten, für sich ganz allein. Er würde da nicht wieder rumsitzen, endlos von seinen Pferden reden und ihr jede Mark und jeden Kanten Brot stehlen, den er nur erwischen konnte.

Sie sprang auf, von neuem Lebensmut erfüllt. Dieses Stückchen Leben war ihr verblieben. Nach dem endlosen Dienst auf der Post brauchte sie diese paar Stunden hier für sich allein. Der Bestellgang fiel ihr schwer, sehr schwer, immer schwerer. Sie hatte schon früher mit dem Unterleib zu tun gehabt, nicht umsonst lagen die drei Jüngsten auf dem Friedhof: alles Frühgeburten. Die Beine wollten auch nicht mehr so. Sie war eben keine Frau für das Erwerbsleben, sie war eigentlich eine richtige Hausfrau. Aber sie hatte verdienen müssen, als der Mann plötzlich aufgehört hatte zu arbeiten. Damals waren die beiden Jungen noch klein gewesen. Sie hatte sie hochgebracht, sie hatte sich dieses Heim geschaffen: Wohnküche und Kammer. Und dabei hatte sie noch den Mann mit durchgeschleppt, wenn er nicht gerade bei einer seiner Geliebten untergekrochen war.

Selbstverständlich hätte sie sich längst von ihm scheiden lassen können, er machte ja gar kein Hehl aus seinen Ehebrüchen. Aber eine Scheidung hätte nichts geändert, ob geschieden oder nicht, Enno hätte sich weiter an sie geklammert. Dem war alles egal, der hatte keinen Funken Ehre im Leibe.

Dass sie ihn ganz aus der Wohnung gesetzt hatte, das war erst geschehen, als die beiden Jungen in den Krieg gezogen waren. Bis dahin hatte sie immer noch geglaubt, wenigstens den Schein eines Familienlebens aufrechterhalten zu müssen, trotzdem die großen Bengels genau Bescheid wussten. Sie hatte überhaupt eine Scheu, von diesem Zerwürfnis andere etwas merken zu lassen. Wurde sie nach ihrem Manne gefragt, so antwortete sie immer, er sei auf Montage. Sie ging sogar jetzt noch manchmal zu Ennos Eltern, brachte ihnen was zu essen oder ein paar Mark, gewissermaßen als Entschädigung für das Geld, das der Sohn sich dann und wann von der kümmerlichen Rente der Eltern erschlich.

Aber innerlich war sie ganz fertig mit dem Mann. Er hätte sich sogar ändern und wieder arbeiten und sein können wie in den ersten Jahren ihrer Ehe, sie hätte ihn nicht wieder aufgenommen. Sie hasste ihn nicht etwa, er war so ein reiner Garnichts, dass man nicht einmal Hass gegen ihn aufbringen konnte, er war ihr einfach widerlich, wie ihr Spinnen und Schlangen widerlich waren. Er sollte sie bloß in Ruhe lassen, nur nicht sehen wollte sie ihn, dann war sie schon zufrieden!

Während Eva Kluge so vor sich hin dachte, hatte sie ihr Essen auf die Gasflamme gesetzt und die Wohnküche aufgeräumt – die Kammer mit ihrem Bett machte sie schon immer am frühen Morgen zurecht. Während sie nun die Brühe schön brodeln hörte und ihr Duft sich durch die ganze Küche zu verbreiten anfing, machte sie sich an den Stopfkorb – mit den Strümpfen war es ein ewiges Elend, sie zerriss am Tage oft mehr, als sie stopfen konnte. Aber sie war der Arbeit darum nicht böse, sie liebte diese stille halbe Stunde vor dem Essen, wenn sie behaglich in weichen Filzschuhen auf dem Korbstuhl sitzen konnte, die schmerzenden Füße weit von sich gestreckt und ein wenig einwärts gedreht – so ruhten sie am besten aus.

Nach dem Essen wollte sie an ihren Liebling, den Ältesten, an Karlemann wollte sie schreiben, der in Polen war. Sie war ganz und gar nicht mit ihm einverstanden, besonders nicht, seit er in die SS eingetreten war. Man hörte in der letzten Zeit sehr viel Schlechtes von der SS, besonders gegen die Juden sollte sie so gemein sein. Aber das traute sie ihm doch nicht zu, dass ihr Junge, den sie einmal unter dem Herzen getragen hatte, Judenmädchen erst schändete und dann gleich hinterher erschoss. So was tat Karlemann nicht! Woher sollte er es auch haben? Sie hatte nie hart oder gar roh sein können, und der Vater war einfach ein Waschlappen. Aber sie würde doch versuchen, im Brief eine Andeutung zu machen, dass er anständig bleiben müsse. Natürlich musste diese Andeutung ganz vorsichtig gemacht werden, dass nur Karlemann sie verstand. Sonst bekam er Schwierigkeiten, wenn der Brief dem Zensor in die Finger geriet. Nun, sie würde schon auf irgendwas kommen, vielleicht würde sie ihn an ein Kindheitserlebnis erinnern, wie er ihr damals zwei Mark gestohlen und Bonbons dafür gekauft hatte oder, besser noch, als er sich schon mit dreizehn an die Walli rangemacht hatte, die nichts war wie eine gemeine Nutte. Was das damals für Schwierigkeiten gemacht hatte, ihn von dem Weibe wieder loszukriegen – er war solch ein Wutkopf manchmal, der Karlemann!

Aber sie lächelt, als sie an diese Schwierigkeiten denkt. Alles kommt ihr heute schön vor, was mit der Kindheit der Jungens zusammenhängt. Damals hatte sie noch Kraft in sich, sie hätte ihre Bengels gegen die ganze Welt verteidigt und gearbeitet bei Tag und gearbeitet bei Nacht, bloß um ihnen nichts abgehen zu lassen, was andere Kinder mit einem anständigen Vater bekamen. Aber in den letzten Jahren ist sie immer kraftloser geworden, ganz besonders, seit die beiden in den Krieg ziehen mussten. Nein, dieser Krieg hätte nicht kommen dürfen; war der Führer wirklich ein so großer Mann, hätte er ihn vermeiden müssen. Das bisschen Danzig und der schmale Korridor – und darum Millionen Menschen in tägliche Lebensgefahr gebracht – so was tat kein wirklich großer Mann!

Aber freilich, die Leute erzählten ja, dass er so was wie unehelich sei. Da hatte er wohl nie eine Mutter gehabt, die sich richtig um ihn kümmerte. Und so wusste er auch nichts davon, wie Müttern zumute sein kann in dieser ewigen, nie abreißenden Angst. Nach einem Feldpostbrief war es ein, zwei Tage besser, dann rechnete man, wie lange es her war, seit er abgeschickt worden war, und die Angst begann von neuem.

Sie hatte längst den Stopfstrumpf sinken lassen und nur so vor sich hin geträumt. Nun steht sie ganz mechanisch auf, rückt die Brühe von der besser brennenden Flamme auf die schwächere und setzt den Kartoffeltopf auf die bessere auf. Sie ist noch dabei, als bei ihr die Klingel geht. Sofort steht sie wie erstarrt. Enno! denkt es in ihr, Enno!

Sie setzt den Topf leise hin und schleicht auf ihren Filzsohlen lautlos zur Tür. Ihr Herz geht wieder leichter: vor der Tür, ein bisschen ab, so dass sie gut gesehen werden kann, steht ihre Nachbarin, Frau Gesch. Sicher will sie wieder was borgen, Mehl oder ein bisschen Fett, das sie stets wiederzubringen vergisst. Aber Eva Kluge bleibt trotzdem misstrauisch. Sie sucht, soweit es das Guckloch in der Tür erlaubt, den ganzen Treppenflur ab und lauscht auf jedes Geräusch. Aber alles ist in Ordnung, nur die Gesch scharrt manchmal ungeduldig mit den Füßen oder sieht nach dem Guckloch hin.

Eva Kluge entschließt sich. Sie macht die Tür auf, aber nur so weit die Kette es zulässt, und fragt: »Na, was soll's denn sein, Frau Gesch?«

Sofort überstürzt Frau Gesch, eine abgemergelte, halb zu Tode gearbeitete Frau, deren Töchter auf Kosten der Mutter einen guten Tag leben, sie mit einer Flut von Klagen über die endlose Wäscherei, immer anderer Leute dreckige Wäsche waschen und nie satt zu essen, und die Emmi und die Lilli tun rein gar nichts. Nach dem Abendessen gehen sie einfach weg und lassen der Mutter den ganzen Abwasch. »Ja, und Frau Kluge, was ich Sie bitten wollte, ich habe da im Rücken was, ich glaube, 'nen Furunkel oder doch was Eitriges. Wir haben bloß einen Spiegel, und meine Augen sind so schlecht. Wenn Sie sich das mal ansehen wollten – ich kann doch wegen so was nicht zum Doktor, wann habe ich denn Zeit für 'nen Doktor? Aber vielleicht können Sie es sogar ausdrücken, wenn's Ihnen nicht eklig ist, manche sind in so was eklig …«

Während Frau Gesch klagend immer so weiterredet, hat Eva Kluge ganz mechanisch die Kette losgemacht, und die Frau ist in die Wohnküche hineingekommen. Eva Kluge hat die Tür wieder zuziehen wollen, da hat sich ein Fuß dazwischengezwängt, und schon ist auch Enno Kluge in ihrer Wohnung. Sein Gesicht ist ausdruckslos wie immer; dass er doch etwas erregt ist, merkt sie nur daran, dass seine fast haarlosen Lider stark zittern.

Eva Kluge steht mit hängenden Armen da, ihre Knie beben so sehr, dass sie sich am liebsten zu Boden sinken ließe. Der Redestrom von Frau Gesch ist ganz plötzlich versiegt, schweigend sieht sie in die beiden Gesichter. Es ist ganz still in der Küche, nur der Brühentopf brodelt leise.

Schließlich sagt Frau Gesch: »Na, nun habe ich Ihnen den Gefallen getan, Herr Kluge. Aber ich sage Ihnen: einmal und nicht wieder. Und wenn Sie Ihr Versprechen nicht halten und fangen das wieder an mit der Nichtstuerei und dem Kneipenlaufen und dem Pferdewetten ...« Sie unterbricht sich, sie hat in das Gesicht von Frau Kluge gesehen, sie sagt: »Und wenn ich Mist gemacht habe, ich helfe Ihnen auf der Stelle, das Männeken rauszuschmeißen, Frau Kluge. Wir beide schaffen das doch wie nischt!«

Eva Kluge macht eine abwehrende Bewegung. »Ach, lassen Sie schon, Frau Gesch, es ist ja doch alles egal!«

Sie geht langsam und vorsichtig zum Korbstuhl und lässt sich in ihn sinken. Sie nimmt auch wieder den Stopfstrumpf zur Hand, aber sie starrt ihn an, als wüsste sie nicht, was das ist.

Frau Gesch sagt ein wenig gekränkt: »Na, denn guten Abend oder Heil Hitler – ganz wie den Herrschaften das lieber ist!«

Hastig sagt Enno Kluge: »Heil Hitler!«

Und langsam, als erwache sie aus einem Schlaf, antwortet Eva Kluge: »Gute Nacht, Frau Gesch.« Sie besinnt sich. »Und wenn wirklich was mit Ihrem Rücken ist«, setzt sie hinzu.

»Nee, nee«, antwortet Frau Gesch, schon vor der Tür, hastig. »Mit dem Rücken ist nichts, das habe ich nur so gesagt. Aber ich misch mich gewiss nicht wieder in die Sachen von andern Leuten. Ich seh's ja doch: ich habe nie Dank davon.«

Damit hat sie sich aus der Tür geredet; sie ist froh, von diesen beiden schweigenden Gestalten fortzukommen, ihr Gewissen zwickt sie ein wenig.

Kaum ist die Tür hinter ihr zu, kommt Bewegung in den kleinen Mann. Ganz selbstverständlich öffnet er den Schrank, macht dadurch einen Bügel frei, dass er zwei Kleider seiner Frau übereinander hängt, und hängt dafür seinen Mantel auf den Bügel. Die Sportmütze legt er oben auf den Schrank. Er geht stets sehr sorgfältig mit seinen Sachen um, er hasst es, schlecht gekleidet zu sein, und er weiß, er kann sich nichts Neues kaufen.

Nun reibt er die Hände mit einem behaglichen »Soso!« aneinander, geht zum Gasherd und schnuppert in den Töpfen. »Fein!«, sagt er. »Brühkartoffeln mit Rindfleisch – feinfein!«

Er macht eine Pause, die Frau sitzt bewegungslos, dreht ihm den Rücken. Er legt leise wieder den Deckel auf den Topf, stellt sich neben sie, so dass er auf sie hinunter redet: »Nun sitz bloß nicht so da, Eva, als wenn du so 'ne Marmorfigur wärst! Was ist denn schon los? Du hast für ein paar Tage wieder 'nen Mann in der Wohnung, ich werd dir schon keine Scherereien machen. Und was ich dir versprochen habe, das halte ich. Ich will auch nichts von den Brühkartoffeln – höchstens, wenn ein kleiner Rest bleibt. Und auch den nur, wenn du ihn mir freiwillig gibst – ich bitte dich nicht darum.«

Die Frau antwortet ihm mit keinem Wort. Sie stellt den Stopfkorb in den Schrank zurück, setzt einen tiefen Teller auf den Tisch, füllt sich aus den Töpfen auf und fängt langsam zu essen an. Der Mann hat sich an das andere Ende des Tisches gesetzt, ein paar Sportzeitungen aus der Tasche gezogen und macht sich Notizen in ein dickes, schmieriges Notizbuch. Dabei wirft er von Zeit zu Zeit einen raschen Blick auf die essende Frau. Sie isst sehr langsam, aber sie hat sich schon zweimal nachgefüllt, viel wird bestimmt nicht überbleiben für ihn, und er hat Hunger wie ein Wolf. Den ganzen Tag, nein, seit dem Abend vorher hat er nichts gegessen. Der Mann von der Lotte, der auf Urlaub aus dem Felde kam, hat ihn ohne jede Rücksicht auf sein Frühstück mit Schlägen aus dem Bette gejagt.

Aber er wagt es nicht, Eva von seinem Hunger zu sprechen, er hat Angst vor der schweigenden Frau. Ehe er sich hier erst richtig wieder zu Hause fühlen kann, muss noch allerlei geschehen. Dass dieser Moment kommen wird, daran zweifelt er nicht einen Augenblick: man kriegt jede Frau rum, nur beharrlich muss man sein und sich viel gefallen lassen. Schließlich, ganz plötzlich meist, geben sie nach, einfach weil ihnen das Wehren über ist.

Eva Kluge kratzt die Reste aus den Töpfen aus. Sie hat es

geschafft, sie hat das Essen für zwei Tage an einem Abend geschafft, aber nun kann er sie doch nicht um die Reste anbetteln! Dann erledigt sie rasch das bisschen Abwasch, und nun fängt sie eine große Umräumerei an. Direkt vor seinen Augen bringt sie alles, was ihr ein bisschen wert ist, in die Kammer. Die Kammer hat ein festes Schloss, in die Kammer ist er noch nie reingekommen. Sie schleppt die Essvorräte, ihre guten Kleider und Mäntel, das Schuhwerk, die Kissen vom Kanapee, ja, sogar das Bild mit den beiden Jungen in die Kammer – alles vor seinen Augen. Es ist ihr ganz egal, was er denkt oder sagt. In die Wohnung ist er mit List gekommen, aber viel soll er davon nicht haben.

Dann schließt sie die Kammertür ab und holt sich das Schreibzeug an den Tisch. Sie ist todmüde, sie läge am liebsten im Bett, aber sie hat sich nun einmal vorgenommen, heute Abend an den Karlemann zu schreiben, so tut sie's. Sie kann nicht nur hart gegen ihren Mann, sie kann auch hart gegen sich sein.

Sie hat erst ein paar Sätze geschrieben, da beugt sich der Mann über den Tisch und fragt: »An wen schreibste denn, Evchen?«

Unwillkürlich antwortet sie ihm, trotzdem sie sich fest vorgenommen hat, nicht mehr mit ihm zu sprechen. »An Karlemann …«

»So«, sagt er und legt die Zeitungen aus der Hand. »So, also an den schreibste und schickst ihm womöglich auch noch Päckchen, aber für seinen Vater haste nicht mal 'ne Kartoffel und 'n Happen Fleisch übrig, hungrig wie der ist!«

Seine Stimme hat etwas von ihrem gleichgültigen Klang verloren, sie klingt, als sei der Mann jetzt ernstlich beleidigt und in seinem Recht gekränkt, weil sie dem Sohne etwas gibt, das sie dem Vater vorenthält.

»Lass man, Enno«, sagt sie ruhig. »Das ist meine Sache, der Karlemann ist ein ganz guter Junge …«

»So!«, sagt er. »So! Und das hast du natürlich ganz vergessen, wie er zu seinen Eltern war, als sie ihn erst zum Scharführer gemacht hatten? Wie du ihm nichts mehr recht machen konntest und er uns als alte, dumme Bürger ausgelacht hat – alles vergessen, wa, Evchen? Ein guter Junge, wahrhaftig, der Karlemann!«

»Mich hat er nie ausgelacht!«, verteidigt sie ihn mit schwacher Stimme.

»Nee, natürlich nicht!«, spottet er. »Und das hast du natürlich auch vergessen, dass er seine eigene Mutter nicht gekannt hat, wenn sie mit der schweren Posttasche die Prenzlauer Allee langkam? Wie er da mit seinem Mädchen weggeguckt hat, der feine Knochen, der!«

»So was kann man 'nem jungen Menschen nicht übelnehmen«, sagt sie. »Die wollen alle möglichst fein vor ihren Damen dastehen, so sind sie alle. Das gibt sich später wieder, der kommt zurück zu seiner Mutter, die ihn an der Brust gehabt hat.«

Einen Augenblick sieht er sie zögernd an, ob er auch das noch sagen soll. Er ist sonst wirklich nicht nachtragend, aber diesmal hat sie ihn zu sehr gekränkt, erst, weil sie ihm kein Essen gab, dann, als sie vor seinen Augen offensichtlich alle guten Sachen in die Kammer trug. So sagt er denn: »Ich, wenn ich 'ne Mutter wäre, ich möchte so 'nen Sohn nie wieder in meine Arme nehmen, solch Schwein, wie der geworden ist!« Er sieht in ihre von der Angst vergrößerten Augen, er sagt es ihr erbarmungslos in das wächserne Gesicht hinein. »Auf dem letzten Urlaub, da hat er mir ein Foto von sich gezeigt, das hat ein Kamerad von ihm aufgenommen. Noch geprahlt hat er mit dem Bild. Da ist dein Karlemann drauf zu sehen, wie er so 'n Judenkind von vielleicht drei Jahren beim Bein hält, und mit dem Kopf haut er's gegen die Stoßstange vom Auto …«

»Nein! Nein!«, schreit sie. »Das hast du gelogen! Das hast du dir aus Rache ausgedacht, weil ich dir kein Essen gegeben habe! So was tut Karlemann nicht!«

»Wie kann ich mir das denn ausgedacht haben?«, fragt er, schon wieder ruhiger, nachdem er ihr diesen Stoß versetzt hat. »Mir so was auszudenken, habe ich gar nicht den Kopf! Und übrigens, wenn du mir nicht glaubst, dann kannst du ja in die Destille von Senftenberg gehen, da hat er das Photo allen gezeigt. Der dicke Senftenberg und dem seine Olle, die haben es auch gesehen ...«

Er hört auf zu reden. Es ist sinnlos, jetzt mit dieser Frau weiterzureden, sie sitzt da, den Kopf auf dem Tisch, und heult. Das hat sie davon, und übrigens ist sie doch auch in der Partei und hat immer auf den Führer und alles, was er tat, geschworen. Da kann sie sich doch nicht wundern, dass der Karlemann so geworden ist.

Einen Augenblick steht Enno Kluge und sieht zweifelnd nach dem Kanapee hinüber – keine Decke und keine Kissen! Das kann 'ne schöne Nacht werden! Aber vielleicht ist das grade jetzt der richtige Augenblick, was zu riskieren? Er steht zweifelnd, sieht nach der verschlossenen Kammertür hin, dann entschließt er sich. Er greift einfach in die Schürzentasche der hemmungslos weinenden Frau und holt den Schlüssel raus. Er schließt die Tür auf und fängt an, in der Kammer rumzusuchen, und das nicht einmal leise ...

Eva Kluge, die abgehetzte, übermüdete Briefbestellerin, hört das alles auch; sie weiß, dass er sie jetzt bestiehlt, aber es ist ihr gleich. Ihre Welt ist doch kaputt, ihre Welt kann nie wieder heil werden. Wozu hat man denn gelebt auf dieser Welt, wozu hat man Kindern das Leben geschenkt, sich an ihrem Lächeln, ihren Spielen erfreut, wenn dann Tiere aus ihnen werden? Ach, der Karlemann – er war solch ein süßer blonder Junge! Wie sie damals mit ihm im Zirkus Busch war, und die Pferde mussten sich der Länge nach hinlegen im Sand, wie er da Mitleid mit den armen Hottos hatte – ob sie krank seien? Sie musste ihn beruhigen, die Hottos schliefen nur.

Und nun ging er hin und tat den Kindern anderer Mütter dies an! Nicht einen Augenblick zweifelte Frau Eva Kluge daran, dass das mit dem Bilde stimmte, Enno war wirklich nicht fähig, sich so was auszudenken. Nein, sie hatte nun auch den Sohn verloren. Es war viel schlimmer, als wenn er gestorben wäre, dann hätte sie wenigstens über ihn trauern können. Jetzt konnte sie ihn nie mehr in die Arme nehmen, auch vor ihm musste sie ihr Heim verschlossen halten.

Der suchende Mann in der Kammer hat unterdes das gefunden, was er längst im Besitz seiner Frau vermutete: ein Postsparkassenbuch. 632 Mark drauf, 'ne tüchtige Frau, aber eigentlich wozu so tüchtig? Sie kriegt doch mal eines Tages ihre Rente, und was sie sonst gespart hat … Er wird morgen erst mal jedenfalls 20 Mark auf Adebar setzen und vielleicht 10 auf Hamilkar … Er blättert weiter in dem Buch: nicht nur 'ne tüchtige Frau, auch 'ne ordentliche. Alles liegt beisammen: hinten im Buch ist die Kontrollmarke, und die Auszahlungszettel fehlen auch nicht …

Er will das Buch grade in die Tasche stecken, da ist die Frau bei ihm. Sie nimmt ihm das Buch einfach aus der Hand und legt es aufs Bett. »Raus!«, sagt sie nur. »Raus!«

Und er, der eben noch den ganzen Sieg fest in seinen Händen glaubte, geht vor ihren bösen Augen aus der Kammer. Mit zitternden Händen, ohne auch nur ein Wort zu wagen, holte er Mantel und Mütze aus dem Schrank, ohne ein Wort ging er durch die geöffnete Tür an ihr vorbei ins dunkle Treppenhaus. Die Tür wurde ins Schloss gezogen, er knipste die Treppenbeleuchtung an und stieg die Stufen hinab. Gottlob hatte jemand die Haustür offen gelassen. Er wird in seine Stammkneipe gehen; zur Not, wenn er niemanden findet, lässt ihn der Budiker auf dem Sofa dort schlafen. Er marschiert los, in sein Schicksal ergeben, gewohnt, Schläge einzustecken. Die Frau oben hat er schon wieder halb vergessen.

Sie aber steht am Fenster und starrt in das abendliche Dunkel hinaus. Schön. Schlimm. Auch Karlemann ist verloren. Sie wird es noch mit Max versuchen, dem jüngeren Sohn. Max war immer farbloser, mehr der Vater als sein glänzender Bruder. Vielleicht kann sie sich in Max einen Sohn gewinnen. Und wenn nicht, nun gut, dann wird sie eben für sich allein leben. Aber sie wird anständig bleiben. Dann hat sie eben das im Leben erreicht, dass sie anständig geblieben ist. Gleich morgen wird sie horchen, wie man es anfängt, aus der Partei herauszukommen, ohne dass die sie ins KZ stecken. Es wird schwerhalten, aber vielleicht schafft sie es. Und wenn es eben gar nicht anders sein kann, geht sie ins KZ. Das ist dann gewissermaßen ein klein bisschen Sühne für das, was Karlemann getan hat.

Sie zerknüllt den angefangenen, verweinten Brief an den Älteren. Sie legt ein neues Briefblatt hin und beginnt zu schreiben:

»Lieber Sohn Max! Ich will Dir wieder mal ein Brieflein schreiben. Mir geht es noch gut, was ich auch von Dir hoffe. Vater war eben hier, aber ich habe ihm die Tür gewiesen, er wollte doch nur von mir ziehen. Auch von Deinem Bruder Karl habe ich mich losgesagt, wegen der Scheußlichkeiten, die er begangen hat. Jetzt bist Du mein einziger Sohn. Ich bitte Dich, bleibe immer anständig. Ich will auch alles tun, was ich für Dich kann. Schreibe mir bald auch einmal ein Brieflein. Es grüßt und küsst Dich

Deine Mutter.«

6. KAPITEL

Otto Quangel gibt sein Amt auf

Die mit etwa achtzig Arbeitern und Arbeiterinnen besetzte Werkstatt der Möbelfabrik, der Otto Quangel als Werkmeister vorstand, hatte bis zum Kriegsausbruch nur Einzelmöbel nach Zeichnungen hergestellt, während die Fabrik sonst in allen ihren andern Abteilungen nur Massenmöbel anfertigte. Mit dem Kriegsbeginn war der ganze Betrieb auf die Herstellung von Heeresgut umgestellt worden, und der Quangel'schen Werkstatt war dabei die Aufgabe zugefallen, gewisse, sehr schwere und große Kisten herzustellen, von denen behauptet wurde, sie dienten zum Transport schwerer Bomben.

Was Otto Quangel anging, so war es ihm ganz egal, wozu die Kisten dienten; er fand diese neue, geistlose Arbeit seiner unwürdig und verächtlich. Er war ein richtiger Kunsttischler gewesen, den die Maserung eines Holzes, die Anfertigung eines schön geschnitzten Schrankes mit einem Gefühl tiefer Befriedigung erfüllen konnte. Er hatte bei solcher Arbeit so viel Glück empfunden, wie ein Mensch seiner kühlen Veranlagung nur empfinden kann. Jetzt war er zu einem bloßen Antreiber und Aufpasser hinabgesunken, der nur noch darauf zu achten hatte, dass seine Werkstatt ihr Soll und möglichst mehr als dieses Soll erfüllte. Seiner Art nach hatte er aber nie ein Wort über diese Gefühle verloren, und sein scharfes, vogelhaftes Gesicht hatte nie etwas von der Verachtung, die er für diese erbärmliche Fichtenholzarbeit empfand, verraten. Hätte ihn jemand genauer beobachtet, so hätte er bemerkt, dass der wenig redende Quangel nun überhaupt nichts mehr sprach und dass er unter diesem Zutreibersystem eher geneigt war, die Sieben grade sein zu lassen.

Aber wer sollte auf einen so trockenen, unausgiebigen Mann wie Otto Quangel groß achten? Er schien zeit seines Lebens nur ein Arbeitstier gewesen zu sein, ohne irgendein anderes Interesse als das für die Arbeit, die er zu verrichten hatte. Er hatte nie einen Freund hier besessen, nie zu jemandem ein freundliches Wort gesprochen. Arbeit, nur Arbeit, ganz gleich, ob Menschen oder Maschinen, wenn sie nur ihre Arbeit taten!

Dabei war er nicht einmal unbeliebt, trotzdem er die Aufsicht über die Werkstatt hatte und zur Arbeit antreiben musste. Aber er schimpfte nie, und er schwärzte nie jemanden bei den Herren vorne an. Schien ihm irgendwo die Arbeit nicht richtig voranzugehen, so ging er dorthin und beseitigte wortlos mit seinen geschickten Händen das Arbeitshindernis. Oder er stellte sich zu ein paar Schwätzern und blieb, die dunklen Augen fast blicklos auf die Sprechenden geheftet, so lange bei ihnen stehen, bis ihnen die Lust zum Weiterreden vergangen war. Ständig verbreitete er ein Gefühl von Kühle um sich. In den kurzen Ruhepausen suchten die Arbeiter möglichst entfernt von ihm zu sitzen, und so genoss er eine ihm ganz selbstverständlich gezollte Achtung, die ein anderer mit noch so viel Reden und Anfeuern sich nicht verschafft hätte.

Auf der Fabrikleitung wussten sie auch wohl, was sie an Otto Quangel hatten. Seine Werkstatt erzielte stets die höchsten Leistungen, es gab nie Schwierigkeiten mit den Leuten, und Quangel war willig. Er wäre längst aufgerückt, wenn er sich hätte entschließen können, in die Partei einzutreten. Aber das lehnte er stets ab. »Für so was habe ich kein Geld übrig«, sagte er dann wohl. »Ich brauch jede Mark. Ich muss 'ne Familie ernähren.«

Man grinste im Geheimen über das, was man seinen schmutzigen Geiz nannte. Dieser Quangel schien ja innerlich über jeden Groschen, den er zu einer Sammlung spenden musste, vor Leid zu vergehen. Er bedachte gar nicht, dass er durch den Eintritt in die Partei viel mehr an Gehaltszulage gewann, als er durch den Parteibeitrag verlor. Aber dieser tüchtige Werkmeister war eben politisch ein hoffnungsloser Idiot, und so hatte man denn auch keine Bedenken, ihn in dieser kleinen leitenden Stellung zu belassen, obwohl er kein Parteimitglied war.

In Wahrheit war es nicht der Geiz Otto Quangels, der ihn von einem Eintritt in die Partei abhielt. Gewiss, er war in Gelddingen sehr genau und konnte sich über einen unüberlegt ausgegebenen Groschen noch wochenlang hinterher ärgern. Aber eben, weil er bei sich genau war, war er es auch bei andern, und diese Partei schien alles andere als genau bei der Durchführung ihrer Grundsätze zu sein. Was er bei der Erziehung seines Sohnes durch Schule und Hitlerjugend erlebt, was er von Anna gehört hatte, wie er selbst erlebt hatte, dass alle gut bezahlten Posten in der Fabrik mit Parteigenossen besetzt wurden, denen die tüchtigsten Nichtparteigenossen stets zu weichen hatten – das alles bestärkte ihn in seiner Überzeugung, dass die Partei nicht genau, das heißt nicht gerecht war, und mit einer solchen Sache wollte er nichts zu tun haben.

Darum hatte ihn ja auch Annas Ruf ›Du und dein Führer‹ am Morgen so sehr gekränkt. Gewiss, er hatte bisher an den ehrlichen Willen des Führers, an seine Größe und seine guten Absichten geglaubt. Man brauchte nur alle diese Schmeißfliegen und Speckjäger, denen es nur um Geldscheffeln und Lebeschön ging, aus seiner Umgebung zu entfernen, und alles wurde besser. Aber bis es so weit war, machte er nicht mit, er nicht, und das wusste Anna, die Einzige, mit der er wirklich mal ein Wort sprach, auch ganz gut. Nun schön, sie hatte es in ihrer ersten Aufregung gesagt, er würde es mit der Zeit schon vergessen, er konnte ihr nie was nachtragen.

Was es freilich mit dem Führer und mit diesem Kriege auf sich hatte, das musste er sich erst noch genau überlegen. All so etwas ging nur langsam bei ihm. Andere waren von überraschenden Erlebnissen sofort beeindruckt, sie redeten los oder schrien und taten irgendetwas, bei ihm wirkte es lange, lange.

Wie er da so mitten im Sausen und Kreischen seiner Werkstatt steht, den Kopf etwas erhoben und den Blick langsam von der Dicktenhobelmaschine zu der Bandsäge, zu den Naglern, Bohrern, Bretterträgern wandern lässt, merkt er, wie diese Nachricht von Ottos Tod und ganz besonders Annas und Trudels Verhalten immer weiter in ihm wirken. Er denkt nicht eigentlich darüber nach, er weiß vielmehr genau, dass dieser Liederlich, dieser Tischler Dollfuß, schon vor sieben Minuten die Werkstatt verlassen hat und dass die Arbeit in seiner Reihe darum stockt, weil er auf dem Abtritt wieder mal eine Zigarette rauchen muss oder weil er dort Reden schwingt. Er gibt ihm noch drei Minuten, dann holt er ihn rein, er selber!

Und während sein Auge nun zu dem Zeiger der Wanduhr gleitet und feststellt, dass Dollfuß tatsächlich in drei Minuten zehn Minuten geschwänzt haben wird, fällt ihm nicht nur dieses hassenswerte Plakat über Trudels Kopf ein, denkt er nicht nur darüber nach, was das eigentlich genau ist: Landes- und Hochverrat und wo man so was wohl erfährt, sondern er denkt auch daran, dass er einen vom Pförtner ihm übergebenen Brief in der Jackentasche trägt, durch den der Werkmeister Quangel kurz und knapp aufgefordert wird, pünktlich fünf Uhr in der Beamtenkantine zu erscheinen.

Nicht, dass dieser Brief ihn irgendwie aufregt oder stört. Er hat früher, als die Möbelherstellung noch im Gange war, oft auf die Fabrikleitung gemusst, um die Herstellung eines Möbelstückes zu besprechen. Beamtenkantine ist etwas Neues, aber das ist ihm gleich, bis fünf Uhr sind es aber nur noch sechs Minuten, und bis dahin möchte er den Tischler Dollfuß gerne an seiner Säge haben. So geht er eine Minute früher, als er beabsichtigt hat, los, um den Dollfuß zu suchen.

Aber er findet ihn weder auf den Abtritten noch auf den Gängen, noch in den anliegenden Werkstätten, und als er in die eigene Werkstatt zurückkehrt, zeigt die Uhr eine Minute vor fünf Uhr, und es wird höchste Zeit für ihn, wenn er nicht unpünktlich sein will. Er klopft sich schnell den gröbsten Sägestaub von der Jacke und geht dann eilig hinüber in das Verwaltungsgebäude, in dessen Erdgeschoss sich die Beamtenkantine befindet.

Sie ist ersichtlich für einen Vortrag vorbereitet, eine Rednertribüne ist errichtet, ein langer Tisch für die Vorsitzenden, und der ganze Saal ist mit Stuhlreihen ausgefüllt. Er kennt das alles von den Versammlungen der Arbeitsfront, an denen er oft hat teilnehmen müssen, nur dass diese Versammlungen stets drüben in der Werkkantine stattfanden. Der einzige Unterschied ist der, dass dort rohe Holzbänke standen statt der Rohrstühle hier, und dann saßen die meisten dort wie er in Arbeitskluft, während es hier mehr braune und auch graue Uniformen gibt, die Beamten in Zivil verschwinden dazwischen.

Quangel hat sich auf einen Stuhl ganz nahe an der Tür gesetzt, um beim Schluss der Rede möglichst rasch wieder in seine Werkstatt zu kommen. Der Saal ist schon ziemlich gefüllt, als Quangel gekommen ist, zum Teil sitzen die Herren schon auf den Stühlen, ein anderer Teil steht noch auf den Gängen und an der Wand in Grüppchen, sie reden miteinander.

Sie alle aber, die hier versammelt sind, tragen das Hakenkreuz. Quangel scheint der Einzige ohne das Parteiabzeichen zu sein (von den Wehrmachtsuniformen natürlich abgesehen, aber die tragen dafür das Hoheitszeichen). Es ist wohl ein Irrtum, dass sie ihn hierher eingeladen haben. Quangel wendet den Kopf aufmerksam hin und her. Ein paar Gesichter kennt er. Der dicke Bleiche dort, der schon am Vorstandstisch sitzt, das ist der Herr Generaldirektor Schröder, den kennt er vom Sehen. Und der kleine Spitznasige mit dem Klemmer, das ist der Herr Kassierer, von dem er jeden Sonnabend seine Lohntüte in Empfang nimmt und mit dem er sich schon ein paarmal wegen der hohen Abzüge kräftig gestritten hat. Komisch, wenn der an seiner Kasse steht, hat er nie das Parteiabzeichen getragen!, denkt Quangel flüchtig.

Aber die meisten Gesichter, die er sieht, sind ihm völlig unbekannt, es sind wohl fast nur Herren aus den Büros, die hier sitzen. Plötzlich wird Quangels Blick scharf und stechend, in einer Gruppe hat er den Mann entdeckt, den er vorhin vergeblich auf dem Abtritt gesucht hat, den Tischler Dollfuß. Aber der Tischler Dollfuß trägt jetzt keine Arbeitskluft, er trägt einen feinen Sonntagsanzug und redet mit den zwei Herren in Parteiuniform ganz so, als seien sie seinesgleichen. Und jetzt trägt auch der Tischler Dollfuß ein Hakenkreuz, dieser Mann, der ihm schon ein paarmal in der Werkstatt durch sein leichtsinniges Gerede aufgefallen ist! So ist das also!, denkt Quangel. Das ist also ein richtiger Spitzel. Womöglich ist der Mann gar kein richtiger Tischler und heißt auch nicht Dollfuß. War Dollfuß nicht ein Kanzler in Österreich, den sie ermordet haben? Alles Schiebung – und ich habe nie was gemerkt, ich dummes Aas!

Und er fängt an, darüber nachzugrübeln, ob der Dollfuß schon in seiner Werkstatt war, als der Ladendorf und der

Tritsch abgelöst wurden und alle munkelten, sie seien ins KZ gewandert.

Quangels Haltung hat sich gestrafft. Achtung!, hat es in ihm gesagt. Und: Hier sitz ich ja wie unter Mördern! Später denkt er: Ich werde mich auch von diesen Brüdern nicht kriegen lassen. Ich bin eben nur ein oller, dussliger Werkmeister, ich versteh von nischt was. Aber mitmachen, nee, das tu ich nicht. Ich hab's heute früh gesehen, wie es die Anna gepackt hat und danach die Trudel; ich mach bei so was nicht mit. Ich will nicht, dass eine Mutter oder Braut durch mich so hingerichtet wird. Die sollen mich rauslassen aus ihren Sachen …

So denkt er. Unterdes hat sich der Saal bis auf den letzten Platz gefüllt. Der Vorstandstisch ist eng von braunen Uniformen und schwarzen Röcken besetzt, und auf dem Rednerpult steht jetzt ein Major oder Oberst (Quangel hat es nie gelernt, Uniformen und Rangabzeichen auseinanderzuhalten) und spricht von der Kriegslage.

Natürlich ist die großartig, der Sieg über Frankreich wird gebührend gefeiert, und es kann nur eine Frage von wenigen Wochen sein, dass auch England am Boden liegt. Dann kommt der Redner allmählich dem Punkte näher, der ihm am Herzen liegt: wenn nämlich die Front so große Erfolge erzielt, so wird erwartet, dass auch die Heimat ihre Pflicht tut. Was nun folgt, das klingt beinahe so, als komme der Herr Major (oder Oberst oder Hauptmann) direkt aus dem Hauptquartier, um der Belegschaft der Möbelfabrik Krause & Co. vom Führer zu sagen, dass sie unbedingt ihre Leistungen steigern müsse. Der Führer erwartet, dass die Fabrik in drei Monaten ihre Leistung um fünfzig Prozent, in einem halben Jahr aber aufs Doppelte gesteigert hat. Vorschläge, um dieses Ziel zu erreichen, werden aus der Versammlung gerne entgegengenommen. Wer aber nicht mitmacht, ist als Saboteur zu betrachten und entsprechend zu behandeln.

Während der Redner noch ein »Siegheil« auf den Führer

ausbringt, denkt Otto Quangel: Dumm sind die, dumm wie Schifferscheiße! England liegt in ein paar Wochen am Boden, der Krieg ist alle, und wir steigern in einem halben Jahre unsere Kriegsproduktion um hundert Prozent! Wer denen bloß so was abnimmt?

Aber er schreit brav sein »Siegheil« mit, setzt sich wieder und blickt dann auf den nächsten Redner, der in brauner Uniform das Pult betritt, die Brust dick mit Medaillen, Orden und Abzeichen geschmückt. Dieser Parteiredner ist eine ganz andere Sorte Mann als sein militärischer Vorredner. Von allem Anfang an spricht er scharf und zackig von dem Ungeist, der immer noch in den Betrieben umgeht, trotz der herrlichen Erfolge des Führers und der Wehrmacht. Er redet so scharf und zackig, dass er nur brüllt, und er nimmt kein Blatt vor den Mund, als er von den Miesmachern und Meckerern spricht. Jetzt soll und wird der letzte Rest von ihnen ausgetilgt werden, Schlitten wird man mit ihnen fahren, man wird ihnen was über die Schnauze geben, dass sie nie wieder die Zähne auseinanderkriegen! Suum cuique, das hat auf den Koppelschlössern gestanden im Ersten Weltkrieg, und: Jedem das Seine, das steht jetzt über den Toren der Konzentrationslager! Da wird denen was beigebracht, und wer dafür sorgt, dass so 'n Kerl oder so 'n Weib reinkommt, der hat was geleistet für das deutsche Volk, und der ist ein Mann des Führers.

»Euch aber alle hier, die ihr hier sitzt«, brüllt der Redner zum Schluss, »ihr Werkstättenleiter, Abteilungsvorsteher, Direktoren – euch mache ich persönlich dafür haftbar, dass euer Betrieb sauber ist! Und Sauberkeit, das ist nationalsozialistisches Denken! Nur das! Wer da schlappschwänzig ist und weichmäulig und wer nicht alles anzeigt, auch die geringste Kleinigkeit, der fliegt selber ins KZ. Dafür stehe ich euch persönlich, ob ihr nun Direktor seid oder Werkmeister, ich bring euch zurecht, und wenn ich euch die Schlappheit mit den Stiebeln aus dem Leibe treten soll!«

Der Redner steht noch einen Augenblick da, er hat seine Hände wutverkrampft erhoben, er ist blaurot im Gesicht. In der Versammlung ist es nach diesem Ausbruch totenstill geworden, sie machen alle ziemlich bekniffene Gesichter, sie, die so plötzlich und unverhüllt zu Spitzeln ihrer Kameraden gemacht wurden. Dann stampft der Redner mit schweren Schritten von seinem Pult hinunter, wobei die Abzeichen auf seiner Brust leise klingeln, und nun erhebt sich der blasse Generaldirektor Schröder und fragt mit sanfter, leiser Stimme, ob etwa Wortmeldungen vorlägen.

Ein Aufatmen geht durch die Versammlung, ein Zurechtrücken – als wäre ein böser Traum ausgeträumt, und der Tag komme wieder zu seinem Recht. Es scheint niemand zu sein, der jetzt noch sprechen will, alle haben sie wohl den Wunsch, möglichst bald diesen Saal zu verlassen, und der Generaldirektor will eben die Versammlung mit einem »Heil Hitler« schließen, da steht plötzlich im Hintergrund ein Mann in blauer Arbeitsbluse auf und sagt, was die Leistungssteigerung in seiner Werkstatt angehe, so sei das ganz einfach. Man müsse nur noch die und die Maschinen aufstellen, er zählt sie auf und erklärt, wie sie aufgestellt werden müssen. Ja, und dann müsse man noch sechs oder acht Leute aus seiner Werkstatt raussetzen, Bummelanten und Nichtskönner. Dann schaffe er das mit den hundert Prozent schon in einem Vierteljahr.

Quangel steht kühl und gelassen da, er hat den Kampf aufgenommen. Er fühlt, wie sie ihn alle anstarren, diesen einfachen Arbeiter, der so gar nicht zwischen diese feinen Herren gehört. Aber er hat sich nie was aus den Menschen gemacht, ihm ist es egal, ob sie ihn anstarren. Jetzt, wo er ausgeredet hat, stecken sie am Vorstandstisch die Köpfe über ihn zusammen. Die Redner erkundigen sich, wer das wohl ist, dieser Mann in der blauen Bluse. Dann steht der Major oder Oberst auf und sagt Quangel, die technische Leitung werde sich mit ihm wegen der Maschinen besprechen, aber wie er das meine mit den sechs oder acht Leuten, die aus seiner Werkstatt raus sollten?

Langsam und hartnäckig antwortet Quangel: »Ja, manche können eben nicht so arbeiten, und manche wollen es nicht. Da sitzt gleich einer von denen!« Und er zeigt mit dem großen, starren Zeigefinger ganz unverhohlen auf den Tischler Dollfuß, der einige Reihen vor ihm sitzt.

Jetzt platzen einige mit Lachen heraus, und zu den Lachern gehört auch der Tischler Dollfuß, der den Kopf nach ihm umgedreht hat und ihn anlacht.

Aber Quangel sagt kalt und ohne eine Miene zu verziehen: »Ja, leichtsinnig reden, Zigaretten auf dem Abtritt rauchen und die Arbeit versäumen, das kannst du, Dollfuß!«

Am Vorstandstisch haben sie wieder die Köpfe über diesen verdrehten Kauz zusammengesteckt. Aber jetzt hält nichts mehr den braunen Redner, er springt auf und schreit: »Du bist nicht in der Partei – warum bist du nicht in der Partei?«

Und Quangel antwortet, was er immer auf diese Frage geantwortet hat: »Weil ich jeden Groschen brauche, weil ich Familie habe, darum kann ich mir das nicht leisten!«

Der Braune brüllt: »Weil du ein geiziger Hund bist! Weil du nichts über hast für deinen Führer und dein Volk! Wie groß ist denn deine Familie?«

Und kalt antwortet ihm Quangel ins Gesicht hinein: »Von meiner Familie reden Sie mir heut nicht, lieber Mann! Ich habe gerade heute die Nachricht bekommen, dass mir mein Sohn gefallen ist!«

Einen Augenblick ist es totenstill im Saal, über die Stuhlreihen weg starren sich der braune Bonze und der alte Werkmeister an. Dann setzt sich Otto Quangel plötzlich, als sei nun alles erledigt, und ein wenig später setzt sich auch der Braune. Wieder erhebt sich der Generaldirektor Schröder und bringt nun das »Siegheil!« auf den Führer aus: Es klingt etwas dünn. Dann ist die Versammlung geschlossen.

Fünf Minuten später steht Quangel wieder in seiner Werkstatt; mit etwas erhobenem Kopf lässt er langsam den Blick von der Dicktenhobelmaschine zu der Bandsäge wandern, von da weiter zu den Naglern, den Bohrern, den Brettertägern ... Aber es ist der alte Quangel nicht mehr, der dort steht. Er fühlt es, er weiß es, er hat sie alle überlistet. Vielleicht auf eine hässliche Weise überlistet, indem er aus dem Tode des Sohnes Kapital schlug, aber soll man zu solchen Biestern anständig sein? Nee!, sagt er fast laut zu sich. Nee, Quangel, der alte wirst du nie wieder. Ich bin doch mal neugierig, was Anna zu dem allen sagt. Ob der Dollfuß gar nicht wieder auf seinen Arbeitsplatz kommt? Dann muss ich heute noch einen andern anfordern. Wir sind im Rückstand ...

Aber keine Bange, der Dollfuß kommt. Er kommt sogar in der Begleitung eines Abteilungsleiters, und dem Werkmeister Otto Quangel wird eröffnet, dass er zwar die technische Leitung dieser Werkstatt behalte, dass er aber sein Amt in der DAF hier an den Herrn Dollfuß abzugeben und sich um Politik überhaupt nicht mehr zu kümmern habe. »Verstanden?«

»Und ob ich das verstanden habe! Ich bin froh, dass du mir den Posten abnimmst, Dollfuß! Mein Gehör wird immer schlechter, und hinhorchen, wie der Herr sich das vorhin vorgestellt hat, das kann ich hier in dem Lärm überhaupt nicht.«

Dollfuß nickt kurz mit dem Kopf, er sagt rasch: »Und was Sie da vorhin gesehen und gehört haben, darüber zu keinem Menschen ein Wort, sonst ...«

Fast gekränkt antwortet Quangel: »Zu wem soll ich denn reden, Dollfuß? Hast du mich schon mal mit einem Menschen reden hören? Das interessiert mich nicht, mich interessiert bloß meine Arbeit, und da weiß ich, dass wir heute feste im Rückstand sind. Es wird Zeit, dass du wieder an deiner Maschine stehst!« Und mit einem Blick auf die Uhr: »Eine Stunde und siebenunddreißig Minuten hast du jetzt versäumt!«

Einen Augenblick später steht der Tischler Dollfuß wirklich an seiner Säge, und mit Windeseile, keiner weiß, woher, verbreitet sich in der Werkstatt das Gerücht, der Dollfuß habe wegen seiner ewigen Raucherei und Schwätzerei einen reingewürgt gekriegt.

Der Werkmeister Otto Quangel geht aber aufmerksam von Maschine zu Maschine, greift zu, starrt mal einen Schwätzer an und denkt dabei: Die bin ich los – für immer und ewig! Und sie haben keinen Verdacht, ich bin bloß ein alter Trottel für die! Dass ich den Braunen mit »lieber Mann« angeredet habe, das hat denen den Rest gegeben! Nun bin ich bloß neugierig, was ich jetzt anfange. Denn irgendwas fange ich an, das weiß ich. Ich weiß bloß noch nicht, was …

7. Kapitel
Nächtlicher Einbruch

Am späten Abend, eigentlich ist es schon Nacht, eigentlich ist es schon viel zu spät für das Verabredete, hat der Herr Emil Barkhausen seinen Enno doch noch getroffen, im Restaurant »Ferner liefen«. Das hat die Briefträgerin Eva Kluge mit ihrem heiligen Zorn doch noch zuwege gebracht. Die Herren haben sich bei einem Glase Bier an einem Ecktisch zusammengesetzt, und dort haben sie geflüstert, sie haben so lange geflüstert – bei *einem* Glase Bier –, bis der Wirt sie darauf aufmerksam gemacht hat, dass er schon dreimal Polizeistunde geboten hat, und sie möchten doch sehen, dass sie endlich bei ihre Weiber kämen.

Auf der Straße haben die beiden ihre Unterhaltung fortgesetzt; sie sind erst ein Stück nach der Prenzlauer Allee zu gegangen, und dann hat der Enno wieder zurückverlangt, weil es ihm eingefallen ist, es wäre vielleicht doch besser, es bei einer zu versuchen, die er einmal gehabt hat und die Tutti genannt wird. Tutti, der Pavian. Besser als solche faulen Geschichten …

Der Emil Barkhausen ist fast aus der Haut geplatzt vor so

viel Unverstand. Er hat dem Enno zum zehnten, er hat ihm zum hundertsten Male versichert, dass hier von faulen Geschichten nicht die Rede sein könne. Es handele sich vielmehr um eine – beinahe gesetzmäßige – Beschlagnahme, die unter dem Schutze der SS erfolge, und außerdem sei's doch bloß eine olle Jüdsche, nach der kein Hahn krähe. Sie würden sich beide für eine Zeitlang gesund machen, und die Polizei und das Gericht hätten damit gar nichts zu tun.

Worauf der Enno wieder gesagt hat: Nein, nein, in solchen Sachen habe er noch nie seine Finger gehabt, er verstünde gar nichts davon. Weiber ja und Rennwetten dreimal ja, aber mit faulen Fischen habe er noch nicht gehandelt. Die Tutti sei immer ganz gutmütig gewesen, obwohl sie »der Pavian« genannt werde, die denke sicher nicht mehr daran, dass sie ihm damals mit ein bisschen Geld und Lebensmittelkarten ausgeholfen habe, ohne es zu wissen.

Dabei sind sie schon in der Prenzlauer Allee gewesen.

Der Barkhausen, dieser eigentlich immer zwischen Kriecherei und Drohen hin und her pendelnde Mann, hat ärgerlich gesagt, wobei er an seinem lockeren, fliegenden Schnurrbart riss: »Wer zum Kuckuck hat denn von dir verlangt, dass du was von der Sache verstehst? Ich werde das Kind schon alleine schaukeln, von meinswegen kannste mit den Händen in der Tasche dabeistehen. Ich pack dir sogar noch deine Koffer, wenn du das auch noch verlangst! Versteh doch endlich, dass ich dich nur darum mitnehme, Enno, um mich vor einem Streich von der SS zu schützen, als Zeuge gewissermaßen, dass es bei der Teilung auch richtig zugeht. Denk doch bloß mal dran, was alles bei einer so reichen jüdischen Geschäftsfrau zu holen ist, selbst wenn die Gestapo damals, als sie den Mann holte, schon einiges hat mitgehen lassen!«

Plötzlich hat der Enno Kluge ja gesagt, ohne weiteres Wehren und Bedenklichkeit, ohne Übergang. Nun hat er gar nicht schnell genug in die Jablonskistraße kommen können. Was ihn aber zu der Überwindung seiner Angst und zu einem so rückhaltlosen Ja bestimmt hat, das ist weder das Gerede von dem Barkhausen gewesen noch die Aussicht auf eine reiche Beute, sondern schlichtweg sein Hunger. Plötzlich hat er an die Speisekammer der Rosenthal denken müssen, und dass die Juden immer gerne gut gegessen haben, und dass ihm eigentlich nichts im Leben so schön geschmeckt hat wie gefüllter Gänsehals, zu dem er ein einziges Mal von einem reichen Kleiderjuden eingeladen worden ist.

Plötzlich hat er sich in seinen Hungerphantasien fest eingebildet, er finde solchen gefüllten Gänsehals in der Rosenthal'schen Speisekammer. Er hat die Porzellanschüssel, in der er liegt, ganz deutlich vor sich gesehen, und den Hals, wie er in der zu Fett erstarrten Soße liegt, ganz dick gestopft und an beiden Enden mit einem Faden zugebunden. Er wird die Schüssel nehmen und sich das Ganze auf der Gasflamme warm machen, und alles andere ist ihm ganz egal. Der Barkhausen kann tun, was er will, das ist ohne Interesse für ihn. Er wird Brot in die warme, fettige, stark gewürzte Soße tunken, und den Gänsehals wird er aus der Hand essen, dass die Fettigkeit nach allen Seiten rausquatscht.

»Leg noch 'nen Zahn zu, Emil, ich hab das eilig!«

»Warum so plötzlich?«, hat Barkhausen gefragt, aber eigentlich ist es ihm recht gewesen, und er hat willig noch einen Zahn zugelegt. Auch er würde froh sein, wenn die Sache erst abgemacht war, auch in seine Branche schlug sie eigentlich nicht. Er hat nicht etwa wegen der Polizei oder wegen der ollen Jüdin Angst – was könnte ihm groß passieren, wenn er deren Besitz arisierte? –, sondern wegen der Persickes. Das ist so eine verfluchte, verräterische Aasbande, denen ist sogar die Gemeinheit zuzutrauen, dass sie auch einem Kumpel einen Streich spielen. Nur wegen der Persickes hat er diesen blöden Hannes, den Enno, mitgenommen, das ist ein Zeuge, den sie nicht kennen, der wird sie schon bremsen.

In der Jablonskistraße ist dann alles schön glatt gegangen. Es wird ungefähr halb elf gewesen sein, als sie die Haustür aufgeschlossen haben mit einem richtigen, legalen Hausschlüssel. Dann haben sie ins Treppenhaus gelauscht, und als sich dort nichts rührte, das Treppenlicht angeknipst und sich bei seinem Schein die Schuhe ausgezogen, denn: »Wir müssen doch auf die Nachtruhe der andern Mieter Rücksicht nehmen«, hat Barkhausen gegrinst.

Als das Licht wieder aus war, sind sie leise und rasch die Treppe hochgepinschert, und es ist alles glatt und ruhig gegangen. Sie haben keinen von den Anfängerfehlern gemacht, dass sie mit Krach gegen was angerannt sind oder dass ihnen ein Schuh hingepoltert ist, nein, in aller Stille sind sie die vier Stockwerke hochgepinschert. Also, sie haben ein feines Stück Treppenarbeit geleistet, obwohl sie doch beide keine richtigen Ganoven sind und obwohl sie sich beide in ziemlicher Aufregung befinden, der eine besonders wegen des gefüllten Gänsehalses, der andere wegen der Beute und der Persickes.

Das mit der Tür von der Rosenthal hat sich der Barkhausen hundertmal schwieriger vorgestellt, nur ins Schloss gezogen ist sie, ganz einfach aufzumachen, nicht mal abgeschlossen. Was das für 'ne leichtsinnige Frau ist, wo sie doch als Jüdin besonders vorsichtig sein müsste! So sind die beiden in die Wohnung gekommen, sie wissen eigentlich nicht mal, wie, so schnell ging das.

Dann hat der Barkhausen ganz ungeniert auf dem Flur Licht gemacht; er ist jetzt ganz ungeniert gewesen, und: »Wenn die olle Judensau quiekt, hau ich ihr einfach eines vor den Deez!«, hat er verkündet, genau wie er's am Vormittag dem Baldur Persicke angekündigt hat. Sie hat aber nicht gequiekt. So haben sie sich zuerst mal in aller Ruhe auf dem kleinen Flur umgesehen, der ziemlich vollgestanden hat mit Möbeln und Koffern und Kisten. Nun ja, die Rosenthals haben ja eine große Wohnung bei ihrem Laden gehabt, und wenn man da so plötzlich raus muss und kriegt nur zwei Stuben mit Kammer und Küche, so quillt das ziemlich über, nicht wahr? Das muss man verstehen.

Es hat ihnen in den Fingern gezuckt, schon jetzt mit Stöbern und Nachsuchen und Packen anzufangen, aber der Barkhausen fand es dann doch richtiger, sich erst einmal nach der Rosenthal umzusehen und der ein Tuch vor den Mund zu binden, damit es keine Schwierigkeiten gibt. In der Stube hat's so vollgestanden, dass man sich kaum hat rühren können, und sie haben schon begriffen, was hier steht, schaffen sie beide auch in zehn Nächten nicht weg, sie können sich nur das Beste aussuchen. In der andern Stube hat's nicht anders ausgesehen und in der Kammer auch so. Nur keine Rosenthal haben sie gefunden, das Bett ist unberührt gewesen. Der Ordnung halber hat der Barkhausen noch in der Küche und auf der Toilette nachgesehen, aber die Frau ist nicht da gewesen, und das ist das, was man Massel nennt, denn es spart Scherereien und erleichtert die Arbeit gewaltig.

Der Barkhausen ist in die erste Stube zurückgegangen und hat mit Kramen angefangen. Er hat gar nicht gemerkt, dass ihm sein Kumpel, der Enno, verlorengegangen ist. Der hat in der Speisekammer gestanden und ist bitterlich enttäuscht gewesen, dass es da keinen gefüllten Gänsehals gegeben hat, sondern nur ein paar Bollen und ein halbes Brot. Aber er hat doch mit Essen angefangen, hat sich die Bollen in Scheiben geschnitten und hat sie aufs Brot gepackt, und auch das hat ihm nach seiner Hungerei gut geschmeckt.

Wie Enno Kluge da aber so rumgekaut hat, ist sein Blick aufs untere Abteil des Regals gefallen, und er hat plötzlich gesehen, die Rosenthals, wenn sie auch nichts mehr zu beißen haben, zu trinken haben sie doch noch. Denn da unten im Regal haben Flaschen über Flaschen gestanden, Wein und auch Schnaps. Der Enno, der in allem immer ein mäßiger Mensch war, wenn's nicht grade um Pferdewetten ging, hat sich eine

Flasche Süßwein geschnappt und zuerst dann und wann seine Zwiebelstullen mit Süßwein angefeuchtet. Aber weiß der Himmel, wie das gekommen ist, plötzlich ist ihm das labbrige Gesöff zuwider gewesen, ihm, dem Enno, der sonst drei Stunden hinter demselben Glas Bier hocken konnte. Jetzt hat er sich eine Flasche Kognak aufgemacht und rasch hintereinander ein paar Schlucke genommen, die halbe Flasche hat er in fünf Minuten leer gemacht. Vielleicht ist's der Hunger gewesen oder die Aufregung, was ihn so verändert hat. Das Essen hat er ganz aufgegeben.

Dann hat ihn auch der Schnaps nicht mehr interessiert, und er ist den Barkhausen suchen gegangen. Der hat noch immer in der großen Stube gestöbert, hat die Schränke und die Koffer aufgemacht, und was drin verpackt war, auf die Erde geschmissen, immer auf der Suche nach etwas noch Besserem.

»Junge, Junge, die haben wohl ihren ganzen Wäscheladen mitgenommen!«, hat Enno ganz überwältigt gesagt.

»Red nicht, hilf lieber!«, ist des Barkhausen Antwort gewesen. »Bestimmt ist hier noch Schmuck versteckt und Geld – das sind doch reiche Leute gewesen, die Rosenthals, Millionäre sind die gewesen –, und du hast von faulen Fischen geredet, Ochse, der du bist!«

Eine Weile haben die beiden schweigend gearbeitet, das heißt, sie haben immer mehr auf die Erde gerissen, und die hat mit Kleidern und Wäsche und Gerät schon so voll gelegen, dass sie mit ihren Schuhen drauf rumgetreten sind. Dann hat Enno, der vom Schnaps ganz benommen war, gesagt: »Ich seh nichts mehr. Ich muss mir erst 'nen klaren Kopf trinken. Hol mal ein bisschen Kognak aus der Speisekammer, Emil!«

Der Barkhausen ist ohne Widerrede gegangen und mit zwei Flaschen Schnaps zurückgekommen, und da haben sie sich denn einträchtig zusammen auf die Wäsche gesetzt, haben einen Schluck um den andern getrunken und den ganzen Fall ernsthaft und gründlich diskutiert.

»Das ist ja klar, Barkhausen, den ganzen Kram kriegen wir so schnell nicht weg, und zu lange wollen wir hier auch nicht sitzen. Ich denke, jeder von uns nimmt sich zwei Koffer, und damit hauen wir erst mal ab. Ich denke, morgen Abend kommt wieder 'ne andere Nacht!«

»Recht haste, Enno, zu lange will ich hier nicht sitzen, schon wegen der Persickes.«

»Wer ist denn das?«

»Ach, so Leute … Aber wenn ich denke, ich haue mit zwei Koffern voll Wäsche ab und lasse hier einen Koffer mit Geld und Schmuck stehen, dann möchte ich mir selbst den Kopf abbeißen. Ein bisschen musste mich noch suchen lassen. Prost, Enno!«

»Prost, Emil! Warum sollste nich noch ein bisschen suchen? Die Nacht ist lang, und wir bezahlen die Lichtrechnung doch nicht. Aber was ich dich fragen wollte: Wo willst du denn mit deinen Koffern hin?«

»Wieso? Was meinste denn damit, Enno?«

»Na, wo du die hinbringen willst? Wohl in deine Wohnung?«

»Na, denkste, ich schaff sie aufs Fundamt? Klar schaff ich die in meine Wohnung, bei meine Otti. Und morgen früh nischt wie ab damit in die Münzstraße und die ganze Sore verscheuert, damit der Vogel wieder zwitschert!«

Enno ließ den Korken am Flaschenhals zwitschern. »Hör mal lieber, wie *der* Vogel zwitschert! Prost, Emil! Ich, wenn ich du wäre, ich machte das nicht wie du, in die Wohnung und überhaupt bei die Frau – was braucht die Frau von deinen Nebeneinnahmen zu wissen? Nein, ich, wenn ich du wäre, ich machte es wie ich, nämlich, ich gäbe die Koffer auf dem Stettiner in die Gepäckaufbewahrung, und den Hinterlegungsschein, den schickte ich mir selbst, aber postlagernd. Dann könnte nie was bei mir gefunden werden, und keiner könnte mir was beweisen.«

»Das hast du dir nicht unflott ausgedacht, Enno«, sagte

Barkhausen beifällig. »Und wann holste dir den Kram wieder?«

»Na, wenn die Luft wieder rein ist, Emil, denn doch!«

»Und wovon lebste so lange?«

»Na, ich hab dir doch gesagt, ich gehe bei die Tutti. Wenn ich der erzähle, was ich für 'n Ding gedreht habe, nimmt sie mich liebend mit beiden Backen auf!«

»Gut, sehr gut!«, stimmte Barkhausen zu. »Und wenn du auf den Stettiner gehst, mach ich auf den Anhalter. Weißte, das fällt weniger auf!«

»Auch nicht schlecht ausgedacht, Emil, hast auch ein helles Köpfchen!«

»Man kommt unter Leute«, sagte Barkhausen bescheiden. »Man hört dies und das. Der Mensch ist wie 'ne Kuh, er lernt immer noch zu.«

»Recht haste! Na, denn prost, Emil!«

»Prost, Enno!«

Eine Weile lang betrachteten sie sich schweigend, mit wohlgefälligem Auge und nahmen ab und zu einen. Dann sagte Barkhausen: »Wenn du dich umdrehst, Enno, es braucht aber nicht gleich sein, hinter dir steht ein Radio, der hat mindestens seine zehn Röhren. Den möchte ich mir gerne einpacken.«

»Das mach, das tu, Emil! Radio ist immer gut, zum Behalten und zum Verkaufen! Immer ist Radio gut!«

»Na, denn wollen wir mal sehen, ob wir das Ding in einen Koffer verstauen können, und dann stopfen wir Wäsche rundherum.«

»Soll das gleich sein, oder trinken wir noch einen vorher?«

»Einen können wir vorher noch genehmigen, Enno. Aber nur einen!«

Also genehmigten sie einen und einen zweiten und einen dritten, und dann kamen sie langsam auf die Beine und mühten sich damit ab, einen großen Zehnröhren-Radioapparat in einen Handkoffer zu packen, der einen Volksempfänger gefasst hätte. Nach einer Weile angestrengten Arbeitens sagte Enno: »Es geht nich und es geht nich! Lass den ollen Scheißradio doch sein, Emil, nimm lieber 'nen Koffer mit Anzügen!«

»Meine Otti hört aber gerne Radio!«

»Ich denke, du willst deiner Ollen von dem ganzen Geschäft nichts erzählen? Du bist ja blau, Emil!«

»Und du und deine Tutti? Ihr seid ja alle beide blau! Wo haste denn deine Tutti?«

»Die zwitschert! Ich sage dir, und wie die zwitschert!« Und er lässt wieder den feuchten Korken am Flaschenhals zwitschern. »Nehmen wir noch einen!«

»Prost, Enno!«

Sie trinken, und Barkhausen fährt dann fort: »Aber den Radio, den möchte ich doch mitnehmen. Wenn das olle Dings durchaus nicht in den Koffer rein will, häng ich mir den Kasten mit einem Strick vor die Brust. Dann habe ich die Hände immer noch frei.«

»Das mach, Mensch. Na, denn wollen wir mal zusammenpacken!«

»Ja, das wollen wir. Wird Zeit!«

Aber sie bleiben beide stehen und starren einander blöde grinsend an.

»Wenn man denkt«, fängt Barkhausen dann wieder an, »es ist doch ein schönes Leben. All diese guten Sachen hier«, er nickt mit dem Kopf, »und wir können uns nehmen, was wir wollen, und tun noch direkt ein gutes Werk, wenn wir's so 'ner Jüdschen fortnehmen, die doch alles gestohlen hat …«

»Da haste recht, Emil – ein gutes Werk tun wir, am deutschen Volk und unserm Führer. Das sind die guten Zeiten, wo er uns versprochen hat.«

»Und unser Führer hält Wort, der hält Wort, Enno!«

Sie betrachten sich gerührt, Tränen in den Augen.

»Was macht ihr denn hier, ihr beide?«, klingt eine scharfe Stimme von der Tür her.

Sie fahren zusammen und erblicken einen kleinen Burschen in brauner Uniform.

Dann nickt Barkhausen dem Enno langsam und traurig zu: »Das ist der Herr Baldur Persicke, von dem ich dir gesagt habe, Enno! Jetzt kommen die Schwierigkeiten!«

8. KAPITEL
Kleine Überraschungen

Während die beiden Betrunkenen so miteinander sprechen, hat sich der ganze männliche Teil der Familie Persicke in der Stube versammelt. Zunächst dem Enno und Emil steht der kleine, drahtige Baldur, die Augen funkelnd hinter der scharf geschliffenen Brille, kurz hinter ihnen die beiden Brüder in ihren schwarzen SS-Uniformen, aber ohne Mützen, und nahe der Tür, als traue er dem Frieden nicht ganz, der alte Exkneipier Persicke. Auch die Familie Persicke ist alkoholisiert, aber bei ihr hat der Schnaps eine wesentlich andere Wirkung gehabt als bei den beiden Einbrechern. Sie sind nicht rührselig, dumm und vergesslich geworden, sondern die Persickes sind noch schärfer, noch gieriger, noch brutaler als in ihrem Normalzustand.

Baldur Persicke fragt scharf: »Nun, wird's bald? Was macht ihr beide hier? Oder ist das etwa eure Wohnung?«

»Aber, Herr Persicke!«, sagt Barkhausen mit klagender Stimme.

Baldur tut, als erkenne er den Mann erst jetzt. »Aber das ist ja der Barkhausen aus der Kellerwohnung im Hinterhaus!«, ruft er ganz erstaunt seinen Brüdern zu. »Aber, Herr Barkhausen, was machen Sie denn hier?« Sein Erstaunen wandelt sich in Spott. »Wär's nicht besser, Sie kümmerten sich – zumal mitten in der Nacht – ein bisschen um ihre Frau, das gute Ottichen? Ich habe so was gehört, es werden da Feste mit besseren Herren gefeiert, und Ihre Kinder sollen noch am späten

Abend betrunken auf dem Hof herumgetorkelt sein. Bringen Sie die Kinder zu Bett, Herr Barkhausen!«

»Schwierigkeiten!«, murmelt der. »Ich hab's gleich gewusst, wie ich die Brillenschlange sah: Schwierigkeiten.« Er nickt Enno noch einmal traurig zu.

Enno Kluge steht ganz blöde da. Er schwankt leise auf seinen Füßen hin und her, hält die Kognakbuddel in der schlaff niederhängenden Hand und versteht kein Wort von dem, was gesprochen wird.

Barkhausen wendet sich wieder an Baldur Persicke. Sein Ton ist nicht mehr so klagend wie anklagend, er ist plötzlich tief gekränkt. »Wenn meine Frau was tut, was nicht recht ist«, sagt er, »so verantworte *ich* das, Herr Persicke. Ich bin der Gatte und Vater – nach dem Gesetz. Und wenn meine Kinder besoffen sind, Sie sind auch besoffen, und Sie sind auch noch ein Kind, jawohl, das sind Sie, Mensch!«

Er sieht Baldur zornig an, und Baldur starrt funkelnd zurück. Dann macht er seinen Brüdern ein unmerkliches Zeichen, sich bereitzuhalten.

»Und was machen Sie hier in der Wohnung von der Rosenthal?«, fragt der jüngste Persicke dann scharf.

»Aber ganz nach Verabredung!«, versichert Barkhausen jetzt eifrig. »Alles wie verabredet. Ich und mein Freund, wir gehen jetzt gleich. Wir wollten eigentlich schon gehen. Er auf den Stettiner; ich auf den Anhalter. Jeder zwei Koffer, für Sie bleibt genug.«

Er murmelt die letzten Worte nur, er ist halb im Eindösen.

Baldur betrachtet ihn aufmerksam. Es geht vielleicht ohne alle Gewalttätigkeit, die beiden Kerls sind ja so blöde besoffen. Aber seine Vorsicht warnt ihn. Er fasst den Barkhausen bei der Schulter und fragt scharf: »Und was ist das für ein Mann? Wie heißt der?«

»Enno!«, antwortet Barkhausen mit schwerer Zunge. »Mein Freund Enno …«

»Und wo wohnt dein Freund Enno?«

»Weiß ich nicht, Herr Persicke. Nur aus der Kneipe. Stehbierfreund. Lokal: ›Ferner liefen‹ ...«

Baldur hat sich entschieden. Er stößt plötzlich dem Barkhausen die Faust gegen die Brust, dass der mit einem leisen Schrei hinterrücks auf die Möbel und die Wäsche fällt. »Schwein verfluchtes!«, brüllt er. »Wie kannst du zu mir Brillenschlange sagen? Ich werde dir zeigen, was ich für ein Kind bin!«

Aber sein Schimpfen ist schon nutzlos geworden, die beiden hören ihn nicht mehr. Die beiden SS-Brüder sind schon zugesprungen und haben jeden mit einem brutal geführten Schlag erledigt.

»So!«, sagt Baldur befriedigt. »In einer kleinen Stunde liefern wir die beiden als ertappte Einbrecher bei der Polizei ab. Unterdes räumen wir runter, was wir gebrauchen können. Aber leise auf den Treppen! Ich habe so gelauscht, aber ich habe nicht gehört, dass der alte Quangel von seiner Spätschicht nach Haus gekommen ist.«

Die beiden Brüder nicken. Baldur sieht erst auf die betäubten, blutigen Opfer, dann auf all die Koffer, die Wäsche, den Radioapparat. Plötzlich lächelt er. Er wendet sich zum Vater: »Na, Vater, wie habe ich das Dings gedreht? Du mit deiner ewigen Angst! Siehst du ...«

Aber er spricht nicht weiter. In der Tür steht nicht, wie erwartet, der Vater, sondern der Vater ist verschwunden, spurlos weg. Statt seiner steht dort der Werkmeister Quangel, dieser Mann mit dem scharfen, kalten Vogelgesicht, und sieht ihn mit seinen dunklen Augen schweigend an.

Als Otto Quangel von seiner Spätschicht nach Haus ging – er hatte, obwohl es wegen des Rückstandes sehr spät geworden war, keine Elektrische genommen, den Groschen konnte er sparen –, da hatte er, vor dem Hause angekommen, gesehen, dass trotz des Verdunklungsbefehls in der Wohnung der Frau Rosenthal Licht brannte. Und bei näherem Zusehen hatte er festgestellt, dass auch bei den Persickes und darunter bei Fromm Licht war, es schimmerte an den Rändern der Rouleaus. Beim Kammergerichtsrat Fromm, von dem man nicht genau wusste, ob er 33 seines Alters oder der Nazis wegen in Pension gegangen war, brannte eigentlich stets die halbe Nacht Licht, bei dem war es nicht verwunderlich. Und Persickes feierten wohl noch immer den Sieg über Frankreich. Aber dass die alte Rosenthal Licht brannte und das offen in allen Fenstern, da stimmte etwas nicht. Die alte Frau war so ängstlich und verschüchtert, die würde nie ihre Wohnung so illuminieren.

Da stimmt was nicht!, dachte Otto Quangel, während er die Haustür aufschloss und langsam anfing, die Treppen hinaufzusteigen. Er hatte es wie immer unterlassen, das Licht einzuschalten, er war nicht nur für sich sparsam, das heißt genau. Er war es für alle, auch für den Hauswirt. Da stimmt was nicht! Aber was geht es mich an? Die Leute gehen mich gar nichts an! Ich lebe für mich allein. Mit der Anna. Nur wir beide. Außerdem macht vielleicht die Gestapo da oben grade Haussuchung. Hübsch, wenn ich da reinplatze! Nein, ich gehe schlafen …

Aber der durch den Vorwurf ›Du und dein Hitler‹ so verstärkte Sinn für Genauigkeit, den man fast schon Gerechtigkeitssinn nennen konnte, fand dies Ergebnis seiner Überlegungen doch recht dürftig. Er stand jetzt wartend, die Schlüssel in der Hand, vor seiner Wohnungstür, den Kopf nach oben gedreht. Die Tür musste dort offen stehen, es war eine dämmrige Helle da oben, auch hörte er eine scharfe Stimme sprechen. Eine alte Frau ganz für sich allein, dachte er plötzlich zu seiner eigenen Überraschung. Ohne jeden Schutz. Ohne Gnade …

In diesem Augenblick war es, dass eine kleine, doch kräftige Männerhand ihn aus dem Dunkel heraus an der Brust fasste und gegen die Treppe hin drehte. Eine sehr höfliche, gepflegte Stimme sagte dazu: »Gehen Sie bitte voraus, Herr Quangel. Ich folge und tauche im passenden Augenblick auf.«

Ohne zu zögern, ging Quangel nun die Treppe hinauf, eine

solche überredende Gewalt hatte in dieser Hand und in dieser Stimme gelegen. Das kann nur der alte Rat Fromm gewesen sein, dachte er. So ein Heimlicher. Ich glaube, ich habe ihn in all den Jahren, die ich hier wohne, keine zwanzigmal bei Tage gesehen, und nun kriecht er hier zur Nachtzeit auf den Treppen herum!

Während er so dachte, war er, ohne zu zögern, die Treppen hinaufgestiegen und in der Rosenthal'schen Wohnung angelangt. Er hatte noch gesehen, wie sich bei seinem Erscheinen eine dickliche Gestalt – wohl der alte Persicke – überstürzt in die Küche zurückzog, er hatte auch noch die letzten Worte Baldurs gehört von dem Ding, das gedreht worden war, und dass man nicht ewig Angst haben sollte … Nun standen sich die beiden, Quangel und Baldur, schweigend Auge in Auge gegenüber.

Einen Augenblick glaubte selbst Baldur Persicke alles verloren. Aber dann besann er sich auf einen seiner Lebensgrundsätze: Frechheit siegt, und sagte etwas herausfordernd: »Ja, da staunen Sie! Aber Sie sind ein bisschen zu spät gekommen, Herr Quangel, *wir* haben die Einbrecher erwischt und unschädlich gemacht.« Er machte eine Pause, aber Quangel schwieg. Etwas matter setzte Baldur hinzu: »Einer von den beiden Raben scheint übrigens der Barkhausen zu sein, der hier bei uns auf dem Hofe eine Nuttenwirtschaft duldet.«

Quangels Blick folgte Baldurs weisendem Finger. »Ja«, sagte er trocken, »einer von den Raben ist der Barkhausen.«

»Und überhaupt«, ließ sich plötzlich ganz unerwartet der SS-Bruder Adolf Persicke vernehmen, »was stehen Sie hier und starren bloß? Sie könnten ganz ruhig auf das Revier gehen, Quangel, und den Einbruch melden, damit die hier die Brüder abholen! Wir passen unterdes auf!«

»Stille biste, Adolf!«, zischte Baldur ärgerlich. »Du hast dem Herrn Quangel gar keine Befehle zu geben! Herr Quangel weiß schon, was er zu tun hat.«

Aber gerade das wusste Quangel in diesem Augenblick

nicht. Wäre er für sich allein gewesen, er hätte sofort einen Entschluss gefasst. Aber da war diese Hand an seiner Brust, diese höfliche Männerstimme gewesen; er ahnte nicht, was der alte Kammergerichtsrat vorhatte, was er von ihm erwartete. Er wollte ihm sein Spiel nicht verderben. Wenn er nur wüsste …

Aber gerade in diesem Augenblick tauchte der alte Herr auf der Bildfläche auf, nicht, wie Quangel erwartet hatte, neben ihm, sondern aus dem Innern der Wohnung kommend. Plötzlich stand er wie eine Geistererscheinung zwischen ihnen und jagte den Persickes einen neuen, noch größeren Schrecken ein.

Er sah übrigens höchst seltsam aus, der alte Herr. Die zierliche, kaum mittelgroße Gestalt war ganz in einen seidenen schwarzblauen Schlafrock gehüllt, dessen Kanten mit roter Seide eingefasst waren und der mit großen roten Holzknöpfen geschlossen war. Der alte Herr trug einen eisgrauen Kinnbart und einen stark gestutzten weißen Bart auf der Oberlippe. Das sehr dünne, noch bräunliche Kopfhaar war sorgfältig über den bleichen Schädel frisiert, konnte aber die Blöße nicht ganz verdecken. Hinter der schmalen goldgefassten Brille funkelten vergnügte, spöttische Augen zwischen tausend Fältchen.

»Nein, meine Herren«, sagte er zwanglos und schien dadurch eine längst begonnene und alle höchst befriedigende Unterhaltung fortzusetzen. »Nein, meine Herren, Frau Rosenthal ist nicht in der Wohnung. Aber vielleicht bemüht sich einer der jungen Herren Persicke einmal auf die Toilette. Ihr Herr Vater scheint nicht ganz wohl zu sein. Jedenfalls versucht er ständig, sich mit einem Handtuch dort aufzuhängen. Ich konnte ihn nicht davon abbringen …«

Der Kammergerichtsrat lächelt, aber die beiden älteren Persickes verlassen so überstürzt das Zimmer, dass es schon fast komisch anmutet. Der junge Persicke ist jetzt sehr blass und ganz nüchtern geworden. Der alte Herr, der da eben das Zimmer betreten hat und der mit solcher Ironie spricht, das ist ein Mann, dessen Überlegenheit sogar Baldur ohne weiteres anerkennt.

Der tut nicht nur überlegen, der ist es wirklich. Baldur Persicke sagt fast bittend: »Verstehen Sie, Herr Kammergerichtsrat, Vater ist, gradeheraus gesagt, völlig besoffen. Die Kapitulation von Frankreich ...«

»Ich verstehe, ich verstehe vollkommen«, sagt der alte Rat und macht eine beschwichtigende Handbewegung. »Wir sind alle Menschen, nur, dass wir uns nicht gleich alle aufhängen, wenn wir betrunken sind.« Er schweigt einen Augenblick und lächelt. Er sagt: »Er hat natürlich auch alles Mögliche geredet, aber wer achtet schon auf das Geschwätz eines Betrunkenen?« Wieder lächelt er.

»Herr Kammergerichtsrat!«, sagt Baldur Persicke flehend. »Ich bitte Sie, nehmen Sie diese Sache in die Hand! Sie sind Richter gewesen, Sie wissen, was zu geschehen hat ...«

»Nein, nein«, sagt der Rat entschieden ablehnend. »Ich bin alt und krank.« Er sieht aber gar nicht so aus. Im Gegenteil: blühend sieht er aus. »Und dann lebe ich ganz zurückgezogen, ich habe kaum noch Verbindung mit der Welt. Aber Sie, Herr Persicke, Sie und Ihre Familie, Sie sind es doch, die die beiden Einbrecher überrascht haben. Sie übergeben sie der Polizei, Sie stellen das Gut hier in der Wohnung sicher. Ich habe mir bei meinem raschen Rundgang eben einen kleinen Überblick verschafft. Ich habe zum Beispiel siebzehn Koffer und einundzwanzig Kisten gezählt. Und anderes mehr. Und anderes mehr ...«

Er hat immer langsamer geredet. Immer langsamer. Nun sagt er leicht: »Ich könnte mir denken, dass die Ergreifung der beiden Einbrecher Ihnen und Ihrer Familie noch Ruhm und Ehre eintragen wird.«

Der Kammergerichtsrat schweigt. Baldur steht sehr nachdenklich da. So kann man es auch machen – was für ein alter Fuchs der Fromm da ist! Er durchschaut bestimmt alles, sicher hat der Vater gequatscht, aber er will seine Ruhe haben, er will nichts von dieser Sache wissen. Von ihm droht keine Gefahr.

Und Quangel, der alte Werkmeister? Der hat sich nie um jemanden im Haus gekümmert, der hat nie jemanden gegrüßt, nie mit einem ein Wort gesprochen. Der Quangel ist so ein richtiger alter Arbeiter, ausgemergelt, ausgepumpt, der hat keinen eigenen Gedanken mehr im Kopf. Der macht sich bestimmt nicht unnötig Scherereien. Der ist erst recht gefahrlos.

Bleiben die beiden blöden Besoffenen, die da liegen. Natürlich kann man sie der Polizei übergeben und alles ableugnen, was der Barkhausen etwa über Anstiftung erzählt. Dem werden sie bestimmt keinen Glauben schenken, wenn er gegen Angehörige der Partei, der SS und der HJ aussagt. Und dann den ganzen Fall der Gestapo melden. Da bekommt man vielleicht ganz legal einen Teil dieser Sachen, die man sonst nur illegal und unter Gefahr an sich bringen könnte. Und hätte außerdem Anerkennung dazu.

Ein verlockender Weg. Aber vielleicht ist der andere doch noch besser, erst einmal alles auf sich beruhen zu lassen. Den Barkhausen und diesen Enno verpflastern und mit ein paar Mark losschicken. Die reden bestimmt nicht. Die Wohnung abschließen, wie sie ist, ob die Rosenthal nun zurückkommt oder nicht. Vielleicht ist später was zu machen – er hat das ziemlich sichere Gefühl, der Kurs gegen die Juden wird noch schärfer. Abwarten und Tee trinken. In einem halben Jahr kann man vielleicht schon Sachen machen, die heute noch nicht gehen. Jetzt haben sie, die Persickes, sich ein bisschen viel Blößen gegeben. Man wird nicht grade gegen sie vorgehen, aber man wird in der Partei über sie klatschen. Sie werden nicht mehr als ganz zuverlässig gelten.

Baldur Persicke sagt: »Ich möchte beinahe die beiden Kerle laufenlassen. Sie tun mir leid, Herr Kammergerichtsrat, es sind doch bloß kleine Kläffer.«

Er sieht sich um, er ist allein. Sowohl der Kammergerichtsrat wie der Werkmeister sind gegangen. Wie er es sich gedacht hat: sie wollen nichts mit der Sache zu tun haben. Das Schlaueste, was man tun kann. Er, Baldur, wird es nicht anders machen, und wenn die Brüder noch so sehr schimpfen.

Mit einem tiefen Seufzer, der all den schönen Sachen gilt, die er aufgeben muss, schickt sich Baldur an, in die Küche zu gehen, den Vater zur Besinnung und die Brüder zum Verzicht auf schon Erreichtes zu bringen.

Auf der Treppe sagt unterdes der Kammergerichtsrat zu dem Werkmeister Quangel, der ihm wortlos aus der Stube gefolgt ist: »Und wenn Sie Schwierigkeiten wegen der Rosenthal bekommen, Herr Quangel, wenden Sie sich an mich. Gute Nacht.«

»Was geht mich die Rosenthal an? Ich kenn sie gar nicht!«, protestiert Quangel.

»Also gute Nacht, Herr Quangel!«, und der Kammergerichtsrat Fromm verschwindet schon treppabwärts.

Otto Quangel schließt die Tür zu seiner dunklen Wohnung auf.

9. Kapitel
Nachtgespräch bei Quangels

Quangel hat kaum die Tür zum Schlafzimmer aufgemacht, da ruft seine Frau Anna erschrocken: »Mach kein Licht, Vater! Die Trudel schläft hier in deinem Bett. Ich habe dir dein Bett auf dem Sofa in der Stube zurechtgemacht.«

»Ist gut, Anna«, antwortet Quangel und wundert sich über diese Neuerung, dass die Trudel durchaus in seinem Bett schlafen muss. Sonst hat sie auf dem Sofa gelegen.

Aber er sagt erst wieder was, als er sich ausgezogen hat und unter der Decke auf dem Sofa liegt. Er fragt: »Willst du schon schlafen, Anna, oder magst du noch ein Wort reden?«

Sie zögert einen Augenblick, dann antwortet sie durch die offene Tür von der Schlafstube her. »Ich bin so müde und kaputt, Otto!«

Also ist sie noch böse mit mir – warum eigentlich?, denkt

Otto Quangel, sagt aber unverändert: »Also dann schlaf, Anna. Gute Nacht!«

Und von ihrem Bett hallt es zurück: »Gute Nacht, Otto!« Und auch die Trudel flüstert leise: »Gute Nacht, Vater!«

»Gute Nacht, Trudel!«, antwortet er und legt sich auf die Seite, nur von dem Wunsche erfüllt, möglichst bald einzuschlafen, denn er ist sehr müde. Aber er ist wohl übermüdet, wie man auch überhungert sein kann. Der Schlaf will nicht zu ihm kommen. Ein langer Tag mit endlos viel Ereignissen, ein Tag, wie es ihn eigentlich noch nie in Ottos Leben gegeben hat, liegt hinter ihm.

Aber kein Tag, wie er ihn sich wünscht. Ganz abgesehen davon, dass eigentlich alle Geschehnisse unangenehm waren, bis auf die Ablösung von seinem Posten in der Arbeitsfront, er hasst diese Unruhe, dieses Redenmüssen mit allen möglichen Menschen, die er allesamt nicht ausstehen kann. Und er denkt an den Feldpostbrief mit der Nachricht vom Tode Ottochens, den ihm die Frau Kluge gegeben, er denkt an den Spitzel Barkhausen, der ihn so täppisch hat reinlegen wollen, an den Gang in der Uniformfabrik mit den im Zuge flatternden Plakaten, gegen die Trudel ihren Kopf lehnte. Er denkt an den verkappten Tischler Dollfuß, diesen ewigen Zigarettenraucher, die Medaillen und Orden klingeln wieder auf der Brust des braunen Redners, nun fasst ihn aus dem Dunkel die feste, kleine Hand des Kammergerichtsrats a. D. Fromm an und schiebt ihn der Treppe zu. Da steht der junge Persicke mit seinen spiegelnden Stiefeln auf der Wäsche und wird immer käsiger, und in der Ecke röcheln und stöhnen die beiden blutigen Besoffenen.

Er fährt wieder hoch, beinahe wäre er eben wirklich eingeschlafen. Aber da ist noch etwas, das ihn an diesem Tage stört, etwas, das er genau gehört und wieder vergessen hat. Er setzt sich auf seinem Sofa hoch und lauscht lange und sorgfältig. Es ist richtig, er hat sich nicht verhört. Befehlend ruft er: »Anna!«

Sie antwortet klagend, wie es gar nicht ihre Art ist: »Was störst du mich schon wieder, Otto? Soll ich denn gar nicht zur Ruhe kommen? Ich habe dir doch gesagt, ich will nicht mehr reden!«

Er fährt fort: »Warum soll ich denn auf dem Sofa schlafen, wenn die Trudel bei dir im Bette liegt? Dann ist mein Bett doch frei?«

Einen Augenblick herrscht drüben tiefe Stille, dann sagt die Frau fast flehend: »Aber Vater, die Trudel schläft wirklich in deinem Bett! Ich liege allein, ich habe auch solche Glieder-schmerzen ...«

Er unterbricht sie: »Du sollst mich nicht belügen, Anna. Drüben bei euch atmen drei, ich hab's gut gehört. Wer schläft in meinem Bett?«

Stille, lange Stille. Dann sagt die Frau fest: »Frag nicht so viel. Was ich nicht weiß, macht mich nicht heiß. Schweig lieber stille, Otto!«

Und er unbeugsam: »In dieser Wohnung bin ich der Herr. In dieser Wohnung gibt's keine Geheimnisse vor mir. Weil ich alles zu verantworten habe, darum. Wer schläft in meinem Bett?«

Lange Stille, lange. Dann sagt eine alte, tiefe Frauenstimme: »Ich, Herr Quangel, die Frau Rosenthal. Und Ihre Frau und Sie sollen keine Schwierigkeiten durch mich haben, ich ziehe mich an. Gleich gehe ich wieder rauf!«

»Sie können jetzt nicht in Ihre Wohnung, Frau Rosenthal. Die Persickes sind oben und noch ein paar Kerls. Bleiben Sie jetzt liegen in meinem Bett. Und morgen früh, ganz zeitig, um sechs oder sieben, gehen Sie runter zum alten Rat Fromm und klingeln an seiner Tür im Hochparterre. Der wird Ihnen hel-fen, er hat's mir gesagt.«

»Ich danke Ihnen auch schön, Herr Quangel.«

»Sie können dem Rat danken, mir nicht. Ich setz Sie bloß aus meiner Wohnung. So, und nun kommst du dran, Trudel ...«

»Ich soll wohl auch raus, Vater?«

»Ja, du musst. Das war dein letzter Besuch bei uns, und du weißt auch, warum. Vielleicht, dass Anna dich manchmal besucht, aber ich glaub's nicht. Wenn sie erst zur Vernunft gekommen ist und ich richtig mit ihr geredet habe …«

Fast schreiend sagt die Frau: »Das lass ich mir nicht gefallen, dann geh ich auch. Dann kannst du allein bleiben in deiner Wohnung! Du denkst nur an deine Ruhe …«

»Richtig!«, unterbricht er sie scharf. »Ich will nichts Unsicheres haben, und vor allem will ich nicht in die unsicheren Geschichten von andern reingezogen werden. Wenn ich den Kopf hinhalten muss, will ich ihn nicht wegen irgendwelcher Dusseleien von andern hinhalten, sondern weil ich was getan habe, was ich tun wollte. Ich sage nicht, dass ich was tu. Aber wenn ich was tu, so tu ich's nur mit dir allein, mit keinem andern Menschen noch, und wenn es noch so ein nettes Mädel wie die Trudel ist oder 'ne alte, schutzlose Frau wie Sie, Frau Rosenthal. Ich sag nicht, es ist richtig, wie ich's mache. Aber anders kann ich's nicht machen. So bin ich, und ich will auch gar nicht anders sein. So, und jetzt will ich schlafen!«

Damit legt sich Otto Quangel wieder hin. Drüben tuscheln sie noch leise, aber das stört ihn nicht. Er weiß: sein Wille geschieht doch. Morgen früh ist seine Wohnung wieder sauber, und die Anna wird sich auch fügen. Keine wilden Geschichten mehr. Und er allein. Er allein. Nur er!

Er schläft ein, und wer ihn jetzt schlafen sehen könnte, der würde ihn lächeln sehen, ein grimmiges Lächeln auf diesem harten, trockenen Vogelgesicht, ein grimmiges, kämpferisches Lächeln, doch kein böses.

10. KAPITEL

Was am Mittwochmorgen geschah

All die zuvor berichteten Ereignisse hatten sich an einem Dienstag zugetragen. Am Morgen des folgenden Mittwochs, sehr früh, zwischen fünf und sechs Uhr, verließ Frau Rosenthal, von der Trudel Baumann begleitet, die Quangel'sche Wohnung. Otto Quangel schlief noch fest. Die Trudel hatte die unbehilfliche, völlig verängstigte Frau Rosenthal mit dem gelben Stern auf der Brust bis fast an die Fromm'sche Wohnungstür gebracht. Dann zog sie sich eine halbe Treppe höher zurück, fest entschlossen, die Frau, und sei es mit dem eigenen Leben und der eigenen Ehre, gegen einen etwa herabkommenden Persicke zu verteidigen.

Trudel beobachtete, wie Frau Rosenthal auf den Klingelknopf drückte. Fast sofort wurde die Tür geöffnet, als habe jemand schon wartend dahinter gestanden. Einige Worte wurden leise gewechselt, dann trat Frau Rosenthal ein, die Tür schloss sich, und Trudel Baumann ging an ihr vorbei auf die Straße. Das Haus war schon offen.

Die beiden Frauen hatten Glück gehabt. So früh es auch war und sosehr Frühaufstehen auch den Gewohnheiten der Persickes widersprach, so hatten doch die beiden SS-Männer keine fünf Minuten früher das Treppenhaus passiert. Um fünf Minuten war eine Begegnung vermieden, die bei der sturen Dummheit und der Brutalität der beiden Burschen nicht anders als verhängnisvoll, zum mindesten für Frau Rosenthal, ausgefallen wäre.

Auch die beiden SS-Männer waren nicht allein gegangen. Sie hatten von ihrem Bruder Baldur den Befehl erhalten, den Barkhausen und den Enno Kluge (Baldur hatte unterdes seine Papiere durchgesehen) aus dem Hause und zu ihren Frauen zu schaffen. Die beiden Amateureinbrecher waren immer noch fast völlig benebelt von dem Übermaß genossenen Alkohols und von dem Schlag, den sie abbekommen hatten. Doch war es Baldur Persicke gelungen, ihnen begreiflich zu machen, dass sie sich wie die Schweine benommen hätten, dass es nur der großen Menschenliebe der Persickes zu verdanken sei, wenn sie nicht sofort der Polizei übergeben wurden, dass aber jedes Gequatsche sie unweigerlich dorthin bringen würde. Außerdem hatten sie sich nie wieder bei Persickes sehen zu lassen und keinen Persicke je zu kennen. Wenn sie sich aber erfrechen würden, je wieder in die Rosenthal'sche Wohnung zu kommen, würden sie unweigerlich der Gestapo übergeben.

All dies hatte ihnen Baldur so oft und mit so vielen Drohungen und Beschimpfungen wiederholt, bis es in ihren verblödeten Hirnen völlig festzusitzen schien. Sie hatten sich da am Tisch der Persicke'schen Wohnung gegenübergesessen, in einem halben Zwielicht, zwischen sich den unaufhörlich schwatzenden, drohenden, blitzenden Baldur. Auf dem Sofa hatten sich die beiden SS-Männer herumgelümmelt, drohende, finstere Gestalten, trotz ihres ewigen Zigarettenrauchens. Sie hatten das unsichere Gefühl, als ständen sie vor einem Gerichtshof zur Aburteilung, der Tod schien ihnen zu drohen. Sie schwankten auf ihren Stühlen hin und her und versuchten zu verstehen, was sie verstehen sollten. Dazwischen dösten sie ein und wurden sofort wieder durch einen schmerzhaften Faustschlag Baldurs geweckt. Alles, was sie geplant, getan, erlitten hatten, schien ihnen wie ein unwirklicher Traum, sie sehnten sich nur nach Schlaf und Vergessen.

Schließlich schickte sie Baldur mit seinen Brüdern fort. In den Taschen trugen Barkhausen wie Kluge, ohne es zu wissen, etwa fünfzig Mark in kleinen Scheinen. Baldur hatte sich zu diesem neuen, schmerzlichen Opfer entschlossen, durch das die Unternehmung Rosenthal für die Persickes vorläufig zu einem reinen Verlustgeschäft wurde. Aber er sagte sich, wenn die Männer ohne alles Geld, zerschlagen und arbeitsunfähig zu ihren Frauen zurückkehrten, würde es bei den Weibern viel mehr Geschrei und Nachfrage geben, als wenn ihnen die betrunkenen Kerle einiges Geld zutrugen. Und er rechnete damit, dass bei dem Zustand der Männer die Frauen das Geld finden würden.

Der ältere Persicke, der Barkhausen nach Haus zu bringen hatte, war mit seiner Aufgabe in zehn Minuten fertig, in jenen zehn Minuten, in denen Frau Rosenthal die Fromm'sche

Wohnung erreicht hatte und Trudel Baumann auf die Straße getreten war. Er hatte den fast gehunfähigen Barkhausen einfach beim Kragen gepackt, über den Hof geschleppt, vor der Barkhausen'schen Wohnung auf die Erde gesetzt und die Frau mit festen Faustschlägen gegen die Tür geweckt. Als sie erschrocken vor der finster drohenden Gestalt zurückgewichen war, hatte er sie angeschrien: »Da bring ich dir deinen Kerl, alte Sau! Schmeiß den Freier raus, den du im Bett hast, und pack deinen Kerl dafür rein! Hier bei uns im Treppenhaus besoffen rumliegen und alles vollkotzen …!«

Damit ging er und überließ alles andere Otti. Sie hatte noch ihre Mühe gehabt, den Emil aus den Kleidern und ins Bett zu bringen, dabei hatte der ältere bessere Herr, der noch bei ihr zu Gaste war, helfen müssen. Dann war er unbarmherzig fortgeschickt worden – trotz der frühen Stunde. Auch jedes Wiederkommen war ihm verboten, vielleicht konnte man sich mal in einem Café treffen, aber hier, nein, nie wieder.

Denn Ottichen war von einer panischen Angst ergriffen, seit sie den SS-Mann Persicke an ihrer Tür erblickt hatte. Sie wusste von mancher Kollegin, die von diesen schwarzen Herren zwar benutzt, statt einer Bezahlung aber als asozial und arbeitsscheu in ein KZ geschafft worden war. Sie hatte geglaubt, in ihrer düsteren Kellerwohnung ein völlig unbeobachtetes Dasein zu fristen, nun hatte sie erfahren, dass sie – wie alle zu dieser Zeit – ständig bespitzelt wurde. Hatte der Persicke ja sogar gewusst, dass sie einen fremden Herrn im Bett gehabt hatte! Nein, Ottichen wollte von fremden Herren vorläufig nichts mehr sehen. Zum hundertsten Mal in ihrem Leben gelobte sie sich Besserung.

Dieser Entschluss wurde ihr erleichtert, als sie achtundvierzig Mark in Emils Tasche fand. Sie steckte das Geld in ihren Strumpf und entschloss sich abzuwarten, was Emil von seinen Erlebnissen berichten würde, sie jedenfalls würde von dem Gelde nichts wissen!

Die Aufgabe des zweiten Persicke war wesentlich schwieriger, vor allem dadurch, dass der zurückzulegende Weg sehr viel weiter war, denn Kluges wohnten jenseits des Friedrichshains. Enno konnte ebenso wenig gehen wie Barkhausen, aber Persicke konnte ihn nicht auf der Straße am Kragen oder am Arm neben sich herschleifen. Es war ihm überhaupt peinlich, in der Gesellschaft dieses zerschlagenen, betrunkenen Mannes gesehen zu werden, denn je geringer er von seiner eigenen und seiner Mitmenschen Ehre dachte, umso höher stellte er die Ehre seiner Uniform.

Es war ebenso vergeblich, dem Kluge zu befehlen, kurz vor ihm oder einen Schritt hinter ihm zu gehen, immer hatte er die gleiche Neigung, sich auf die Erde zu setzen, zu stolpern, sich an Bäumen und Wänden festzuhalten oder gegen Passanten zu streifen. Umsonst war da jeder Faustschlag, jedes noch so scharfe Kommando, der Körper tat einfach nicht mit, und ihm die scharfe Abreibung zu erteilen, die ihn vielleicht doch nüchtern gemacht hätte, dafür waren die Straßen schon zu belebt. Persicke stand der Schweiß auf der Stirne, seine Kinnbackenmuskeln bewegten sich krampfhaft vor Wut, und er schwur es sich zu, dieser kleinen Giftkröte von Baldur einmal gründlich zu sagen, was er von solchen Aufträgen hielt.

Er musste die Hauptstraßen meiden, Umwege durch stillere Nebenstraßen machen. Dann packte er den Kluge unter dem Arm und trug ihn oft zwei, drei Straßenecken weit, bis er nicht mehr konnte. Viel Beschwer machte ihm auch eine Zeitlang ein Schupo, dem dieser etwas gewaltsame Frühtransport wohl aufgefallen war und der ihm durch seinen ganzen Bezirk folgte, den Persicke dadurch zu einem sanften und besorgten Benehmen zwingend.

Aber er nahm, als sie endlich im Friedrichshain angekommen waren, seine Rache dafür. Er setzte den Kluge hinter einem Gebüsch auf die Bank und bearbeitete ihn dann so, dass der Mann zehn Minuten lang völlig ohnmächtig dalag. Dieser kleine

Rennwetter, dem eigentlich alles auf der Welt außer Interesse war, ausgenommen die Rennpferde, die er freilich zeit seines Lebens nur in den Zeitungen zu Gesicht bekommen hatte, dieses Geschöpf, das weder Liebe noch Hass empfinden konnte, dieser Arbeitsscheue, der alle Windungen seines kümmerlichen Hirns damit beschäftigt hatte, wie wirklicher Anstrengung zu entgehen war, dieser Mann Enno Kluge, blass, genügsam, farblos, er behielt von diesem Zusammentreffen mit den Persickes eine panische Angst vor jeder Parteiuniform, eine Angst, die ihn fortan in Seele und Geist lähmen sollte, wenn er mit solchen Parteileuten in Berührung kam, wie sich später noch zeigen sollte.

Ein paar Tritte in die Rippen weckten ihn aus seiner Ohnmacht, ein paar Schläge auf seinen Rücken setzten ihn in Gang, und so trabte er denn, feige wie ein verprügelter Hund, vor seinem Peiniger her, bis die Wohnung der Frau erreicht war. Aber die Tür war verschlossen: die Briefträgerin Eva Kluge, die in der Nacht noch an ihrem Sohn und damit an ihrem Leben verzweifelt war, hatte sich wieder auf ihren gewohnten Trott gemacht, den Brief an ihren Sohn Max in der Tasche, aber mit sehr wenig Hoffnung und Glauben im Herzen. Sie bestellte Post, wie sie es seit Jahren getan hatte, es war immer noch besser, als tatenlos und von trüben Gedanken gequält zu Hause zu sitzen.

Persicke, nachdem er sich überzeugt hatte, die Frau war wirklich nicht zu Haus, klingelte an der Nachbartür, zufällig an der Tür jener Frau Gesch, die dem Enno am Abend zuvor mit einer Lüge in die Wohnung seiner Frau geholfen hatte. Persicke schob der Öffnenden das Jammergestell einfach in die Arme, sagte: »Da! Kümmern Sie sich um den Kerl, er gehört ja wohl hierher!« Und ging.

Frau Gesch war fest entschlossen gewesen, sich nie wieder in die Angelegenheiten der Kluges zu mischen. Aber so groß war die Gewalt eines SS-Mannes und so gewaltig die Angst jedes Volksgenossen vor ihm, dass sie den Kluge widerspruchslos in ihre Wohnung aufnahm, an den Küchentisch setzte und Kaffee und Brot vor ihn hinstellte. (Ihr Mann war schon zur Arbeit gegangen.) Frau Gesch sah wohl, wie erschöpft der kleine Kluge war, sie sah auch in seinem Gesicht, an dem zerrissenen Hemd, dem Schmutzfleck am Mantel die Spuren einer dauernden Misshandlung. Da ihr der Kluge aber von einem SS-Mann übergeben war, so hütete sie sich, eine einzige Frage zu stellen. Ja, sie hätte ihn eher vor ihre Wohnungstür gesetzt als eine Schilderung des ihm Widerfahrenen angehört. Sie wollte nichts wissen. Wenn sie nichts wusste, konnte sie auch nichts aussagen, nicht sich verplappern, nicht schwatzen, konnte sie sich also auch nicht in Gefahr bringen.

Der Kluge aß langsam kauend das Brot, trank den Kaffee. Dabei rannen dicke Tränen des Schmerzes und der Erschöpfung über sein Gesicht. Die Gesch warf schweigend von der Seite dann und wann einen beobachtenden Blick auf ihn. Dann, als er endlich fertig geworden war, fragte sie: »Und wo wollen Sie nu hin? Ihre Frau nimmt Sie nicht wieder auf, das wissen Se doch!«

Er antwortete nicht, er starrte nur vor sich hin.

»Und bei mir können Se auch nich bleiben. Erstens mal erlaubt's der Justav nich, und denn mag ich ooch nich allens vor Ihnen abschließen. Wo wollen Se also hin?«

Er antwortete wieder nicht.

Die Gesch sagte hitzig: »Denn setz ich Sie vor die Tür auf die Treppe! Gleich auf der Stelle tu ich das! Oder?«

Er sagte mühsam: »Tutti – alte Freundin …« Und weinte schon wieder.

»Jottedoch, so 'n Schmachtlappen!«, sagte die Gesch verächtlich. »Wenn ich immer gleich schlappmachen wollte, wenn mir mal was schiefgeht! Also Tutti – wie heißt sie denn richtig und wo wohnt sie?«

Nach längerem Fragen und Drohen erfuhr sie, dass Enno Kluge Tuttis eigentlichen Namen nicht wusste, sich aber zutraute, ihre Wohnung zu finden.

»Na also!«, sagte die Gesch. »Aber allein können Se so nich gehen, jeder Schupo nimmt Sie fest. Ich bring Sie. Aber wenn die Wohnung nicht stimmt, lass ich Sie auf der Straße stehen. Ich hab keine Zeit für langes Rumsuchen, ich muss arbeiten!«

Er bettelte: »Erst 'nen Augenblick schlafen!«

Sie entschied nach kurzem Zögern: »Aber nich länger als 'ne Stunde! In einer Stunde nischt wie ab die Post! Da, legen Se sich aufs Kanapee, ich deck Sie zu!«

Sie war noch nicht mit der Decke bei ihm, da war er schon fest eingeschlafen. –

Der alte Kammergerichtsrat Fromm hatte Frau Rosenthal selbst geöffnet. Er hatte sie in sein Arbeitszimmer geführt, dessen Wände völlig mit Büchern bedeckt waren, und hatte sie dort in einem Sessel Platz nehmen lassen. Eine Leselampe brannte, ein Buch lag aufgeschlagen auf dem Tisch. Der alte Herr trug jetzt selbst ein Tablett mit einem Teekännchen und einer Tasse, mit Zucker und zwei dünnen Scheibchen Brot herzu und sagte zu der Verängsteten: »Erst frühstücken Sie bitte, Frau Rosenthal, dann reden wir!« Und als sie ihm wenigstens ein Wort des Dankes sagen wollte, meinte er freundlich: »Nein, bitte wirklich erst frühstücken. Tun Sie ganz so, als seien Sie hier zu Hause, ich tue es ja auch!«

Damit nahm er das Buch unter der Leselampe wieder auf und begann in ihm zu lesen, wobei seine freie linke Hand ganz mechanisch immer wieder von oben nach unten den eisgrauen Kinnbart strich. Er schien seine Besucherin vollkommen vergessen zu haben.

Allmählich kam wieder ein bisschen Zuversicht in die verängstigte alte Jüdin. Seit Monaten hatte sie nur noch in Angst und Unordnung gelebt, zwischen gepackten Sachen, stets gewärtig des brutalsten Überfalls. Seit Monaten kannte sie weder Heim noch Ruhe, noch Frieden, noch Behagen. Und nun saß sie hier bei dem alten Herrn, den sie kaum je zuvor auf der Treppe gesehen; von den Wänden sahen die hell- und dunkelbraunen Lederbände vieler Bücher, ein großer Mahagoni-schreibtisch am Fenster, Möbel, wie sie sie selbst in der ersten Zeit ihrer Ehe besessen, ein etwas vertretener Zwickauer Teppich auf dem Fußboden. Und dazu dieser lesende alte Herr, der ununterbrochen sein Zickenbärtlein streichelte, genau so ein Bärtlein, wie es auch viele Juden gerne trugen, und dazu kam noch dieser lange Schlafrock, der ein wenig an den Kaftan ihres Vaters erinnerte.

Es war, als sei wie nach einem Zauberspruch die ganze Welt aus Schmutz, Blut und Tränen versunken und sie lebe wieder in der Zeit, da sie noch angesehene, geachtete Menschen waren, nicht gehetztes Ungeziefer, das zu vertilgen Pflicht ist.

Unwillkürlich strich sie sich übers Haar, ganz von selbst nahm ihr Gesicht einen andern Ausdruck an. Es gab also doch noch Frieden auf der Welt, sogar hier in Berlin.

»Ich bin Ihnen sehr dankbar, Herr Kammergerichtsrat«, sagte sie. Selbst ihre Stimme klang anders, fester.

Er sah rasch hoch von seinem Buch. »Trinken Sie bitte Ihren Tee, solange er noch heiß ist, und essen Sie Ihr Brot. Wir haben viel Zeit, wir versäumen nichts.«

Und er las schon wieder. Gehorsam trank sie jetzt den Tee und aß auch das Brot, trotzdem sie viel lieber mit dem alten Herrn gesprochen hätte. Aber sie wollte ihm in allem gehorsam sein, sie wollte den Frieden seiner Wohnung nicht stören. Sie sah sich wieder um. Nein, all dies sollte so bleiben, wie es jetzt war. Sie brachte es nicht in Gefahr. (Drei Jahre später sollte eine Sprengmine dieses Heim in Atome zerreiben, und der gepflegte alte Herr sollte im Keller sterben, langsam und qualvoll …)

Sie sagte, indem sie die leere Tasse auf das Tablett zurück-stellte: »Sie sind sehr gütig zu mir, Herr Kammergerichtsrat, und sehr mutig. Aber ich will Sie und Ihr Heim nicht nutzlos in Gefahr bringen. Es hilft doch alles nichts. Ich gehe in meine Wohnung zurück.«

Der alte Herr hatte sie aufmerksam angesehen, während sie sprach, nun führte er die schon Aufgestandene in ihren Sessel zurück. »Bitte, setzen Sie sich noch einen Augenblick, Frau Rosenthal!«

Sie tat es widerstrebend. »Wirklich, Herr Kammergerichtsrat, es ist mir ernst mit dem, was ich sage.«

»Hören Sie mich bitte erst an. Auch mir ist es ernst mit dem, was ich Ihnen sagen werde. Was zuerst die Gefahr anlangt, in die Sie mich bringen, so habe ich mein Lebtag, seit ich im Beruf stehe, in Gefahr geschwebt. Ich bin stets Kammerrichter gewesen, und man hat mich in gewissen Kreisen nur den blutigen Fromm oder den Scharfrichter Fromm genannt.« Er lächelte, als er ihr Zusammenschrecken sah. »Ich war stets ein stiller und wohl auch sanfter Mensch, aber das Schicksal hat es über mich verhängt, dass ich während meiner Laufbahn einundzwanzig Todesurteile verhängen oder bestätigen musste. Ich habe eine Herrin, der ich zu gehorchen habe, sie regiert mich, Sie, die Welt, selbst die Welt jetzt draußen, und diese Herrin ist die Gerechtigkeit. An sie habe ich immer geglaubt, glaube ich heute noch, die Gerechtigkeit habe ich allein zur Richtschnur meines Handelns gemacht ...«

Während er so sprach, ging er leise auf und ab im Zimmer, die Hände auf dem Rücken, stets in Frau Rosenthals Gesichtsfeld bleibend. Die Worte kamen ruhig und leidenschaftslos von seinen Lippen, er sprach von sich wie von einem vergangenen, eigentlich nicht mehr existierenden Mann. Frau Rosenthal folgte gespannt jedem seiner Worte.

»Doch«, fuhr der Kammergerichtsrat fort, »ich spreche von mir, statt von Ihnen zu sprechen, eine üble Angewohnheit aller, die sehr einsam leben. Verzeihen Sie, sprechen wir noch ein Wort von der Gefahr. Ich bekam Drohbriefe, man hat mich überfallen, es ist auf mich geschossen worden, zehn Jahre, zwanzig Jahre, dreißig Jahre ... Nun, Frau Rosenthal, hier sitze ich, ein alt gewordener Mann, und lese meinen Plutarch. Gefahr bedeutet nichts für mich, sie ängstigt mich nicht, sie beschäftigt nie mein Hirn oder Herz. Reden Sie nicht von Gefahren, Frau Rosenthal …«

»Doch das sind andere Menschen heute«, widersprach Frau Rosenthal.

»Sagte ich Ihnen nicht, dass diese Drohungen von Verbrechern und ihren Komplicen ausgingen? Nun also!« Er lächelte leicht. »Es sind keine anderen Menschen. Es sind ein bisschen mehr geworden, und die andern sind ein bisschen feiger geworden, aber die Gerechtigkeit ist dieselbe geblieben, und ich hoffe, wir beide erleben noch ihren Sieg.« Einen Augenblick stand er da, gerade aufgerichtet. Dann nahm er seine Wanderung wieder auf. Er sagte leise: »Und der Sieg der Gerechtigkeit wird nicht der Sieg dieses deutschen Volkes sein!«

Er schwieg einen Augenblick, dann begann er wieder leichteren Tons: »Nein, Sie können nicht in Ihre Wohnung zurück. Die Persickes sind heute Nacht dort gewesen, diese Parteileute über mir, wissen Sie. Die Wohnungsschlüssel sind in ihrem Besitz, sie werden Ihr Heim jetzt unter ständiger Beobachtung halten. Dort wären Sie wirklich völlig nutzlos in Gefahr.«

»Aber ich muss dort sein, wenn mein Mann zurückkommt!«, bat Frau Rosenthal flehend.

»Ihr Mann«, sagte der Kammergerichtsrat Fromm freundlich beruhigend, »Ihr Mann kann Sie vorläufig nicht besuchen. Er befindet sich zurzeit im Untersuchungsgefängnis Moabit unter der Beschuldigung, mehrere Auslandsguthaben verheimlicht zu haben. Er ist also in Sicherheit, solange es gelingt, das Interesse der Staatsanwaltschaft und der Steuerbehörde an diesem Verfahren wachzuhalten.«

Der alte Rat lächelte leise, er sah Frau Rosenthal ermutigend an und nahm dann seine Wanderung wieder auf.

»Aber woher können Sie wissen?«, rief Frau Rosenthal aus.

Er machte eine beschwichtigende Handbewegung. Er sagte: »Ein alter Richter hört immer dies und das, auch wenn er nicht mehr im Amte ist. Es wird Sie auch interessieren, dass Ihr Mann einen tüchtigen Anwalt hat und verhältnismäßig anständig versorgt wird. Den Namen und die Adresse des Anwalts sage ich Ihnen nicht, er wünscht keine Besuche in dieser Sache …«

»Aber vielleicht kann ich meinen Mann in Moabit besuchen!«, rief Frau Rosenthal aufgeregt aus. »Ich könnte ihm frische Wäsche bringen – wer sorgt denn dort für seine Wäsche? Und Toilettensachen und vielleicht etwas zu essen …«

»Liebe Frau Rosenthal«, sagte der Kammergerichtsrat a. D. und legte seine altersfleckige Hand mit den hohen blauen Adern fest auf ihre Schultern. »Sie können Ihren Mann ebenso wenig besuchen, wie er Sie besuchen kann. Ein solcher Besuch nützt ihm nichts, denn Sie kommen nicht bis zu ihm, und er schadet nur Ihnen.«

Er sah sie an. Plötzlich lächelten seine Augen nicht mehr, auch seine Stimme klang streng. Sie begriff, dass dieser kleine, sanfte, gütige Mann einmal der blutige Fromm, der Scharfrichter Fromm genannt worden war, dass er einem unerbittlichen Gesetz in sich folgte, wohl dieser Gerechtigkeit, von der er gesprochen hatte.

»Frau Rosenthal«, sagte dieser blutige Fromm leise, »Sie sind mein Gast – solange Sie die Gesetze der Gastfreundschaft befolgen, von denen ich Ihnen gleich ein paar Worte sagen werde. Dieses ist das erste Gebot der Gastfreundschaft: Sobald Sie eigenmächtig handeln, sobald einmal, ein einziges Mal nur, die Tür dieser Wohnung hinter Ihnen zugeschlagen ist, öffnet sich diese Tür Ihnen nie wieder, ist Ihr und Ihres Mannes Name für immer ausgelöscht hinter dieser Stirn. Sie haben mich verstanden?«

Er berührte leicht seine Stirn, er sah sie durchdringend an. Sie flüsterte leise ein »Ja«.

Erst jetzt nahm er die Hand wieder von ihrer Schulter. Seine vor Ernst dunkel gewordenen Augen wurden wieder heller, langsam nahm er seine Wanderung von neuem auf. »Ich bitte

Sie«, fuhr er leichter fort, »das Zimmer, das ich Ihnen gleich zeigen werde, bei Tage nicht zu verlassen, auch sich dort nicht am Fenster aufzuhalten. Meine Bedienerin ist zwar zuverlässig, aber …« Er brach unmutig ab, er sah jetzt nach dem Buch unter der Leselampe hinüber. Er fuhr fort: »Versuchen Sie es wie ich, die Nacht zum Tage zu machen. Ein leichtes Schlafmittel werden Sie auf dem Tische dort finden. Mit Essen versorge ich Sie des Nachts. Wenn Sie mir jetzt folgen wollen?«

Sie folgte ihm auf den Korridor hinaus. Sie war jetzt wieder etwas verwirrt und verängstigt, ihr Gastgeber war so völlig verändert. Aber sie sagte sich ganz richtig, dass der alte Herr seine Stille über alles liebte und kaum noch den Umgang mit Menschen gewohnt war. Er war jetzt ihrer müde, er sehnte sich nach seinem Plutarch zurück, wer das immer auch sein mochte.

Der Rat öffnete eine Tür vor ihr, schaltete das Licht ein. »Die Jalousien sind geschlossen«, sagte er. »Es ist hier auch verdunkelt, lassen Sie das bitte so, es könnte Sie sonst einer aus dem Hinterhaus sehen. Ich denke, Sie werden hier alles finden, was Sie brauchen.«

Er ließ sie einen Augenblick dies helle, fröhliche Zimmer betrachten mit seinen Birkenholzmöbeln, einem vollbesetzten, hochbeinigen Toilettentischchen und einem Bett, das noch einen »Himmel« aus geblümtem Chintz besaß. Er sah das Zimmer an wie etwas, das er lange nicht gesehen und nun wiedererkannte. Dann sagte er mit tiefem Ernst: »Es ist das Zimmer meiner Tochter. Sie starb im Jahre 1933 – nicht hier, nein, nicht hier. Ängstigen Sie sich nicht!«

Er gab ihr rasch die Hand. »Ich schließe das Zimmer nicht ab, Frau Rosenthal«, sagte er, »aber ich bitte Sie, sich jetzt sofort einzuriegeln. Sie haben eine Uhr bei sich? Gut! Um zehn Uhr abends werde ich bei Ihnen klopfen. Gute Nacht!«

Er ging. In der Tür wandte er sich noch einmal um. »Sie werden in den nächsten Tagen sehr allein sein mit sich, Frau Rosenthal. Versuchen Sie, sich daran zu gewöhnen. Alleinsein kann etwas sehr Gutes bedeuten. Und vergessen Sie nicht: Es kommt auf jeden Überlebenden an, auch auf Sie, gerade auf Sie! Denken Sie an das Abriegeln!«

Er war so leise gegangen, so leise hatte er die Tür geschlossen, dass sie erst zu spät merkte, sie hatte ihm weder gute Nacht gesagt noch gedankt. Sie ging rasch zur Tür, aber schon während des Gehens besann sie sich. Sie drehte nur den Riegel zu, dann ließ sie sich auf den nächsten Stuhl nieder, ihre Beine zitterten. Aus dem Spiegel des Toilettentischchens schaute sie ein bleiches, von Tränen und Wachen gedunsenes Gesicht an. Sie nickte langsam, trübe diesem Gesicht zu.

Das bist du, Sara, sagte es in ihr. Lore, die jetzt Sara genannt wird. Du bist eine tüchtige Geschäftsfrau gewesen, immer tätig. Du hast fünf Kinder gehabt, eines lebt nun in Dänemark, eines in England, zwei in den USA, und eines liegt hier auf dem Jüdischen Friedhof an der Schönhauser Allee. Ich bin nicht böse, wenn sie dich Sara nennen. Aus der Lore ist immer mehr eine Sara geworden; ohne dass sie es wollten, haben sie mich zu einer Tochter meines Volkes gemacht, nur zu seiner Tochter. Er ist ein guter, feiner alter Herr, aber so fremd, so fremd ... Ich könnte nie richtig mit ihm reden, wie ich mit Siegfried gesprochen habe. Ich glaube, er ist kalt. Trotzdem er gütig ist, ist er kalt. Selbst seine Güte ist kalt. Das macht das Gesetz, dem er untertan ist, diese Gerechtigkeit. Ich bin immer nur einem Gesetz untertan gewesen: die Kinder und den Mann liebzuhaben und ihnen vorwärtszuhelfen im Leben. Und nun sitze ich hier bei diesem alten Mann, und alles, was ich bin, ist von mir abgefallen. Das ist das Alleinsein, von dem er sprach. Es ist jetzt noch nicht halb sieben Uhr morgens, und vor zehn Uhr abends werde ich ihn nicht wiedersehen. Fünfzehn und eine halbe Stunde allein mit mir – was werde ich alles erfahren über mich, das ich noch nicht wusste? Mir ist angst, mir ist so sehr angst! Ich glaube, ich werde schreien, noch im Schlafe werde ich schreien vor Angst! Fünfzehn und eine halbe Stunde! Die halbe Stunde hätte er noch bei mir sitzen können. Aber er wollte durchaus in seinem alten Buch lesen. Menschen bedeuten ihm trotz all seiner Güte nichts, ihm bedeutet nur seine Gerechtigkeit etwas. Er tut es, weil sie es von ihm verlangt, nicht um meinetwillen. Es hätte erst Wert für mich, wenn er's um meinetwillen täte!

Sie nickt diesem gramentstellten Gesicht Saras im Spiegel langsam zu. Sie sieht sich nach dem Bett um. Das Zimmer meiner Tochter. Sie starb 1933. Nicht hier! Nicht hier!, schießt es ihr durch den Kopf. Sie schaudert. Wie er es sagte. Sicher ist die Tochter auch durch – die gestorben, aber er wird nie darüber sprechen, und ich werde ihn auch nie zu fragen wagen. Nein, ich kann nicht in diesem Zimmer schlafen, es ist grauenvoll, unmenschlich. Er soll mir die Kammer seiner Bedienerin geben, ein Bett noch warm vom Leib eines wirklichen Menschen, der darin schlief. Ich kann hier nie schlafen. Ich kann hier nur schreien …

Sie tippt die Döschen und die Schächtelchen auf dem Toilettentisch an. Vertrocknete Cremes, krümeliger Puder, grün belaufene Lippenstifte – und sie ist seit 1933 tot. Sieben Jahre. Ich muss etwas tun. Wie es jagt in mir – das ist die Angst. Jetzt, da ich auf dieser Insel des Friedens angelangt bin, kommt meine Angst hervor. Ich muss etwas tun. Ich darf nicht so allein sein mit mir.

Sie kramte in ihrer Tasche. Sie fand Papier und Bleistift. Ich werde den Kindern schreiben, Gerda in Kopenhagen, Eva in Ilford, dem Bernhard und dem Stefan in Brooklyn. Aber es hat keinen Sinn, die Post geht nicht mehr, es ist Krieg. Ich werde an Siegfried schreiben, irgendwie schmuggle ich den Brief schon durch nach Moabit. Wenn diese alte Bedienerin wirklich zuverlässig ist. Der Rat braucht nichts zu merken, und ich kann ihr Geld oder Schmuck geben. Ich habe noch genug …

Sie holte auch das aus der Handtasche, sie legte es vor sich hin, das in Pakete gepackte Geld, den Schmuck. Sie nahm ein

Armband in die Hand. Das hat mir Siegfried geschenkt, als ich die Eva bekam. Es war meine erste Geburt, ich habe viel aushalten müssen. Wie er gelacht hat, als er das Kind sah! Der Bauch hat ihm gewackelt vor Lachen. Alle mussten lachen, wenn sie das Kind sahen mit seinen schwarzen Ringellöckchen über den ganzen Schädel und seinen Wulstlippen. Ein weißes Negerbaby, sagten sie. Ich fand Eva schön. Damals schenkte er mir das Armband. Es hat sehr viel gekostet; alles Geld, das er in einer Weißen Woche verdient hatte, gab er dafür. Ich war sehr stolz, eine Mutter zu sein. Das Armband bedeutete mir nichts. Jetzt hat Eva schon drei Mädels, und ihre Harriet ist neun. Wie oft sie an mich denken mag, da drüben in Ilford. Aber was sie auch denken mag, sie wird sich nie vorstellen, wie ihre Mutter hier sitzt, in einem Totenzimmer beim blutigen Fromm, der nur der Gerechtigkeit gehorcht. Ganz allein mit sich …

Sie legte das Armband hin, sie nahm einen Ring. Sie saß den ganzen Tag vor ihren Sachen, sie murmelte mit sich, sie klammerte sich an ihre Vergangenheit, sie wollte nicht daran denken, wer sie heute war.

Dazwischen kamen Ausbrüche wilder Angst. Einmal war sie schon an der Tür, sie sagte zu sich: Wenn ich nur wüsste, sie quälen einen nicht lange, sie machten es schnell und schmerzlos, ich ginge zu ihnen. Ich ertrage dieses Warten nicht mehr, und wahrscheinlich ist es ganz zwecklos. Eines Tages kriegen sie mich doch. Wieso kommt es auf jeden Überlebenden an, wieso grade auf mich? Die Kinder werden seltener an mich denken, die Enkel gar nicht, Siegfried dort in Moabit wird auch bald sterben. Ich verstehe nicht, was der Kammergerichtsrat damit gemeint hat, ich muss ihn heute Abend danach fragen. Aber wahrscheinlich wird er nur lächeln und irgendetwas sagen, mit dem ich gar nichts anfangen kann, weil ich ein richtiger Mensch bin, heute noch, aus Fleisch und Blut, eine alt gewordene Sara.

Sie stützte sich mit der Hand auf den Toilettentisch, sie betrachtete düster ihr Gesicht, das von einem Netz von Fältchen überzogen war. Fältchen, die Sorge, Angst, Hass und Liebe gezogen hatten. Dann kehrte sie wieder zu ihrem Tisch zurück, zu ihren Schmucksachen. Sie zählte, nur um die Zeit hinzubringen, die Scheine immer wieder durch; später versuchte sie, alle Scheine nach Serien und Nummern zu ordnen. Dann und wann schrieb sie auch einen Satz in dem Brief an ihren Mann. Aber es wurde kein Brief, nur ein paar Fragen: Wie er denn untergebracht sei, was er zu essen bekomme, ob sie nicht für seine Wäsche sorgen könne? Kleine, belanglose Fragen. Und: Ihr ging es gut. Sie war in Sicherheit.

Nein, kein Brief, ein sinnloses, unnötiges Geschwätz, dazu auch unwahr. Sie war nicht in Sicherheit. Noch nie hatte sie sich in den letzten grauenvollen Monaten so in Gefahr gefühlt wie in diesem stillen Zimmer. Sie wusste, sie musste sich hier verändern, sie würde sich nicht entwischen können. Und sie hatte Angst vor dem, was aus ihr werden konnte. Vielleicht musste sie dann noch Schrecklicheres erleiden und ertragen, sie, die schon ohne ihren Willen aus einer Lore zu einer Sara geworden war. Sie wollte nicht, sie hatte Angst.

Später legte sie sich doch auf das Bett, und als ihr Gastgeber um zehn Uhr gegen ihre Tür klopfte, schlief sie so fest, dass sie ihn nicht hörte. Er öffnete die Tür vorsichtig mit einem Schlüssel, der den Riegel zurückschob, und als er die Schlafende sah, nickte er und lächelte. Er holte ein Tablett mit Essen, setzte es auf den Tisch, und als er dabei die Schmucksachen und das Geld beiseiteschob, nickte und lächelte er wieder. Leise ging er aus dem Zimmer, drückte den Riegel wieder herum, ließ sie schlafen …

So kam es, dass Frau Rosenthal in den ersten drei Tagen ihrer »Schutzhaft« keinen einzigen Menschen zu sehen bekam. Sie verschlief stets die Nacht, um zu einem schrecklichen, angstgequälten Tag zu erwachen. Am vierten Tage, halb von Sinnen, tat sie dann etwas …

Die Gesch hatte es doch nicht über sich gebracht, den kleinen Mann auf ihrem Sofa nach einer Stunde zu wecken. Er sah so bemitleidenswert aus, wie er dalag in seinem Erschöpfungsschlaf, die Flecke auf seinem Gesicht fingen jetzt an, rotblau anzulaufen. Er hatte die Unterlippe vorgeschoben wie ein trauriges Kind, und manchmal zitterten seine Lider, und seine Brust hob sich in einem schweren Seufzer, als wolle er gleich jetzt in seinem Schlaf losweinen.

Als sie ihr Mittagessen fertig hatte, weckte sie ihn und gab ihm zu essen. Er murmelte etwas wie einen Dank. Er aß wie ein Wolf und warf dabei Blicke auf sie, aber er sprach mit keinem Wort von dem, was geschehen war.

Schließlich sagte sie: »So, mehr kann ich Ihnen nicht geben, sonst bleibt für Gustav nicht genug. Legen Sie sich nur auf das Sofa und schlafen Sie noch ein bisschen. Ich werde dann selbst mit Ihrer Frau …«

Er murmelte wieder etwas, unkenntlich, ob Zustimmung oder Ablehnung. Aber er ging willig zum Sofa, und eine Minute später war er wieder fest eingeschlafen.

Als am späten Nachmittag Frau Gesch die Flurtür der Nachbarin gehen hörte, schlich sie leise hinüber und klopfte. Eva Kluge öffnete sofort, aber sie stellte sich so in die Tür, dass sie den Eintritt verwehrte. »Nun?«, fragte sie feindlich.

»Entschuldigen Sie, Frau Kluge«, fing die Gesch an, »wenn ich Sie noch mal störe. Aber Ihr Mann liegt drüben bei mir. So 'n Bulle von der SS hat ihn heute früh angeschleppt, Sie können kaum weg gewesen sein.«

Eva Kluge verharrte in ihrem feindlichen Schweigen, und die Gesch fuhr fort: »Sie haben ihn ganz schön zugerichtet, da ist kein Fleck an ihm, der nicht was abgekriegt hat. Ihr Mann mag sein, wie er will, aber so können Sie ihn nicht vor die Tür setzen. Sehen Sie ihn sich bloß mal an, Frau Kluge!«

Sie sagte unbeugsam: »Ich habe keinen Mann mehr, Frau Gesch. Ich hab's Ihnen gesagt, ich will nichts mehr davon hören.«

Und sie wollte in ihre Wohnung zurück. Die Gesch sagte eifrig: »Seien Sie nicht so eilig, Frau Kluge. Schließlich ist es Ihr Mann. Sie haben Kinder mit ihm gehabt …«

»Darauf bin ich besonders stolz, Frau Gesch, darauf besonders!«

»Man kann auch unmenschlich sein, Frau Kluge, und was Sie tun wollen, das ist unmenschlich. So kann der Mann nicht auf die Straße.«

»Und war das, was er mit mir all die Jahre getan hat, etwa menschlich? Er hat mich gequält, er hat mir mein ganzes Leben kaputtgemacht, schließlich hat er mir noch meinen Lieblingsjungen weggenommen – und zu so einem soll ich menschlich sein, bloß weil er Dresche von der SS bekommen hat? Ich denke gar nicht daran! Den ändern auch noch so viele Schläge nicht!«

Nach diesen heftig und böse ausgestoßenen Worten zog Frau Kluge der Gesch einfach die Tür vor der Nase zu und schnitt ihr so jedes weitere Wort ab. Sie war einfach nicht fähig, noch weiteres Gerede auszuhalten. Bloß um allem Gerede zu entgehen, hätte sie den Mann womöglich doch noch wieder in die Wohnung aufgenommen und es immer und ewig bereut!

Sie setzte sich auf einen Küchenstuhl, starrte in die bläuliche Gasflamme und dachte an diesen Tag zurück. Gerede, nichts wie Gerede. Seit sie dem Vorsteher des Amtes eröffnet hatte, sie wolle aus der Partei austreten und das sofort, hatte es nur noch Gerede gegeben. Sie war von ihrem Bestellgang befreit worden, aber dafür war sie ununterbrochen vernommen worden; vor allem wollten sie durchaus von ihr erfahren, warum sie denn aus der Partei auszutreten wünschte. Was für Gründe sie denn habe.

Sie hatte starr und unverändert geantwortet: »Das geht keinen was an. Darüber sprech ich nicht, warum ich raus will. Und das heute noch!«

Aber je mehr sie sich weigerte, umso hartnäckiger wurden die. Alles andere schien sie nicht zu interessieren, nur das ›Warum‹ wollten sie erfahren. Gegen Mittag waren dann noch zwei Zivilisten mit Aktentaschen aufgetaucht und hatten sie ununterbrochen befragt. Ihr ganzes Leben sollte sie erzählen, von den Eltern, den Geschwistern, ihrer Ehe …

Erst war sie ganz bereitwillig gewesen, froh, dem endlosen Gefrage über die Gründe ihres Austritts zu entgehen. Aber dann, schon als sie von ihrer Ehe berichten sollte, war sie wieder bockbeinig geworden. Nach der Ehe würden die Kinder drankommen, und sie würde nicht von Karlemann erzählen können, ohne dass diese gewitzten Füchse merkten, dass da etwas nicht stimmte.

Nein, auch darüber sagte sie nichts aus. Auch das war privat. Ihre Ehe und ihre Kinder gingen niemanden etwas an.

Aber diese Leute waren zäh. Sie wussten viele Wege. Der eine griff in seine Aktentasche und fing an, in einem Aktenstück zu lesen. Sie hätte gerne gewusst, was er da las: Es konnte doch über sie nicht solch ein Aktenstück bei der Kriminalpolizei geben, denn dass diese Zivilisten irgendwas Polizeiliches waren, das hatte sie unterdes doch gemerkt.

Dann fingen sie wieder an zu fragen, und nun erwies es sich, dass in dem Aktenstück etwas über Enno stehen musste. Denn nun wurde sie über seine Krankheiten, seine Arbeitsscheu, seine Wettleidenschaft und über seine Weiber ausgefragt. Es fing wieder ganz harmlos an, dann plötzlich sah sie die Gefahr, schloss fest den Mund und sagte nichts mehr.

Nein, auch das war privat. Es ging keinen was an. Was sie mit ihrem Mann hatte, das war ihre Sache allein. Übrigens lebte sie getrennt von dem Manne.

Da war sie wieder erwischt. Seit wann sie getrennt von ihm

lebe? Wann hatte sie ihn zum letzten Male gesehen? Hing ihr Wunsch nach Austritt aus der Partei etwa mit dem Manne zusammen?

Sie schüttelte nur den Kopf. Aber sie dachte mit Schaudern daran, dass sie sich wahrscheinlich nun den Enno vornehmen würden, und aus dem schlappen Kerl würden sie in einer halben Stunde alles ausgequetscht haben! Dann stand sie mit ihrer Schande, von der bisher sie allein wusste, vor allen nackt und bloß da. Dann schrieben sie womöglich über sie, und auf der Partei würden sie endlos über die Mutter schwätzen, die solch einen Sohn geboren hatte.

»Privat! Rein privat!«

Die Briefträgerin, die in Gedanken verloren das Zittern und Beben des blauen Gasflämmchens beobachtet hat, fährt zusammen. Sie hat vorhin einen schweren Fehler begangen, sie hatte ja Gelegenheit, den Enno für ein paar Wochen zu verstecken. Sie brauchte ihm nur für ein paar Wochen Geld zu geben und die Weisung, sich bei einer seiner Freundinnen zu verstecken.

Sie klingelt bei der Gesch. »Hören Sie, Frau Gesch, ich habe es mir noch mal überlegt, ich möchte wenigstens ein paar Worte mit meinem Manne sprechen!«

Jetzt, wo die andere ihr den Willen tut, wird die Gesch böse. »Das hätten Sie sich eher überlegen müssen. Jetzt ist Ihr Mann fort, schon gute zwanzig Minuten. Nun kommen Sie zu spät!«

»Wo ist er denn hin, Frau Gesch?«

»Wie soll ich das denn wissen? Wo Sie ihn rausgeschmissen haben! Bei eine von seinen Weibern wohl!«

»Wissen Sie nicht, zu welcher? Bitte, sagen Sie es doch, Frau Gesch! Es ist wirklich sehr wichtig …«

»Auf einmal!« Und widerwillig setzt die Gesch hinzu: »Er hat was von 'ner Tutti gesagt …«

»Tutti?«, fragt sie. »Das soll doch Trude, Gertrud bedeuten … Wissen Sie den andern Namen nicht, Frau Gesch?«

»Er hat ihn ja selber nicht gewusst! Er hat nicht mal genau

gewusst, wo sie wohnt, er hat bloß gedacht, er find't sie. Aber bei dem Zustand, in dem der Mann ist …«

»Vielleicht kommt er noch mal wieder«, sagt Frau Eva Kluge nachdenklich. »Dann schicken Sie ihn zu mir. Jedenfalls danke ich Ihnen schön, Frau Gesch. Guten Abend!«

Aber die Gesch grüßt nicht zurück, sie knallt bei sich die Tür zu. Sie hat noch nicht vergessen, wie die andere ihr vorhin die Tür vor der Nase zugemacht hat. Das ist noch lange nicht raus, dass sie den Mann schickt, wenn er wirklich noch mal hier auftaucht. So 'ne Frau soll sich zur rechten Zeit besinnen, nachher ist es manchmal zu spät.

Frau Kluge ist in ihre Küche zurückgekehrt. Es ist seltsam: obwohl doch das Gespräch eben mit der Gesch ohne Ergebnis geblieben ist, hat es sie erleichtert. Die Dinge müssen eben ihren Lauf nehmen. Sie hat getan, was sie tun konnte, sich sauber zu halten. Sie hat sich vom Vater wie vom Sohne losgesagt, sie wird sie austilgen aus ihrem Herzen. Sie hat ihren Austritt aus der Partei erklärt. Nun geschieht, was geschehen muss. Sie kann das nicht ändern, auch das Schlimmste kann sie nicht mehr sehr schrecken, nach dem, was sie durchgemacht hat.

Es hat sie auch nicht sehr erschrecken können, als die beiden vernehmenden Zivilisten vom nutzlosen Fragen zum Drohen übergegangen sind. Sie wisse doch wohl, dass solch ein Austritt aus der Partei sie ihre Stellung bei der Post kosten könne? Und noch viel mehr: wenn sie jetzt, unter Verweigerung von Gründen, aus der Partei austreten wolle, so sei sie politisch unzuverlässig, und für solche gebe es so etwas wie ein KZ! Sie habe doch wohl schon davon gehört? Da könne man politisch Unzuverlässige sehr rasch zuverlässig machen, fürs ganze Leben seien die zuverlässig. Sie verstehe doch!

Frau Kluge hatte keine Angst bekommen. Sie ist dabei geblieben, dass privat privat bleibt, und über Privates redet sie nicht. Schließlich hat man sie gehen lassen. Nein, ihr Austritt aus der Partei ist vorläufig nicht angenommen, sie wird noch darüber hören. Aber vom Postdienst ist sie vorläufig suspendiert. Sie hat sich aber in ihrer Wohnung zur Verfügung zu halten …

Während Eva Kluge den so lange vergessenen Suppentopf endlich auf die Gasflamme rückt, beschließt sie plötzlich, auch in diesem Punkte nicht zu gehorchen. Sie wird nicht ewig tatenlos in der Wohnung sitzen und auf die Quälereien der Herren warten. Nein, sie wird morgen früh mit dem Sechs-Uhr-Zug zu ihrer Schwester bei Ruppin fahren. Da kann sie zwei, drei Wochen unangemeldet leben, die füttern sie schon so durch. Die haben da Kuh und Schweine und Kartoffelland. Sie wird arbeiten, im Stall und auf dem Felde arbeiten. Das wird ihr guttun, besser als diese Briefträgerei für ewig: trab-trab!

Ihre Bewegungen sind, seit dem Beschluss, aufs Land zu gehen, frischer geworden. Sie holt einen Handkoffer hervor und fängt an zu packen. Einen Augenblick überlegt sie, ob sie Frau Gesch wenigstens sagen soll, dass sie verreist, das Wohin braucht sie ihr ja nicht zu sagen. Aber sie beschließt: nein, sie will lieber nichts sagen. Alles, was sie nun tut, tut sie ganz für sich allein. Sie will keinen Menschen da reinziehen. Sie wird auch der Schwester und dem Schwager nichts sagen. Sie wird jetzt so allein leben wie noch nie. Immer war bisher jemand da, für den sie zu sorgen hatte: die Eltern, der Mann, die Kinder. Nun ist sie allein. Es scheint ihr im Augenblick sehr möglich, dass ihr dieses Alleinsein gut gefallen wird. Vielleicht wird, wenn sie ganz allein mit sich ist, noch etwas aus ihr, jetzt, wo sie endlich Zeit für sich selber hat, das eigene Ich nicht immer über all den andern vergessen muss.

In dieser Nacht, die Frau Rosenthal mit ihrer Einsamkeit so ängstet, lächelt die Briefträgerin Kluge zum ersten Mal wieder im Schlaf. Träumend sieht sie sich auf einem riesigen Kartoffelacker stehen, die Hacke in den Händen. So weit sie sieht, nur Kartoffelland, und sie dazwischen allein: Sie muss das Kartoffelland sauberhacken. Sie lächelt, sie hebt die Hacke, hell klingt ein getroffener Stein, ein Meldenstengel sinkt um, sie hackt weiter und weiter.

12. KAPITEL
Enno und Emil nach dem Schock

Der kleine Enno Kluge hat es viel schlechter getroffen als sein »Kumpel« Emil Barkhausen, den nach den Erlebnissen dieser Nacht eine Frau, sie mochte sein, wie sie wollte, doch immerhin in ein Bett gepackt hatte, wenn sie ihn auch sofort danach bestahl. Der schwächliche Rennwetter hat auch viel mehr Schläge bekommen als der lange, knochige Gelegenheitsspitzel. Nein, dem Enno ist besonders übel mitgespielt worden.

Und während er durch die Straßen läuft und angstvoll nach seiner Tutti sucht, ist der Barkhausen aus seinem Bett aufgestanden, hat sich in der Küche was zu essen gesucht und isst sich finster und nachdenklich satt. Dann findet Barkhausen im Kleiderspind eine Schachtel Zigaretten, er brennt sich eine an, steckt die Schachtel in seine Tasche und sitzt wieder finster grübelnd am Tisch, den Kopf in der Hand.

So findet ihn seine Otti, als sie von ihren Besorgungen wieder zurückkommt. Natürlich sieht sie gleich, dass er sich Essen genommen hat, sie weiß auch, er hat nichts zu rauchen in der Tasche gehabt, als sie ging, und sie entdeckt sofort den Diebstahl aus ihrem Kleiderspind. Sofort bricht sie einen Streit vom Zaun, so verängstigt sie auch ist. »Jawohl, so was liebe ich, einen Kerl, der mir mein Essen frisst und mir meine Zigaretten klaut! Gleich gibst du sie mir wieder, auf der Stelle gibst du sie mir wieder! Oder du bezahlst sie mir! Gib Geld her, Emil!«

Sie wartet gespannt, was er sagen wird, aber sie ist ihrer Sache ziemlich sicher. Die achtundvierzig Mark hat sie schon fast ganz ausgegeben, da kann er wirklich nicht mehr viel machen.

Und sie sieht aus seiner Antwort, so böse sie auch klingt, dass er von dem Gelde wirklich nichts weiß. Sie fühlt sich diesem doofen Kerl von einem Manne weit überlegen, sie hat ihn ausgenommen, und der Affe merkt es nicht mal!

»Halt die Schnauze!«, grunzt Barkhausen nur, ohne den Kopf zu erheben. »Und mach, dass du aus der Stube kommst, oder ich schlage dir alle Knochen im Leibe entzwei!«

Sie ruft von der Küchentür her, einfach, weil sie immer das letzte Wort haben muss und weil sie sich ihm so überlegen fühlt (obwohl sie jetzt Angst vor ihm hat): »Sieh du lieber selbst, dass dir die SS deine Knochen nicht ganz zerschlägt! Weit biste nicht mehr davon ab!«

Damit geht sie in die Küche und lässt ihren Ärger über diese Verbannung an den Gören aus.

Der Mann aber sitzt immer weiter in der Stube und grübelt. Er weiß nur wenig von dem, was in der Nacht geschah, aber das wenige, das er weiß, das reicht ihm. Und er denkt daran, dass da oben die Wohnung der Rosenthal liegt, die jetzt wohl von den Persickes ausgeräumt ist, und er hätte sich nehmen können, noch und noch! Durch seine eigene Dussligkeit hat er das verbockt!

Nein, der Enno ist daran schuld gewesen, der Enno hat mit dem Schnaps angefangen, der Enno ist von allem Anfang an besoffen gewesen. Ohne den Enno hätte er jetzt einen Haufen Zeugs, Wäsche und Kleider; dunkel erinnert er sich auch an einen Radioapparat. Wenn er den Enno jetzt hier hätte, würde er ihm alle Knochen im Leibe zerschlagen, diesem feigen Schwächling, der ihm die ganze Sache vermasselt hat!

Aber einen Augenblick später zuckt Barkhausen schon wieder die Achseln. Wer ist denn schließlich dieser Enno? 'ne feige Wanze, die davon lebt, dass sie den Weibern Blut abzapft! Nein, wer richtig schuld ist, das ist dieser Baldur Persicke! Dieser Bengel, dieser Schuljunge von einem HJ-Führer hat von Anfang an vorgehabt, ihn reinzulegen! Das war alles vorbereitet, um einen Schuldigen zu haben und sich selbst die Beute ungestraft aneignen zu können! Das hat sich diese Giftschlange mit den funkelnden Brillengläsern fein ausgedacht! Ihn so reinzulegen, dieser verdammte Rotzjunge!

Barkhausen versteht es nicht so ganz, warum er nun eigentlich doch nicht in einer Zelle auf dem Alex, sondern in seiner Stube sitzt. Da muss denen was dazwischengekommen sein. Ganz dunkel erinnert er sich an zwei Gestalten, aber wer das war und wieso, das hat er damals schon in seiner halben Betäubung nicht erfasst, und jetzt weiß er es erst recht nicht.

Aber das eine weiß er: dies verzeiht er dem Baldur Persicke nie. Der mag noch so sehr hochkriechen auf der Leiter der Parteigunst, der Barkhausen passt auf. Der Barkhausen kann warten. Der Barkhausen vergisst nichts. So 'n Bengel – eines Tages wird er ihn doch rankriegen, und dann liegt der im Dreck! Aber er soll schlimmer drinliegen als der Barkhausen, und er soll nie wieder daraus aufstehen. Einen Kumpel verraten? Nein, das wird nie verziehen und vergessen! Die schönen Sachen in der Rosenthal'schen Wohnung, Koffer und Kisten und Radio, das hätte er alles haben können!

Und weiter grübelt Barkhausen, immer dasselbe, und dazwischen holt er sich heimlich den silbernen Handspiegel der Otti, letzte Erinnerung an einen großzügigen Freier aus ihrer Nuttenzeit, und betrachtet und befühlt sein Gesicht.

Auch der kleine Enno Kluge hat unterdes in dem Spiegel eines Modewarengeschäftes entdeckt, wie sein Gesicht aussieht. Das hat ihn nur noch mehr verängstigt und ganz kopflos gemacht. Er wagt keinen Menschen anzusehen, aber er hat das Gefühl, alle sehen ihn an. Er drückt sich in den Nebenstraßen herum, seine Suche nach Tutti wird immer hirnverbrannter, er weiß nicht mehr, wo sie etwa gewohnt hat, er weiß aber auch nicht mehr, wo er jetzt grade ist. Aber er geht in jeden dunklen Torgang und sieht in den Hinterhöfen an den Fenstern hoch. Tutti ... Tutti ...

Es wird jetzt rasch immer dunkler, vor der Nacht muss er noch rasch Quartier gefunden haben, sonst nimmt ihn die Polizei fest, und wenn die sehen, in welchem Zustand er ist, dann machen sie Hackfleisch aus ihm, bis er alles eingestanden hat. Und wenn er das von den Persickes gesteht, und er quatscht es ja doch aus in seiner Angst, dann schlagen ihn die Persickes tot.

Er läuft ziellos immer weiter, immer weiter …

Schließlich kann er nicht mehr. Er setzt sich auf eine Bank und hockt da nun, einfach nicht imstande, weiterzugehen und sich etwas auszudenken. Schließlich fängt er ganz mechanisch an, seine Taschen nach etwas Rauchbarem abzusuchen – eine Zigarette würde ihn wieder ein bisschen in Gang bringen.

Er findet in seinen Taschen keine Zigarette, aber er findet etwas, das er bestimmt nicht erwartet hat, nämlich Geld. Sechsundvierzig Mark findet er. Die Frau Gesch hätte es ihm schon vor Stunden sagen können, dass er Geld in der Tasche hat, sie hätte den kleinen, verängstigten Mann auf seiner Suche nach einer Bleibe ein wenig sicherer gemacht. Aber die Gesch hat natürlich nicht verraten wollen, dass sie seine Taschen, während er schlief, durchsucht hat. Die Gesch ist eine anständige Frau, sie hat das Geld – wenn auch erst nach kurzem Kampf – wieder zurückgesteckt. Hätte sie es bei ihrem Gustav gefunden – sie hätte es ohne weiteres an sich genommen, aber bei einem fremden Mann, nein, so eine war sie nun doch nicht! Natürlich hat sich die Gesch von den neunundvierzig Mark, die sie gefunden hat, drei Mark abgenommen. Aber das war nicht geklaut, das war ihr gutes Recht, für das Essen, das sie dem Kluge gegeben hat. Sie hätte ihm das Essen auch ohne Geld gegeben, aber wie kommt sie dazu, einem fremden Mann, der Geld hat, umsonst Essen zu geben? So ist sie nun auch wieder nicht.

Jedenfalls stärken die sechsundvierzig Mark den verschüchterten Enno Kluge ungemein, er weiß doch nun, er kann sich immer ein Logis für die Nacht nehmen. Auch sein Gedächtnis fängt wieder an zu funktionieren. Zwar an die Wohnung der

Tutti erinnert er sich noch immer nicht, aber ihm ist plötzlich eingefallen, dass er sie in einem kleinen Café kennengelernt hat, wo sie oft verkehrt. Vielleicht wissen die dort ihre Wohnung.

Er steht auf, er läuft wieder los. Er orientiert sich, wo er eigentlich ist, und als er eine Elektrische sieht, die ihn nahe an sein Ziel bringen kann, wagt er sich sogar auf die dunkle Vorderplattform des ersten Wagens. Dort ist es so dunkel und voll, dass keiner groß auf sein Gesicht achten wird. Dann geht er in das Café. Nein, er will nichts verzehren, er geht sofort an das Büfett und fragt das Fräulein dort, ob sie wohl weiß, wo die Tutti ist, ob die Tutti hier wohl noch verkehrt?

Das Fräulein fragt mit scharfer, schriller Stimme, die im ganzen Lokal zu hören ist, welche Tutti er wohl meint. Es gäb 'ne Menge Tuttis in Berlin!

Der schüchterne kleine Mann antwortet verlegen: »Ach, nur die Tutti, die hier immer verkehrt hat! So eine dunkelhaarige, ein bisschen dick …«

Ach, die Tutti meine er! Nee, von der Tutti wollten sie hier nichts mehr wissen! Die sollte nicht wagen und sich hier noch mal sehen lassen! Von der wollten sie kein Wort mehr hören!

Und damit wendet sich das Fräulein empört von Enno ab. Kluge murmelt ein paar Worte der Entschuldigung und macht, dass er wieder aus dem Café herauskommt. Er steht noch ratlos, was er nun tun soll, auf der nächtlichen Straße, als ein anderer Herr aus dem Café kommt, ein älterer Mann, ziemlich abgerissen, kommt es Enno vor. Dieser Mann geht zögernd auf Enno zu, dann gibt er sich einen Ruck, zieht den Hut und fragt, ob er nicht der Herr sei, der eben im Café nach einer gewissen Tutti gefragt hat.

»Vielleicht«, antwortet Enno Kluge vorsichtig. Warum er denn frage?

»Ach, nur so. Ich kann Ihnen eventuell sagen, wo sie wohnt. Ich kann Sie auch bis an ihre Wohnung bringen, nur müssten Sie mir auch einen kleinen Gefallen tun!«

»Was denn für einen Gefallen?«, fragt Enno noch vorsichtiger. »Ich weiß nicht, was für einen Gefallen ich Ihnen tun kann. Ich kenn Sie ja gar nicht.«

»Ach, gehen wir doch schon ein Ende!«, ruft der ältliche Herr. »Nein, es ist kein Umweg, wenn wir hier lang gehen. Die Sache ist nämlich die und der Umstand der, dass die Tutti noch einen Koffer mit Sachen von mir hat. Vielleicht können Sie mir den Koffer morgen früh schnell mal rausreichen, wenn die Tutti schläft oder auf Besorgungen aus ist?«

(Der ältliche Mann scheint für sicher anzunehmen, dass Enno bei der Tutti über Nacht bleiben wird.)

»Nein«, sagt Enno. »Das tu ich nicht. Auf solche Sachen lasse ich mich nicht ein. Tut mir leid.«

»Aber ich kann Ihnen genau sagen, was in dem Koffer ist. Es ist wirklich mein Koffer!«

»Warum fragen Sie dann die Tutti nicht selbst darum?«

»Na, wenn Sie so reden«, sagt der ältliche Herr gekränkt, »dann kennen Sie die Tutti nicht. Das ist doch ein Weib, das müssten Sie doch wissen! Die hat Haare auf den Zähnen, i wo, keine Haare, Igelborsten hat sie drauf! Die beißt und spuckt wie ein Pavian – und darum wird sie ja auch so genannt!«

Und während der ältliche Herr diese liebenswürdige Schilderung von Tutti entwirft, fällt dem Enno Kluge mit Schrecken ein, dass die Tutti wirklich so ist und dass er das letzte Mal mit ihrem Portemonnaie und mit ihren Lebensmittelkarten verschwunden ist. Die beißt und spuckt wirklich wie ein Pavian, wenn sie in Wut ist, und wahrscheinlich wird sie diese Wut sofort an Enno auslassen, wenn er jetzt ankommt. Alles, was er sich von einem Nachtquartier bei ihr eingebildet hat, ist eben nur Einbildung …

Und plötzlich beschließt Enno Kluge ganz aus dem Handgelenk heraus, von dieser Minute an anders zu leben, keine Weibergeschichten mehr, keine kleinen Stibitzereien mehr, auch keine Rennwetten mehr. Er hat sechsundvierzig Mark in der

Tasche, davon kann er bis zum nächsten Lohntag leben. Morgen gönnt er sich noch einen Schontag, so zerschlagen wie er ist, und übermorgen fängt er richtig wieder mit der Arbeit an. Die werden schon merken, was sie an ihm haben, die werden ihn nicht wieder an die Front schicken. Er kann wirklich nicht nach alledem, was er in den letzten vierundzwanzig Stunden erlebt hat, solch einen Paviansempfang bei der Tutti riskieren.

»Ja«, sagt Enno Kluge nachdenklich zu dem ältlichen Herrn. »Das stimmt: so ist die Tutti. Und weil sie so ist, habe ich mich eben entschlossen, nicht zu der Tutti zu gehen. Ich werde drüben in dem kleinen Hotel da übernachten. Gute Nacht, Herr ... Tut mir leid, aber ...«

Und damit geht er vorsichtig mit seinen zerschundenen Knochen und erbettelt sich doch wirklich trotz seines zerschundenen Aussehens und seines völligen Mangels an Gepäck von dem abgerissenen Hausdiener ein Bett zu drei Mark. Er kriecht in dem engen, übelriechenden Loch in das Bett, dessen Wäsche schon vielen vor ihm gedient hat; er streckt sich aus, er sagt zu sich: Von jetzt an will ich ganz anders leben. Ich bin ein gemeines Aas gewesen, besonders zu Eva, aber von dieser Minute an werde ich anders. Ich habe die Dresche zu Recht bezogen, aber von nun an will ich auch anders sein ...

Er liegt ganz still in dem schmalen Bett, die Hände gewissermaßen an der Hosennaht, und starrt gegen die Decke. Er zittert vor Kälte, vor Erschöpfung, vor Schmerzen. Aber er spürt das gar nicht. Er denkt daran, was für ein geachteter und beliebter Arbeiter er früher mal war, und jetzt ist er nur ein schäbiger kleiner Kerl, vor dem alle ausspucken. Nein, bei ihm haben die Schläge geholfen, nun wird alles anders. Und während er sich dieses Anderssein ausmalt, schläft er ein.

Um diese Zeit schlafen auch alle Persickes, es schlafen Frau Gesch und Frau Kluge, es schläft das Ehepaar Barkhausen – er hat der Otti wortlos erlaubt, zu ihm ins Bett zu kriechen.

Es schläft geängstigt, schwer atmend, Frau Rosenthal. Auch

die kleine Trudel Baumann schläft. Sie hat am Nachmittag einem ihrer Verschworenen zuflüstern können, dass sie unbedingt etwas mitteilen müsse und dass sie sich alle am nächsten Abend im Elysium treffen müssen, möglichst unauffällig. Sie hat ein wenig Angst, weil sie nun ihre Schwatzhaftigkeit gestehen muss, aber jetzt ist sie doch eingeschlafen.

Frau Anna Quangel liegt im Dunkeln im Bett, während ihr Mann wie immer um diese Nachtzeit in seiner Werkstatt steht und aufmerksam jeden Arbeitsgang verfolgt. Sie haben ihn nicht zur technischen Leitung wegen Verbesserung der Fabrikation gerufen, auch dort halten sie ihn für einen vollendeten Trottel. Umso besser!

Anna Quangel, die im Bett liegt, aber noch nicht schlafen kann, hält noch immer ihren Mann für völlig kalt und herzlos. Wie er die Nachricht von Ottochens Tode aufnahm, wie er die arme Trudel und die Frau Rosenthal aus der Wohnung gesetzt hat: kalt, herzlos, immer nur an sich denkend. Sie wird ihm nie wieder so gut sein können wie früher, als sie dachte, er hätte wenigstens für sie was über. Das hat sie nun gesehen. Nur beleidigt über das vorschnell herausgefahrene Wort ›Du und dein Führer‹, nur gekränkt. Nun wird sie ihn nicht so leicht noch einmal so kränken, nicht so leicht wird sie wieder mit ihm zu reden anfangen. Heute haben sie nicht ein Wort miteinander gewechselt, nicht einmal guten Tag haben sie sich gesagt.

Der Kammergerichtsrat a. D. Fromm wacht noch, wie immer ist er in der Nacht wach. Er schreibt mit seiner kleinen gestochenen Schrift einen Brief, in dem die Anrede lautet: »Hochverehrter Herr Reichsanwalt …«

Unter der Leselampe erwartet ihn aufgeschlagen sein Plutarch.

Der Tanzsaal im Elysium, dem großen Tanzlokal im Norden Berlins, bot an diesem Freitagabend ein Bild, das die Augen jedes Normaldeutschen erfreuen musste: Uniformen über Uniformen. Es war nicht so sehr die Wehrmacht, deren Grau oder Grün den kräftigen Untergrund zu diesem farbenfrohen Bilde abgab, es waren in viel stärkerem Maße die Uniformen der Partei und ihrer Gliederungen, die mit Braun, Hellbraun, Goldbraun, Dunkelbraun und mit Schwarz das Bild so bunt machten. Da sah man neben den Braunhemden der SA die viel helleren Hemden der HJ, die Organisation Todt war ebenso vertreten wie der Reichsarbeitsdienst, man sah die mehr gelben Uniformen der Sonderführer, die Goldfasanen genannt wurden, man sah Politische Leiter neben Luftschutzwarten. Und nicht etwa nur die Männer waren so herzerfreuend kostümiert, auch viele junge Mädchen trugen Uniform; der BDM, der Arbeitsdienst, die Organisation Todt, sie alle schienen ihre Führerinnen, Unterführerinnen und Geführten hierhergesandt zu haben.

Die wenigen Zivilisten verloren sich vollständig in diesem Gewimmel, sie waren bedeutungslos, langweilig unter diesen Uniformen, wie ja auch das zivile Volk draußen auf den Straßen und in den Fabriken nie eine Bedeutung der Partei gegenüber erlangt hatte. Die Partei war alles und das Volk nichts.

So wurde auch ein Tisch am Rande des Saales fast gar nicht beachtet, an dem ein Mädchen und drei junge Männer saßen. Keine von den vier Personen trug eine Uniform, nicht einmal ein Parteiabzeichen war zu sehen.

Ein Paar, das junge Mädchen und ein junger Mann, war zuerst gekommen; später hatte ein anderer junger Mann um die Erlaubnis gebeten, sich heransetzen zu dürfen, und schließlich hatte noch ein vierter Zivilist um die gleiche Erlaubnis nachgesucht. Das junge Paar hatte auch einmal den Versuch gemacht, in dem Gewühl zu tanzen. In dieser Zeit waren die beiden andern Männer in ein Gespräch miteinander gekommen, in ein Gespräch, an dem sich das zerdrückt und erhitzt zurückkommende Paar auch gelegentlich beteiligte.

Einer der Männer, anfangs der Dreißiger, mit hoher Stirn und schon zurückweichendem Haarwuchs, hatte sich weit mit seinem Stuhl zurückgelehnt und eine Weile schweigend das Gewühl auf der Tanzfläche und die Nebentische gemustert. Nun sagte er, wobei er die andern kaum ansah: »Ein schlecht gewählter Versammlungsort. Wir sind fast der einzige nur mit Zivil besetzte Tisch hier im Saal. Wir fallen auf.«

Der Kavalier des jungen Mädchens sagte lächelnd zu diesem, seine Worte waren aber für den Mann mit der hohen Stirn bestimmt: »Im Gegenteil, Grigoleit, wir werden überhaupt nicht beachtet, höchstens verachtet. Die Herrschaften denken nur daran, dass ihnen dieser sogenannte Sieg über Frankreich für ein paar Wochen Tanzerlaubnis gebracht hat.«

»Keine Namen! Unter keinen Umständen!«, sagte der Mann mit der hohen Stirne scharf.

Einen Augenblick schwiegen alle. Das Mädchen malte mit dem Zeigefinger etwas auf den Tisch, es sah nicht auf, obwohl es fühlte, dass alle es ansahen.

»Jedenfalls, Trudel«, sagte der dritte Mann mit dem Unschuldsgesicht eines großgewordenen Säuglings, »ist jetzt der richtige Augenblick für deine Mitteilung. Was gibt's? Die Nebentische sind fast unbesetzt, alles tanzt. Los!«

Das Schweigen der beiden anderen Männer konnte nur Zustimmung bedeuten. Trudel Baumann sagte stockend, ohne hochzusehen: »Ich habe, glaube ich, einen Fehler begangen. Jedenfalls habe ich mein Wort nicht gehalten. In meinen Augen ist es freilich kein Fehler …«

»Oh, höre auf!«, rief der Mann mit der hohen Stirne verächtlich. »Willst du jetzt auch in die Gewohnheiten der Gänse verfallen? Schnattere nicht, sage geradeheraus, was ist!«

Das Mädchen sah hoch. Es sah langsam einen nach dem andern die drei Männer an, die sie, wie es ihr schien, mit grausamer Kälte anblickten. In ihren Augen standen zwei Tränen. Sie wollte sprechen, sie konnte es nicht. Sie suchte nach ihrem Taschentuch ...

Der mit der hohen Stirn lehnte sich zurück. Er ließ einen leisen, gedehnten Pfiff ertönen. »Sie soll nicht schnattern? Sie hat ja schon geschnattert! Seht sie bloß an!«

Der Kavalier an Trudels Seite widersprach rasch: »Unmöglich! Die Trudel ist goldecht. Sage ihnen, dass du nicht geschwatzt hast, Trudel!« Und er drückte ihr aufmunternd die Hand.

Der Säugling richtete seine runden, sehr blauen Augen abwartend, fast ausdruckslos auf das Mädchen. Der Lange mit der hohen Stirn lächelte verächtlich. Er drückte seine Zigarette im Aschenbecher aus und sagte höhnisch: »Nun, mein Fräulein?«

Trudel hatte sich gefasst, sie flüsterte mutig: »Doch, er hat recht. Ich habe geschwatzt. Mein Schwiegervater brachte mir die Nachricht vom Tode meines Otto. Das hat mich irgendwie umgeworfen. Ich habe ihm gesagt, dass ich in einer kommunistischen Zelle arbeite.«

»Namen genannt?« Niemand hätte geahnt, dass der harmlose Säugling so scharf fragen könnte.

»Natürlich nicht. Ich habe überhaupt nichts weiter gesagt. Und mein Schwiegervater ist ein alter Arbeiter, der wird nie ein Wort sagen.«

»Dein Schwiegervater ist ein anderes Kapitel, du bist das erste! Du sagst, du hast keine Namen genannt ...«

»Und du wirst mir das glauben, Grigoleit! Ich lüge nicht. Ich habe freiwillig gestanden.«

»Sie haben eben schon wieder einen Namen genannt, Fräulein Baumann!«

Der Säugling sagte: »Aber seht ihr denn nicht ein, dass es

ganz egal ist, ob sie jetzt Namen genannt hat oder nicht? Sie hat gesagt, dass sie in einer Zelle arbeitet, sie hat einmal geschnattert, sie wird wieder schnattern. Legen die bewussten Herren ihre Hand auf sie, quälen sie ein bisschen, so wird sie reden, gleichgültig, wie viel sie bisher verraten hat.«

»Ich werde nie zu denen reden, und wenn ich sterben müsste!«, rief Trudel mit flammenden Wangen.

»Oh!«, sagte der Hochstirnige, »Sterben ist sehr einfach, Fräulein Baumann, aber manchmal kommen vor dem Sterben noch recht unangenehme Dinge!«

»Ihr seid unbarmherzig«, sagte das junge Mädchen. »Ich habe einen Fehler begangen, aber …«

»Ich finde auch«, ließ sich der auf dem Sofa neben ihr vernehmen. »Wir werden uns Ihren Schwiegervater ansehen, und wenn er verlässlich ist …«

»Unter den Händen von denen gibt's keine Verlässlichkeit«, sagte Grigoleit.

»Trudel«, sagte der Säugling sanft lächelnd, »Trudel, du sagtest eben, du hättest noch keine Namen genannt?«

»Ich habe es auch nicht getan!«

»Und du hast behauptet, du wärest zum Sterben bereit, ehe du so was tätest?«

»Ja! Ja! Ja!«, rief sie leidenschaftlich.

»Nun«, sagte der Säugling und lächelte gewinnend, »nun, Trudel, wie wäre es, wenn du heute Abend noch stürbest, ehe du weitergeplappert hast? Das würde uns eine gewisse Sicherheit geben und eine Masse Arbeit ersparen …«

Eine Totenstille entstand zwischen den vieren. Das Gesicht des Mädchens war kalkig weiß. Ihr Kavalier sagte einmal »Nein« und legte seine Hand leicht auf die ihre. Aber er nahm sie gleich wieder fort.

Dann kamen die Tanzenden zurück an ihre Tische und machten für den Augenblick eine Fortsetzung dieser Unterhaltung unmöglich.

Der mit der hohen Stirn brannte sich wieder eine Zigarette an, der Säugling lächelte unmerklich, als er sah, wie dem andern die Hand zitterte. Dann sagte er zu dem Dunklen neben dem schweigenden, bleichen Mädchen: »Sie sagen nein. Aber warum eigentlich? Es ist eine fast befriedigende Lösung der Aufgabe und eine Lösung, die, soviel ich verstanden habe, von Ihrer Nachbarin selbst vorgeschlagen wurde.«

»Die Lösung ist unbefriedigend«, sagte der Dunkle langsam. »Es wird schon zu viel gestorben. Wir sind nicht dafür da, dass die Zahl der Toten sich erhöht.«

»Ich hoffe«, sagte der Hochstirnige, »Sie denken an diesen Satz, wenn der Volksgerichtshof Sie und mich und diese da …«

»Still!«, sagte der Säugling. »Gehen Sie doch einen Augenblick tanzen. Das scheint ein sehr netter Tanz. Sie können sich unterdes besprechen, und wir beide besprechen uns hier …«

Widerstrebend war der junge Dunkle aufgestanden und hatte seiner Dame eine leichte Verbeugung gemacht. Widerstrebend hatte sie die Hand auf seinen Arm gelegt, bleich gingen sie beide im Strom der andern zur Tanzfläche. Sie tanzten ernst, schweigend, ihm war es, als tanze er mit einer Toten. Ihn schauderte es. Die Uniformen um ihn, die Hakenkreuzbinden, die blutroten Fahnen an den Wänden mit dem verhassten Zeichen, das mit Grün geschmückte Führerbild, die rhythmischen Geräusche des Swings: »Du wirst es nicht tun, Trudel«, sagte er. »Er ist wahnsinnig, so etwas zu verlangen. Versprich mir …«

Sie bewegten sich fast auf der Stelle in dem immer dichter werdenden Gewühl. Vielleicht, weil sie in ständiger Berührung mit anderen Paaren waren, vielleicht sprach sie darum nicht.

»Trudel!«, bat er noch einmal. »Versprich es mir! Du kannst ja in einen andern Betrieb gehen, dort arbeiten, damit du denen aus den Augen bist. Versprich mir …«

Er versuchte sie dazu zu bringen, dass sie ihn ansah, aber ihre Augen sahen hartnäckig über seine Schulter fort.

»Du bist die Beste von uns«, sagte er plötzlich. »Du bist die

Menschlichkeit, er ist bloß das Dogma. Du musst weiterleben, gib ihm nicht nach!«

Sie schüttelte den Kopf, mochte es nun ein Ja oder ein Nein bedeuten. »Ich möchte zurück«, sagte sie. »Ich mag nicht mehr tanzen.«

»Trudel«, sagte Karl Hergesell hastig, als sie sich aus den Tanzenden gelöst hatten, »dein Otto ist erst gestern gestorben, erst gestern hast du die Nachricht bekommen. Es ist zu früh. Aber du weißt es ja auch so, ich habe dich immer geliebt. Ich habe nie etwas von dir erwartet, aber nun erwarte ich, dass du wenigstens lebst. Nicht für mich, nein, dass du lebst!«

Aber wieder bewegte sie nur den Kopf, wieder blieb es ungewiss, was sie zu seiner Liebe, was sie zu seinem Wunsche, sie am Leben zu sehen, meinte. Sie waren am Tisch der andern angelangt. »Nun?«, fragte Grigoleit mit der hohen Stirne. »Wie tanzt es sich? Ein bisschen voll, wie?«

Das Mädchen hatte sich nicht wieder gesetzt. Es sagte: »Ich gehe dann jetzt. Macht's gut. Ich hätte gerne mit euch gearbeitet …«

Sie wandte sich zum Gehen.

Jetzt aber war dieser dicke, harmlose Säugling der Erste hinter ihr, er fasste sie am Handgelenk, er sagte: »Einen Augenblick noch, bitte!« Er sagte es vollkommen höflich, aber sein Blick drohte.

Sie kehrten an den Tisch zurück. Sie setzten sich wieder. Der Säugling fragte: »Ich verstehe doch recht, Trudel, was dein Abschied eben bedeutete?«

»Du hast vollkommen recht verstanden«, sagte das Mädchen und sah ihn mit harten Augen an.

»So bitte ich dich, dass du mir erlaubst, dich für den Rest des Abends zu begleiten.«

Sie machte eine Bewegung entsetzter Abwehr.

Er sagte sehr höflich: »Ich will mich nicht aufdrängen, aber ich gebe zu bedenken, dass bei der Ausführung eines solchen

Vorhabens wiederum Fehler begangen werden können.« Er flüsterte drohend: »Es liegt mir nichts daran, dass irgendein Idiot dich wieder aus dem Wasser fischt oder dass du morgen als gerettete Giftselbstmörderin in einem Krankenhaus liegst. Ich will dabei sein!«

»Richtig!«, sagte der Hochstirnige. »Ich stimme zu. Das gibt die einzige Gewähr ...«

»Ich werde«, sagte nachdrücklich der Dunkle, »heute und morgen und jeden folgenden Tag an ihrer Seite sein. Ich werde alles tun, um die Ausführung dieses Vorhabens zu vereiteln. Ich werde Hilfe herbeiholen, wenn ihr mich zwingt, selbst von der Polizei!«

Der Hochstirnige pfiff wieder, lang, gedehnt, leise und böse.

Der Säugling sagte: »Aha, jetzt haben wir schon den zweiten Plapperer am Tisch. Verliebt, was? Ich dachte mir so was schon immer. Kommen Sie, Grigoleit, die Zelle ist aufgelöst. Es gibt keine Zelle mehr. Und das nennt ihr Disziplin, ihr Weiberherzen!«

»Nein, nein!«, rief das Mädchen. »Hören Sie nicht auf ihn! Es ist wahr, er liebt mich. Aber ich liebe ihn nicht. Ich will heute Abend mit euch gehen ...«

»Nichts!«, sagte der Säugling jetzt wirklich zornig. »Seht ihr denn nicht, dass ihr gar nichts mehr tun könnt, da er ...« Er machte eine Kopfbewegung zu dem Dunklen hin. »Ach was!«, sagte er dann kurz. »Es ist ausgespielt! Komm, Grigoleit!«

Der Hochstirnige stand schon. Gemeinsam wandten sie sich dem Ausgang zu. Plötzlich aber lag eine Hand auf dem Arm des Säuglings. Er sah in das glatte, ein wenig gedunsene Gesicht eines braun Uniformierten.

»Einen Augenblick, bitte! Was haben Sie da eben gesagt von der Auflösung der Zelle? Es würde mich doch sehr interessieren ...«

Der Säugling riss brutal seinen Arm frei. »Lassen Sie mich zufrieden!«, sagte er sehr laut. »Wenn Sie wissen wollen, was wir geredet haben, fragen Sie die junge Dame dort! Gestern ist ihr Verlobter erst gefallen, heute hat sie schon wieder einen andern auf dem Korn! Verdammter Weiberkram!«

Er hatte immer mehr dem Ausgang zugedrängt, den Grigoleit schon erreicht hatte. Jetzt ging auch er hinaus. Der Fette sah ihm einen Augenblick nach. Dann wandte er sich dem Tisch zu, an dem das Mädchen und der Dunkle noch immer mit blassen Gesichtern saßen. Das beruhigte ihn. Vielleicht habe ich doch keinen Fehler begangen, als ich ihn laufen ließ. Er hat mich überrumpelt. Aber …

Er sagte höflich: »Gestatten Sie, dass ich mich einen Augenblick zu Ihnen setze und ein paar Fragen stelle?«

Trudel Baumann antwortete: »Ich kann Ihnen nichts anderes sagen, als was der Herr eben erzählt hat. Ich habe gestern die Nachricht vom Tode meines Verlobten bekommen, und heute möchte dieser Herr sich mit mir verloben.«

Ihre Stimme klang fest und sicher. Jetzt, wo die Gefahr an ihrem Tisch saß, waren Angst und Unruhe verflogen.

»Würden Sie etwas dagegen haben, den Namen Ihres gefallenen Verlobten zu nennen? Und seine Formation?« Sie tat es. »Und nun Ihr Name? Ihre Adresse? Ihre Arbeitsstelle? Haben Sie vielleicht irgendeinen Ausweis bei sich? Ich danke! Und nun Sie, mein Herr.«

»Ich arbeite in demselben Betrieb. Ich heiße Karl Hergesell. Hier mein Arbeitsbuch.«

»Und die beiden anderen Herren?«

»Wir kennen sie gar nicht. Sie haben sich an unsern Tisch gesetzt und plötzlich in unsern Streit gemischt.«

»Und warum stritten Sie?«

»Ich will ihn nicht.«

»Warum war dann dieser Herr so empört über Sie, wenn Sie ihn nicht wollen?«

»Was weiß ich? Vielleicht glaubte er meinen Worten nicht. Es ärgerte ihn auch, dass ich mit ihm tanzte.«

»Na schön!«, sagte der Gedunsene, klappte das Notizbuch zu und sah dabei von einem zum andern. Sie sahen wirklich eher verstrittenen Liebenden als ertappten Verbrechern ähnlich. Schon die Art, wie sie ängstlich vermieden, einander anzusehen … Und dabei lagen ihre Hände fast berührungsnah auf der Tischplatte. »Na schön. Ihre Angaben werden natürlich nachgeprüft werden, aber ich denke doch … Jedenfalls noch eine bessere Fortsetzung dieses Abends …«

»Nicht ich!«, sagte das junge Mädchen. »Nicht ich!« Sie stand gleichzeitig mit dem andern auf. »Ich gehe nach Haus.«

»Ich bringe dich.«

»Nein, danke, ich gehe lieber allein.«

»Trudel!«, bat er. »Lass mich doch noch zwei Worte mit dir reden!«

Die Uniform sah lächelnd von einem zum andern. Sie waren wirklich Verliebte. Eine flüchtige Nachprüfung der Angaben würde genügen.

Plötzlich hatte sie sich entschlossen: »Nun gut, aber nur zwei Minuten!«

Sie gingen. Endlich waren sie aus diesem entsetzlichen Saal, aus dieser Atmosphäre von Gegensätzlichkeit und Hass heraus. Sie sahen sich um.

»Sie sind fort.«

»Wir werden sie nicht wiedersehen.«

»Und du kannst leben. Nein, jetzt musst du leben, Trudel! Ein unüberlegter Schritt von dir würde die andern in Gefahr bringen, viele andere – denke immer daran, Trudel!«

»Ja«, sagte sie, »jetzt muss ich leben.« Und mit einem raschen Entschluss: »Lebe wohl, Karl!«

Einen Augenblick lehnte sie an seiner Brust, ihr Mund streifte den seinen. Ehe er sich noch entschlossen hatte, lief sie schräg über die Fahrbahn auf eine haltende Elektrische zu. Der Wagen fuhr an.

Er machte eine Bewegung, als wollte er ihr nachlaufen. Aber er besann sich.

Ich werde sie dann und wann im Betrieb sehen, dachte er. Ein ganzes Leben liegt vor uns. Ich habe Zeit. Jetzt weiß ich doch, dass sie mich liebt.

14. KAPITEL
Sonnabend: Unruhe bei Quangels

Auch den ganzen Freitag hatten die Eheleute Quangel kein Wort miteinander gesprochen – drei Tage Schweigen unter ihnen, nicht einmal Bieten der Tageszeiten, das war in ihrer ganzen Ehe noch nicht vorgekommen. So wortkarg Quangel auch gewesen war, er hatte doch hin und wieder einen Satz gesprochen, etwas über einen Arbeiter in der Werkstatt oder wenigstens über das Wetter oder dass ihm heute das Essen besonders gut geschmeckt habe. Und nun nichts!

Anna Quangel spürte es je länger je stärker, dass die tiefe Trauer, die sie um den verlorenen Sohn empfand, sich zu zerstreuen anfing vor der Unruhe über den so veränderten Mann. Sie wollte nur an den Jungen denken, aber sie konnte es nicht mehr, wenn sie diesen Mann beobachtete, ihren langjährigen Ehemann Otto Quangel, immerhin den Mann, dem sie die meisten und besten Jahre ihres Lebens gewidmet hatte. Was war in diesen Mann gefahren? Was war los mit ihm? Was hatte ihn so verändert?

Am Freitag um die Mittagszeit waren bei Anna Quangel aller Zorn und aller Vorwurf gegen Otto vergangen. Hätte sie sich den geringsten Erfolg davon versprochen, so hätte sie ihn wegen ihres vorschnellen Wortes ›Du und dein Führer‹ um Verzeihung gebeten. Aber es war klar zu sehen, dass Quangel nicht mehr an diesen Vorwurf dachte, ja, anscheinend dachte er auch nicht mehr an sie. Er sah an ihr vorbei, er sah durch sie hindurch, er stand am Fenster, die Hände in den Taschen seines

Arbeitsrocks und pfiff langsam, nachdenklich, mit großen Pausen dazwischen vor sich hin, was er sonst nie getan hatte.

An was dachte der Mann? Was machte ihn innerlich so erregt? Sie setzte ihm das Essen auf den Tisch, er fing an zu löffeln. Einen Augenblick beobachtete sie ihn so von der Küche aus. Sein scharfes Gesicht war über den Teller geneigt, aber den Löffel führte er ganz mechanisch zum Munde, seine dunklen Augen blickten auf etwas, das nicht da war.

Sie wandte sich in die Küche zurück, einen Rest Kohl zu wärmen. Gewärmten Kohl aß er gerne. Sie war nun fest entschlossen, ihn gleich jetzt anzusprechen, wenn sie mit dem Kohl hereinkam. Er mochte ihr noch so scharf antworten, sie musste dieses unheilvolle Schweigen brechen.

Aber als sie mit dem gewärmten Kohl wieder in die Stube kam, war Otto gegangen, der Teller stand halb leer gegessen auf dem Tisch. Entweder hatte Quangel ihre Absicht gemerkt und hatte sich fortgeschlichen wie ein Kind, das weiter trotzen will, oder er hatte über dem, das ihn innerlich so unruhig machte, das Weiteressen einfach vergessen. Jedenfalls war er fort, und sie musste bis in die Nacht auf ihn warten.

Aber in der Nacht vom Freitag zum Sonnabend kam Otto so spät von der Arbeit, dass sie trotz all ihrer guten Vorsätze schon eingeschlafen war, als er sich ins Bett legte. Sie wachte erst später auf von seinem Husten; sie fragte behutsam: »Otto, schläfst du schon?«

Der Husten hörte auf, er lag ganz still. Noch einmal fragte sie: »Otto, schläfst du schon?«

Und nichts, keine Antwort. So lagen sie beide sehr lange still. Jeder wusste von dem andern, er schlief noch nicht. Sie wagten nicht, ihre Stellung zu ändern, um sich nicht zu verraten. Endlich schliefen sie beide ein.

Der Sonnabend ließ sich noch schlimmer an. Otto Quangel war ungewohnt früh aufgestanden. Ehe sie ihm noch seinen Muckefuck auf den Tisch setzen konnte, war er schon wieder fortgelaufen zu einem jener hastigen, unbegreiflichen Gänge, die er früher nie unternommen hatte. Er kam zurück, von der Küche her hörte sie ihn in der Stube auf und ab gehen. Als sie mit dem Kaffee hereinkam, faltete er sorgfältig ein großes weißes Blatt, in dem er am Fenster gelesen, zusammen und steckte es ein.

Anna war sicher, dass es keine Zeitung gewesen war. Es war zu viel Weiß auf dem Blatt, und die Schrift war größer als in einer Zeitung gewesen. Was konnte der Mann gelesen haben?

Sie ärgerte sich wieder über ihn, seine Heimlichtuerei, all dies Verändertsein, das so viel Unruhe und neue Sorgen brachte, zu all den alten hinzu, die doch schon gereicht hatten. Trotzdem sagte sie: »Kaffee, Otto!«

Bei dem Klang ihrer Stimme wendete er sein Gesicht und sah sie an, ganz als sei er verwundert, dass er nicht allein sei in dieser Wohnung, verwundert, wer da mit ihm sprach. Er sah sie an, und er sah sie doch wieder nicht an. Es war nicht seine Ehegefährtin Anna Quangel, die er so ansah, sondern jemand, den er einmal gekannt hatte und dessen er sich mühsam erinnern musste. Ein Lächeln lag auf seinem Gesicht, in den Augen; über die ganze Fläche des Gesichts war dieses Lächeln ausgebreitet, wie sie es noch nie bei ihm gesehen hatte. Sie war im Begriff zu rufen: Otto, ach Otto, geh doch nun nicht auch du von mir fort!

Aber ehe sie sich noch recht entschlossen hatte, war er an ihr vorübergegangen und aus der Wohnung fort. Wiederum ohne Kaffee, wieder musste sie ihn zum Wärmen in die Küche tragen. Sie schluchzte leise dabei: Was für ein Mann! Sollte ihr denn gar nichts bleiben? Nach dem Sohne auch der Vater verloren?

Quangel ging unterdes eilig auf die Prenzlauer Allee zu. Ihm war eingefallen, dass er sich besser vorher solch ein Haus einmal ansah, ob seine Idee von einem solchen Hause auch richtig war. Sonst musste er sich was anderes ausdenken.

In der Prenzlauer Allee ging er langsamer, seine Augen streiften die Haustüren, als suchten sie etwas Bestimmtes. An einem Eckhaus sah er die Schilder von zwei Rechtsanwälten und einem Arzt neben vielen Geschäftsschildern.

Er drückte gegen die Haustür. Sie öffnete sich sofort. Richtig: kein Portier in solch einem viel begangenen Hause. Er stieg langsam, die Hand auf dem Geländer, die Stufen der Treppe empor, eine ehemals »hochherrschaftliche« Treppe mit Eichenparkett, von der aber viele Benutzung und Krieg jede Spur des Hochherrschaftlichen genommen hatte. Jetzt sah sie nur schmierig und abgetreten aus, die Läufer waren natürlich schon längst verschwunden, wahrscheinlich bei Kriegsausbruch eingezogen.

Otto Quangel passierte ein Anwaltsschild im Hochparterre, er nickte, langsam stieg er weiter. Es war nicht so, dass er etwa allein dies Treppenhaus benutzt hätte, nein, immerzu eilten Leute an ihm vorüber, ihm entgegenkommend oder ihn überholend. Immer hörte er Klingeln gehen, Türen schlagen, Telefone läuten, Schreibmaschinen klappern, Stimmen sprechen.

Aber dazwischen kam immer wieder ein Augenblick, da Otto Quangel das Treppenhaus ganz für sich allein hatte oder doch seinen Treppenabschnitt für sich allein, wo alles Leben sich in die Büroräume zurückgezogen zu haben schien. Das wäre dann der richtige Augenblick gewesen, es zu tun. Es war überhaupt alles richtig, genau wie er es sich gedacht hatte. Eilige Menschen, die einander nicht ins Gesicht sahen, schmutzige Fensterscheiben, durch die nur ein graues Tageslicht sickerte, kein Portier, überhaupt niemand, der an dem andern Interesse nahm.

Als Otto Quangel im ersten Stockwerk das Schild des zweiten Anwalts gelesen hatte und durch eine deutende Hand dahin belehrt worden war, der Arzt wohne noch eine Treppe höher, nickte er zustimmend. Er machte kehrt, er kam eben gerade vom Anwalt, er ging aus dem Haus. Unnötig, sich dort weiter umzusehen, genau das Haus, wie er es brauchte, und von solchen Häusern gab es Tausende in Berlin.

Der Werkmeister Otto Quangel steht wieder auf der Straße.

Ein dunkler junger Mann mit sehr weißer Gesichtshaut tritt auf ihn zu.

»Herr Quangel, nicht wahr?«, fragt er. »Herr Otto Quangel aus der Jablonskistraße, nicht wahr?«

Quangel knurrt ein abwartendes »Nu?«, ein Laut, der beides, Zustimmung wie Ablehnung, bedeuten kann.

Der junge Mann nimmt ihn für Zustimmung. »Ich soll Sie von der Trudel Baumann bitten«, sagt er, »dass Sie sie ganz vergessen. Ihre Frau möchte die Trudel auch nicht mehr besuchen. Es ist nicht nötig, Herr Quangel, dass ...«

»Bestellen Sie«, sagt Otto Quangel, »dass ich keine Trudel Baumann kenne und nicht angequatscht zu werden wünsche ...«

Seine Faust trifft den jungen Mann direkt an der Kinnspitze, der sackt zusammen wie ein nasser Lappen. Quangel geht achtlos durch die Leute, die zusammenzulaufen beginnen, hindurch, direkt an einem Schupo vorbei, auf die Haltestelle der Elektrischen zu. Die Bahn kommt, er steigt ein, fährt zwei Haltestellen weit. Dann fährt er in der Gegenrichtung zurück, diesmal auf der Vorderplattform des Anhängers. Es ist, wie er gedacht: der größte Teil der Menschen hat sich in der Zwischenzeit verlaufen, zehn, zwölf Neugierige stehen noch vor einem Café, in das man den Angeschlagenen wohl geschafft hat.

Er ist schon wieder bei Besinnung. Zum zweiten Mal innerhalb zweier Tage hat Karl Hergesell sich einer amtlichen Person gegenüber auszuweisen.

»Es war wirklich nichts, Herr Wachtmeister«, versicherte er. »Ich habe ihn wohl unachtsam auf den Fuß getreten, und er schlug gleich zu. Keine Ahnung, wer das war, ich hatte meine Entschuldigung noch nicht raus, da schlug er schon zu.«

Wieder darf Karl Hergesell unangefochten gehen, kein Verdacht besteht gegen ihn. Aber er ist sich klar darüber, dass er sein Glück so nicht weiter auf die Probe stellen darf. Er ist zu diesem Ex-Schwiegervater Otto Quangel auch nur deswegen gegangen, um wegen Trudels Sicherheit klarzusehen. Nun, was diesen Otto Quangel angeht, so darf er wohl unbesorgt sein. Ein harter Vogel das, und ein böser dazu. Und gewiss kein geschwätziger, trotz seines großen Schnabelhakens. Diese Art, wie er rasch und böse zuschlug!

Und weil ein solcher Mensch vielleicht plappern konnte, war die Trudel beinahe in den Tod gehetzt worden. Der plapperte nie – auch vor denen nicht! Und um Trudel würde der sich auch kaum kümmern, er schien von der Trudel nicht mehr viel wissen zu wollen. Was solch ein rascher Kinnhaken einem doch manchmal für Aufklärung bringen kann!

Karl Hergesell geht nun völlig unbesorgt in die Fabrik, und als er dort durch vorsichtige Umfrage erfährt, dass Grigoleit und der Säugling in den Sack gehauen haben, atmet er auf. Nun ist alles sicher. Es gibt keine Zelle mehr, aber er bedauert das nicht einmal sehr. Dafür wird Trudel leben!

Im Grunde hat er sich nie so sehr für diese politische Arbeit interessiert, dafür umso mehr für die Trudel!

Quangel fährt auf der Elektrischen wieder seiner Wohnung zu, aber als er aussteigen müsste, fährt er an der Jablonskistraße vorbei. Sicher ist sicher, falls wirklich noch ein Verfolger an seinen Hacken hängt, will er sich mit ihm allein auseinandersetzen, ihn nicht in die Wohnung ziehen. Anna ist jetzt nicht in der richtigen Verfassung, mit einer unangenehmen Überraschung fertigzuwerden. Er muss erst mit ihr reden. Gewiss, er wird das tun, Anna spielt eine große Rolle bei dem, was er vorhat. Aber erst muss er anderes erledigen.

Quangel hat sich entschlossen, heute vor der Arbeit überhaupt nicht mehr nach Haus zu kommen. Er wird eben auf Kaffee und Mittagessen verzichten. Anna wird ein bisschen unruhig sein, aber sie wird schon warten und nichts Voreiliges tun. Er muss heute was erledigen. Morgen ist Sonntag, da muss alles da sein.

Er steigt wieder um und fährt in die Stadt hinein. Nein, wegen dieses jungen Menschen eben, dem er so rasch mit einem

Faustschlag den Mund gestopft hat, macht sich Quangel keine großen Sorgen. Er glaubt auch nicht so recht an weitere Verfolger, er glaubt vielmehr daran, dass dieser Mann wirklich von der Trudel kam. Sie hat ja schon so was angedeutet, sie müsse gestehen, dass sie ihren Schwur gebrochen habe. Daraufhin haben die ihr natürlich allen Umgang mit ihm verboten, und sie hat diesen jungen Burschen als Boten abgesandt. All das ganz ungefährlich. Die reine Kinderei das, wirklich Kinder, die sich in ein Spiel eingelassen haben, von dem sie nicht das Geringste verstehen. Er, Otto Quangel, versteht ein wenig mehr davon. Er weiß, in was er sich da einlassen wird. Aber er wird dieses Spiel nicht wie ein Kind spielen, er wird sich jede Karte überlegen.

Er sieht die Trudel wieder vor sich, wie sie da in diesem zugigen Gang gegen das Plakat des Volksgerichtshofes lehnte – ahnungslos. Er empfindet wieder dieses unruhige Gefühl, als der Kopf des Mädchens von der Überschrift »Im Namen des deutschen Volkes« gekrönt war, er liest wieder statt der fremden die eigenen Namen – nein, nein, dies ist eine Sache für ihn allein. Und für Anna, für die Anna natürlich auch. Er wird ihr schon zeigen, wer »sein« Führer ist!

In der Innenstadt angekommen, erledigt Quangel erst einige Einkäufe. Er kauft nur für Pfennigbeträge, ein paar Postkarten, einen Federhalter, ein paar Stahlfedern, ein Fläschchen Tinte. Und auch diese Einkäufe verteilt er noch auf ein Warenhaus, eine Woolworth-Niederlage und auf ein Schreibwarengeschäft. Schließlich, nach langem Überlegen, ersteht er noch ein Paar ganz einfache, dünne Stoffhandschuhe, die er ohne Bezugschein bekommt.

Dann sitzt er in einem dieser großen Bierrestaurants am Alexanderplatz, er trinkt ein Glas Bier, er bekommt auch noch markenfrei zu essen. Wir schreiben 1940, die Ausplünderung der überfallenen Völker hat begonnen, das deutsche Volk hat keine großen Entbehrungen zu tragen. Eigentlich ist noch fast alles zu haben, und noch nicht einmal übermäßig teuer.

Und was den Krieg selbst angeht, so wird er in fremden Ländern fern von Berlin ausgetragen. Ja, es erscheinen schon dann und wann englische Flugzeuge über der Stadt. Dann fallen ein paar Bomben, und die Bevölkerung macht am nächsten Tage lange Wanderungen, um die Zerstörungen zu besichtigen. Die meisten lachen dann und sagen: »Wenn die uns so erledigen wollen, brauchen sie hundert Jahre dazu, und dann ist noch immer nicht viel davon zu merken. Unterdes radieren wir ihre Städte vom Erdboden aus!«

So reden die Leute, und seit jetzt Frankreich um Waffenstillstand bat, hat sich die Zahl derer, die so reden, stark vergrößert. Die meisten Menschen laufen dem Erfolg nach. Ein Mann wie Otto Quangel, der mitten im Erfolg aus der Reihe tritt, ist eine Ausnahme.

Er sitzt da. Er hat noch Zeit, noch muss er nicht in die Fabrik. Aber jetzt ist die Unruhe der letzten Tage von ihm abgefallen. Seit er dieses Haus besichtigt, seit er diese paar kleinen Einkäufe erledigt hat, ist alles entschieden. Er braucht nicht einmal mehr groß nachzudenken über das, was er noch zu tun hat. Das tut sich jetzt von allein, der Weg liegt klar vor ihm. Er braucht ihn nur weiterzugehen, die ersten entscheidenden Schritte in ihn hinein sind schon getan.

Dann, als seine Zeit gekommen ist, zahlt er und macht sich auf den Weg in die Fabrik. Obwohl es ein weiter Weg ist vom Alexanderplatz aus, geht er ihn zu Fuß. Er hat heute schon genug Geld ausgegeben, für Fahrerei, für die Einkäufe, das Essen. Genug? Viel zu viel! Trotzdem Quangel sich jetzt für ein ganz anderes Leben entschlossen hat, wird er an den bisherigen Gewohnheiten nichts ändern. Er wird weiter sparsam bleiben und sich die Menschen vom Leibe halten.

Schließlich steht er wieder in seiner Werkstatt, aufmerksam und wach, wortlos und abweisend, ganz wie immer. Ihm ist nichts anzusehen von dem, was in ihm vorgegangen ist. So ein Zigarettenraucher wie der falsche Tischler Dollfuß wird ihm nie was anmerken. Für den steht sein Bild fest: ein alter Trottel, von einem schmutzigen Geiz besessen, nur für seine Arbeit interessiert. Das ist das Bild, und so soll es auch bleiben.

15. KAPITEL

Enno Kluge arbeitet wieder

Als Otto Quangel seine Arbeit in der Tischlerwerkstatt begann, stand Enno Kluge schon seit sechs Stunden an einer Drehbank. Ja, es hat den kleinen Mann nicht mehr in seinem Bette gelitten, trotz seiner Schwäche und seiner Schmerzen ist er in die Fabrik gefahren. Der Empfang dort war freilich nicht sehr freundlich, aber das war kaum anders zu erwarten.

»Na, bist du auch mal wieder bei uns zu Besuch, Enno?«, hatte ihn der Meister gefragt. »Wie lange willste denn diesmal wieder mitmachen, eine oder zwei Wochen?«

»Ich bin jetzt wieder ganz gesund, Meister«, versicherte Enno Kluge eifrig. »Ich kann wieder arbeiten, und ich werd auch arbeiten, das sollst du schon sehen!«

»Nana!«, meinte der Meister ziemlich ungläubig und wollte wieder gehen. Aber er blieb noch einmal stehen, betrachtete nachdenklich Ennos Gesicht und fragte: »Und was haste denn mit deiner Visage gemacht, Enno? Ein bisschen in die Heißmangel gekommen, was?«

Enno hat den Kopf auf sein Werkstück gesenkt, er sieht den Meister auch nicht an, als er schließlich antwortet: »Jawohl, Meister, durch die Mangel gedreht …«

Der Meister bleibt nachdenklich vor ihm stehen und betrachtet ihn immer weiter. Schließlich glaubt er sich einen Vers auf die Sache machen zu können und sagt: »Na, vielleicht hat's wirklich geholfen, vielleicht hast du nun wirklich Trieb zur Arbeit, Enno!«

Damit ging der Meister, und Enno Kluge war froh, dass die

Schläge so verstanden worden waren. Sollte der nur ruhig denken, er war wegen seiner Arbeitsscheu so abgerollt worden, umso besser! Darüber wollte er mit keinem reden. Und wenn sie hier so dachten, würden sie ihn mit allen Fragen verschonen. Sie würden höchstens hinter seinem Rücken über ihn lachen, und das sollten sie ruhig, das war ihm egal. Er wollte jetzt arbeiten, wundern sollten sich die über ihn!

Bescheiden lächelnd und doch nicht ohne Stolz ließ sich Enno Kluge für die freiwillige Sonntagsschicht aufschreiben. Ein paar ältere Arbeitskollegen, die ihn noch von früher her kannten, machten spöttische Bemerkungen. Er lachte einfach mit und sah es gerne, dass auch der Meister grinste.

Übrigens hatte ihm die irrtümliche Annahme des Meisters, er habe die Schläge wegen seiner Arbeitsscheu bezogen, sicher auch bei der Direktion genützt. Dorthin war er gleich nach der Mittagspause gerufen worden. Wie ein Angeklagter stand er dort, und dass von seinen Richtern einer in Wehrmachtsuniform, einer in SA-Uniform steckte, während nur einer Zivil trug, freilich auch mit dem Hoheitszeichen geschmückt, das erhöhte noch seine Angst.

Der Wehrmachtsoffizier blätterte in einem Aktenstück und hielt Enno Kluge mit einer ebenso gleichgültigen wie angeekelten Stimme seine Sünden vor. Den und den Tag von der Wehrmacht zur Rüstungsindustrie entlassen, dann und dann erst Meldung in dem zugewiesenen Betrieb, elf Tage gearbeitet, krankgeschrieben wegen Magenblutungen, drei Ärzte, zwei Krankenhäuser in Anspruch genommen. Dann und dann arbeitsfähig gesundgeschrieben, fünf Tage gearbeitet, drei Tage blaugemacht, einen Tag gearbeitet, wieder Magenblutungen usw. usw.

Der Wehrmachtsoffizier legte das Aktenstück weg, er sah angeekelt den Kluge an, das heißt, er richtete seinen Blick etwa auf den obersten Knopf von Ennos Jackett und sagte mit erhobener Stimme: »Was denkst du dir eigentlich, du Schwein?«

Plötzlich schrie er, aber man sah es ihm an, dass er ganz gewohnheitsmäßig schrie, ohne jede innere Erregung. »Denkst du, du kannst hier einen Einzigen mit deinen dussligen Magenblutungen an der Nase rumführen? Ich werde dich zu einer Strafkompanie schicken, da werden sie dir deine stinkenden Gedärme aus dem Leibe reißen, da sollst du lernen, was Magenblutungen sind!«

So schrie der Offizier noch eine ganze Weile. Enno war das vom Militär her gewohnt, es konnte ihn nicht besonders schrecken. Er hörte sich diese Strafpredigt an, die Hände vorschriftsmäßig an die Naht seiner Zivilhose gelegt, das Auge aufmerksam auf den Scheltenden geheftet. Musste der Offizier einmal Luft holen, so sagte Enno im vorgeschriebenen Ton, klar und deutlich, aber weder demütig noch frech, sondern sachlich: »Jawohl, Herr Oberleutnant! Zu Befehl, Herr Oberleutnant!« An einer Stelle gelang es ihm sogar, freilich ohne jede sichtbare Wirkung, den Satz einzuschieben: »Melde mich gehorsamst gesund, Herr Oberleutnant! Melde gehorsamst, werde arbeiten!«

Ebenso plötzlich, wie er mit dem Schreien begonnen hatte, hörte der Offizier wieder damit auf. Er machte den Mund zu, nahm den Blick von dem obersten Rockknopf Kluges und richtete ihn auf seinen Nachbar in Braun. »Sonst noch was?«, fragte er angeekelt.

Jawohl, auch dieser Herr hatte noch etwas zu sagen oder vielmehr zu schreien – alle diese Herren Vorgesetzten schienen ja nur mit ihren Leuten schreien zu können. Dieser schrie von Volksverrat und Arbeitssabotage, vom Führer, der keine Verräter in den eigenen Reihen duldete, und von den KZs, wo ihm schon sein Recht werden solle.

»Und wie kommst du zu uns?«, schrie der Braune plötzlich. »Wie haste dich zugerichtet, du Schwein, du? Mit solcher Fresse kommst du zur Arbeit? Bei den Weibern haste rumgehurt, du Hurenbock! Da lässte deine Kraft, und wir dürfen dich hier bezahlen! Wo biste gewesen, wo haste dich so zugerichtet, du elender Zuhälter, du?«

»Mich haben sie durch die Rolle gedreht«, sagte Enno, verschüchtert unter dem Blick des andern.

»Wer, wer hat dich so zugerichtet, ich will's wissen!«, schrie das Braunhemd. Und er fuchtelte mit der Faust unter der Nase des andern und stampfte mit dem Fuße auf.

Hier war der Augenblick gekommen, wo jeder eigene Gedanke den Schädel Enno Kluges verließ. Unter der Bedrohung mit neuen Schlägen entliefen ihm Vorsatz wie Vorsicht, er flüsterte angstvoll: »Melde gehorsamst, die SS hat mich so zugerichtet.«

In der sinnlosen Angst dieses Mannes lag etwas so Überzeugendes, dass die drei Männer am Tisch ihm sofort Glauben schenkten. Ein verständnisvolles, billigendes Lächeln trat auf ihre Gesichter. Der Braune schrie noch: »Zugerichtet nennst du das? Gezüchtigt heißt das, zu Recht bestraft! Wie heißt das?«

»Melde gehorsamst, es heißt: zu Recht bestraft!«

»Na, ich hoffe, du wirst es dir merken. Das nächste Mal kommst du nicht so billig davon weg! Abtreten!«

Noch eine halbe Stunde danach zitterte Enno Kluge so stark, dass er seine Arbeit an der Drehbank nicht verrichten konnte. Er drückte sich auf dem Abtritt herum, wo ihn der Meister schließlich aufstöberte und scheltend an die Arbeit jagte. Der Meister stellte sich dann daneben und sah schimpfend zu, wie Enno Kluge ein Werkstück nach dem andern verdarb. In dem Kopf des kleinen Kerls drehte sich noch alles: vom Meister beschimpft, von den Arbeitskollegen verspottet, von Konzentrationslager und Strafkompanie bedroht, vermochte er nichts mehr klar zu sehen. Die sonst so geschickten Hände verweigerten ihm den Dienst. Er konnte nicht, und doch musste er, sonst war er ganz verloren.

Schließlich sah es selbst der Meister ein, dass hier nicht übler Wille und Arbeitsscheu vorlagen. »Wenn du nicht gerade krank gewesen wärst, würde ich sagen, leg dich erst ein paar Tage ins Bett und kurier dich gesund.« Mit diesen Worten verließ ihn der Meister. Und er setzte hinzu: »Aber du weißt ja wohl, was dir dann passiert!«

Ja, er wusste es. Er machte immer weiter, versuchte, nicht an die Schmerzen, an den unerträglichen Druck in seinem Kopf zu denken. Eine Weile zog ihn das sich schimmernd drehende Eisen magisch an. Er brauchte nur die Finger dazwischenzuhalten, und er hatte Ruhe, kam in ein Bett, konnte liegen, ausruhen, schlafen, vergessen! Aber gleich dachte er wieder daran, dass mit dem Tode bestraft wird, wer sich mutwillig selbst verstümmelt, und die Hand zuckte zurück ...

Und so war es: Tod in der Strafkompanie, Tod in einem KZ, Tod auf einem Gefängnishof, das waren die Dinge, die ihn täglich bedrohten, die er von sich abwenden musste. Und er hatte so wenig Kraft ...

Irgendwie ging dieser Nachmittag hin, irgendwie war er kurz nach fünf auch im Strome der Heimkehrenden. Er hatte sich so nach Ruhe und Schlaf gesehnt; als er dann aber in seinem engen Hotelzimmerchen stand, brachte er es nicht über sich, ins Bett zu gehen. Er lief wieder los, er kaufte sich ein wenig Essen ein.

Und wieder im Zimmer, die Esswaren auf dem Tisch vor sich, das Bett neben sich – aber er konnte hier einfach nicht bleiben. Er war wie gehetzt, es litt ihn nicht in diesem Zimmer. Er musste sich noch ein bisschen Waschzeug kaufen, auch sehen, dass er bei einem Trödler eine blaue Bluse kaufen konnte.

Lief wieder los, und als er in einer Drogerie stand, fiel ihm ein, dass er noch einen ganzen schweren Handkoffer mit all seinen Besitztümern bei der Lotte zu stehen hatte, deren auf Urlaub kommender Mann ihn so roh hinausgeworfen hatte. Er rannte aus der Drogerie, er stieg auf eine Elektrische; er riskierte es: er fuhr einfach zu ihr. Er konnte doch nicht alle seine

Sachen preisgeben! Vor einer Wucht Prügel graute es ihn, aber es trieb ihn, er musste zur Lotte.

Und er hatte Glück, er fand die Lotte zu Haus, der Mann war nicht da. »Deine Sachen, Enno?«, fragte sie. »Ich habe sie gleich in den Keller gesetzt, damit er sie nicht findet. Warte, ich hole den Schlüssel!«

Aber er hielt sie umfasst, er lehnte den Kopf gegen ihre starke Brust. Die Anstrengungen der letzten Wochen waren zu viel für ihn gewesen, er weinte einfach los.

»Ach, Lotte, Lotte, ich halt es einfach ohne dich nicht aus! Ich hab solche Sehnsucht nach dir!«

Sein ganzer Körper bebte vor Schluchzen. Sie war ordentlich erschrocken. Sie war den Umgang mit Männern gewohnt, auch den mit flennenden, aber dann waren sie betrunken, und dieser hier war nüchtern ... Und dann dieses Gerede von Sehnsucht nach ihr und nicht ohne sie auskommen, das war Ewigkeiten her, dass jemand so was zu ihr gesagt hatte! Wenn es überhaupt je jemand zu ihr gesagt hatte!

Sie beruhigte ihn, so gut sie konnte. »Er bleibt ja nur drei Wochen auf Urlaub, dann kannste wieder bei mir, Enno! Nimm dich jetzt zusammen, hol deine Sachen, eh er kommt. Du weißt doch!«

Oh, wie er wusste, wie genau er wusste, was alles ihn bedrohte!

Sie setzte ihn noch in seine Elektrische, half ihm mit dem Handkoffer.

Enno Kluge fuhr in sein Hotel, doch ein wenig erleichtert. Nur noch drei Wochen, von denen vier Tage schon rum waren. Dann ging er wieder an die Front, und er konnte sich in sein Bett legen! Enno hatte gedacht, er hielte es ganz ohne Weiber aus, aber das ging nicht, er konnte es einfach nicht. Er würde bis dahin auch noch einmal nach der Tutti sehen; er sah doch jetzt, wenn man ihnen nur was vorweinte, dann waren sie gar nicht so schlimm. Dann halfen sie einem gleich! Er konnte vielleicht die drei Wochen bei der Tutti bleiben, das einsame Hotelzimmer war zu schlimm!

Aber trotz der Weiber würde er arbeiten, arbeiten, arbeiten! Er würde keine Zicken machen, er nicht, nie wieder! Er war geheilt!

16. Kapitel
Das Ende der Frau Rosenthal

Am Sonntagmorgen wachte Frau Rosenthal mit einem Schreckensschrei aus tiefem Schlaf auf. Sie hatte wieder etwas Grausiges von dem geträumt, was sie jetzt fast in jeder Nacht heimsuchte: sie war mit Siegfried auf der Flucht. Sie versteckten sich, die Verfolger gingen an ihnen vorüber, wobei sie die so schlecht Versteckten aus den Augenwinkeln zu verhöhnen schienen.

Plötzlich fing Siegfried an zu laufen, sie hinter ihm drein. Sie konnte nicht so schnell laufen wie er. Sie rief: »Nicht so schnell, Siegfried! Ich komme nicht mit! Lass mich nicht allein!«

Er hob sich von der Erde, er flog. Flog erst wenig über dem Pflaster, dann hob er sich immer höher, nun entschwand er über den Dächern. Sie stand allein auf der Greifswalder Straße. Ihre Tränen liefen. Eine große, riechende Hand legte sich erdrückend vor ihr Gesicht, eine Stimme flüsterte an ihrem Ohr: »Olle Judensau, hab ich dich endlich?«

Sie starrte nach der Verdunkelung vor den Fenstern, an den Spalten sickerte Tageslicht hinein. Die Schrecken der Nacht entwichen vor denen des Tages, der ihr bevorstand. Es war schon wieder Tag! Wieder hatte sie den Kammergerichtsrat verschlafen, den einzigen Menschen, mit dem sie sprechen konnte! Sie hatte sich fest vorgenommen, wach zu bleiben, und nun war sie doch wieder eingeschlafen! Wieder einen Tag allein, zwölf Stunden, fünfzehn Stunden! Oh, sie hielt das nicht mehr aus! Die Wände dieses Zimmers stürzten über ihr zusammen, immer das gleiche bleiche Gesicht im Spiegel, stets wieder dasselbe Geld zählen – nein, so ging es nicht weiter! Das Schlimmste war nicht so schlimm wie dieses tatenlose Eingesperrtsein.

Hastig kleidet sich Frau Rosenthal an. Dann geht sie an die Tür, sie dreht den Riegel, öffnet leise und späht auf den Flur hinaus. Alles ist still in der Wohnung, auch im Hause ist noch alles still. Die Kinder lärmen noch nicht auf der Straße – es muss noch sehr früh sein. Vielleicht ist der Rat noch in seinem Bücherzimmer? Vielleicht kann sie ihm noch guten Morgen sagen, zwei, drei Sätze mit ihm wechseln, die ihr Mut machen werden, einen endlosen Tag zu ertragen?

Sie wagt es, gegen sein Verbot wagt sie es. Sie geht rasch über den Flur und tritt in sein Zimmer ein. Sie schreckt etwas vor der Helle zurück, die durch die geöffneten Fenster hereinströmt, vor der Straße, der Öffentlichkeit, die mit dieser Luft zusammen hier jetzt herrschen. Aber mehr noch erschrickt sie vor einer Frau, die mit einem Teppichroller den Zwickauer Teppich reinigt. Sie ist eine dürre, ältere Frau; das Tuch um den Kopf, der Teppichroller bestätigen, dass sie hier die Reinmachefrau ist.

Beim Eintritt von Frau Rosenthal hat diese Frau die Arbeit unterbrochen. Sie starrt erst einen Augenblick die unerwartete Besucherin an, wobei sie die Augenlider rasch hintereinander ein paar Mal zukneift, als könne sie den Anblick da nicht für ganz wirklich nehmen. Dann lehnt sie den Teppichroller gegen den Tisch und fängt an, mit Händen und Armen abwehrende Bewegungen zu machen, wobei sie von Zeit zu Zeit ein scharfes »Sch! Sch!« ausstößt, als scheuche sie Hühner.

Frau Rosenthal, schon im Rückzug, sagt flehend:

»Wo ist der Kammergerichtsrat? Ich muss ihn einen Augenblick sprechen!«

Die Frau kneift die Lippen eng zusammen und schüttelt heftig den Kopf. Dann beginnt sie wieder mit ihren Scheuchbewegungen und dem »Sch! Sch!«, bis Frau Rosenthal ganz in ihr

Zimmer zurückgewichen ist. Dort sinkt sie, während die Reinmachefrau leise die Tür schließt, an ihrem Tisch in den Sessel und bricht fassungslos in Tränen aus. Alles umsonst! Wieder ein Tag, der sie nur zum einsamen, sinnlosen Warten verurteilt! Viel geschieht in der Welt, vielleicht stirbt jetzt gerade Siegfried, oder eine deutsche Fliegerbombe tötet ihr die Eva – sie aber muss hier immer weiter im Dunkeln sitzen und nichts tun.

Sie schüttelt unwillig den Kopf: sie macht dies einfach nicht mehr mit. Sie macht es nicht! Wenn sie unglücklich sein soll, wenn sie denn ewig gehetzt und in Angst leben soll, so will sie dies auf ihre Art tun. Möge sich denn diese Tür für immer hinter ihr schließen, sie kann es nicht hindern. Sie war gut gemeint, diese Gastfreundschaft, aber sie tut ihr nicht gut.

Als sie wieder an der Tür steht, besinnt sie sich. Sie geht wieder an den Tisch zurück und nimmt das dicke, goldene Armband mit den Saphiren. Vielleicht so …

Doch in dem Arbeitszimmer ist die Frau nicht mehr, die Fenster sind schon wieder geschlossen. Frau Rosenthal steht abwartend auf dem Flur, nahe der Ausgangstür. Dann hört sie Tellergeklapper, und sie folgt diesem Geräusch, bis sie die Frau in der Küche beim Abwaschen findet.

Sie hält ihr flehend das Armband hin und sagt stockend: »Ich muss den Kammergerichtsrat wirklich sprechen. Bitte, bitte doch!«

Die Bedienerin hat bei der neuerlichen Störung die Stirn gerunzelt. Nur einen flüchtigen Blick wirft sie auf das hingehaltene Armband. Dann beginnt sie wieder zu scheuchen, mit rudernden Armbewegungen und »Sch! Sch!«; und vor diesem Scheuchen flieht Frau Rosenthal in ihr Zimmer. Sie stürzt geradezu auf ihren Nachttisch zu, sie nimmt aus der Lade das ihr vom Kammergerichtsrat verordnete Schlafmittel.

Sie schüttet alle Tabletten, zwölf oder vierzehn an der Zahl, in ihre hohle Hand, geht zum Waschtisch und spült sie mit einem Glase Wasser hinunter. Sie muss heute schlafen, sie wird heute den Tag verschlafen … Dann wird sie abends den Kammergerichtsrat sprechen und hören, was zu tun ist. Sie legt sich angekleidet auf das Bett, zieht die Decke nur leicht über sich. Still auf dem Rücken liegend, die Augen zur Decke gerichtet, wartet sie auf den Schlaf.

Und er scheint wirklich zu kommen. Die quälenden Gedanken, die immer gleichen Schreckbilder, die von der Angst in ihrem Hirn geboren werden, sie verschwimmen. Sie schließt die Augen, ihre Glieder entspannen sich, werden schlaff, sie hat sich schon fast hinübergerettet in ihren Schlaf …

Da ist es, als hätte sie auf der Schwelle zu diesem Schlaf eine Hand zurückgestoßen ins Wachen. Sie ist förmlich zusammengeschreckt, solch einen Ruck hat es ihr gegeben. Ihr Körper ist zusammengezuckt wie in einem plötzlichen Krampf …

Und wieder liegt sie, die Decke anstarrend, auf dem Rücken, die ewig gleiche Mühle dreht die ewig gleichen Qualgedanken und Angstbilder in ihr. Dann – allmählich – wird das schwächer, die Augen schließen sich, der Schlaf ist nahe. Und wieder auf seiner Schwelle der Stoß, der Ruck, der Krampf, der ihren ganzen Körper zusammenzieht. Wieder ist sie vertrieben aus der Ruhe, dem Frieden, dem Vergessen …

Als sich das drei- oder viermal wiederholt hat, gibt sie es auf, den Schlaf zu erwarten. Sie steht auf, geht langsam, ein wenig taumelig, mit hängenden Gliedern an den Tisch und setzt sich. Sie starrt vor sich hin. Sie erkennt in dem Weißen, das vor ihr liegt, den Brief an Siegfried, den sie vor drei Tagen begann, der nicht über die ersten Zeilen hinauskam. Sie sieht weiter: sie erkennt die Scheine, die Schmucksachen. Dort hinten steht auch das Tablett mit dem ihr bestimmten Essen. Sonst hat sie sich morgens völlig ausgehungert darübergestürzt, jetzt mustert sie es mit gleichgültigem Blick. Sie mag nicht essen …

Während sie dort so sitzt, ist ihr dunkel bewusst, dass die Tabletten doch eine Veränderung in ihr hervorgerufen haben: wenn sie ihr auch keinen Schlaf schenken konnten, so haben sie ihr doch die jagende Unruhe des Morgens genommen. Sie sitzt nur so da, manchmal ist sie auch im Sessel beinahe eingenickt, dann fährt sie wieder hoch. Einige Zeit ist vergangen, ob viel oder wenig, das weiß sie nicht, aber einige Zeit von diesem Schreckenstag ist doch wohl fort …

Dann, später, hört sie einen Schritt auf der Treppe. Sie fährt zusammen – in einem Augenblick der Selbstbeobachtung sucht sie sich darüber klarzuwerden, ob sie von diesem Zimmer aus überhaupt hören kann, wenn jemand auf der Treppe geht. Aber diese kritische Minute ist schon wieder vorbei, und sie lauscht nur angespannt auf den Schritt im Treppenhaus, den Schritt eines Menschen, der sich mühsam treppauf schleppt, immer wieder innehaltend, dann, nach einem Hüsteln, sich wieder am Treppengeländer hochziehend.

Jetzt hört sie nicht nur, jetzt sieht sie auch. Sie sieht Siegfried ganz deutlich, wie er sich da durch das noch stille Treppenhaus in ihre Wohnung hinaufschleicht. Sie haben ihn natürlich wieder misshandelt, um seinen Kopf liegen ein paar hastig geschlungene Binden, die schon wieder durchblutet sind, und sein Gesicht ist wund und fleckig von ihren Faustschlägen. So schleppt sich Siegfried mühselig die Treppen hinauf. In seiner Brust krächzt und orgelt es, in dieser Brust, die von ihren Fußtritten verletzt ist. Sie sieht Siegfried um den Treppenabsatz herum entschwinden …

Eine Weile sitzt sie noch so da. Bestimmt denkt sie an gar nichts, auch nicht an den Kammergerichtsrat und das mit ihm Vereinbarte. Sondern sie muss da oben in die Wohnung – was soll Siegfried denken, wenn er sie leer findet? – Aber sie ist so schrecklich müde, und es ist fast unmöglich, aus dem Sessel hochzukommen!

Dann steht sie doch wieder da. Sie nimmt das Schlüsselbund aus der Handtasche, greift nach dem Saphirarmband, als sei es ein Talisman, der sie beschützen kann – und langsam und taumelig geht sie aus der Wohnung. Die Tür fällt hinter ihr zu.

Der nach langem Bedenken von seiner Bedienerin doch endlich geweckte Kammergerichtsrat kommt zu spät, um seinen Gast von diesem Ausflug in eine zu gefährliche Welt abzuhalten.

Der Rat steht einen Augenblick in der leise wieder geöffneten Tür, er lauscht nach oben, er lauscht nach unten. Er hört nichts. Dann, als er doch etwas hört, nämlich den raschen, energischen Schritt von Stiefeln, zieht er sich wieder in seine Wohnung zurück. Aber er verlässt den Ausguck an der Tür nicht. Sollte es doch noch eine Möglichkeit geben, diese Unselige zu retten, er wird ihr doch noch einmal trotz aller Gefahr seine Tür öffnen.

Frau Rosenthal hat es gar nicht gemerkt, dass sie auf der Treppe an jemand vorüberging. Sie hat nur den einen Gedanken, möglichst rasch die Wohnung mit Siegfried zu erreichen. Aber der HJ-Führer Baldur Persicke, der eben zu einem Morgenappell will, bleibt völlig verblüfft, mit offenem Munde auf der Treppe stehen, als diese Frau, ihn fast anstoßend, an ihm vorübergeht. Die Rosenthal, die tagelang verschwundene Rosenthal, an diesem Sonntagmorgen unterwegs, in einer dunklen gestickten Bluse *ohne* Judenstern, ein Schlüsselbund und ein Armband in der einen Hand, mit der andern sich mühsam am Treppengeländer hochziehend – so besoffen ist die Frau! Am frühen Sonntagmorgen schon so besoffen!

Einen Augenblick steht Baldur noch so da, in völliger Verblüffung. Aber als Frau Rosenthal um die Treppenkehre herum verschwunden ist, kehren seine Gedanken wieder in ihn zurück, und sein Mund schließt sich. Er hat das Gefühl, jetzt ist der richtige Augenblick gekommen, jetzt darf er nur nichts falsch machen! Nein, diesmal wird er die Sache allein erledigen, weder die Brüder noch der Vater noch ein Barkhausen sollen sie ihm versauen.

Baldur wartet noch, bis er sicher ist, dass Frau Rosenthal jetzt schon die Quangel'sche Wohnung erreicht hat, dann geht er leise in die elterliche Wohnung. Dort schläft noch alles, und das

Telefon hängt auf dem Flur. Er hebt ab und dreht die Scheibe, dann verlangt er einen bestimmten Apparat. Er hat Glück: trotz des Sonntags bekommt er die Verbindung und auch den richtigen Mann. Er sagt kurz, was zu sagen ist; dann rückt er sich einen Stuhl an die Tür, öffnet sie einen Spalt und macht sich geduldig darauf gefasst, eine halbe oder auch eine Stunde Wache halten zu müssen, damit der Vogel nicht wieder entwischt …

Bei Quangels ist nur erst Anna wach, leise wirtschaftet sie in der Wohnung. Zwischendurch sieht sie nach Otto, er schläft noch immer ganz fest. Er sieht müde und gequält aus, selbst jetzt im Schlaf. Als ließe ihm irgendetwas keine Ruhe. Sie steht da und sieht nachdenklich in das Gesicht des Mannes, mit dem sie fast drei Jahrzehnte Tag für Tag zusammengelebt hat. Sie hat sich natürlich längst an dieses Gesicht gewöhnt, das vogelscharfe Profil, der dünne, fast stets geschlossene Mund – das erschreckt sie nicht mehr. So sieht eben der Mann aus, dem sie ihr ganzes Leben geweiht hat. Es kommt nicht auf das Aussehen an …

Aber an diesem Morgen scheint ihr doch, als sei das Gesicht noch schärfer geworden, der Mund noch schmaler, als hätten sich die Falten von der Nase her noch mehr vertieft. Er hat Sorgen, schwere Sorgen, und sie hat es versäumt, rechtzeitig mit ihm darüber zu sprechen, ihm die Last tragen zu helfen. An diesem Sonntagmorgen, vier Tage nachdem sie die Nachricht vom Tode des Sohnes bekommen hat, ist Anna Quangel wieder fest davon überzeugt, nicht nur, dass sie bei diesem Manne wie bisher auszuhalten hat, sondern dass sie auch im Unrecht war, überhaupt erst mit dieser Trotzerei anzufangen. Sie hätte ihn besser kennen müssen: er schwieg lieber, als dass er sprach. Sie musste ihn stets ermuntern, ihm die Zunge lösen – von selbst sprach dieser Mann nie.

Nun, heute wird er sprechen. Er hatte es ihr zugesagt, heute in der Nacht, als er von der Arbeit heimgekommen war. Anna hatte da einen schlimmen Tag hinter sich gebracht. Als er ganz ohne Frühstück losgelaufen war, als sie Stunden vergeblich auf ihn gewartet hatte, als er auch nicht zum Mittagessen erschienen war, als ihr klar wurde, jetzt hatte seine Arbeit schon begonnen, jetzt würde er bestimmt nicht mehr kommen – da war sie völlig verzweifelt gewesen.

Was war in diesen Mann gefahren, seit sie jenes vorschnelle, unbedachte Wort gesagt hatte? Was trieb ihn so ruhelos um? Sie kannte ihn doch: Seitdem sie das gesagt hatte, sann er nur darauf, ihr zu zeigen, dass der nicht »sein« Führer war. Als wenn sie es je ernstlich so gemeint hätte! Sie hätte es ihm sagen müssen, dass sie das Wort nur im ersten trauernden Zorn gesagt hatte. Sie hätte auch ganz andere Dinge sagen können gegen diese Verbrecher, die sie so sinnlos des Sohnes beraubt hatten – grade dieses Wort musste ihr herausfahren!

Aber nun hatte sie eben grade dies gesagt, und nun lief er in der Welt umher und begab sich in alle möglichen Gefahren, um recht zu behalten, um ihr das Unrecht, das sie ihm angetan, noch ganz handgreiflich zu beweisen! Womöglich kam er gar nicht wieder. Hatte etwas gesagt oder getan, was die Werkleitung oder die Gestapo auf ihn hetzte – womöglich saß er schon im Loch! So unruhig, wie dieser ruhige Mann schon am frühen Morgen gewesen war!

Anna Quangel hält es nicht aus, so tatenlos kann sie nicht mehr auf ihn warten. Sie macht ein paar Stullen zurecht und tritt den Weg zu seiner Fabrik an. Auch darin ist sie ganz sein getreues Eheweib, dass sie selbst jetzt, wo es ihr auf jede Minute, die sie früher Gewissheit hat, ankommt, nicht die Bahn benutzt. Nein, sie geht zu Fuß – sie spart den Groschen wie er.

Vom Pförtner der Möbelfabrik erfährt sie dann, dass der Werkmeister Quangel pünktlich wie immer auf seine Arbeitsstelle gekommen ist. Sie lässt ihm durch einen Boten die »vergessenen« Stullen hineinschicken und wartet auch noch die Rückkehr des Boten ab.

»Nun, was hat er gesagt?«

»Was soll er denn gesagt haben …? Der sagt doch nie was!«

Jetzt kann sie beruhigter nach Haus gehen. Es ist noch nichts geschehen, trotz all seiner Unruhe am Morgen nicht. Und heute Abend wird sie mit ihm sprechen …

Er kommt in der Nacht. Sie sieht seinem Gesicht an, wie müde er ist.

»Otto«, sagt sie bittend, »ich habe es doch nicht so gemeint. Nur im ersten Erschrecken ist es mir so rausgefahren. Sei nicht mehr böse!«

»Ich – böse – dir? Wegen so was? Nie!«

»Aber du willst was tun, ich spüre es! Otto, tu's nicht, stürze dich wegen so was nicht ins Unglück! Ich könnte es mir nie verzeihen.«

Er sieht sie einen Augenblick an, fast lächelnd. Dann legt er beide Hände rasch auf ihre Schultern. Schon zieht er sie wieder fort, als schäme er sich dieser raschen Zärtlichkeit.

»Was ich tun werde? Schlafen werde ich! Und morgen sage ich dir, was *wir* tun werden!«

Nun ist der Morgen gekommen, und Quangel schläft noch. Aber jetzt kommt es auf eine halbe Stunde mehr oder weniger nicht an. Er ist bei ihr, er kann nichts Gefährliches tun, er schläft.

Sie wendet sich ab von seinem Bett, sie macht sich wieder an ihre kleinen Hausarbeiten. –

Unterdes ist Frau Rosenthal längst bei ihrer Wohnungstür angekommen, so langsam sie auch treppauf ging. Sie ist nicht überrascht, die Tür verschlossen zu finden – sie schließt sie auf. Und auch in der Wohnung drinnen sucht sie nicht erst lange nach Siegfried oder ruft nach ihm. Auch das wüste Durcheinander beachtet sie nicht, wie sie auch schon wieder vergessen hat, dass sie ja eigentlich dem Schritt ihres Mannes folgend die Wohnung betreten hat.

Ihre Benommenheit ist in einem langsamen, unaufhaltsamen Wachsen. Man kann nicht sagen, dass sie schläft, aber sie ist auch nicht wach. Wie sie die schwer gewordenen Glieder nur langsam und unbeholfen bewegen kann, weil sie wie taub sind, so ist auch ihr Gehirn wie taub. Es kommen Bilder wie Flocken und zerrinnen auch schon wieder, ehe sie sie noch recht deutlich sehen konnte. Sie sitzt in der Sofaecke, die Füße auf der verschmutzten Wäsche, sie sieht sich langsam und träge um. In der Hand hält sie noch immer die Schlüssel und das Saphirarmband, das ihr Siegfried zu Evas Geburt schenkte. Der Gewinn einer ganzen Weißen Woche … Sie lächelt ein bisschen.

Dann hört sie, wie die Flurtür vorsichtig geöffnet wird, und sie weiß: das ist Siegfried. Jetzt kommt er. Deswegen bin ich doch hier raufgegangen. Ich will ihm entgegengehen.

Aber sie bleibt sitzen, ein Lächeln ausgebreitet auf dem ganzen grauen Gesicht. Sie wird ihn hier so sitzend empfangen, als sei sie nie fort gewesen, habe immer hier, zu seinem Empfang, gesessen.

Dann geht endlich die Tür, und statt des erwarteten Siegfried stehen drei Männer in der Tür. Schon als sie unter den dreien eine verhasste braune Uniform sieht, weiß sie: das ist nicht Siegfried, Siegfried ist nicht dabei. Ein bisschen Angst will sich in ihr rühren, aber wirklich nur ein ganz klein bisschen. Nun ist es endlich so weit!

Langsam schwindet das Lächeln von ihrem Gesicht, das vom Grauen ins gelblich Grüne hinüberwechselt.

Die drei stehen jetzt direkt vor ihr. Sie hört, wie ein großer, schwerer Mann in schwarzem Paletot sagt: »Nicht besoffen, mein Junge. Wahrscheinlich schlafmittelvergiftet. Wir wollen schnell mal sehen, dass wir aus ihr rausquetschen, was zu holen ist. Hören Sie mal, Sie sind Frau Rosenthal?«

Sie nickt. »Jawohl, meine Herren, Lore oder richtiger Sara Rosenthal. Mein Mann sitzt in Moabit, zwei Söhne in den USA, eine Tochter in Dänemark, eine in England verheiratet …«

»Und wie viel Geld haben Sie denen geschickt?«, fragte der Kriminalkommissar Rusch schnell.

»Geld? Zu was denn Geld? Die haben doch alle Geld genug! Zu was soll ich denen noch Geld schicken?«

Sie nickt ernst. Ihre Kinder leben alle in guten Verhältnissen. Die könnten noch ohne Mühe die Eltern ernähren. Plötzlich fällt ihr etwas ein, was sie unbedingt diesen Herren noch sagen muss. »Es ist meine Schuld«, sagt sie unbeholfen mit schwerer Zunge, die immer schwerer zu sprechen, zu lallen anfängt, »es ist allein meine Schuld. Siegfried wollte längst aus Deutschland fort. Aber ich sagte ihm: ›Warum all die schönen Sachen, das gute Geschäft hier lassen, für einen Dreck verkaufen? Wir haben nie jemandem etwas getan, uns werden sie nichts tun.‹ Ich habe ihn überredet, sonst wären wir längst weg!«

»Und wo haben Sie Ihr Geld gelassen?«, fragte der Kommissar, ein wenig ungeduldiger.

»Das Geld?« Sie versucht, sich zu besinnen. Es war ja wirklich noch etwas da gewesen. Wo war es nur hingekommen? Aber das scharfe Nachdenken macht ihr Mühe, dafür fällt ihr etwas anderes ein. Sie hält das Saphirarmband dem Kommissar hin. »Da«, sagt sie einfach. »Da!«

Der Kommissar Rusch wirft einen raschen Blick darauf, dann sieht er sich nach seinen beiden Begleitern um, diesem zackigen HJ-Führer und nach seinem ständigen Gefolgsmann, dem Friedrich, einem dicken Klotz, anzusehen wie ein Scharfrichtergehilfe. Er sieht, dass die beiden ihn gespannt beobachten. So stößt er die Hand mit dem Armband ungeduldig beiseite, er packt die schwere Frau bei den Schultern und beutelt sie ordentlich durch. »Wachen Sie jetzt endlich auf, Frau Rosenthal!«, schreit er. »Ich befehle es Ihnen! Sie sollen aufwachen!«

Dann lässt er sie los: Ihr Kopf fällt hinten gegen die Sofalehne, der Körper sackt in sich zusammen – ihre Zunge lallt etwas Unverständliches. Dieses Mittel, sie wach zu machen, scheint nicht ganz richtig gewesen zu sein. Eine Weile betrachten die drei schweigend die alte Frau, wie sie da zusammengesunken hockt, das Bewusstsein scheint nicht in sie zurückzukehren.

Der Kommissar flüstert plötzlich ganz leise: »Nimm sie dir mal mit, da hinten in die Küche, und sieh, dass du sie wach kriegst!«

Der Henkersknecht Friedrich nickt nur. Er nimmt die schwere Frau wie ein Kind auf den Arm und steigt vorsichtig mit ihr über die am Boden liegenden Hindernisse fort.

Als er an der Tür ist, ruft der Kommissar noch: »Sieh, dass sie ruhig bleibt! Ich will keinen Krach haben am Sonntagmorgen in einem Mietshause! Sonst machen wir es in der Prinz-Albrecht-Straße. Ich nehme sie sowieso dahin mit.«

Die Tür klappt hinter den beiden, der Kommissar und der HJ-Führer sind allein.

Kommissar Rusch steht am Fenster und sieht auf die Straße. »Ruhige Straße das«, sagt er. »Richtiger Kinderspielplatz, wie?«

Baldur Persicke bestätigt, dass die Jablonskistraße eine ruhige Straße ist.

Der Kommissar ist ein bisschen nervös, nicht etwa wegen der Sache, die der Friedrich da mit der alten Jüdin in der Küche anstellt. I wo, solche Sachen und tollere noch entsprechen seinem Wesen. Rusch ist ein verkrachter Jurist, der den Weg zur Kriminalpolizei fand. Die gab ihn später an die Gestapo ab. Er tut gerne seinen Dienst. Er würde jeder Regierung gerne jeden Dienst getan haben, aber die zackigen Methoden dieser Regierung gefallen ihm besonders. »Bloß keine Gefühlsduselei«, sagt er manchmal zu einem Neuling. »Wir erfüllen unsere Pflicht nur dann, wenn wir unser Ziel erreichen. Der Weg dahin ist ganz egal.«

Nein, wegen der ollen Jüdin macht sich der Kommissar nicht die geringsten Gedanken, er ist wirklich frei von jeder Gefühlsduselei.

Aber dieser Junge, der HJ-Führer Persicke, passt ihm nicht

recht in den Kram. Er hat Außenseiter nicht gerne bei so was, man weiß nie genau, wie sie's aufnehmen. Freilich, dieser scheint die richtige Sorte, aber genau weiß man es immer erst nachher.

»Haben Sie gesehen, Herr Kommissar«, fragt Baldur Persicke eifrig – er will jetzt einfach nicht mehr nach der Küche hinhorchen, das ist deren Sache! »Haben Sie gesehen, sie trug keinen Judenstern?«

»Ich habe noch mehr gesehen«, sagt der Kommissar nachdenklich, »ich habe zum Beispiel gesehen, dass die Frau saubere Schuhe anhatte, und draußen ist Dreckwetter.«

»Ja«, bestätigt Baldur Persicke, noch verständnislos.

»Also muss sie einer hier im Hause versteckt gehalten haben, seit Mittwoch, wenn sie wirklich so lange nicht in der Wohnung war, wie Sie sagen.«

»Ich bin fast sicher«, fängt Baldur Persicke an, etwas unsicher gemacht durch diesen nachdenklichen, nicht von ihm ablassenden Blick.

»Fast sicher ist gar nichts, mein Junge«, sagt der Kommissar verächtlich. »Fast sicher gibt es nicht!«

»Ich bin ganz sicher!«, sagt Baldur schnell. »Ich kann jederzeit beeiden, dass Frau Rosenthal seit Mittwoch nicht in ihrer Wohnung war!«

»Schönschön«, sagt der Kommissar leichthin. »Sie wissen natürlich, dass Sie seit Mittwoch die Wohnung unmöglich allein unter Beobachtung gehalten haben können. So was nimmt Ihnen kein Richter ab.«

»Ich habe zwei Brüder in der SS«, sagt Baldur Persicke eifrig.

»Na schön«, gibt sich Kommissar Rusch zufrieden. »Es wird alles schon schiefgehen. Übrigens, was ich Ihnen noch sagen wollte, ich werde erst gegen Abend dazu kommen, hier Haussuchung zu halten. Vielleicht observieren Sie die Wohnung so lange weiter? Schlüssel haben Sie ja wohl?«

Baldur Persicke versichert zufrieden, dass er das gerne tun

würde. Seinen Augen war tiefe Freude anzusehen. Na also – so ging es auch, er wusste es ja, und ganz legal!

»Es wäre ja ganz gut«, sagt der Kommissar gelangweilt und sieht wieder aus dem Fenster, »wenn dann alles etwa so rumläge wie jetzt. Natürlich, für das, was in den Schränken und Koffern ist, können Sie nicht stehen, aber sonst ...«

Ehe Baldur noch antworten kann, ertönt aus dem Innern der Wohnung ein schriller, hoher Angstschrei.

»Verdammt!«, sagt der Kommissar, tut aber keinen Schritt.

Bleich, mit spitzer Nase starrt ihn Baldur an, seine Knie sind weich geworden.

Der Angstschrei ist sofort erstickt, man hört nur den Friedrich fluchen.

»Was ich sagen wollte ...«, fängt der Kommissar langsam wieder an.

Er spricht aber, immerfort lauschend, nicht weiter. Plötzlich sehr lautes Schimpfen in der Küche, Getrappel, Hin- und Herstampfen. Nun brüllt Friedrich sehr laut: »Willste gleich! Willste woll!«

Dann ein lauter Schrei. Noch wüsteres Fluchen. Nun wird eine Tür aufgerissen, Gestampf über den Flur, und ins Zimmer hinein brüllt Friedrich: »Was sagen Sie nun, Herr Kommissar? Grade hatte ich sie so weit, dass sie vernünftig reden konnte, springt das Aas mir doch aus dem Fenster!«

Der Kommissar schlägt ihm wütend ins Gesicht: »Gottverdammter Trottel, ich reiß dir die Kaldaunen aus dem Leibe! Los, schnell!«

Und er stürzt aus dem Zimmer, läuft die Treppen hinunter ...

»Auf den Hof doch!«, ruft Friedrich flehend, während er hinterdreinläuft. »Sie ist ja bloß auf den Hof gefallen, nicht auf die Straße! Es wird gar kein Aufsehen geben, Herr Kommissar!«

Er bekommt keine Antwort. Alle drei laufen sie die Treppen hinunter, wobei sie sich bemühen, möglichst wenig Lärm in dem sonntagsstillen Haus zu machen. Als Letzter läuft, mit einer halben Treppe Abstand, Baldur Persicke. Er hat nicht vergessen, die Wohnungstür der Rosenthals gut ins Schloss zu ziehen. Wenn ihm auch noch der Schreck in den Gliedern sitzt, weiß er doch, dass er jetzt die Verantwortung für alle die schönen Sachen dort hat. Da darf nichts fortkommen!

Die drei laufen an der Wohnung der Quangels vorbei, an der von den Persickes, an der vom Kammergerichtsrat a. D. Fromm. Nur noch zwei halbe Treppen, und sie sind auf dem Hof.

Otto Quangel war unterdes aufgestanden, hatte sich gewaschen und sah seiner Frau in der Küche zu, wie sie das Frühstück fertigmachte. Nach dem Frühstück würden sie miteinander sprechen, vorläufig hatten sie nur einen Guten-Morgen-Gruß gewechselt, aber einen freundlichen.

Plötzlich schrecken sie beide zusammen. In der Küche über ihnen ist Geschrei, sie lauschen, eines das andere gespannt und besorgt ansehend. Dann wird für Sekundenschnelle das Küchenfenster verdunkelt, etwas Schweres scheint vorbeizustürzen – und nun hören sie es schwer aufschlagen auf dem Hof. Unten schreit jemand auf – ein Mann. Und Totenstille.

Otto Quangel reißt das Küchenfenster auf, fährt aber zurück, als er Gepolter auf der Treppe hört.

»Steck du mal schnell den Kopf raus, Anna!«, sagt er. »Sieh, ob du was sehen kannst. Eine Frau fällt bei so was weniger auf.« Er fasst sie bei der Schulter und drückt sie sehr stark. »Schrei nicht!«, sagt er befehlend. »Du sollst nicht schreien! So, mach das Fenster wieder zu!«

»Gott, Otto!«, ächzt Frau Quangel und starrt ihren Mann mit weißem Gesicht an. »Die Rosenthal ist aus dem Fenster gestürzt. Sie liegt unten auf dem Hof. Der Barkhausen steht bei ihr und ...«

»Still!«, sagt er. »Jetzt still! Wir wissen von nichts. Wir haben nichts gesehen und nichts gehört. Bring den Kaffee in die Stube!«

Und drinnen noch einmal, mit Nachdruck: »Wir wissen nichts, Anna. Haben die Rosenthal fast nie gesehen. Und nun iss! Iss, sage ich dir. Und trink Kaffee! Wenn einer kommt, er darf uns nichts anmerken!«

Der Kammergerichtsrat Fromm hatte noch immer auf seinem Beobachtungsposten gestanden. Er hatte zwei Zivilisten die Treppe hinaufgehen sehen, und nun stürmten drei Mann – und der Persicke-Junge dabei – die Treppe hinunter. Es hatte also etwas gegeben, und schon brachte ihm seine Bedienerin aus der Küche die Nachricht, dass eben Frau Rosenthal von oben auf den Hof gestürzt sei. Er starrte sie erschrocken an.

Einen Augenblick stand er ganz still. Dann nickte er langsam mit dem Kopf, ein paarmal.

»Ja, Liese«, sagte er. »Das ist nicht anders. Man muss nicht nur retten wollen. Der andere muss auch mit der Rettung richtig einverstanden sein.« Und dann rasch: »Ist das Küchenfenster wieder zu?« Liese nickte. »Schnell, Liese, bring das Zimmer vom gnädigen Fräulein wieder in Ordnung; niemand darf sehen, dass es benutzt war. Geschirr weg! Wäsche weg!«

Wieder nickte Liese.

Dann fragte sie: »Und das Geld und der Schmuck auf dem Tisch, Herr Rat?«

Einen Augenblick stand er beinahe hilflos da, kläglich sah er aus mit dem ratlosen Lächeln auf dem Gesicht. »Ja, Liese«, sagte er dann. »Damit wird's schwer werden. Erben werden sich wohl keine melden. Und für uns ist's nur eine Last ...«

»Ich tu's in den Mülleimer«, schlug Liese vor.

Er schüttelte den Kopf. »Für Mülleimer sind die zu schlau, Liese«, sagte er dann. »Das können die ja gerade, im Müll rumwühlen! Na, ich werde schon sehen, wo ich damit erst einmal bleibe. Mach bloß schnell mit dem Zimmer! Die können jede Minute kommen!«

Vorläufig standen sie noch auf dem Hof, der Barkhausen bei ihnen.

Der Barkhausen hatte den Schreck zuerst abgekriegt, und am stärksten. Er war da seit dem frühen Morgen auf dem Hof herumgestrichen, gequält von seinem Hass auf die Persickes und seiner Gier nach den entschwundenen Sachen. Er wollte doch wenigstens wissen – und so beobachtete er ständig das Treppenhaus, die Fenster vorne …

Plötzlich war da etwas ganz dicht bei ihm niedergestürzt, so nah und aus großer Höhe, es hatte ihn gestreift. Der Schrecken war ihm derart in die Glieder gefahren, dass er sich gegen die Hofwand lehnte, und gleich darauf musste er sich auf die Erde setzen, es wurde ihm schwarz vor den Augen.

Dann war er wieder hochgefahren, denn plötzlich hatte er gemerkt, dass er neben Frau Rosenthal auf dem Hofe saß. Gott, da hatte sich also die alte Frau aus dem Fenster gestürzt, und wer daran schuld war, das wusste er auch.

Barkhausen sah gleich, dass die Frau tot war. Ein bisschen Blut war aus ihrem Mund gelaufen, aber das verunstaltete sie kaum. Auf dem Gesicht lag ein solcher Ausdruck von tiefem Frieden, dass selbst der erbärmliche kleine Spitzel wegsehen musste. Dabei fiel sein Blick auf ihre Hände, und er sah, dass sie in der einen Hand etwas hielt, ein Schmuckstück, dessen Steine leuchteten.

Barkhausen warf einen argwöhnischen Blick um sich. Wenn er etwas tun wollte, musste es schnell geschehen. Er bückte sich; von der Toten abgewandt, so dass er ihr nicht ins Gesicht sehen musste, zog er ihr das Saphirarmband aus der Hand und ließ es in seiner Hosentasche verschwinden. Wieder sah er argwöhnisch um sich. Ihm war, als würde bei den Quangels das Küchenfenster vorsichtig geschlossen.

Und da kamen sie schon über den Hof gelaufen, drei Mann, und wer die zwei anderen waren, das sah er auch gleich. Nun kam es darauf an, dass er sich von Anfang an richtig benahm.

»Da hat sich eben die Frau Rosenthal aus dem Fenster gestürzt, Herr Kommissar«, sagte er, als melde er ein ganz alltägliches Ereignis. »Beinahe wäre mir die Frau auf den Kopf gefallen.«

»Woher kennen Sie mich denn?«, fragte der Kommissar beiläufig, während er sich mit dem Friedrich über die Tote beugte.

»Ich kenn Sie nicht, Herr Kommissar«, sagte Barkhausen. »Ich hab's mir bloß gedacht. Weil ich nämlich manchmal was für den Herrn Kommissar Escherich arbeiten darf.«

»So!«, sagte der Kommissar nur. »So. Dann bleiben Sie hier noch mal ein bisschen stehen. Sie, junger Mann«, wandte er sich zu Persicke, »passen Sie mal ein bisschen auf, dass uns dieser Junge nicht verlorengeht. Friedrich, sorg dafür, dass keine Leute auf den Hof kommen. Sag dem Fahrer Bescheid, er soll in der Torfahrt aufpassen. Ich geh nur mal rasch in Ihre Wohnung telefonieren!«

Als der Herr Kommissar Rusch vom Telefonieren auf den Hof zurückkam, hatte sich die Lage dort ein wenig geändert. In den Fenstern des Hinterhauses lagen überall Gesichter, es standen auch ein paar Leute auf dem Hof – aber ferne. Die Leiche war jetzt mit einem Laken zugedeckt, das etwas zu kurz war, die Beine der Frau Rosenthal sahen bis zu den Knien darunter hervor.

Der Herr Barkhausen aber sah etwas gelb im Gesicht aus und trug jetzt Handkettlein. Von der Hofseite her beobachteten ihn schweigend seine Frau und die fünf Kinder.

»Herr Kommissar, ich protestiere dagegen!«, rief Barkhausen jetzt jämmerlich. »Ich habe das Armband bestimmt nicht in die Kellerluke geworfen. Der junge Herr Persicke hat einen Hass auf mich …«

Es stellte sich heraus, dass Friedrich, von der Erledigung seiner Aufträge zurückgekehrt, sofort begonnen hatte, nach dem Armband zu suchen. Frau Rosenthal hatte es in der Küche doch noch in der Hand gehabt – grade um dieses Armbandes willen, das sie durchaus nicht loslassen wollte, war ja ein gewisser Ärger bei Friedrich entstanden. Und in diesem Ärger hatte er nicht wie sonst aufgepasst, und die Frau hatte ihm den Streich mit dem Fenster spielen können. Das Armband musste also hier irgendwo auf dem Hof liegen.

Als der Friedrich so herumzusuchen anfing, hatte Barkhausen an der Hauswand gestanden. Plötzlich hatte Baldur Persicke etwas blitzen gesehen, und darauf hatte es in der Kellerluke geraschelt. Er hatte gleich nachgesehen, und – siehe! – da lag das Armband in der Luke!

»Ich hab's bestimmt nicht reingeworfen, Herr Kommissar!«, beteuerte Barkhausen angstvoll. »Es muss von der Frau Rosenthal fortgefallen sein in das Kellerloch!«

»So!«, sagte der Kommissar Rusch. »So ein Vogel bist du also! So ein Vogel arbeitet also für meinen Kollegen Escherich! Das wird meinen Kollegen Escherich mächtig freuen, so was zu hören!«

Aber während der Kommissar so ganz friedlich vor sich hin schwätzte, ging sein Blick zwischen dem Barkhausen und dem Baldur Persicke hin und her, hin und her. Dann fuhr Rusch fort: »Na, ich denke, du wirst nichts dagegen haben, uns auf einem kleinen Spaziergang zu begleiten? Oder?«

»Aber nein!«, versicherte Barkhausen, zitterte dabei, und sein Gesicht wurde noch fahler. »Aber gerne komme ich mit! Mir liegt ja am meisten daran, dass alles richtig aufgeklärt wird, Herr Kommissar!«

»Na, dann ist's ja schön!«, sagte der Kommissar trocken. Und nach einem raschen Blick auf Persicke: »Friedrich, nimm dem Mann die Handfessel ab. Der kommt auch so mit. Oder?«

»Gewiss komme ich mit! Gewiss doch, gerne!«, versicherte Barkhausen eifrig. »Ich lauf nicht weg. Und wenn auch – Sie würden mich ja doch überall einfangen, Herr Kommissar!«

»Richtig!«, sagte der wieder trocken. »So 'n Vogel wie dich fangen wir überall!« Er unterbrach sich. »Da ist ja auch schon der Unfallwagen. Und die Polizei. Da wollen wir mal sehen, dass wir den Kram schnell hinter uns bringen. Ich habe heute früh noch mehr zu tun.«

Später, als sie dann »den Kram schnell hinter sich gebracht« hatten, stiegen der Kommissar Rusch und der junge Persicke noch einmal die Treppen zur Rosenthal'schen Wohnung hinauf. »Bloß, um das Küchenfenster zuzumachen!«, hatte der Kommissar gesagt.

Auf der Treppe blieb der junge Persicke plötzlich stehen. »Ist Ihnen nicht was aufgefallen, Herr Kommissar?«, fragte er flüsternd.

»Mir ist Verschiedenes aufgefallen«, erwiderte Kommissar Rusch. »Aber was ist denn dir zum Bleistift aufgefallen, mein Junge?«

»Fällt Ihnen nicht auf, wie still das Vorderhaus ist? Haben Sie nicht darauf geachtet, dass im Vorderhaus kein Kopf zum Fenster hinausgesehen hat, und im Hinterhaus haben sie doch überall geguckt! Das ist doch verdächtig. Die müssen doch was gemerkt haben, die hier im Vorderhaus. Die wollen nur nichts gemerkt haben. Sie müssten jetzt eigentlich gleich Haussuchungen bei denen machen, Herr Kommissar!«

»Und bei den Persickes würde ich damit anfangen«, antwortete der Kommissar und stieg ruhig weiter treppauf. »Bei denen hat nämlich auch keiner aus dem Fenster gesehen.«

Baldur lachte verlegen auf. »Meine Brüder von der SS«, erklärte er dann, »die haben sich beide gestern Abend so bildschön besoffen …«

»Mein lieber Sohn«, fuhr der Kommissar fort, als hätte er nichts gehört. »Was ich tu, das ist meine Sache, und was du tust, das ist deine Sache. Ratschläge von dir sind unerwünscht. Dafür bist du mir noch zu grün.« Er sah, im Stillen belustigt, über die Schulter in das bekniffene Gesicht des Jungen. »Junge«, sagte er dann, »wenn ich hier keine Haussuchungen mehr mache, so nur darum, weil die viel zu viel Zeit gehabt haben, alles Belastende wegzuschaffen. Und wozu so viel Aufstand um 'ne tote Judenfrau? Ich habe mit den lebendigen genug zu tun.«

Sie waren unterdes vor der Wohnung der Rosenthals angelangt. Baldur schloss auf. In der Küche wurde das Fenster geschlossen und ein Stuhl wieder aufgestellt, der umgefallen war.

»So!«,sagte der Kommissar Rusch und sah sich um. »Alles in bester Butter!«

Er ging voran in die Stube und setzte sich in das Sofa, auf genau die Stelle, wo er eine Stunde zuvor die alte Frau Rosenthal in eine völlige Ohnmacht hineingebeutelt hatte. Er streckte sich behaglich und sagte: »So, mein Sohn, und nun hole uns einmal eine Flasche Kognak und zwei Gläser!«

Baldur ging, kam dann zurück, schenkte ein. Sie prosteten einander zu.

»Schön, mein Sohn«, sagte der Kommissar behaglich und brannte sich eine Zigarette an, »und nun erzähl mir mal, was du und der Barkhausen hier schon in der Wohnung vorgehabt habt!«

Er sagte schneller, als er die empörte Bewegung des jungen Baldur Persicke sah: »Überleg dir's gut, mein Sohn! Eventuell nehme ich sogar einen HJ-Führer mit in die Prinz-Albrecht-Straße, wenn er mich nämlich gar zu unverschämt ansohlt. Überleg dir's, ob du nicht die Wahrheit vorziehst. Vielleicht bleibt die Wahrheit ganz unter uns, wollen mal sehen, was du zu erzählen hast.« Und da er Baldur schwanken sah: »Ich hab nämlich auch ein paar Beobachtungen gemacht, Observationen nennen wir so was. Zum Bleistift habe ich deine Stibbelsohlen da hinten auf der Bettwäsche gesehen. In *die* Ecke biste heute noch gar nicht gekommen. Und woher haste eigentlich so schnell gewusst, dass hier Kognak ist und wo er steht? Und was denkst du, was mir der Barkhausen alles in seiner Angst erzählt? Nee, habe ich das nötig, hier sitzen und mich von dir anlügen lassen? Dafür biste mir noch zu grün!«

Das sah der Baldur auch ein, und er packte aus.

»So!«, sagte der Kommissar schließlich. »So. Na ja, jeder tut, was er kann. Die Dummen Dummes und die Klugen oft noch was viel Dümmeres. Na, mein Sohn, zum Schluss biste ja denn doch noch schlau geworden und hast den Vater Rusch nicht angelogen. So was soll nicht unbelohnt bleiben. Was möchtste hier denn gerne haben?«

Baldurs Augen leuchteten auf. Eben noch war er völlig entmutigt gewesen, aber nun sah er wieder Licht.

»Den Radioapparat mit dem Plattenspieler und den Platten, Herr Kommissar!«, flüsterte er gierig.

»Na schön!«, sagte der Kommissar gnädig. »Ich habe dir ja gesagt, vor sechse komme ich nicht wieder hierher. Sonst noch was?«

»Vielleicht ein oder zwei Handkoffer mit Wäsche!«, bat Baldur. »Meine Mutter ist mächtig knapp mit Wäsche!«

»Gott, wie rührend!«, spottete der Kommissar. »Was für 'n rührender Sohn! So 'n richtiges ergreifendes Muttersöhnchen! Na, meinethalben! Damit ist dann aber auch Schluss! Für alles andere bist du mir verantwortlich! Und ich habe ein verdammt gutes Gedächtnis dafür, wie was steht und liegt, mich legst du so leicht nicht rein! Und wie schon bemerkt, in jedem Zweifelsfall Haussuchung bei den Persickes. In jedem Fall gefunden: ein Radioapparat mit Plattenspieler, zwei Handkoffer mit Wäsche. Aber keine Angst, Sohn, solange du reell bist, bin ich's auch.«

Er ging zur Tür. Er sagte noch, über die Schulter weg: »Übrigens, wenn dieser Barkhausen hier wieder auftauchen sollte, es gibt keine Stänkereien mit ihm. Ich mag so was nicht, verstanden?«

»Jawohl, Herr Kommissar«, antwortete Baldur Persicke gehorsam, und damit trennten sich die beiden Herren – nach einem so erfolgreich verbrachten Morgen.

17. Kapitel

Auch Anna Quangel macht sich frei

Für die Quangels verlief dieser Sonntag nicht so erfolgreich, wenigstens kam es nicht zu der von Frau Anna gewünschten Aussprache.

»Nee«, sagte Quangel auf ihr Drängen. »Nee, Mutter, heute nicht. Der Tag hat falsch angefangen, an solchem Tag kann ich nicht tun, was ich eigentlich wollte. Und wenn ich's nicht tun kann, will ich auch nicht davon sprechen. Vielleicht andern Sonntag. Horchst du? Ja, da schleicht wohl schon wieder einer von den Persickes über die Treppe – na, lass sie! Wenn sie uns nur in Frieden lassen!«

Aber Otto Quangel war ungewöhnlich weich an diesem Sonntag. Anna durfte so viel von dem gefallenen Sohn reden, wie sie wollte, er verbot ihr nicht den Mund. Er sah sogar mit ihr die wenigen Fotos durch, die sie von dem Sohne besaß, und als sie dabei wieder zu weinen anfing, legte er ihr die Hand auf die Schulter und sagte: »Lass, Mutter, lass. Wer weiß, wozu's gut ist, was ihm alles erspart bleibt.«

Also: dieser Sonntag war auch ohne Aussprache gut. Lange hatte Anna Quangel den Mann nicht so milde gesehen, es war, als schiene die Sonne noch einmal, ein letztes Mal über das Land, ehe der Winter kam, der alles Leben unter seiner Eis- und Schneedecke verbarg. In den nächsten Monaten, die Quangel immer kälter und wortkarger machten, musste sie oft an diesen Sonntag zurückdenken, er war ihr Trost und Aufmunterung zugleich.

Dann fing die Arbeitswoche wieder an, eine dieser immer gleichen Arbeitswochen, die eine der andern ähnelten, ob nun Blumen blühten oder Schnee draußen trieb. Die Arbeit war immer die gleiche, und die Menschen blieben auch, wie sie gewesen waren.

Nur ein kleines Erlebnis, ein ganz kleines, hatte Otto

Quangel in dieser Arbeitswoche. Als er zur Fabrik ging, kam ihm in der Jablonskistraße der Kammergerichtsrat a.D. Fromm entgegen. Quangel hätte ihn schon gegrüßt, aber er scheute die Augen der Persickes. Er wollte auch nicht, dass Barkhausen, von dem Anna ihm erzählt hatte, die Gestapo habe ihn mitgenommen, etwas sähe. Der Barkhausen war nämlich wieder da, wenn er überhaupt je fortgewesen war, und hatte sich vor dem Hause herumgedrückt.

So ging denn Quangel stur, ohne ihn zu sehen, an dem Kammergerichtsrat vorbei. Der hatte wohl nicht so viele Bedenken, jedenfalls lüftete er leicht seinen Hut vor dem Mitbewohner des Hauses, lächelte mit den Augen und ging ins Haus.

Grade recht!, dachte Quangel. Wer's gesehen hat, denkt: der Quangel bleibt immer der gleiche rohe Klotz, und der Kammergerichtsrat ist ein feiner Mann. Aber dass die beiden was miteinander zu tun hatten, das denkt er nicht!

Anna Quangel aber hatte in dieser Woche noch eine schwierige Arbeit zu erledigen. Beim Einschlafen am Sonntag hatte ihr der Mann noch gesagt: »Sieh, dass du aus der Frauenschaft rauskommst. Aber so, dass es keinem auffällt. Ich bin auch meinen Posten bei der Arbeitsfront los.«

»Oh Gott!«, rief sie. »Wie hast du das denn gemacht, Otto? Wieso haben die dich gehen lassen?«

»Wegen angeborener Körperdoofheit«, hatte Quangel ungewöhnlich aufgeräumt geantwortet und damit diese Unterhaltung beendet.

Sie aber hatte ihre Aufgabe nun vor sich. Wegen Doofheit würden die sie nie laufenlassen, dafür kannten sie die Quangel zu gut, ihr musste schon etwas anderes einfallen. Den Montag und Dienstag grübelte Anna Quangel darüber, am Mittwoch glaubte sie es schließlich zu haben. Wenn Doofheit bei ihr nicht verfing, dann vielleicht Überklugheit. Überklugheit, zu viel wissen, zu schlau sein, das war denen noch lästiger als ein bisschen Doofheit. Und Überklugheit, gepaart mit Übereifer, ja, so musste es gehen.

Und kurz entschlossen machte sich Anna Quangel auf den Weg. Sie wollte diese Sache möglichst schnell hinter sich bringen, sie wollte, wenn es irgend ging, heute Nacht noch Otto melden, dass sie es wie er geschafft hatte, das heißt, ohne parteipolitisch missliebig aufgefallen zu sein. Sie musste es denen für immer vergällen, sich mit ihr zu beschäftigen. Schon wenn denen die Quangel einfiel, sollten sie nur denken: Ach, die kommt für so was nicht in Frage!, was dieses Sowas auch sein mochte!

Zu Anna Quangels Hauptaufgaben gehörte es in diesen Tagen, da der Zwangsarbeiter-Import noch nicht recht in Gang gekommen war und noch kein Sonderbeauftragter des Führers mit Ministerrang für diese Sklavengeschäfte ernannt worden war – zu ihren Hauptaufgaben also gehörte es, unter ihren deutschen Volksgenossinnen solche zu ermitteln, die sich vor der Arbeit in den Rüstungswerken drückten, die damit, wie es in der üblichen Parteiterminologie hieß, zu Verrätern am Führer und am eigenen Volk wurden. Grade erst kürzlich hatte das Ministerchen Goebbels in einem Artikel hämisch auf jene geschminkten Dämchen hingewiesen, deren rotlackierte Fingernägel sie noch lange nicht von der Arbeit für das Volk – und nicht etwa nur von Büroarbeit! – frei machten.

Freilich hatte der Minister in einem weiteren Artikel, der wohl von den Damen seines eigenen Kreises erzwungen worden war, sich beeilt, hinzuzufügen, dass rote Fingernägel und ein gepflegtes Äußeres nicht ohne weiteres die Merkmale einer Asozialen und Arbeitsscheuen seien. Er warnte dringend vor Anrempelungen nur aus solchen Gründen! Die Partei werde in ihrer Gerechtigkeit jeden einzelnen ihr gemeldeten Fall nachprüfen. Womit er einer wohl beabsichtigten Hochflut von Denunziationen Tür und Tor öffnete.

Aber wie so oft schon vorher und nachher hatte der Minister mit seinem ersten Artikel die niedersten Pöbelinstinkte wachgerufen, und Anna Quangel sah hier ohne weiteres ihre Möglichkeiten. Zwar wohnten in ihrem Bezirk meist nur schlichte Leute, aber *eine* Dame wusste sie doch, auf die jene Beschreibung des Ministers haargenau passte. Anna Quangel lächelte schon im Voraus bei dem Gedanken, welche Wirkung ihr Besuch wohl haben würde.

Die von ihr aufgesuchte Dame wohnte in einem großen Hause am Friedrichshain, und Frau Quangel sagte zu dem öffnenden Mädchen mit Barschheit, durch die sie ihre eigene, sie plötzlich heimsuchende Unsicherheit verstecken wollte: »Ach was, nachsehen, ob die gnädige Frau zu sprechen ist! Ich komme von der Frauenschaft, und ich muss sie sprechen, und ich werde es auch! – Übrigens, Fräulein«, setzte sie plötzlich mit gesenkter Stimme hinzu, »wieso gnädige Frau? So was gibt es doch im Dritten Reich gar nicht mehr! Wir arbeiten alle für unsern geliebten Führer – jedes an seinem Platz! Ich will zu Frau Gerich!«

Es bleibt ungewiss, warum Frau Gerich diese Gesandtin der NS-Frauenschaft empfing, ob doch leise beunruhigt durch den Bericht ihres Mädchens oder ob einfach aus Langerweile, die halbe Stunde eines öden Nachmittags zu verkürzen. Jedenfalls empfing sie Frau Quangel.

Sie kam ihr mit einem liebenswürdigen Lächeln bis in die Mitte ihres üppigen Salons entgegen, und Frau Quangel stellte mit einem Blicke fest, dass Frau Gerich wirklich das Geschöpf war, das sie suchte: eine langbeinige Blondine, zurechtgemacht und parfümiert, über der Stirn ein hoher Aufbau von Locken und Löckchen. Die Hälfte davon falsch!, entschied Anna Quangel sofort. Diese Feststellung gab ihr ein wenig von ihrer Sicherheit zurück, die beim Anblick dieses wirklich prachtvollen Zimmers ins Wanken gekommen war, eines Zimmers, wie es mit Seidenteppichen, Couches, Sesseln und Sesselchen, Tischen und Tischchen, mit Wandbehängen und einer Unzahl blitzender Beleuchtungskörper Anna Quangel noch nie in ihrem Leben gesehen hatte, selbst nicht bei jenen wirklich feinen Herrschaften, bei denen sie vor mehr als zwanzig Jahren in Stellung gewesen war.

Die Dame begrüßte Anna Quangel gebührend, aber nur mit einer lässigen Erhebung des Armes: »Heil Hitler!« Ernst und genau korrigierte Anna Quangel durch ihr zackiges »Heil Hitler!« diese Nachlässigkeit.

»Sie kommen von der NS-Frauenschaft, wie ich höre, Frau –?« Die Dame wartete einen Augenblick, da ihr aber kein Name genannt wurde, lächelte sie unmerklich und sagte: »Aber bitte, nehmen Sie doch Platz! Sicher handelt es sich um eine Spende – ich gebe gerne, soweit es mir möglich ist.«

»Es handelt sich um keine Spende!« Anna Quangel stieß diese Worte fast zornig hervor. Sie empfand plötzlich eine tiefe Abneigung gegen dieses bildschöne Geschöpf, das doch nur ein Weibchen war und das nie Frau und Mutter werden würde, wie es Anna Quangel gewesen war und noch war. Sie hasste und verachtete die andere, weil sie nie jene Bindungen anerkennen würde, die Anna Quangel stets heilig und unverletzlich erschienen waren. Dieser da war alles nur ein Spiel, zu wahrer Liebe war sie völlig unfähig, und nur auf jene Beziehungen legte sie Wert, die Anna in ihrer Ehe mit Otto Quangel stets als einen ganz unwesentlichen Teil dieser Ehe erschienen waren. »Nein, keine Spende!«, stieß sie noch einmal ungeduldig hervor. »Sondern es handelt sich darum –«

Sie wurde noch einmal unterbrochen. »Aber bitte, nehmen Sie doch wirklich Platz! Ich kann doch nicht sitzen bleiben, wenn Sie hier stehen, und Sie als die Ältere …«

»Ich habe keine Zeit!«, sagte Anna Quangel. »Wenn Sie mögen, dann stehen Sie auf, sonst können Sie auch ruhig sitzen bleiben. Mir macht das nichts aus!«

Frau Gerich kniff die Augen ein wenig zusammen und musterte erstaunt diese biedere Frau aus dem Volke, die mit solcher Brutalität gegen sie vorging. Sie zuckte leicht mit den

Achseln und sagte, immer noch liebenswürdig, aber nicht mehr ganz so verbindlich: »Ganz nach Ihrem Wunsch! Ich werde also sitzen bleiben. Sie wollten sagen …«

»Ich will Sie fragen«, sagte Frau Quangel entschlossen, »warum Sie nicht arbeiten? Sie haben doch sicher die Aufrufe gelesen, dass jeder in der Rüstungsindustrie arbeiten soll, der noch keine Beschäftigung hat? Warum arbeiten Sie also nicht? Was haben Sie für Gründe?«

»Ich habe den sehr guten Grund«, sagte Frau Gerich jetzt mit heiterer Gelassenheit und betrachtete nicht ohne Spott die verarbeiteten, vom Gemüseputzen verfärbten Hände der andern, »dass ich noch nie in meinem Leben körperlich gearbeitet habe. Ich bin in keiner Weise für körperliche Arbeit geeignet.«

»Haben Sie es denn je versucht?«

»Ich denke gar nicht daran, mich durch einen solchen Versuch krank machen zu lassen. Ich kann jederzeit ein ärztliches Attest beibringen, dass –«

»Das glaube ich!«, unterbrach sie Frau Anna Quangel. »Ein Attest für zehn oder zwanzig Mark! Aber bei dieser Sache sind nicht die Atteste gefälliger Privatärzte gültig, sondern der Fabrikarzt des Betriebes, dem Sie zugewiesen werden, wird über Ihre Arbeitsfähigkeit entscheiden!«

Frau Gerich betrachtete für einen Augenblick das zornige Gesicht der Frau. Dann zuckte sie die Achseln. »Also schön, weisen Sie mich irgendeinem Betriebe zu! Sie werden ja sehen, was Sie davon haben!«

»Das werden Sie sehen!« Anna Quangel holte ein Heft hervor, ein in Wachstuch eingeschlagenes Heft, wie es die Schulkinder benutzen. Sie trat an ein Tischchen, schob ärgerlich eine Schale mit Blumen beiseite und feuchtete, ehe sie mit Schreiben anfing, den Bleistift mit der Zungenspitze an. Sie tat das alles bewusst, sie wollte die andere reizen; sie konnte nicht eher den Zweck dieses Besuches für erfüllt ansehen, ehe sie nicht die spöttische Gelassenheit der andern zerschlagen und auch sie in Zorn gebracht hatte.

Was war der Vater gewesen? Tischlermeister, so – und dann im ganzen Leben nie körperlich gearbeitet! Nun ja, wir werden ja sehen. Wie groß ist denn hier der Haushalt? Drei Personen? Die Hausangestellte mit eingerechnet? Also eigentlich zwei Personen …

»Können Sie wirklich nicht Ihren Mann allein versorgen? Noch ein Mensch mehr der Rüstungsindustrie entzogen, werde ich mir auch notieren! Kinder haben Sie natürlich keine?«

Der andern schoss jetzt auch das Blut in die Wangen, man sah es aber nur an den Schläfen, so gemalt war sie. Aber eine Ader über die Stirn weg zur Nasenwurzel hin fing an zu schwellen und zu klopfen.

»Nein, Kinder natürlich keine!«, sagte Frau Gerich jetzt auch sehr scharf. »Aber Sie können sich noch notieren, dass ich mir zwei Hunde halte!«

Anna Quangel richtete sich steif auf und sah die andere mit düster glühenden Augen an. (In diesem Augenblick hatte sie vollkommen vergessen, warum sie diesen Besuch gemacht hatte.) »Sagen Sie mal!«, rief sie und gab ihrer Stimme absichtlich einen gewöhnlichen Klang. »Wollen Sie mich und die Frauenschaft verhöhnen? Wollen Sie sich etwa über die Arbeitsbestimmungen und unsern Führer lustig machen? Ich warne Sie!«

»Und ich warne Sie!«, schrie Frau Gerich dagegen. »Sie scheinen nicht zu wissen, bei wem Sie sind! Ich und mich über eine Bestimmung lustig machen! Mein Mann ist Obersturmbannführer!«

»Ach so!«, sagte Anna Quangel. »Ach so!« Ihre Stimme war plötzlich ganz ruhig geworden. »Na ja, Ihre Angaben habe ich ja nun, Sie bekommen dann Bescheid! Oder haben Sie noch irgendwas geltend zu machen? Vielleicht eine kranke Mutter zu versorgen?«

Frau Gerich zuckte nur verächtlich mit den Achseln. »Ehe Sie jetzt gehen«, sagte sie, »möchte ich doch einmal Ihren Ausweis sehen. Ich hätte mir auch gerne Ihren Namen notiert.«

»Bitte!«, sagte Frau Quangel und hielt der andern ihren Ausweis hin. »Steht alles drauf. Visitenkarten habe ich leider keine.«

Zwei Minuten später war Frau Anna Quangel gegangen, und nicht drei Minuten danach rief ein fassungsloses, in Tränen aufgelöstes Wesen den Obersturmbannführer Gerich an und berichtete ihm schluchzend, manchmal aber auch vor Wut mit den Füßen trampelnd, von der unerhörten Beleidigung, die ihr durch eine Botin der Frauenschaft angetan worden war.

»Nein, nein, nein«, gelang es dem Obersturmbannführer schließlich, beruhigend einzuschieben. »Wir werden selbstverständlich von Partei wegen dies nachprüfen. Aber du musst immer bedenken, dass Nachkontrollen notwendig sind. Natürlich war es eine Dämelei, mit so was zu dir zu kommen. Ich werde dafür sorgen, dass das nicht wieder vorkommt!«

»Nein, Ernst!«, schrie es förmlich am andern Ende der Leitung. »Du wirst nichts derart tun! Sondern du wirst dafür sorgen, dass mich dieses Weib um Verzeihung bittet. Schon der Ton, in dem sie mit mir gesprochen hat! ›Kinder natürlich keine!‹, das hat sie gesagt. Damit hat sie auch dich beleidigt, Ernst – empfindest du das denn gar nicht?«

Der Obersturmbannführer musste es schließlich empfinden, er versprach seiner ›süßen Claire‹ alles, um sie zu beruhigen. Ja, sie würde um Verzeihung gebeten werden. Jawohl, es würde noch heute geschehen. Selbstverständlich würde er Karten für die Staatsoper besorgen und hinterher vielleicht die Femina, damit sie ein wenig abgelenkt und beruhigt werde? Ja, er würde sofort einen Tisch für sie bestellen lassen, sie möge doch versuchen, ein paar Freundinnen und Freunde telefonisch zusammenzutrommeln …

Nachdem er seiner Frau so eine ablenkende Beschäftigung gegeben hatte, ließ er sich mit der Hauptleitung der Frauenschaft verbinden und rügte im schärfsten Ton die ihm angetane Beleidigung. Ob man denn wahrhaftig niemand Besseres als derartig gemeine Weiber für solche Aufgaben einzusetzen habe? Da sei vermutlich eine genaue Nachprüfung fällig! Jawohl, um Verzeihung habe diese Quangel-Quingel-Quungel seine Frau zu bitten! Heute Abend noch, er müsse doch sehr bitten! Er verlange auch sofortige Meldung von dem Geschehenen!

Als der Obersturmbannführer schließlich anhängte, war er nicht nur blaurot im Gesicht, sondern er war jetzt auch fest davon überzeugt, unverzeihlich schwer beleidigt worden zu sein. Er rief sofort seine süße Claire an, musste es aber mindestens zehnmal versuchen, ehe er eine Verbindung mit ihr bekam, denn sie war jetzt eifrig dabei, ihre Freundinnen von der ihr angetanen Schmach zu benachrichtigen.

Das von ihrem Manne aber geführte Telefongespräch sickerte ein in das Netz von Berlin, es breitete sich aus, es lief hierhin und dorthin, Erkundigungen wurden eingezogen, Nachfragen wurden gehalten, streng vertraulich wurde geflüstert. Manchmal schien das Gespräch ganz von seinem ursprünglichen Ziele abgekommen, aber dank der Trefflichkeit und Unfehlbarkeit des Selbstwählersystems fand es immer wieder zurück, bis es schließlich, zu einer Lawine vergrößert, jene kleine Geschäftsstelle der Frauenschaft fand, der Anna Quangel unterstellt war. Dort hatten zurzeit zwei Damen (ehrenamtlich) Dienst, die eine weißhaarig und dürr, mit dem Mutterkreuz geschmückt, die andere mollig und noch jung, aber mit Herrenschnitt und dem Parteiabzeichen auf der schwellenden Brust versehen.

Die Weißhaarige hatte es erwischt, sie hatte zuerst zum Telefon gegriffen, über sie stürzte diese Lawine zuerst dahin. Sie wurde völlig überschüttet von ihr, sie ruderte hilflos mit den Armen, sie warf flehende Blicke auf die Mollige, sie versuchte kleine Bemerkungen einzuschieben: »Aber die Quangel – eine ganz zuverlässige Frau. Kenne sie seit Jahren ...«

Umsonst, nichts konnte sie retten! Kein Blatt wurde, auch bei der Frauenschaft nicht, vor den Mund genommen, es wurde ihr klargemacht, was für eine Sauwirtschaft auf ihrer Geschäftsstelle herrsche. Sie könne sich gratulieren, wenn sie da einigermaßen mit sauberer Weste herauskam! Aber was diese Quangel angehe – natürlich heute noch und für immer und ewig absetzen und um Verzeihung bitten, heute noch! Jawohl, Heil Hitler!

Und kaum hatte die Weißhaarige angehängt und begann, noch an allen Gliedern zitternd, der Molligen einen Bericht zu machen, so schrillte wieder das Telefon, und eine andere vorgesetzt Dienststelle fühlte sich ebenfalls berufen, zu schreien, zu schelten, zu drohen.

Diesmal hatte es die Mollige getroffen. Auch sie wankte unter diesem Anprall, auch sie zitterte, denn wenn sie auch schon in der Partei war, ihr Mann galt als politisch unzuverlässig, weil er als Anwalt vor 1933 öfters ›Rote‹ vor Gericht verteidigt hatte. So eine Sache konnte ihnen den Hals brechen. Sie versuchte es mit Demut, Bereitwilligkeit, tiefster Ergebenheit. »Jawohl, ein bedauerliches Versehen … Diese Frau muss wahnsinnig geworden sein … Natürlich, es wird alles geschehen, heute Abend noch. Ich gehe selber …«

Umsonst, alles umsonst! Die Lawine stürzte auch über sie nieder und zerbrach ihr jeden Knochen im Leibe. Sie war nur noch ein nasser Lappen.

Und nun folgte Anruf auf Anruf. Es war, als sei die Hölle hereingebrochen! Sie bekamen kaum noch Atem, so rasch folgte ein Anruf dem andern. Schließlich flohen sie aus diesem Büro, einfach unfähig, diese ständig wiederholten Beschimpfungen weiter anzuhören. Noch als sie die Tür abschlossen, hörten sie das Telefon nach immer neuer Beute schreien, aber sie gingen nicht wieder zurück. Sie nicht, für kein Geld der Welt! Ihr Bedarf war eingedeckt für heute, für morgen, für die nächsten Jahre!

Eine Weile marschierten sie schweigend ihrem Ziele, der Quangel'schen Wohnung, zu. Dann sagte die eine: »Der werde ich es aber geben, uns derartige Schwierigkeiten zu bereiten!«

Und die mit dem Parteiabzeichen: »So ist es. Die Quangel kann uns ganz egal sein! Aber Sie wissen ja, man hat auch so schon viel zu viel Schwierigkeiten …«

»Gewiss!«, sagte das Mutterkreuz kurz und dachte an einen Sohn, der in Spanien, aber auf der falschen, nämlich auf der roten Seite gekämpft hatte.

Aber die Unterhaltung mit Frau Anna Quangel verlief dann doch wesentlich anders, als die beiden erwartet hatten. Frau Quangel ließ sich weder andonnern noch einschüchtern.

»Erklären Sie mir bloß erst, was ich falsch gemacht habe. Hier sind meine Notizen. Die Frau Gerich fällt unter das Arbeitsdienstpflicht-Gesetz …«

»Aber, Liebste, Beste« – dies sagte die Mollige – »darum handelt es sich hier doch gar nicht. Sie ist die Gattin eines Obersturmbannführers. Sie verstehen doch?«

»Nein! Was hat das damit zu tun? Wo steht geschrieben, dass die Frauen von höheren Führern frei sind? Ich weiß davon nichts!«

»Seien Sie bloß nicht so begriffsstutzig!«, meinte die Weißhaarige streng. »Als Frau eines höheren Führers hat Frau Gerich höhere Pflichten. Sie muss für ihren überarbeiteten Mann sorgen.«

»Muss ich auch.«

»Sie hat große Repräsentationspflichten.«

»Was ist denn das?«

Nichts zu machen mit der Frau, nichts mir ihr anzufangen, sie sieht ihr Unrecht nicht ein. Sie will einfach nicht begreifen, dass höhere Führer mit all ihren Anverwandten von all ihren Pflichten gegen den Staat und die Gemeinschaft befreit sind.

Die Mollige mit dem Hakenkreuz ist es, die den wirklichen Grund für Frau Anna Quangels Hartnäckigkeit zu ermitteln meint. Sie entdeckt das Foto eines blässlich, unterernährt aussehenden Jungen an der Wand, mit einem Kranz und einer Trauerschleife geschmückt. »Ihr Sohn?«, fragt sie.

»Ja«, antwortet Anna Quangel kurz und verdrossen.

»Ihr einziger – gefallen?«

»Ja.«

Die Weißhaarige mit dem Mutterkreuz sagt milde: »Man soll eben nicht nur einen Sohn in die Welt setzen!«

Anna Quangel hat eine hastige Antwort auf der Zunge. Aber sie verkneift sie sich noch. Sie will nicht jetzt noch alles verderben.

Die beiden Damen tauschen einen Blick. Ihnen ist alles klar. Diese Frau hat den einzigen Sohn verloren, und da sieht sie solch eine Dame, von der sie meint, sie will sich einer kleinen Pflicht entziehen, nicht das geringste Opfer bringen … So was muss ja schiefgehen.

Die Mollige sagt: »Sie werden sich doch entschließen, eine kleine Entschuldigung vorzubringen?«

»Sobald Sie mir bewiesen haben, dass ich im Unrecht bin.«

Die Weißhaarige: »Aber ich habe es Ihnen bewiesen!«

»Dann habe ich es nicht begriffen. Für so was bin ich wohl zu dumm.«

»Na schön. Dann müssen wir es erst einmal allein versuchen. Ein schwerer Weg für uns.«

»*Ich* bitte Sie nicht darum!«

»Und dann, Frau Quangel, vorerst müssen Sie mal daran denken, sich zu schonen. Immer treppauf und treppab, und jetzt dieser Kummer. Sie sind ja eine unserer Fleißigsten gewesen.«

»Sie schmeißen mich also raus!«, stellt Anna Quangel fest. »Weil ich so einer Dame mal die Wahrheit gesagt habe!«

»Aber nein, um Gottes willen, fassen Sie das bloß nicht so

auf! Vorläufig sind Sie erst einmal zur Schonung beurlaubt. Wir holen Sie uns wieder ...«

Den Weg bis zum Friedrichshain legten die beiden Damen schweigend zurück. Sie sind ganz mit ihren Gedanken beschäftigt. Vermutlich hätten sie eben zu der Quangel viel schärfer sein müssen, sie auch anbrüllen und niederdonnern müssen. Aber das ist ihnen leider nicht gegeben – sie gehören zu jenen, die immer kuschen, sie sind wehrlos. Und weil sie das wissen, werden sie zum Fußabtreter für jeden, der schreien kann. Wenn es nur jetzt gutgeht mit diesem Besuch bei der hohen Dame, wenn sie nur (ohne die Hauptschuldige mitzubringen) ein einigermaßen günstiges Ergebnis nach Haus holen.

Aber sie haben Glück. Es ist jetzt doch – über all dem Telefonieren, Schreien, Besuchen – ziemlich spät am Abend geworden. Die gnädige Frau ist gerade beim Ankleiden, die gnädige Frau will in die Staatsoper. Aber sie dürfen auf zwei Hockern in der Diele warten.

Nach einer Viertelstunde werden sie dann von dem Mädchen gefragt, um was es sich denn eigentlich handele? Sie berichten es der Angestellten mit bedauerndem Flüstern und bekommen den Bescheid, weiter zu warten.

Aber in Wirklichkeit interessiert die ganze Sache Frau Obersturmbannführer Gerich kaum noch. Sie hat drei Stunden mit ihren Freundinnen telefoniert, sie hat gebadet, die Staatsoper erwartet sie, nachher ein gemütlicher Abend in der Femina – was soll da so ein Weib aus dem Volk die Dame der Gesellschaft noch groß interessieren? So sagt die Claire nach einer weiteren Viertelstunde zu ihrem Ernst: »Ach, geh und brüll die Weiber ein bisschen zusammen und schick sie weg! Ich will mir mit so was nicht den Abend verderben.«

So geht der Obersturmbannführer ein bisschen auf die Diele und brüllt die Besucherinnen zusammen. Er begreift dabei gar nicht, dass keine der beiden die eigentlich Schuldige ist.

Das ist ihm ganz egal, er schreit sie an, und dann schmeißt er sie raus. Der Fall ist erledigt, endgültig!

Die beiden gehen nach Haus. Die Mollige sagt: »Eigentlich kann ich so 'ne Frau wie die Quangel manchmal direkt verstehen.«

Die Weißhaarige denkt an ihren Sohn und presst die Lippen fest zusammen.

Die Mollige fährt fort: »Manchmal wünsche ich es mir direkt, nichts weiter zu sein als eine einfache Arbeiterin, in der Masse zu verschwinden. Man wird so erledigt von diesem ewigen Vorsichtigsein, dieser nie ablassenden Angst …«

Das Mutterkreuz schüttelt den Kopf. »Ich würde lieber nicht so reden«, sagt sie kurz. Und sie setzt hinzu, als die andere gekränkt schweigt: »Jedenfalls haben wir die Sache auch ohne die Quangel, so gut wie es ging, hingekriegt. Er hat ausdrücklich gesagt, der Fall ist für ihn erledigt, und das melden wir nach oben weiter.«

»Und dass die Quangel abgesetzt ist!«

»Natürlich, das auch! Die will ich nie wieder auf unserer Geschäftsstelle sehen!«

Und sie bekamen sie dort auch nicht wieder zu sehen. Anna Quangel aber konnte ihrem Mann einen Erfolg melden, und so sorgfältig er sie auch ausfragte, es schien ein wirklicher Erfolg zu sein. Quangels waren beide ihre Ämter los, ohne Risiko …

18. KAPITEL

Die erste Karte wird geschrieben

Der Rest der Woche verlief ohne alle besonderen Ereignisse, und so kam der Sonntag wieder heran, dieser Sonntag, von dem sich Anna Quangel endlich die so sehnlich erwartete und so lange aufgeschobene Aussprache mit Otto über seine Pläne erwartete. Er war erst spät aufgestanden, aber er war guter

Stimmung und nicht ruhelos. Manchmal sah sie ihn beim Kaffeetrinken rasch von der Seite an, ein wenig aufmunternd, aber er schien das nicht zu merken, er aß, langsam kauend, sein Brot und rührte dabei in seinem Kaffee.

Nur schwer konnte sich Anna entschließen, das Geschirr fortzuräumen. Aber diesmal war es wirklich nicht an ihr, das erste Wort zu sprechen. Er hatte ihr für den Sonntag diese Aussprache zugesagt, und er würde schon sein Wort halten, jede Aufforderung von ihr hätte wie ein Drängen ausgesehen.

So stand sie mit einem ganz leisen Seufzer auf und trug die Tassen und die Teller in die Küche. Als sie zurückkam, um den Brotkorb und die Kanne zu holen, kniete er vor einem Schubfach der Kommode und kramte darin herum. Anna Quangel konnte sich nicht erinnern, was eigentlich in diesem Schubfach lag. Es konnte nur alter, längst vergessener Schraps sein. »Suchst du was Bestimmtes, Otto?«, fragte sie mit einem alten Berliner Witz.

Aber er gab nur einen Knurrlaut von sich, so zog sie sich tief in die Küche zurück, um abzuwaschen und das Essen vorzubereiten. Er wollte nicht. Er wollte also wieder nicht! Und mehr denn je war sie der Überzeugung, dass sich etwas in ihm vorbereitete, von dem sie immer noch nichts wusste und das sie doch wissen musste!

Später, als sie wieder in die Stube hereinkam, um sich beim Kartoffelschälen in seine Nähe zu setzen, fand sie ihn an dem seiner Decke beraubten Tisch, die Platte lag voller Schnitzmesser, und kleine Späne bedeckten bereits den Boden um ihn. »Was tust du denn, Otto?«, fragte sie maßlos erstaunt.

»Mal sehen, ob ich noch schnitzen kann«, gab er zurück.

Sie war maßlos enttäuscht und auch ein wenig gereizt. Wenn Otto auch kein großer Kenner der Menschenseele war, eine kleine Ahnung musste er doch davon haben, wie es in ihr aussah, mit welcher Spannung sie jede Mitteilung von ihm erwartete. Und nun hatte er seine Schnitzmesser aus ihren ersten

Ehejahren hervorgesucht und schnippelte am Holz herum ganz wie damals, als er sie durch sein ewiges Schweigen zur Verzweiflung brachte. Damals war sie seine Wortkargheit noch nicht so gewohnt gewesen wie heute, aber heute, grade heute, da sie sie gewohnt war, schien sie ihr völlig unerträglich. Schnitzen, du lieber Gott, wenn das alles war, was diesem Mann nach solchen Erlebnissen einfiel! Wenn er sich mit stundenlanger schweigender Schnitzkunst seine so eifersüchtig gehütete Stille wiederholen wollte – nein, das würde eine schwere Enttäuschung für sie bedeuten. Er hatte sie schon oft schwer enttäuscht, aber diesmal würde sie das nicht so stillschweigend ansehen können.

Während sie dieses alles sehr unruhig und verzweifelt überdachte, sah sie doch mit halber Neugier auf das längliche, dicke Holzstück, das er nachdenklich zwischen seinen großen Händen drehte, von dem er nachdenklich mit seinem Messer dann und wann einen stärkeren Span abnahm. Nein, eine Wäschetruhe wurde das diesmal nicht, so viel stand fest.

»Was wird denn das, Otto?«, fragte sie halb unwillig. Ihr war der seltsame Gedanke gekommen, dass er da irgendein Werkstück schnitzte, vielleicht einen Teil eines Bombenzünders. Aber so was auch nur zu denken, war Unsinn – was hatte Otto mit Bomben zu tun?! Außerdem konnte man wahrscheinlich Holz bei Bomben gar nicht verwenden. »Was wird denn das, Otto?«, hatte sie also halb widerwillig gefragt.

Erst schien er wieder nur mit einem Knurren antworten zu wollen, aber vielleicht fiel ihm ein, dass er diesen Morgen seiner Anna schon ein bisschen viel zugemutet hatte, vielleicht war er aber auch einfach bereit, Auskunft zu geben. »Kopf«, sagte er. »Will mal sehen, ob ich noch einen Kopf schnitzen kann. Habe früher viel Pfeifenköpfe geschnitzt.«

Und er drehte und schnippelte weiter.

Pfeifenköpfe! Anna stieß einen empörten Laut aus. Sie sagte jetzt doch sehr ärgerlich: »Pfeifenköpfe! Aber Otto! Besinn dich! Die Welt stürzt ein, und du denkst an Pfeifenköpfe! Wenn ich bloß so was höre!«

Er schien weder auf ihren Ärger noch auf ihre Worte groß zu achten. Er sagte: »Das wird natürlich kein Pfeifenkopf. Ich will mal sehen, ob ich unser Ottochen ein bisschen zurechtschnitzen kann, wie er ausgesehen hat!«

Sofort schlug ihre Stimmung um. Also an Ottochen dachte er, und wenn er an Ottochen dachte und seinen Kopf schnitzen wollte, so dachte er auch an sie und wollte ihr eine Freude damit machen. Sie stand von ihrem Stuhle auf und sagte, hastig die Kartoffelschüssel absetzend: »Warte, Otto, ich hole dir die Bilder, damit du auch weißt, wie Ottochen wirklich ausgesehen hat.«

Er schüttelte ablehnend den Kopf. »Ich will keine Bilder sehen«, sagte er. »Ich will den Otto schnitzen, wie ich ihn hier in mir drin habe.« Er tippte gegen seine hohe Stirn. Und nach einer Pause setzte er noch hinzu: »Wenn ich's kann!«

Nun war sie wieder gerührt. Ottochen war also auch in ihm, er hatte ein festes Bild von dem Jungen. Jetzt war sie neugierig, wie dieser Kopf aussehen würde, wenn er erst fertig war. »Sicher bringst du es fertig, Otto!«, sagte sie.

»Na!«, sagte er nur, aber es klang nicht einmal so zweifelnd wie zustimmend.

Damit war die Unterhaltung zwischen den beiden erst einmal beendet. Anna musste in die Küche zurück zu ihrem Mittagessen, und sie ließ ihn da am Tisch, wie er langsam diesen Klotz Lindenholz zwischen seinen Fingern drehte und mit einer stillen, behutsamen Geduld Spänchen auf Spänchen von ihm abnahm.

Sie war dann aber doch sehr überrascht, als sie kurz vor dem Mittagessen zurückkam, um den Tisch zu decken, diesen Tisch schon aufgeräumt und mit seiner Decke geschmückt zu finden. Quangel stand am Fenster und sah in die Jablonskistraße hinunter, wo die spielenden Kinder lärmten.

»Na, Otto?«, fragte sie. »Schon fertig mit der Schnitzerei?«

»Für heute ist Feierabend«, antwortete er, und im selben Augenblick wusste sie, dass diese Unterredung nun doch ganz nahe bevorstand, dass Otto doch etwas vorhatte, dieser unbegreiflich beharrliche Mann, den nichts dazu bringen konnte, etwas übereilt zu tun, der stets auf die richtige Stunde warten konnte.

Das Mittagessen verzehrten sie schweigend. Dann ging sie wieder in die Küche, um dort Ordnung zu schaffen, und sie verließ ihn, in seiner Sofaecke hockend, starr vor sich hin sehend.

Als sie, eine halbe Stunde später, wieder zurückkam, saß er noch immer so da. Aber jetzt wollte sie nicht noch länger warten, bis er sich endlich entschloss; seine Geduld, die eigene Ungeduld machten sie zu unruhig. Womöglich saß er um vier noch so da, und nach dem Abendessen auch noch! Sie konnte nicht mehr länger warten!

»Nun, Otto«, fragte sie. »Was gibt's? Ist heute kein Nachmittagsschlaf wie alle Sonntage?«

»Heute ist nicht alle Sonntage. Mit ›alle Sonntage‹ ist es endgültig vorbei.« Er stand plötzlich auf und ging aus der Stube.

Aber heute war sie nicht gesonnen, ihn einfach wieder fortlaufen zu lassen, auf einen seiner geheimnisvollen Gänge, von denen sie doch nie etwas erfuhr. Sie lief ihm nach. »Nein, Otto …«, fing sie an.

Er stand an der Etagentür, deren Kette er eben vorgelegt hatte. Er hatte die Hand erhoben, um Stille zu gebieten, und lauschte in das Haus hinaus. Dann nickte er und ging an ihr vorbei wieder in die Stube. Als sie zu ihm kam, hatte er seinen Sofaplatz wieder eingenommen, sie setzte sich zu ihm.

»Wenn's klingelt, Anna«, sagte er, »machst du nicht eher auf, als bis ich …«

»Wer soll denn klingeln, Otto?«, fragte sie ungeduldig. »Wer soll denn zu uns kommen? Nun sage schon, was du sagen willst!«

»Ich werd's schon sagen, Anna«, antwortete er mit ungewohnter Milde. »Aber wenn du mich drängelst, machst du es mir nur noch schwerer.«

Sie berührte schnell seine Hand, die Hand dieses Mannes, dem jede Mitteilung dessen, was in seinem Innern vorging, immer wieder schwerfiel. »Ich werde dich schon nicht drängeln, Otto«, sagte sie beruhigend. »Lass dir Zeit!«

Aber gleich darauf begann er zu sprechen, und nun sprach er fast fünf Minuten hintereinander, in langsamen, kurz abgerissenen, sehr überlegten Sätzen, hinter deren jedem er erst einmal fest den schmallippigen Mund schloss, als komme nun bestimmt nichts mehr. Und während er so sprach, hatte er den Blick auf etwas gerichtet, was seitlich hinter Anna in der Stube war.

Anna Quangel aber hielt die Augen während seines Sprechens fest auf sein Gesicht gewendet, und sie war ihm fast dankbar, dass er sie nicht ansah, so schwer wurde es ihr, die Enttäuschung, die sich immer stärker ihrer bemächtigte, zu verbergen. Mein Gott, was hatte sich dieser Mann da ausgedacht! Sie hatte an große Taten gedacht (und sich eigentlich auch vor ihnen gefürchtet), an ein Attentat auf den Führer, zum mindesten aber an einen tätigen Kampf gegen die Bonzen und die Partei.

Und was wollte er tun? Gar nichts, etwas lächerlich Kleines, so etwas, das so ganz in seiner Art lag, etwas Stilles, Abseitiges, das ihm seine Ruhe bewahrte. Karten wollte er schreiben, Postkarten mit Aufrufen gegen den Führer und die Partei, gegen den Krieg, zur Aufklärung seiner Mitmenschen, das war alles. Und diese Karten wollte er nun nicht etwa an bestimmte Menschen senden oder als Plakate an die Wände kleben, nein, er wollte sie nur auf den Treppen sehr begangener Häuser niederlegen, sie dort ihrem Schicksal überlassen, ganz unbestimmt, wer sie aufnahm, ob sie nicht gleich zertreten wurden, zerrissen … Alles in ihr empörte sich gegen diesen gefahrlosen Krieg aus dem Dunkeln. Sie wollte tätig sein, es musste etwas getan werden, von dem man eine Wirkung sah!

Quangel aber, nachdem er zu Ende geredet hatte, schien gar keine Erwiderung von seiner Frau zu erwarten, die da still mit sich kämpfend in ihrer Sofaecke saß. Sollte sie ihm nicht doch lieber etwas sagen?

Er war aufgestanden und wieder zum Lauschen an die Flurtür gegangen. Als er zurückkam, nahm er nur die Decke vom Tisch, faltete sie zusammen und hängte sie sorgfältig über die Stuhllehne. Dann ging er an den alten Mahagonisekretär, suchte das Schlüsselbund aus seiner Tasche hervor und schloss auf.

Während er noch im Schranke kramte, entschloss sich Anna. Zögernd sagte sie: »Ist das nicht ein bisschen wenig, was du da tun willst, Otto?«

Er hielt inne in seiner Kramerei, noch gebückt dort stehend, drehte er den Kopf seiner Frau zu. »Ob wenig oder viel, Anna«, sagte er, »wenn sie uns darauf kommen, wird es uns unsern Kopf kosten …«

Es lag etwas so schrecklich Überzeugendes in diesen Worten, in dem dunklen, unergründlichen Vogelblick, mit dem der Mann sie in dieser Minute ansah, dass sie zusammenschauderte. Und einen Augenblick sah sie deutlich vor sich den grauen, steinernen Gefängnishof, das Fallbeil aufgerichtet, in dem grauen Frühlicht hatte sein Stahl nichts Glänzendes, es war wie eine stumme Drohung.

Anna Quangel spürte, dass sie zitterte. Dann sah sie rasch wieder zu Otto hinüber. Er hatte vielleicht recht, ob wenig oder viel, niemand konnte mehr als sein Leben wagen. Jeder nach seinen Kräften und Anlagen – die Hauptsache: man widerstand.

Noch immer sah Quangel sie stumm an, als beobachte er den Kampf, den sie in sich kämpfte. Nun wurde sein Blick heller, er nahm die Hände aus dem Sekretär, richtete sich auf und sagte fast lächelnd: »Aber so leicht sollen die uns nicht kriegen! Wenn die schlau sind, wir können auch schlau sein. Schlau und vorsichtig. Vorsichtig, Anna, immer auf der Hut – je länger wir kämpfen, umso länger werden wir wirken. Es nützt nichts, zu früh zu sterben. Wir wollen leben, es noch erleben, dass die fallen. Wir wollen dann sagen können, wir sind auch dabei gewesen, Anna!«

Er hatte diese Worte leicht, fast scherzend gesprochen. Nun, während er wieder kramte, lehnte sich Anna erleichtert in das Sofa zurück. Eine Last war ihr abgenommen, jetzt war sie auch davon überzeugt, dass Otto etwas Großes vorhatte.

Er trug sein Fläschchen Tinte, seine in einem Umschlag befindlichen Postkarten, die weißen, riesigen Handschuhe an den Tisch. Er zog den Pfropfen aus der Flasche, glühte mit einem Streichholz die Feder aus und steckte sie in die Tinte. Es zischte leise, er besah aufmerksam die Feder und nickte dann. Nun zog er umständlich die Handschuhe an, nahm eine Karte aus dem Umschlag, legte sie vor sich hin. Er nickte Anna langsam zu. Sie hatte jeden dieser behutsamen, lange vorbereiteten Griffe mit aufmerksamem Auge verfolgt. Nun deutete er auf die Handschuhe und sagte: »Wegen Fingerabdrücken – du verstehst!«

Dann nahm er die Feder zur Hand und sagte leise, aber mit Nachdruck: »Der erste Satz unserer ersten Karte wird lauten: ›Mutter! Der Führer hat mir meinen Sohn ermordet‹ …«

Und wieder erschauerte sie. Es lag etwas so Unheilvolles, so Düsteres, so Entschlossenes in diesen Worten, die Otto eben gesprochen hatte. Sie begriff in einem Augenblick, dass er mit diesem ersten Satz für heute und ewig den Krieg angesagt hatte, und sie erfasste auch dunkel, was das hieß: Krieg zwischen ihnen beiden, den armen, kleinen, bedeutungslosen Arbeitern, die wegen eines Wortes für immer ausgelöscht werden konnten, und auf der anderen Seite der Führer, die Partei, dieser ganze ungeheure Apparat mit all seiner Macht und seinem Glanz und drei Viertel, ja vier Fünftel des ganzen deutschen

Volkes dahinter. Und sie beide hier in diesem kleinen Zimmer in der Jablonskistraße allein!

Sie sieht zu dem Manne hinüber. Während sie dies alles gedacht hat, ist er erst beim dritten Wort des ersten Satzes angekommen. Unendlich geduldig malt er das »F« von Führer hin. »Lass mich doch schreiben, Otto!«, bittet sie. »Bei mir geht das viel schneller!«

Erst knurrt er wieder nur. Aber dann gibt er ihr doch eine Erklärung. »Deine Handschrift«, sagt er. »Sie würden uns früher oder später durch deine Handschrift erwischen. Dies ist eine Kunstschrift, Blockschrift – du siehst, eine Art Druckbuchstaben …«

Er verstummt wieder, malt weiter. Ja, so hat er es sich ausgedacht. Er glaubt nicht, dass er was vergessen hat. Diese Kunstschrift kannte er von den Möbelzeichnungen der Innenarchitekten her, niemand kann einer solchen Schrift ansehen, von wem sie stammt. Natürlich fällt sie bei Otto Quangels schreibungewohnten Händen sehr grob und klobig aus. Aber das schadet nichts, das verrät ihn nicht. Es ist eher gut, so bekommt die Karte etwas Plakatartiges, das sofort das Auge auf sich zieht. Er malt geduldig weiter.

Und sie ist auch geduldig geworden. Sie fängt an, sich dareinzudenken, dass dies ein langer Krieg wird. Es ist jetzt Ruhe in ihr, Otto hat alles bedacht, auf Otto ist Verlass, immer und immer. Wie er alles überlegt hat! Die erste Karte in diesem Kriege, sie hat im gefallenen Sohne ihren Ursprung, sie spricht von ihm. Einmal hatten sie einen Sohn, der Führer hat ihn ermordet, jetzt schreiben sie Karten. Ein neuer Lebensabschnitt. Äußerlich hat sich nichts geändert. Ruhe um die Quangels. Innerlich ist alles ganz anders geworden, da ist Krieg …

Sie holt sich ihren Stopfkorb und fängt an, Strümpfe zu stopfen. Ab und zu sieht sie zu Otto hinüber, der langsam, ohne je das Tempo zu beschleunigen, seine Buchstaben malt. Fast nach jedem Buchstaben hält er die Karte in Armeslänge vor sich und betrachtet sie mit eingekniffenen Augen. Dann nickt er.

Schließlich zeigt er ihr diesen ersten fertigen Satz. Er nimmt anderthalb sehr große Zeilen der Karte ein.

Sie sagt: »Du wirst nicht viel heraufbekommen auf so eine Karte!«

Er antwortet: »Ganz egal! Ich werde noch viele solche Karten schreiben!«

»Und solche Karte dauert lange.«

»Ich werde eine, später vielleicht zwei Karten an einem Sonntag schreiben. Der Krieg ist noch nicht zu Ende, das Morden geht immer weiter.«

Er ist nicht zu erschüttern. Er hat einen Entschluss gefasst, und er wird nach diesem Entschluss handeln. Nichts kann ihn umstoßen, niemand wird Otto Quangel auf seinem Wege Halt gebieten.

Er sagt: »Der zweite Satz: ›Mutter! Der Führer wird auch deine Söhne ermorden, er wird noch nicht aufhören, wenn er Trauer in jedes Haus auf der Welt gebracht hat‹ ...«

Sie wiederholt: »Mutter, der Führer wird auch deine Söhne ermorden!«

Sie denkt an die Vorstandsdame in der Frauenschaft, an die Weißhaarige mit dem Mutterkreuz, die ihr gesagt hat, man solle eben nicht nur einen Sohn, man solle viele Söhne haben. Sie hatte die heftige Antwort auf den Lippen gehabt: ›Damit mir das Herz Stück um Stück zerrissen wird, nicht wahr? Nein, lieber will ich alles auf einmal verlieren.‹ Sie hat diese Antwort unterdrückt, jetzt gibt Otto sie: ›Mutter! Der Führer wird auch deine Söhne ermorden!‹

Sie nickt, sie sagt: »Das schreib!« Sie überlegt: »Man müsste diese Karte dorthin legen, wohin Frauen kommen!«

Er denkt nach, dann schüttelt er den Kopf: »Nein. Bei Frauen, die einen Schreck bekommen, weiß man nie, was sie tun. Ein Mann wird solche Karte schnell in die Tasche stecken, auf der Treppe. Später wird er sie dann gründlich lesen. Außerdem: alle Männer sind Söhne von Müttern.«

Er schweigt wieder, er fängt von neuem mit Malen an. Der Nachmittag vergeht, sie denken nicht an das Vesperbrot. Schließlich, der Abend ist da, wird auch die Karte fertig. Er steht auf. Er sieht sie noch einmal an.

»So!«, sagt er. »Das wäre geschafft. Nächsten Sonntag die zweite.«

Sie nickt.

»Wann trägst du sie weg?«, flüstert sie.

Er sieht sie an. »Morgen Vormittag.«

Sie bittet: »Lass mich dabei sein, dieses erste Mal!«

Er schüttelt den Kopf. »Nein«, sagt er. »Grade das erste Mal nicht. Ich muss erst sehen, wie das läuft.«

»Doch!«, bittet sie. »Es ist meine Karte! Es ist die Karte von der Mutter!«

»Gut!«, entscheidet er. »Komm mit. Aber nur bis ans Haus. Drinnen will ich allein sein.«

»Es ist recht.«

Dann ist die Karte vorsichtig in ein Buch geschoben, das Schreibzeug verwahrt, die Handschuhe in seine Joppe gesteckt.

Sie essen zu Abend, sie sprechen kaum. Aber sie merken gar nicht, dass sie so schweigsam sind, auch Anna nicht. Beide sind müde, ganz als hätten sie eine schwere Arbeit hinter sich oder als sei eine weite Reise getan.

Er sagt, vom Essen aufstehend: »Ich lege mich dann gleich hin.«

Und sie: »Ich mach bloß noch die Küche. Dann komm ich auch. Gott, wie müde ich bin, und wir haben doch nichts getan!«

Er sieht sie mit einem halben Lächeln an, dann geht er schnell in die Schlafstube und fängt an, sich auszuziehen.

Aber dann, als sie beide liegen, als es dunkel ist, können sie beide nicht einschlafen. Sie wälzen sich hin und her, sie horchen auf den Atem des andern, und schließlich fangen sie an zu reden. In der Dunkelheit spricht es sich besser.

»Was meinst du«, fragt Anna, »was mit unsern Karten geschieht?«

»Alle werden zuerst einen Schreck bekommen, wenn sie diese Karten daliegen sehen und die ersten Worte lesen. Alle haben doch heute Angst.«

»Ja«, sagt sie. »Alle …«

Aber sie nimmt sie beide, die Quangels, aus. Fast alle haben Angst, denkt sie. Wir nicht.

»Die Finder«, wiederholt er hundertmal Durchdachtes, »werden Angst haben, dass sie auf der Treppe beobachtet worden sind. Sie werden die Karte schnell fortstecken und weglaufen. Oder sie legen sie auch wieder hin und verdrücken sich, und der Nächste kommt …«

»So wird es sein«, sagt Anna, und sie sieht das Treppenhaus vor sich, irgend solch ein Berliner Treppenhaus, schlecht beleuchtet, und jeder, der eine solche Karte in der Hand hat, wird sich plötzlich fühlen, als sei er ein Verbrecher. Weil eigentlich jeder denkt wie dieser Kartenschreiber und doch nicht so denken darf, weil Tod auf solchem Denken steht …

»Manche«, fährt Quangel fort, »werden die Karte auch sofort abgeben, an den Blockwart oder die Polizei: nur schnell fort mit ihr! Aber auch das macht nichts aus, ob in der Partei oder nicht, ob Politischer Leiter oder Polizist, sie alle werden die Karte lesen, sie wird Wirkung in ihnen tun. Und wenn sie nur die eine Wirkung tut, dass sie wieder einmal erfahren, es ist noch Widerstand da, nicht alle folgen diesem Führer …«

»Nein«, sagt sie. »Nicht alle. Wir nicht.«

»Und es werden mehr werden, Anna. Durch uns werden es mehr werden. Vielleicht bringen wir andere auf den Gedanken, solche Karten zu schreiben, wie ich es tue. Schließlich werden Dutzende, Hunderte sitzen wie ich und schreiben. Wir werden Berlin mit diesen Karten überschwemmen, wir werden den Gang der Maschinen hemmen, wir werden den Führer stürzen, den Krieg beenden ...«

Er hält inne, bestürzt von seinen eigenen Worten, von diesen Träumen, die sein kühles Herz so spät noch aufsuchen.

Aber Anna Quangel sagt, begeistert von dieser Vision: »Und wir werden die Ersten gewesen sein! Niemand wird es wissen, aber wir wissen es.«

Er sagt plötzlich nüchtern: »Vielleicht denken schon viele so wie wir, Tausende von Männern müssen schon gefallen sein. Vielleicht gibt es schon solche Kartenschreiber. Aber das ist egal, Anna! Was geht es uns an? Wir tun dies!«

»Ja«, sagt sie.

Und er, noch einmal hingerissen von den Aussichten des begonnenen Unternehmens: »Und wir werden die Polizei in Gang setzen, die Gestapo, die SS, die SA. Überall wird man von dem geheimnisvollen Kartenschreiber sprechen, sie werden fahnden, verdächtigen, beobachten, Haussuchungen machen – vergeblich! Wir schreiben weiter, immer weiter!«

Und sie: »Vielleicht werden sie dem Führer selbst solche Karten vorlegen – er selbst wird sie lesen, wir klagen ihn an! Er wird toben! Er soll doch immer gleich toben, wenn was nicht nach seinem Willen geht. Er wird befehlen, uns zu finden, und sie werden uns nicht finden! Er wird weiter unsere Anklagen lesen müssen!«

Sie schweigen beide, beide geblendet von diesem Ausblick. Was waren sie eben noch? Unbekannte Existenzen; im großen, dunklen Gewimmel hatten sie mitgewimmelt. Und nun sind sie beide ganz allein, getrennt, erhoben vor den andern, mit keinem von ihnen zu verwechseln. Es ist Eiseskälte um sie, so allein sind sie.

Und Quangel sieht sich in der Werkstatt stehen, wie immer im gleichen Getriebe, treibend und getrieben, den Kopf achtsam, ruckweise von Maschine zu Maschine gedreht. Für die wird er immer der olle doofe Quangel sein, nur von seiner Arbeit und seinem schmutzigen Geiz besessen. In seinem Kopf aber hat er Gedanken, wie sie keiner von ihnen hat. Jeder von ihnen würde vor Angst umkommen, wenn er solche Gedanken hätte. Er aber, der dusslige olle Quangel, er hat sie. Er steht da und täuscht sie alle.

Anna Quangel aber denkt jetzt an den Weg, den sie morgen beide gehen werden, die erste Karte fortzubringen. Sie ist etwas unzufrieden mit sich, dass sie nicht darauf bestanden hat, mit Quangel ins Haus hineinzugehen. Sie überlegt, ob sie ihn nicht noch einmal darum bitten soll. Vielleicht. Im Allgemeinen ist Otto Quangel durch Bitten nicht umzustimmen. Aber vielleicht heute Abend, da er so ungewöhnlich heiterer Laune zu sein scheint? Vielleicht gleich jetzt?

Aber es dauert zu lange, bis sie sich entschlossen hat. Da merkt sie: Quangel ist schon eingeschlafen. So schickt auch sie sich an zu schlafen, sie wird sehen, ob es morgen passt. Wenn es passt, wird sie bestimmt fragen.

Und dann schläft auch sie ein.

19. KAPITEL

Die erste Karte wird abgelegt

Sie wagt es erst auf der Straße, ihm davon zu sprechen, so wortkarg war Otto an diesem Vormittag. »Wo willst du die Karte hinbringen, Otto?«

Er antwortet mürrisch: »Sprich jetzt nicht davon. Nicht jetzt auf der Straße.«

Und dann setzt er doch noch widerwillig hinzu: »Ich habe mir ein Haus in der Greifswalder Straße ausgesucht.«

»Nein«, sagt sie entschieden. »Nein, tu das nicht, Otto. Das ist falsch, was du da tun willst!«

»Komm!«, sagt er böse, denn sie ist stehen geblieben. »Ich sage dir doch, nicht hier auf der Straße!«

Er geht weiter, sie folgt ihm und besteht auf ihrem Recht mitzusprechen. »Nicht so in der Nähe unserer Wohnung«, betont sie. »Wenn diese Sache denen in die Hände fällt, haben sie gleich einen Fingerzeig über die Gegend. Lass uns bis zum Alex runtergehen …«

Er denkt nach, er überlegt. Vielleicht, nein, sicher hat sie recht. Man muss mit allem rechnen. Und doch, dieses plötzliche Umändern seiner Pläne passt ihm nicht recht. Wenn sie jetzt bis zum Alex laufen, wird die Zeit sehr knapp, und er muss doch zum Arbeitsbeginn zurechtkommen. Auch weiß er kein passendes Haus am Alex. Sicher gibt es dort viele, aber man muss das richtige erst suchen, und das tut er lieber allein als mit der Frau, die ihn dabei stört.

Dann, ganz plötzlich, entschließt er sich. »Gut«, sagt er. »Du hast recht, Anna. Gehen wir zum Alex.«

Sie sieht ihn dankbar von der Seite an. Sie ist glücklich, dass er auch einmal einen Ratschlag von ihr angenommen hat. Und weil er sie eben grade so glücklich gemacht hat, will sie ihn nicht noch um das andere bitten, dass sie mit ins Haus gehen darf. Nun gut, soll er allein gehen. Sie wird während des Wartens auf seine Rückkehr ein bisschen ängstlich sein – aber warum eigentlich? Sie zweifelt nicht einen Augenblick daran, dass er zurückkommen wird. Er ist so ruhig und so kalt, er lässt sich nicht überrumpeln. Noch in deren Händen würde er sich nicht verraten, er würde sich freikämpfen.

Während sie so überlegend neben dem schweigsamen Manne einhergeht, sind sie von der Greifswalder in die Neue Königstraße hineingekommen. Sie ist so beschäftigt gewesen mit ihren Gedanken, dass sie nicht darauf geachtet hat, wie wachsam Otto Quangels Augen an den Häusern entlangstrichen. Nun bleibt er plötzlich stehen – sie haben noch ein gutes Stück bis zum Alexanderplatz – und sagt: »Da, sieh dir da das Schaufenster an, ich bin gleich zurück.«

Schon geht er über die Fahrbahn auf ein großes, helles Bürohaus zu.

Ihr Herz fängt stark an zu klopfen. Sie möchte ihm zurufen: Nein, nicht, wir haben Alex ausgemacht! Lass uns so lange noch zusammenbleiben! Und: Sage mir wenigstens Lebewohl! Aber die Tür dort schlug schon hinter ihm zu.

Mit einem schweren Seufzer wendet sie sich dem Schaufenster zu. Aber sie sieht nichts von dem Ausgestellten. Sie lehnt die Stirn gegen die kalte Scheibe, vor ihren Augen flirrt und flimmert es. Ihr Herz klopft so sehr, dass sie kaum atmen kann, alles Blut scheint ihr in den Kopf zu treten.

Also habe ich doch Angst, denkt sie. Um Gottes willen, er darf das nie merken, dass ich Angst habe! Sonst nimmt er mich nie wieder mit. Aber ich habe auch keine richtige Angst, überlegt sie weiter. Ich habe keine Angst um mich. Ich habe um ihn Angst. Wenn er nun nicht wiederkommt!

Sie kann es nicht lassen, sie muss sich nach dem Bürohaus umdrehen. Die Tür wird aufgestoßen, Menschen kommen, Menschen gehen; warum kommt Quangel nicht? Er muss fünf, nein, zehn Minuten fort sein. Warum rennt der Mann, der eben aus dem Haus kam, so? Soll er vielleicht die Polizei rufen? Haben sie Quangel gleich beim ersten Male gefasst?

Oh, ich halte das nicht aus! Was hat er sich vorgenommen?! Und ich dachte, es wäre etwas Kleines! Jede Woche einmal, und wenn er erst zwei Karten schreibt, jede Woche zweimal in Lebensgefahr! Und er wird mich nicht immer mitnehmen wollen! Ich habe das heute früh schon gemerkt, eigentlich war ihm mein Mitkommen nicht recht. Er wird allein gehen, allein wird er die Karten fortbringen, und von da wird er zur Fabrik gehen (oder er wird auch nie wieder zur Fabrik gehen!), und ich werde zu Hause sitzen, sitzen und mit Angst auf ihn warten. Ich fühle, diese Angst wird nie aufhören, daran werde ich mich nie gewöhnen. Da kommt Otto! Endlich! Nein, er ist es nicht. Er ist es wieder nicht! Jetzt gehe ich ihm nach, er kann noch so böse werden! Es ist bestimmt etwas passiert, er muss schon eine Viertelstunde fort sein, so lange kann das nie und nimmer dauern! Jetzt suche ich ihn!

Sie macht drei Schritte auf das Haus zu – und kehrt wieder um. Stellt sich vor das Schaufenster, starrt hinein.

Nein, ich werde ihm nicht nachgehen, ich werde ihn nicht suchen. Nicht schon gleich beim ersten Male kann ich so versagen. Ich bilde mir ja nur ein, dass was geschehen ist; sie gehen in dem Haus ein und aus wie immer. Sicher ist Otto auch noch keine Viertelstunde fort. Ich will jetzt sehen, was in diesem Schaufenster ist. Büstenhalter, Gürtel …

Unterdes war Quangel in das Bürohaus eingetreten. Er hatte sich nur darum so rasch dazu entschlossen, weil die Frau an seiner Seite war. Sie machte ihn unruhig, jeden Augenblick konnte sie wieder »davon« zu reden anfangen. In ihrer Gegenwart mochte er nicht lange suchen. Sie würde sicher wieder davon zu reden anfangen, dieses Haus vorschlagen, jenes ablehnen. Nein, nichts mehr davon! Da ging er lieber in das erste Beste hinein, wenn es auch das erste Schlechteste war.

Es war das erste Schlechteste. Es war ein helles, modernes Bürohaus, mit vielen Firmen wohl, aber auch mit einem Portier in grauer Uniform. Quangel geht, ihn gleichgültig ansehend, an ihm vorüber. Er ist darauf gefasst, nach dem Wohin gefragt zu werden, er hat sich gemerkt, dass Rechtsanwalt Toll im vierten Stock sein Büro hat. Aber der Portier fragt ihn nichts, er redet mit einem Herrn. Er streift den Vorübergehenden nur mit einem flüchtigen, gleichgültigen Blick. Quangel wendet sich nach links, schickt sich an, die Treppe hochzusteigen, da hört er einen Fahrstuhl surren. Siehe da, damit hat er auch nicht gerechnet, dass es in einem solchen modernen Haus Fahrstühle gibt, so dass die Treppen kaum benutzt werden.

Aber Quangel steigt weiter die Treppe hoch. Der Junge im Lift wird denken: Das ist ein alter Mann, er misstraut einem

Fahrstuhl. Oder er wird denken, er will nur in den ersten Stock. Oder er wird überhaupt nichts denken. Jedenfalls sind diese Treppen kaum benutzt. Er ist schon auf der zweiten, und bisher ist ihm nur ein Bürojunge begegnet, der eilig, ein Paket Briefe in der Hand, die Treppen hinabstürzte. Er sah Quangel gar nicht an. Der könnte seine Karte hier überall ablegen, aber er vergisst nicht einen Augenblick, dass dieser Fahrstuhl da ist, durch dessen blinkende Scheiben er jederzeit beobachtet werden kann. Er muss noch höher, und der Fahrstuhl muss grade in die Tiefe versunken sein, dann wird er es tun.

Er bleibt an einem der hohen Fenster zwischen zwei Stockwerken stehen und starrt auf die Straße hinunter. Dabei zieht er, gut gegen Sicht gedeckt, den einen Handschuh aus der Tasche und streift ihn über seine Rechte. Er steckt diese Rechte wieder in die Tasche, vorsichtig gleitet sie an der dort bereitliegenden Karte vorbei, vorsichtig, um sie nicht zu zerknittern. Er fasst sie mit zwei Fingern …

Während Otto Quangel all das tut, hat er längst gesehen, dass Anna nicht auf ihrem Platz am Schaufenster, sondern dass sie am Rande des Fahrdamms steht und höchst auffallend mit sehr blassem Gesicht nach dem Bürohaus hinübersieht. So hoch, wie er steht, erhebt sie den Blick nicht, sie mustert wohl die Türen im Erdgeschoss. Er schüttelt unmutig den Kopf, fest entschlossen, die Frau nie wieder auf einen solchen Weg mitzunehmen. Natürlich hat sie Angst um ihn. Aber warum hat sie Angst um ihn? Sie sollte um sich selbst Angst haben, so falsch wie sie sich benimmt. Sie erst bringt sie beide in Gefahr!

Er steigt weiter treppauf. Als er am nächsten Fenster vorbeikommt, schaut er noch einmal auf die Straße, aber jetzt sieht Anna wieder in das Schaufenster hinein. Gut, sehr gut, sie hat ihre Angst untergekriegt. Sie ist eine mutige Frau. Er wird gar nicht mit ihr darüber sprechen. Und plötzlich nimmt Quangel die Karte, legt sie vorsichtig auf das Fensterbrett, reißt, schon im Gehen, den Handschuh von der Hand und steckt ihn in die Tasche.

Die ersten Stufen hinabsteigend, sieht er noch einmal zurück. Da liegt sie im hellen Tageslicht, von hier aus kann er noch sehen, eine wie große, deutliche Schrift seine erste Karte bedeckt! Jeder wird sie lesen können! Und verstehen auch! Quangel lächelt grimmig.

Zugleich hört er aber auch, dass eine Tür im Stockwerk über ihm geht. Der Fahrstuhl ist vor einer Minute in die Tiefe gesunken. Wenn es dem da oben, der grade ein Büro verlassen hat, zu langweilig ist, auf das Wiederheraufkommen des Fahrstuhls zu warten, wenn er die Treppe hinuntersteigt, die Karte findet: Quangel ist nur eine Treppe tiefer. Wenn der Mann läuft, kann er Quangel noch erwischen, vielleicht erst ganz unten, aber kriegen kann er ihn, denn Quangel darf nicht laufen. Ein alter Mann, der wie ein Schuljunge die Treppe hinunterläuft – nein, das fällt auf. Und er darf nicht auffallen, niemand darf sich erinnern, einen Mann von dem und dem Aussehen überhaupt in diesem Hause gesehen zu haben.

Er geht aber immerhin ziemlich rasch diese Steinstufen hinunter, und zwischen dem Geräusch, das seine Schritte machen, lauscht er nach oben, ob der Mann wohl wirklich die Treppe benutzt hat. Dann muss er eigentlich die Karte gesehen haben, die ist gar nicht zu übersehen. Aber Quangel ist seiner Sache nicht sicher. Einmal glaubt er, Schritte gehört zu haben. Aber nun hört er schon lange nichts mehr. Und jetzt ist er zu tief unten, um noch irgendetwas zu hören. Der Fahrstuhl fährt lichterglänzend an ihm vorbei in die Höhe.

Quangel tritt in den Ausgang. Grade kommt ein großer Trupp Menschen vom Hofe her, Arbeiter aus irgendeiner Fabrik, Quangel schiebt sich unter sie. Diesmal, ist er ganz sicher, hat ihn der Portier überhaupt nicht angesehen.

Er geht über den Fahrdamm und stellt sich neben Anna.

»Erledigt!«, sagt er.

Und als er das Aufleuchten ihres Auges, das Nachzittern ihrer Lippen sieht, setzt er hinzu: »Niemand hat mich gesehen!« Und schließlich: »Komm, lass uns gehen. Es ist grade noch Zeit, dass ich zu Fuß in die Fabrik komme.«

Sie gehen. Aber beide werfen im Gehen noch einen Blick auf dieses Bürohaus zurück, in dem nun die erste Karte Quangels ihren Weg in die Welt antritt. Sie nicken dem Haus gewissermaßen Abschied nehmend zu. Es ist ein gutes Haus, und so viele Häuser sie auch in den nächsten Monaten und Jahren in der gleichen Absicht aufsuchen werden – dieses Haus wird von ihnen nicht vergessen werden.

Anna Quangel möchte gerne einmal rasch die Hand des Mannes streicheln, aber sie wagt es nicht. So streift sie nur wie zufällig dagegen und sagt erschrocken: »Verzeihung, Otto!«

Er sieht sie verwundert von der Seite an, aber er schweigt.

Sie gehen weiter.

ZWEITER TEIL

Die Gestapo

20. KAPITEL
Der Weg der Karten

Der Schauspieler Max Harteisen hatte, wie sein Freund und Anwalt Toll sich auszudrücken beliebte, aus vornazistischen Zeiten noch reichlich viel Butter auf dem Kopf. Er hatte in Filmen mitgespielt, die von jüdischen Regisseuren geleitet waren, er hatte in pazifistischen Filmen mitgespielt, und eine seiner Hauptrollen auf dem Theater war jener verdammte Schwächling, der Prinz von Homburg, gewesen, den jeder wahre Nationalsozialist nur anspucken kann. Max Harteisen hatte also allen Anlass, sehr vorsichtig zu sein; eine Zeitlang war es ja sehr zweifelhaft gewesen, ob er unter den braunen Herren überhaupt noch spielen durfte.

Aber das hatte dann ja schließlich doch geklappt. Natürlich musste der gute Junge eine gewisse Zurückhaltung üben und erst einmal echt braun gefärbten Schauspielern den Vortritt lassen, wenn sie auch lange nicht so viel konnten wie er. Aber grade an dieser Zurückhaltung hatte er es fehlen lassen; der ahnungslose Knabe hatte so gespielt, dass dies sogar dem Minister Goebbels aufgefallen war. Ja, der Minister hatte sogar einen Narren an dem Harteisen gefressen. Und was es mit solchen Vorlieben des Ministers auf sich hatte, das wusste ja jedes Kind, denn es gab keinen launischeren, unberechenbareren Menschen als den Doktor Joseph Goebbels.

Es kam dann auch alles so, wie es kommen musste. Zuerst hatte es wie eitel Freude und Glanz ausgesehen, denn wenn der Minister jemanden zu verehren geruhte, so machte er keinen Unterschied, ob dies eine Frau oder ein Mann war. Wie bei einer Geliebten hatte Doktor Goebbels jeden Morgen bei dem Schauspieler Harteisen angerufen, er hatte sich nach seinem Schlaf erkundigt, er hatte ihm wie einer Diva Blumen und Konfekt gesandt, und es durfte eigentlich kein Tag vergehen, ohne dass der Minister wenigstens kurze Zeit mit Harteisen zusammen war. Ja, er nahm den Schauspieler sogar nach Nürnberg auf den Parteitag mit, er erklärte ihm den Nationalsozialismus »richtig«, und der Harteisen verstand auch alles, was er verstehen sollte.

Er verstand nur nicht, dass zum richtigen Nationalsozialismus auch gehört, dass ein einfacher Volksgenosse einem Minister nicht widerspricht, denn ein Minister ist schon einfach durch die Tatsache, dass er Minister ist, zehnmal klüger als jeder andere. Bei irgendeiner ganz belanglosen Filmfrage widersprach Harteisen seinem Minister und behauptete gradezu, es sei Quatsch, was der Herr Goebbels da geredet habe. Es soll dahingestellt bleiben, ob die wirklich belanglose und dazu auch noch rein theoretische Filmfrage den Schauspieler in so zornigen Eifer gerissen hatte oder ob ihm die verstiegene Anhimmelei des Ministers einfach über war und ob er darum einen Bruch wünschte. Jedenfalls blieb er, trotz mancher Ermahnung, bei seinem Satz, Quatsch sei es und Quatsch bleibe es, ob Minister oder nicht, ganz egal!

Oh, wie änderte sich da die Welt für Max Harteisen! Keine morgendlichen Erkundigungen mehr nach der Güte seines Schlafes, keine Pralinen, keine Blumen, keine Besuche bei Herrn Doktor Goebbels mehr, auch nichts mehr von Belehrungen über den richtigen Nationalsozialismus! Ach, das wäre alles noch zu ertragen gewesen, ja, vielleicht war es sogar erwünscht, aber plötzlich gab es für den Harteisen auch keine Engagements mehr, schon fest abgeschlossene Filmverträge zerplatzten, Gastspiele zerrannen in nichts, es gab nichts mehr zu tun für den Schauspieler Harteisen.

Da der Harteisen ein Mann war, der seinen Beruf nicht nur des Geldverdienens halber schätzte, sondern da er ein wirklicher Schauspieler war, dessen Leben seine Höhepunkte auf der Bühne, vor der Kamera finden musste, so war er über diese erzwungene Untätigkeit ganz verzweifelt. Er konnte und wollte es nicht glauben, dass der Minister, der anderthalb Jahre lang sein bester Freund gewesen war, nun zu einem so bedenkenlosen, ja gemeinen Feinde geworden war, dass er die Macht seiner Stellung dazu benutzte, wegen eines Widerspruchs einem andern alle Lebensfreude zu nehmen. (Er hatte im Jahre 1940 noch immer nicht begriffen, der gute Harteisen, dass jeder Nazi zu jeder Zeit bereit war, jedem Deutschen, der eine von seiner abweichende Meinung hatte, nicht nur alle Lebensfreude, sondern auch das Leben selbst zu nehmen.)

Aber wie die Zeit dahinging und keinerlei Arbeitsmöglichkeit auftauchte, musste Max Harteisen schließlich daran glauben. Freunde berichteten ihm, dass der Minister auf einer Filmkonferenz erklärt hatte, der Führer wolle diesen Schauspieler nie wieder im Rock eines Offiziers auf der Leinwand sehen. Nicht viel später hieß es schon, der Führer wolle diesen Schauspieler überhaupt nicht mehr sehen, und dann wurde ganz offiziell erklärt, der Schauspieler Harteisen sei »unerwünscht«. Aus, zu Ende, mein Lieber, mit sechsunddreißig Jahren auf die schwarze Liste gesetzt – für ein ganzes Tausendjähriges Reich!

Jetzt hatte der Schauspieler Harteisen wirklich Butter auf dem Kopf. Aber er ließ nicht nach, er bohrte und fragte, er wollte um jeden Preis erfahren, ob diese vernichtenden Urteile wirklich vom Führer ausgingen oder ob sie sich der kleine Mann nur ausgedacht hatte, um einen Feind zu erledigen. Und an diesem Montag war Harteisen nun völlig siegesgewiss zu seinem Anwalt Toll gestürzt und hatte gerufen: »Ich hab's! Ich hab's, Erwin! Der Schurke hat gelogen. Der Führer hat den Film, in dem ich den preußischen Offizier spiele, überhaupt nicht gesehen, und er hat nie ein Wort gegen mich geäußert.«

Und er berichtete eifrig, dass diese Nachricht ganz gewiss sei, denn sie stamme von Göring selbst. Eine Freundin seiner Frau habe eine Tante, und deren Kusine sei zu Görings nach

Carinhall eingeladen gewesen. Da habe sie den Fall zur Sprache gebracht, und der Göring habe sich, wie berichtet, geäußert.

Der Anwalt sah den Aufgeregten ein wenig spöttisch an. »Nun, Max, und was ist dadurch geändert?«

Der Schauspieler murmelte ganz verdutzt: »Aber der Goebbels hat doch gelogen, Erwin!«

»Und? Hast du je geglaubt, alles, was Hinkebeinchen sagt, sei wahr?«

»Nein, das natürlich nicht. Aber wenn man den Fall vor den Führer bringt … Er hat doch den Namen des Führers missbraucht!«

»Ja, und weil er das getan hat, wird der Führer einen alten Parteigenossen und Propami rausschmeißen, bloß weil er dem Harteisen Kummer gemacht hat!«

Der Schauspieler sah den überlegenen, spöttischen Anwalt hilfeflehend an. »Aber es muss doch was geschehen in meiner Sache, Erwin!«, sagte er schließlich. »Ich will doch arbeiten! Und der Goebbels hindert mich zu Unrecht daran!«

»Ja«, sagte der Anwalt. »Ja!« Und schwieg wieder. Als aber Harteisen ihn so erwartungsvoll ansah, fuhr er fort: »Du bist ein Kind, Max, ein richtiges groß gewordenes Kind!«

Der Schauspieler, der stets viel von seiner Weltläufigkeit gehalten hatte, warf unmutig den Kopf zurück.

»Wir sind ja hier unter uns, Max«, fuhr der Anwalt fort, »diese Tür ist gut gepolstert, wir können also offen miteinander sprechen. Du wusstest es doch eigentlich auch, wenigstens ein ganz klein bisschen, wie viel schreiendes, blutiges, herzzerreißendes Unrecht heute in Deutschland geschieht – und kein Hahn kräht danach. Im Gegenteil, sie rühmen sich noch laut ihrer Schande. Aber weil der Schauspieler Harteisen ein ganz kleines Wehwehchen hat, entdeckt er plötzlich, dass Unrecht in der Welt geschieht, und schreit nach Gerechtigkeit. Max!«

Harteisen sagte niedergedrückt: »Aber was soll ich denn tun, Erwin? Es muss doch etwas geschehen!«

»Was du tun sollst? Nun, das ist doch ganz klar! Du ziehst dich mit deiner Frau an einen hübschen Ort auf dem Lande zurück und hältst dich fein stille. Vor allem hörst du mit diesem unsinnigen Gerede über ›deinen‹ Minister auf und unterlässt die Verbreitung des Göring-Interviews. Sonst kann es geschehen, dass dir der Minister noch etwas ganz anderes antut.«

»Aber wie lange soll ich denn da tatenlos auf dem Lande sitzen?«

»Die Launen eines Ministers kommen und gehen. Sie gehen auch, Max, sei sicher. Eines Tages wirst du wieder in Glanz und floribus sein.«

Der Schauspieler schauderte. »Nicht das!«, bat er. »Nur nicht das!« Er stand auf. »Und du meinst wirklich nicht, dass du in meiner Sache etwas tun kannst?«

»Nicht das Geringste!«, meinte der Anwalt lächelnd. »Es sei denn, du hättest den Wunsch, als Märtyrer für deinen Minister ins KZ zu gehen.«

Drei Minuten darauf stand der Schauspieler Max Harteisen im Treppenhaus des Bürogebäudes und hielt verwirrt eine Karte in der Hand: »Mutter! Der Führer hat mir meinen Sohn ermordet …«

Um des Himmels willen!, dachte er. Welcher Mensch schreibt denn so was? Er muss wahnsinnig sein! Er schreibt sich ja um seinen Kopf! Unwillkürlich drehte er die Karte um. Aber dort stand kein Absender oder Empfänger, sondern: »Gebt diese Karte weiter, dass viele sie lesen! – Stiftet nichts für das Winterhilfswerk! – Arbeitet langsam, noch langsamer! Tut Sand in die Maschinen! Jeder Handschlag weniger getan, hilft diesen Krieg früher beenden!«

Der Schauspieler sah hoch. Lichterglänzend fuhr der Fahrstuhl an ihm vorbei. Er hatte das Gefühl, dass viele Augen auf ihn sahen.

Rasch steckte er die Karte in die Tasche, und rascher noch riss er sie wieder hervor. Er wollte sie schon auf die Fensterbank zurücklegen – und Bedenken überkamen ihn. Vielleicht hatten ihn die vom Fahrstuhl aus hier stehen sehen, die Karte in der Hand – und sein Gesicht kannten viele. Die Karte wurde gefunden, es fanden sich welche, die beeideten, er habe sie hingelegt. Er hatte sie ja wirklich hingelegt, wieder hingelegt, hieß das. Aber wer würde ihm glauben, grade jetzt, wo er diesen Streit mit dem Minister hatte? Er hatte so viel Butter auf dem Kopfe, und nun dies noch!

Schweiß trat auf seine Stirne, plötzlich begriff er, dass nicht nur der Kartenschreiber, dass auch er in naher Lebensgefahr war, er vielleicht am meisten. Seine Hand zuckte; er wollte die Karte hinlegen, er wollte sie doch lieber fortnehmen, er wollte sie zerreißen, hier an Ort und Stelle … Aber vielleicht stand einer oben auf der Treppe und beobachtete ihn? Er hatte in den letzten Tagen schon ein paarmal das Gefühl gehabt, beobachtet zu werden, er hatte es für Nervosität gehalten, wegen dieser Gehässigkeit von Minister Goebbels …

Und vielleicht war das Ganze eine Falle dieses Mannes, für ihn zurechtgebaut, dass er sich ganz gründlich fing? Um aller Welt zu beweisen, wie recht der Minister mit der Beurteilung des Schauspielers Harteisen hatte? O Gott, er war ja schon wahnsinnig, er sah Gespenster! Das tat doch ein Minister nicht! Oder tat er grade das?

Aber er konnte hier nicht ewig stehen bleiben. Er musste sich entschließen; er hatte jetzt keine Zeit, an Goebbels zu denken, er musste nur an sich denken!

Er stürmt die halbe Treppe wieder hinauf, niemand steht dort und beobachtet ihn. Aber er klingelt schon beim Rechtsanwalt Toll. Er stürmt an der Vorzimmerdame vorbei, er knallt die Karte auf den Tisch des Anwalts, er ruft: »Da! Was ich hier eben im Treppenhaus gefunden habe!«

Der Anwalt wirft nur einen kurzen Blick auf die Karte. Dann steht er auf und schließt sorgfältig die Doppeltür seines Büros, die der Aufgeregte offen gelassen hat. Er kehrt zu seinem Schreibtischplatz zurück. Er nimmt die Karte wieder auf und liest sie lange und sorgfältig, während Harteisen auf und ab läuft und ungeduldig Blicke auf ihn wirft.

Jetzt lässt Toll die Karte sinken und fragt: »Wo, sagtest du, hast du die Karte gefunden?«

»Hier auf der Treppe, eine halbe Treppe tiefer.«

»Auf der Treppe! Auf den Stufen also?«

»Sei nicht so wortklauberisch, Erwin! Nein, nicht auf den Stufen, sondern auf der Fensterbank!«

»Und darf ich dich fragen, warum du mir dieses reizende Angebinde auf mein Büro schleppen musstest?«

Die Stimme des Anwalts klingt schärfer, der Schauspieler sagt bittend: »Aber was sollte ich denn tun? Die Karte lag da, ich habe sie ganz gedankenlos aufgenommen.«

»Und warum hast du sie nicht wieder zurückgelegt? Das wäre doch das Selbstverständlichste gewesen!«

»Ein Fahrstuhl fuhr an mir vorbei, während ich las. Ich hatte das Gefühl, beobachtet zu werden. Mein Gesicht ist so bekannt.«

»Noch besser!«, sagte der Anwalt bitter. »Und dann bist du vermutlich mit dieser Karte offen in der Hand zu mir gelaufen?« Der Schauspieler nickte düster. »Nein, mein Freund«, sagte Toll entschlossen und hielt ihm die Karte wieder hin, »bitte, nimm sie wieder. Ich will damit nichts zu schaffen haben. Wohlgemerkt, du kannst dich nicht auf mich berufen. Ich habe diese Karte nie gesehen. Nimm sie doch endlich wieder!«

Harteisen starrte den Freund mit blassem Gesicht an. »Ich denke«, sagte er dann, »du bist nicht nur mein Freund, du bist auch mein Anwalt, du nimmst meine Interessen wahr!«

»Nicht dies, oder sagen wir besser: nicht mehr. Du bist ein Unglückshuhn, du hast ein unglaubliches Talent, in die schlimmsten Geschichten zu tappen. Du wirst auch andere ins Unglück reißen. Also nimm endlich deine Karte zurück!«

Er bot sie ihm wieder an.

Aber Harteisen stand noch immer da, mit weißem Gesicht, die Hände in die Taschen gebohrt.

Nach einem langen Schweigen sagte er leise: »Ich traue mich nicht. Ich habe in den letzten Tagen schon mehrfach das Gefühl gehabt, beobachtet zu werden. Tu mir den Gefallen und zerreiß die Karte. Wirf sie unter das andere Zeug in deinem Papierkorb!«

»Zu gefährlich, mein Lieber! Der Bürobote oder eine schnüffelnde Reinmachefrau, und ich säße drin!«

»Verbrenne sie!«

»Du vergisst, dass wir hier Zentralheizung haben!«

»Nimm ein Streichholz, verbrenne sie über deinem Aschenbecher. Niemand würde es wissen.«

»Du würdest es wissen.«

Mit blassen Gesichtern starrten sie sich an. Sie waren alte Freunde, schon seit der Schulzeit, aber nun war die Angst zwischen sie gekommen, und die Angst hatte das Misstrauen mit sich gebracht. Sie sahen einander stumm an.

Er ist ein Schauspieler, dachte der Anwalt. Vielleicht hat er mir hier was vorgespielt, will mich hineinreißen. Kommt im Auftrag, meine Zuverlässigkeit auf die Probe zu stellen. Neulich, bei dieser unglückseligen Verteidigung vor dem Volksgerichtshof, bin ich mit knapper Not noch durchgekommen. Aber seitdem wird mir misstraut …

Inwiefern ist Erwin eigentlich mein Anwalt?, dachte unterdes finster der Schauspieler. In der Sache mit dem Minister will er mir nicht helfen, und jetzt will er sogar gegen die Wahrheit aussagen, er hätte die Karte nie gesehen. Er nimmt nicht meine Interessen wahr. Er handelt gegen mich. Wer weiß, ob nicht diese Karte – überall hört man von Fallen, die den Leuten gestellt werden. Aber Unsinn, er ist immer mein Freund gewesen, ein zuverlässiger Mensch …

Und beide besannen sich, beide sahen sich an. Beide fingen an zu lächeln.

»Wir sind wahnsinnig gewesen, wir haben einander misstraut!«

»Wir, die wir uns über zwanzig Jahre kennen!«

»Die ganze Penne miteinander!«

»Ja, wir haben es herrlich weit gebracht!«

»Wie stehen wir da? Der Sohn verrät die Mutter, die Schwester den Bruder, der Freund die Freundin ...«

»Aber wir uns nicht!«

»Wir wollen überlegen, was am besten mit dieser Karte geschieht. Es wäre wirklich unvernünftig, wenn du mit ihr in der Tasche auf die Straße gingest, da du dich beobachtet fühlst.«

»Es kann reine Nervosität gewesen sein. Gib mir die Karte, ich schaffe sie schon irgendwie fort!«

»Du mit deinem unheilvollen Hang zu Unbesonnenheiten! Nein, die Karte bleibt hier!«

»Du hast Frau und zwei Kinder, Erwin. Dein Büropersonal ist vielleicht auch nicht durchweg zuverlässig. Wer ist denn heute noch zuverlässig? Gib mir die Karte. Ich rufe dich in einer Viertelstunde an und melde dir, dass sie fort ist.«

»Um Gottes willen! Das bist wieder einmal du, Max. Wegen so etwas ein Telefongespräch führen! Warum rufst du nicht gleich Himmler an? Das geht dann doch schneller!«

Und wieder sehen sie sich an, ein wenig getröstet, dass sie noch nicht ganz allein sind, dass sie doch noch einen zuverlässigen Freund besitzen.

Plötzlich schlägt der Anwalt zornig auf die Karte. »Was dieser Idiot sich wohl gedacht hat, als er dieses Dings schrieb und hier ins Treppenhaus legte! Andere Leute aufs Schafott bringen!«

»Und wegen was? Was schreibt er eigentlich? Nichts, was jeder von uns nicht schon weiß! Es muss ein Wahnsinniger sein!«

»Dieses ganze Volk ist ein Volk von Wahnsinnigen geworden, einer steckt den andern an!«

»Wenn man diesen Kerl erwischte, der andere in solche Schwierigkeiten bringt! Ich würde mich direkt freuen ...«

»Ach, lass doch! Du würdest dich bestimmt nicht freuen, wenn noch einer mehr sterben würde. Aber wie kommen wir aus diesen Schwierigkeiten heraus?«

Der Anwalt sah nachdenklich wieder auf die Karte. Dann griff er zum Telefon. »Wir haben hier irgend so einen Politischen Leiter im Hause«, sagte er erklärend zum Freunde. »Ich werde ihm die Karte offiziell übergeben, den Sachverhalt schildern, wie er tatsächlich war, im Übrigen aber der Sache keine große Wichtigkeit beimessen. Du bist deiner Aussage sicher?«

»Völlig.«

»Und deiner Nerven?«

»Ganz gewiss, mein Lieber. Auf der Bühne habe ich noch nie Lampenfieber gehabt. Vorher immer! Was für eine Art Mann ist dieser Politische Leiter?«

»Keine Ahnung. Ich erinnere mich nicht, ihn je gesehen zu haben. Wahrscheinlich irgend so ein kleiner Bonze. Jedenfalls rufe ich ihn jetzt an.«

Aber das Männlein, das kam, sah nicht sehr nach Bonze aus, eher nach einem Fuchs, der sich aber sehr geschmeichelt fühlte, als er den berühmten Schauspieler kennenlernte, den er so oft schon im Film gesehen. Und aus dem Stegreif nannte er sechs Filme; in deren keinem der Schauspieler je mitgespielt hatte. Max Harteisen bewunderte das Gedächtnis des Männleins, dann gingen sie zum geschäftlichen Teil dieses Besuches über.

Das Füchslein las die Karte, und seinem Gesicht war nicht abzulesen, was der Mann dabei empfand. Es war nur schlau. Dann hörte er den Bericht von dem Auffinden der Karte, der Ablieferung hier auf dem Büro.

»Sehr gut. Sehr korrekt!«, lobte der Leiter. »Und wann war das etwa?«

Einen Augenblick stutzte der Anwalt, warf einen raschen Blick auf den Freund. Besser nicht lügen, dachte er. Sie haben ihn mit der Karte in der Hand sehr erregt hereinkommen sehen.

»Vor einer guten halben Stunde«, meinte der Anwalt.

Das Männlein zog die Augenbrauen hoch. »So lange?«, fragte er mit leisem Erstaunen.

»Wir hatten noch anderes zu besprechen«, erklärte der Anwalt. »Wir legten der Sache keine große Wichtigkeit bei. Oder ist sie wichtig?«

»Wichtig ist alles. Wichtig wäre es gewesen, diesen Burschen, der die Karte niederlegte, zu fangen. Aber jetzt nach einer halben Stunde ist es dafür natürlich viel zu spät.«

Jedes seiner Worte klang von einem leichten Vorwurf gegen dieses »Zuspät« wider.

»Ich bedaure diese Verspätung«, sagte der Schauspieler Harteisen tönend. »Sie entstand durch meine Schuld. Ich nahm meine Angelegenheiten wichtiger als dieses – Geschmier!«

»Ich hätte es besser wissen müssen«, sagte der Anwalt.

Das Füchslein lächelte beschwichtigend. »Nun, meine Herren, was zu spät ist, bleibt zu spät. Es freut mich jedenfalls, dass ich auf diese Weise den Vorzug genossen habe, Herrn Harteisen persönlich kennenzulernen. Heil Hitler!«

Sehr stark, aufspringend: »Heil Hitler!«

Und als sich die Tür hinter ihm geschlossen hatte, sahen sich die beiden Freunde an.

»Gott sei Dank, wir sind diese unselige Karte los!«

»Und er hat keinen Verdacht auf uns!«

»Nicht wegen der Karte! Dass wir aber zwischen Ablieferung und Nichtablieferung geschwankt haben, das hat er sehr wohl begriffen.«

»Glaubst du, dass noch etwas nach der Sache kommt?«

»Nein, eigentlich nicht. Im schlimmsten Falle eine belanglose Vernehmung, wo und wann und wie du die Karte gefunden hast. Und da gibt es ja nichts zu verheimlichen.«

»Weißt du, Erwin, eigentlich bin ich jetzt ganz froh, aus dieser Stadt eine Weile herauszukommen.«

»Siehst du!«

»Man wird schlecht in dieser Stadt!«

»Man wird es! Man ist es schon! Und das kräftig!«

Unterdes war das Füchslein auf seine Ortsgruppe gefahren. Ein Braunhemd hielt jetzt die Karte in der Hand.

»Das geht nur die Gestapo an«, sagte das Braunhemd. »Du fährst am besten selbst damit hin, Heinz. Warte, ich gebe dir ein paar Zeilen mit. Und die beiden Herren?«

»Völlig außer Frage! Natürlich, politisch zuverlässig sind sie beide nicht. Ich sage dir, sie haben Blut und Wasser geschwitzt, als sie mit der Karte anfangen mussten.«

»Der Harteisen soll bei Minister Goebbels in Ungnade sein«, meinte das Braunhemd nachdenklich.

»Trotzdem!«, sagte das Füchslein. »Er würde so was nie wagen. Hat viel zu viel Angst. Ich habe ihm ins Gesicht sechs Filme genannt, in denen er nie aufgetreten ist, und habe seine Meisterleistung bewundert. Er hat eine Verbeugung nach der andern gemacht und gestrahlt vor Dankbarkeit. Dabei habe ich direkt gerochen, wie er vor Angst geschwitzt hat!«

»Alle haben sie Angst!«, entschied das Braunhemd verächtlich. »Warum eigentlich? Es ist ihnen doch so leicht gemacht, sie brauchen nur zu tun, was wir ihnen sagen.«

»Das ist, weil die Leute das Denken nicht lassen können. Sie glauben immer, mit Denken kommen sie weiter.«

»Sie sollen bloß gehorchen. Das Denken besorgt der Führer.«

Das Braunhemd tippte auf die Karte: »Und der hier? Was meinst du zu dem, Heinz?«

»Was soll ich dazu sagen? Wahrscheinlich hat er wirklich den Sohn verloren …«

»I wo! Die so was schreiben und tun, das sind immer bloß Hetzer. Die wollen was für sich erreichen. Söhne und ganz Deutschland, das ist ihnen alles ganz egal. Irgend so ein alter Sozi oder Kommunist …«

»Glaube ich nicht. Glaube ich nie und nimmer im Leben. Die können doch von ihren Phrasen nicht lassen, Faschismus und Reaktion und Solidarität und Prolet – aber von all diesen Schlagworten steht nicht eins auf der Karte. I wo, was ein Sozi ist oder ein Kommunist, das rieche ich auf zehn Kilometer gegen den Wind!«

»Und ich glaub's doch! Die haben sich jetzt alle getarnt …«

Aber die Herren auf der Gestapo waren auch nicht der Meinung des Braunhemdes. Übrigens wurde der Bericht des Füchsleins dort mit heiterer Ruhe aufgenommen. Dort war man immerhin schon andere Dinge gewohnt.

»Na ja«, sagten sie. »Schön und gut. Werden ja sehen. Wenn Sie sich vielleicht noch zu Kommissar Escherich bemühen wollen, wir verständigen ihn telefonisch, der wird die Sache bearbeiten. Geben Sie ihm noch einmal genauen Bericht, wie sich die beiden Herren verhielten. Natürlich geschieht im Augenblick nichts gegen sie, nur als Material für etwaige spätere Fälle kann so was nützlich sein, Sie verstehen doch …?«

Kommissar Escherich, ein langer, schlenkriger Mann mit einem losen, sandfarbenen Schnurrbart, in einem hellgrauen Anzug – alles an diesem Menschen war so farblos, dass man ihn gut für eine Ausgeburt des Aktenstaubes halten konnte –, also, Kommissar Escherich drehte die Karte zwischen den Händen hin und her.

»Eine neue Platte«, meinte er dann. »Die habe ich noch nicht in meiner Sammlung. Schwere Hand, hat nicht viel geschrieben in seinem Leben, immer mit der Hand gearbeitet.«

»Ein Kapediste?«, fragte das Füchslein.

Der Kommissar Escherich kicherte: »Machen Sie doch keine Witze, Herr! So was und ein Kapediste! Sehen Sie, wenn wir eine richtige Polizei hätten und die Sache wäre es wert, so wäre der Schreiber da in vierundzwanzig Stunden hinter Schloss und Riegel.«

»Und wie würden Sie das machen?«

»Das ist doch ganz einfach! Ich ließe überall in Berlin recherchieren, wem in den letzten zwei, drei Wochen ein Sohn gefallen ist, einziger Sohn wohlgemerkt, denn der Schreiber hat nur einen Sohn gehabt!«

»Woran sehen Sie denn das?«

»Das ist doch ganz einfach! Im ersten Satz, wo er von sich spricht, sagt er so. Im zweiten, bei den andern, spricht er von Söhnen. Na, und auf die das dann zutrifft mit den Recherchen – es können gar nicht so viel sein in Berlin –, auf die hätte ich dann mein Augenmerk, und schon säße der Schreiber drin!«

»Aber warum tun Sie's nicht?«

»Ich hab's Ihnen doch schon gesagt, weil wir den Apparat dazu nicht haben und weil's die Sache nicht wert ist. Sehen Sie, es gibt zwei Möglichkeiten. Entweder schreibt der noch zwei, drei Karten, und dann hat er's über. Weil's ihm zu viele Mühe macht oder weil das Risiko ihm zu groß ist. Dann hat er nicht viel Schaden angerichtet, man hat aber auch nicht viel Arbeit von ihm gehabt.«

»Glauben Sie denn, dass hier alle Karten abgegeben werden?«

»Alle nicht, aber die meisten doch. Das deutsche Volk ist schon recht zuverlässig …«

»Weil sie alle Angst haben!«

»Nein, das habe ich nicht gesagt. Ich glaube zum Beispiel nicht, dass dieser Mann«, er klopfte mit dem Knöchel auf die Karte, »dass dieser Mann Angst hat. Sondern ich glaube, es tritt die zweite Möglichkeit ein: der Mann wird immer weiter schreiben. Lass ihn, je mehr er schreibt, umso mehr verrät er sich. Jetzt hat er nur ein kleines bisschen von sich verraten, nämlich, dass er einen Sohn verloren hat. Aber mit jeder Karte wird er mir ein bisschen mehr von sich verraten. Ich brauche gar nicht viel dazu zu tun. Ich brauche hier nur zu sitzen, ein bisschen aufzupassen, und – schnapp! – habe ich ihn! Wir hier auf unserer Abteilung brauchen nur Geduld zu haben. Manchmal dauert es ein Jahr, manchmal noch mehr, aber schließlich kriegen wir unsere Leute alle. Oder fast alle.«

»Und was dann?«

Der Staubfarbige hatte einen Stadtplan von Berlin vorgeholt und an der Wand festgemacht. Nun steckte er ein rotes Fähnchen ein, genau dort, wo das Bürohaus in der Neuen Königstraße stand. »Sehen Sie, das ist alles, was ich im Augenblick tun kann. Aber in den nächsten Wochen werden immer mehr Fähnchen dazukommen, und dort, wo sie am dicksten sitzen, da steckt mein Klabautermann. Weil er nämlich mit der Zeit abstumpft und weil es ihm den weiten Weg nicht mehr lohnt wegen einer Karte. Sehen Sie, an diese Karte denkt der Klabautermann nicht. Und ist doch so einfach! Und schnapp mache ich noch einmal und habe ihn auch so fest!«

»Und was dann?«, fragte das Füchslein, von einer lüsternen Neugier angetrieben.

Kommissar Escherich sah ihn ein bisschen spöttisch an. »Hören Sie's so gerne? Na, ich tu Ihnen den Gefallen: Volksgerichtshof und weg mit der Rübe! Was geht das mich an? Was zwingt den Kerl, so 'ne blöde Karte zu schreiben, die kein Mensch liest und kein Mensch lesen will! Nee, das geht mich nichts an. Ich bezieh mein Gehalt, und ob ich dafür Marken verkaufe oder Fähnchen einpieke, das ist mir ganz egal. Aber ich werde an Sie denken, ich werde nicht vergessen, dass Sie mir die erste Meldung gebracht haben, und wenn ich den Kerl gefasst habe und es ist so weit, so schicke ich Ihnen eine Einladungskarte für die Hinrichtung.«

»Nee, danke wirklich. So war das nicht gemeint!«

»Natürlich war es so gemeint. Warum genieren Sie sich denn vor mir?! Vor mir braucht sich kein Mensch zu genieren, ich weiß, was mit den Menschen los ist! Wenn wir hier das nicht wüssten, wer soll's denn sonst wissen? Nicht mal der liebe Gott! Also, abgemacht, ich schicke Ihnen eine Karte zur Hinrichtung. Heil Hitler!«

»Heil Hitler! Und vergessen Sie es auch nicht!«

21. KAPITEL

Ein halbes Jahr danach: Quangels

Ein halbes Jahr später war den beiden Quangels das sonntägliche Schreiben der Postkarten bereits zur Gewohnheit geworden, zu einer heiligen Gewohnheit freilich, die ein Bestandteil ihres täglichen Lebens war wie die tiefe Ruhe, die sie umgab, oder die eiserne Sparsamkeit um jeden Groschen. Es waren die schönsten Stunden der Woche, wenn sie beide an den Sonntagen beisammensaßen, sie in der Sofaecke, mit irgendeiner Flick- oder Stopfarbeit beschäftigt, er steif auf dem Stuhl am Tisch sitzend, den Federhalter in der großen Hand, langsam Wort für Wort hinmalend.

Quangel hatte seine anfängliche Leistung von einer Karte pro Woche jetzt verdoppelt. Ja, an guten Sonntagen brachte er es sogar auf drei Karten. Nie schrieb er aber eine Karte gleichen Inhalts. Sondern beide Quangels entdeckten, je mehr sie schrieben, umso mehr Fehler des Führers und seiner Partei. Dinge, die ihnen, als sie geschahen, kaum als tadelnswert zum Bewusstsein gekommen waren, wie die Unterdrückung aller anderen Parteien, oder die sie nur als zu weitgehend und zu roh durchgeführt verurteilt hatten, wie die Judenverfolgungen (denn wie die meisten Deutschen waren die Quangels im Innern keine Judenfreunde, also mit diesen Maßnahmen einverstanden) – diese Dinge bekamen jetzt, da sie zu Feinden des Führers geworden waren, ein ganz anderes Gesicht und Gewicht. Sie bewiesen ihnen die Verlogenheit der Partei und ihrer Führer. Und wie alle frisch Bekehrten hatten sie das Bestreben, andere zu bekehren, und so wurde der Ton, in dem diese Karten geschrieben wurden, nie monoton, und an Themen gab es keinen Mangel.

Anna Quangel hatte nun längst ihren stillen Zuhörerposten aufgegeben, sie saß lebhaft da im Sofa, sprach mit, schlug Themen vor und dachte Sätze aus. Sie arbeiteten in der schönsten Gemeinsamkeit, und diese tiefe, innere Gemeinsamkeit, die sie nach so langer Ehe jetzt erst kennenlernten, wurde ihnen zu einem großen Glück, das über die ganze Woche hin sein Licht ausstrahlte. Sie sahen sich mit einem Blick an, sie lächelten, jedes wusste von dem andern, es hatte jetzt an die nächste Karte gedacht oder an die Wirkung dieser Karten, an die ständig wachsende Zahl ihrer Anhänger und dass schon mit Begier auf die nächste Nachricht von ihnen gewartet wurde.

Beide Quangels zweifelten nicht einen Augenblick daran, dass ihre Karten jetzt in den Betrieben heimlich von Hand zu Hand gingen, dass Berlin von diesen Bekämpfern zu sprechen anfing. Sie waren sich klar darüber, dass ein Teil der Karten der Polizei in die Hände fiel, aber sie nahmen an: höchstens jede fünfte oder sechste Karte. Sie hatten so oft an diese Wirkung gedacht und von ihr gesprochen, dass die Weiterverbreitung ihrer Nachrichten, das Aufsehen, das sie erregten, ihnen ganz selbstverständlich erschien, eine Tatsache, die man nicht bezweifeln konnte.

Dabei hatten beide Quangels nicht den geringsten tatsächlichen Anhaltspunkt dafür. Ob Anna Quangel nun vor einem Lebensmittelladen in der Schlange anstand, ob der Werkmeister sich stumm mit seinen scharfen Augen zu einer Gruppe von Schwätzern stellte und eben nur durch sein Dortstehen ihr Geschwätz zum Aufhören brachte – niemals hörten sie ein Wort von dem neuen Kämpfer gegen den Führer, von den Botschaften, die er in die Welt sandte. Aber dieses Schweigen über ihre Arbeit konnte sie nicht wankend machen in dem festen Glauben, dass doch von ihr geredet wurde, dass sie ihre Wirkung tat. Berlin war eine sehr große Stadt, und die Verteilung der Karten erstreckte sich auf ein weites Gebiet, es brauchte seine Zeit, bis das Wissen von ihnen überall einsickerte. Kurz, den Quangels erging es wie allen Menschen: sie glaubten, was sie hofften.

Von den Vorsichtsmaßregeln, die Quangel zu Beginn seiner Arbeit für nötig gehalten hatte, war er nur bei den Handschuhen abgewichen. Genaue Überlegungen hatten ihm gesagt, dass diese störenden Dinger, die seine Arbeit so verlangsamten, nichts nützten. Seine Karten gingen vermutlich, ehe mal wirklich eine bei der Polizei landete, durch so viele Hände, dass auch der gewiegteste Polizeibeamte nicht mehr ausmachen konnte, was des Schreibers Abdrücke waren. Natürlich beobachtete Quangel weiter die äußerste Vorsicht. Vor dem Schreiben wusch er sich stets die Hände, er fasste die Karten nur sachte und sehr an den Rändern an, und beim Schreiben lag stets ein Löschblatt unter der Schreibhand.

Was das Ablegen der Karten selbst in den großen Bürohäusern anging, so hatte es längst den Reiz der Neuheit verloren. Dieses Ablegen, das ihnen zuerst so gefahrvoll erschienen war, hatte sich mit der Zeit als der leichteste Teil der Aufgabe erwiesen. Man ging in ein solches belebtes Haus, man wartete den richtigen Augenblick ab, und schon stieg man wieder die Treppe hinunter, ein bisschen erleichtert, von einem Druck in der Magengegend befreit, den Gedanken »Wieder einmal gutgegangen« im Kopf, aber nicht sonderlich aufgeregt.

Zuerst hatte Quangel diese Karten nur allein abgelegt, die Begleitung Annas war ihm sogar unerwünscht erschienen. Aber dann machte es sich von selbst, dass auch dabei Anna tätige Mithelferin wurde. Quangel hielt genau darauf, dass die Karten, ob nun eine oder zwei oder gar drei geschrieben waren, stets am folgenden Tage aus dem Hause kamen. Aber manchmal konnte er wegen seiner von Rheumaschmerzen geplagten Beine schlecht gehen, zum andern forderte die Vorsicht, dass die Karten in weit voneinander entfernten Stadtteilen verbreitet wurden. Das bedingte zeitraubende Bahnfahrten, die an einem Vormittag durch eine Person kaum zu bewältigen waren.

So übernahm Anna Quangel ihren Anteil auch an dieser Arbeit. Zu ihrer Überraschung entdeckte sie, dass es sehr viel aufregender und nervenquälender war, vor einem Hause zu stehen und auf den Mann zu warten, als die Karten selbst abzulegen. Dabei war sie stets die Ruhe selbst. Sobald sie ein derartiges Haus betreten hatte, fühlte sie sich sicher in dem Getriebe der treppan und treppab Steigenden, sie wartete geduldig auf ihre Gelegenheit und legte dann rasch die Karten hin. Sie war sich ganz sicher, dass sie niemals bei diesem Ablegen beobachtet war, dass keiner sich ihrer erinnern und eine Beschreibung ihrer Person geben konnte. In Wahrheit war sie auch viel weniger auffallend als ihr Mann mit dem scharfen Vogelgesicht. Sie war eine kleine Bürgersfrau, die eben mal rasch zum Doktor lief.

Nur ein einziges Mal waren die Quangels bei ihrer sonntäglichen Schreiberei gestört worden. Aber auch bei dieser Störung hatte es nicht die geringste Aufregung und Verwirrung gegeben. Wie viele Male schon besprochen, war Anna Quangel bei dem Klingeln leise an die Flurtür geschlichen und hatte nach den Besuchern Ausschau durch das Guckloch gehalten. Unterdes hatte Otto Quangel das Schreibzeug fortgepackt und die angefangene Karte in ein Buch gelegt. Es standen auch hier erst die Worte: »Führer, befiehl – wir folgen! Jawohl, wir folgen, wir sind eine Herde Schafe geworden, die unser Führer auf jede Schlachtbank treiben darf. Wir haben das Denken aufgegeben …«

Die Karte mit diesen Worten hatte Otto Quangel in ein Radiobastelbuch seines gefallenen Sohnes gelegt, und als nun Anna Quangel mit den beiden Besuchern, einem kleinen Buckligen und einer dunklen, langen, müden Frau, eintrat, saß Otto bei seiner Schnitzerei und bosselte an der Büste des Jungen, die schon ziemlich weit vorgeschritten war und auch nach Ansicht Anna Quangels immer ähnlicher wurde. Es erwies sich, dass der kleine Bucklige ein Bruder Annas war; die Geschwister hatten sich fast dreißig Jahre nicht mehr gesehen. Der kleine Buckel hatte stets in Rathenow bei einer optischen Fabrik gearbeitet und war erst vor kurzem nach Berlin geholt worden, um als Spezialist in einer Fabrik zu arbeiten, die irgendwelches Gerät für Unterseeboote herstellte. Die müde, dunkle Frau war Annas noch nie gesehene Schwägerin. Otto

Quangel hatte diese beiden Verwandten bisher noch nicht kennengelernt.

An diesem Sonntag wurde es mit der weiteren Schreiberei nichts, die begonnene Karte blieb unvollendet in dem Radiobastelbuch Ottochens liegen. Sosehr Quangels auch sonst gegen alle Besuche, gegen Freundschaft und Verwandtschaft eingestellt waren, um der Ruhe willen, in der sie leben wollten, dieser da so unvermutet hereingeschneite Bruder und seine Frau missfielen ihnen nicht. Heffkes waren in ihrer Art auch stille Leute, irgendeiner religiösen Sekte angehörend, die, nach einer Andeutung zu schließen, von den Nazis verfolgt wurde. Aber sie sprachen kaum davon, wie überhaupt alles Politische ängstlich vermieden wurde.

Aber Quangel hörte staunend, wie die beiden, Anna und ihr Bruder Ulrich Heffke, Kindheitserinnerungen austauschten. Zum ersten Mal hörte er es, dass Anna auch einmal ein Kind gewesen war, ein Kind mit Übermut, Unarten und Streichen. Er hatte seine Frau erst kennengelernt, als sie schon ein älteres Mädchen gewesen war; er hatte nie daran gedacht, dass sie einmal ganz anders ausgesehen hatte, vor ihrem arg geplagten, freudlosen Dienstmädchendasein, das ihr so viel von ihrer Kraft und ihrer Hoffnung genommen hatte.

Nun sah er, während die Geschwister miteinander plauderten, das kleine, arme märkische Dorf vor sich; er hörte, dass sie die Gänse hatte hüten müssen, dass sie sich vor der verhassten Arbeit des Kartoffelbuddelns stets versteckt und viele Schläge deswegen bekommen hatte, und er erfuhr, dass sie im Dorfe recht beliebt gewesen war, weil sie sich, trotzig und couragiert, gegen alles aufgelehnt hatte, was ihr nach Ungerechtigkeit schmeckte. Hatte sie doch sogar einem ungerechten Schullehrer dreimal hintereinander mit einem Schneeball den Hut vom Kopfe geworfen – und sie war nie als die Täterin entdeckt worden. Nur sie und Ulrich hatten davon gewusst, Ulrich aber petzte nie.

Nein, dies war kein unangenehmer Besuch, obwohl zwei Karten weniger als sonst geschrieben wurden. Quangels meinten es auch ganz aufrichtig, als sie den Heffkes beim Abschied einen Gegenbesuch versprachen. Sie hielten auch das Versprechen. Etwa fünf oder sechs Wochen später suchten sie die Heffkes in einer kleinen Notwohnung auf, die ihnen im Westen in der Nähe des Nollendorfplatzes frei gemacht worden war. Die Quangels benutzten diesen Besuch, um endlich auch mal im Westen eine Karte abzulegen; obwohl es Sonntag und das Bürohaus wenig belebt war, ging alles gut.

Von da an folgten die gegenseitigen Besuche sich in etwa sechswöchigem Abstand. Sie waren nicht weiter aufregend, aber sie brachten doch ein wenig andere Luft in das Leben der Quangels. Meist saßen Otto und seine Schwägerin schweigend am Tisch und lauschten auf das leise Gespräch der beiden Geschwister, die nicht müde wurden, von ihrer Kindheit zu plaudern. Es tat Quangel gut, auch diese andere Anna kennenzulernen; freilich fand er nie eine Brücke zwischen der Frau, die heute an seiner Seite lebte, und jenem Mädchen, das die Landarbeit verstand, mutwillige Streiche verübte und das trotzdem als beste Schülerin der kleinen Landschule galt.

Sie erfuhren, dass Annas Eltern noch immer in ihrem Geburtsort lebten, sehr alte Leute – der Schwager erwähnte beiläufig, dass er den Eltern monatlich zehn Mark sandte. Anna Quangel war schon drauf und dran, dem Bruder zu sagen, dass sie das von nun an auch tun würden, aber sie fing noch zur rechten Zeit einen warnenden Blick ihres Mannes auf und schwieg.

Erst auf dem Heimweg sagte er dann: »Nein, besser nicht, Anna. Wozu solch alte Leute verwöhnen? Sie haben doch ihre Rente, und wenn der Schwager dazu noch alle Monate zehn Mark schickt, ist das genug.«

»Wir haben doch so viel Geld auf der Sparkasse!«, bat Anna. »Wir werden es nie aufbrauchen. Früher haben wir gedacht, es wäre mal für Ottochen, aber jetzt ... Lass es uns tun, Otto! Und wenn es nur fünf Mark sind alle Monate!«

Ungerührt antwortete Otto Quangel: »Jetzt, wo wir in der großen Sache drin sind, wissen wir nicht, wozu wir unser Geld eines Tages noch brauchen werden. Vielleicht werden wir jede einzelne Mark gebrauchen, Anna. Und die alten Leute haben bisher auch ohne uns gelebt, warum nicht weiter so?«

Sie schwieg, ein wenig gekränkt, vielleicht nicht so sehr in ihrer Liebe zu den Eltern, denn sie hatte kaum je an die alten Leute gedacht und ihnen nur einmal im Jahre aus Pflichtgefühl zu Weihnachten einen Brief geschrieben. Aber sie kam sich vor dem Bruder etwas blamiert und schäbig vor. Der Bruder sollte doch nicht denken, sie könnten nicht das, was er konnte.

Anna sagte hartnäckig: »Der Ulrich wird denken, wir können's nicht, Otto. Er wird von deiner Arbeit gering denken, dass sie nur ganz wenig einbringt.«

»Es ist doch ganz egal, was andere von mir denken«, versetzte Quangel. »Ich hole nun einmal für so was kein Geld von der Kasse.«

Anna fühlte, dieser letzte Satz war unumstößlich. Sie schwieg, sie fügte sich wie immer, wenn solch ein Satz von Otto gesprochen wurde, aber ein bisschen gekränkt war sie doch, dass der Mann nie Rücksicht auf ihre Gefühle nahm. Doch vergaß Anna Quangel diese Kränkung rasch bei der Weiterarbeit am großen Werk.

22. Kapitel
Ein halbes Jahr danach: Kommissar Escherich

Ein halbes Jahr nach Empfang der ersten Karte stand der Kommissar Escherich, seinen sandfarbenen Schnurrbart streichend, vor der Karte Berlins, auf der er mit roten Fähnchen die Fundpunkte von Quangels Karten markiert hatte. Es steckten jetzt vierundvierzig solcher Fähnchen auf dem Blatt; von den acht-

220

undvierzig Karten, die Quangels in diesem halben Jahr geschrieben und ausgetragen hatten, waren nur vier nicht bei der Gestapo gelandet. Und auch diese vier waren wohl kaum in den Betrieben von Hand zu Hand gegangen, wie es sich die Quangels erhofft, sondern sie waren, kaum gelesen, schon angstvoll zerrissen, weggespült oder verbrannt worden.

Die Tür geht, und Escherichs Vorgesetzter, der SS-Obergruppenführer Prall, kommt herein: »Heil Hitler, Escherich! Nun, warum beißen Sie so auf Ihrem Bart herum?«

»Heil Hitler, Herr Obergruppenführer! Das ist der Kartenschreiber, der Klabautermann, wie ich ihn bei mir nenne.«

»Nanu? Warum denn Klabautermann?«

»Weiß nicht. Fiel mir so ein. Vielleicht, weil er die Leute graulich machen will.«

»Und wie weit sind wir damit, Escherich?«

»Tja!«, sagte der Kommissar gedehnt. Er sah wieder nachdenklich auf die Karte. »Nach der Verbreitung zu schließen, muss er irgendwo nördlich vom Alexanderplatz sitzen, da sind die meisten Vorkommen. Aber auch Osten und Zentrum sind ganz gut bepflastert. Der Süden gar nicht, im Westen, etwas südlich vom Nollendorfplatz, sind zwei Vorkommen – da muss er irgendwie gelegentlich zu tun haben.«

»Gut deutsch: aus der Karte lässt sich noch gar nichts sagen! Damit kommen wir nicht einen Schritt weiter!«

»Abwarten! Ein halbes Jahr später, wenn mein Klabautermann bis dahin keinen andern Schwupper macht, wird die Karte schon viel mehr Aufschluss geben.«

»Halbes Jahr! Sie sind ja prächtig, Escherich! Ein halbes Jahr wollen Sie dieses Schwein noch wühlen und grunzen lassen und nichts tun, als in aller Gemütsruhe Ihre Fähnchen einpieken!«

»Bei unserer Arbeit muss man Geduld haben, Herr Obergruppenführer. Das ist, wie wenn Sie auf dem Anstand sitzen und auf den Bock warten. Sie müssen eben warten. Ehe er kommt, können Sie nicht schießen. Aber wenn er kommt, da schieß ich, verlassen Sie sich drauf!«

»Ich hör immerzu Geduld, Escherich! Glauben Sie denn, die Herren über uns haben so viel Geduld? Ich fürchte, wir kriegen bald einen reingehängt, an dem wir lange kauen werden. Bedenken Sie, in einem halben Jahr vierundvierzig Karten, das sind in jeder Woche fast zwei Karten, die bei uns eintrudeln, das sehen doch die Herren. Da fragen sie mich: Na, und? Noch nicht gefasst? Warum noch nicht gefasst? Was tut ihr eigentlich? Fähnchen pieken und Daumen drehen, antworte ich. Und dann kriege ich meinen reingewürgt und den Befehl, den Mann in zwei Wochen zu fassen.«

Kommissar Escherich grinste unter seinem sandfarbenen Bart. »Und dann würgen Sie mir einen rein, Herr Obergruppenführer, und geben mir den dienstlichen Befehl, den Mann in einer Woche zu fassen!«

»Grinsen Sie nicht so albern, Escherich! Über so einen Fall, wenn der zum Beispiel dem Himmler zu Ohren kommt, kann man sich die schönste Karriere verpfuschen, und vielleicht denken wir beide im KZ Sachsenhausen eines Tages noch trübselig darüber nach, wie schön doch die Zeiten waren, als wir noch rote Fähnchen einpieken durften.«

»Keine Bange, Herr Obergruppenführer! Ich bin ein alter Kriminalist und weiß, keiner kann was Besseres machen als wir tun: warten. Die sollen uns doch einen besseren Weg vorschlagen, die Klugscheißer, wie man an meinen Klabautermann rankommt. Aber natürlich wissen die auch keinen.«

»Escherich, bedenken Sie, wenn vierundvierzig bei uns eingetrudelt sind, so heißt das, dass mindestens ebenso viel, vielleicht aber über hundert Karten heute in Berlin umlaufen, Unzufriedenheit säen, Sabotage stiften. Das kann man doch nicht ruhig mit ansehen!«

»Hundert Karten im Umlauf!«, lachte Escherich. »Haben Sie eine Ahnung vom deutschen Volk, Herr Obergruppenführer! Bitte tausendmal um Entschuldigung, Herr Obergruppenführer, so wollte ich es wirklich nicht sagen, es ist mir nur so rausgerutscht! Natürlich haben Herr Obergruppenführer viel Ahnung vom deutschen Volke, mehr als ich wahrscheinlich, aber die Leute haben jetzt doch solche Angst! Die liefern ab – mehr als zehn Karten sind bestimmt nicht im Umlauf!«

Nach seiner zornigen Gebärde wegen des beleidigenden Ausrufes von Escherich (diese Leute, die von der Kripo kamen, waren ein bisschen reichlich dumm und taten viel zu kollegial!), nachdem also der Obergruppenführer Prall den beleidigenden Ausruf Escherichs mit einem Zornblick und einem wütenden Vorschnellen des Armes gerügt hatte, sagte er jetzt: »Aber zehn sind auch noch zu viel! Eine ist noch zu viel! Gar keine darf mehr umlaufen! Sie müssen den Mann fassen, Escherich – und schnell!«

Der Kommissar stand stumm da. Er hob den Blick nicht von den glänzenden Stiefelspitzen des Obergruppenführers, er strich gedankenvoll den Schnurrbart und schwieg hartnäckig.

»Ja, da stehen Sie und schweigen!«, rief Prall ärgerlich. »Und ich weiß auch, was Sie denken. Sie denken nämlich grade, dass ich auch solch ein Klugscheißer bin, der wohl Rüffel austeilen kann, aber nichts Besseres vorzuschlagen weiß.«

Rot werden konnte der Kommissar Escherich schon lange nicht mehr, aber er war in diesem Augenblick, da er genau über seinen heimlichen Gedanken erwischt worden war, dem Erröten so nahe wie nur möglich. Und verlegen war er auch, was ihm seit endlosen Zeiten nicht mehr passiert war.

Obergruppenführer Prall merkte das alles wohl. Heiter sagte er: »Nun, ich will Sie gewiss nicht in Verlegenheit bringen, Escherich, ich gewiss nicht! Und ich will Ihnen auch keine guten Ratschläge geben. Sie wissen, ich bin kein Kriminalist, ich bin in diesen Laden nur kommandiert worden. Aber unterrichten Sie mich mal ein bisschen. Ich werde in den nächsten Tagen bestimmt über diesen Fall berichten müssen, da wüsste ich gerne genau Bescheid. Der Mann ist nie beim Ablegen der Karten beobachtet worden?«

»Nie.«

»Und kein Verdacht geäußert in den Häusern, wo die Karten aufgefunden wurden?«

»Verdacht? Verdacht über Verdacht! Verdacht gibt's heute überall. Aber es steckt nirgends mehr dahinter als ein bisschen Wut auf den Nachbarn, Spitzeltum, Denunziantenfieber. Nein, daher kommt keine Spur!«

»Und die Auffinder selbst? Alle unverdächtig?«

»Unverdächtig?« Escherich verzog den Mund. »Ach Gott, Herr Obergruppenführer, unverdächtig ist heutzutage keiner.« Und nach einem raschen Blick auf das Gesicht seines Vorgesetzten: »Oder alle. Aber wir haben hier sämtliche Finder gesiebt und noch mal gesiebt. Mit dem Schreiber der Karten hat keiner was zu tun.«

Der Obergruppenführer seufzte. »Sie hätten Pfarrer werden sollen. Sie können so wunderbar trösten, Escherich!«, sagte er. »Bleiben also noch die Karten. Und wie steht es da mit den Anhaltspunkten?«

»Dürftig. Sehr dürftig!«, sagte Escherich. »Nee, lieber nicht Pfarrer, aber die Wahrheit für Sie, Herr Obergruppenführer! Nach dem ersten Schwupper, den er gemacht hat mit dem einzigen Sohn, habe ich gedacht, er würde sich mir selbst ans Messer liefern. Aber das ist ein schlauer Fuchs.«

»Sagen Sie mal, Escherich«, rief Prall plötzlich, »haben Sie je daran gedacht, dass es auch eine Frau sein könnte? Mir fiel das eben so ein, als Sie vom einzigen Sohn sprachen.«

Der Kommissar sah einen Augenblick seinen Vorgesetzten überrascht an. Er dachte nach. Dann sagte er, bekümmert den Kopf schüttelnd: »Damit ist's auch nichts, Herr Obergruppenführer. Das ist vielmehr grade einer der Punkte, die ich für absolut sicher ansehe. Mein Klabautermann ist ein Witwer oder jedenfalls ein Mann, der ganz für sich allein lebt. Wäre ein Weib in der Sache, das hätte längst inzwischen ein bisschen Geschwätz gegeben. Bedenken Sie: ein halbes Jahr, so lange hält keine Frau dicht!«

»Aber eine Mutter, die den einzigen Sohn verloren hat?«

»Auch nicht. Grade die nicht!«, entschied Escherich. »Wer Kummer hat, will getröstet werden, und um Trost zu bekommen, muss man reden. Nein, bestimmt ist keine Frau in der Sache. Von der weiß nur einer, und der kann schweigen.«

»Wie gesagt: Pfarrer! Und was sonst für Anhaltspunkte?«

»Dürftig, Herr Obergruppenführer, sehr dürftig. Ziemlich sicher ist der Mann geizig oder hat irgendwann mal Krach mit dem Winterhilfswerk gehabt. Denn auf den Karten mag stehen, was da will, noch nicht einmal hat er die Mahnung vergessen: Gebt nichts für das WHW!«

»Na, wenn wir nach einem in Berlin suchen sollen, der nicht gerne fürs WHW spendet, Escherich …«

»Sage ich auch, Herr Obergruppenführer. Zu wenig. Zu dürftig.«

»Und sonst?«

Der Kommissar zuckte die Achseln. »Wenig. Nichts«, sagte er. »Wir können vielleicht noch mit ziemlicher Sicherheit annehmen, dass der Kartenableger keinen festen Beruf hat, denn die Karten sind eigentlich zu allen Tageszeiten aufgefunden worden, zwischen morgens acht und abends neun Uhr. Und bei der Belebtheit der Treppenhäuser, die mein Klabautermann benutzt, ist wohl anzunehmen, dass jede Karte ziemlich rasch nach ihrem Ablegen gefunden ist. Sonst? Ein Handarbeiter, der wenig geschrieben hat in seinem Leben, aber nicht mit schlechter Schulbildung, macht kaum je einen Schreibfehler, drückt sich nicht ungewandt aus …«

Escherich schwieg, beide schwiegen sie ziemlich lange, wobei sie gedankenlos auf die Karte mit den roten Fähnchen starrten.

Dann sagte der Obergruppenführer Prall: »Eine harte Nuss, Escherich. Hart für uns beide.«

Der Kommissar meinte tröstend: »Es gibt keine Nuss, die so hart ist – ein Nussknacker schafft sie doch!«

»Mancher klemmt sich auch die Finger dabei, Escherich!«

»Nur Geduld, Herr Obergruppenführer, bloß ein bisschen Geduld!«

»Wenn die andern oben sie bloß haben, an mir liegt's nicht, Escherich. Na, martern Sie Ihr Köpfchen mal ein bisschen, Escherich, vielleicht fällt Ihnen doch noch was Besseres ein als diese blöde Warterei. Heil Hitler, Escherich!«

»Heil Hitler, Herr Obergruppenführer!«

Allein geblieben, stand der Kommissar Escherich noch eine Weile vor der Karte, gedankenvoll den hellen Schnurrbart streichelnd. Es war ja nicht ganz so, wie er seinen Vorgesetzten hatte glauben machen wollen. In diesem Falle war er nicht nur der abgebrühte Kriminalist, den nichts mehr aufregen kann. Sondern er hatte Interesse gefunden an diesem stummen, ihm leider noch gänzlich unbekannten Kartenschreiber, der sich da so schonungslos und doch so vorsichtig, so klug berechnend in einen fast aussichtslosen Kampf gestürzt hatte. Dieser Fall Klabautermann war zuerst nur einer von vielen gewesen. Dann hatte er ihn warm gemacht. Er musste diesen Mann finden, der da mit ihm unter den zehntausend Dächern von Berlin saß, er musste ihn von Angesicht zu Angesicht sehen, ihn, der dem Kommissar allwöchentlich mit der Regelmäßigkeit einer Maschine zwei, drei Postkarten am Montagabend, spätestens am Dienstagvormittag auf den Schreibtisch sandte.

Escherich war längst weit entfernt von jener Geduld, die er dem Obergruppenführer eben noch so sehr empfohlen hatte. Escherich jagte – dieser alte Kriminalist war ein echter Jäger. Das steckte ihm im Blut. Er hetzte Menschen, wie andere Jäger Schweine hetzen. Dass die Schweine und die Menschen am Schluss der Jagd sterben mussten, das rührte ihn nicht. Es war dem Schwein bestimmt, auf diese Art zu sterben, wie es auch den Menschen, die solche Karten schrieben, bestimmt war. Er hatte sich längst den Kopf zermartert, wie er schneller an den Klabautermann herankommen könnte – so was brauchte ihm der Obergruppenführer Prall nicht erst zu empfehlen. Aber er fand keinen Weg, denn es gab hier nur Geduld. Man konnte nicht wegen einer solch unbedeutenden Sache den ganzen Polizeiapparat in Bewegung setzen, jede Wohnung in Berlin durchsuchen lassen – ganz abgesehen davon, dass er nicht solche Beunruhigung in die Stadt tragen durfte. Er musste immer weiter Geduld haben …

Und wenn man genug Geduld gehabt hatte, da geschah es dann plötzlich: fast immer geschah etwas. Der Verbrecher beging einen Fehler, oder der Zufall spielte ihm einen Streich. Auf eines von diesen beiden musste man warten, auf den Zufall oder auf den Fehler. Eines geschah immer oder fast immer. Escherich hoffte, dass es in diesem Falle kein »fast immer« geben würde. Er war interessiert, oh, er war stark interessiert. Im Grunde war es ihm ganz egal, ob er hier einem Verbrecher das Handwerk legte oder nicht. Escherich, es ist schon gesagt worden, Escherich jagte. Nicht um des Bratens willen, sondern weil das Jagen eine Lust ist. Er wusste, im gleichen Augenblick, wo das Wild zur Strecke gebracht, der Verbrecher gefangen und ihm seine Verbrechen hinreichend bewiesen waren – in dem gleichen Moment würde Escherichs Interesse an diesem Falle aufhören. Das Wild war erlegt, der Mann saß in Untersuchungshaft – die Jagd war zu Ende. Auf ein Neues!

Escherich hat den farblosen Blick von der Karte gewendet. Er sitzt jetzt an seinem Schreibtisch und isst langsam und gedankenvoll seine Frühstücksstullen. Als das Telefon klingelt, greift er nur zögernd danach. Noch ganz gleichgültig hört er die Meldung: »Hier Polizeirevier Frankfurter Allee. Kommissar Escherich?«

»Am Apparat.«

»Sie bearbeiten den Fall: Karte Unbekannt?«

»Ja. Was gibt's? Schnell ein bisschen!«

»Wir haben mit ziemlicher Sicherheit den Kartenverteiler gefasst.«

»Bei der Verteilung?«

»Nahezu. Er leugnet natürlich.«

»Wo haben Sie ihn?«

»Noch bei uns auf dem Revier.«

»Behalten Sie ihn dort, ich bin mit meinem Wagen in zehn Minuten bei Ihnen. Und: nicht weiter vernehmen! Den Mann in Ruhe lassen! Ich will mit ihm selber sprechen. Verstanden?«

»Zu Befehl, Herr Kommissar!«

»Ich komme dann!«

Einen Augenblick stand Kommissar Escherich fast reglos über dem Telefon. Der Zufall – der gnädige, gute Zufall! Er hatte es ja gewusst, nur Geduld musste man haben!

Er ging rasch zur ersten Vernehmung des Kartenverteilers.

23. Kapitel
Ein halbes Jahr danach: Enno Kluge

Ein halbes Jahr danach saß der Feinmechaniker Enno Kluge ungeduldig wartend im Vorzimmer eines Arztes. Er saß dort mit noch andern dreißig oder vierzig Wartenden. Eine stets gereizte Sprechstundenhilfe rief eben die Nummer 18 aus, Enno aber hatte die Nummer 29. Er würde noch über eine Stunde sitzen müssen, und in der Kneipe »Ferner liefen« wartete man schon auf ihn.

Enno Kluge konnte es nicht länger beim Sitzen aushalten. Er wusste gut, er durfte nicht eher gehen, bis der Arzt da vorn ihn krankgeschrieben hatte, sonst gab es Stunk in der Fabrik. Aber eigentlich konnte er gar nicht länger warten, sonst war es zu spät, noch seine Rennwetten abzuschließen.

Enno will im Wartezimmer auf und ab gehen. Aber dafür ist es viel zu voll, er wird angeschnauzt. So zieht er sich auf den

Flur zurück, und als ihn die Sprechstundenhilfe dort entdeckt und sehr gereizt auffordert, ins Wartezimmer zurückzugehen, fragt er sie nach der Toilette.

Sie zeigt sie ihm widerspenstig genug, und sie will auch abwarten, bis der Mann wieder herauskommt. Aber dann geht die Flurklingel ein paarmal kurz nacheinander, und sie muss den 43., den 44., den 45. Patienten empfangen, sie hat Personalien aufzunehmen, Kartothekkarten auszufüllen, Krankenscheine zu stempeln.

So geht das vom frühen Morgen bis in die späte Nacht. Sie ist halb tot, der Arzt ist halb tot, und nie verlässt sie mehr dieser unselige Zustand dauernder Gereiztheit, in dem sie nun schon Wochen und Wochen ist. In diesem Zustand hat sie einen wahren Hass auf diesen immer weiter fließenden Strom von Patienten geworfen, die sie nie mehr zur Ruhe kommen lassen, die schon morgens um acht Uhr, wenn sie kommt, geduldig an der Tür stehen und die noch abends um zehn im Wartezimmer herumhocken, es mit ihren üblen Gerüchen erfüllend: alles Drückeberger von der Arbeit, Drückeberger von der Front, Menschen, die sich auf eine ärztliche Bescheinigung mehr Lebensmittel, bessere Lebensmittel erschleichen wollen. Alles Leute, die sich von ihren Pflichten drücken wollen, sie aber kann das nicht. Sie muss hier aushalten, darf nicht krank sein (was finge denn der Doktor ohne sie an?), sie muss noch freundlich sein zu diesen Heuchlern, die alles schmutzig machen, vollschleimen, vollkotzen! Auf der Toilette liegt immer alles voll Zigarettenasche.

Dabei fällt ihr der kleine Schleicher ein, dem sie vorhin die Toilette hat zeigen müssen. Sicher sitzt der noch immer da und qualmt Zigaretten. Sie springt auf, rennt hinaus, rüttelt an der Tür.

»Besetzt!«, ruft es von drinnen.

»Wollen Sie wohl machen, dass Sie da runterkommen!«, fängt sie zornig zu schelten an. »Denken Sie, Sie können da

Stunden und Stunden sitzen? Andere Leute möchten auch die Toilette benutzen!«

Sie wirft dem an ihr vorbeischleichenden Kluge zornig die Worte nach: »Natürlich alles wieder vollgequalmt! Ich werde dem Herrn Doktor erzählen, wie krank Sie sind! Sie sollen mal was erleben!«

Entmutigt lehnt Enno Kluge im Sprechzimmer gegen die Wand – sein Stuhl ist unterdes auch besetzt worden. Der Arzt ist inzwischen bis Nummer 22 gekommen. Wahrscheinlich ganz sinnlos, hier noch weiter zu warten. Das Biest da draußen ist imstande, den Arzt aufzuhetzen, dass er ihn wirklich nicht krankschreibt. Und was dann? Dann funkt es draußen in der Fabrik! Er fehlt nun schon mal wieder den vierten Tag; die sind imstande und schicken ihn wirklich noch in eine Strafkompanie oder in ein KZ – imstande sind die Brüder dazu! Ja, er muss heute noch einen Krankenschein kriegen, und es ist am schlauesten, er wartet hier weiter, da er nun schon so lange gewartet hat. Bei einem andern Arzt ist es ebenso voll, er muss bis in die Nacht sitzen, und von diesem hier hat er wenigstens gehört, dass er leicht krankschreibt. Wird er heute eben mal nicht auf Pferde wetten, muss es eben heute mal ohne den Enno gehen, hilft nichts ...

Er lehnt hüstelnd gegen die Wand, ein schwächliches Etwas. Besser ein Garnichts. Von jener Abreibung durch den SS-Mann Persicke hat er sich nie ganz erholen können. Jawohl, mit der Arbeit war es nach ein paar Tagen besser geworden, obwohl seine Hände nicht wieder die alte Geschicklichkeit erlangten. Es reichte jetzt grade zu einem Durchschnittsarbeiter. Nie wieder würde er die alte Handfertigkeit erlangen, ein angesehener Mann in seinem Fach werden.

Vielleicht war es das, was ihm die Arbeit so gleichgültig machte, vielleicht lag es aber auch daran, dass er auf die Länge überhaupt nicht gerne mehr arbeitete. Er sah den Sinn und den Zweck der Arbeit nicht so recht ein. Wozu eigentlich sich so anstrengen, wenn man auch ohne Arbeit ausreichend leben konnte! Etwa für den Krieg? Die sollten ihren Scheißkrieg gut und gerne alleine führen, ihn interessierte der nicht. Vielleicht schickten die mal ihre ganzen fetten Bonzen an die Front, dann würde der Krieg schnell alle sein!

Nein, es war aber auch nicht die Frage nach dem Sinn seiner Arbeit, die ihm alle Tätigkeit verhasst machte. Es war der Umstand, dass Enno zurzeit ohne Arbeit leben konnte. Ja, er war schwach gewesen, er gestand es sich jetzt ein, er war wieder zu den Weibern gegangen, erst zu Tutti, dann zu Lotte, und die waren auch ganz bereit gewesen, diesen kleinen, anschmiegsamen Mann eine Weile durchzuschleppen. Und sobald man sich mit den Weibern einließ, war es mit jeder geregelten Arbeit aus. Schon morgens schimpften sie, wenn er um sechs Uhr seinen Kaffee und das Frühstück verlangte, was das wohl heißen sollte? Um diese Zeit schlief jeder Mensch, und ob er es denn nötig habe? Er solle doch ruhig wieder ins warme Bett kriechen!

Nun, ein- oder zweimal bestand man ein solches Gefecht siegreich, aber, wenn man ein Enno Kluge war, kein drittes Mal. Man gab nach, kroch zu der Frau in die Betten und schlief noch ein oder zwei oder sogar noch drei Stunden.

War es so spät, ging er überhaupt nicht mehr in die Fabrik, sondern machte den Tag blau. Oder war es noch früher, kam man eben ein bisschen zu spät zur Arbeit, mit irgendeiner lahmen Entschuldigung, wurde angeschnauzt (aber das war man ja schon lange gewohnt, da hörte man gar nicht mehr hin), tat ein paar Stunden was und ging heim, wieder vom Geschimpfe empfangen: Wozu man denn einen Mann im Haus hielte, wenn er den ganzen Tag fort war? Wegen der paar Mark! Die wären gewiss leichter zu verdienen! Nein, wenn es Arbeit sein musste, wäre er besser in seinem engen Hotelzimmerchen geblieben, Weiber und Arbeit, das ließ sich nicht vereinigen. Bei einer ja, bei der Eva – und natürlich hatte Enno Kluge auch wieder einen Versuch gemacht, bei seiner Frau, der Briefbestellerin, unterzukriechen. Aber da erfuhr er von der Frau Gesch, dass die Eva verreist war. Die Gesch hatte einen Brief von ihr gekriegt, sie saß irgendwo im Ruppinschen bei Verwandten. Jawohl, sie, die Gesch, hatte jetzt die Schlüssel zu der Wohnung, aber sie dachte nicht daran, sie dem Enno Kluge auszuhändigen. Wer schickte regelmäßig die Miete: er oder seine Frau? Nun also, gehörte die Wohnung doch ihr, nicht ihm! Sie hatte sich seinetwegen schon genug Ungelegenheiten gemacht, sie dachte gar nicht daran, ihm die Wohnung freizugeben.

Übrigens, wenn er durchaus was für seine Frau tun wolle, so sollte er doch mal auf die Post gehen. Die hatten schon ein paarmal nach Frau Kluge geschickt, und vor kurzem war auch eine Vorladung vor irgendein Parteigericht gekommen; die Gesch hatte sie einfach mit dem Vermerk »Empfänger unbekannt verreist« zurückgehen lassen. Aber das auf der Post sollte er ruhig mal regeln. Seine Frau hatte da sicher noch Ansprüche.

Das mit den Ansprüchen hatte ihn gezwickt; schließlich konnte er sich als rechtlicher Ehemann ausweisen, Evas Ansprüche waren auch seine Ansprüche. Aber der Weg erwies sich als ein Fehlweg; auf der Post nahmen sie ihn mächtig in die Zange. Die Eva musste irgendwas mit der Partei angestellt haben, die waren wütend auf sie! Er hatte es gar nicht mehr eilig, sich als rechtlicher Ehemann Evas auszuweisen – im Gegenteil, er gab sich die größte Mühe, nachzuweisen, dass er schon länger von der Eva getrennt lebte und keine Ahnung von ihrem Tun und Lassen hatte.

Schließlich ließen sie ihn laufen. Was war aus solchem kleinen Männchen auch herauszuholen, das immer bereit war, gleich loszuheulen, und das bei jedem Anpfiff zu zittern anfing? Also, er konnte gehen, er sollte machen, dass er fortkam, und wenn er seine Frau doch mal wiedersah, so sollte er sie sofort hierher aufs Amt schicken. Oder besser noch: Er solle denen einen Wink geben, wo sie wohnte, das Weitere würden sie von hier aus erledigen.

Auf seinem Heimweg zur Lotte grinste Enno Kluge wieder. Also die tüchtige Eva saß auch in der Klemme, war ins Ruppinsche zu ihren Verwandten ausgerissen und wagte nicht mehr, sich in Berlin sehen zu lassen! So dumm war Enno natürlich nicht gewesen, den Postleuten zu verraten, wohin die Eva gereist war; so schlau wie die Gesch war er auch. Es bliebe ein letzter Ausweg; wenn es hier in Berlin für ihn mal ganz schief gehen sollte, so konnte er immer noch bei der Eva auftauchen, vielleicht nahm sie ihn doch auf. Sie würde sich auch vor den Verwandten genieren, allzu scharf gegen ihn aufzutreten. Eva gab noch was auf Ansehen und guten Ruf. Und schließlich hatte er sie ja durch Karlemanns Heldentaten in der Schraube; sie würde es nie leiden, dass er davon ihren Verwandten erzählte, lieber noch nahm sie ihn in Kauf.

Ein letzter Ausweg, wenn wirklich alles schiefging. Vorläufig hatte er noch seine Lotte. Sie war wirklich ganz nett, bis auf die Schnauze, die sie nicht eine Sekunde halten konnte, und bis auf ihre verdammte Angewohnheit, ewig Männer auf die Bude zu bringen. Er musste dann die halbe, manchmal sogar die ganze Nacht in der Küche hocken – und am nächsten Tag war es wieder nichts mit der Arbeit.

Es war nie mehr ganz das Rechte mit der Arbeit, und es würde auch nie mehr richtig werden, das wusste er. Aber vielleicht ging dieser Krieg schneller zu Ende, als man jetzt dachte, und es gelang ihm doch noch, die so lange hinzuhalten. So war er wieder ganz allmählich ins Bummeln und ins Blaumachen gekommen. Der Meister kriegte schon einen wutroten Kopf, wenn er ihn nur sah. Dann hatte es einen zweiten Anpfiff von der Leitung gegeben, aber dieses Mal hatte er nicht lange vorgehalten. Enno Kluge sah doch auch, was hier gespielt wurde, die brauchten jeden Tag Arbeiter, so leicht warfen die ihn nicht raus!

Dann waren ganz rasch drei Bummeltage hintereinander gekommen. Er hatte da so eine reizende Witwe kennengelernt,

nicht mehr ganz jung, ein bisschen sehr aus dem Leim gegangen, aber entschieden etwas Besseres als seine bisherigen
Weiber. Hatte sie doch ein gutgehendes Tiergeschäft in der
Nähe des Königstors! Sie handelte mit Vögeln und Fischen und
Hunden, sie hatte Futter und Halsbänder und Sand und Hun-
dekuchen und Mehlwürmer. Es gab Schildkröten bei ihr, Laub-
frösche, Salamander, Katzen … Ein Geschäft, das wirklich was
trug, und sie war eine tüchtige Frau, eine richtige Geschäftsfrau.

Er hatte sich ihr gegenüber als Witwer ausgegeben, er hatte
sie auch glauben gemacht, Enno sei sein Nachname, sie nannte
ihn Hänschen. Bestimmt, er hatte Chancen bei der Frau, das
hatte er während der drei Bummeltage, die er ihr im Geschäft
half, gut gesehen. So ein Männlein, das nach einem bisschen
Zärtlichkeit verlangte, war ihr grade recht. Sie war in den Jahren, da einer Frau angst wird, ob sie für ihre alten Tage noch
einen Mann abkriegt. Natürlich würde sie ihn heiraten wollen,
aber das Ding konnte er auch schon irgendwie hindrehen, dass
es passte. Schließlich gab es jetzt Kriegstrauungen, wo die Un-
terlagen so genau nicht geprüft wurden, und wegen der Eva
brauchte er keine Bedenken zu haben. Die würde froh sein, ihn
für immer loszuwerden, die würde den Mund schon halten!

Da war plötzlich brennend in ihm der Wunsch aufgetaucht,
sich erst einmal ganz von der Fabrik frei zu machen. Er musste
ja sowieso krank spielen, jetzt, da er schon drei Tage ohne Entschuldigung gefehlt hatte. Da wollte er auch richtig krank sein!
Und während dieser Krankheit würde er die Sache mit der
Witwe Hete Häberle schon richtig zum Klappen bringen. Jetzt
ekelte es ihn bei der Lotte; er konnte diese Wirtschaft nicht länger ertragen, ihr Gequassel nicht, ihre Männer nicht und am
wenigsten ihre Zärtlichkeit, wenn sie angetrunken war. Nein,
in drei, vier Wochen wollte er verheiratet sein und eine ordentliche Wirtschaft haben! Dazu musste ihm der Arzt verhelfen.

Erst Nummer 24, es dauert immer noch eine halbe Stunde,

bis Enno drankommt. Ganz mechanisch steigt er über all die Füße weg und steht wieder auf dem Flur. Trotz der bissigen Sprechstundenhilfe wird er noch eine Zigarette auf dem Klo stoßen. Er hat Glück, er gelangt ungesehen auf die Toilette, aber kaum hat er die ersten paar Züge gemacht, so rüttelt dieses Weibsbild doch wieder an der Tür.

»Sie sind ja schon wieder auf der Toilette! Sie rauchen ja schon wieder!«, schreit sie. »Ich weiß genau, dass Sie es sind! Wollen Sie wohl machen, dass Sie rauskommen, oder muss ich erst den Herrn Doktor holen?«

Wie sie schreit, wie ekelhaft sie schreit! Da gibt er lieber gleich nach, wie er stets lieber nachgibt als widersteht. Er lässt sich von ihr in den Warteraum jagen, er sagt nicht ein Wort zu seiner Entschuldigung. Und da lehnt er nun wieder gegen die Wand und wartet, dass seine Nummer drankommt. Die wird ihn schön beim Arzt verklagen, diese verdammte Kreuzotter, die!

Die Sprechstundenhilfe hat den kleinen Enno Kluge auf seinen Platz gejagt, sie geht zurück über den Flur. Dem hat sie es aber besorgt!

Da sieht sie eine Karte am Boden liegen, etwas entfernt vom Briefkastenschlitz. Die Karte hat vor fünf Minuten noch nicht hier gelegen, als sie dem letzten Patienten öffnete, das weiß sie genau. Und es hat gar nicht geklingelt, jetzt ist doch überhaupt nicht die Zeit für Postzustellung.

All das hat die Hilfe flüchtig gedacht, während sie sich nach der Karte bückte, und später weiß sie es auch ganz genau, dass sie schon da, ehe sie die Karte in Händen hielt, ehe sie noch gesehen hatte, was mit ihr los war, dass sie da schon das Gefühl hatte, es war dieser kleine, schleichende Mann, der etwas damit zu schaffen hatte.

Sie wirft nur einen Blick auf den Text, liest ein paar Worte und stürzt aufgeregt zum Arzt in das Behandlungszimmer. »Herr Doktor! Herr Doktor! Was ich da eben auf unserm Flur gefunden habe!«

235

Sie unterbricht die Konsultation, sie erreicht, dass der halb-ausgezogene Patient in ein Nebenzimmer geschickt wird, dann gibt sie dem Arzt die Karte zu lesen. Sie kann es kaum abwar-ten, dass er zu Ende gelesen hat, und schon berichtet sie von ihrem Verdacht: »Es kann wirklich kein anderer gewesen sein als dieser kleine Schleicher! Gleich war er mir unsympathisch mit seinem scheuen Blick! Und das verkörperte schlechte Ge-wissen, nicht einen Augenblick hat er sich ruhig halten können, immer auf den Flur raus, zweimal hab ich ihn von der Toilette gejagt! Und wie ich das zum zweiten Mal tat, da hat hinterher die Karte auf dem Flur gelegen! Von außen kann sie gar nicht eingeworfen sein, dafür hat sie viel zu weit ab vom Briefkas-tenschlitz gelegen! Herr Doktor, rufen Sie gleich die Polizei an, ehe der Kerl wegschleicht! O Gott, er kann jetzt schon weg sein, ich muss gleich einmal nachsehen …«

Damit stürzt sie aus dem Behandlungszimmer, die Tür hin-ter sich weit offen lassend.

Der Arzt steht da, die Karte noch immer in der Hand. Es ist ihm äußerst peinlich, dass so was grade in seiner Sprechstunde passieren muss! Gottlob, dass die Hilfe die Karte fand und dass er nachweisen kann, dass er seit zwei Stunden sein Zim-mer nicht verlassen hat, nicht einmal auf der Toilette ist er ge-wesen. Das Mädchen hat recht, das Beste ist, gleich die Polizei anzurufen. Er fängt an, im Telefonbuch nach der Nummer sei-nes Reviers zu suchen.

Das Mädchen sieht durch die offen gebliebene Tür. »Er ist noch da, Herr Doktor!«, flüstert sie. »Er denkt natürlich, so kann er den Verdacht von sich ablenken. Aber ich bin ganz sicher …«

»Es ist gut«, unterbricht der Arzt die Aufgeregte. »Machen Sie bitte die Tür zu. Ich spreche jetzt mit der Polizei.«

Er erstattet seine Meldung, bekommt die Weisung, den Mann unbedingt festzuhalten, bis jemand vom Revier kommt, gibt diese Weisung an die Hilfe weiter, sagt ihr, sie solle ihn sofort rufen, wenn der Mann Anstalten macht zu gehen, und setzt sich wieder in seinen Schreibtischstuhl. Nein, die Behandlungen kann er jetzt nicht fortsetzen, er ist zu erregt. Dass gerade ihm so was passieren musste, warum nur gerade ihm? Ein gewissenloser Kerl, dieser Kartenschreiber, er brachte die Leute in die größte Bedrängnis! Dachte er gar nicht an die Schwierigkeiten, die er ihnen mit seiner verdammten Karte machte?

Wahrhaftig, diese Karte hatte grade noch zum Glück des Arztes gefehlt! Jetzt war Polizei zu ihm unterwegs, vielleicht geriet er doch in Verdacht, man machte eine Haussuchung, und wenn sich dann auch erwies, dass der Verdacht falsch war, so fand man hinten in der Dienstbotenkammer …

Der Arzt stand auf, er musste ihr wenigstens Bescheid sagen …

Und setzte sich wieder. Wie konnte er denn in Verdacht geraten? Und außerdem, selbst wenn man sie fand, so war sie eben seine Hausdame, wie es ja auch ihre Papiere aussagten. All das war ja hundertfach bedacht und besprochen worden, seit er sich vor gut einem Jahr von seiner Frau, einer Jüdin, hatte scheiden lassen müssen – unter dem Druck der Nazis. Er hatte es getan, hauptsächlich auf ihre Bitten hin, um den Kindern wenigstens eine Existenz zu sichern. Später hatte er dann, nachdem er die Wohnung gewechselt, seine ehemalige Frau mit falschen Papieren als seine Hausdame zurückgeholt. Eigentlich konnte gar nichts passieren, so jüdisch sah sie gar nicht aus …

Diese unselige Karte! Dass sie grade auf ihn treffen musste! Aber wahrscheinlich war es so, dass sie überall, wohin sie auch kam, Schrecken und Angst erregte. Jeder hatte in diesen Zeiten etwas zu verbergen!

Aber vielleicht war es grade der Zweck dieser Karte, Angst und Schrecken zu erregen? Vielleicht wurde diese Karte mit teuflischem Vorbedacht unter den Verdächtigen verteilt, um festzustellen, wie sich die verhielten? Vielleicht stand er schon länger unter Beobachtung, und dies war nur eines der Mittel, um festzustellen, ob der Verdächtige sich keine Blöße gab?

Nun, er hatte sich jedenfalls korrekt benommen. Fünf Minuten nach Auffinden der Karte hatte er die Polizei verständigt. Und er konnte ihr sogar einen Verdächtigen präsentieren, vielleicht einen armen Teufel, der gar nichts mit der Sache zu tun hatte. Nun, er konnte da nicht helfen, sollte der selber sehen, wie er aus der Geschichte herauskam! Die Hauptsache war, er blieb verschont.

Und obwohl diese Erwägungen den Arzt ruhiger gemacht haben, steht er auf und macht sich rasch und sicher eine kleine Morphiumspritze. Die wird ihn instand setzen, diesen Herren, die da zu ihm im Anmarsch sind, ruhig und sogar ein bisschen gelangweilt zu begegnen. Diese kleine Spritze ist das Hilfsmittel, zu dem der Arzt seit der Schande seiner Scheidung, wie er diesen Schritt innerlich noch immer nennt, häufiger und häufiger seine Zuflucht nimmt. Er ist noch kein Morphinist, weit entfernt, er kommt manchmal fünf, sechs Tage ohne Morphium aus, aber wenn Schwierigkeiten auf seinem Lebenswege auftauchen, und diese Schwierigkeiten häufen sich jetzt während des Krieges immer mehr, so nimmt er Morphium. Das allein hilft ihm noch, ohne diese künstliche Hilfe verliert er seine Nerven. Nein, noch ist er kein Morphinist! Aber er ist auf dem besten Wege, einer zu werden. Ach, wenn nur erst dieser Krieg vorbei wäre, dass man aus diesem elenden Lande hinauskönnte! Mit dem kleinsten Hilfsarztposten draußen im Auslande würde er zufrieden sein.

Einige Minuten darauf empfängt ein blasser, etwas müder Arzt die beiden Herren von der Polizeiwache. Der eine ist nur ein uniformierter Wachtmeister, zur Aufsicht über die Flurtür hierherkommandiert. Er löst sofort die Sprechstundenhilfe ab.

Der andere ist ein Zivilist, Kriminalassistent Schröder – in seinem Behandlungszimmer übergibt ihm der Arzt die Karte. Was er aussagen könne? Nun, er kann eigentlich nichts aussagen, er habe seit über zwei Stunden hier schon ohne Unterbrechung Patienten abgefertigt, etwa zwanzig oder fünfundzwanzig hintereinander. Aber er werde sofort die Sprechstundenhilfe holen.

Die Hilfe kommt, und sie hat viel auszusagen. Sehr viel. Sie schildert diesen Schleicher, wie sie ihn nur nennt, mit einem Hass, der zwei harmlosen Rauchereien auf der Toilette gegenüber völlig unbegreiflich ist. Der Arzt beobachtet sie genau, wie sie da erregt, mit oft versagender Stimme aussagt. Er denkt: Ich muss jetzt mal sehen, dass sie wirklich was Ernstliches gegen ihren Basedow unternimmt. Es wird immer schlimmer mit ihr. So erregt, wie sie jetzt spricht, ist sie eigentlich schon nicht mehr voll zurechnungsfähig.

Der Kriminalassistent scheint Ähnliches zu denken. Mit einem kurzen »Danke! Ich weiß jetzt vorläufig genug«, unterbricht er ihre Aussagen. »Zeigen Sie mir jetzt noch, Fräulein, wo die Karte auf dem Flur gelegen hat. Aber bitte möglichst genau!«

Das Fräulein, die Hilfe, legt die Karte auf eine Stelle, die sie vom Briefkastenschlitz, wie es scheint, unmöglich erreichen kann. Aber der Assistent probiert, vom Wachtmeister unterstützt, so lange das Einwerfen der Karte, bis sie nahezu auf dem von der Hilfe bezeichneten Platz zu liegen kommt. Nahezu, etwa zehn Zentimeter fehlen …

»Da könnte sie doch auch gelegen haben, Fräulein?«, fragt der Assistent.

Die Sprechstundenhilfe ist sichtlich entrüstet, dass dem Assistenten dies Experiment geglückt ist. Sie erklärt mit Entschiedenheit: »Nein, so nah an der Tür kann die Karte unmöglich gelegen haben! Eher noch weiter in den Flur hinein, als ich vorhin zeigte. Ich glaube jetzt, sie lag hier direkt bei dem Stuhl.« Und sie zeigt einen Fleck, der noch einen halben Meter weiter vom Einwurf entfernt liegt. »Ich bin fast sicher, dass ich gegen diesen Stuhl beim Aufheben gestoßen habe.«

»Soso«, sagt der Assistent und mustert kühl die Zornige. Im Innern macht er einen Strich durch alle ihre Aussagen. Die ist ja hysterisch, denkt er. Der fehlt natürlich ein Mann. Na ja, wo alle im Felde sind, und sehr verlockend sieht sie auch nicht aus.

Er wendet sich laut an den Arzt: »Ich möchte jetzt wie ein beliebiger Patient drei Minuten im Wartezimmer sitzen und mir den beschuldigten Herrn erst einmal so ansehen, ohne dass er weiß, wer ich bin. Das lässt sich doch machen?«

»Natürlich lässt sich das machen. Fräulein Kiesow wird Ihnen sagen, wo er sitzt.«

»Steht!«, erklärt die Hilfe ärgerlich. »So einer setzt sich doch nicht! Der tritt lieber den andern auf den Füßen herum! Dem lässt sein schlechtes Gewissen doch keine Ruhe! Dieser Schleicher ...«

»Also, wo steht er«, unterbricht sie der Assistent wieder und nicht sehr höflich.

»Vorhin stand er beim Spiegel am Fenster«, antwortet sie ihm gekränkt. »Aber ich kann natürlich nicht sagen, wo er jetzt steht, so unruhig, wie der ist!«

»Ich werde ihn schon finden«, meint der Assistent Schröder. »Sie haben ihn mir ja beschrieben.«

Und er geht ins Wartezimmer.

Dort herrscht einige Erregung. Seit über zwanzig Minuten ist kein Patient zum Arzt gerufen worden – wie lange sollen sie hier noch sitzen? Sie haben wahrhaftig anderes zu tun! Wahrscheinlich fertigt der Doktor vorne gut zahlende Privatpatienten ab, und die Kassenpatienten hier können sitzen, bis sie schwarz werden! Aber so machen es doch alle diese Ärzte, mein lieber Herr, da können Sie hingehen, wo Sie wollen! Überall hat das Geld den Vortritt!

Während die Berichte über die Käuflichkeit der Ärzte immer höhere Wellen schlagen, mustert der Assistent schweigend seinen Mann. Er hat ihn sofort erkannt. Der Mann ist weder so unruhig noch so schleicherisch, wie ihn die Hilfe geschildert hat. Er steht da ganz ruhig an seinem Spiegel, an der Unterhaltung der andern beteiligt er sich nicht. Er scheint nicht einmal auf das zu hören, was die sagen, und das tut man sonst doch gerne, eine langweilige Wartezeit sich zu verkürzen. Er schaut ein bisschen stumpfsinnig und ein bisschen ängstlich darein. Kleiner Arbeiter, entscheidet der Assistent. Nee, ein bisschen besser, die Hände sehen geschickt aus, Arbeitsspuren, aber nicht nach schwerer Arbeit ... Anzug und Mantel mit großer Sorgfalt instand gehalten, was freilich nicht über ihr Abgetragensein hinwegtäuscht. Im Ganzen nichts von dem Manne, den man sich nach dem Ton der Karte vorstellt. Der schreibt doch einen ganz kräftigen Stil, und nun dieses sorgenvolle Kaninchen ...

Aber der Assistent weiß längst, dass die Menschen oft sehr anders sind, als sie aussehen. Und dieser Mann ist immerhin durch die Aussage der Zeugin so schwer belastet, dass man die Angelegenheit wenigstens nachprüfen muss. Dieser Kartenschreiber muss die Herren oben ein bisschen nervös gemacht haben, erst neulich gab's da wieder unter »Geheim! Streng geheim!« einen Befehl, dass auch der kleinsten Spur in dieser Sache unverzüglich nachzugehen sei.

Wär ganz schön, wenn ich da einen kleinen Erfolg hätte!, denkt der Assistent. Es wird höchste Zeit mit einer kleinen Beförderung.

In dem allgemeinen Geschimpfe geht er fast unbeachtet an den kleinen Mann beim Spiegel heran, tippt ihn auf die Schulter und sagt: »Kommen Sie doch mal einen Augenblick auf den Flur. Ich möchte Sie mal was fragen.«

Gehorsam folgt ihm Enno Kluge, wie er jedem Befehl gehorsam folgt. Aber während er schon hinter dem unbekannten Herrn dreingeht, erfasst ihn Angst: Was soll das? Was will der von mir? Der sieht doch wie ein Bulle aus, und er spricht auch ganz wie ein Bulle. Was habe ich mit der Kripo zu tun – ich habe doch gar nichts getan!

241

Im gleichen Augenblick fällt ihm der Einbruch bei der Rosenthal ein. Es ist kein Zweifel, der Barkhausen ist hochgegangen und hat ihn verpfiffen. Und die Angst wird stärker in ihm, er hat doch geschworen, er will nichts aussagen, und wenn er nun doch aussagt, wird ihn dieser Kerl von der SS wieder vornehmen und vertrimmen, und diesmal noch viel schlimmer! Er darf nichts aussagen, aber wenn er nichts aussagt, nimmt ihn sich dieser Bulle vor, und dann schwatzt er doch. Hier Verderben, dort Verderben ... Oh, diese Angst!

Als er auf den Flur tritt, sehen ihn vier Gesichter erwartungsvoll an – aber er sieht sie gar nicht, er sieht nur die Uniform des Schupos und weiß, dass er mit seiner Angst recht gehabt hat, dass er nun wirklich zwischen Verderben und Verderben steht.

Und diese Angst verleiht Enno Kluge Eigenschaften, die er sonst nicht besitzt, nämlich Entschlusskraft, Stärke und Schnelligkeit. Er wirft den überraschten Assistenten, der dies nie von dem kleinen Schwächling erwartet hätte, gegen den Schupo, läuft an Arzt und Hilfe vorbei, reißt die Flurtür auf und ist schon auf der Treppe ...

Aber hinter ihm trillert die Pfeife des Schupos, und diesem langbeinigen jungen Mann ist er im Tempo nicht gewachsen. Auf der untersten Treppe wird er eingeholt, der Schupo versetzt ihm einen Schlag, der ihn gleich auf die Stufen niederschickt, und als er vor drehenden Sonnen und Feuerkreisen wieder sehen kann, sagt dieser Schupo freundlich lächelnd: »Na, streck mal deine süße Pfote her! Will dir lieber ein Armband schenken. Das nächste Mal machen wir so 'nen Spaziergang gemeinsam, was?«

Und schon hat die Stahlfessel um sein Handgelenk geklirrt, und es geht wieder treppauf, zwischen dem schweigsamen, finster blickenden Bullen und dem vergnügt lächelnden Bullen, dem dieser kleine Ausreißer nur Spaß macht.

Oben, wo die Patienten jetzt auf dem Flur stehen und gar

nicht mehr böse sind über die lange Wartezeit bei ihrem Doktor, denn eine Verhaftung ist immer etwas Interessantes, und wie die Sprechstundenhilfe erzählt hat, ist dies sogar ein Politischer, ein Kommunist, und diesen Brüdern geschieht es ganz recht – oben also geht es an all diesen Gesichtern vorbei in das Behandlungszimmer des Arztes. Das Fräulein Kiesow wird gleich von dem Assistenten hinausgeschickt, der Arzt aber darf bei der Vernehmung dabeibleiben und hört, wie der Assistent sagt: »So, mein Sohn, nun setz dich erst mal hier auf den Stuhl und ruhe dich von deiner Rennerei aus. Du machst ja ordentlich einen abgehetzten Eindruck! Wachtmeister, Sie können dem Herrn erst einmal die Fessel wieder abnehmen. Der rennt uns nicht noch einmal weg – oder?«

»Nein, nein!«, versichert Enno Kluge verzweifelt, und schon rollen die Tränen über sein Gesicht.

»Würde ich dir auch geraten haben! Das nächste Mal knallt's, und ich kann schießen, Sohn!« Der Assistent bleibt dabei, den wohl zwanzig Jahre älteren Kluge mit »Sohn« anzureden. »Na, weine man bloß nicht so! So schlimm wird's ja gar nicht gewesen sein, was du ausgefressen hast. Oder?«

»Gar nichts habe ich ausgefressen!«, stößt Enno Kluge unter Tränen hervor. »Rein gar nichts!«

»Aber natürlich, Sohn!«, stimmt der Assistent zu. »Darum rennst du ja auch so schnell wie ein Hase, sobald du die Uniform von einem Wachtmeister siehst! Doktor, haben Sie nicht irgendwas, womit Sie diesem Jammergestell wieder ein bisschen auf die Beine helfen können?«

Jetzt, da der Arzt fühlt, alle Gefahr ist von seinem eigenen Haupt abgewendet, sieht er mit herzlichem Mitleid auf dieses unglückselige Männlein. Auch so ein Geschlagener des Lebens ist das, den jedes Hindernis umwirft. Der Doktor ist in der Versuchung, dem Kleinen auch eine Spritze Morphium zu bewilligen, in leichtester Dosierung. Er wagt es aber nicht recht wegen des Kriminalbeamten. Lieber ein bisschen Brom …

Aber während er das Bromsalz noch im Wasser auflöst, sagt Enno Kluge: »Ich brauch nichts. Ich will nichts einnehmen. Ich lasse mich nicht vergiften. Ich will lieber aussagen …«

»Na also!,« sagt der Kriminalbeamte. »Wusste ich doch, dass du vernünftig werden würdest, Sohn! Dann erzähle also mal …«

Und Enno Kluge wischt sich die Tränen von den Backen und fängt an zu erzählen …

Als er nämlich mit Weinen anfing, hat er ganz echte Tränen geweint, einfach weil ihn seine Nerven im Stich ließen. Wenn es aber auch ganz echte Tränen waren, so weiß Enno doch längst aus seinem Umgang mit den Frauen, dass man beim Weinen sehr gut nachdenken kann. Und bei diesem Nachdenken ist er darauf gekommen, dass es doch eigentlich sehr unwahrscheinlich ist, dass die ihn aus dem Sprechzimmer eines Arztes heraus wegen Einbruchs verhaften. Wenn die ihn wirklich beschattet haben, dann konnten sie ihn auch auf der Straße oder im Treppenflur verhaften, da brauchten sie ihn doch nicht erst zwei Stunden im Wartezimmer sitzen zu lassen …

Nein, diese Sache hat wahrscheinlich nicht das Geringste mit dem Einbruch bei der Frau Rosenthal zu tun. Wahrscheinlich liegt der Verhaftung ein Irrtum zugrunde, und dunkel ahnt Enno Kluge, dass sie irgendwas mit der bösartigen Sprechstundenhilfe zu tun hat.

Aber nun ist er einmal getürmt, und nie wird er so einem Bullen einreden können, dass er nur aus Nervosität weggelaufen ist, einfach, weil er jede Besinnung beim Anblick einer Uniform verliert. So was nimmt ihm solch ein Bulle nie ab. Er muss also schon was Glaubhaftes, Nachzuprüfendes gestehen, und was das sein soll, das weiß er auch gleich. Es ist zwar schlimm, darüber zu sprechen, und die Folgen sind nicht abzusehen, aber von zwei Übeln ist solch ein Geständnis gewiss das kleinere.

Als er also jetzt zum Reden aufgefordert ist, trocknet er

sich die Tränen ab und beginnt mit leidlich fester Stimme von seiner Arbeit als Feinmechaniker zu sprechen, und wie er so viel krank gewesen ist, dass die Herren dort böse auf ihn geworden sind, und nun wollen sie ihn entweder ins KZ oder in eine Strafkompanie stecken. Natürlich erzählt Enno Kluge nichts von seiner Arbeitsscheu, aber er denkt, das wird der Bulle auch so kapieren.

Und damit hat er sogar recht, der Bulle kapiert das ganz gut, was für ein windiges Früchtchen dieser Enno Kluge ist. »Ja, Herr Kommissar, und wie ich Sie da sah und die Uniform von dem Herrn Wachtmeister, und ich saß doch grade beim Doktor, um mich krankschreiben zu lassen, da habe ich gedacht, nun ist es so weit, nun holen sie dich ins KZ, und da bin ich denn losgelaufen ...«

»Soso«, sagt der Assistent. »Soso!« Er überlegt eine Weile und sagt dann: »Aber es scheint mir, Sohn, dass du gar nicht mehr so recht glaubst, dass wir deswegen hier sind.«

»Nein, eigentlich nicht«, gibt Kluge zu.

»Und warum glaubst du das nicht mehr, Sohn?«

»Weil Sie mich da doch viel einfacher in der Fabrik oder in meiner Wohnung festnehmen könnten.«

»Also, 'ne Wohnung hast du auch, Sohn?«

»Aber natürlich, Herr Kommissar. Meine Frau ist doch bei der Post, ich bin richtig verheiratet. Meine beiden Jungen stehen im Felde, der eine ist bei der SS in Polen. Ich habe auch Papiere hier, ich kann Ihnen alles beweisen, was ich gesagt habe, wegen der Wohnung und wegen meiner Arbeitsstelle.«

Und Enno Kluge zieht sein schäbiges, abgegriffenes Brieftäschchen hervor und fängt an, Papiere vorzusuchen.

»Deine Papiere lass jetzt mal stecken, Sohn«, sagt der Assistent abweisend. »Das hat später auch noch Zeit ...«

Er versinkt in Nachdenken, und alles schweigt nun.

Der Arzt aber hinter seinem Schreibtisch fängt eilig an zu schreiben. Vielleicht hat er doch Gelegenheit, diesem kleinen

Männlein da, das von einer Angst in die andere gejagt wird, einen Krankenschein zuzustecken. Gallenleiden hat er gesagt, nun also. Das sind doch Zeiten, wo man dem andern helfen muss, wenn's nur irgend geht!

»Was schreiben Sie denn da, Doktor?«, fragt der Assistent, plötzlich aus seinem Nachdenken hochfahrend.

»Krankengeschichten«, erklärt der Arzt. »Ich will die Zeit ein bisschen nutzbringend verwenden, ein Haufen Menschen sitzt da noch in meinem Sprechzimmer.«

»Richtig, Doktor«, sagt der Assistent und steht auf. Er hat seinen Entschluss gefasst: »Da wollen wir Sie auch nicht länger aufhalten.«

Die Geschichte dieses Enno Kluge kann wahr sein, sie ist sogar höchstwahrscheinlich wahr, aber der Assistent wird das Gefühl nicht los, dass da noch irgendetwas anderes dahintersteckt, dass er nicht die ganze Geschichte zu hören bekommen hat. »Na, denn komm, mein Sohn! Du begleitest uns doch noch ein paar Schritte? O nein, nicht bis zum Alex, nur hierher auf unser Revier. Ich will mich doch gerne noch ein bisschen mit dir unterhalten, mein Sohn, so ein munterer Knabe wie du bist, und den Onkel Doktor dürfen wir hier auch nicht länger aufhalten.« Er sagt zum Wachtmeister: »Nein, keine Fessel. Er geht schon so fein brav mit, ist ja ein kluges Kind. Heil Hitler, Herr Doktor, und schönen Dank!«

Sie sind schon an der Tür, es sieht alles genauso aus, als wollten sie wirklich gehen. Aber da zieht der Assistent plötzlich die Karte, die Quangel'sche Karte, aus der Tasche, hält sie dem Enno Kluge unter die Nase und sagt zu dem Überraschten ganz scharf: »Da, lies uns das mal vor, Sohn! Aber ganz schnell, ohne zu zucken und zu stottern!«

So sagt er ganz bullenmäßig.

Aber schon, als der Assistent sieht, wie der Kluge die Karte anfasst, wie sein glotzendes Auge immer verständnisloser wird, wie Kluge dann zu stammeln anfängt: »Deutscher, vergiss es nicht! Mit dem Anschluss von Österreich fing es an. Es folgte Sudetenland und die Tschechoslowakei. Polen wurde überfallen, Belgien, Holland« – schon da weiß der Assistent mit ziemlicher Gewissheit: Dieser Mann hat die Karte noch nie in Händen gehabt, hat nie ihren Inhalt gelesen, geschweige denn ihn schreiben können – der ist ja viel zu blöd für so was!

Und ärgerlich reißt er dem Enno Kluge die Karte wieder aus der Hand, sagt kurz »Heil Hitler!« und verlässt mit dem Schupo und seinem Festgenommenen das Behandlungszimmer.

Langsam zerreißt der Arzt wieder den für Enno Kluge vorbereiteten Behandlungsschein. Es war keine Gelegenheit, ihm den zuzustecken. Schade! Aber wahrscheinlich hätte er ihm doch nichts geholfen, vielleicht war dieser Mann, der den Schwierigkeiten der heutigen Zeit so wenig gewachsen schien, doch bereits zum Untergang verurteilt. Vielleicht konnte ihm keine Hilfe von außen wirklich helfen, weil nichts Festes in ihm war.

Schade …

24. KAPITEL
Das Verhör

Wenn der Kriminalassistent trotz seiner festen Überzeugung, der Enno Kluge komme weder als Schreiber noch als Verbreiter der Karten in Frage, wenn er trotzdem in seiner telefonischen Meldung beim Kommissar Escherich durchblicken ließ, der Kluge sei doch wohl Verbreiter dieser Pamphlete, so tat er es darum, weil ein kluger Untergebener nie die Ansichten seines Vorgesetzten vorwegnehmen soll. Gegen den Kluge lag eine feste Anzeige der Sprechstundenhilfe Fräulein Kiesow vor, und ob die nun begründet war oder nicht, das mochte der Herr Kommissar selber herausfinden.

War sie begründet, so war der Assistent ein fähiger Mann und des Wohlwollens des Kommissars sicher. War sie aber nicht begründet, so war der Kommissar klüger als der Assistent, und so ein Klügersein des Vorgesetzten ist für den Untergebenen oft bekömmlicher als alle Tüchtigkeit.

»Nun?«, sagte der lange, graue Escherich und storchte hinein in das Revier. »Nun, Kollege Schröder? Wo haben Sie denn Ihren Fang?«

»In der hintersten Zelle links, Herr Kommissar.«

»Hat der Klabautermann gestanden?«

»Wer? Klabautermann? Ach so, ich verstehe! Nein, Herr Kommissar, ich habe ihn natürlich nach unserm Telefongespräch sofort abführen lassen.«

»Gut!«, lobte Escherich. »Und was weiß er von den Karten?«

»Ich habe«, sagte der Assistent vorsichtig, »ihn die aufgefundene Karte einmal vorlesen lassen. Den Anfang, heißt das.«

»Eindruck?«

»Ich möchte da nicht vorgreifen, Herr Kommissar«, sagte der Assistent vorsichtig.

»Nicht zu ängstlich, Kollege Schröder! Eindruck?«

»Mir erscheint es jedenfalls unwahrscheinlich, dass er der Schreiber dieser Karte ist.«

»Warum?«

»Ist nicht sehr helle. Außerdem furchtbar verängstigt.«

Der Kommissar Escherich strich unzufrieden über seinen sandfarbenen Schnurrbart. »Nicht sehr helle – furchtbar verängstigt«, wiederholte er. »Na, mein Klabautermann ist helle und bestimmt nicht verängstigt. Wieso glauben Sie, dass Sie den Rechten gefasst haben? Berichten Sie mal!«

Der Assistent Schröder tat es. Vor allen Dingen wiederholte er stark die Beschuldigungen der Sprechstundenhilfe und betonte auch den Fluchtversuch. »Ich konnte es nicht anders machen, Herr Kommissar. Nach den ergangenen Befehlen musste ich ihn festhalten.«

»Richtig, Kollege Schröder. Ganz richtig gehandelt. Hätt ich auch nicht anders gemacht.«

Escherichs Mut hatte sich durch diesen Bericht wieder etwas verstärkt. Der klang besser als »nicht sehr helle« und »stark verängstigt«. Vielleicht ein Kartenverteiler, trotzdem der Kommissar bisher eigentlich fest angenommen hatte, der Klabautermann habe keine Mitwisser.

»Haben Sie seine Papiere schon durchgesehen?«

»Hier liegen sie. Bestätigen im Allgemeinen, was er sagt. Ich habe den Eindruck, Herr Kommissar, das ist so ein Arbeitsscheuer, Angst vor der Front, keine Lust zum Arbeiten, Pferdewetter ist er auch – ich habe einen ganzen Packen Rennzeitungen und Berechnungen bei ihm gefunden. Und dann noch ziemlich gewöhnliche Briefe von kommunen Weibern, so ein Früchtchen, verstehen Sie, Herr Kommissar. Aber immerhin an die Fünfzig heran.«

»Schön, schön«, sagte der Kommissar, fand es aber gar nicht schön. Weder der Kartenschreiber noch ein etwaiger Verteiler konnte viel mit Weibern zu tun haben. Das stand für ihn fest. Seine eben erst wiederbelebte Hoffnung begann von neuem schwächer zu werden. Aber dann dachte Escherich an seinen Vorgesetzten, den Obergruppenführer Prall, und an die noch höheren Vorgesetzten bis zu Himmler hinauf. Die würden ihm in der nächsten Zeit das Leben verdammt schwermachen, wenn gar keine Spur vorlag. Hier aber war eine Spur, wenigstens lagen hier starke Beschuldigungen und verdächtiges Benehmen vor. Man konnte diese Spur verfolgen, auch wenn man sie im geheimsten Innern nicht ganz für die richtige hielt. Man gewann Zeit, weiter geduldig warten zu können. Niemand geschah ein Leid dadurch. Was kam es schließlich auf solch ein Früchtchen an!

Escherich stand auf. »Ich geh mal hinten zu den Zellen, Schröder. Geben Sie mir mal die neue Karte, und warten Sie hier.«

Der Kommissar ging ganz leise, er hielt die Schlüssel fest in der Hand, damit sie nicht klapperten. Ganz vorsichtig schob er die Blende vom Spion und sah in die Zelle.

Der Inhaftierte saß auf einem Schemel. Er hatte den Kopf in die Hand gestützt und seine Augen auf die Tür gerichtet. Es machte ganz den Eindruck, als sähe der Mann grade in das lauernde Auge des Kommissars. Aber der Gesichtsausdruck Kluges verriet, dass er nichts sah. Der Mann war nicht zusammengeschreckt, als die Blende bewegt worden war, sein Gesicht hatte auch nichts Gespanntes, wie es sonst stets bei einem ist, der sich beobachtet fühlt. Sondern er sah so einfach vor sich hin, kaum in Gedanken verloren, eher dösend, von trüben Ahnungen voll.

Der Kommissar am Guckloch wusste es jetzt mit Bestimmtheit: Dies war weder der Klabautermann noch ein Helfershelfer. Sondern dies war einfach ein Missgriff – die Beschuldigungen mochten gelautet haben, wie sie wollten, und das Verhalten mochte noch so verdächtig gewesen sein.

Aber Escherich dachte auch wieder an seine Vorgesetzten, er kaute an seinem Bart, er überlegte, wie man diese Sache recht lange hinziehen könnte, bis entdeckt wurde, dies war der Falsche. Blamieren durfte er sich ja auch nicht dabei.

Er schloss mit einem Ruck die Zelle auf und trat ein. Der Verhaftete war bei dem Klirren des Schlosses zusammengefahren, starrte erst verwirrt auf den Eintretenden, dann machte er einen Versuch aufzustehen.

Aber Escherich drückte ihn gleich auf den Schemel zurück. »Bleiben Sie sitzen, Herr Kluge, bleiben Sie sitzen. In unserm Alter kommt man nicht mehr so leicht hinten hoch!«

Er lachte, und dieser Kluge machte auch Anstalten, mitzulächeln, aus purer Höflichkeit ein bisschen kläglich mitzulächeln.

Der Kommissar klappte das Bett von der Wand und setzte sich darauf. »Na, Herr Kluge«, sagte er und sah aufmerksam in das blasse Gesicht mit dem schwachen Kinn, dem merkwürdig dicklippigen roten Mund und den hellen Augen, die ständig zwinkerten. »Na, Herr Kluge, und nun erzählen Sie mal, was Sie auf dem Herzen haben. Ich bin der Kommissar Escherich von der Geheimen Staatspolizei.« Er fuhr sanft zuredend fort, als er den andern schon bei der Nennung der Geheimen Staatspolizei ängstlich zurückzucken sah: »Sie brauchen keine Angst zu haben. Wir fressen keine kleinen Kinder. Und Sie sind doch bloß ein kleines Kind, das sehe ich doch …«

Bei dem Hauch von Anteilnahme, der aus diesen Worten vernehmlich wurde, füllten sich Kluges Augen sofort wieder mit Tränen, sein Gesicht zuckte, die Backenmuskeln arbeiteten krampfhaft.

»Na, na!«, sagte Escherich und legte seine Hand auf die des kleinen Mannes. »So schlimm wird's ja nicht sein. Oder ist es so schlimm?«

»Es ist alles verloren!«, rief Enno Kluge verzweifelt. »Ich bin ja doch hin! Ich hab keinen Krankenschein, und ich müsste zur Arbeit. Und hier sitze ich fest, und da schicken die mich ins KZ, da gehe ich gleich hops, das halte ich keine vierzehn Tage aus!«

»Nu, nu!«, sagte der Kommissar wieder wie zu einem Kind. »Das mit Ihrer Fabrik, das wird sich ja regeln lassen. Wenn wir jemand festhalten und es stellt sich heraus, es ist ein ordentlicher Mann, so sorgen wir auch dafür, dass er keinen Schaden von dem Festhalten hat. Sie sind doch ein ordentlicher Kerl, Herr Kluge – was?«

Wieder arbeitete es in Kluges Gesicht, dann entschloss er sich diesem sympathischen Mann gegenüber zu einem Teilgeständnis. »Ich arbeite denen ja nicht genug!«

»Na, und was meinen Sie selbst, Herr Kluge? Arbeiten Sie Ihrer Ansicht nach genug – oder?«

Wieder überlegte Kluge. »Ich bin doch so viel krank«, sagte er schließlich kläglich. »Aber die sagen nur, jetzt ist keine Zeit zum Kranksein.«

»Sie sind doch nicht immer krank? Nun, und wenn Sie nun nicht krank sind und arbeiten – tun Sie dann genug? Wie denken Sie darüber, Herr Kluge?«

Wieder entschloss sich Kluge. »Ach Gott, Herr Kommissar«, klagte er an, »die Weiber laufen mir doch so nach!«

Es klang ebenso kläglich wie eitel.

Der Kommissar schüttelte bedauernd mit dem Kopf hin und her, als sei das freilich schlimm.

»Das ist nicht gut, Herr Kluge«, meinte er dann. »In unsern Jahren lässt man ja nicht gerne was aus, nicht wahr?«

Kluge sah ihn nur mit einem schwachen Lächeln an, froh, bei diesem Mann Verständnis gefunden zu haben.

»Ja«, sagte der Kommissar. »Und wie steht's da mit der Kasse?«

»Ich wett manchmal ein bisschen«, gestand Kluge. »Nicht viel und nicht hoch, Herr Kommissar. Nie mehr als höchstens mal fünf Mark, wenn ein Tipp ganz sicher ist, das schwöre ich Ihnen, Herr Kommissar!«

»Und wovon bezahlen Sie das, Herr Kluge, die Weiber und die Wetten? Wenn Sie doch nicht viel arbeiten?«

»Aber die Weiber bezahlen doch mich, Herr Kommissar!«, sagte Kluge, fast ein wenig gekränkt über so viel Unverstand. Er lächelte eitel. »Weil ich doch so tüchtig bin!«, setzte er hinzu.

In diesem Augenblick legte der Kommissar Escherich die Beschuldigung, dieser Enno Kluge habe auch nur das Geringste mit der Abfassung oder Verbreitung der Karten zu tun, endgültig zu den Akten. Dieser Kluge war zu so was einfach nicht imstande, alle Voraussetzungen fehlten ihm dafür. Aber befragen musste er ihn deswegen doch, denn er musste ja ein Protokoll anfertigen über dieses Verhör, ein Protokoll für die Herren Vorgesetzten, damit die erst mal Ruhe hielten, ein Protokoll, das den Kluge weiter unter Verdacht hielt, Schritte gegen ihn begründete …

So zog er denn die Karte aus der Tasche, legte sie vor Kluge hin und sagte ganz gleichgültig: »Sie kennen diese Karte, Herr Kluge?«

»Ja«, sagte Enno Kluge erst ganz gedankenlos, aber zusammenschreckend verbesserte er sich: »Das heißt natürlich, nein. Ich habe sie vorhin vorlesen müssen, den Anfang, heißt das. Sonst kenn ich die Karte nicht! Heilig wahr, Herr Kommissar!«

»Na, na!«, tat Escherich zweiflerisch. »Herr Kluge, wo wir über so 'ne große Sache wie über Ihre Arbeiterei und das KZ klargeworden sind, wo ich selbst zu Ihren Herren hingehen und die Sache für Sie ordnen werde, da werden wir uns doch über so 'ne kleine Sache wie diese Karte einig werden!«

»Ich hab nichts damit zu tun, gar nichts, Herr Kommissar!«

»Ich geh ja nicht so weit, Herr Kluge«, sagte der Kommissar, ungerührt von diesen Beteuerungen, »ich geh ja nicht so weit wie mein Kollege, der Sie für den Kartenschreiber hält und der Sie durchaus vor den Volksgerichtshof schleppen will, und dann: Rübe ab, Herr Kluge!«

Der kleine Mann erzitterte, und sein Gesicht wurde aschfahl.

»Nein«, sagte der Kommissar beruhigend und legte seine Hand wieder auf die des andern. »Nein, für den Kartenschreiber halte ich Sie nicht. Aber, dass die Karte da auf dem Flur des Arztes lag, und Sie haben sich doch verdächtig viel auf dem Flur zu schaffen gemacht, und dann Ihre Unruhe, Ihr Weglaufen. Und für alles sind gute Zeugen da – nein, Herr Kluge, es ist schon besser, Sie sagen mir die Wahrheit. Ich möchte doch nicht, dass Sie sich selbst ins Unglück stürzen!«

»Die Karte muss von außen reingesteckt sein, Herr Kommissar. Ich habe mit ihr nichts zu schaffen, heilig wahr, Herr Kommissar!«

»Kann ja gar nicht von außen reingesteckt sein, so wie die gelegen hat! Und fünf Minuten vorher ist sie noch nicht dagewesen, das wird das Fräulein vom Arzt beschwören. In der Zwischenzeit waren Sie aber auf der Toilette. Oder wollen Sie behaupten, es war noch jemand anders aus dem Wartezimmer auf dem Klo?«

»Nein, glaube ich nicht, Herr Kommissar. Nein, bestimmt

nicht. Wenn's um fünf Minuten geht, dann bestimmt nicht. Ich wollte nämlich schon eine ganze Weile rauchen, und darum habe ich aufgepasst, ob einer auf die Toilette ging.«

»Na also!«, sagte der Kommissar, anscheinend sehr befriedigt, »da sagen Sie es ja selbst: Nur Sie, nur Sie allein können die Karte auf den Flur gelegt haben!«

Kluge starrte ihn mit weit aufgerissenen, jetzt wieder völlig erschreckten Augen an.

»Nachdem Sie das also eingestanden haben …«

»Ich habe nichts eingestanden, nichts! Ich habe nur gesagt, in den letzten fünf Minuten ist niemand vor mir auf dem Klo gewesen!«

Kluge schrie das fast.

»Aber, aber!«, sagte der Kommissar und schüttelte missbilligend den Kopf. »Sie werden doch ein eben abgelegtes Geständnis nicht gleich widerrufen wollen, dafür sind Sie doch ein viel zu vernünftiger Mann. Ich müsste den Widerruf auch ins Protokoll nehmen, Herr Kluge, und so was sieht nie hübsch aus.«

Kluge starrte ihn verzweifelt an. »Ich habe doch nichts gestanden …«, flüsterte er tonlos.

»Wir werden uns darüber schon noch einig werden«, meinte Escherich beruhigend. »Nun sagen Sie mir erst mal: Wer hat Ihnen die Karte zur Ablage gegeben? War's ein guter Bekannter, ein Freund, oder hat Sie jemand auf der Straße angesprochen und Ihnen ein paar Mark dafür gegeben?«

»Nichts! Nichts!«, schrie wieder Kluge. »Ich habe die Karte nicht in der Hand gehabt, mit keinem Auge habe ich sie gesehen, ehe sie mir Ihr Kollege gab!«

»Aber, aber, Herr Kluge! Sie haben vorhin selber zugegeben, dass Sie die Karte auf den Flur gelegt haben …«

»Nichts habe ich zugegeben! So was habe ich nie gesagt!«

»Nein«, sagte Escherich, strich sich über den Bart und wischte damit ein Lächeln fort. Es machte ihm jetzt schon viel Vergnügen, diesen feigen, jammernden Hund ein bisschen

254

tanzen zu lassen. Das wurde noch ein ganz nettes Protokoll mit starkem Verdacht – für die Vorgesetzten. »Nein«, sagte er. »In *der* Form haben Sie es nicht gesagt. Sondern Sie haben nur gesagt, dass nur Sie die Karte dort abgelegt haben können, dass niemand außer Ihnen dort gewesen ist, und das bedeutet wohl ebenso viel.«

Enno starrte ihn mit weit offenen Augen an. Dann sagte er plötzlich mürrisch: »Das habe ich auch nicht gesagt. Es können übrigens auch andere Leute auf die Toilette gegangen sein, nicht nur die vom Wartezimmer.«

Er setzte sich wieder; in der Erregung vorhin, bei den falschen Beschuldigungen war er aufgesprungen.

»Aber ich sage gar nichts mehr aus. Ich verlange einen Anwalt. Und ein Protokoll unterschreibe ich auch nicht.«

»Aber, aber«, sagte Escherich. »Habe ich denn schon von Ihnen verlangt, Herr Kluge, dass Sie ein Protokoll unterschreiben? Habe ich mir auch nur eine Notiz gemacht von dem, was Sie ausgesagt haben? Wir sitzen doch hier wie zwei alte Freunde, was wir hier reden, geht keinen was an.«

Er stand auf, öffnete die Zellentür weit.

»Sehen Sie, niemand auf dem Gang, der horcht. Und da machen Sie mir solche Schwierigkeiten wegen so einer albernen Karte? Sehen Sie, ich lege ja gar keinen Wert auf diese Karte. Das ist ja ein Idiot, der die geschrieben hat! Aber wo die Sprechstundenhilfe und mein Kollege doch so viel Aufhebens davon machen, muss ich der Sache einfach nachgehen! Seien Sie kein Frosch, Herr Kluge, sagen Sie mir einfach: Ein Herr auf der Frankfurter Allee hat sie mir gegeben, er will dem Doktor einen kleinen Streich spielen, hat er gesagt. Und zehn Mark hat er Ihnen dafür gezahlt. Sie haben doch einen ganz neuen Zehnmärker in der Tasche gehabt, den habe ich doch schon gesehen. Sehen Sie, wenn Sie mir das jetzt erzählen, dann sind Sie mein Mann. Dann machen Sie mir keine Schwierigkeiten, dann kann ich beruhigt nach Haus gehen.«

»Und ich? Wohin geh ich? In die Plötze! Und dann Kopf ab! Nee, Herr Kommissar, das sage ich nie und nie aus!«

»Sie, wohin Sie gehen, Herr Kluge, wenn ich nach Haus gehe? Sie gehen doch auch nach Haus, haben Sie das denn immer noch nicht begriffen? Sie sind frei, so oder so, ich lass Sie laufen …«

»Wahr, Herr Kommissar, heilig wahr? Ich kann gehen auch ohne Aussage, ohne Protokoll?«

»Aber natürlich können Sie gehen, Herr Kluge, jetzt auf der Stelle können Sie gehen. Nur eines überlegen Sie sich noch mal, ehe Sie gehen …«

Und er tippte dem erregt Aufgesprungenen, schon nach der Tür Hingewendeten auf die Schulter.

»Sehen Sie, ich regle das in Ihrer Fabrik für Sie, den Gefallen tu ich Ihnen. Das habe ich Ihnen versprochen, und ich halte Wort. Aber nun denken Sie auch mal einen Augenblick an mich, Herr Kluge. Denken Sie mal an all die vielen Schwierigkeiten, die ich von meinem Kollegen kriege, wenn ich Sie laufenlasse. Der verklatscht mich doch bei meinen Vorgesetzten, ich kann die größten Schwierigkeiten davon haben. Es wäre wirklich anständig von Ihnen, Herr Kluge, wenn Sie mir das von dem Mann in der Frankfurter Allee unterschreiben würden, da ist doch für Sie gar kein Risiko dabei. Der Mann kann ja gar nicht aufgefunden werden, also, Herr Kluge!«

So sanft bohrendem Zureden war Enno Kluge eigentlich nie in seinem Leben gewachsen gewesen. Er stand zweifelnd da. Die Freiheit lockte, und mit der Fabrik würde auch alles in Ordnung kommen, wenn er diesen Mann da nicht vor den Kopf stieß. Er hatte eine schreckliche Angst davor, diesen netten Kommissar vor den Kopf zu stoßen. Dann bearbeitete womöglich der Bulle den Fall weiter, und der würde ihn eines Tages doch noch dazu bringen, den Einbruch bei der Rosenthal zu gestehen. Dann war Enno Kluge verloren, der SS-Mann Persicke …

Er konnte wirklich dem Kommissar den Gefallen tun – was war eigentlich dabei? Es war so 'ne Quatschkarte, irgendwas

Politisches, mit dem er nie was zu tun gehabt hatte, wovon er nichts verstand. Und der Mann in der Frankfurter Allee würde wirklich nie zu finden sein, weil es ihn einfach nicht gab. Ja, er wollte dem Kommissar den Gefallen tun und unterschreiben.

Aber dann warnte ihn wieder seine angeborene Vorsicht, seine Ängstlichkeit. »Ja«, sagte er, »und wenn ich unterschrieben habe, dann lassen Sie mich doch nicht frei.«

»Aber! Aber!«, sagte der Kommissar Escherich und sah sein Spiel schon so gut wie gewonnen. »Wegen so 'ner Dreckskarte, und wo Sie mir doch einen Gefallen tun. Ich gebe Ihnen mein Ehrenwort, Herr Kluge, als Kriminalkommissar und als Mensch: Sobald Sie das Protokoll unterschrieben haben, sind Sie frei.«

»Und wenn ich nicht unterschreibe?«

»Sind Sie natürlich auch frei!«

Enno Kluge entschloss sich. »Also, ich werd es unterschreiben, Herr Kommissar, damit Sie keine Unannehmlichkeiten haben, und ich tu Ihnen auch mal einen Gefallen. Aber Sie vergessen das nicht mit meiner Fabrik?«

»Wird heute noch erledigt, Herr Kluge. Heute noch! Lassen Sie sich da morgen mal ein bisschen sehen, und unterlassen Sie überhaupt diese blöde Krankschreiberei! Mal einen Tag blau, sagen wir einmal in der Woche, da wird niemand mehr ein Wort sagen, wenn ich mit denen gesprochen habe. Soll es so recht sein, Herr Kluge?«

»Aber natürlich! Ich bin Ihnen sehr dankbar, Herr Kommissar!«

So sprechend, waren sie über den Zellengang wieder in der Stube angelangt, wo der Assistent Schröder wartend saß, gespannt, wie das Verhör ausgefallen sein würde, und im Voraus schon in sein Schicksal ergeben, wenn es doch etwas setzte. Er sprang auf, als die beiden eintraten.

»Na, Schröder«, sagte der Kommissar lächelnd und deutete mit dem Kopf auf Kluge, der klein und ängstlich bei ihm stand, denn der Bulle sah ihn schon wieder so furchteinflößend an. »Da haben Sie unsern Freund. Er hat mir eben zugegeben, dass er die Karte bei dem Doktor auf den Flur gelegt hat, er hat sie von einem Herrn auf der Frankfurter Allee bekommen …«

Der Brust des Assistenten entrang sich ein Laut wie Stöhnen. »Den Donner!«, sagte er dann. »Aber er kann doch gar nicht …«

»Und jetzt«, fuhr der Kommissar unberührt fort, »und jetzt machen wir beide hier nur ein kleines Protokoll, und dann geht der Herr Kluge nach Haus. Ist frei. Stimmt's, Herr Kluge, oder stimmt's nicht?«

»Ja«, antwortete Kluge, aber nur ganz leise, denn die Gegenwart des Bullen flößte ihm immer neue Bedenken und neue Angst ein.

Der Assistent aber stand ganz dämlich da. Der Kluge hatte die Karte nicht hingelegt, nie und nie im Leben, das stand für ihn fest. Und nun war der Kluge doch bereit, das Gegenteil zu unterschreiben.

Was für ein Fuchs, dieser Escherich! Wie er das wohl erreicht haben mochte? Schröder gestand sich – nicht ohne Neid – ein, dass dieser Escherich ihm weit überlegen war. Und dann, nach solchem Geständnis, den Burschen auch noch freilassen! Nicht zu verstehen, nicht zu durchschauen! Na, es gab eben immer noch Klügere, so schlau man sich auch vorkam.

»Hören Sie, Kollege«, sagte Escherich, der jetzt die Verblüffung des Assistenten genug genossen hatte, »Sie könnten eigentlich einen Gang für mich tun, jetzt gleich, aufs Präsidium.«

»Zu Befehl, Herr Kommissar!«

»Sie wissen, ich habe da doch diesen Fall – wie hieß er doch gleich? –, ach ja, diesen Fall Klabautermann. Sie erinnern sich doch, Kollege?«

Die Augen beider trafen sich und verstanden sich.

»Also, Herr Schröder, Sie gehen für mich aufs Präsidium

und sagen dem Kollegen Linke – aber setzen Sie sich doch, Herr Kluge, entschuldigen Sie, ich will dem Kollegen nur noch ein paar Worte sagen.«

Er ging mit dem Assistenten zur Tür. Er flüsterte: »Fordern Sie dort zwei Leute an. Sollen sofort hierherkommen, tüchtige Leute zum Beschatten. Dieser Kluge wird vom Verlassen des Reviers an ohne Unterbrechung beschattet. Meldung über seine Wege alle zwei, drei Stunden, wie's passt, telefonisch zu mir auf die Gestapo. Deckwort: Klabautermann. Zeigen Sie den beiden Leuten den Mann, sie sollen sich ablösen. Und kommen Sie wieder hier rein, wenn die Männer bereitstehen. Dann lass ich das Häschen hier laufen.«

»Geht alles in Ordnung, Herr Kommissar. Heil Hitler!«

Die Tür klappte, der Bulle war gegangen. Neben Enno Kluge setzte sich der Kommissar und sagte: »Also den wären wir los! Den mögen Sie wohl nicht sehr gerne, Herr Kluge?«

»Nicht so sehr wie Sie, Herr Kommissar!«

»Haben Sie gesehen, was der für Augen machte, als er hörte, ich lasse Sie laufen? Der hat jetzt eine schöne Wut im Bauch! Deswegen habe ich ihn ja grade weggeschickt, den kann ich bei unserm kleinen Protokoll nicht brauchen. Hätte uns immerzu reingeredet. Ich lasse nicht mal ein Tippfräulein kommen, kliere die paar Zeilen lieber allein. Ist ja doch nur eine Abmachung unter uns, damit ich vor meinen Vorgesetzten wegen Ihrer Freilassung ein bisschen gedeckt bin.«

Und nachdem er so den kleinen Angstpeter wieder ein bisschen beruhigt hatte, nahm er die Feder und begann zu schreiben. Manchmal sagte er laut und deutlich, was er schrieb (wenn er das schrieb, was er laut sagte, was bei einem so gerissenen Kriminalisten, wie es der Escherich war, nicht einmal so ganz sicher war), manchmal murmelte er nur. Kluge konnte nicht recht verstehen, was er sagte.

Er sah nur, es wurden nicht nur ein paar Zeilen, es wurden drei, es wurden fast vier Aktenseiten. Aber das interessierte ihn im Augenblick noch nicht einmal so sehr, ihn interessierte bloß, ob er jetzt wirklich gleich freikam. Er sah nach der Tür hin. Mit einem raschen Entschluss stand er auf, ging zu ihr hin und öffnete sie ein wenig …

»Kluge!«, rief es hinter ihm, aber nicht befehlend. »Herr Kluge, ach bitte!«

»Ja?«, fragte er und sah zurück. »Ich darf wohl doch nicht gehen?« Er lächelte ängstlich.

Der Kommissar sah ihn, den Federhalter in der Hand, mit einem Lächeln an. »Also reut Sie's schon wieder, Herr Kluge, was wir besprochen hatten? Was Sie mir fest versprochen hatten? Nun schön, habe ich den Kohl umsonst gekliert!« Er legte die Feder energisch weg. »Aber gehen Sie doch, Kluge – freilich, das sehe ich nun, dass Sie kein Mann von Wort sind. Also gehen Sie schon, ich weiß doch, Sie unterschreiben nicht! Ist auch gut, meinethalben …«

Und auf diese Weise erreichte es der Kommissar, dass Enno Kluge wirklich das Protokoll unterschrieb. Ja, Kluge verlangte nicht einmal, dass es ihm vorher laut und deutlich vorgelesen wurde. Er unterschrieb ahnungslos.

»Und jetzt darf ich gehen, Herr Kommissar?«

»Natürlich. Besten Dank auch, Herr Kluge, haben Sie gut gemacht. Auf Wiedersehen. Das heißt, besser nicht hier, besser nicht an dieser Stelle. Ach, einen Augenblick noch, Herr Kluge …«

»Ich darf also doch nicht gehen?«

Im Gesicht Kluges zitterte es schon wieder.

»Aber gewiss doch! Trauen Sie mir schon wieder nicht mehr? Sind Sie aber ein misstrauischer Mensch, Herr Kluge! Doch ich denke, Sie würden gerne Ihre Papiere und Ihr Geld mitnehmen? Na, sehen Sie! Also wollen wir mal schauen, ob auch alles da ist, Herr Kluge …«

Und sie fingen an zu vergleichen: Arbeitsbuch, Wehrpass, Geburtsurkunde, Trauschein …

»Wozu schleppen Sie eigentlich all die Papiere mit sich rum, Kluge? Wenn die Ihnen mal verlorengehn!«

… Polizeiliche Anmeldung, vier Lohntüten …

»Viel verdienen Sie aber nicht, Herr Kluge! Ach so, ja richtig, ich sehe, jede Woche nur drei, vier Tage gearbeitet, Sie kleiner Drückeberger, Sie!«

… Drei Briefe …

»Nee, lassen Sie nur, die interessieren mich gar nicht!«

… 37 Reichsmark in Scheinen und 65 Reichspfennig in Münzen …

»Sehen Sie, da haben wir ja auch den Zehnmarkschein, den Sie von dem Herrn bekommen haben, den nehme ich wohl lieber zu den Akten. Aber, warten Sie, Sie sollen dadurch keinen Verlust haben, ich gebe Ihnen zehn Mark von mir als Ersatz …«

So trieb es der Kommissar so lange, bis der Assistent Schröder wieder hereinkam: »Befehl ausgeführt, Herr Kommissar. Und ich soll melden, der Kommissar Linke möchte Sie auch noch gerne wegen des Falls Klabautermann sprechen.«

»Schön, schön. Danke auch bestens, Kollege. Ja, wir hier sind fertig. Also denn auf Wiedersehen, Herr Kluge. Schröder, zeigen Sie dem Herrn Kluge doch mal den Weg. Also, Herr Schröder geht mit durch die Revierstube. Nochmals auf Wiedersehen, Herr Kluge. Die Fabrik vergesse ich nicht. Nein, nein! Heil Hitler!«

»Na, denn nichts für ungut, Herr Kluge«, sagte Schröder, stand auf der Frankfurter Allee und schüttelte ihm die Hand. »Sie wissen, Beruf ist Beruf, und manchmal müssen wir auch ein bisschen derbe zufassen. Aber ich habe Ihnen gleich wieder die Handfessel abnehmen lassen. Von dem Puff, den Ihnen der Wachtmeister gab, spüren Sie doch nichts mehr?«

»Nein, gar nichts. Und ich verstehe auch alles … Entschuldigen Sie bloß die Mühe, die ich Ihnen gemacht habe, Herr Kommissar.«

»Also denn: Heil Hitler, Herr Kluge!«

»Heil Hitler, Herr Kommissar!«

Und der kleine, schmächtige Enno Kluge trabte los. Er lief in einem richtigen Zuckeltrab durch die Menschen auf der Frankfurter Allee, und der Assistent Schröder sah ihm nach. Er überzeugte sich noch, dass die beiden Leute, die er angesetzt hatte, richtig auf seiner Spur waren, nickte dann und ging zurück auf die Wache.

25. Kapitel

Kommissar Escherich bearbeitet die Sache Klabautermann

»Da, lesen Sie!«, sagte der Kommissar Escherich zu dem Assistenten Schröder und gab ihm das Protokoll in die Hand.

»Tja«, antwortete Schröder und reichte die Bogen zurück. »Da hat er es also doch gestanden und ist nun reif für den Volksgerichtshof und den Scharfrichter. Ich hätte es nicht gedacht.« Er setzte nachdenklich hinzu: »Und so was läuft frei auf der Straße rum!«

»Jawohl!«, sagte der Kommissar, legte das Protokoll in einen Aktendeckel und den Aktendeckel wieder in seine Ledertasche. »Jawohl, so was läuft nun frei auf der Straße rum – aber doch wohl ordentlich beschattet von unseren Leuten?«

»Selbstverständlich!«, beeilte sich Schröder zu versichern. »Ich habe mich selbst davon überzeugt: sie waren ihm beide gut auf der Spur.«

»Und da läuft er rum«, fuhr der Kommissar Escherich, nachdenklich seinen Schnurrbart streichelnd, fort, »läuft und läuft, und unsere Leute laufen hinter ihm drein! Und eines Tages – heute oder in einer Woche oder in einem halben Jahr – läuft unser kleiner, fieser Herr Kluge zu seinem Kartenschreiber, zu dem Mann, der ihm den Auftrag gab: Leg sie da und dort ab. Zu dem führt er uns so sicher, wie das Amen in der Kirche kommt. Und da mache ich schnapp, und dann erst sind die beiden richtig reif für die Plötze und so weiter und so fort.«

»Herr Kommissar«, sagte der Assistent Schröder, »ich kann's noch immer nicht ganz glauben, dass der Kluge die Karte hingelegt hat. Ich hab's doch gesehen, wie ich sie ihm in die Hand gab, der hat noch nie was von der Karte gewusst! Das hat sich alles bloß dieses hysterische Frauenzimmer, die Sprechstundenhilfe, ausgedacht.«

»Aber es steht doch im Protokoll, dass er sie hingelegt hat«, wandte der Kommissar ein, doch ohne besonderen Nachdruck. »Im Übrigen möchte ich Ihnen raten, in Ihrem Bericht nichts von hysterischem Frauenzimmer zu schreiben. Keine persönlichen Vorurteile, rein sachlich. Wenn Sie wollen, können Sie ja noch den Arzt wegen der Glaubwürdigkeit seiner Hilfe befragen. Ach nein, lassen Sie das man auch lieber. Das wird auch wieder so ein persönliches Urteil, das können wir dem Untersuchungsrichter überlassen, wie er die einzelnen Aussagen bewertet. Wir arbeiten nur rein sachlich, nicht wahr, Schröder, ohne jedes Vorurteil.«

»Selbstverständlich, Herr Kommissar.«

»Wenn da eine Aussage steht, so steht da eben eine Aussage, und an die halten wir uns. Wie und warum sie zustande gekommen ist, das geht uns nichts an. Wir sind ja keine Psychologen, wir sind Kriminalisten. Crimen, Verbrechen zu Deutsch, Schröder, nur das Verbrechen interessiert uns. Und wenn einer gesteht, er hat ein Verbrechen begangen, so genügt uns das erst einmal. Das ist wenigstens meine Ansicht von der Sache, oder denken Sie anders darüber, Schröder?«

»Aber selbstverständlich nicht, Herr Kommissar!«, rief der Assistent Schröder aus. Es klang, als sei er maßlos erschrocken über den Gedanken, er könne irgendetwas anders auffassen als sein Vorgesetzter. »Genau, was ich denke! Immer gegen das Verbrechen!«

»Ich wusste es ja«, sagte der Kommissar Escherich und streichelte seinen Bart. »Wir alten Kriminalisten sind doch immer einer Meinung. Wissen Sie, Schröder, es arbeiten jetzt viele Außenseiter in unserm Beruf, aber wir halten doch stets zusammen, und davon haben wir ja denn auch manches Gute. Also, Schröder«, dieses rein dienstlich, »ich bekomme dann heute noch Ihren Bericht über die Verhaftung des Kluge und das Protokoll mit den Aussagen der Sprechstundenhilfe und des Arztes. Ja, richtig, Sie hatten ja auch einen Wachtmeister mit, Schröder ...«

»Oberwachtmeister Dubberke hier vom Revier ...«

»Kenn ich nicht. Soll aber auch einen Bericht machen über das Ausreißen des Kluge. Kurz, sachlich, kein Geschwafel, keine persönlichen Vorteile, verstanden, Herr Schröder?«

»Zu Befehl, Herr Kommissar!«

»Also denn, Schröder! Wenn Sie die Berichte abgegeben haben, werden Sie ja mit dieser Sache nicht mehr befasst werden, höchstens mal irgendeine Aussage vor einem Richter oder bei uns auf der Gestapo ...« Er betrachtete seinen Untergebenen sinnend. »Wie lange sind Sie schon Assistent, Herr Schröder?«

»Schon dreieinhalb Jahre, Herr Kommissar.«

Das Auge des »Bullen«, wie es jetzt auf dem Kommissar lag, hatte etwas Rührendes.

Aber der Kommissar sagte nur: »Ja, dann wird's ja auch allmählich Zeit«, und verließ das Revier.

In der Prinz-Albrecht-Straße ließ er sich dann sofort bei seinem direkten Vorgesetzten, dem SS-Obergruppenführer Prall, melden. Er musste fast eine Stunde warten; nicht, dass Herr Prall grade sehr beschäftigt gewesen wäre, oder doch, er war grade *sehr* beschäftigt. Escherich hörte das Klirren von Gläsern, das Schnalzen der Pfropfen, er hörte Gelächter und Geschrei: eine der häufigen Zusammenkünfte höherer Führer also. Geselligkeit, Umtrunk, heitere Zwanglosigkeit, Erholung nach der schweren Mühe, Mitmenschen zu quälen und an den Galgen zu bringen.

Der Kommissar wartete ohne Ungeduld, obwohl er an diesem Tage noch viel vorhatte. Er kannte die Vorgesetzten im

Allgemeinen, und er kannte diesen Vorgesetzten im Besonderen. Da half kein Drängeln, und wenn halb Berlin in Flammen stand, wenn der saufen wollte, so soff er erst mal. Das war so!

Nach einem Stündchen wurde Escherich dann aber doch vorgelassen. Das Zimmer mit den deutlichen Spuren eines Trinkgelages sah ziemlich wüst aus, und der Herr Prall, dunkelrot von Armagnac glühend, sah auch ziemlich wüst aus. Aber er sagte leutselig: »Da, Escherich! Schenken Sie sich doch auch ein Glas ein! Das sind die Früchte unseres Sieges über Frankreich: echter Armagnac, zehnmal besser als Kognak. Zehnmal? Hundertmal! Warum trinken Sie nicht?«

»Bitte um Verzeihung, Herr Obergruppenführer, ich habe heute noch ziemlich viel zu tun, möchte einen klaren Kopf behalten. Übrigens bin ich das Trinken nicht mehr gewohnt.«

»Ach was, nicht gewohnt! Klarer Kopf, Flausen! Wozu brauchen Sie einen klaren Kopf? Lassen Sie jemand anders Ihre Arbeit tun, und schlafen Sie sich aus. Prost, Escherich – auf unsern Führer!«

Escherich prostete mit, weil er musste. Er prostete auch noch ein zweites und ein drittes Mal mit, und er dachte dabei, wie die Gesellschaft seiner Kameraden zusammen mit dem Alkohol diesen Mann verändert hatte. Prall war sonst eigentlich immer ganz erträglich, nicht halb so schlimm wie hundert andere Burschen, die mit ihren schwarzen Uniformen in diesem Bau herumliefen. Sondern eher ein bisschen zweiflerisch, eben nur »kommandiert«, wie er mal gesagt hatte, keineswegs von allem überzeugt.

Aber unter dem Einfluss von Kameraden und Alkohol wurde er wie die: unberechenbar, brutal, sprunghaft und bereit, jede andere Ansicht sofort mit Stumpf und Stiel auszurotten, und sei es nur eine andere Ansicht über das Trinken von Schnaps. Hätte ihm Escherich das Anstoßen ernstlich verweigert, so wäre er so sicher verloren gewesen, wie wenn er den schlimmsten Verbrecher hätte laufenlassen. Ja, eigentlich wäre so was noch unverzeihlicher gewesen, weil es an eine persönliche Beleidigung grenzte, wenn der Untergebene nicht so viel und so oft mit dem Vorgesetzten anstieß, wie der wünschte.

Escherich stieß also an, stieß mehrmals an und trank mit.

»Also, was gibt's, Escherich?«, sagte dann Prall und versuchte, an seinem Schreibtisch möglichst grade zu stehen, an ihm und durch ihn. »Was haben Sie denn da?«

»Ein Protokoll«, erklärte Escherich. »Von mir aufgenommen in Sachen meines Klabautermanns. Ein paar andere Berichte und Protokolle folgen noch, aber dieses ist das wichtigste. Bitte, Herr Obergruppenführer.«

»Klabautermann?«, fragte Prall, scharf nachdenkend. »Das ist doch der Kerl mit den Karten. Na, ist Ihnen da doch was eingefallen, Escherich, wie ich Ihnen befohlen habe?«

»Zu Befehl, Herr Obergruppenführer. Wenn Herr Obergruppenführer das Protokoll lesen würde?«

»Lesen? Nee, nicht jetzt. Später vielleicht mal. Lesen Sie jetzt mal vor, Escherich!«

Aber er unterbrach die Vorlesung nach den ersten drei Sätzen. »Wollen erst noch mal einen genehmigen. Prost, Escherich! Heil Hitler!«

»Heil Hitler, Herr Obergruppenführer!«

Und nachdem er ausgetrunken hatte, fing Escherich wieder mit Vorlesen an.

Aber nun war dem alkoholisierten Prall ein neckisches Spiel eingefallen. Immer, wenn Escherich drei, vier Sätze gelesen hatte, unterbrach er ihn mit einem »Prost!«, und Escherich musste, nachdem er auch geprostet hatte, wieder von vorn anfangen. Nie ließ Prall ihn über die erste Seite hinauskommen, schon unterbrach er ihn mit einem neuen »Prost!«. Er sah wohl – trotz all seiner Besoffenheit –, wie es in dem Manne arbeitete, wie das scharfe Getränk ihm widerstand, dass er zehn Mal die Lust hatte, das Protokoll hinzulegen und fortzugehen (so leck mich doch am Arsch!), und wie er es nicht wagte, weil der andere eben der Vorgesetzte war, wie er kuschen musste, sich den Zorn nicht merken lassen durfte ...

»Prost, Escherich!«

»Danke gehorsamst, Herr Obergruppenführer! Prost!«

»Na, nun lesen Sie doch weiter, Escherich! Nee, fangen Sie noch mal wieder von vorne an. Die eine Stelle ist mir noch nicht ganz aufgegangen. Immer ein langsamer Denker gewesen ...«

Und Escherich las. Ja, jetzt wurde er genauso gequält, wie er vor zwei Stunden den schmächtigen Kluge gequält hatte, genau wie den plagte auch ihn nur das Verlangen, aus der Tür herauszukommen. Aber er musste lesen, lesen und trinken, trinken und lesen, solange das dem andern beliebte. Er fühlte schon, wie es flockig, wolkig in seinem Kopf zog – seine gute Arbeit, ade! Verdammte Zucht!

»Prost, Escherich!«

»Prost, Herr Obergruppenführer!«

»Na, denn lesen Sie noch mal von Anfang an!«

Bis dieses Spiel dem Prall plötzlich langweilig wurde, bis er grob sagte: »Ach, lassen Sie doch diese blöde Vorleserei! Sie sehen doch, ich bin besoffen, wie soll ich denn da das Zeugs kapieren? Wollen sich wohl mit Ihrem geistreichen Protokoll dicketun, was? Andere Berichte folgen, sind nicht so wichtig wie der vom großen Kriminalisten Escherich! Wenn ich schon so was höre! Kurz und Furz: Haben Sie den Kartenschreiber geschnappt?«

»Zu Befehl, nein, Herr Obergruppenführer. Aber ...«

»Und warum kommen Sie denn da zu mir? Warum stehlen Sie mir meine kostbare Zeit und saufen mir den schönen Armagnac weg?« Dies war nun schon reines Gebrüll. »Sie sind wohl ganz wahnsinnig geworden, Herr? Aber mit Ihnen werde ich jetzt in einem andern Ton reden, Herr! Bin viel zu gutmütig gewesen, habe Sie zu frech werden lassen, verstanden?«

»Zu Befehl, Herr Obergruppenführer!« Und rasch, ehe das Geschrei von neuem losging, stieß Escherich hervor: »Aber ich habe jemanden gefasst, der die Karten verteilt hat. Ich denke wenigstens.«

Diese Nachricht besänftigte Prall ein wenig. Er sah den Kommissar mit stieren Augen an und sagte: »Vorführen den Mann! Soll mir sagen, wer ihm die Karten gegeben hat. Werde ihn zwiebeln – bin grade in der Stimmung dazu!«

Einen Augenblick schwankte Escherich. Er hätte sagen können, dass der Mann noch nicht in der Prinz-Albrecht-Straße war, dass er ihn holen würde – und dann würde er ihn wirklich holen, nämlich von der Straße her oder aus seiner Wohnung, mit Hilfe der Beschatter. Oder aber er würde ruhig aus der Ferne abwarten, bis der Obergruppenführer seinen Rausch ausgeschlafen hatte. Dann würde er wahrscheinlich alles vergessen haben.

Aber weil Escherich eben der Escherich war, nämlich ein in seinen Sünden gesottener Kriminalist, nämlich nicht feige, sondern er war mutig, und aus dem Mut heraus sagte er (es komme, was da wolle): »Ich habe den Mann wieder auf freien Fuß gesetzt, Herr Obergruppenführer!«

Gebrüll – nein, du lieber Himmel, was für ein tierisches Gebrüll! Der doch sonst wirklich für einen höheren Führer recht gesittete Prall vergaß sich doch so weit, dass er seinen Kommissar vor der Brust fasste, ihn hin und her schüttelte und dabei schrie: »Freigelassen? Freigelassen? Weißt du, was ich nun mit dir machen werde, du Schwein? Jetzt werde ich dich einstecken, jetzt sollst du mal sitzen! Warte, eine Tausendwattlampe hänge ich dir vor deinen Schnurrbart, wie Hundekacke, und wenn du einschläfst, lasse ich dich wachprügeln, du Aas …«

So ging es noch eine ganze Weile weiter. Escherich ließ sich schütteln und beschimpfen, er hielt ganz still. Jetzt war es vielleicht doch ganz gut, dass er Alkohol getrunken hatte. Ein wenig betäubt durch den Armagnac, empfand er alles, was geschah, nur undeutlich, als sei es mehr ein Traumgeschehen.

Schrei du nur!, dachte er. Je lauter du schreist, umso eher

wirst du heiser. Mach's nur so weiter, gib's dem alten Escherich tüchtig!

Und wirklich, nachdem er sich heiser geschrien, ließ Prall
seinen Untergebenen los. Er goss sich ein weiteres Glas Armagnac ein, musterte Escherich mit bösem Blick und krächzte:
»Nun melden Sie gefälligst, warum Sie diese Riesendummheit
gemacht haben!«

»Zuerst möchte ich melden«, sagte Escherich leise, »dass
der Mann ständig durch zwei unserer besten Leute vom Präsidium beschattet wird. Ich denke, früher oder später wird er
doch seinen Auftraggeber, den Briefeschreiber, aufsuchen.
Jetzt leugnet er, ihn zu kennen. Der bekannte große Unbekannte.«

»Ich hätte den Namen schon aus ihm rausgepresst. Diese
Beschatterei – womöglich verlieren die noch den Mann!«

»Die nicht! Die tüchtigsten Leute vom Alex!«

»Na, na!« Aber ersichtlich zog bei Prall wieder besseres
Wetter auf. »Sie wissen, ich will diese Eigenmächtigkeiten
nicht haben! Ich hätte den Mann lieber in meinen Fingern!«

Das möchtest du!, dachte Escherich. Und in einer halben
Stunde hast du raus, dass der gar nichts mit den Karten zu tun
hat, und fängst wieder an, mich zu hetzen …

Laut aber sagte er: »Das ist so ein verängstigtes kleines Geschöpf, Herr Obergruppenführer. Die Wahrheit zu sagen: feig
wie Schifferscheiße. Wenn Sie den zwiebeln, der kackt Lügen
über Lügen, der sagt Ihnen alles aus, was Sie wollen, und wir
laufen hinter hundert Lügen her. So führt er uns glatt zum
Kartenschreiber.«

Der Obergruppenführer lachte: »Na ja, Sie oller Fuchs, also
trinken wir noch einen!«

Also tranken sie noch einen.

Der Obergruppenführer sah den Kommissar prüfend an.
Sichtlich hatte sein Zornesausbruch ihm gutgetan, hatte ihn
etwas nüchterner gemacht.

Er überlegte, dann sagte er: »Von dem Protokoll da, Sie wissen schon …«

»Zu Befehl, Herr Obergruppenführer!«

»… von dem Protokoll da lassen Sie mir ein paar Abschriften anfertigen. Stecken Sie Ihr geistreiches Machwerk wieder ein.« Beide grinsten. »Hier gerät es womöglich doch noch in den Armagnac …«

Escherich tat das Protokoll wieder in den Aktendeckel und den Deckel in die Mappe.

Unterdes hatte sein Vorgesetzter in einer Schreibtischlade gekramt und kam jetzt zurück, eine Hand auf dem Rücken. »Sagen Sie mal, Escherich, haben Sie eigentlich schon das Kriegsverdienstkreuz?«

»Nein, Herr Obergruppenführer.«

»Irrtum, Escherich! Da haben Sie's!« Und er streckte überraschend die bisher verborgene Hand aus, auf deren Fläche das Kreuz lag.

Der Kommissar war so überwältigt, dass er nur einzelne Worte stammeln konnte. »Aber, Herr Obergruppenführer! Nicht verdient … Finde keine Worte …«

Alles hatte er während des Anpfiffs fünf Minuten zuvor erwartet, sogar ein paar Tage und Nächte im Bunker hatte er für möglich gehalten, aber dass ihm direkt darauf das Verdienstkreuz überreicht werden würde …

»… Jedenfalls danke ich gehorsamst.«

Der Obergruppenführer Prall weidete sich an der Überraschung des Dekorierten.

»Na ja, Escherich«, sagte er dann. »Sie wissen ja, ich bin gar nicht so. Und schließlich sind Sie ja doch ein ganz tüchtiger Beamter. Man muss Sie nur manchmal ein bisschen auf den Trab bringen, sonst schlafen Sie mir noch ganz ein. Wollen noch mal einen genehmigen. Prost, Escherich, auf Ihr Kreuz!«

»Prost, Herr Obergruppenführer! Und nochmals meinen gehorsamsten Dank!«

Der Obergruppenführer fing an zu schwatzen: »Eigentlich war das Kreuz gar nicht für Sie bestimmt, Escherich. Eigentlich sollte es Ihr Kollege, der Rusch, kriegen, für eine ganz zackige Sache, die er mit einer ollen Jüdin gedreht hat. Aber Sie kamen eben eher.«

Er schwatzte noch eine Weile weiter, drehte dann das Rotlicht über seiner Tür an, was bedeutete »Wichtige Besprechung! Nicht stören!«, und legte sich zum Schlafen auf eine Couch.

Als Escherich, das Verdienstkreuz noch immer in der Hand, sein Büro betrat, saß da sein Vertreter am Apparat und rief: »Was denn? Fall Klabautermann? Ist das kein Irrtum? Hier liegt kein Fall Klabautermann vor!«

»Geben Sie her!«, sagte Escherich und fasste nach dem Hörer. »Und verdimensionieren Sie sich schleunigst!«

Er rief in den Apparat: »Ja, hier Kommissar Escherich! Was ist mit Klabautermann? Wollen wohl Meldung erstatten?«

»Melde gehorsamst, Herr Kommissar, dass wir den Mann leider aus den Augen verloren haben, nämlich …«

»Was haben Sie?«

Escherich war nahe daran, einen Zornesausbruch folgen zu lassen, wie ihn eine Viertelstunde zuvor sein Vorgesetzter gehabt hatte. Aber er bezwang sich: »Wie hat denn das geschehen können? Ich denke, Sie sind ein tüchtiger Mann, und der Observierte ist doch bloß ein Männeken!«

»Ja, das sagen Sie so, Herr Kommissar. Aber er kann laufen wie ein Wiesel, und in dem Gedränge auf dem U-Bahnhof Alexanderplatz war er plötzlich weg. Er muss gemerkt haben, dass wir ihn beschatteten.«

»Auch das noch!«, stöhnte Escherich, »hat's gemerkt! Ihr Hornochsen habt mir meinen ganzen Film verkorkst! Nun kann ich euch auch nicht mehr schicken, er kennt euch ja. Und Neue kennen ihn wieder nicht!« Er überlegte: »Also schnellstens zurück aufs Präsidium! Jeder von euch beiden holt sich einen Ersatzmann. Und der eine von euch nimmt irgendwo in der nächsten Nähe seiner Wohnung Posto, aber gut gedeckt, wohlverstanden?! Dass er euch nicht noch mal ausreißt! Ihr habt nur die Aufgabe, euerm Ersatzmann den Kluge zu zeigen, und dann schwirrt ihr ab. Der andere geht zur Fabrik, wo er arbeitet, und meldet sich dort bei der Leitung. Warten Sie doch, Sie großer Held, Sie müssen doch erst die Adresse von der Wohnung haben!« Er suchte sie heraus und gab sie durch. »So, und nun schnellstens auf eure Posten! In die Fabrik kann übrigens der Ersatzmann allein gehen, und das erst morgen früh. Da werden sie ihm den Mann schon zeigen! Ich sage dort Bescheid. Und in einer Stunde bin ich selbst in seiner Wohnung ...«

Er hatte aber so viel zu diktieren und zu telefonieren, dass er erst sehr viel später zur Wohnung der Eva Kluge kam. Seine Leute sah er nicht, und an der Tür klingelte er umsonst. So blieb auch ihm nur die Nachbarin, die Gesch.

»*Der* Kluge? Sie meinen *den* Kluge? Nee, der wohnt hier nich. Hier wohnt bloß seine Frau, lieber Mann, die lässt den schon längst nicht mehr in die Wohnung. Die ist aber verreist. Wo *er* wohnt? Wie soll ich das wissen, lieber Mann? Der treibt sich doch nur so rum, immer mit Weibern. Ich hab wenigstens mal so was gehört, aber ich will nischt gesagt haben. Die Frau hat mir schon Vorwürfe genug gemacht, weil ich dem Mann mal in ihre Wohnung geholfen habe.«

»Hören Sie mal, Frau Gesch«, sagte Escherich und war in den Flur der Wohnung eingetreten, da sie ihm die Tür vor der Nase zuschlagen wollte. »Nun erzählen Sie mir mal reineweg alles, was Sie von den Kluges wissen!«

»Wie komm ich denn dazu, lieber Mann, und wie kommen Sie dazu, hier einfach in meine Wohnung ...«

»Ich bin nämlich der Kommissar Escherich von der Geheimen Staatspolizei, und wenn Sie meinen Ausweis sehen wollen ...«

»Nee, nee!«, rief die Gesch abwehrend und war erschrocken

bis an die Wand der Küche zurückgewichen. »Nischt will ich sehn, nischt will ich hören! Und von den Kluges habe ich Ihnen schon alles gesagt, was ich weiß!«

»Nun, ich denke, das werden Sie sich noch überlegen, Frau Gesch, wenn Sie mir hier nämlich nichts erzählen wollen, dann müsste ich Sie nach der Prinz-Albrecht-Straße auf die Gestapo einladen zu einem richtigen Verhör. Das würde Ihnen bestimmt keinen Spaß machen. Hier unterhalten wir uns doch nur ein bisschen in aller Gemütlichkeit, nichts wird aufgeschrieben …«

»Ja doch, Herr Kommissar. Aber ich habe wirklich nichts mehr zu erzählen. Ich weiß doch von denen gar nichts.«

»Wie Sie wollen, Frau Gesch. Machen Sie sich dann fertig, ich habe unten ein paar Leute, Sie können gleich mitkommen. Und legen Sie Ihrem Mann – Sie haben doch einen Mann? Aber natürlich haben Sie einen Mann! –, also legen Sie Ihrem Mann mal einen Zettel hin: ›Bin auf der Gestapo. Rückkunft unbestimmt!‹ Also los, Frau Gesch! Schreiben Sie den Zettel!«

Die Gesch war blass geworden, ihre Glieder flogen, die Zähne klapperten in ihrem Mund.

»So was werden Sie doch nicht tun, lieber, lieber Herr!«, flehte sie.

Er antwortete mit gespielter Grobheit: »Natürlich werde ich so was tun, Frau Gesch, wenn Sie mir nämlich weiter eine selbstverständliche Auskunft verweigern. Also seien Sie vernünftig, setzen Sie sich hierher und erzählen Sie mir alles, was Sie von den Kluges wissen. Wie ist denn die Frau?«

Natürlich nahm die Gesch Vernunft an. Im Grunde war er ein sehr lieber Herr, dieser Herr von der Gestapo, ganz anders, als sie sich solche Herren vorgestellt hatte. Und natürlich erfuhr Kommissar Escherich alles, was es eben bei der Gesch zu erfahren gab. Sogar von dem SS-Mann Karlemann hörte er, denn was die Eckkneipe wusste, das wusste die Gesch natürlich auch. Der tüchtigen Ex-Briefträgerin Eva Kluge hätte es das Herz abgedrückt, wenn sie gehört hätte, wie sehr sie und ihr ehemaliger Liebling Karlemann in der Leute Munde waren.

Als Kommissar Escherich von der Gesch schied, ließ er nicht nur ein paar Zigarren für den Mann zurück, sondern er hatte auch der Gestapo eine eifrige, unbezahlte und unbezahlbare Spionin gewonnen. Sie würde nicht nur auf die Wohnung der Kluges ständig ein Auge haben, sondern auch überall im Haus und in den Schlangen vor den Geschäften lauschen und den lieben Kommissar stets sofort anrufen, wenn sie was erfuhr, was er brauchen konnte.

In Verfolg dieser Unterhaltung rief Kommissar Escherich seine beiden Leute wieder ab. Die Wahrscheinlichkeit, dass man den Kluge in der Wohnung seiner Frau erwischte, war nach dem Erfahrenen ganz gering, außerdem passte die Gesch auf die Wohnung auf. Dann ging Kommissar Escherich noch auf das Postamt und zu der Parteidienststelle und zog weitere Erkundigungen über diese Frau Kluge ein. Nie konnte man wissen, wozu so was gut war.

Escherich hätte denen auf der Post und der Partei ganz gut sagen können, dass er einen Zusammenhang zu kennen glaubte zwischen dem Parteiaustritt der Frau Kluge und den Schandtaten ihres Sohnes in Polen. Er hätte auch die Adresse von Frau Kluge im Ruppinschen verraten können, hatte er sich doch von dem Brief von der Kluge an die Gesch, als sie die Schlüssel schickte, die Anschrift notiert. Aber Escherich tat das nicht, er fragte viel, aber Auskünfte gab er nicht. Wohl war das die Partei und das Postamt, also etwas Amtliches, aber die Gestapo ist nicht dafür da, andern in ihren Geschäften zu helfen. Dafür ist sie sich zu gut – und in diesem Punkte wenigstens teilte Kommissar Escherich die allgemeine Gestapo-Einbildung vollkommen.

Das mussten auch die Herren in der Fabrik erfahren. Sie trugen Uniform, und sie waren, in der Rangstufe und auch vom Gehalt aus gesehen, sicher etwas sehr viel Höheres als der farblose Kommissar. Aber er blieb dabei: »Nein, meine Herren, was gegen den Kluge vorliegt, das ist allein Sache der Geheimen Staatspolizei. Darüber sage ich nichts. Ihnen eröffne ich nur, dass Sie den Kluge anstandslos kommen und gehen lassen, wie er Lust hat, dass es keine Anschnauzereien und Verängstigungen mehr gibt und dass Sie den durch mich ausgewiesenen Beamten anstandslos Zulass in Ihrem Betrieb geben und ihre Arbeit, soweit das in Ihrer Macht steht, unterstützen werden. Haben wir uns nun verstanden?«

»Ich bitte um eine schriftliche Bestätigung dieser Anordnungen!«, rief der Offizier. »Und das heute noch!«

»Heute noch? Das wird ein bisschen spät. Aber vielleicht morgen. Vor morgen kommt der Kluge bestimmt nicht. Wenn er überhaupt wieder hierherkommt! Also dann, Heil Hitler, meine Herren!«

»Gottverdammich!«, knirschte der Offizier. »Diese Kerle werden immer anmaßender! Die ganze Gestapo soll der Henker holen! Die denken, weil sie jeden Deutschen einstecken können, dürfen sie sich alles erlauben. Aber ich bin Offizier, ich bin sogar Berufsoffizier …«

»Was ich noch sagen wollte …«, der Kopf Escherichs erschien wieder im Türspalt, »hat der Mann vielleicht hier noch Papiere, Briefe, persönliches Eigentum?«

»Da müssen Sie seinen Meister nach fragen! Der hat einen Schlüssel zu seinem Schrank …«

»Also schön«, sagte Escherich und sank auf einen Stuhl. »Da fragen Sie denn also den Meister danach, Herr Oberleutnant! Aber wenn es Ihnen nicht zu viel Mühe macht, ein bisschen schnell, ja?«

Einen Augenblick tauschten die beiden Blicke. Die Augen des spöttischen, farblosen Escherich und die vor Zorn dunklen des Oberleutnants führten einen Kampf miteinander. Dann schlug der Offizier die Hacken zusammen und verließ eilig den Raum, die gewünschte Auskunft zu besorgen.

»Ulkige Kruke, das!«, sagte Escherich zu dem plötzlich eifrig an seinem Schreibtisch beschäftigten Parteibonzen. »Wünscht die Gestapo zum Henker. Möchte gerne wissen, wie lange ihr hier noch sicher sitzen würdet, wenn wir nicht wären. Letzten Endes: der ganze Staat, das ist die Gestapo. Ohne uns bräche alles zusammen – und *ihr* ginget alle zum Henker!«

26. KAPITEL
Frau Hete beschließt

Dem Kommissar Escherich wie seinen beiden Spionen vom Alex wäre es wohl recht seltsam zu vernehmen gewesen, dass der kleine Enno Kluge gar nichts davon geahnt hatte, dass er beschattet wurde. Sondern von dem Augenblick an, als ihn Assistent Schröder endgültig in die Freiheit entließ, hatte er nur den einen Gedanken: Bloß fort von hier und zur Hete!

Er lief durch die Straßen und sah keine Menschen, er ahnte nicht, wer hinter und wer neben ihm war. Er sah nicht hoch, er dachte bloß: Hin zu Hete!

Der Schacht der U-Bahn verschluckte ihn. Er stieg in einen Zug und entrann so für dieses Mal dem Kommissar Escherich, den Herren vom Alex und der ganzen Gestapo.

Enno Kluge hatte sich entschlossen: er fuhr erst noch einmal zur Lotte und holte seine Sachen. Er wollte gleich mit seinem Koffer bei der Hete anrücken, da sah er denn gleich, ob sie ihn wirklich liebte, und er bewies ihr, dass er mit seinem alten Leben Schluss machen wollte.

So kam es, dass ihn seine Beschatter im Gedränge und schlechten Licht der U-Bahn aus dem Auge verloren. Er war ja wirklich nur ein Schatten, dieser schmächtige Enno! Wäre er aber gleich zu der Hete gegangen – und zum Königstor konnte er ja vom Alex aus gut zu Fuß gehen, da brauchte er keine U-Bahn –, so hätten sie ihn nicht verloren und hätten in der kleinen Tierhandlung immer wieder einen Ausgangspunkt für ihre Beobachtungen gehabt.

Mit der Lotte hatte er Glück. Sie war nicht zu Haus, und eilig packte er seine paar Sachen in den Handkoffer. Er widerstand sogar der Versuchung, ihre Sachen zu durchstöbern, ob er etwa einiges zum Mitnehmen Brauchbares fände – nein, diesmal sollte es anders werden. Nicht wieder wie damals sollte es kommen, als er in das enge Zimmer des kleinen Hotels einzog, nein, diesmal wollte er wirklich ein anderes Leben führen – wenn die Hete ihn aufnahm.

Immer langsamer ging er, je näher er dem Laden kam. Immer häufiger setzte er den Koffer ab, und so schwer war der gar nicht. Immer öfter wischte er den Schweiß von der Stirn, und so heiß war es auch nicht.

Dann stand er schließlich vor dem Laden und spähte durch die blanken Gitterstäbe der Vogelkäfige hinein: ja, Hete war an der Arbeit. Sie bediente grade; vier, fünf Kunden standen im Laden. Er stellte sich zu ihnen und sah stolz und doch zitternden Herzens zu, wie geschickt sie die Kunden abfertigte, wie höflich sie mit ihnen sprach.

»Indische Hirse gibt es nicht mehr, meine Dame. Das müssten Sie doch wissen, wo Indien zum Empire gehört. Aber bulgarische Hirse habe ich noch, die ist eigentlich viel besser.«

Und sagte mitten aus der Bedienung heraus: »Ach, Herr Enno, das ist nett, dass Sie mir ein bisschen helfen wollen. Den Koffer setzen Sie am besten in die Stube. Und dann holen Sie mir bitte gleich Vogelsand aus dem Keller. Katzensand brauche ich auch. Und dann Ameiseneier …«

Und während er mit diesen und anderen Aufträgen vollauf beschäftigt war, dachte er: Sie hat mich gleich gesehen, und sie hat auch sofort gesehen, dass ich einen Koffer mit habe. Dass ich ihn in die Stube setzen durfte, ist eigentlich ein gutes Zeichen. Aber sicher wird sie mich erst ausfragen, sie nimmt alles so schrecklich genau. Aber ich werde ihr schon irgendeine Geschichte erzählen.

Und dieser Mann um die Fünfzig, dieser alt gewordene Herumtreiber, Nichtstuer und Weiberheld betete wie ein Schulkind: Ach, lieber Gott, lass mich doch noch einmal Glück haben, nur dieses einzige Mal noch! Ich will auch ganz bestimmt ein anderes Leben anfangen, nur mach, dass mich die Hete aufnimmt!

So betete, bettelte er. Und dabei wünschte er doch, dass es noch recht lange hin bis zum Ladenschluss sein möchte, bis zu dieser ausführlichen Aussprache und seinem Geständnis, denn irgendetwas gestehen musste er der Hete, das war klar. Wie sollte er ihr sonst begreiflich machen, warum er hier mit Sack und Pack angerückt kam und mit einem so dürftigen Sack und Pack dazu! Er hatte doch vor ihr immer den großen Mann gespielt.

Und dann war es plötzlich doch so weit. Schon längst war die Ladentür geschlossen, anderthalb Stunden hatte es dann noch gekostet, all seine Bewohner mit frischem Wasser und Futter zu versehen und den Laden aufzuräumen. Nun saßen die beiden einander gegenüber an dem runden Sofatisch, hatten gegessen, ein wenig geplaudert, immer ängstlich das Hauptthema vermeidend, und plötzlich hatte diese zerfließende, verblühte Frau den Kopf erhoben und gefragt: »Nun, Hänschen? Was ist es? Was ist dir geschehen?«

Kaum hatte sie diese Worte in einem ganz mütterlich besorgten Ton gesprochen, da fingen bei Enno die Tränen an zu fließen; erst langsam, dann immer reichlicher strömten sie über sein mageres, farbloses Gesicht, dessen Nase dabei stets spitzer zu werden schien.

Er stöhnte: »Ach, Hete, ich kann nicht mehr! Es ist zu schlimm! Die Gestapo hat mich vorgehabt …«

Und er barg, laut aufschluchzend, den Kopf an ihrem großen, mütterlichen Busen.

Bei diesen Worten richtete Frau Hete Häberle den Kopf auf, in ihre Augen kam ein harter Glanz, ihr Nacken steifte sich, und sie fragte fast hastig: »Was haben die denn von dir gewollt?«

Der kleine Enno Kluge hatte es – mit nachtwandlerischer Sicherheit – mit seinen Worten so gut, wie es nur möglich war, getroffen. Mit all seinen andern Geschichten, mit denen er sich an ihr Mitleid oder an ihre Liebe hätte wenden können, wäre es ihm nicht so gut ergangen wie mit diesem einen Wort Gestapo. Denn Witwe Hete Häberle hasste Unordnung, und nie hätte sie einen widerlichen Herumtreiber und Zeittotschläger in ihr Haus und in ihre mütterlichen Arme genommen. Aber das eine Wort Gestapo öffnete ihm alle Pforten ihres mütterlichen Herzens, ein von der Gestapo Verfolgter war von vornherein ihres Mitleids und ihrer Hilfe sicher.

Denn ihren ersten Mann, einen kleinen kommunistischen Funktionär, hatte die Gestapo schon im Jahre 1934 in ein KZ abgeholt, und nie wieder hatte sie von ihrem Mann etwas gesehen und gehört, außer einem Paket, das ein paar zerrissene und verschmutzte Sachen von ihm enthielt. Obenauf hatte der Totenschein gelegen, ausgestellt vom Standesamt II, Oranienburg, Todesursache: Lungenentzündung. Aber sie hatte später von andern Häftlingen, die entlassen worden waren, gehört, was sie in Oranienburg und in dem nahe gelegenen KZ Sachsenhausen unter Lungenentzündung verstanden.

Und nun hatte sie wieder einen Mann in ihren Armen, einen Mann, für den sie bisher seines schüchternen, anschmiegenden, liebebedürftigen Wesens halber schon Sympathie empfunden, und wieder war er von der Gestapo verfolgt.

»Ruhig, Hänschen!«, sagte sie tröstend. »Erzähle mir nur alles. Wenn einer von der Gestapo verfolgt wird, der kann von mir alles haben!«

Diese Worte waren Balsam in seinen Ohren, und er hätte ja nicht der mit Frauen erfahrene Enno Kluge sein müssen, wenn er nicht seine Gelegenheit benutzt hätte. Was er da unter vielem Schluchzen und Tränen vorbrachte, war nun freilich ein sonderliches Gemisch von Wahrheit und Lüge: er brachte es doch sogar fertig, die Misshandlungen durch den SS-Mann Persicke in seine neuesten Abenteuer einzuschmuggeln.

Aber was diese Erzählung an Unwahrscheinlichem haben mochte, das verdeckte für Hete Häberle der Hass auf die Gestapo. Und schon begann ihre Liebe einen strahlenden Glanz um den Nichtsnutz an ihrer Brust zu weben, sie sagte: »Du hast also das Protokoll unterschrieben und dadurch den eigentlichen Täter gedeckt, Hänschen. Das war sehr mutig von dir, ich bewundere dich. Von zehn Männern hätte das kaum einer gewagt. Aber, das weißt du doch, wenn sie dich kriegen, so bekommst du es schlimm, denn dass sie dich mit diesem Protokoll für immer in der Falle haben, ist doch ganz klar?«

Er sagte, schon halb getröstet: »Oh, wenn du nur zu mir hältst, werden die mich nie kriegen!«

Aber sie schüttelte leise und bedenklich den Kopf. »Ich verstehe nicht, warum sie dich überhaupt wieder losgelassen haben.« Plötzlich fiel es ihr schrecklich ein: »O Gott, wenn sie dir nachspioniert haben, wenn sie nur wissen wollten, wohin du gehst?«

Er schüttelte den Kopf. »Glaube ich nicht, Hete. Ich war erst bei – ich war erst auf einer anderen Stelle, um meine Sachen zu holen. Ich hätte es merken müssen, wenn jemand hinter mir her war. Und warum eigentlich? Da hätten sie mich doch gar nicht erst loszulassen brauchen.«

Aber sie hatte es schon überlegt: »Sie glauben, du kennst den Kartenschreiber und bringst sie auf die Spur. Und vielleicht kennst du ihn wirklich und hast die Karte doch selbst dorthin gelegt. Aber ich will es gar nicht wissen, das sollst du mir nie sagen!« Sie bückte sich zu ihm und flüsterte: »Ich gehe jetzt eine halbe Stunde weg, Hänschen, und beobachte das Haus, ob vielleicht doch irgendwo ein Spitzel herumsteht. Nicht wahr, du wirst hier ganz still im Zimmer bleiben?«

Er sagte ihr, dass dieses Nachsehen ganz unnütz sei, niemand sei ihm gefolgt, bestimmt nicht.

Aber ihr stand es in zu schreckvoller Erinnerung, wie sie ihr schon einmal den Mann aus der Wohnung und damit aus dem Leben holten. Ihre Unruhe litt es nicht, sie musste auf und hinaus, um nachzusehen.

Und während sie langsam um den Block geht – sie hat den Blacky aus dem Laden an einer Leine mitgenommen, einen reizenden Scotch, und durch ihn sieht dieser Abendweg doch ganz unverfänglich aus –, während sie also um seiner Sicherheit willen langsam auf und ab schlendert, anscheinend nur mit dem Hund beschäftigt, aber die wachsamen Augen und Ohren überallhin gerichtet – unterdes nimmt Enno mit vorsichtigen Händen ein rasches erstes Inventar ihrer Stube auf. Es kann nicht mehr als nur ganz flüchtig sein, außerdem hat sie die meisten Möbelstücke verschlossen. Aber schon diese erste Durchsicht verrät ihm, dass er in seinem ganzen Leben so eine Frau noch nicht gehabt hat, eine Frau mit Bankkonto und sogar mit Postscheckkonto, wo ihr Name ganz richtig gedruckt auf allen Formularen steht!

Und Enno Kluge beschließt wiederum bei sich, wirklich ein ganz anderes Leben anzufangen, sich in dieser Wohnung stets korrekt zu benehmen und nicht zu beschlagnahmen, was sie ihm nicht freiwillig gibt.

Sie kommt zurück und sagt: »Nein, ich kann nichts Auffälliges sehen. Aber vielleicht haben sie dich doch hier hereingehen sehen und kommen morgen früh zurück. Ich gehe morgen gleich noch mal, ich werde den Wecker auf sechs stellen.«

»Ist nicht nötig, Hete«, sagt er wieder. »Mir ist bestimmt keiner gefolgt.«

Dann macht sie ihm ein Lager auf dem Sofa und legt sich selbst ins Bett. Aber sie lässt die Tür zwischen den beiden Zimmern offen und horcht darauf, wie er sich hin und her wirft, wie er stöhnt und wie unruhig er schläft, als er endlich wirklich eingeschlafen ist. Dann, sie ist eben grade selbst ein wenig eingedämmert, dann wacht sie wieder davon auf, dass sie ihn weinen hört. Wieder weint er, ob nun im Wachen oder im Schlaf. Frau Hete sieht im Dunkeln sein Gesicht deutlich vor sich, dieses Gesicht, das trotz seiner fünfzig Jahre immer noch etwas Kindliches hat – vielleicht durch das schwache Kinn und den volllippigen, sehr roten Mund.

Eine Weile hört sie still auf dieses Weinen, das durch die Nacht klagelos immer weitergeht, als traure die Nacht selbst über all den Kummer, den es jetzt auf der Welt gibt.

Dann entschließt sich Frau Häberle, sie steht auf und tastet sich im Dunkeln an sein Sofa.

»Weine doch nicht so, Hänschen! Du bist ja in Sicherheit, du bist bei mir. Deine Hete hilft dir ...«

So spricht sie ihm tröstend zu, und als das Weinen trotzdem nicht aufhört, beugt sie sich über ihn, sie schiebt ihren Arm unter seine Schultern, sie führt den Weinenden zu ihrem Bett, und dort nimmt sie ihn in ihre Arme, an ihre Brust ...

Eine alternde Frau, ein ältlicher Mann, liebebedürftig wie ein Kind, ein bisschen Trost, ein bisschen Leidenschaft, ein klein wenig Glorienschein um das Haupt des Geliebten – und nicht einmal fällt es Frau Hete ein, sich darüber klarzuwerden, wie dieses haltlose, weinerliche Wesen denn zu einem Kämpfer und Helden passt.

»Nun ist alles gut, nicht wahr, Hänschen?«

Aber nein, diese eine Frage lässt den eben erst versiegten Tränenstrom von neuem fließen, es schüttelt ihn in ihren Armen.

»Aber was ist denn, Hänschen? Hast du noch Sorgen, von denen du mir noch nichts gesagt hast?«

Und dies ist nun der Augenblick, auf den dieser alte Frauenjäger seit Stunden hingearbeitet hat, denn er hat bei sich entschieden, dass es doch zu gefährlich und für die Dauer auch unmöglich sei, sie ganz im Unklaren über seinen wirklichen Namen und seine Ehe zu belassen. Er ist nun einmal im

Gestehen, nun gut, wird er auch dieses noch gestehen, sie wird es schon hinnehmen, ihn darum nicht weniger lieben. Grade jetzt, da sie ihn eben erst in ihre Arme genommen hat, wird sie ihn schon nicht wieder auf die Straße setzen!

Sie hat das Hänschen gefragt, ob es denn noch Sorgen gebe, von denen er ihr nichts gesagt hat. Nun gesteht er, weinend, verzweifelt, dass er gar nicht Hans Enno heißt, sondern Enno Kluge, und dass er ein verheirateter Mann ist, mit zwei großen Jungen. Ja, er ist ein Lump, er hat sie belügen und betrügen wollen, aber er bringt es nun doch nicht übers Herz, wo sie so gut zu ihm gewesen ist.

Wie stets ist sein Geständnis nur ein Teilgeständnis, ein wenig Wahrheit mit viel Lüge untermischt. Er zeichnet das Bild seiner Frau, dieser harten, bösen Nazistin auf dem Postamt, die den Mann nicht bei sich dulden will, weil er nicht in die Partei eintreten mag. Diese Frau, die seinen ältesten Sohn gezwungen hat, in die SS einzutreten – und er berichtet von den Gräueltaten Karlemanns. Er entwirft ein Bild dieser ungleichen, schlechten Ehe, der stille, geduldige, alles ertragende Mann und die böse, ehrgeizige, nazistische Frau. Sie können ja nicht zusammenleben, sie müssen einander ja hassen. Und nun hat sie ihn aus der Wohnung hinausgetrieben! So hat er seine Hete belogen, aus Feigheit, weil er sie zu sehr liebt, weil er ihr keinen Schmerz bereiten wollte!

Aber nun hat er sich freigesprochen. Nein, jetzt weint er nicht mehr. Er wird aufstehen und seine Sachen packen und von ihr gehen – in die schlimme Welt hinaus. Er wird sich schon irgendwo vor der Gestapo verbergen, und wenn die ihn doch erwischen, so macht das auch nicht viel aus. Jetzt, wo er Hetes Liebe, die einzige Frau, die er wirklich im Leben geliebt hat, verlor!

Ja, er ist ein recht gerissener alter Frauenverführer, dieser Enno Kluge. Er weiß schon, wie man es anpacken muss bei diesen Weibern: Lieben und Lügen, das geht alles in einem hin.

Es muss nur ein bisschen Wahres dazwischen sein, sie muss nur ein bisschen von dem Zeug glauben können, das man erzählt, und vor allem muss man stets die Tränen bereithalten und die Hilflosigkeit ...

Frau Hete hat diesmal mit einem wahren Schrecken sein Geständnis gehört. Warum hat er sie nur so angelogen? Als sie sich kennenlernten, lag doch noch gar kein Grund für solche Lügen vor! Hatte er denn damals schon Absichten auf sie gehabt? Dann können es nur schlimme Absichten gewesen sein, wenn sie zu solchen Lügen Anlass wurden.

Ihr Instinkt sagt ihr, dass sie ihn wegschicken muss, dass ein Mann, der fähig ist, eine Frau vom ersten Anfang an so bedenkenlos zu täuschen, auch stets bereit sein wird, sie später zu belügen. Und mit einem Lügner kann sie nicht zusammenleben. Sie hat immer ein sauberes Leben gelebt mit ihrem ersten Mann, und diese paar kleinen Geschichten, die es seit seinem Tode gab, über so etwas lächelt eine erfahrene Frau nur.

Nein, aus ihren Armen noch würde sie ihn gehen lassen – wenn sie ihn nicht grade dem Feind in die Arme jagte, der verhassten Gestapo. Denn sie ist fest überzeugt, dass sie das tut, wenn sie ihn jetzt gehen heißt. Diese ganze Verfolgung durch die Gestapo, die nimmt sie seit seiner Erzählung am Abend für bare Münze. Sie kommt nicht einmal auf den Gedanken, an ihrer Wahrheit zu zweifeln, obwohl sie ihn doch eben erst als Lügner kennengelernt hat.

Und dann ist da diese Frau ... Es ist nicht möglich, dass alles, was er über diese Frau gesagt hat, unwahr ist. So etwas denkt sich kein Mensch aus, da muss etwas Wahres daran sein. Sie glaubt den Mann doch zu kennen an ihrer Seite, ein schwaches Geschöpf, ein Kind, gutartig eigentlich: mit ein paar freundlichen Worten ist er zu leiten. Aber diese Frau, hart, ehrgeizig, diese Nazistin, die durch die Partei hochkommen will, für die war natürlich ein solcher Mann nichts, ein Mann, der die Partei hasste, vielleicht insgeheim gegen sie arbeitete, ein Mann, der sich weigerte, in die Partei einzutreten!

Konnte sie ihn zurückjagen zu solcher Frau? Der Gestapo in die Arme?

Sie konnte es nicht, und so durfte sie es auch nicht.

Das Licht geht an. Da steht er schon neben ihrem Bett, in einem viel zu kurzen blauen Hemdchen, stille Tränen rinnen jetzt über sein blasses Gesicht. Er beugt sich über sie, er flüstert: »Adieu, Hete! Du bist sehr gut zu mir gewesen, aber ich verdiene es nicht, ich bin ein schlechter Mensch. Adieu! Ich gehe jetzt ...«

Sie hält ihn fest. Sie flüstert: »Nein, du bleibst bei mir. Ich habe es dir versprochen, und ich halte mein Versprechen. Nein, sag nichts. Geh jetzt bitte auf das Sofa und versuche, noch ein bisschen zu schlafen. Ich will überlegen, wie alles am besten einzurichten ist.«

Er schüttelt langsam und traurig den Kopf. »Hete, du bist zu gut für mich. Ich will alles tun, was du sagst, aber wirklich, Hete, es ist besser, du lässt mich gehen.«

Aber natürlich geht er nicht. Natürlich lässt er sich überreden zu bleiben. Sie wird alles überlegen, alles ordnen. Und natürlich erreicht er auch, dass die Verbannung zum Sofa wieder aufgehoben wird, dass er wieder zurück zu ihr ins Bett darf. Ganz von ihrer mütterlichen Wärme umschlossen, schläft er bald ein, dieses Mal ohne weiteres Weinen.

Sie aber liegt noch lange wach. Eigentlich liegt sie die ganze Nacht wach. Sie hört auf sein Atmen, es ist schön, wieder einen Mann bei sich atmen zu hören, ihn so nahe im Bett zu haben. Sie war so lange sehr allein. Nun hat sie wieder jemand, für den sie sorgen kann. Ihr Leben ist nicht mehr ohne allen Inhalt. O ja, er wird ihr vielleicht mehr Sorgen machen als gut ist. Aber solche Sorgen, Sorgen um einen Menschen, den man liebhat, das sind gute Sorgen.

Frau Hete beschließt, stark für zwei zu sein. Frau Hete

beschließt, ihn vor allen von der Gestapo drohenden Gefahren zu behüten. Frau Hete beschließt, ihn zu erziehen und aus ihm einen wahrhaftigen Menschen zu machen. Frau Hete beschließt, das Hänschen, ach nein, nun heißt er ja Enno, Frau Hete beschließt, den Enno von dieser andern Frau, der Nazistin, freizukämpfen. Frau Hete beschließt, in dieses Leben da, das nun bei ihr liegt, Ordnung und Sauberkeit zu bringen.

Und Frau Hete hat keine Ahnung, dass dieser schwache Mann an ihrer Seite stark genug sein wird, Unordnung, Leid, Selbstvorwürfe, Tränen, Gefahr in ihr Leben zu bringen. Frau Hete hat keine Ahnung, dass all ihre Stärke zu nichts wurde im gleichen Augenblick, als sie beschloss, diesen Enno Kluge bei sich zu behalten und ihn gegen die ganze Welt zu verteidigen. Frau Hete hat keine Ahnung, dass sie sich selbst mit dem ganzen kleinen Reich, das sie sich aufbaute, in höchste Gefahr gebracht hat.

27. KAPITEL
Angst und Furcht

Seit jener Nacht sind zwei Wochen vergangen. Frau Hete und Enno Kluge haben in dem engen Beieinanderleben eines das andere besser kennengelernt. Es war ja nun so, dass der Mann wegen der Furcht vor der Gestapo nicht aus dem Hause durfte. Sie lebten wie auf einer Insel, nur sie zwei. Sie konnten sich nicht aus dem Wege gehen, sich bei andern Menschen ein wenig frischen Wind um die Nase wehen lassen. Sie waren ganz aufeinander angewiesen.

In den ersten Tagen hatte sie es dem Enno nicht einmal erlaubt, ihr im Laden zu helfen, in diesen ersten Tagen, da sie noch nicht ganz sicher war, ob nicht doch ein Agent der Gestapo ums Haus schlich. Sie hatte ihm gesagt, dass er ganz still in der Stube bleiben müsse. Von niemandem dürfe er sich sehen lassen. Ein wenig überrascht war sie, mit welcher Gelassenheit er diese Eröffnung aufnahm; ihr wäre es schrecklich gewesen, zu solchem untätigen Sitzen in der engen Stube verurteilt zu sein. Aber er hatte nur gesagt: »Nun gut, da werde ich mich ein bisschen pflegen!«

»Und was wirst du tun, Enno?«, hatte sie gefragt. »So ein Tag ist lang, und ich kann mich nicht viel um dich kümmern, und Grübeln trägt nichts ein.«

»Tun?«, hatte er ganz erstaunt gefragt. »Wieso tun? Ach, du meinst arbeiten?« Er hatte es schon auf der Zunge, dass er seiner Ansicht nach eigentlich genug gearbeitet hatte für eine lange Zeit, aber er war noch sehr vorsichtig bei ihr und sagte darum: »Natürlich würde ich gerne was arbeiten. Aber was kann ich denn hier im Zimmer arbeiten? Ja, wenn da 'ne Drehbank stünde!« Und er lachte.

»Aber ich weiß eine Arbeit für dich! Sieh mal her, Enno!«

Sie trug einen großen Karton herein, ganz gefüllt mit allen möglichen Sämereien. Nun stellte sie ein Brettchen vor ihn hin, eines jener hölzernen Zahlbretter mit Rand, wie sie auf vielen Ladentischen stehen. Und sie nahm einen Federhalter zur Hand, in dem die Feder verkehrt herum steckte. Diesen Halter wie eine Schaufel benutzend, fing sie an, eine Handvoll Sämereien, die sie auf das Zahlbrett geschüttet hatte, aufzuteilen in die verschiedenen Sorten. Rasch und geschickt ging die Feder hin und her, teilte, schob in eine Ecke, sonderte wieder, und dabei erklärte sie: »Das sind alles Futterreste, aus den Ecken zusammengefegt, aus zerplatzten Tüten, das habe ich alles gesammelt, seit Jahren. Jetzt, da das Futter so knapp ist, kommt es mir zugute. Ich sortiere es …«

»Aber warum sortierst du es? Das ist ja eine Riesenarbeit! Gib's den Vögeln doch so zu fressen, die sortieren es sich schon selbst!«

»Und veraasen dabei drei Viertel des Futters! Oder fressen Futter, das ihnen nicht bekommt, und gehen mir ein! Nein, die kleine Arbeit muss man sich schon machen. Ich hab's meist am Abend getan und am Sonntag, immer wenn ich ein bisschen Zeit hatte. An einem Sonntag habe ich einmal fast fünf Pfund sortiert, neben meiner Hausarbeit! Nun, wir werden ja sehen, ob du meinen Rekord schlägst. Du hast ja jetzt viel Zeit, und es denkt sich gut dabei nach. Sicher hast du viel nachzudenken. So, nun versuch du es einmal, Enno!«

Sie gab ihm die kleine Schaufel in die Hand und sah zu, wie er zu arbeiten anfing.

»Du bist gar nicht ungeschickt!«, lobte sie ihn. »Du hast kluge Hände!«

Und einen Augenblick später: »Aber du musst besser aufpassen, Hänschen – nein, Enno, meine ich. Ich muss mich erst daran gewöhnen! Sieh mal, dies spitze glänzende Korn, das ist Hirse, und das stumpfe, schwarze, runde, das ist Raps. Das darfst du nicht durcheinanderbringen. Die Sonnenblumenkerne nimmst du am besten vorher mit den Fingern heraus, das geht schneller als mit der Feder. Warte, ich hole dir noch Schalen, in die du das fertig Sortierte tun kannst!«

Sie war ganz Eifer, ihn für seine langweiligen Tage mit Arbeit zu versorgen. Dann ging die Ladenklingel zum ersten Mal, und von nun an riss es nicht ab mit Kunden, sie konnte ihn immer nur für einen Augenblick besuchen. Dann traf sie ihn träumend vor seinem Zahlbrett mit den Sämereien. Oder noch schlimmer war es, wenn er sich eilig, vom Geräusch der Tür erschreckt, an seinen Arbeitsplatz schlich wie ein Kind, das beim Faulsein ertappt ist.

Sie sah bald, nie würde er ihren Rekord von fünf Pfund schlagen, er würde es nicht einmal auf zwei Pfund bringen. Und die würde sie auch noch einmal durchsehen müssen, so liederlich hatte er gearbeitet.

Sie war ein bisschen enttäuscht, aber sie gab ihm recht, als er sagte: »Nicht ganz zufrieden, Hete, was?« Er lachte verlegen. »Aber, weißt du, das ist keine richtige Arbeit für einen Mann.

Gib mir 'ne richtige Arbeit für einen Mann, und du sollst mal sehen, wie ich loshaue!«

Natürlich hatte er recht, und am nächsten Tag setzte sie ihm das Brett mit den Sämereien nicht mehr hin. »Du musst eben sehen, wie du den Tag hinbringst, du Armer!«, sagte sie tröstend. »Es muss schrecklich für dich sein. Aber vielleicht liest du ein bisschen? Ich habe dort im Schrank noch viele Bücher von meinem Mann. Warte, ich schließe dir gleich auf.«

Er stand hinter ihr, als sie die Reihen musterte. »Es sind freilich fast alles marxistische Bücher. Du weißt ja, er war Funktionär in der KPD. Da, den Lenin habe ich noch grade bei einer Haussuchung gerettet. Ich hatte ihn ins Ofenloch gesteckt, und grade wollte ein SA-Mann die Ofentür aufmachen, da gab ich ihm rasch eine Zigarette, und er vergaß es.« Sie sah ihm ins Gesicht. »Aber das sind wohl keine Bücher für dich, Lieber, was? Ich muss dir gestehen, ich habe auch kaum hineingesehen, seit mein Mann tot ist. Vielleicht ist das falsch, jeder müsste sich um Politik kümmern. Hätten wir das alle rechtzeitig getan, so wäre es nicht gekommen, wie es jetzt durch die Nazis geworden ist, das hat Walter immer gesagt. Aber ich bin nur eine Frau …«

Sie brach ab, sie merkte, er hatte gar nicht hingehört.

»Aber da unten stehen noch ein paar Romane von mir.«

»Am liebsten hätte ich einen richtigen Detektivroman, so was mit Verbrechern und Mord«, erklärte Enno.

»Ich glaube, so was ist nicht da. Aber hier habe ich ein wirklich schönes Buch, das habe ich immer wieder gelesen. Raabe: Chronik der Sperlingsgasse. Das versuch mal, das wird dich freuen …«

Aber sie sah, wenn sie in die Stube kam, er las nicht darin. Es lag aufgeschlagen auf dem Tisch, später war es beiseitegeschoben. »Es gefällt dir nicht?«

»Ach, weißt du, ich weiß nicht … Das sind alles so schrecklich gute Menschen, so was ist doch langweilig. So ein richtig frommes Buch ist das. Kein Buch für einen Mann. Wir wollen mehr was Aufregendes, verstehst du …«

»Schade«, sagte sie. »Schade.« Und sie stellte das Buch in den Schrank zurück.

Es irritierte sie, wenn sie jetzt in die Stube kam, den Mann dasitzen zu sehen, immer in der gleichen schlaffen Haltung, vor sich hin dösend. Oder er schlief auch, den Kopf auf den Tisch gelegt. Oder er stand am Fenster und starrte auf den Hof, immer die gleiche Melodie vor sich hin pfeifend. Es irritierte sie sehr. Sie war immer eine tätige Frau gewesen, sie war es noch, ein Leben ohne Arbeit wäre ihr sinnlos erschienen. Am liebsten hatte sie es, wenn der ganze Laden voller Kunden stand, und sie hätte sich am liebsten in zehn Stücke zerteilt.

Und da stand nun dieser Mann, stand, saß, hockte, lag zehn Stunden, zwölf Stunden, vierzehn Stunden und tat nichts, rein gar nichts! Er stahl dem lieben Herrgott den Tag! Was fehlte ihm denn? Er schlief genug, er aß mit Appetit, es ging ihm nichts ab, aber er arbeitete nicht! Einmal riss ihr die Geduld, und sie sagte gereizt: »Wenn du nur nicht immer dieselbe Melodie pfeifen wolltest, Enno! Seit sechs, acht Stunden pfeifst du schon: Kleine Mädchen müssen schlafen gehn …«

Er lachte verlegen. »Stört dich meine Pfeife? Na, ich kann auch anders. Soll ich dir mal das Horst-Wessel-Lied pfeifen?« Und er fing an: Die Fahne hoch! Die Reihen fest geschlossen. SA marschiert mit mutig festem Schritt …

Ohne ein Wort ging sie in den Laden zurück. Diesmal hatte er sie nicht nur irritiert, diesmal war sie ernstlich verletzt.

Aber das verging wieder. Sie war nicht nachtragend, und außerdem hatte auch er gemerkt, dass er etwas falsch gemacht hatte, und hatte ihr als Überraschung eine neue Lampe über dem Bett zurechtgebastelt. Ja, so was konnte er auch; wenn er wollte, war er geschickt genug, aber meist wollte er nicht.

Übrigens gingen diese Tage seiner Verbannung in die Stube rasch vorüber. Frau Hete hatte sich bald davon überzeugt, dass wirklich kein Spitzel um das Haus herumstrich, und Enno konnte wieder im Laden helfen. Auf die Straße freilich durfte er vorläufig überhaupt nicht, immer konnte ihn ein Bekannter sehen. Aber im Laden helfen, das konnte er, und da erwies er sich nun wieder recht nützlich und geschickt. Sie sah bald, dass ihn eine längere Zeit gleichförmig hintereinander ausgeführte Arbeit rasch ermüdete, so gab sie ihm jetzt dies, dann das zu tun.

Bald ließ sie ihn auch bei der Kundenbedienung helfen. Er wurde gut mit der Kundschaft fertig, er war höflich, schlagfertig, manchmal sogar auf eine etwas schlafmützige Art witzig.

»Mit dem Herrn haben Sie aber einen guten Griff getan, Frau Häberle«, sagten alte Kunden. »Wohl was Verwandtes?«

»Ja, ein Vetter von mir«, log Frau Hete und war glücklich über dies Enno gespendete Lob.

Eines Tages sagte sie zu ihm: »Enno, ich möchte eigentlich heute nach Dahlem fahren. Du weißt doch, die Tierhandlung von Löbe dort macht zu, weil er zur Wehrmacht muss. Ich kann seine Bestände kaufen. Er hat sehr viel zu liegen, es würde eine große Hilfe für uns sein, wo die Ware doch immer knapper wird. Glaubst du, dass du allein mit dem Laden fertig wirst?«

»Aber selbstredend, Hete, selbstredend! So was erledige ich doch spielend. Wie lange willst du denn fortbleiben?«

»Na, ich würde gleich nach dem Mittagessen fahren, aber ich glaube nicht, dass ich bis Ladenschluss zurück sein werde. Ich möchte dann auch gleich bei meiner Schneiderin rangehen …«

»Tu das, Hete. Von mir aus hast du Urlaub bis Mitternacht. Um den Laden hier mach dir keine Sorgen, den erledige ich dir prima.«

Er setzte sie noch in die U-Bahn. Es war Mittagspause, der Laden war geschlossen.

Sie lächelte vor sich hin, als der Wagen schon fuhr. Das Leben zu zweien war doch ein ander Leben! Es war schön, wenn man so gemeinsam arbeitete. Dann erst hatte man abends das richtige Gefühl von Befriedigung. Und er gab sich Mühe, entschieden gab er sich Mühe, es ihr recht zu machen. Er tat, was er konnte. Sicher war er kein energischer oder auch nur fleißiger Mensch, sie gestand es sich ein. Wenn er zu viel hatte laufen müssen, zog er sich gerne einmal in die Stube zurück, der Laden mochte noch so voll stehen, er überließ ihr die Kundschaft allein. Oder sie fand ihn nach langem vergeblichem Rufen im Keller, wie er auf dem Rand der Sandkiste saß und vor sich hin döste; das halb mit Sand gefüllte Eimerchen stand vor ihm – und sie wartete schon zehn Minuten darauf!

Er fuhr zusammen, wenn sie ihn ein wenig scharf anrief: »Enno, wo bleibst du bloß? Ich warte mir die Seele aus dem Leibe!«

Wie ein erschrockener Schuljunge sprang er auf. »Ein bisschen eingedöst«, murmelte er verlegen und fing langsam zu schippen an. »Komme gleich, Frau Chefin, soll auch nicht wieder passieren.«

Mit solchen kleinen Scherzen versuchte er dann, sie zu versöhnen.

Nein, in keiner Hinsicht ein großes Kirchenlicht, dieser Enno, soweit sah sie jetzt schon klar, aber er tat, was er konnte. Und dabei gut zu leiden, höflich, umgänglich, anschmiegsam, ohne ersichtliche Laster. Dass er ein bisschen sehr viel Zigaretten rauchte, das sah sie ihm nach. Sie rauchte selber gerne mal eine, wenn sie abgespannt war …

Mit ihren Besorgungen aber hatte Frau Hete an diesem Tage Pech. Das Geschäft von Löbe in Dahlem war geschlossen, als sie hinkam, man konnte ihr auch nicht sagen, wann Herr Löbe zurückkam. Nein, eingezogen war er noch nicht, aber er hatte jetzt wohl viele Gänge durch seine Einberufung. Vormittags ab zehn Uhr war das Geschäft sonst immer geöffnet gewesen – vielleicht versuchte sie es morgen Vormittag?

Sie dankte und fuhr zu ihrer Schneiderin. Vor dem Hause aber blieb sie erschrocken stehen. In der Nacht war eine Fliegerbombe hineingegangen, das Haus war nur noch eine Ruine.

Die Leute gingen eilig daran vorüber, manche mit absichtlich abgewandten Gesichtern, die das Grauen der Zerstörung nicht sehen wollten oder die Angst hatten, ihre Erbitterung nicht verbergen zu können, andere besonders langsam (Polizei sorgte dafür, dass niemand stehen blieb), entweder mit sorglos lächelnden, neugierigen Gesichtern oder mit einem finsteren, fast drohenden Blick die Verwüstung musternd.

Ja, Berlin wurde jetzt öfter in den Keller geschickt, und jetzt fielen auch immer häufiger Bomben und die gefürchteten Phosphorkanister. Immer öfter wurde jetzt auch das Wort Görings zitiert, er wolle Meier heißen, wenn sich ein feindliches Flugzeug über Berlin sehen ließe. In der vergangenen Nacht hatte Frau Hete auch im Keller gesessen, allein, denn sie wollte nicht, dass Enno schon jetzt als ihr offizieller Freund und Hausgenosse gesehen wurde. Sie hatte das Surren der Flieger über sich gehört, dieses nervenzerrüttende Geräusch, wie wenn immer wieder eine Mücke sirrt und surrt. Das Geräusch von Einschlägen hatte sie nicht gehört, ihre Gegend war bisher noch ganz verschont geblieben. Die Leute erzählten ja, die Engländer wollten den Arbeitern nichts tun, sie wollten nur die feinen Familien im Westen erledigen …

Die Schneiderin war kein reicher Mensch gewesen, nun hatte es sie doch getroffen. Frau Hete Häberle suchte von einem Schutzmann zu erfahren, wo die Schneiderin geblieben, ob ihr etwas geschehen sei. Der Schutzmann bedauerte, keine Auskunft geben zu können. Vielleicht ginge die Dame mal aufs Revier, oder sie erkundigte sich auch auf der nächsten Stelle des Luftschutzbundes?

Aber dazu hatte Frau Hete jetzt keine Ruhe. So leid ihr die Schneiderin auch tat und so gerne sie etwas über ihr Ergehen erfahren hätte, es drängte Hete jetzt nach Haus. Immer, wenn man so etwas sah, drängte es einen nach Haus. Sofort musste man sich dort überzeugen, dass auch alles in Ordnung war. Es war töricht, man wusste es, aber man fuhr doch los. Man musste sich erst mit eigenen Augen überführen, dass dort nichts geschehen war.

Aber leider war doch etwas geschehen mit der kleinen Tierhandlung am Königstor. Nichts Tragisches, gewiss nicht, und doch erschütterte es Frau Häberle tief, tiefer als manches Erlebnis in vielen Jahren. Frau Häberle fand den Rollladen vor dem Laden hinuntergelassen, und an ihm war ein Schild festgemacht, ein Schild mit der dummen Inschrift, über die sie sich immer empört hatte: »Komme gleich wieder.« Und darunter: »Frau Hedwig Häberle.«

Dass unter diesem Zettel auch noch ihr Name stand, dass sie mit ihrem guten Namen diese Liederei und Pflichtvergessenheit decken musste, das beleidigte sie fast ebenso tief wie der Vertrauensbruch, den Enno begangen hatte. Hinter ihrem Rücken fortgeschlichen, und hinter ihrem Rücken hätte er auch wieder aufgemacht, hätte ihr kein Wort davon gesagt, dass er sie belogen hatte. Und wie dumm dabei, wie überaus dumm, denn es war doch fast sicher, dass eine ihrer Stammkundinnen sie fragte: »Gestern Nachmittag zugehabt? Unterwegs gewesen, Frau Häberle?«

Sie kommt über den Hausflur in ihre Wohnung. Dann zieht sie den Laden vor ihrer Ladentür hoch, öffnet die Tür. Sie wartet, bis der erste Kunde kommt, nein, sie möchte jetzt gar nicht, dass er kommt. Solch ein Verrat hinter ihrem Rücken – in ihrer ganzen Ehe mit Walter hat es nie so etwas gegeben. Immer hatten sie volles Vertrauen zueinander, und nie hatte eines je das Vertrauen des andern getäuscht. Und nun dies! Sie hatte ihm doch nicht die geringste Veranlassung gegeben!

Die erste Kundin kommt, sie wird von ihr bedient; aber als Hete ihr auf einen Zwanzigmarkschein herausgeben will und die Ladenkasse aufzieht, ist die leer. Es war reichlich Wechselgeld in der Kasse, als sie fortging, an die hundert Mark. Und nun ist die Kasse leer. Sie bezwingt sich, sie holt aus ihrer Handtasche Geld, gibt heraus, fertig! Die Ladentür bimmelt.

Ja, jetzt möchte sie den Laden zuschließen und ganz mit sich allein sein. Ihr fällt ein – während sie immer weiter Kundschaft abfertigt –, dass es ihr in den letzten Tagen schon ein paarmal so vorgekommen war, als könne die Kasse nicht ganz stimmen, als müsse die Tageslosung höher sein. Damals hat sie solche Gedanken unmutig verjagt. Was sollte Enno auch mit dem Gelde anfangen? Er kam ja gar nicht aus dem Hause, war immer unter ihren Augen!

Aber jetzt denkt sie daran, dass die Toilette auf der halben Treppe liegt und dass er viel mehr Zigaretten geraucht hat, als er in seinem Köfferchen mitgebracht haben kann. Sicher hat er jemanden im Hause gefunden, der ihm Zigaretten holt, schwarz gekaufte, ohne Karte, hinter ihrem Rücken! Wie schmählich und gemein! Sie hätte ihn liebend gerne mit Zigaretten versorgt, er hätte nur den Mund auftun müssen!

In diesen anderthalb Stunden bis zum Wiederauftauchen Ennos kämpft Frau Häberle einen schweren Kampf mit sich. In den letzten Tagen hat sie sich daran gewöhnt, dass wieder ein Mann im Hause ist, dass sie nicht mehr allein ist, sondern für jemanden zu sorgen hat, für jemanden, den sie gerne hat. Aber wenn der Mann so ist, wie es jetzt den Anschein hat, so muss sie die Liebe ausreißen aus ihrem Herzen! Besser allein sein, als in solch ewigem Misstrauen und in solcher grauenvollen Angst leben! Sie kann ja nicht mehr um die Ecke in den Grünkram gehen, schon muss sie Angst haben, er betrügt sie wieder!

Und dann fällt Hete ein, dass es ihr auch so vorgekommen ist, als lägen die Sachen nicht ganz richtig in ihrem Wäschespind. Nein, es muss sein, sie muss ihn fortschicken, heute noch, so schwer es ihr auch fällt. Später würde es noch schwerer sein.

Aber dann denkt sie daran, dass sie eine alternde Frau ist, dass dies vielleicht ihre letzte Gelegenheit ist, einem einsamen Lebensabend zu entgehen. Nach diesem Erlebnis mit Enno

Kluge wird sie sich kaum noch entschließen, mit einem andern Manne es aufs Neue zu versuchen. Nach diesem erschreckenden, zerschmetternden Erlebnis mit Enno!

»Ja, Mehlwürmer sind wieder da. Wie viel darf es denn sein, meine Dame?«

Eine halbe Stunde vor Ladenschluss kommt Enno. Es ist für ihren Gefühlszustand bezeichnend, dass sie erst jetzt daran denkt, dass er sich ja gar nicht auf der Straße sehen lassen soll, in solcher Gefahr, wie er durch die Gestapo war! Bisher hat sie daran gar nicht denken können, so sehr war sie mit dem Verrat beschäftigt, den er an ihr begangen. Aber was helfen denn alle Vorsichtsmaßregeln, wenn er in ihrer Abwesenheit einfach losläuft? Und vielleicht ist all das mit der Gestapo auch Lug und Trug? Bei diesem Manne ist alles möglich!

Er hat natürlich schon an dem hochgezogenen Rollladen gemerkt, dass sie wieder im Laden ist. Er kommt von der Straße herein, vorsichtig und behutsam schlängelt er sich durch die Kunden, lächelt ihr zu, als sei nicht das Geringste vorgefallen, und sagt, in der Stube verschwindend: »Ich komme gleich und helfe, Chefin!«

Und er kommt wirklich sehr schnell zurück, und notgedrungen, um vor der Kundschaft das Ansehen zu bewahren, muss sie mit ihm sprechen, ihm Anweisungen geben, tun, als sei nichts geschehen – und doch ist ihre Welt eingestürzt! Aber sie lässt sich nichts merken, sie geht sogar auf seine schwachen Witzchen ein, die er heute besonders reichlich bereithält, und nur, als er an die Ladenkasse will, sagt sie scharf: »Bitte, die Kasse besorge ich!«

Er ist etwas zusammengefahren, mit einem scheuen Blick sieht er sie von der Seite an – wie ein Hund, der geschlagen wird, ja, genau wie ein verprügelter Hund, denkt sie. Dann hat sich seine Hand in die Tasche getastet, ein Lächeln ist auf sein Gesicht getreten, jawohl, er hat den Schlag schon wieder verwunden.

»Zu Befehl, Chefin!«, schnarrt er und knallt die Absätze zusammen.

Die Kunden lachen über den kleinen, komischen Mann, der da Soldat spielen will, aber ihr ist nicht zum Lachen zumute.

Dann ist der Laden geschlossen. Fünf viertel Stunden arbeiten sie noch eifrig miteinander, ganz mit Füttern und Tränken und Säubern beschäftigt, beide schließlich fast wortlos, nachdem sie auf seine Scherze, die er immer wieder versuchte, nicht eingegangen war.

Frau Hete steht in der Küche, sie macht das Abendessen zurecht. Sie hat Bratkartoffeln in der Pfanne, richtige, schöne Bratkartoffeln, mit Speck angebraten. Den Speck hat sie von einer Kundin im Austausch gegen einen Harzer Roller bekommen. Sie hat sich darauf gefreut, ihn mit einem so schönen Abendessen überraschen zu können, denn er isst gerne was Gutes. Die Kartoffeln werden schön goldgelb.

Aber plötzlich löscht sie die Gasflamme unter der Pfanne. Plötzlich kann sie auf diese Aussprache nicht mehr warten. Sie geht in die Stube, lehnt sich mit dem Rücken, dunkel und massig, gegen den Ofen und fragt in einem fast drohenden Tone: »Nun?«

Er hat am Tisch gesessen, dem Abendbrottisch, den er für sie beide gedeckt hatte, vor sich hin flötend, nach seiner Gewohnheit.

Bei diesem drohenden »Nun?« fährt er zusammen, er steht auf und sieht zu der dunklen Gestalt hinüber.

»Ja, Hete?«, sagt er. »Gibt's bald Abendessen? Ich hab mächtigen Kohldampf.«

Sie möchte ihn vor Wut schlagen, diesen Mann, der glaubt, sie ist bereit, einen solchen Verrat totzuschweigen! Der fühlt sich ja schon sehr sicher, dieser Herr, weil er mit ihr in einem Bett geschlafen hat! Sie ist von einem ganz ungewohnten Zorn erfasst, am liebsten würde sie den Kerl schütteln und schlagen, noch einmal und noch einmal.

Aber sie bezwingt sich und wiederholt nur noch einmal ihr »Nun?«, nur noch drohender.

»Ach so!«, sagt er. »Du meinst das mit dem Geld, Hete.« Er greift in die Tasche und zieht einen Haufen Scheine hervor. »Da, Hete, das sind 210 Mark, und ich hatte 92 Mark aus der Kasse genommen.« Er lacht ein bisschen verlegen. »Damit ich doch auch etwas zur Wirtschaft beisteuere!«

»Und wie kommst du zu dem vielen Geld?«

»Heute Nachmittag war das große Traberrennen in Karls-horst. Ich bin grade noch rechtzeitig gekommen, um Adebar zu setzen. Adebar, Sieg. Ich wett nämlich gerne auf Pferde. Ich verstehe ziemlich viel von Rennen, Hete.« Er sagt das mit einem bei ihm ganz ungewohnten Stolz. »Nicht die ganzen 92, nur 50 Mark habe ich gesetzt. Die Quote war …«

»Und was hättest du getan, wenn das Pferd nicht gewonnen hätte?«

»Aber Adebar musste gewinnen – da gab's gar nichts ande-res!«

»Und wenn er doch nicht gewonnen hätte?«

Jetzt ist er es einmal, der sich der Frau überlegen fühlt. Er lächelt, als er sagt: »Sieh mal, Hete, du verstehst nichts vom Rennsport, ich verstehe aber alles davon. Und wenn ich sage: Adebar gewinnt, und riskiere sogar 50 Mark darauf …«

Sie unterbricht ihn. Sie sagt scharf: »Du hast mein Geld ris-kiert! Das will ich nicht haben! Wenn du Geld brauchst, sagst du es, du sollst bei mir nicht nur für die Kost arbeiten müssen. Aber ohne meine Erlaubnis nimmst du kein Geld aus der Kasse, verstanden?«

Bei diesem ungewohnt scharfen Ton ist er wieder völlig un-sicher geworden. Er sagt klagend (und sie weiß, gleich wird er losweinen, und sie fürchtet sich schon vor diesen Tränen), er sagt also klagend: »Aber wie redest du denn mit mir, Hete? Als ob ich nur dein Arbeiter wäre! Natürlich nehme ich nicht wieder Geld aus der Kasse. Ich dachte bloß, ich würde dir eine

Freude machen, wenn ich so schön Geld verdiene. Wo der Sieg doch auch ganz sicher war!«

Sie geht gar nicht auf dieses Geschwätz ein. Das Geld war ihr ja immer Nebensache, das Wichtige war das enttäuschte Vertrauen. Er denkt jetzt, sie ist bloß wegen des Geldes ärgerlich, so ein Schwachkopf! Sie sagt: »Und wegen dieser Pferdewetterei hast du also einfach den Laden zugemacht?«

»Ja«, sagt er. »Du hättest ihn doch auch zumachen müssen, wenn ich nicht da gewesen wäre!«

»Und dass du ihn zumachen wolltest, das hast du schon gewusst, als ich fortging?«

»Ja«, sagt er ganz dumm. Und verbessert sich rasch: »Nein, natürlich nicht, sonst hätte ich dich um Erlaubnis gebeten. Es ist mir erst eingefallen, als ich bei dem kleinen Laden von dem Buchmacher vorbeikam, in der Neuen Königstraße, weißt du. Da las ich im Vorbeigehen die Tipps, und als ich da als Außenseiter Adebar las, da habe ich mich erst entschlossen.«

»So!«, sagt sie. Sie glaubt ihm nicht. Das hat er schon vorher vorgehabt, ehe er sie in die U-Bahn setzte. Ihr ist eingefallen, dass er heute früh so lange mit der Zeitung herumgeknistert hat und dass er dann lange auf einem Zettel gerechnet hat, immer noch, als schon die ersten Kunden im Laden waren. »So!«, sagt sie noch einmal. »Und du gehst also einfach in der Stadt spazieren, wo wir doch ausgemacht haben, du lässt dich wegen der Gestapo möglichst nicht draußen sehen?«

»Du hast doch auch erlaubt, dass ich dich bis an die U-Bahn bringe!«

»Da waren wir zusammen. Und ich hatte ausdrücklich gesagt, es sollte ein Versuch sein! Das heißt noch nicht, dass du den halben Tag in der Stadt herumläufst. Wo bist du denn gewesen?«

»Ach, nur in so 'nem kleinen Lokal, das ich von früher kenne. Da kommt nie einer von der Gestapo hin, da verkehren nur Buchmacher und Rennwetter.«

»Die dich alle kennen! Die alle überall erzählen können: Wir haben den Enno Kluge da und dort gesehen!«

»Aber die Gestapo weiß doch auch, dass ich irgendwo sein muss. Nur wo, weiß sie nicht. Das Lokal ist sehr weitab von hier, auf dem Wedding. Und ein Bekannter war nicht dort, der mich verpfeifen könnte!«

Er redet ganz eifrig und gutherzig; wenn man auf ihn hört, ist er vollkommen in seinem Recht. Er versteht gar nicht, wie sehr er ihr Vertrauen enttäuscht hat, was für einen Kampf sie seinetwegen mit sich kämpft. Geld genommen – um ihr eine Freude zu machen. Das Geschäft geschlossen – hätte sie ja auch getan. In ein Lokal gegangen – war ja weit weg am Wedding. Dass sie sich aber um ihre Liebe geängstigt hatte, davon verstand er gar nichts, das ging nicht in seinen Schädel hinein!

»Also, Enno«, fragt sie, »das ist alles, was du dazu zu sagen hast? Oder?«

»Ja, was soll ich denn noch sagen, Hete? Ich seh ja, du bist mächtig unzufrieden mit mir, aber ich finde wirklich nicht, dass ich so viel falsch gemacht habe!« Nun kamen sie doch, die gefürchteten Tränen. »Ach, Hete, sei doch bloß wieder gut zu mir! Ich will dich auch gewiss vorher nach allem fragen! Sei bloß wieder lieb zu mir. So halte ich es nicht aus …«

Aber diesmal verfingen weder Tränen noch Bitten. Etwas klang falsch darin. Es ekelte sie beinahe vor dem weinenden Manne.

»Das muss ich mir alles erst gut überlegen, Enno«, sagte sie voll Abwehr. »Du scheinst gar nicht zu verstehen, wie schwer du mein Vertrauen enttäuscht hast.«

Und sie ging an ihm vorbei in die Küche, die Kartoffeln weiter zu braten. Da hatte sie also diese Aussprache gehabt. Und was hatte sie gebracht? Hatte sie Erleichterung gebracht, die Verhältnisse geklärt, eine Entscheidung erleichtert?

Nichts von alledem! Sie hatte ihr nur gezeigt, dass dieser Mann gar kein Gefühl dafür hatte, wenn er schuldig geworden war. Dass er besinnungslos log, wenn die Lage das zu erfordern schien, wobei es ihm gar nicht darauf ankam, wen er anlog.

Nein, solch ein Mann war nicht der richtige Mann für sie. Sie musste mit ihm zum Schluss kommen. Freilich, eines war klar, heute Abend konnte sie ihn nicht mehr auf die Straße setzen. Er wusste ja gar nicht, was er verbrochen hatte. Er war wie ein junger Hund, der ein Paar Schuhe zerbissen hat und keine Ahnung besitzt, warum sein Herr ihn eigentlich verprügelt.

Nein, ein oder zwei Tage musste sie ihm schon Zeit lassen, ein neues Quartier zu suchen. Wenn er dabei der Gestapo in die Hände fällt – sie muss es darauf ankommen lassen. Er lässt es ja auch darauf ankommen – wegen einer Rennwette! Nein, sie muss sich von ihm frei machen, sie kann nie wieder Vertrauen zu ihm finden. Allein muss sie für sich leben, von nun an bis zu ihrem Tode! Und bei diesem Gedanken wird ihr angst.

Aber trotz dieser Angst sagt sie nach dem Abendessen zu ihm: »Ich habe mir alles überlegt, Enno, wir müssen uns trennen. Du bist ein netter Mann, du bist auch ein lieber Mann, aber du siehst die Welt zu sehr mit andern Augen an, auf die Dauer könnten wir uns nicht vertragen.«

Er blickt starr auf sie, die wie zur Bekräftigung ihrer Worte ihm das Bett auf dem Sofa richtet. Er will erst seinen Ohren nicht trauen, und dann wimmert er los: »O Gott, Hete, das kannst du doch nicht wirklich meinen! Wo wir beide uns doch so lieb haben! Das kannst du doch nicht wollen, mich auf die Straße und der Gestapo in die Arme zu jagen!«

»Ach!«, sagt sie und will sich durch die eigenen Worte beruhigen. »Das mit der Gestapo wird auch nur halb so schlimm sein, sonst wärest du heute nicht den halben Tag in der Stadt herumgelaufen!«

Aber er bricht in die Knie. Wahrhaftig, er rutscht auf den Knien zu ihr hin. Die Furcht hat ihn ganz besinnungslos gemacht. »Hete! Hete!«, schreit und schluchzt er. »Du willst mich doch nicht töten? Du musst mich hierbehalten! Wo soll ich denn hin? Ach, Hete, hab mich doch ein bisschen lieb, ich bin ja so unglücklich ...«

Heulen und Geschrei, ein kleiner, vor Angst winselnder Hund!

Er will ihre Beine umklammern, er fasst nach ihren Händen. Sie flieht vor ihm in ihr Schlafzimmer, sie riegelt sich ein. Aber die ganze Nacht hört sie ihn immer wieder gegen die Tür stoßen, die Klinke probieren, wimmern und betteln ...

Sie liegt ganz still. Sie sammelt in sich alle Kraft, nicht nachzugeben, sich nicht weich machen zu lassen von ihrem eigenen Herzen und dem Gebettel da draußen! Sie bleibt fest bei ihrem Entschluss, nicht weiter mit ihm zusammenzuleben.

Beim Frühstück sitzen sie einander mit bleichen, übernächtigten Gesichtern gegenüber. Sie sprechen kaum ein Wort miteinander. Sie tun, als ob die Auseinandersetzung nie gewesen wäre.

Aber er weiß jetzt Bescheid, denkt sie, und wenn er sich heute kein Zimmer sucht, morgen Abend muss er mir doch aus dem Haus. Morgen Mittag sage ich es ihm noch einmal. Wir müssen uns trennen!

O ja, Frau Hete Häberle ist eine ebenso mutige wie anständige Frau. Und dass sie ihren Entschluss dann doch nicht durchführt, dass sie den Enno doch nicht von sich stößt, das liegt nicht an ihr, das liegt an Menschen, die sie noch gar nicht kennt. Zum Beispiel an dem Kommissar Escherich und dem Herrn Barkhausen.

28. KAPITEL
Emil Barkhausen macht sich nützlich

Während Enno Kluge und Frau Häberle sich zu einer Lebensgemeinschaft vereinten, die so schnell wieder zerbrach, hatte Kommissar Escherich schwere Zeiten hinter sich. Er hatte es verschmäht, seinem Vorgesetzten Prall zu verheimlichen, dass Enno Kluge seinen Beschattern so schnell wieder entronnen und, ohne eine Spur zu hinterlassen, im Meer der Großstadt untergetaucht war.

Kommissar Escherich hatte ergeben all die Beschimpfungen auf sich herabhageln lassen, die infolge dieses Geständnisses fällig waren: er war ein Idiot, er war ein Nichtskönner, man würde ihn einlochen, diese Schlafmütze, die es in fast einem Jahre nicht mal fertiggebracht hatte, einen blöden Postkartenschreiber zu ermitteln!

Und hatte er mal eine Spur, so ließ er den Kerl wieder laufen, Trottel, der er war! Eigentlich hatte Kommissar Escherich Beihilfe zum Hochverrat geleistet, und danach würde man auch mit ihm verfahren, wenn er nicht binnen heute und einer Woche diesen Enno Kluge dem Obergruppenführer Prall vorführte.

Ja, Kommissar Escherich hatte diese Beschimpfungen ergeben angehört. Aber sie hatten eine seltsame Wirkung auf ihn: trotzdem er doch genau wusste, dass dieser Enno Kluge nicht das Geringste mit den Postkarten zu tun hatte, dass er ihm nicht einen Schritt weiter auf dem Wege zur Feststellung des wirklichen Täters helfen konnte, trotzdem konzentrierte sich plötzlich das Interesse des Kommissars fast nur auf die Feststellung des kleinen, bedeutungslosen Enno Kluge. Es war doch auch wirklich zu ärgerlich, dass diese Wanze, mit der er seinen Vorgesetzten so schön hatte hinhalten wollen, ihm durch die Finger geschlüpft war. In dieser Woche war der Klabautermann besonders fleißig gewesen: drei Karten von ihm landeten auf dem Schreibtisch des Kommissars. Aber zum ersten Mal, seit er diese Sache bearbeitete, interessierten Escherich die Karten und der Schreiber überhaupt nicht. Er vergaß sogar, auf seinem Stadtplan von Berlin die Fundstelle mit Fähnchen zu markieren.

Nein, erst einmal wollte er diesen Enno Kluge wiederhaben, und Kommissar Escherich machte wirklich ungewöhnliche Anstrengungen, den Mann zu kriegen. Er fuhr sogar ins Ruppinsche, zu Eva Kluge, für alle Eventualitäten mit einem Haftbefehl gegen sie und gegen ihn ausgerüstet. Aber er sah doch bald, dass diese Frau wirklich nicht das Geringste mehr mit dem Manne zu tun hatte und dass sie sehr wenig von seinem Leben im letzten Jahre wusste.

Was sie wusste, erzählte sie dem Kommissar, nicht besonders bereitwillig und nicht grade widerspenstig, sondern völlig gleichgültig. Dieser Frau war es ersichtlich ganz gleichgültig, was mit dem Mann wurde, was er getan hatte oder nicht getan hatte. Der Kommissar erfuhr von ihr nur die Namen von zwei oder drei Lokalen, in denen Enno Kluge früher verkehrt hatte, er hörte von seiner Wettleidenschaft und erfuhr auch die Adresse einer gewissen Tutti Hebekreuz, von der mal ein Brief in die Wohnung gekommen war. In diesem Brief war Enno Kluge beschuldigt worden, der Hebekreuz Geld und Lebensmittelkarten gestohlen zu haben. Nein, Frau Kluge hatte dem Mann, als sie ihn das letzte Mal sah, weder den Brief ausgehändigt noch zu ihm davon gesprochen. Nur die Adresse hatte sie zufällig behalten, als Briefträgerin hatte sie für Adressen ein besonders gutes Gedächtnis.

Mit diesem Wissen ausgerüstet, war Kommissar Escherich wieder nach Berlin zurückgekehrt. Er hatte natürlich, getreu seinem Grundsatz, Fragen zu stellen, aber keine zu beantworten, kein Wissen weiterzugeben, getreu diesem Grundsatz also hatte Kommissar Escherich sich gehütet, der Frau Eva Kluge eine Andeutung von dem Verfahren zu machen, das gegen sie in Berlin lief. Das ging ihn nichts an. Viel brachte er also nicht mit nach Hause, aber es war doch ein Anfang gemacht, die Spur einer Spur gewissermaßen – und er konnte dem Prall doch zeigen, dass er etwas tat, nicht nur wartete. Darauf kam es den Herren oben doch allein an, dass etwas getan wurde, mochte es auch das Falsche sein, wie ja der ganze Fall Kluge falsch war. Aber Warten vertrugen die Herren nicht.

Die Erkundigungen bei der Hebekreuz verliefen erfolglos. Sie hatte den Kluge in einem Café kennengelernt, sie kannte auch seine Arbeitsstelle. Er hatte zweimal einige Wochen bei ihr logiert, jawohl, das war richtig, sie hatte ihm wegen Geld und Lebensmittelkarten geschrieben. Aber das hatte er bei seinem zweiten Besuch aufgeklärt, die hatte ein anderer Untermieter geklaut, nicht der Enno.

Dann war er wieder abgehauen, ohne ihr was zu sagen, wohl zu irgendeinem Weib, das war so Ennos Art. Nein, *sie* hatte natürlich nie etwas mit ihm gehabt. Nein, sie hatte keine Ahnung, wohin er gezogen war. Aber hier in dieser Gegend war er bestimmt nicht, sonst hätte sie längst mal von ihm gehört.

In den beiden Kneipen war er bekannt unter dem Namen Enno, jawohl. Er hatte sich lange nicht sehen lassen, nein, aber er kam immer mal wieder. Jawohl, Herr Kommissar, wir lassen uns nichts merken. Wir sind solide Kneipiers, bei uns verkehren nur anständige Leute, die Interesse für den edlen Rennsport haben. Wir werden Ihnen sofort einen Wink geben, wenn er wieder auftaucht. Heil Hitler, Herr Kommissar!

Kommissar Escherich setzte zehn Leute an, die bei allen Buchmachern und Kneipiers im Norden und Osten Berlins Nachfrage nach Enno Kluge halten sollten. Und während Escherich das Ergebnis dieser Aktion abwartete, geschah ihm das zweite Merkwürdige: plötzlich schien es ihm nicht mehr ganz ausgeschlossen, dass dieser Enno Kluge doch etwas mit den Karten zu tun hatte. Zu merkwürdige Zusammenhänge geisterten um diesen Burschen: die beim Arzt gefundene Karte, und dann die Ehefrau, erst glühende Nazistin und dann plötzlich dieser Antrag, aus der Partei austreten zu dürfen, vermutlich, weil der Sohn in der SS etwas getan hatte, was der Mutter nicht gefiel. Alles um diesen kleinen Kerl endete irgendwie im Politschen, und Escherich hatte grade ihn für politisch völlig gleichgültig gehalten. Vielleicht war der Enno Kluge viel geriebener, als der Kommissar gedacht hatte, vielleicht hatte er auch andern Dreck am Stecken als diese Karte, aber Dreck hatte er zu verscharren, das schien fast sicher.

Dies bestätigte auch der Assistent Schröder, mit dem der

Kommissar zur Auffrischung seines Gedächtnisses den ganzen Fall noch einmal langsam durchsprach. Auch der Assistent Schröder hatte das Gefühl gehabt, mit dem Kluge stimmte was nicht, er verbarg etwas. Nun, man würde ja sehen, in dieser Sache würde bald etwas erfolgen. Der Kommissar hatte das im Gefühl, und in solchen Dingen täuschte ihn sein Gefühl nur selten.

Und dieses Mal täuschte es ihn wirklich nicht. Es geschah in diesen Tagen der Bedrohung und des Ärgers, dass dem Kommissar gemeldet wurde, ein gewisser Barkhausen bitte, ihn sprechen zu dürfen.

Barkhausen?, fragte sich Kommissar Escherich. Barkhausen? Was soll denn das für ein Barkhausen sein? Ach so, ich weiß schon, dieser kleine Spitzel, der für acht Groschen seine Mutter verraten würde.

Und laut: »Soll reinkommen!« Als der Barkhausen aber eintrat, sagte er zu ihm: »Wenn Sie mir aber nur was über die Persickes erzählen wollen, können Sie gleich wieder kehrtmachen!«

Der Barkhausen sah den Kommissar fest an und schwieg. Er tat so dar, dass er doch beabsichtigte, über die Persickes zu reden.

»Na also!«, sagte der Kommissar. »Warum machen Sie nicht kehrt, Barkhausen?«

»Der Persicke hat doch den Radio von der Rosenthal, Herr Kommissar«, sagte er vorwurfsvoll. »Ich weiß es jetzt genau, ich habe …«

»Die Rosenthal?«, fragte Escherich. »Das ist doch die olle Jüdsche, die in der Jablonskistraße aus dem Fenster gesprungen ist?«

»Das ist sie!«, bestätigte Barkhausen. »Und den Radio hat er ihr einfach geklaut, das heißt, da war sie schon tot, aber aus der Wohnung …«

»Nun will ich Ihnen mal was sagen, Barkhausen«, erklärte

Escherich. »Ich habe mich mit dem Kommissar Rusch über den Fall besprochen. Wenn Sie damit nicht aufhören, gegen die Persickes ständig anzustänkern, so fahren wir hier mit Ihnen Schlitten. Wir wollen von dieser Geschichte kein Wort mehr hören – und von Ihnen schon gar nicht! Sie sind der Allerletzte, der in dieser Sache rumstochern dürfte. Ja, Sie, Barkhausen!«

»Aber er hat den Radio doch geklaut …«, fing Barkhausen mit jener sturen Hartnäckigkeit wieder an, die nur blinder Hass verleiht. »Wo ich es ihm doch direkt beweisen kann …«

»Jetzt nur noch raus, Barkhausen, oder ich lasse Sie abführen, hier bei uns in den Keller!«

»Dann gehe ich aufs Präsidium am Alex!«, erklärte Barkhausen tief gekränkt. »Was Recht ist, muss Recht bleiben, und geklaut ist geklaut …«

Aber Escherich war etwas anderes eingefallen, nämlich sein Fall Klabautermann, der fast ständig seine Gedanken beschäftigte. Er hörte gar nicht mehr auf den Idioten. »Sagen Sie mal, Barkhausen«, sagte er, »Sie kennen doch auch einen Haufen Leute und gehen viel in die Kneipen? Kennen Sie vielleicht einen gewissen Enno Kluge?«

Barkhausen, der ein Geschäft witterte, sagte noch verdrossen: »Einen gewissen Enno kenne ich. Ob er weiter Kluge heißt, so viel ist mir nicht bekannt. Ich hab eigentlich immer gedacht, Enno wäre sein Nachname.«

»Kleiner, schmächtiger Mann, blass, leise und schüchtern?«

»Das könnte auf meinen stimmen, Herr Kommissar.«

»Heller Paletot, großkarierte braune Sportmütze?«

»So kenne ich ihn.«

»Hat ewig Weibergeschichten?«

»Von Weibergeschichten ist mir bei meinem nichts bekannt. Wo ich den gesehen habe, da verkehren keine Weiber.«

»Kleiner Pferdewetter –«

»Stimmt, Herr Kommissar.«

»Lokale: ›Ferner liefen‹ und ›Vor dem Start‹?«

»Derselbe, Herr Kommissar. Ihr Enno Kluge, das ist mein Enno!«

»Den müssen Sie mir finden, Barkhausen! Hängen Sie den ganzen blöden Persicke-Rummel an den Nagel, der trägt Ihnen bloß noch KZ ein! Kriegen Sie mir lieber raus, wo der Enno Kluge steckt!«

»Aber das ist doch kein Fisch für Sie, Herr Kommissar!«, rief Barkhausen abwehrend. »Das ist doch ein ganz kleiner Pinkel! Ein reiner Nebbich ist das! Was wollen Sie denn mit solchem Idioten, Herr Kommissar?«

»Das lassen Sie nur meine Sache sein, Barkhausen! Wenn ich durch Sie den Enno Kluge kriege, sollen Sie fünfhundert Mark verdient haben!«

»Fünfhundert Mark, Herr Kommissar? Fünfhundert Mark sind zehn von meinen Ennos noch nicht wert! Da muss ein Irrtum vorliegen.«

»Vielleicht liegt da sogar wirklich ein Irrtum vor, aber das geht Sie nichts an, Barkhausen. Sie kriegen Ihre fünfhundert Eier – so und so!«

»Na denn! Wenn Sie's sagen, Herr Kommissar, dann will ich mal sehen, dass ich den Enno fasse. Aber ich zeige Ihnen den Mann bloß, ich bringe ihn nicht her. Mit so einem rede ich ja gar nicht …«

»Was habt ihr beide denn miteinander gehabt? Sonst bist du doch nicht so empfindlich, Barkhausen! Sicher habt ihr irgendeinen Mist zusammen vergraben. Aber ich will nicht in eure zarten Geheimnisse dringen, schwimm ab, Barkhausen, und stell mir den Kluge!«

»Ich möchte noch um einen kleinen Vorschuss gebeten haben, Herr Kommissar. Nein, um keinen Vorschuss«, verbesserte er sich, »sondern um Geld für meine Spesen.«

»Was hast du denn für Spesen, Barkhausen? Das würde mich doch interessieren.«

»Ich muss doch mit der Bahn fahren, in allen möglichen

Kneipen muss ich rumstehen, hier eine Molle, da eine Runde ausgeben, das läuft doch ins Geld, Herr Kommissar! Aber ich denke, fünfzig Mark werden genügen.«

»Ja, wenn der großmächtige Barkhausen ausgeht, da warten alle schon, dass er was ausgibt! Na, ich will dir zehn Mark geben, und nun hau wirklich ab. Glaubst du, ich habe nichts anderes zu tun, als mit dir rumzuquatschen?«

Barkhausen war tatsächlich der Ansicht, dass so ein Kommissar nichts anderes zu tun hatte, als den Leuten die Würmer aus der Nase zu ziehen und andere für sich arbeiten zu lassen. Aber er hütete sich wohl, das auszusprechen. Er ging nun wirklich zur Tür, wobei er sagte: »Aber wenn ich Ihnen den Kluge schaffe, müssen Sie mir auch bei den Persickes helfen. Die Brüder haben mich zu sehr in Rage gebracht …«

Mit einem Satz war Escherich hinter ihm drein, packte ihn an der Schulter und hielt ihm die Faust unter die Nase.

»Siehst du die?«, schrie er wütend. »Willste mal riechen an der Knospe, du dämlicher Hund? Noch ein Wort von den Persickes, und ich schicke dich in den Bunker, und wenn auch alle Enno Kluges von der Welt frei rumlaufen!«

Damit gab er dem Überraschten einen Stoß mit dem Knie in den Hintern, dass er wie eine Kanonenkugel in den Gang schoss. Er war aber grade auf eine SS-Ordonnanz abgeschossen, die ihm einen weiteren kräftigen Tritt versetzte …

Der Lärm, den diese zwei Abschüsse verursachten, hatte zwei SS-Posten am Treppenpodest aufmerken lassen. Sie nahmen den noch taumelnden Barkhausen in Empfang und warfen ihn die Treppe hinab, genau wie einen Kartoffelsack, drunter und drüber, ganz egal, wie's grade kam.

Und als Barkhausen unten ächzend und ein wenig blutend liegen blieb, aber nur wenig, noch ganz betäubt von dem Sturz, fasste ihn der nächste Posten beim Kragen, schrie: »Willst du Schwein uns hier den schönen Fußboden vollsauen?«, schleppte ihn zum Ausgang und warf ihn auf die Straße.

Der Kommissar Escherich hatte den Anfang dieses Sturzes, bis die Treppe ihn seinen Blicken entzog, mit Behagen angesehen.

Die Vorübergehenden auf der Prinz-Albrecht-Straße vermieden es ängstlich, den im Dreck liegenden Unglücklichen anzusehen, denn sie wussten es ja, aus welchem gefährlichen Hause er hinausgeworfen war. Es war vielleicht schon ein Verbrechen, solchen Verunglückten mitleidig anzusehen, helfen durfte man ihm schon gar nicht. Der Posten aber, der mit schweren Schritten jetzt wieder am Ausgang auftauchte, sagte: »Wenn du Schwein in drei Minuten noch unsere Fassade schändest, dann mache ich dir Beine, und das nicht zu knapp!«

Das half. Barkhausen raffte sich auf und taumelte mit schweren, schmerzenden Gliedern nach Hause. Innerlich aber brannte er mal wieder vor hilflosem Hass und Zorn, und dieser Hass brannte ihn stärker, als seine Verletzungen weh taten. Er war fest entschlossen, für diesen Schurken von Kommissar keine Hand zu rühren, der sollte sich seinen Enno Kluge allein suchen!

Aber am nächsten Tage, als der Zorn etwas gelinder geworden war und die Stimme der Vernunft wieder zu sprechen anfing, sagte er sich, dass er erstens vom Kommissar Escherich zehn Mark bekommen hatte, und für die musste er arbeiten, sonst bekam er unweigerlich eine Betrugsanzeige. Und zweitens war es überhaupt nicht gut, es mit so hohen Herren ganz zu verderben. Die hatten nun mal die Macht, und wer klein war, der musste sich fügen. Das mit dem Rausschmiss gestern, das hatte sich schließlich ganz von selbst ergeben. Wäre er nicht gegen die Ordonnanz geprallt, wäre es ganz gelinde abgegangen. Sie sahen es wohl als einen Witz an, und wenn Barkhausen gesehen hätte, dass man einen andern so behandelt, hätte er auch herzlich gelacht, zum Beispiel über einen gleicherweise abgefeuerten Enno Kluge.

Ja, das war der dritte Grund, warum Barkhausen den Auftrag doch lieber ausführte: er konnte damit dem Enno Kluge eins auswischen, der ihm durch seine blöde Sauferei das ganze schöne Geschäft vermasselt hatte.

So begab sich Barkhausen also, wenn auch mit schmerzenden Knochen, so doch guten Willens voll, in jene beiden Lokale, die auch der Kommissar Escherich aufgesucht hatte, und in einige weitere noch. Er fragte nicht nach Enno bei den Wirten, er stand nur da und lümmelte sich, er trank langsam, über eine Stunde, an einer Molle, redete auch ein bisschen von Pferden, über die er durch das ewige Zuhören sogar etwas wusste (war aber gänzlich von jeder Wettleidenschaft frei) – und ging dann in das nächste Lokal, um es dort genauso zu machen. Er hatte Geduld, der Barkhausen, er konnte es so ganze Tage treiben, ihm kam es nicht darauf an.

Aber er brauchte gar nicht viel Geduld zu haben, denn schon am zweiten Tag sah er den Enno im Lokal »Ferner liefen«. Er erlebte den Adebar-Triumph des Schmächtigen und empfand einen heftigen Neid wegen des Massels, den solch ein Idiot entwickelte. Außerdem wunderte ihn der Fünfzigmarkschein, den Kluge dem Buchmacher gegeben hatte. Durch Arbeit war der nicht erworben, das roch Barkhausen sofort. Der musste sich ganz hübsch gebettet haben, der kleine Schleicher, der!

Es ist ganz selbstverständlich, dass die Herren Barkhausen und Kluge einander nicht kannten, sie sahen sich nicht einmal.

Nicht ganz so selbstverständlich ist es, dass der Kneipier den Kommissar Escherich nicht anrief, trotz seines festen Versprechens. Aber das war ja nun so, dass man die Gestapo fürchtete und in ständiger Angst vor ihr lebte, aber etwas anderes war es, ihr Handlangerdienste zu tun. Nein, so weit ging es auf der andern Seite auch nicht, dass Enno Kluge gewarnt wurde, aber jedenfalls wurde er nicht verraten.

Übrigens vergaß der Kommissar Escherich nicht diesen unterlassenen Anruf. Er gab einer bestimmten Abteilung darüber Nachricht, worauf dort über den Kneipier eine Kartothekkarte angelegt wurde, auf der das Wort »Unzuverlässig«

stand. Eines Tages, früher oder später, würde es der Kneipier schon zu spüren bekommen, was das hieß, bei der Gestapo für unzuverlässig zu gelten.

Von den beiden Herren verließ Barkhausen zuerst das Lokal. Er ging aber nicht weit, sondern baute sich hinter einer Litfaßsäule auf, wo er in heiterer Ruhe den Abgang des Kleinen erwartete. Barkhausen war ein Beschatter, der sein Opfer so leicht nicht aus dem Auge verlor, und dieses Opfer schon gar nicht. Er brachte es sogar fertig, sich auf der U-Bahn in den gleichen Wagen mit ihm zu quetschen, und obwohl Barkhausen lang war, sah ihn Enno Kluge doch nicht.

Enno Kluge dachte nur an seinen Triumph mit Adebar, an das Geld, das endlich wieder einmal reichlich in seiner Tasche knisterte, und dann dachte er an Hete, bei der er es doch eigentlich sehr gut hatte. Mit Liebe und Rührung dachte er an die gute, ältliche Zerfließende, aber er dachte nicht daran, dass er sie vor ein paar Stunden belogen und bestohlen hatte.

Freilich, als er dann vor dem Laden ankam und sah, der Rollladen war hochgezogen, und sie wirkte schon wieder im Geschäft, und sie hatte ihm sein Weglaufen bestimmt übelgenommen, da sank seine gute Stimmung wieder. Aber mit dem Fatalismus, mit dem sich Leute seines Schlages auch in das Widrigste fügen, betrat er den Laden und ging seiner Abreibung entgegen. Dass er aber, mit solchen Gedanken beschäftigt, nicht grade sehr genau darauf achtete, wer ihm auf den Fersen saß, das kann niemanden wundernehmen.

Der Barkhausen hatte den Kluge im Laden verschwinden sehen. Er stand etwas ab in einem Torweg, denn er nahm natürlich an, Kluge wolle dort etwas kaufen und werde gleich wieder herauskommen. Aber die Kunden gingen und kamen, gingen und kamen, und Barkhausen wurde schon ganz nervös. Wenn er Kluges Herauskommen übersehen hatte – er hatte die fünfhundert Eier schon ganz sicher in seiner Tasche gefühlt, diesen Abend noch.

Nun ging laut der Rollladen herunter, und jetzt war es sicher: der Enno hatte sich irgendwie verdrückt. Vielleicht hatte er doch Witterung von seinem Beschatter gehabt, war unter irgendeinem Vorwand durch den Laden in das Haus gegangen und durch die Haustür wieder heraus. Barkhausen verfluchte sich ob seiner Dummheit, nicht auch die Haustür im Auge behalten zu haben. Immer hatte er nur auf die Ladentür geglotzt, Kamel, das er war!

Nun, es gab ja die Möglichkeit, Enno morgen oder übermorgen wieder in dem Lokal zu treffen. Jetzt, wo er durch Adebar so einen Reibach gemacht hatte, würde sein Wettfimmel ihm schon keine Ruhe lassen. Er würde jeden Tag kommen und so lange wetten, bis das Geld alle war. Ein Außenseiter wie Adebar lief nicht alle Wochen, und wenn er lief, hatte man nicht auf ihn gesetzt. Der Enno würde sein Geld schon rasch loswerden.

Der Barkhausen schob auf seinem Heimweg noch nahe an dem kleinen Tierladen vorbei. Da sah er plötzlich durch die Schaufensterscheibe (nur die Ladentür war durch den Rollladen versperrt), dass ein einsames Licht im Laden brannte, und wie er nun die Nase an der Scheibe platt drückte und über die Aquarien durch die Vogelkäfige linste, da sah er, dass noch zwei Gestalten im Laden wirkten: ein aufgegangener Pudding von einer Alten im gefährlichsten Alter, wie er gleich richtig schätzte, und dazu sein Freund Enno. Enno in Hemdsärmeln und einer blauen Schürze, Enno, der fleißig Futternäpfe füllte, Wasser eingoss, einen Scotch putzte.

Was für einen Dusel solch ein Idiot wie der Enno doch hatte! Was die Weiber an dem nur sahen? Er, der Barkhausen, saß fest mit der Otti und fünf Blagen, und so ein oller Knacker, der kam daher und setzte sich gleich in eine ganze Tierhandlung, komplett mit Frau, Fischen und Vögeln.

Verächtlich spuckte Barkhausen aus. Was für eine saublöde Welt das war, die dem Barkhausen alles Gute vorenthielt, um es einem solchen Idioten in den Schoß zu werfen!

Aber je länger Barkhausen guckte, umso klarer wurde ihm, dass um das Paar da drinnen kein Liebeszauber blühte. Sondern sie redeten kaum miteinander, sie sahen sich fast nie an, und es war sehr möglich, dass der kleine Enno Kluge nichts darstellte als einen Arbeiter, der die Frau da drinnen beim Aufräumen des Ladens unterstützte. Dann musste er in absehbarer Zeit aus dem Haus herauskommen.

Barkhausen zog sich also von neuem auf seinen Beobachtungsposten im Torweg zurück. Da der Rollladen geschlossen war, würde Kluge aus der Haustür kommen, und so behielt Barkhausen die im Auge. Aber das Licht im Laden war erloschen, und Kluge war noch immer nicht gekommen. Da entschloss sich Barkhausen, viel zu wagen. Auf die Gefahr hin, den Enno im Treppenhaus zu treffen, schlich er sich in das Haus, das noch nicht abgeschlossen war. Es war aber solch Mietshaus mit zwei oder gar drei Höfen, das meist überhaupt nicht abgeschlossen wird, weil zu viel Parteien darin wohnen.

Barkhausen notierte zuerst den Namen »H. Häberle« in seinem Hirn und schlich dann auf den Hof hinaus. Und siehe, er hatte Glück, sie hatten noch nicht verdunkelt, trotzdem es jetzt schon nach acht Uhr war, und an einem schief hängenden Store vorbeiblickend, konnte Barkhausen die Stube bestens übersehen. Was er da aber sah, das überraschte ihn derart, dass er fast einen Schreck bekam.

Denn da kniete sein Freund Enno auf der Erde, kniend rutschte er hinter der dicken Frau her, die mit ängstlich angezogenen Röcken Schritt für Schritt vor ihm zurückwich. Ennochen aber hatte die Ärmchen erhoben, er schien zu weinen und Klagelaute auszustoßen.

Ihr lieben Leute!, dachte Barkhausen und trat auf seinem Beobachtungsposten vor Entzücken von einem Bein auf das andere, ihr lieben Leute, wenn ihr euch so Appetit auf die Nacht macht, dann proste Mahlzeit, dann seid ihr ja verdammt ulkige

Kruken! Da will ich gerne hier die halbe Nacht stehen und euch zukieken.

Aber da schlug die Tür hinter der Alten zu, und der Enno stand an der Tür, bewegte die Klinke auf und ab und schien weiter zu flennen und zu beschwören.

Vielleicht war's nicht nur so 'ne kleine Vorfeier für die Nacht, dachte Barkhausen. Vielleicht haben sie sich gestritten, oder Enno hat was von ihr haben wollen, was sie ihm nicht gibt, oder sie will überhaupt von dem verliebten alten Gockel nichts wissen ... Was geht es mich an? Jedenfalls bleibt er hier zur Nacht, wozu wäre ihm sonst auf dem Sofa ein so schönes weißes Bettchen zurechtgemacht?

Der Enno Kluge stand grade vor dem Bettchen. Barkhausen konnte das Gesicht seines ehemaligen Kumpels ganz deutlich sehen. Es war zum Verwundern, wie es jetzt ausschaute. Eben noch Weinen und Wehklagen, und nun grinste der Mann, sah zur Tür, grinste wieder ...

Der hat der Alten also nur ein Theater vorgespielt. Na, denn also, mein Junge, viel Glück! Ich fürchte nur, der Escherich spuckt dir in deine Suppe!

Der Kluge hatte sich eine Zigarette angesteckt. Nun ging er direkt auf das Fenster zu, durch das Barkhausen spähte. Der fuhr erschrocken zur Seite, ins Dunkle – das Verdunklungsrouleau sauste herunter, und Barkhausen konnte ruhig seinen Beobachtungsposten für diese Nacht aufgeben. Große Aufregungen waren nicht mehr zu erwarten, wenigstens würde er davon nichts mehr zu sehen bekommen. Der Enno aber war ihm für diese Nacht erst einmal sicher ...

Eigentlich war mit dem Kommissar Escherich vereinbart worden, dass Barkhausen ihn sofort nach der Entdeckung Enno Kluges anrufen sollte, einerlei ob Tag oder Nacht. Aber wie Barkhausen da in der Nacht immer weiter vom Königstor fortging, wurde immer zweifelhafter, ob ein sofortiger Anruf wirklich das Richtige war, das für Barkhausens Nutzen richtig ist.

Ihm war eingefallen, dass es in dieser Sache doch zwei Parteien gab, dass er also eigentlich von beiden Nutzen ziehen konnte.

Das Geld von Escherich war ihm sicher, warum sollte er nicht versuchen, auch aus Enno Kluge ein bisschen Geld zu machen? Da hatte dieser Bursche einen Fünfzigmarkschein in der Hand gehabt, den er durch den Sieg Adebars auf über zweihundert Mark vermehrt hatte – nun, warum sollte nicht er, Barkhausen, nicht auch dieses Geld haben? Dem Escherich geschah kein Schaden dadurch, der bekam seinen Enno trotzdem, und Enno geschah auch kein Schaden, denn die auf der Gestapo nahmen ihm doch das Geld ab. Also?

Und dann war da diese dicke Frau, hinter der Enno so komisch auf den Knien gerutscht war. Diese feste Rübe hatte sicher Geld, vielleicht sogar eine ganze Menge. Das Geschäft sah gut aus, hatte noch viel Ware, und an Kunden schien es ihr auch nicht zu fehlen. Nein, diese Flennerei und Rutscherei Kluges sah nicht grade danach aus, dass die beiden schon in allen Dingen einig waren, das nicht, zugegeben, aber wer liefert denn grade einen Liebhaber, und sei es auch ein abgewiesener, der Gestapo aus? Die Tatsache, dass die Alte den Enno trotz der Abweisung noch bei sich duldete, dass sie ihm ein Nachtlager auf dem Sofa bereitet hatte, bewies, dass ihr noch was an Enno lag. Und lag ihr noch was an dem alten Graukopf, so würde sie auch zahlen, vielleicht nicht viel, aber doch etwas. Und dieses Etwas wollte Barkhausen sich keinesfalls entgehen lassen.

Wenn Barkhausen so weit mit seinen Gedanken gekommen war – und er kam auf diesem Heimweg und in der Nacht, neben seiner Otti liegend, noch mehrfach so weit –, so fasste ihn immer ein leichter Schreck, denn dann fiel ihm ein, dass er ein ziemlich gefährliches Spiel vorhatte. Dieser Escherich war bestimmt kein Mann, der Eigenmächtigkeiten duldete, alle diese Herren bei der Gestapo waren nicht so, und es war die einfachste Sache von der Welt für ihn, einen Mann ins KZ zu schicken. Vor dem KZ aber hatte Barkhausen eine gewaltige Angst.

Immerhin aber war er so weit von all den Verbrechergedanken und ihrer Moral angesteckt, dass er sich hartnäckig sagte, ein Ding, das zu drehen war, müsse auch gedreht werden, das gehörte sich nun einmal so. Und dieses Ding Enno ließ sich unzweifelhaft drehen. Barkhausen würde die ganze Sache erst noch einmal beschlafen, und wenn es dann Morgen war, würde er wissen, ob er gleich zu Escherich ging oder erst bei Kluge vorschaute. Jetzt wollte er schlafen …

Aber er schlief nicht ein, sondern er überlegte, dass einer in dieser Sache zu wenig war. Er, Barkhausen, musste ein wenig Beweglichkeit haben. Er musste zum Beispiel rasch zu Escherich, und so lange war der Enno Kluge ohne Bewachung. Oder wenn er die Dicke in die Zange nahm, lief unterdes der Enno womöglich fort. Nein, einer war zu wenig. Aber es gab keinen Zweiten, dem er vertrauen konnte, und außerdem würde dieser Zweite seinen Anteil an dem Geschäft verlangen. Und für Teilen war Barkhausen gar nicht.

Schließlich fiel Barkhausen ein, dass unter seinen fünf Gören doch auch ein Sohn von dreizehn Jahren war, unter Umständen sogar sein Sohn. Er hatte immer das Gefühl gehabt, dass dieser Bengel mit dem piekfeinen Namen Kuno-Dieter vielleicht doch von ihm sein könne, trotzdem die Otti doch stets behauptet hatte, er sei von einem Grafen, einem Großgrundbesitzer aus Pommern. Aber Otti war immer eine Angeberin gewesen, wie schon der Vorname des Jungen – nach seinem angeblichen Vater – bewies.

Mit einem schweren Seufzer entschloss Barkhausen sich, den Jungen als Reserveaufpasser mitzunehmen. Das würde nicht mehr als ein bisschen Krach mit der Otti und ein paar Mark für den Jungen kosten. Dann fingen Barkhausens Gedanken von neuem an, über alledem zu kreisen, wurden langsam undeutlicher, und schließlich war er doch eingeschlafen.

29. KAPITEL
Hübsche kleine Erpressung

Es ist bereits berichtet worden, dass Frau Hete Häberle und Enno Kluge an diesem Morgen fast ohne Worte miteinander frühstückten und im Laden arbeiteten, beide blass von einer fast durchwachten Nacht und stark mit ihren Gedanken beschäftigt. Frau Häberle dachte daran, dass Enno morgen unbedingt aus dem Hause müsse, Enno, dass er sich keinesfalls fortschicken lassen würde.

In diese Stille trat als erster Kunde ein langer Mann und sagte zu Frau Häberle: »Hören Se mal, Sie haben da so ein paar Wellensittiche im Fenster. Was soll denn ein Paar von denen kosten? Es müsste aber ein Pärchen sein, ich bin immer für Pärchen gewesen …« Und Barkhausen fuhr herum, in gespieltem Erstaunen, in absichtlich schlecht gespieltem Erstaunen rief er den Kluge an, der sich eben sachte in die Hinterstube des Ladens verdrücken wollte: »Aber das bist du doch, Enno! Nanu, ich rede, ich kieke, ich denke, das kann doch nicht der Enno sein, was soll denn der Enno in so 'nem kleinen Tierzoo? Und nu bist du es doch, Kumpel! Na, was machste denn noch so, Kumpel?«

Enno war, die Klinke in der Hand, wie gebannt auf seinem Platz stehen geblieben, gleich unfähig, fortzulaufen und zu antworten.

Frau Hete aber starrte den langen Mann, der so freundlich auf Enno einredete, mit großen Augen an, ihre Lippen fingen an zu zittern, und die Knie wurden ihr weich. Da war sie also doch, die Gefahr, alles war also nicht gelogen, was Enno erzählt hatte von seiner Bedrängnis durch die Gestapo. Denn dass dieser Mann mit dem ebenso feigen wie brutalen Gesicht ein Spitzel der Gestapo war, daran zweifelte sie keinen Augenblick.

Aber als nun diese Gefahr wirklich geworden war, da zitterte nur der Körper von Frau Hete. Ihr Geist war ruhig, und dieser Geist sagte ihr: Jetzt, in dieser Gefahr, kannst du den Enno unmöglich im Stich lassen, er mag sein, wie er will.

Und Frau Hete sagte zu diesem Mann mit dem stechenden Blick, der immer wieder abirrte, sie sagte zu diesem Mann, der wie ein richtiger Achtgroschenjunge aussah: »Vielleicht trinken Sie eine Tasse Kaffee mit uns, Herr – wie ist doch Ihr Name?«

»Barkhausen. Emil Barkhausen«, stellte der Spitzel sich vor. »Bin ein alter Freund von dem Enno, Sportsfreund. Was sagen Sie nun, Frau Häberle, zu dem großartigen Coup, den er gestern auf Adebar gelandet hat? Wir haben uns in der Sportkneipe getroffen – hat er es Ihnen nicht gesagt?«

Frau Hete warf einen raschen Blick auf Enno. Da stand er noch immer, die Hand auf der Klinke, genau wie ihn die vertrauliche Ansprache Barkhausens überrascht hatte. Ein Bild hilfloser Angst. Nein, er hatte ihr nichts von diesem Treffen mit dem alten Bekannten gesagt, er hatte sogar behauptet, er hätte niemanden Bekanntes gesehen. Er hatte sie also wieder mal belogen – und sehr zu seinem eigenen Schaden hatte er das getan, denn nun war ja ganz klar, wie dieser Spitzel seine Zuflucht bei ihr gefunden hatte. Hätte er gestern Abend schon etwas von diesem Bekannten gesagt, so hätte man ihn noch fortschaffen können …

Aber dies war nicht der Augenblick, mit Enno Kluge zu hadern oder ihm seine Lügen vorzuwerfen. Dies war der Augenblick zu handeln. Und so sagte sie denn noch einmal: »Also trinken wir eine Tasse Kaffee, Herr Barkhausen. Jetzt kommt noch nicht so viel Kundschaft, Enno, du passt auf den Laden auf. Ich werde zuerst einmal mit deinem Freund reden …«

Jetzt war Frau Hete auch über das Zittern des Körpers hinaus. Sondern sie dachte nur daran, wie es damals mit ihrem Walter gegangen war, und diese Erinnerungen gaben ihr Kraft. Sie wusste, diesen Leuten gegenüber half kein Zittern, Klagen, Anrufen des Mitleids, sie hatten kein Herz, diese Henkerslieferanten von Hitler und Himmler. Sondern wenn eines half, so war es Mut, Nichtfeigesein, Nieangsthaben. Die glaubten, alle Deutschen seien feige, wie es jetzt der Enno war; aber sie war es nicht, Frau Hete, verwitwete Häberle, war es nicht.

Sie erreichte durch ihr ruhiges Auftreten auch, dass die beiden Männer sich ihr widerspruchslos fügten. Im Abgehen zur Stube sagte sie noch: »Und keine Dummheiten, Enno! Kein sinnloses Fortlaufen! Denke daran, dein Mantel hängt in der Stube, und Geld wirst du auch kaum in der Tasche haben.«

»Sie sind 'ne kluge Frau«, sagte Barkhausen, indem er sich an den Tisch niedersetzte und zusah, wie sie ihm eine Kaffeetasse hinstellte. »Und energisch sind Sie auch, hätte ich gar nicht gedacht, wie ich Sie gestern Abend zum ersten Mal sah.«

Ihre Blicke begegneten sich.

»Na ja«, setzte dann Barkhausen schnell hinzu, »eigentlich waren Sie gestern Abend auch energisch, wie er da auf den Knien vor Ihnen rumrutschte, und Sie schlossen ihm die Tür vor der Nase ab. Sie werden sie ja wohl über Nacht nicht wieder aufgeschlossen haben – oder?«

Ein wenig Rot war bei dieser schamlosen Anspielung in Frau Hetes Wangen gestiegen, die beschämende, die ekelhafte Szene von gestern Abend hatte also sogar einen Zeugen gehabt, und solch widerlichen dazu! Aber sie fasste sich rasch und sagte: »Ich nehme an, Sie sind auch ein kluger Mann, Herr Barkhausen, wir wollen doch jetzt gar nicht von Nebensachen reden, sondern nur vom Geschäft. Ich nehme an, es kann ein Geschäft werden?«

»Vielleicht, vielleicht sicher …«, beeilte sich Barkhausen zu versichern, unwillkürlich eingeschüchtert von dem Tempo, das diese Frau vorlegte.

»Sie wollen also«, fuhr Frau Hete fort, »ein Paar Wellensittiche kaufen. Ich nehme an, um sie dann fliegen zu lassen. Denn wenn sie weiter im Käfig bleiben, haben die Sittiche doch nichts davon …«

Barkhausen kratzte sich den Kopf. »Frau Häberle«, sagte er

dann, »das mit den Sittichen, das wird mir zu kompliziert. Ich bin bloß ein einfacher Mensch, wahrscheinlich sind Sie viel schlauer als ich. Hoffentlich legen Sie mich nicht rein.«

»Und Sie mich nicht!«

»Keine Ahnung! Ich will ganz offen mit Ihnen reden, nichts von Sittichen und so. Ich sage Ihnen alles, wie es ist, die ganze Wahrheit. Ich habe nämlich von der Gestapo den Auftrag, von dem Kommissar Escherich habe ich ihn, wenn der Ihnen ein Begriff ist?« Frau Hete schüttelte den Kopf. »Also ich hab den Auftrag, zu ermitteln, wo der Enno steckt. Weiter nichts. Warum und wieso, davon habe ich keine Ahnung. Ich will Ihnen was sagen, Frau Häberle, ich bin ein ganz einfacher, offener Mensch ...«

Er neigte sich zu ihr hinüber; sie sah ihm in die Augen, die stechend waren. Sein Blick irrte ab, der Blick des einfachen, offenen Menschen.

»Ich hab mich eigentlich über den Auftrag gewundert, Frau Häberle, das will ich Ihnen ehrlich sagen. Denn wir beide wissen doch, was der Enno für ein Mensch ist, nämlich ein Garnichts, nur mit ein bisschen Rennwetten und Weibergeschichten im Kopf. Und nach diesem Enno jagt jetzt die Gestapo, und sogar noch die Politische Abteilung, wo alles Hochverrat und Kohlrübe-ab wird. Ich versteh das nicht – verstehen Sie das?« Er sah sie erwartungsvoll an. Wieder begegneten sich ihre Blicke, und wieder geschah es wie vorhin: er konnte sie nicht ansehen.

»Erzählen Sie ruhig weiter, Herr Barkhausen«, fuhr sie fort. »Ich hör zu ...«

»Kluge Frau!«, nickte Barkhausen. »Verdammt kluge Frau und energisch. Das gestern Abend mit der Knierutscherei ...«

»Wir wollten nur vom Geschäft reden, Herr Barkhausen!«

»Na gewiss doch! Ich bin nämlich ein braver, richtig offener deutscher Mensch, und da werden Sie sich vielleicht wundern, dass ich bei der Gestapo bin. Das denken Sie vielleicht. Nee, Frau Häberle, ich bin nicht bei der Gestapo, ich arbeite nur manchmal für sie. Der Mensch will leben, nicht wahr, und ich habe fünf Gören zu Haus, der Älteste grade erst dreizehn. Alle muss ich sie ernähren …«

»Das Geschäft, Herr Barkhausen!«

»Nee, Frau Häberle, ich bin nicht bei der Gestapo, ich bin ein ehrlicher Mensch. Und wie ich das da hörte, dass die meinen Freund Enno suchen und sogar hohe Belohnungen auf ihn aussetzen, und ich kenne doch den Enno von früher und bin sein richtiger Freund, wenn wir uns auch mal gestritten haben – da habe ich also gedacht, Frau Häberle: Kieke da, den Enno suchen sie! Den kleinen Garnichts. Wenn ich ihn nur fände, hab ich gedacht, verstehen Sie, Frau Häberle, dann könnte ich ihm vielleicht einen Wink geben, dass er abhaut, solange es noch Zeit ist. Und ich hab zu dem Kommissar Escherich gesagt: ›Wegen dem Enno machen Sie sich man keine Mühe, den schaff ich Ihnen, weil er nämlich ein alter Freund von mir ist.‹ Und da habe ich denn den Auftrag gekriegt und mein Spesengeld, und nun sitze ich hier bei Ihnen, Frau Häberle, und der Enno wirtschaftet im Laden, und es ist alles eigentlich in bester Butter …«

Eine Weile schwiegen beide, Barkhausen abwartend, Frau Häberle nachdenklich.

Dann sagte sie: »Die Gestapo hat also noch keine Nachricht von Ihnen bekommen?«

»I wo, mit denen habe ich es doch nicht eilig, mir das ganze Geschäft zu vermasseln!« Er verbesserte sich: »Erst wollte ich meinem alten Freund Enno doch mal einen Wink geben …«

Und wieder schwiegen sie. Und wieder fragte Frau Hete schließlich: »Und was hat Ihnen denn die Gestapo für eine Belohnung versprochen?«

»Tausend Mark! Ist 'ne Masse Geld für so einen Garnichts, gebe ich zu, Frau Häberle, ich war selbst ganz verblüfft. Aber der Kommissar Escherich hat zu mir gesagt: ›Bringen Sie mir mal den Kluge, und ich zahle Ihnen tausend Mark.‹ Das hat der Escherich gesagt. Und hundert Mark Spesen hat er mir auch bewilligt, die habe ich schon gekriegt, die kämen zu den tausend Mark Belohnung noch dazu.«

Sie saßen lange nachdenklich da.

Dann fing Frau Hete wieder an: »Ich habe das vorhin mit den Wellensittichen nicht ohne Absicht gesagt, Herr Barkhausen. Denn wenn ich Ihnen nun tausend Mark zahle …«

»Zweitausend Mark, Frau Häberle, unter Freunden immer zweitausend Mark. Und dann kämen noch die hundert Mark Spesen dazu …«

»Nun also, selbst wenn ich Ihnen das zahlen würde, und Sie wissen doch, der Herr Kluge hat kein Geld, und mich bindet an ihn nichts …«

»Na, Frau Häberle, na! Sie, 'ne hochanständige Frau! Sie werden doch Ihren Freund, der auf den Knien zu Ihnen gerutscht ist, nicht um so 'n bisschen Geld der Gestapo ausliefern? Wo ich Ihnen extra gesagt habe, es ist alles da, Hochverrat und Kohlrübe-ab? Das werden Sie doch nicht tun, Frau Häberle!«

Sie hätte ihm ja sagen können, dass er, der schlichte, ehrliche deutsche Mann, grade das zu tun im Begriff war, was sie als hochanständige Frau keinesfalls tun durfte, nämlich den Freund verkaufen. Aber sie wusste es ja, derartige Bemerkungen hatten keinen Zweck, für so was besaßen diese Herren keinen Sinn.

Und so sagte sie denn: »Ja, also wenn ich selbst die zweitausendeinhundert zahlen würde, wer garantiert mir denn dafür, dass die Wellensittiche nicht doch im Käfig bleiben?« Sie entschloss sich, da sie sah, wie er schon wieder den Kopf verwirrt kratzte, auch ganz schamlos zu werden: »Also, wer garantiert mir dafür, dass Sie nicht meine zweitausendeinhundert nehmen und gehen dann doch zu dem Escherich und nehmen auch noch seine tausend?«

»Aber ich garantiere Ihnen dafür, Frau Häberle! Ich gebe Ihnen mein Wort darauf; ich bin ein einfacher, offener Mensch, und wenn ich was verspreche, dann halte ich das auch. Sie haben's ja gesehen, ich bin gleich zu dem Enno gelaufen und habe ihn gewarnt, auf die Gefahr hin, dass er aus dem Laden einen Flitzer macht. Und dann ist das ganze Geschäft doch Essig.«

Frau Hete sah ihn mit einem schwachen Lächeln an. »Das ist ja alles schön und gut, Herr Barkhausen«, sagte sie dann. »Aber grade weil Sie ein so guter Freund von dem Enno sind, werden Sie verstehen, dass ich jede Sicherheit für ihn haben muss. Wenn ich das Geld überhaupt auftreiben kann.«

Barkhausen machte eine beschwichtigende Bewegung, die sagen sollte, dass es daran bei einer Frau, wie sie war, nie fehlen könnte.

»Nein, Herr Barkhausen«, fuhr Frau Hete fort, denn sie sah ja, für Ironie war er nicht empfänglich, sie musste schon ganz offen mit ihm reden, »wer steht mir denn dafür, dass Sie mein Geld jetzt nicht nehmen …«

Barkhausen wurde ganz aufgeregt bei dem Gedanken, er könne die schwindelnde, die nie gesehene Summe von zweitausend Mark jetzt gleich bekommen …

»… und vor der Tür steht ein Gestapoagent und nimmt den Enno fest? Da muss ich schon andere Garantien von Ihnen haben!«

»Es steht aber keiner vor der Tür, das schwöre ich Ihnen, Frau Häberle! Ich bin doch ein ehrlicher Mensch, wozu soll ich Sie denn belügen?! Ich komme direkt von Haus, da können Sie auch meine Otti danach fragen!«

Sie unterbrach den Aufgeregten: »Also überlegen Sie mal, was für eine Garantie Sie mir sonst noch geben können – außer Ihrem Wort?«

»Aber da gibt's doch gar keine! Das ist doch so 'n Geschäft, das beruht ganz allein auf Vertrauen. Und Vertrauen werden Sie doch zu mir haben, Frau Häberle, jetzt, wo ich so offen mit Ihnen gesprochen habe?«

»Ja, das Vertrauen …«, antwortete Frau Häberle gedankenlos, und dann versanken sie beide in ein langes Schweigen, er einfach abwartend, was sie wohl beschließen würde, sie sich den Kopf zergrübelnd, wie sie wenigstens ein Minimum von Sicherheit erreichen könnte.

Im Laden wirtschaftete unterdes der Enno Kluge. Er bediente die nun schon reichlicher strömende Kundschaft rasch und nicht ungeschickt, sogar zu Witzchen verstieg er sich schon wieder. Der erste Schreck, den er bei Barkhausens Anblick empfunden, war schon wieder verflogen. Die Hete saß in der Stube und sprach mit Barkhausen, sie würde die Sache schon in Ordnung bringen. Aber dass sie die Sache in Ordnung brachte, das bewies, dass es ihr gar nicht ernst gewesen war mit der Drohung, ihn fortzuschicken. So war er nur erleichtert jetzt, und darum reichte es auch schon wieder zu Witzchen.

Hinten in der Stube brach Frau Häberle das lange Schweigen. Sie sagte entschlossen: »Also, Herr Barkhausen, ich habe mir das so überlegt. Ich will das Geschäft unter folgenden Bedingungen mit Ihnen abschließen …«

»Ja …? Sagen Sie doch!«, drängte gierig Barkhausen. Er sah seinen Lohn jetzt schon nahe.

»Ich gebe Ihnen zweitausend Mark, aber ich gebe sie Ihnen nicht hier. Ich gebe sie Ihnen in München.«

»In München?« Er glotzte dämlich. »Ich komm doch nie nach München! Was soll ich denn in München?«

»Wir gehen«, fuhr sie fort, »jetzt zusammen auf das Postamt, und ich zahle eine Postanweisung auf zweitausend Mark an Sie ein: hauptpostlagernd München. Und dann bringe ich Sie auf die Bahn, und Sie fahren mit dem nächsten Zug nach München weiter und holen sich dort das Geld. Auf dem Anhalter Bahnhof werde ich Ihnen noch zweihundert Mark für die Reise geben außer der Fahrkarte …«

»Nee!«, rief Barkhausen erbittert. »So was mache ich nicht! Auf so was lasse ich mich nicht ein! Nachher fahre ich runter nach München, und Sie haben sich Ihre Anweisung von der Post zurückgeholt!«

»Ich werde Ihnen bei der Abfahrt die Einzahlungsquittung geben, dann kann ich das nicht tun.«

»Und München?«, rief er wieder. »Wozu denn München? Wir sind doch ehrliche Menschen! Warum denn nicht hier, gleich jetzt hier im Laden, und es hat geschnappt! Nach München und zurück, da brauche ich doch mindestens zwei Tage und eine Nacht, und unterdes ist der Enno hier natürlich getürmt!«

»Aber, Herr Barkhausen, das hatten wir doch abgemacht, deswegen gebe ich Ihnen doch das Geld! Der Wellensittich sollte doch nicht in seinem Käfig bleiben. Ich meine, der Enno soll sich doch verstecken können, dafür zahle ich Ihnen doch die zweitausend Mark!«

Mürrisch sagte Barkhausen, der darauf nichts Rechtes zu entgegnen hatte: »Und hundert Mark Spesen kriege ich auch noch!«

»Die kriegen Sie auch noch. In bar. Auf dem Anhalter.«

Aber auch diese Zusage konnte Barkhausens Stimmung nicht verbessern. Er blieb mürrisch. »München, ich hab noch nie so 'n Quatsch gehört! Es wäre alles so schön einfach gewesen – und nun München! Ausgerechnet München! Warum sagen Sie nicht gleich London – da kann ich ja dann nach dem Kriege hinfahren! Und alles vermasselt! Es ginge so schön einfach, aber nee, es muss kompliziert sein! Und warum? Weil Sie kein Vertrauen zu Ihren Mitmenschen haben, weil Sie ein misstrauischer Mensch sind, Frau Häberle! Ich bin so ehrlich zu Ihnen gewesen …«

»Und ich bin ehrlich zu Ihnen! So mache ich dies Geschäft und anders nicht!«

»Na denn!«, sagte er. »Denn kann ich ja gehen.« Er stand auf, nahm seine Schiebermütze. Aber er ging nicht. »München kommt für mich gar nicht in Frage …«

»Es wird eine ganz interessante kleine Reise für Sie sein«,

redete ihm Frau Häberle zu. »Die Fahrt ist hübsch, und in München soll es noch sehr gut zu essen und zu trinken geben. Sehr viel stärkeres Bier als hier bei uns, Herr Barkhausen!«

»Ich mach mir nichts aus Trinken«, sagte er wieder, aber nicht so sehr mürrisch wie gedankenvoll.

Frau Hete sah es ihm an, dass er seinen Kopf zergrübelte nach einem Ausweg, wie er das Geld nehmen und den Enno trotzdem ausliefern könnte. Sie prüfte nochmals ihren Vorschlag. Er schien ihr gut. Er schaffte den Barkhausen für mindestens zwei Tage aus dem Wege, und wenn das Haus wirklich nicht unter Bewachung stand (wovon sie sich schnell genug überzeugen würde), so war das Zeit genug, den Enno unterdes fortzuschaffen.

»Na ja«, sagte Barkhausen schließlich und sah sie an. »Sie tun's nicht anders, Frau Häberle?«

»Nein«, sagte Frau Hete. »So sind meine Bedingungen, von denen gehe ich nicht ab.«

»Dann muss ich's wohl tun«, sagte Barkhausen. »Ich kann doch nicht einfach die zweitausend Eier in den Wind schlagen.«

Das hatte er mehr zu sich, zu seiner eigenen Rechtfertigung vor sich selbst gesagt.

»Dann werde ich also nach München fahren. Und Sie gehen jetzt gleich mit mir aufs Postamt.«

»Gleich«, sagte Frau Häberle gedankenvoll. Nun, da er doch zugesagt hatte, war sie noch immer nicht zufrieden. Sie war ganz überzeugt, er plante eine neue Gemeinheit. Sie musste rauskriegen, welche …

»Ja, wir gehen gleich«, sagte sie noch einmal. »Das heißt: erst muss ich mich ein bisschen zurechtmachen und den Laden schließen.«

Er sagte rasch: »Wozu wollen Sie denn den Laden zumachen, Frau Häberle? Der Enno ist doch hier!«

»Der Enno geht mit uns«, sagte sie.

»Wozu denn das nu wieder? Der Enno hat doch mit dem ganzen Geschäft nichts zu tun!«

»Weil ich es so haben will. Es könnte sonst nämlich sein«, setzte sie hinzu, »dass der Enno grade in dem Augenblick verhaftet wird, wenn ich das Geld an Sie einzahle. Solche Versehen können vorkommen, Herr Barkhausen.«

»Aber wer soll ihn denn verhaften?«

»Na, zum Beispiel der Spitzel vor der Tür …«

»Ist ja gar kein Spitzel vor der Tür!« Sie lächelte. »Sie können sich überzeugen, Frau Häberle. Gehen Sie doch rum, sehen Sie sich alle Leute an. Ich habe keinen Spitzel vor der Tür! Ich bin ein ehrlicher Mensch …«

Sie sagte beharrlich: »Ich will den Enno bei mir haben. Es ist schon sicherer.«

»Sie sind hartmäulig wie ein oller Maulesel!«, entfuhr es ihm wütend. »Na, also schön, soll der Enno auch mitgehn. Aber nun machen Sie auch ein bisschen fix!«

»So große Eile haben wir nicht«, sagte sie. »Der Münchner Zug geht erst um zwölf herum. Wir haben alle Zeit. Und nun entschuldigen Sie mich für eine Viertelstunde, ich möchte mich ein bisschen zurechtmachen.« Sie sah ihn, wie er da am Tisch saß, immer das Auge aufmerksam auf die Glasscheibe gerichtet, durch die er den Laden beobachten konnte, prüfend an. »Und eine Bitte noch, Herr Barkhausen. Reden Sie jetzt nicht mit dem Enno, er hat reichlich im Laden zu tun, und überhaupt …«

»Was ich mit dem Idioten wohl reden soll!«, sagte Barkhausen ärgerlich. »Mit so 'nem Quatschkopp rede ich doch überhaupt kein Wort!«

Aber er setzte sich gehorsam anders, so dass er jetzt ihre Stubentür und das Hoffenster vor Augen hatte.

30. KAPITEL
Ennos Austreibung

Zwei Stunden später war alles ausgestanden. Der Münchner Schnellzug war mit Barkhausen in einem Abteil zweiter Klasse aus der Halle des Anhalter Bahnhofs gerollt, mit einem lächerlich angeberischen, geschwollenen Barkhausen, der zum ersten Male in seinem Leben ein Abteil zweiter Klasse benutzte. Ja, Frau Häberle, die auch großspurig sein konnte, hatte diesem kleinen Spitzel auf seine Bitte hin im Zuge noch eine Zuschlagkarte Zweiter gelöst, um ihn bei guter Laune zu halten, oder auch, weil sie selbst froh war, diesen Kerl für mindestens zwei Tage los zu sein.

Nun, als sich die andern Reisebegleiter langsam durch die Sperre drängten, sagte sie leise zu Enno: »Warte einmal, Enno, wir setzen uns einen Augenblick da in den Wartesaal und überlegen, was nun zu tun ist.«

Sie setzten sich so, dass sie die Eingangstür im Auge hatten. Der Wartesaal war nur mäßig besetzt, nach ihnen kam eine lange Zeit keiner mehr herein.

Frau Hete fragte: »Hast du darauf geachtet, Enno, was ich dir gesagt habe? Glaubst du, dass wir beobachtet worden sind?«

Und Enno Kluge mit seinem gewohnten Leichtsinn, kaum war die dringendste Gefahr vorüber: »I wo! Beobachtet? Glaubst du, jemand lässt sich von so 'nem Idioten, wie es Barkhausen ist, schicken? So blau! So dusslig ist keiner!«

Sie hatte es auf der Zunge, ihm zu sagen, dass sie diesen Barkhausen mit seiner argwöhnischen Gerissenheit für erheblich intelligenter hielt als den kleinen, feigen, leichtsinnigen Mann an ihrer Seite. Aber sie sagte es nicht. Sie hatte es sich heute früh beim Umkleiden zugeschworen, dass es mit allen Vorwürfen vorbei sein sollte. Ihre Aufgabe war nur noch, diesen Enno Kluge in Sicherheit zu bringen. War diese Aufgabe erfüllt, wollte sie ihn nie wieder sehen.

329

Er sagte aus dem immer wieder gleichen Gedanken heraus, der ihn seit einer Stunde quälte, er sagte voll Neid: »Wenn ich du wäre, ich hätte diesem Kerl nie zweitausendeinhundert Mark bezahlt. Und dann noch zweihundertfünfzig Mark Reisespesen. Und dann noch Fahrkarte und Zuschlagkarte. Du hast dem Kerl über zweitausendfünfhundert gegeben, so 'nem Schwein! Ich hätt's nie getan!«

Sie fragte: »Und was wäre aus dir geworden, wenn ich's nicht getan hätte?«

»Hättest du *mir* zweitausendfünfhundert gegeben, du hättest sehen sollen, wie fein *ich* das Ding gedreht hätte! Das kannst du glauben, der Barkhausen wäre auch mit fünfhundert zufrieden gewesen!«

»Tausend hat ihm ja schon die Gestapo versprochen!«

»Tausend – da muss ich doch lachen! Als wenn die auf der Gestapo mit den Tausendern nur so schmissen! Und dann noch an so einen kleinen Spitzel, wie es der Barkhausen ist! Dem brauchen sie doch nur zu befehlen – und er muss tun, was sie wollen, für fünf Mark Tagegeld! Tausend, zweitausendfünfhundert – der hat dich aber bildschön gerupft, Hete!«

Er lachte spöttisch.

Seine Undankbarkeit verletzte sie. Aber sie hatte keine Lust, sich mit ihm auf Erörterungen einzulassen. Sie sagte nur etwas scharf: »Ich will davon nicht mehr reden! Verstehst du, ich will nicht!« Sie sah ihn so lange fest an, bis seine blassen Augen sich senkten. »Wir wollen jetzt lieber überlegen, was wir nun mit dir tun.«

»Ach, das hat doch noch Zeit«, sagte er. »Vor übermorgen kann er nicht zurück sein. Wir gehen jetzt zum Geschäft zurück, bis übermorgen fällt uns schon was ein.«

»Ich weiß nicht, ich möchte dich eigentlich nicht wieder ins Geschäft mitnehmen, oder höchstens, um deine Sachen zu packen. Ich bin so unruhig – vielleicht sind wir doch bespitzelt worden?«

»Aber ich sage dir doch, wir sind's nicht! Ich versteh mehr von so was als du! Und der Barkhausen kann sich auch nie einen Spitzel halten, der hat ja nie Geld!«

»Aber die Gestapo kann ihm einen stellen!«

»Und der Spitzel von der Gestapo sieht zu, wie der Barkhausen nach München fährt und ich ihn zur Bahn bringe! So blau, Hete!«

Sie musste zugeben, dass er mit diesem Einwand recht hatte. Aber ihre Unruhe blieb. Sie fragte: »Ist dir das nicht aufgefallen mit den Zigaretten?«

Er erinnerte sich nicht mehr. Sie musste es ihm erst erzählen, wie der Barkhausen, sie waren kaum aus dem Haus, überall nach Zigaretten herumsuchte, er musste durchaus welche haben. Er hatte auch Hete und Enno deswegen angeschnorrt. Aber die hatten auch keine, Enno hatte in der Nacht alle aufgeraucht. Barkhausen war aber dabei geblieben, er müsse welche haben, er hielte das nicht aus, er sei es gewohnt, eine am Morgen zu stoßen. Er hatte sich rasch von Hete zwanzig Mark »geborgt« und einen älteren Jungen angerufen, der dann mit viel Geschrei auf der Straße herumspielte.

»Du, hör mal, Ede, weißte hier nich wen, bei den du Zigaretten krichst? Aber Tabakkarte hab ick keene.«

»Valleicht weeß ick eenen. Ham Se denn Jeld?«

Es war ein sehr blonder, blauäugiger Junge in der Tracht der HJ gewesen, mit dem Barkhausen da gesprochen hatte, ein echtes, helles Berliner Gewächs.

»Na, jebn Se ma den Zwanzijer her, ick wer holn …«

»Und det Wiederkomm vajessn! Nee, ick jeh mit dir. Augenblick mal, Frau Häberle!«

Damit waren die beiden in einem Hause verschwunden. Nach einer Weile war dann Barkhausen allein zurückgekommen und hatte Frau Hete die zwanzig Mark ohne alle Aufforderung zurückgegeben.

»Die hatten keine. Der Rotzjunge hat mich natürlich bloß

um die zwanzig Mark beschummeln wollen. Ich hab ihm aber eine geschallert, der liegt noch auf dem Hof!«

Sie waren weitergegangen, zur Post, zum Reisebüro.

»Na, und was findest du da Komisches bei, Hete? Der Barkhausen ist da wie ich: Wenn es den roochert, der ist imstande und quatscht 'nen General auf der Straße an und bittet ihn um die Kippe!«

»Aber er hat hinterher nicht ein Wort mehr von Zigaretten gesagt, trotzdem er doch keine gekriegt hat! Ich finde das komisch. Ob er doch was mit dem Jungen vorgehabt hat?«

»Was soll er denn mit dem Jungen vorgehabt haben, Hete? Dem hat er eine geschallert, das wird schon stimmen.«

»Ob der Bengel vielleicht unser Aufpasser ist?«

Einen Augenblick stutzte selbst Enno Kluge. Aber dann sagte er mit seinem gewohnten Leichtsinn: »Was du dir alles wieder einbildest! Deine Sorgen möchte ich wirklich haben!«

Sie schwieg. Aber die Unruhe saß weiter in ihr, und so bestand sie auch darauf, dass sie jetzt nur kurz in den Laden gingen, um seine Sachen zu holen. Dann wollte sie ihn mit aller erdenklichen Vorsicht bei einer Freundin unterbringen.

Ihm passte das gar nicht. Er fühlte: sie wollte sich von ihm lösen. Und er wollte nicht gehen. Bei ihr war Sicherheit und gutes Essen und nicht mehr Arbeit, als ihm behagte. Und Liebe und Wärme und Trösten. Und dann: sie war so ein gutes Wollschaf, der Barkhausen hatte sie eben um zweitausendfünfhundert geschoren, nun war er dran!

»Deine Freundin!«, sagte er unzufrieden. »Was ist denn das für eine Frau? Ich gehe nicht gern bei fremde Leute.«

Hete hätte ihm sagen können, dass diese Freundin eine alte Mitarbeiterin ihres Mannes war, dass sie jetzt noch in aller Stille weiterwirkte und dass jeder Verfolgte bei ihr Zuflucht fand. Aber sie misstraute jetzt Enno, ein paarmal hatte sie ihn schon feige gesehen, er musste nicht zu viel wissen.

»Meine Freundin?«, sagte sie darum. »Das ist eine Frau wie ich. In meinen Jahren. Vielleicht ein paar Jahre jünger.«

»Und was tut sie? Wovon lebt sie?«, forschte er weiter.

»Weiß ich nicht genau, ist wohl irgendwo Sekretärin. Übrigens ist sie unverheiratet.«

»In deinen Jahren, wenn sie das ist, dann wird's aber langsam Zeit«, sagte er spöttisch.

Sie zuckte zusammen, antwortete aber nicht.

»Nee, Hete«, sagte er und gab seiner Stimme einen zärtlichen Ton. »Was soll ich denn bei deiner Freundin? Wir beide allein, das ist doch das Schönste. Lass mich bei dir bleiben – der Barkhausen kommt ja erst übermorgen –, wenigstens bis übermorgen!«

»Nein, Enno!«, sagte sie. »Ich möchte jetzt, dass du das tust, was ich dir sage. Ich gehe allein in die Wohnung und packe. Du kannst unterdessen in einer Wirtschaft warten. Dann fahren wir gemeinsam zu meiner Freundin.«

Er hatte noch viele Widerworte, aber schließlich fügte er sich. Er fügte sich, als sie – nicht ohne Berechnung – sagte: »Du wirst auch Geld brauchen. Ich lege dir Geld obenauf in deinen Koffer, genug, dass du für die erste Zeit aus der Not bist.«

Als sie das gesagt hatte, da fügte er sich. Die Aussicht, bald Geld in seinem Koffer zu finden (und sie konnte ihm doch unmöglich weniger geben, als sie dem Barkhausen gegeben hatte!), diese Aussicht lockte ihn, bestimmte ihn. Blieb er bis übermorgen bei ihr, gab es erst übermorgen Geld. Er aber wollte sofort wissen, wie viel sie ihm zugedacht hatte.

Sie sah mit Kummer, was ihn zum Einlenken bestimmte. Er sorgte selbst dafür, dass der letzte Rest von Achtung und Liebe in ihr zerstört wurde. Aber sie fand sich darein ohne Murren. Sie wusste es längst aus ihrem Leben, dass man für alles bezahlen musste, und für das meiste mehr, als es wert war. Die Hauptsache blieb, dass er ihr jetzt den Willen tat.

Als Frau Hete Häberle sich ihrer Wohnung näherte, sah sie

wieder den blonden, blauäugigen Jungen von vorhin mit einer Rotte anderer auf der Straße toben. Sie schreckte zusammen. Dann winkte sie ihn zu sich heran: »Was machst du denn hier immer noch?«, fragte sie. »Musst du denn ausgerechnet hier rumtoben?«

»Ick wohn hier doch!«, sagte er. »Wo soll ick denn sonst toben?«

Sie spähte nach den Spuren von einem Schlag in seinem Gesicht, aber sie konnte nichts sehen. Sichtlich hatte der Bengel sie nicht wiedererkannt, bei seinem Gespräch mit Barkhausen hatte er sie wohl gar nicht beachtet. Das würde gegen Spitzelei sprechen.

»Hier wohnst du?«, fragte sie. »Ich hab dich doch noch nie hier auf der Straße gesehen.«

»Kann ick for Ihre Oogen?!«, fragte er frech. Er pfiff durchdringend den Ludenpfiff auf einem Finger. Er schrie an dem Hause hoch: »Mutta, kick mal aus't Fenster! Da is 'ne Frau, die will nich gloobn, dette schielst! Mutta, schiel ihr mal watt!«

Lachend lief Frau Hete in ihren Laden, jetzt auch völlig überzeugt, dass sie, was diesen Jungen anlangte, Gespenster gesehen hatte.

Aber beim Packen wurde sie wieder ernst. Ihr kamen Bedenken, ob sie auch recht daran tat, den Enno zu ihrer Freundin Anna Schönlein zu bringen. Gewiss, die Änne riskierte alle Tage ihr Leben für jeden Unbekannten, dem sie Obdach gewährte. Aber der Frau Hete war es, als schmuggle sie der Änne doch mit Enno Kluge ein rechtes Kuckucksei ein. Zwar schien der Enno wirklich ein politischer, kein gewöhnlicher Verbrecher, das hatte jetzt sogar der Barkhausen bestätigt, aber …

Er war so leichtsinnig, nicht so sehr aus Unbedachtheit, sondern aus einer völligen Gleichgültigkeit gegen das Schicksal seiner Mitmenschen heraus. Es kam ihm gar nicht darauf an, was mit ihnen geschah. Er dachte immer nur an sich, und er war imstande, jeden Tag zweimal zu ihr, zur Hete, zu laufen, unter dem Vorgeben, er sehne sich nach ihr, und zog so alle Gefahr auf Ännes Kopf. Sie, die Hete, hatte Autorität über ihn, die Änne aber nicht.

Mit einem schweren Seufzer tut Frau Hete Häberle dreihundert Mark in einen Umschlag, den sie oben in den Koffer legt. Heute hat sie mehr Geld ausgegeben, als sie in zwei Jahren gespart hat. Aber sie wird noch ein weiteres Opfer bringen, sie wird dem Enno für jeden Tag, an dem er die Wohnung der Freundin überhaupt nicht verlässt, hundert Mark versprechen. Er ist ja leider so, dass sie ihm einen solchen Vorschlag machen kann. Er wird nicht gekränkt sein, er wird höchstens im ersten Augenblick ein bisschen gekränkt tun. Aber das wird ihn wohl im Hause halten, er ist auf Geld so gierig.

Mit dem Koffer in der Hand verlässt Frau Hete das Haus. Der blonde Junge spielt nicht mehr auf der Straße, vielleicht ist er jetzt bei seiner schielenden Mutter. Sie geht zu der Kneipe am Alexanderplatz, wo sie den Enno treffen wird.

31. KAPITEL

Emil Barkhausen und sein Sohn Kuno-Dieter

Ja, Barkhausen hatte sich sehr wohl gefühlt in diesem vornehmen D-Zug im noblen Zweite-Klasse-Abteil mit Offizieren und Generalen und Damen, die so wunderschön rochen. Es störte ihn gar nicht, dass er weder elegant noch wohlriechend war und dass seine Mitreisenden keine freundlichen Blicke auf ihn warfen. Barkhausen war es gewohnt, unfreundlich angesehen zu werden. Kaum je in seinem jämmerlichen Leben hatte ein Mitmensch einen freundlichen Blick für ihn übriggehabt.

Barkhausen genoss sein kurzes Glück mit vollen Zügen, denn kurz war es nur. Es musste nicht bis München währen, dieses Glück, nicht einmal bis Leipzig, wie er zuerst gefürchtet hatte, sondern nur bis Lichterfelde, denn dieser Zug hielt noch einmal in Lichterfelde. Das war der Fehler in Frau Hetes Berechnung gewesen: man musste, hatte man Geld in München zu bekommen, nicht gleich dorthin fahren. Man konnte es später tun, wenn man die dringendsten Geschäfte in der Stadt Berlin erledigt hatte. Und das dringendste Geschäft war jetzt, den Enno dem Escherich zu melden und fünfhundert Mark zu kassieren. Übrigens brauchte man vielleicht überhaupt nicht nach München zu fahren, man brauchte der Post nur zu schreiben, dass sie das Geld hierher nach Berlin zur Auszahlung senden sollte. Jedenfalls kam eine sofortige Reise nach München nicht in Frage.

Also stieg – nicht ohne leises Bedauern – Emil Barkhausen in Lichterfelde aus. Er hatte noch eine kleine, lebhafte Debatte mit dem Fahrdienstleiter, der nicht einsehen wollte, dass man sich im Zuge zwischen Anhalter Bahnhof und Lichterfelde noch einmal eine Reise nach München anders überlegen kann. Überhaupt kam diesem Manne der ganze Barkhausen höchst verdächtig vor.

Barkhausen aber blieb unerschütterlich: »Rufen Sie nur auf der Gestapo an, Kommissar Escherich, und Sie werden sehen, wer recht hat, Herr Stationsvorsteher! Aber die Läuse, die Sie sich dann in den Pelz gesetzt haben! Ich bin nämlich dienstlich!«

Schließlich ließ ihm der Rotmützige achselzuckend sein Fahrgeld zurückzahlen, ihm war es egal. Möglich war alles heute, möglich war es schon, dass solche fragwürdigen Gestalten im Auftrage der Gestapo herumliefen. Umso schlimmer!

Emil Barkhausen aber machte sich auf die Suche nach seinem Sohn.

Aber vor der Tierhandlung von Hete Häberle fand er ihn nicht, obwohl das Geschäft geöffnet war und Kunden aus und ein gingen. Hinter einer Anschlagsäule verborgen, überlegte Barkhausen, immer die Augen auf die Ladentür gerichtet, was geschehen sein konnte. Hatte Kuno-Dieter einfach aus Langeweile seinen Posten verlassen? Oder war Enno weggegangen – vielleicht wieder nach »Ferner liefen«? Oder war der kleine Mann ganz fortgezogen, und die Frau wirkte nun allein im Laden?

Emil Barkhausen erwog es grade bei sich, ob er noch einmal ganz schamlos vor die überlistete Häberle treten und Auskünfte von ihr verlangen sollte, als ein vielleicht neunjähriger Bengel ihn anquatschte: »Hören Se ma! Sind Sie der Vata von den Kuno?«

»Bin ich! Was ist denn?«

»'ne Mark solln Se mir jebn!«

»Wozu soll ich dir denn 'ne Mark geben?«

»Det ich Sie sare, wat ick weeß!«

Barkhausen tat einen raschen Griff nach dem Jungen. »Erst Ware, dann Geld!«, sagte er.

Aber der Junge war schneller als er, war ihm unter dem Arm durchgeschlüpft und rief: »Na, denn nich! Behalten Se man Ihre Mark!« Und er gesellte sich wieder zu seinen Spielgefährten, die auf der Fahrbahn direkt vor dem Laden tobten.

Dorthin konnte Barkhausen ihm nicht folgen, er wollte sich doch lieber nicht sehen lassen. Er rief und pfiff nach dem Jungen, den er zugleich mit seiner eigenen, hier so unangebrachten Sparsamkeit verfluchte. Aber der Junge ließ sich nicht so leicht listen und locken; erst eine gute Viertelstunde später tauchte er wieder bei Barkhausen auf, stellte sich vorsichtig in einiger Entfernung von dem zornigen Mann auf und verkündete frech: »Jetzt kost det zwee Märker!«

Barkhausen hätte sich den Bengel wiederum lieber gegriffen und nach Noten durchgeprügelt, aber was sollte er tun? Er war in seiner Hand, denn er konnte ihm nicht nachlaufen. »Ick wer dir 'ne Mark jebn«, sagte er finster.

»Nee! Zwee Mark!«

»Jut, du sollst zwee Mark haben!«

Barkhausen nahm einen Packen Scheine aus der Tasche,

fand einen Zweimärker, stopfte die andern Scheine zurück und hielt dem Jungen das Geld hin.

Der schüttelte den Kopf. »Ihnen kenn ick doch!«, sagte er. »Wenn ick det Jeld nehme, langen Se nach mir. Nee, legen Se's da uff 't Pflaster!«

Finster, ohne ein Wort, tat Barkhausen, was der Junge ihn geheißen. »Na?«, sagte er dann, richtete sich wieder auf und trat einen Schritt zurück.

Der Junge pirschte sich langsam an den Schein heran, stets wachsam das Auge auf den Mann geheftet. Als er sich nach dem Gelde bückte, konnte Barkhausen kaum der Versuchung widerstehen, sich dieses kleine Aas zu langen und abzuwackeln. Er hätte ihn fassen können, aber er widerstand dieser Versuchung, vielleicht bekam er dann überhaupt keine Auskunft, und der Bengel würde so schreien, dass die ganze Straße zusammenlief.

»Na?«, fragte er noch einmal und diesmal drohend.

Der Junge antwortete: »Ick könnte ja jetzt ooch 'n Aas sind und nochma Jeld von Sie valangen und nochma und immer wieda. Aba ick bin nich so. Ick weeß jut, Sie wollten mir ebent wieda uff de Pelle, aba ick, ick bin nich so 'n Aas!« Dann, nachdem er seine moralische Überlegenheit über Barkhausen so gebührend ans Licht gestellt hatte, sagte er rasch: »Se solln in Ihre Wohnung uff Bescheid von Kunon warten!« Und der Junge war weg.

Die guten zwei Stunden, die Barkhausen in seiner Kellerwohnung auf den Bescheid von Kuno warten musste, verminderten seinen Zorn nicht, nein, sie vermehrten ihn noch. Die Gören plärrten, Otti war im Wege, sie sparte nicht an spitzen Bemerkungen über solche faulen Schweine, die den ganzen Tag rumsitzen, nischt tun wie Zigaretten qualmen und der Frau die ganze Arbeit lassen.

Er hätte einen Zehn- oder Fünfzigmarkschein hervorziehen und dadurch Ottis Stinklaune in das schönste Mützenwetter verwandeln können, aber er wollte nicht. Er wollte nicht schon wieder Geld verschenken, eben erst hatte er zwei Mark für eine dusslige Nachricht verschenkt, auf die er auch von allein hätte kommen können. Eine Wut erfüllte ihn auf den Kuno-Dieter, der ihm solch ein kleines Aas auf den Hals geschickt, der sicher was verbockt hatte! Der Kuno-Dieter sollte, dazu war Barkhausen fest entschlossen, nun die Keile beziehen, um die der Kleine sich gedrückt hatte.

Dann klopfte es gegen die Tür, und statt des erwarteten Boten von Kuno-Dieter stand dort eine Zivilfigur, der man den ehemaligen Feldwebel noch deutlich genug ansah.

»Sind Sie der Barkhausen?«

»Ja, was ist denn?«

»Sie sollen zum Kommissar Escherich kommen. Machen Sie sich fertig, ich bring Sie.«

»Ich kann jetzt nicht«, widersprach Barkhausen, »ich wart auf einen Boten. Sagen Sie dem Kommissar, ich hab den Fisch gefangen.«

»Ich soll Sie mitnehmen zum Kommissar«, sagte der ehemalige Feldwebel halsstarrig.

»Nicht jetzt! Ich lass mir mein Geschäft nicht vermasseln! Nicht von euch Brüdern!« Barkhausen war zornig, aber er bezwang sich. »Sagen Sie dem Herrn Kommissar, ich hätt den Vogel, und ich käme heute noch bei ihm vorbei!«

»Also machen Sie jetzt keine langen Geschichten und kommen Sie mit!«, wiederholte stur der andere.

»Das haben Sie wohl auswendig gelernt, was anderes können Sie wohl nicht pfeifen wie das ›Kommen Sie mit!‹«, schrie Barkhausen jetzt zornig. »Du kannst wohl nicht kapieren, was ich dir sage? Ewig ›Kommen Se mit‹! Das kannst du wohl nicht begreifen, dass ich dir sage, ich warte hier auf Bescheid, ich muss hier sitzen, sonst geht der Hase mir aus der Schlinge? Das ist wohl zu hoch für dich?« Er sah sein Gegenüber ein wenig atemlos an. Dann setzte er mürrisch hinzu: »Den Hasen soll ich nämlich für den Kommissar fangen, verstehen Sie?«

Der ehemalige Feldwebel sagte ungerührt: »Von all dem weiß ich nichts. Der Kommissar hat zu mir gesagt: Fritsche, hol den Barkhausen. Also kommen Se schon!«

»Nee!«, sagte Barkhausen, »du bist mir zu dämlich. Ich bleibe – oder willst du mich verhaften?« Er sah es dem andern an der Nase an, dass er das nicht konnte. »Also hau schon ab!«, rief er und schlug dem die Tür vor der Nase zu.

Drei Minuten darauf sah er den alten Feldwebel über den Hof abtrümmern, der hatte es sich anders überlegt, das »Kommen Se mit«!

Und sobald der Mann durch die Toreinfahrt des Vorderhauses verschwunden war, überkam Barkhausen Angst wegen der Folgen, die sein freches Auftreten vor dem Sendboten des allmächtigen Kommissars haben konnte. Nur der Zorn über diesen Kuno-Dieter hatte ihn dazu gebracht. Es war eine Unverschämtheit, den Vater Stunden um Stunden sitzenzulassen, womöglich bis in die Nacht hinein. Überall gab es Bengels, an jeder Straßenecke gab es jemand, den man mit einer Botschaft schicken konnte! Aber er würde es dem Kuno schon zeigen, was er von seinem Benehmen hielt, er sollte sich solche Witzchen nicht ungestraft erlauben!

Barkhausen schwelgte ordentlich in Phantasien, wie er den Burschen vermöbeln wollte. Er sah sich beim Prügeln dieses kindlichen Körpers, und ein Lächeln lag auf seinem Gesicht, aber es war kein Lächeln abklingender Wut ... Er hörte ihn schreien, und er legte ihm die eine Hand auf den schreienden Mund, während die andere weiterschlug, so lange weiterschlug, bis der ganze Junge zitterte und sein Mund nur noch wimmerte ...

Barkhausen wurde es nicht müde, sich diese Bilder immer wieder vorzustellen. Dabei streckte er sich auf seinem Sofa und stöhnte wollüstig.

Beinah kam ihm der Junge, endlich der Sendbote Kuno-Dieters, störend, der jetzt klopfte. »Was ist?«, fragte er kurz.

»Ich soll Sie zu Kuno bringen.«

Diesmal war es ein großer Junge von vierzehn oder fünfzehn Jahren in der HJ-Bluse.

»Aber erst geben Sie mir mal fünf Mark.«

»Fünf Mark!«, grollte Barkhausen und wagte sich diesem großen Bengel im braunen Hemd doch nicht offen zu widersetzen. »Fünf Mark! Ihr Jungens könnt ja fein mit meinem Gelde rumschmeißen!« Er suchte zwischen den Scheinen.

Der große HJ-Junge sah gespannt auf den Packen Geld in der Hand des andern. »Ich hab Fahrgeld ausgegeben«, sagte er. »Und dann, was denken Sie, was ich für Zeit versäumt habe, ganz aus dem Westen bis hier?«

»Und deine Zeit kostet viel Geld, was?« Barkhausen hatte den richtigen Schein immer noch nicht gefunden. »Und Westen, das sagst du so, Westen kann nie stimmen! Was bei dir wohl Westen ist? Vielleicht meinst du Stadtmitte, das könnte noch eher passen!«

»Na, wenn die Ansbacher nicht im Westen ist …«

Zu spät sah der Junge, dass er sich verplappert hatte. Barkhausen hatte die Scheine schon weggesteckt. »Danke!«, lachte er spöttisch. »Du brauchst deine teure Zeit nicht weiter zu versäumen. Ich find jetzt schon allein. Am besten fahre ich wohl mit der Untergrundbahn zum Viktoria-Luise-Platz, was?«

»Das machen Sie nicht mit mir! So was werden Sie nicht mit mir machen!«, sagte der HJ-Bengel und trat mit geballten Fäusten auf den Mann zu. Seine dunklen Augen leuchteten vor Zorn. »Ich habe Fahrgeld ausgegeben, ich habe …«

»Du hast deine kostbare Zeit versäumt, weiß schon!«, lachte Barkhausen. »Hau ab, mein Sohn, Doofheit hat immer Geld gekostet!« Plötzlich fasste ihn wieder die Wut. »Was stehst du hier noch rum in meiner Stube? Willst du mich in meiner eigenen Stube vertrimmen? Mach, dass du jetzt rauskommst, oder ich lass dich dein eigenes Geschrei hören!«

Er drängelte roh den erzürnten Jungen aus dem Zimmer,

schlug die Tür vor seiner Nase zu. Und den ganzen Weg, bis sie aus der Untergrundbahn am Viktoria-Luise-Platz stiegen, hatte er abwechselnd spöttische und zornige Bemerkungen für diesen Bengel, der nicht von seiner Seite wich, der aber – obwohl blass vor Zorn – doch nicht mehr mit einem einzigen Wort auf alle seine Anzapfungen einging.

Oben auf dem Viktoria-Luise-Platz, aus dem Schacht der U-Bahn kommend, setzte sich der Junge plötzlich in Trab und war dem Manne weit voraus. Barkhausen musste sich entschließen, ihm so rasch, wie es nur ging, nachzueilen: Allzu lange wollte er die beiden Bengels nicht miteinander reden lassen. Er war sich nicht ganz sicher, für wen sich Kuno-Dieter entscheiden würde, für seinen Vater oder für diese Sautöle.

Sie standen wirklich vor einem Haus der Ansbacher. Der HJ-Junge redete eifrig auf Kuno-Dieter ein, der mit gesenktem Kopf ihn anhörte. Als Barkhausen herankam, zog sich der Bote zehn Schritte zurück und ließ die beiden allein miteinander reden.

»Was denkst du dir eigentlich, Kuno-Dieter?«, fing Barkhausen zornig an. »Dass du mir ewig solche Kerle auf den Hals schickst, unverschämte Burschen, die vorneweg ihr Geld fordern?«

»Ohne Jeld tut keener wat, Vata«, antwortete Kuno-Dieter gleichmütig. »Det weeßte ja selbst. Und ick will ooch wissen, wat ick bei dem Jeschäft vadiene, ick hab Fahrjeld ausjejem ...«

»Immer dieselbe Tour, dass euch aber gar nischt anderes einfällt! Nee, Kuno-Dieter, jetzt sagste deinem Vater erst mal ordentlich, was hier eigentlich los ist in der Ansbacher, und denn wirste ja sehn, was dein Vata für dich tut. Dein Vata ist gar nicht so, nur Drängeln, Drängeln verträgt dein Vater nicht!«

»Nee, Vata«, sagte Kuno-Dieter wieder. »Ick hab Angst, du vajisst et nachher mit dem Bezahln – det Jeld natürlich. Maulschellen wirste schon zum Bezahln haben. Du hast schon 'ne Masse Jeld in diese Sache bekommen und wirst wohl noch mehr dabei erben, denk ick. Ick stehe hier nu schon den janzen Tag for dir rum, ohne Essen, da will ick ooch ma Jeld sehn. Ick habe jedacht, fuffzig Mark …«

»Fünfzig Mark!« Es verschlug Barkhausen fast die Luft, als er diese unverschämte Forderung hörte. »Ick wer dir saren, wat ick dir jebn werde. Ick wer dir fünf Mark jebn, jenau die fünf Mark, die der Lulatsch da haben wollte, und darüber wirste dir jefälligst noch freun! Ick bin nich so, aba …«

»Nee, Vata«, sagte Kuno-Dieter und sah aus seinen blauen Augen Barkhausen trotzig an. »Du vadienst 'ne Stange Jold bei det Jeschäft, ick mach nich die janze Arbeet und lasse mir mit fünf Mark abspeisen, so blau, denn sar ick dir eben jar nischt!«

»Wat willste mir denn noch jroß erzähln!«, lachte Barkhausen spöttisch. »Dass der Kleene in dem Haus da drinsteckt, det weeß ick nu ooch so. Und det andre wer ick schon alleene rauskriegen. Nee, jeh man jetzt nach Hause und lass dir von Mutter wat zu essen jebn! Für janz dumm lässt sich dein Vata doch nich vakoofen! Ihr beiden Helden!«

»Denn jeh ick da ruff«, sagte Kuno-Dieter entschlossen, »und sare dem Kleenen, det de uff ihn passt. Denn vapfeif ick dir, Vata!«

»Du verdammter Rotzjunge, du!«, schrie Barkhausen und schlug nach dem Sohne.

Aber der lief schon, lief in den Nebeneingang des Hauses hinein. Barkhausen lief ihm nach, folgte ihm über den Hof, und auf der untersten Treppe des Hinterhauses holte er ihn ein. Er schlug ihn zu Boden und fing dann an, auf den Liegenden, mit den Füßen Stoßenden einzuprügeln. Es war beinahe so, wie er es sich vorher auf dem Sofa ausgemalt hatte, nur Kuno-Dieter schrie nicht, sondern wehrte sich mit verbissener Wut. Das steigerte Barkhausens Zorn noch. Mit voller Überlegung schlug er dem Jungen ins Gesicht und trat mit den Füßen nach seinem Bauch. »Dir Aas will ick det schon weisen!«, keuchte er, und ein roter Nebel schwamm vor seinen Augen.

Plötzlich fühlte er, wie ihn was von hinten packte, jemand hielt seinen Arm fest. Etwas riss an dem einen, etwas an dem andern Bein. Er sah sich hastig um: Es war dieser Hitlerjunge, es war eine ganze Rotte Bengels, Halbstarke, vier oder fünf Burschen, die sich da auf ihn gestürzt hatten. Er musste von Kuno-Dieter ablassen, er musste sich dieser Bengels erwehren, von denen er jeden Einzelnen mit einer Hand hätte niederschlagen können, die aber in ihrer Gesamtheit ihm höchst gefährlich werden konnten.

»Ihr verdammte, feige Bande!«, schrie er und versuchte, den Jungen, der ihm auf dem Rücken hing, durch Rammen gegen die Wand loszuwerden. Aber sie rissen ihm die Beine unter dem Leibe weg. Sie brachten ihn zu Fall.

»Kuno!«, keuchte er. »Hilf deinem Vater! Die feige Bande ...«

Aber Kuno half seinem Vater nicht. Jetzt hatte er sich aufgerappelt, und er war es, der den ersten Schlag in Barkhausens Gesicht führte.

Ein murrendes Brummen, fast ein tiefes Stöhnen, kam aus der Brust des Mannes. Dann rollte er sich mit den Bengels auf dem Boden, immer bestrebt, die an ihm Hängenden gegen Stufen und Wände zu stoßen, sie zu quetschen, um wieder auf die Beine zu kommen.

Jetzt war nur noch das atemlose Stöhnen der Kämpfenden zu hören, das Geräusch von Schlägen, das Scharren der Füße ... Wortlos, in wildester Erbitterung kämpften sie.

Eine alte Dame, die die Treppe hinabkam, blieb vor Entsetzen stehen, als sie den wilden Kampf zu ihren Füßen sah. Sie klammerte sich an das Geländer, sie rief hilflos: »Aber! Aber nein –! In unserm guten Haus!«

Ihr veilchenfarbener Umhang wallte. Dann entschloss sie sich und stieß einen wilden Entsetzensschrei aus.

Die Jungen rissen sich von Barkhausen los und verschwanden. Der Mann setzte sich auf und starrte die alte Dame wild an.

»So 'ne Bande!«, keuchte er. »Wollen 'nen ollen Mann versohlen, und der eigene Junge dabei!«

Auf den Schrei der alten Dame hatten sich ein paar Türen geöffnet, ein paar Nachbarn kamen ängstlich hervor und flüsterten miteinander, auf den sitzenden Mann blickend.

»Die haben sich geprügelt!«, piepste die alte Veilchenfarbene. »Die haben sich in unserm guten Haus geprügelt!«

Barkhausen besann sich. Wenn Enno Kluge jetzt hier wohnte, so war es höchste Zeit für ihn, zu verschwinden. Jeden Augenblick könnte auch er auftauchen, neugierig zu sehen, was dieser Trubel bedeutete.

»Hab nur meinen Jungen ein bisschen abgewackelt«, erklärte er grinsend den ihn schweigend anstarrenden Mietern. »Hat nichts zu sagen. Alles in Ordnung. Alles in bester Butter.«

Er stand auf und ging über den Hinterhof, durch den »Garten«, wieder auf die Straße, wobei er an seinen Kleidern herumstrich und den Schlips neu band. Von den Bengels war natürlich keine Spur mehr zu sehen. Na warte, der Kuno-Dieter sollte ihn heute Abend kennenlernen! Gegen seinen eigenen Vater zu kämpfen, als Erster ihm ins Gesicht zu schlagen! Keine Otti in der Welt sollte sich schützend vor ihn stellen können! Nee, die konnte auch noch eine Wucht beziehen für dieses verdammte Kuckucksei, das sie ihm da ins Nest gelegt hatte!

Während Barkhausen das Haus unter Bewachung hält, steigt sein Zorn gegen diesen Kuno-Dieter immer mehr. Er wird aber fast besinnungslos, als er entdeckt, dass die Bengels ihm beim Kampf das ganze Paket Scheine aus der Tasche gestohlen haben. Nur ein paar einzelne Mark in der Westentasche sind ihm geblieben. So ein Sauvolk, solche verdammte Zucht, ihn so anzuscheißen. Am liebsten stürzte er auf der Stelle los, sie zu finden, Gulasch aus ihnen zu machen, sich sein Geld wiederzuholen!

Und er stürzt auch schon los.

Als er sich besinnt: er kann doch nicht weg! Er muss hier

stehen bleiben, sonst laufen ihm die fünfhundert Mark auch noch fort! Es ist ja klar: nie kriegt er sein Geld von diesen Bengels wieder, da will er sehen, dass er wenigstens die fünfhundert rettet!

Er geht, völlig verwüstet von ätzendem Zorn, in ein kleines Café und telefoniert von dort mit dem Kommissar Escherich. Dann geht er auf seinen Beobachtungsposten zurück und wartet ungeduldig auf das Kommen von Escherich. Ach, wie triste ihm ist! Alle diese Mühe, die er sich gegeben hat – und immer ist alles gegen ihn! Andern gelingt, was sie nur anfassen, solch kleines Biest wie der Enno kriegt 'ne Frau mit viel Geld, einen schönen Laden, so ein Garnichts setzt nur auf ein Pferd, und schon gewinnt er – aber er! Er kann tun, was er will: alles misslingt ihm. Was für 'ne Mühe hat er sich mit dieser Häberle gegeben, hat sich gefreut, ein bisschen Geld in der Tasche zu haben – schon ist es wieder weg! Das Armband damals von der Rosenthal – weg! Der schöne Einbruch, eine ganze Handlung mit Wäsche – weg! Was er auch anfasst, alles misslingt ihm, alles geht ihm schief.

Bin ein Schieflieger, das bin ich!, sagt er voll Bitternis zu sich selbst. Na, wenn der Kommissar wenigstens die fünfhundert Eier mitbringt! Und den Kuno schlage ich einfach tot! Den zwiebele ich so lange, den lass ich hungern, bis er krepiert! Das vergess ich ihm nie!

Barkhausen hat dem Kommissar am Telefon gesagt, er solle das Geld gleich mitbringen.

»Will mal sehen!«, hat der Kommissar geantwortet.

Was das nun wieder heißen soll? Will der mich auch anscheißen …? So was gibt's doch gar nicht!

Nein, an dieser ganzen Sache interessiert ihn nur das Geld. Sobald er das Geld hat, wird er abhauen, aus dem Enno mag werden, was da will! Der interessiert ihn nicht mehr! Und vielleicht fährt er dann wirklich nach München. Er hat hier alles so über! Er mag einfach nicht mehr. Kuno, der ihm in die

Fresse haut und ihm Geld klaut – so was hat's noch nie gegeben, der eigene Sohn!

Nein, die Häberle hat recht: er wird nach München fahren.
Wenn Escherich das Geld bringt, sonst kann er die Fahrkarte
nicht kaufen. Aber ein Kommissar, der nicht Wort hält, so was
kann doch einfach nicht sein! Oder?

32. KAPITEL
Besuch bei Fräulein Anna Schönlein

Die telefonische Nachricht Barkhausens, er habe den Enno
Kluge im Berliner Westen aufgestöbert, hatte den Kommissar
Escherich in arge Verlegenheit gestürzt. Unwillkürlich hatte
er geantwortet: »Ja, ich komme. Komme sofort!« Er hatte sich
schon zum Fortgehen fertiggemacht, und dann waren ihm
doch wieder Bedenken gekommen.

Jawohl, nun hatte er ihn also, den so sehnlich Erwünschten,
den seit Tagen Gejagten. Da hatte er ihn, er brauchte nur die
Hand auf ihn zu legen, und er hatte ihn fest, den Burschen.
Während des angestrengten, ungeduldigen Recherchierens
hatte er immer nur an den Augenblick gedacht, dass er ihn fassen musste; mit Gewalt hatte er jeden Gedanken an das, was
mit dem Gefassten zu tun sei, verjagt.

Aber nun war es so weit. Nur erhob sich diese Frage: Was
sollte er denn eigentlich mit dem Enno anfangen? Er wusste es
doch, jetzt wusste er es wieder ganz klar: der Enno Kluge war
der Kartenschreiber nicht, wusste es mit aller Klarheit. Während des Suchens hatte er sich das vernebeln können, er hatte
sogar mit dem Assistenten Schröder davon geschwatzt, dass
der Kluge bestimmt noch was anderes auf dem Kerbholz hatte.

Ja, eben was anderes, aber nicht dieses, nicht er hatte die
Karten geschrieben! Nie! Nahm er ihn fest, brachte er ihn
hierher in die Prinz-Albrecht-Straße, so würde nichts den

347

Obergruppenführer abhalten können, den Kluge selbst zu vernehmen, und dass dann alles herauskam, nämlich gar nichts von den Karten, aber viel von einer abgelisteten Protokollunterschrift, das war klar! Nein, es war unmöglich, den Kluge hierherzubringen!

Aber ebenso unmöglich war es, den Kluge weiter draußen zu lassen, selbst unter ständiger Bewachung, nie würde Prall das zugeben. Er würde sich auch nicht mehr lange vertrösten lassen, selbst wenn Escherich ihm vorläufig die Auffindung Kluges verschwieg. Ein paarmal hatte er schon recht kräftig angedeutet, dass er diesen ganzen Fall Klabautermann in andere Hände legen würde, in etwas schlauere! Und so konnte der Kommissar sich nicht blamieren lassen – außerdem hing er an dem Fall, er war ihm wichtig geworden.

Escherich sitzt an seinem Schreibtisch und starrt vor sich hin, er zerbeißt den geliebten sandfarbenen Schnurrbart. Eine verdammte Sackgasse, sagt er bei sich. Eine verdammte Sackgasse, in die ich mich da bugsiert habe! Was ich auch tue, ist falsch, und wenn ich nichts tue, ist es erst recht falsch! Elende Sackgasse!

Er sitzt da und grübelt. Die Zeit vergeht, und Kommissar Escherich sitzt immer noch da und grübelt. Der Barkhausen – zur Hölle mit diesem Barkhausen! Er soll da nur stehen und auf das Haus passen! Er hat Zeit genug dazu! Und wenn ihm der Enno unterdes durch die Lappen geht, so wird er ihm die Eingeweide stückweis aus dem Leibe reißen! Fünfhundert Mark und gleich mitbringen! Er scheißt ihm was mit seinen fünfhundert Mark! Der ganze Enno, hundert Ennos sind keine fünfhundert Mark wert! In die Fresse wird er dem Barkhausen schlagen, so ein dämlicher Hund! Was geht ihn der Kluge an, er braucht den Kartenschreiber!

Aber dann, während er da so still sitzt und immer weitergrübelt, wird Kommissar Escherich doch vielleicht anderer Ansicht im Falle Barkhausen. Jedenfalls steht er auf und geht zur Kasse. Er lässt sich dort fünfhundert Mark geben (»wird später abgerechnet«) und kehrt in sein Zimmer zurück. Er hat im Dienstwagen in die Ansbacher fahren wollen, auch zwei von seinen Leuten mitnehmen – aber das bestellt er jetzt um, er braucht weder Wagen noch Leute.

Vielleicht ist Escherich nicht nur, was diesen Barkhausen angeht, anderer Ansicht geworden, vielleicht ist ihm auch etwas zum Fall Enno Kluge eingefallen. Jedenfalls nimmt er jetzt seinen Dienstrevolver, die Kanone, aus der Hosentasche und steckt dafür eine leichte Pistole ein, die aus einer kürzlich durchgeführten Beschlagnahme stammt. Er hat es schon versucht, das kleine Ding liegt ausgezeichnet in der Hand und schießt gut.

Nun also, gehen wir. Auf der Schwelle seines Zimmers bleibt der Kommissar stehen, dreht sich noch einmal um. Etwas Merkwürdiges geschieht: er macht, ohne es zu wollen, eine grüßende, eine abschiednehmende Bewegung zu diesem Zimmer. Lebe wohl … Ein dunkles Gefühl, eine Ahnung, deren er sich doch beinah schämt, dass Kommissar Escherich dieses Zimmer nicht so wiedersehen wird, wie er es jetzt verlässt. Bisher war er ein Beamter, der Menschen jagt, wie ein anderer Briefmarken verkauft, ordentlich, fleißig, nach den Vorschriften.

Wenn er heute aber oder erst morgen früh in dies Zimmer zurückkehrt, wird er vielleicht nicht mehr derselbe Beamte sein. Er wird sich etwas vorzuwerfen haben, etwas, das nicht zu vergessen ist. Etwas, das vielleicht nur er weiß, aber umso schlimmer: er weiß es, und nie kann er sich freisprechen.

So grüßt Escherich sein Zimmer und geht und schämt sich halb des Abschiedsgrußes. Wir werden ja sehen, sagt er beruhigend zu sich. Es kann alles noch ganz anders kommen. Erst muss ich mal mit dem Kluge reden …

Auch er benutzt die U-Bahn, und es wird schon Abend, als er in die Ansbacher Straße kommt.

»Sie können einen aber auch fein warten lassen!«, knurrt Barkhausen wütend bei seinem Anblick. »Ganzen Tag noch nischt gegessen! Haben Sie mein Geld mitgebracht, Herr Kommissar?«

»Halt die Klappe!«, knurrt der Kommissar, was Barkhausen ganz richtig für eine Bejahung nimmt. Sein Herz fängt wieder an, leichter zu schlagen: Geld in Aussicht!

»Wo wohnt der denn hier, der Kluge?«, wird er vom Kommissar gefragt.

»Weiß ich doch nicht!«, sagt Barkhausen sofort gekränkt, um etwaigen Vorwürfen zuvorzukommen. »Ich kann doch nicht hier ins Haus gehen und nach ihm fragen, wo er mich von früher her kennt! Nee, aber er wird wohl im Gartenhaus wohnen, das werden Sie schon selber rauskriegen, Herr Kommissar. Ich habe meine Arbeit gemacht, ich möchte jetzt mein Geld.«

Escherich beachtet das gar nicht, er fragt Barkhausen, wieso der Enno jetzt hier im Westen wohnt, wie er ihm auf die Spur gekommen ist.

Barkhausen muss das ausführlich berichten, der Kommissar macht sich Notizen über Frau Hete Häberle, die Tierhandlung, die abendliche Knieszene: diesmal schreibt der Kommissar alles auf. Natürlich ist der Bericht, den Barkhausen macht, nicht ganz vollständig, das kann man aber auch nicht verlangen. Niemand kann von einem Manne verlangen, dass er seinen eigenen Reinfall gesteht. Denn wenn Barkhausen berichtet, wie er zu dem Geld der Häberle gekommen ist, müsste er auch berichten, wie es wegkam. Er müsste wohl auch von den zweitausend Eiern erzählen, die jetzt schon für ihn nach München rollen. Nee, aber das kann keiner von ihm verlangen!

Wäre Escherich ein bisschen besser in Form gewesen, so wären ihm einige Ungereimtheiten in dem Bericht seines Spitzels aufgefallen. Aber Escherich ist innerlich immer noch stark mit andern Dingen beschäftigt, am liebsten schickte er diesen Barkhausen fort. Aber er braucht ihn noch eine Weile, und so sagt er denn zu ihm: »Warten Sie hier!«, und geht wieder zu dem Haus.

Doch er geht nicht gleich in das Gartengebäude, sondern begibt sich in die Portierloge des Vorderhauses und zieht dort Erkundigungen ein. Dann erst betritt er, begleitet von dem Portier, das Gartenhaus und beginnt, langsam die Treppen bis in den vierten Stock hinaufzusteigen.

Dass der Enno Kluge hier im Hause ist, hat der Portier ihm nicht bestätigen können. Der Portier ist nur für die Herrschaften im Vorderhaus da, nicht für die Leute im Gartengebäude. Aber er kennt natürlich alle, die dort wohnen, schon weil er die Lebensmittelkarten zu verteilen hat. Manche kennt er gut, manche kennt er weniger gut. Da ist zum Beispiel das Fräulein Anna Schönlein im vierten Stock, der ist das ohne weiteres zuzutrauen, dass sie solchen Mann aufnimmt. Die hat der Portier sowieso auf dem Strich, ewig übernachtet alles mögliche Gesindel bei der, und der Postsekretär in der dritten Etage darunter behauptet ja steif und fest, sie höre nachts auch ausländische Sender ab. Nur konnte es der Sekretär noch nicht beschwören, aber er wollte fleißig weiter horchen. Ja, der Portier hatte wegen dieser Schönlein schon mal mit dem Blockwalter sprechen wollen, aber ebenso gut sagte er es jetzt dem Herrn Kommissar. Der sollte es zuerst ruhig bei der Schönlein versuchen, und erst, wenn sich herausstellte, dort war der Mann wirklich nicht, könnte man auf den andern Etagen nachfragen. Aber im Allgemeinen wohnten nur anständige Leute auch hier hinten im Gartenhaus.

»Hier ist es!«, flüstert der Portier.

»Bleiben Sie hier stehen, damit man Sie durchs Guckloch sieht«, flüstert der Kommissar zurück.

»Sagen Sie irgendwas, warum Sie kommen, wegen des Schweinefutters für die NSV oder wegen dem WHW.«

»Ist gemacht!«, sagt der Portier und klingelt.

Eine Weile erfolgt gar nichts, der Portier klingelt ein zweites und ein drittes Mal. Aber in der Wohnung bleibt alles still.

»Nicht zu Hause?«, flüstert der Kommissar.

»Ich weiß doch nicht!«, sagt der Portier. »Ich habe die Schönlein heute noch nicht auf der Straße gesehen.«

Und er klingelt ein viertes Mal.

Ganz plötzlich öffnet sich die Tür, die beiden haben kein Geräusch aus der Wohnung gehört. Eine lange, dürre Frau steht vor ihnen. Sie hat ausgebeutelte, verfärbte Trainingshosen an, und oben trägt sie einen kanariengelben Pullover mit roten Knöpfen. Sie hat ein scharfliniges, mageres Gesicht, das rotfleckig ist, rotfleckig, wie es so oft die Gesichter der Tuberkulösen sind. Auch ihre Augen glänzen wie im Fieber.

»Was ist?«, fragt sie kurz und verrät keinerlei Erschrecken, als der Kommissar sich so dicht in die Tür stellt, dass sie nicht geschlossen werden kann.

»Ich möchte gerne mal ein paar Worte mit Ihnen sprechen, Fräulein Schönlein. Ich bin der Kommissar Escherich von der Geheimen Staatspolizei.«

Wieder nichts von Erschrecken; die Frau sieht ihn nur immer weiter mit ihren glänzenden Augen an. Dann sagt sie rasch: »Kommen Sie!«, und geht ihm voran in die Wohnung.

»Sie bleiben hier an der Tür«, flüstert der Kommissar dem Portier zu. »Und wenn jemand raus- oder reinwill, rufen Sie mich!«

Es ist ein etwas liederliches, verstaubtes Zimmer, in das der Kommissar geführt wird. Uralte Plüschmöbel mit Säulen und Kugeln aus Großvaters Zeiten. Vorhänge aus Samt. Eine Staffelei, auf der das Bild eines vollbärtigen Mannes steht, ein vergrößertes koloriertes Foto. In der Luft hängt Zigarettenrauch, ein paar Stummel liegen im Aschenbecher.

»Was ist?«, fragt Fräulein Schönlein wieder.

Sie ist am Tisch stehen geblieben, hat den Kommissar nicht zum Sitzen aufgefordert.

Aber der Kommissar setzt sich doch, er zieht eine Schachtel mit Zigaretten aus der Tasche und deutet dabei auf das Bild. »Wer ist denn das?«, fragt er.

»Mein Vater«, sagt die Frau. Und fragt noch einmal: »Was ist?«

»Ich wollte Sie Verschiedenes fragen, Fräulein Schönlein«, sagt der Kommissar und hält ihr die Zigaretten hin. »Aber setzen Sie sich doch und nehmen Sie sich eine Zigarette!«

Die Frau sagt rasch: »Ich rauche nie!«

»Eins, zwei, drei, vier«, zählt Escherich die Stummel im Aschenbecher. »Und Tabakrauch im Zimmer. Sie haben Besuch, Fräulein Schönlein?«

Sie sah ihn ohne Schrecken und ohne Angst an. »Ich gebe nie zu, dass ich rauche«, sagt sie dann, »weil mir der Arzt nämlich das Rauchen wegen meiner Lunge verboten hat.«

»Sie haben also keinen Besuch?«

»Ich habe also keinen Besuch.«

»Ich werde mir mal rasch Ihre Wohnung ansehen«, erklärt der Kommissar und steht auf. »Nein, bitte, bemühen Sie sich nicht. Ich finde meinen Weg schon.«

Er ging schnell durch die beiden andern, mit Sofas, Vertikos, Schränken, Sesseln und Säulen überfüllten Zimmer. Einmal blieb er stehen und lauschte, das Gesicht einem Schrank zugewendet, er lächelte dabei. Dann kehrte er wieder zu Fräulein Schönlein zurück. Sie stand noch, wie er sie verlassen, am Tisch.

»Mir ist gemeldet worden«, sagte er, sich wieder hinsetzend, »dass Sie viel Besuch empfangen, Besuch, der meist über ein paar Nächte bei Ihnen bleibt, der aber nie gemeldet wird. Sie kennen die Bestimmungen über die Meldepflicht?«

»Bei meinen Besuchen handelt es sich fast nur um Neffen und Nichten, die eigentlich nie mehr als höchstens zwei Nächte bei mir bleiben. Ich glaube, die Meldepflicht beginnt erst mit der vierten Übernachtung.«

»Sie müssen eine sehr große Familie haben, Fräulein Schönlein«, sagte der Kommissar gedankenvoll. »Fast jede Nacht kampieren ein, zwei, manchmal auch drei Personen bei Ihnen.«

»Das ist maßlos übertrieben. Übrigens habe ich tatsächlich

eine sehr große Familie. Sechs Geschwister, alle kinderreich verheiratet.«

»Und so würdige alte Herren und Damen unter Ihren Neffen und Nichten!«

»Ihre Eltern besuchen mich natürlich auch dann und wann.«

»Eine sehr große, reiselustige Familie … Übrigens, was ich noch fragen wollte: Wo haben Sie eigentlich Ihren Radioapparat zu stehen, Fräulein Schönlein? Ich habe eben keinen gesehen.«

Sie presste die Lippen fest zusammen. »Ich besitze keinen Radioapparat.«

»Sicher!«, sagte der Kommissar. »Sicher. Genau, wie Sie nie zugeben werden, dass Sie Zigaretten rauchen. Aber Radiomusik ist der Lunge nicht schädlich.«

»Aber der politischen Gesinnung«, antwortete sie ein wenig spöttisch. »Nein, ich besitze keinen Radioapparat. Wenn Musik aus meiner Wohnung gehört worden ist, so handelt es sich dabei um ein Koffergrammophon, das dort in Ihrem Rücken auf dem Regal steht.«

»Und das in fremden Sprachen spricht«, ergänzte der Kommissar.

»Ich habe viele ausländische Tanzplatten. Ich halte es für kein Verbrechen, sie auch jetzt im Kriege meinen Besuchern gelegentlich vorzuspielen.«

»Ihren Neffen und Nichten? Nein, das wäre wirklich kein Verbrechen.«

Er stand auf, die Hände in den Taschen. Plötzlich sprach er nicht mehr spöttisch, er sagte brutal: »Was meinen Sie, was wird, wenn ich Sie jetzt hopsnehme, Fräulein Schönlein, und einen kleinen heimlichen Posten hier in Ihrer Wohnung platziere? Der würde dann Ihre Besucher in Empfang nehmen und sich die Papiere Ihrer Neffen und Nichten genauer ansehen. Vielleicht bringt einer der Besucher sogar einen Radioapparat mit! Was meinen Sie?«

»Ich meine«, sagte Fräulein Schönlein unerschrocken, »dass

Sie von vornherein die Absicht hatten, mich festzunehmen. Also ist es ganz gleichgültig, was ich sage. Gehen wir! Ich darf nur wohl schnell ein Kleid statt dieser Trainingshosen anziehen?«

»Einen Augenblick noch, Fräulein Schönlein!«, rief der Kommissar ihr nach.

Sie blieb stehen und wandte sich, die Hand auf der Klinke, nach dem Mann um.

»Einen Augenblick noch! Es ist natürlich vollkommen richtig, wenn Sie den Herrn in Ihrem Kleiderschrank noch vor unserm Fortgehen befreien. Schon vorhin, als ich durch Ihr Schlafzimmer ging, schien er mir stark unter Luftmangel zu leiden. Auch ist wahrscheinlich viel Mottenpulver in dem Schrank ...«

Jetzt waren die roten Flecke aus ihrem Gesicht verschwunden, weiß wie ein Laken starrte sie ihn an.

Er schüttelte den Kopf. »Kinder! Kinder!«, sagte er mit spöttischer Missbilligung. »Wie leicht ihr es uns doch macht! Und ihr wollt Verschwörer sein? Ihr wollt was gegen diesen Staat ausrichten mit euren kindischen Mätzchen? Ihr schadet allein euch!«

Sie starrte ihn noch immer an. Ihr Mund war fest geschlossen, die Augen glänzten fieberisch, die Hand lag noch immer auf der Klinke.

»Nun, Sie haben Glück, Fräulein Schönlein«, fuhr der Kommissar immer in dem Ton leichter, verächtlicher Überlegenheit fort, »insofern, als Sie mir heute ganz uninteressant sind. Ich interessiere mich heute nur für diesen Herrn in Ihrem Kleiderschrank. Es kann sein, wenn ich mir auf meinem Büro Ihren Fall genauer überlege, dass ich mich dann verpflichtet fühle, der zuständigen Stelle über Sie eine Meldung zu machen. Es kann sein, sage ich, ich weiß es noch nicht. Vielleicht scheint mir dann Ihr Fall zu unbeträchtlich – besonders im Hinblick auf Ihr Lungenleiden ...«

Plötzlich brach es aus ihr hervor: »Ich will keine Gnade von euch! Ich hasse euer Mitleid! Mein Fall ist nicht unbeträchtlich! Jawohl, ich habe regelmäßig politisch Verfolgten Unterkunft gewährt! Ich habe ausländische Sender abgehört! So, nun wissen Sie es! Nun können Sie mich nicht mehr schonen – trotz meiner Lunge!«

»Mädchen!«, sagte er spöttisch und sah die seltsam altjüngferliche Gestalt in der Trainingshose und dem gelben, rotknöpfigen Pullover fast mitleidig an, »bei Ihnen ist es ja nicht nur die Lunge, bei Ihnen sind es auch die Nerven! Eine halbe Stunde Verhör bei uns, und Sie würden staunen, was für ein schreiender, jammervoller Dreckhaufen Ihr Leib ist! Es ist sehr unangenehm, wenn man das an sich entdeckt, diese Kränkung des Selbstgefühls verwinden manche nie, bammeln sich hinterher auf.«

Er sah sie noch einmal an, nickte nachdenklich mit dem Kopf. Er sagte verächtlich: »Und so was nennt sich Verschwörer!«

Sie zuckte zusammen, wie von einer Peitsche getroffen, aber sie antwortete mit keinem Wort.

»Doch wir vergessen über unserer netten Unterhaltung ganz Ihren Besucher im Kleiderschrank«, fuhr er dann fort. »Kommen Sie, Fräulein Schönlein! Wenn wir ihn nicht bald erlösen, ist er hinüber.«

Er war wirklich nahe am Ersticken, der Enno Kluge, als ihn Escherich aus dem Schrank zog. Der Kommissar legte das Männlein auf eine Chaiselongue und bewegte ein paarmal seine Arme auf und ab, um bessere Luft in seine Lungen zu bringen.

»Und nun«, sagte er und sah zu der Frau hin, die wortlos im Zimmer stand, »und nun, Fräulein Schönlein, lassen Sie mich am besten eine Viertelstunde mit dem Herrn Kluge allein. Sie setzen sich wohl in die Küche, die ist zum Lauschen am ungeeignetsten.«

»Ich lausche nie!«

»Nein, wie Sie nie Zigaretten rauchen und nur Neffen und Nichten mit Schallplattenmusik erfreuen! Nein, besser, Sie setzen sich in die Küche. Ich werde Sie rufen, wenn ich Sie brauche!«

Er nickte ihr noch einmal zu und überzeugte sich dann davon, dass sie wirklich in die Küche gegangen war. Dann wendete er sich zu Herrn Kluge, der jetzt auf dem Sofa saß und mit seinen farblosen Augen angstvoll auf den Kommissar starrte. Schon fingen die Tränen an, über sein Gesicht zu rollen.

»Nu, nu, Herr Kluge«, sagte der Kommissar beruhigend. »So sehr freuen Sie sich über das Wiedersehen mit dem ollen Kommissar Escherich? Sie haben sich also nach mir gesehnt? Die Wahrheit zu sagen, ich habe mich auch nach Ihnen gesehnt und bin glücklich, Sie wiedergefunden zu haben. Nun soll uns so bald nichts wieder trennen, lieber Herr Kluge!«

Die Tränen Ennos rannen stromweis. Er schluchzte hastig: »Ach, Herr Kommissar, Sie haben mir doch fest versprochen, mich freizulassen!«

»Habe ich Sie denn nicht freigelassen?«, fragte der Kommissar erstaunt. »Aber das schließt doch nicht aus, dass ich Sie immer mal wieder festnehme, wenn ich mich nach Ihnen sehne. Vielleicht habe ich ein neues Protokoll zu unterschreiben, was, Herr Kluge? Sie als mein guter Freund werden mir doch so einen kleinen Gefallen nicht abschlagen, was?«

Enno erzitterte unter dem Blick dieser mitleidlos auf ihn gerichteten, höhnischen Augen. Er wusste, diese Augen würden alles aus ihm herausziehen, alles würde er gleich ausquatschen, und dann war er verloren, für immer und ewig, so oder so …

33. KAPITEL
Escherich und Kluge gehen spazieren

Es war schon ganz dunkel, als Kommissar Escherich mit Enno Kluge das Gartenhaus in der Ansbacher Straße verließ. Nein, trotz der Lunge hatte sich der Kommissar nicht entschließen

können, den Fall von Fräulein Anna Schönlein als unbeträchtlich anzusehen. Diese alte Jungfer schien ja ganz wahllos jeden Verbrecher bei sich aufzunehmen, ohne auch nur seine
Geschichte zu kennen. Den Enno Kluge zum Beispiel hatte
sie nicht einmal nach seinem Namen gefragt, sie hatte ihn versteckt, bloß weil eine Freundin ihn angeschleppt hatte.

Auch diese Frau Häberle würde man sich näher ansehen. Es
war ein Jammer mit diesem Volk! Jetzt, wo der größte Krieg
für seine glückliche Zukunft geführt wurde, selbst jetzt noch
war es widerspenstig. Überall, wo man hinroch, stank es. Kommissar Escherich war fest davon überzeugt, dass er in beinah jedem deutschen Haus solch einen Wust von Heimlichkeiten
und Lüge finden würde. Fast keiner, der ein reines Gewissen
hatte – von den Parteigenossen natürlich abgesehen. Übrigens
würde er sich schön hüten, bei Parteigenossen solche Untersuchung wie eben die bei der Schönlein durchzuführen.

Nun, er hatte jedenfalls den Portier als Wache in die Wohnung gesetzt. Der schien ein ganz verlässlicher Bursche zu
sein, übrigens auch Parteimitglied; man musste mal sehen,
dass er irgendeinen kleinen gutbezahlten Posten bekam. Das
machte solche Leute munter und schärfte ihnen Blick und
Gehör. Belohnen und bestrafen, das war die beste Art zu re-
gieren.

Der Kommissar mit seinem Enno Kluge am Arm geht auf
die Säule zu, hinter der Barkhausen steckt. Barkhausen will
seinen ehemaligen Kumpel jetzt gar nicht so gern sehen; er
geht, seinem Anblick zu entgehen, rund um die Säule. Aber
der Kommissar, der kehrtgemacht hat, erwischt ihn doch, und
Emil und Enno stehen einander gegenüber.

»'n Abend, Enno!«, sagt Barkhausen und streckt die Hand
aus.

Aber Kluge nimmt sie nicht. Ein bisschen Empörung regt
sich jetzt selbst in diesem jämmerlichen Geschöpf. Er hasst
diesen Barkhausen, der ihn zu einem Einbruch überredete, wo

es nur Schläge gab, der heute früh Tausende erpresste und der ihn nun doch verraten hat.

»Herr Kommissar«, sagt Kluge eifrig, »hat Ihnen der Barkhausen nicht gesagt, dass er heute früh von meiner Freundin, der Frau Häberle, zweitausendfünfhundert Mark erpresst hat? Er wollte mich dafür laufenlassen, und nun hat er …«

Der Kommissar hat den Barkhausen nur aufgesucht, um ihm sein Geld zu geben und ihn nach Haus zu schicken. Aber jetzt lässt er das Geldpäckchen in seiner Tasche wieder los und hört erheitert, wie Barkhausen grob antwortet: »Und habe ich dich nicht laufenlassen, Enno? Wenn du Ochse dich gleich wieder fangen lässt, dafür kann ich nichts. Ich habe mein Versprechen gehalten.«

Der Kommissar sagt: »Na, darüber unterhalten wir uns noch mal, Barkhausen. Jetzt machen Sie, dass Sie nach Haus kommen.«

»Aber vorher will ich mein Geld, Herr Kommissar«, verlangt Barkhausen. »Sie haben mir fest fünfhundert Eier versprochen, wenn ich Ihnen Enno liefere. Da haben Sie ihn am Arm, und nun spucken Sie auch aus!«

»Zweimal werden Sie in der gleichen Sache nicht bezahlt, Barkhausen!«, weist der Kommissar ihn ab. »Wenn Sie schon zweitausendfünfhundert bekommen haben!«

»Aber ich habe das Geld doch noch gar nicht!«, protestiert der jetzt wieder enttäuschte Barkhausen fast schreiend. »Sie hat's doch postlagernd nach München geschickt, damit ich Ihnen hier aus dem Wege bin!«

»Kluge Frau!«, lobt der Kommissar. »Oder war das Ihr Einfall, Herr Kluge?«

»Er lügt ja schon wieder!«, schreit Enno erbittert. »Nur zweitausend sind nach München gesandt. Fünfhundert, und mehr als fünfhundert, hat er bar gekriegt. Sehen Sie nur in seinen Taschen nach, Herr Kommissar!«

»Die sind mir doch geklaut worden! Eine Rotte Halbstarker

hat mich überfallen und hat mir das ganze Geld geklaut! Sie können mich von oben bis unten nachsehen, Herr Kommissar, ich habe nur noch ein paar Mark bei mir, die ich zufällig in der Weste hatte!«

»Ihnen kann man kein Geld anvertrauen, Barkhausen«, sagt der Kommissar kopfschüttelnd. »Sie können nicht mit Geld umgehen. Sich von Halbstarken beklauen lassen, ein großer Mann!«

Barkhausen fängt wieder an zu betteln, zu verlangen, zu überreden, aber der Kommissar befiehlt – sie sind jetzt schon am Viktoria-Luise-Platz: »Sie machen jetzt, dass Sie nach Hause kommen, Barkhausen!«

»Herr Kommissar, Sie haben mir fest versprochen …«

»Und wenn Sie jetzt nicht sofort in der U-Bahn verschwinden, übergebe ich Sie da dem Schupo! Der kann Sie gleich mal wegen Erpressung festnehmen.«

Damit geht der Kommissar auf den Schupo zu, und Barkhausen, der zornige Barkhausen, dieser Möchtegern-Verbrecher, dem immer direkt vor dem Siege der Gewinn entrissen wird, macht, dass er vom Viktoria-Luise-Platz verschwindet. (Warte nur, Kuno-Dieter, wenn ich nach Haus komme!)

Der Kommissar spricht wirklich den Schupo an, er weist sich aus und gibt ihm den Auftrag, das Fräulein Anna Schönlein festzunehmen und erst mal auf der Wache festzuhalten, wegen: »Na, sagen wir erst einmal, wegen Abhörens feindlicher Sender. Keine Vernehmungen, bitte ich mir aus. Es kommt morgen einer von uns und holt sich das Frauenzimmer. 'n Abend, Herr Wachtmeister!«

»Heil Hitler, Herr Kommissar!«

»Ja«, sagt der Kommissar, auf der Motzstraße in der Richtung zum Nollendorfplatz weitergehend. »Was machen wir nun? Ich habe Hunger, es ist meine Essenszeit. Wissen Sie was, ich lade Sie zum Abendessen ein. Sie werden es ja nicht so furchtbar eilig haben, zu uns auf die Gestapo zu kommen. Ich fürchte, das Essen lässt bei uns zu wünschen übrig, und die Leute sind so vergesslich, manchmal bringen sie zwei, drei Tage gar nichts. Nicht mal Wasser. Schlecht organisiert. Tja, was meinen Sie, Herr Kluge?«

Mit solchem und ähnlichem Geschwätz hat der Kommissar den völlig verwirrten Kluge in eine kleine Weinstube gezogen, wo er bekannt zu sein scheint. Der Kommissar isst üppig, es gibt nicht nur ausgezeichnetes reichliches Essen mit Wein und Schnäpschen, es gibt auch Bohnenkaffee, Kuchen und Zigaretten. Dabei erklärt Escherich ganz schamlos: »Denken Sie bloß nicht, dass ich das bezahle, Kluge! Das geht alles auf Barkhausen'sche Rechnung. Das bezahle ich nämlich von dem Geld, das der eigentlich hätte kriegen sollen. Ist doch hübsch, dass Sie sich den Wanst von der Belohnung vollschlagen, die für Ihre Ergreifung ausgesetzt ist. Ausgleichende Gerechtigkeit …«

Der Kommissar redet und redet, aber vielleicht ist er nicht ganz so überlegen, wie er tut. Er hat wenig gegessen, dafür rasch und viel getrunken. Vielleicht sitzt eine Unruhe in ihm, der ganze Mann ist von einer bei ihm ungewohnten Nervosität. Mal spielt er mit Brotkugeln, und dann fasst er ganz plötzlich rasch nach der Gesäßtasche, in der die leichte Pistole sitzt, wobei er einen raschen Blick auf Kluge wirft.

Der Enno sitzt ziemlich teilnahmslos dabei. Er hat tüchtig gegessen, aber kaum getrunken. Er ist immer noch völlig verwirrt, er weiß nicht, was er aus dem Kommissar machen soll. Ist er nun verhaftet, oder ist er es nicht? Enno kapiert nichts.

Das erklärt ihm grade der Escherich. »Da sitzen Sie, Herr Kluge«, sagt er, »und wundern sich über mich. Ich habe natürlich geschwindelt, mein Hunger war gar nicht so groß, ich will nur die Zeit totschlagen bis nach zehn Uhr. Wir müssen nämlich erst einmal einen kleinen Spaziergang machen, und da wird sich ja zeigen, was ich mit Ihnen anfangen soll. Ja – das – wird – sich – da – zeigen …«

Der Kommissar hat immer leiser, nachdenklicher und langsamer gesprochen, und Enno Kluge wirft einen argwöhnischen Blick auf ihn. Irgendeine neue Teufelei steckt sicher hinter dem kleinen Spaziergang um zehn Uhr nachts. Aber welche? Und wie kann er ihr entgehen? Der Escherich passt auf wie der Teufel, nicht einmal auf die Toilette darf Kluge allein gehen.

Der Kommissar fährt fort: »Die Sache ist die, dass ich meinen Mann erst nach zehn Uhr erreiche. Er wohnt draußen in Schlachtensee, verstehen Sie, Herr Kluge? Das ist das, was ich einen kleinen Spaziergang nenne.«

»Und was habe ich damit zu tun? Kenne ich den Mann? Ich kenne doch keinen Menschen in Schlachtensee! Ich habe immer um den Friedrichshain rum gewohnt …«

»Ich denke, dass Sie ihn vielleicht doch kennen. Ich möchte, dass Sie ihn sich einmal ansehen.«

»Und wenn ich ihn angesehen habe, und es hat sich herausgestellt, dass ich ihn nicht kenne, was dann? Was wird dann mit mir?«

Der Kommissar macht eine gleichgültige Bewegung: »Das wird sich dann schon zeigen. Ich denke mir, Sie werden den Mann kennen.«

Beide schweigen. Dann fragt Enno Kluge: »Hat das wieder mit dieser verdammten Postkartengeschichte zu tun? Ich wollte, ich hätte dieses Protokoll nie unterschrieben. Ich hätte Ihnen den Gefallen nicht tun sollen, Herr Kommissar.«

»Wirklich? Ich glaube beinah, Sie haben recht, für Sie wie für mich wäre es besser gewesen, Sie hätten nicht unterschrieben, Herr Kluge!« Er starrt sein Gegenüber so düster an, dass Enno Kluge einen neuen Schreck bekommt. Der Kommissar bemerkt es. »Nunu«, sagt er beruhigend, »wir werden ja sehen. Ich denke, wir trinken noch einen Schnaps und fahren dann los. Ich möchte gern noch den letzten Zug in die Stadt zurück bekommen.«

Kluge starrt ihn entsetzt an. »Und ich?«, fragt er mit zitternden Lippen. »Soll ich – da – draußen – bleiben?«

»Sie?«, der Kommissar lachte. »Sie werden natürlich mit mir fahren, Herr Kluge! Was starren Sie mich denn so entsetzt an? Ich habe doch nichts gesagt, das Sie so erschrecken könnte. Natürlich werden wir beide zusammen in die Stadt zurückfahren. Da kommt der Kellner mit unserm Schnaps. Ober, warten Sie einen Augenblick, wir geben Ihnen die Gläser gleich zum Umtauschen.«

Wenig später waren sie auf dem Weg zum Bahnhof Zoo. Sie fuhren mit der S-Bahn, und als sie in Schlachtensee ausstiegen, war die Nacht so dunkel, dass sie im ersten Augenblick ratlos auf dem Bahnhofsplatz standen. Wegen der Verdunklung sah man nirgends ein Licht.

»In dieser Finsternis finden wir nie den Weg«, sagte Kluge angstvoll. »Herr Kommissar, bitte, lassen Sie uns zurückfahren! Bitte! Ich will lieber die Nacht bei Ihnen auf der Gestapo sitzen, als …«

»Reden Sie keinen Unsinn, Kluge!«, unterbrach ihn der Kommissar grob und zog den Arm des Schmächtigen fest durch den seinen. »Glauben Sie, ich fahre hier die halbe Nacht mit Ihnen spazieren, um eine Viertelstunde vor dem Ziel umzukehren?« Etwas sanfter fuhr er fort: »Ich kann jetzt schon ganz gut sehen. Wir müssen den Nebenweg da nehmen, da kommen wir am schnellsten zum See …«

Schweigend gingen sie los, beide vorsichtig mit den Füßen nach unsichtbaren Hindernissen tastend.

Als sie ein Stück Weg gegangen waren, schien die Luft vor ihnen heller zu werden.

»Sehen Sie, Kluge«, sagte der Kommissar, »ich wusste doch, ich kann mich auf meinen Ortssinn verlassen. Da haben wir schon den See!«

Kluge schwieg, und schweigend gingen sie weiter.

Es war eine ganz windstille Nacht, alles war ruhig. Kein Mensch begegnete ihnen. Das glatte Wasser des Sees, das sie eher ahnten als sahen, schien eine graue Helle auszudünsten, als gäbe es den schwächsten Schein des am Tage aufgefangenen Lichts zurück.

Der Kommissar räusperte sich, als wollte er sprechen, und schwieg weiter.

Plötzlich hielt Enno Kluge an. Mit einem Ruck befreite er seinen Arm aus dem seines Begleiters. Er rief fast schreiend: »Jetzt gehe ich keinen Schritt mehr weiter! Wenn Sie mir was tun wollen, können Sie es ebenso gut hier wie eine Viertelstunde weiter tun! Kein Mensch kann mir zu Hilfe kommen! Es muss Mitternacht sein!«

Wie um diese Worte zu bestätigen, fing eine Uhr plötzlich zu schlagen an. Der Klang kam überraschend nah und scholl durch die dunkle Nacht. Unwillkürlich zählten die Männer mit.

»Elf!«, sagte dann der Kommissar. »Elf Uhr. Es ist noch eine Stunde bis Mitternacht. Kommen Sie, Kluge, wir haben nur noch fünf Minuten zu gehen.«

Und wieder fasste er nach dem Arm des andern.

Aber Kluge riss sich mit überraschender Kraft los: »Ich hab gesagt, ich geh keinen Schritt weiter, und ich geh keinen Schritt weiter!«

Seine Stimme überschlug sich vor Angst, so schrie er. Aufgeschreckt flog ein Wasservogel im Schilf hoch und strich schwerfällig ab.

»Schreien Sie doch nicht so!«, sagte der Kommissar ärgerlich. »Sie machen ja den ganzen See rebellisch!«

Dann besann er sich: »Also schön, ruhen Sie sich einen Augenblick aus. Sie werden schon Vernunft annehmen. Wollen wir uns hier hinsetzen?«

Und wieder fasste er nach Kluges Arm.

Enno schlug nach der fassenden Hand. »Ich lasse mich nicht mehr von Ihnen anfassen! Tun Sie mit mir, was Sie wollen, aber fassen Sie mich nicht an!«

Der Kommissar sagte scharf: »Das ist nicht der Ton, in dem

man mit mir spricht, Kluge! Was bist du denn? Ein feiger, kleiner, dreckiger Hund!«

Auch den Kommissar begannen seine Nerven zu verlassen.

»Und Sie?«, schrie wieder Kluge, »und was sind Sie? Ein Mörder sind Sie, ein gemeiner Meuchelmörder!«

Er erschrak selbst über das, was er da gesagt hatte. Er murmelte: »Ach, entschuldigen Sie, Herr Kommissar, ich habe das nicht so gemeint ...«

»Das sind die Nerven«, sagte der Kommissar. »Sie müssten ein anderes Leben führen, Kluge, dies Leben halten Ihre Nerven nicht aus. Also setzen wir uns dort auf den Bootssteg. Haben Sie keine Bange, ich fass Sie nicht wieder an, wenn Sie solche Angst vor mir haben.«

Sie gingen auf den Bootssteg zu. Das Holz knarrte, als sie ihn betraten. »Noch ein paar Schritte«, ermunterte Escherich. »Am besten setzen wir uns auf die Spitze. Ich sitze gern auf so 'nem Dings, nur Wasser um mich ...«

Aber wieder weigerte sich Kluge. Er, der eben noch einen Anflug von entschlossenem Mut gezeigt hatte, fing plötzlich zu wimmern an: »Ich gehe nicht weiter! Oh, haben Sie doch Erbarmen mit mir, Herr Kommissar! Ersäufen Sie mich nicht! Ich kann nicht schwimmen, ich sage es Ihnen gleich! Ich habe immer solche Angst vor dem Wasser gehabt! Ich will Ihnen jedes Protokoll unterschreiben! Hilfe! Hilfe! Hil...«

Der Kommissar hatte den kleinen Kerl gepackt und trug den Zappelnden an das Ende des Stegs. Das Gesicht Ennos hatte er fest gegen seine Brust gedrückt, so fest, dass Kluge nicht weiterschreien konnte. So trug er ihn bis zum Ende des Stegs und hielt ihn dort nahe über das Wasser.

»Wenn du noch einmal schreist, du Hund, werde ich dich hineinwerfen!«

Ein tiefes Schluchzen entrang sich Ennos Kehle. »Ich werde nicht schreien«, sagte er flüsternd. »Ach, ich bin ja doch hin, werfen Sie mich doch rein! Ich halte das nicht mehr aus ...«

Der Kommissar setzte ihn auf den Steg und nahm neben ihm Platz.

»So«, sagte er. »Und nachdem du nun gesehen hast, dass ich dich in den See werfen kann und tu's doch nicht, wirst du wohl begreifen, dass ich kein Mörder bin, Kluge?«

Kluge murmelte etwas Unverständliches. Seine Zähne schlugen laut gegeneinander.

»So, und nun hör zu. Ich hab dir was zu sagen. Das mit dem Mann, den du hier in Schlachtensee erkennen sollst, das ist natürlich Schwindel.«

»Aber warum?«

»Warte ab. Und ich weiß auch, dass du mit dem Postkarten-schreiber nichts zu tun hast; ich habe geglaubt, es wäre mit dem Protokoll gut, dass ich wenigstens für meine Vorgesetz-ten eine Spur hätte, bis ich den richtigen Täter gefasst habe. Aber es war nicht gut. Sie wollen dich jetzt haben, Kluge, die hohen Herren von der SS, und sie wollen dich vornehmen auf ihre Weise. Sie glauben an das Protokoll, sie halten dich für den Schreiber oder doch für seinen Verteiler. Und sie werden das schon aus dir rausquetschen, sie werden alles, was sie wollen, mit ihren Verhören aus dir rausquetschen, sie werden dich auspressen wie eine Zitrone, und dann werden sie dich totschlagen oder vor den Volksgerichtshof bringen, und das läuft auf dasselbe hinaus, nur dass die Quälerei noch ein paar Wochen länger dauert.«

Der Kommissar machte eine Pause, und der völlig verängs-tigte Enno schmiegte sich jetzt zitternd an den, den er eben noch »Mörder« genannt, als suche er Hilfe bei ihm.

»Sie wissen, ich bin's nicht gewesen!«, stotterte er. »Heilig wahr! Sie können mich nicht zu denen hinbringen, ich halte das nicht aus, ich schreie …«

»Gewiss wirst du schreien«, bestätigte der Kommissar gleichmütig. »Natürlich tust du das. Aber das kümmert die nicht, das macht denen nur Spaß. Weißt du, Kluge, sie werden dich auf einen Schemel setzen und einen ganz scharfen Scheinwerfer direkt vor deinem Gesicht aufstellen, und du musst immer in das Licht starren und wirst vor Hitze und Helle vergehen. Und dabei werden sie dich fragen, Stunden um Stunden werden sie dich befragen, einer wird den andern ablösen, aber dich wird keiner ablösen, du magst noch so müde sein. Und wenn du vor Erschöpfung umfällst, so werden sie dich mit Fußtritten und Peitschenhieben hochjagen, und sie werden dir Salzwasser zu trinken geben, und wenn das alles nichts mehr hilft, werden sie dir jeden Gelenkknochen an den Fingern einzeln ausdrehen. Sie werden Säure auf deine Füße gießen …«

»Hören Sie auf, ach, bitte, hören Sie doch auf, ich kann das nicht anhören …«

»Du wirst es nicht nur anhören, du wirst es aushalten müssen, Kluge, einen Tag, zwei, drei, fünf Tage – immer, Tag und Nacht, und dabei werden sie dich hungern lassen, dass dein Magen zusammenschrumpft wie eine Bohne, dass du vor Schmerzen innen und außen umzukommen meinst. Aber du wirst nicht umkommen; so leicht lassen die einen, den sie mal in ihren Fängen haben, nicht los. Sondern sie werden dich …«

»Nein, nein, nein«, schrie der kleine Enno und hielt sich die Ohren zu. »Ich will nichts mehr hören! Kein Wort mehr! Dann lieber gleich tot!«

»Ja, das denke ich auch«, bestätigte der Kommissar. »Dann lieber gleich tot!«

Eine Zeitlang herrschte tiefstes Schweigen zwischen beiden.

Dann sagte der kleine Enno Kluge plötzlich zusammenschauernd: »Aber ins Wasser gehe ich nicht …«

»Nein, nein«, sagte der Kommissar gütig zuredend. »Das sollen Sie auch nicht, Kluge. Sehen Sie, ich habe Ihnen hier was anderes mitgebracht, sehen Sie nur, so 'ne hübsche kleine Pistole. Die brauchen Sie nur gegen die Stirn zu drücken, haben Sie keine Angst, ich werde Ihnen die Hand halten, dass sie nicht zittert, und dann machen Sie den Finger nur ein klein bisschen krumm … Sie werden keinen Schmerz spüren, plötzlich sind Sie weg von all diesen Quälereien und Verfolgungen und haben endlich mal Ruhe und Frieden …«

»Und die Freiheit«, sagte der kleine Enno Kluge nachdenklich. »Das ist genauso, Herr Kommissar, wie Sie mich damals mit dem Protokoll überredet haben, auch damals haben Sie mir die Freiheit versprochen. Ob's diesmal wahr sein wird? Was meinst du?«

»Aber natürlich, Kluge. Das ist die einzige wirkliche Freiheit, die für uns Menschen in Frage kommt. Da kann ich dich nicht wieder einfangen und von neuem ängstigen und quälen. Keiner kann das mehr. Du wirst uns alle auslachen …«

»Und was wird hinterher kommen, hinter der Ruhe und Freiheit? Wird's da noch was geben, hinterher? Was glaubst du?«

»Ich glaub nicht, dass noch was hinterherkommt, kein Strafgericht und keine Hölle. Nur Ruhe und Freiheit wird's da geben.«

»Und wozu hab ich denn gelebt? Warum habe ich dann hier so viel aushalten müssen? Ich hab doch nichts getan, keinem Menschen habe ich zur Freude gelebt, nie habe ich jemanden wirklich gern gehabt.«

»Tja«, meinte der Kommissar, »ein großer Held bist du nicht gewesen, Kluge. Und irgendwie nützlich hast du dich wohl auch nicht gemacht. Aber warum willst du jetzt darüber nachdenken? Jetzt ist es unter allen Umständen zu spät, ob du das nun tust, was ich dir vorschlage, oder ob du mit mir zur Gestapo gehst. Ich sage dir, Kluge, in der ersten halben Stunde schon wirst du auf den Knien um eine Kugel betteln. Aber es wird viele, viele halbe Stunden dauern, bis sie dich aus deinem Leben zum Tode gequält haben …«

»Nein, nein«, sagte Enno Kluge. »Zu denen gehe ich nicht. Gib mir mal die Pistole in die Hand – ist es so richtig, wie ich sie halte?«

»Ja …«

»Und wo soll ich sie ansetzen? Da an die Schläfe?«

»Ja …«

»Und nun den Finger hier an den Hahn legen. Ich will's vorsichtig tun, jetzt will ich noch nicht … Ich möchte noch ein bisschen mit dir reden …«

»Du brauchst keine Angst zu haben, die Pistole ist noch gesichert …«

»Weißt du auch, Escherich, dass du der letzte Mensch bist, mit dem ich spreche? Danach wird's nur noch Ruhe geben, nie wieder werde ich mit einem Menschen sprechen können.«

Er schauderte zusammen.

»Als ich eben die Pistole an die Schläfe gesetzt habe, ging so eine Kälte von ihr aus. So eisig müssen die Ruhe und die Freiheit sein, die mich nachher erwarten.«

Er beugte sich nahe zum Kommissar und flüsterte: »Willst du mir eins fest versprechen, Escherich?«

»Ja. Was ist denn?«

»Aber du musst dein Versprechen auch halten!«

»Das tu ich schon, wenn ich's kann.«

»Lass mich nicht ins Wasser rutschen, wenn ich tot bin, versprich mir das. Vor dem Wasser habe ich Angst. Lass mich hier oben liegen, auf dem trockenen Steg.«

»Natürlich. Das verspreche ich dir!«

»Schön, gib mir die Hand darauf, Escherich.«

»Hier!«

»Und du wirst mich nicht betrügen, Escherich? Siehst du, ich bin nur ein kleines, elendes Aas, es macht nicht viel aus, ob man mich betrügt oder nicht. Aber du wirst es nicht tun?«

»Ich werde es bestimmt nicht tun, Kluge!«

»Gib mir noch mal die Pistole, Escherich – ist sie jetzt entsichert?«

»Nein, noch nicht, erst wenn du's sagst.«

»Habe ich sie so richtig angesetzt, ja? Jetzt fühle ich die

Kälte vom Lauf kaum noch, ich bin ebenso kalt wie der Lauf. Weißt du, dass ich eine Frau und Kinder habe?«

»Ich habe sogar mit deiner Frau gesprochen, Kluge.«

»Oh!« Der Kleine war so interessiert, dass er die Pistole rasch wieder absetzte. »Ist sie hier in Berlin? Ich würde sie gern noch einmal sprechen.«

»Nein, sie ist nicht in Berlin«, antwortete der Kommissar und verfluchte sich, weil er seinem Grundsatz, nie eine Mitteilung zu geben, untreu geworden war. Gleich hatte man die Folgen! »Sie ist immer noch im Ruppinschen bei ihren Verwandten. Und es ist schon besser, du sprichst nicht mit ihr, Kluge.«

»Sie ist nicht gut auf mich zu sprechen?«

»Nein, gar nicht, sie ist nur böse auf dich zu sprechen.«

»Schade«, sagte der Kleine. »Schade. Eigentlich ist es komisch, Escherich. Ich bin doch ein reiner Garnichts, den niemand lieben kann. Aber hassen, hassen tun mich viele.«

»Ich weiß nicht, ob das Hass ist bei deiner Frau, ich glaube, sie will nur Ruhe vor dir haben. Du störst sie …«

»Die Pistole ist doch noch gesichert, Kommissar?«

»Ja«, antwortete der Kommissar verwundert, dass Kluge, der die letzte Viertelstunde ganz ruhig geworden war, plötzlich wieder so aufgeregt fragte. »Ja, die ist noch immer gesichert … Was zum Teufel?«

Die Pistole zündete mit ihrem Mündungsfeuer so nahe an seinen Augen vorbei, dass er ächzend auf den Steg zurückfiel; immer im Gefühl, geblendet zu sein, presste er die Hände vor die Augen.

Der Kluge flüsterte an seinem Ohr: »Ich wusste es, sie war nicht gesichert! Wieder einmal wolltest du mich betrügen! Und jetzt bist du in meiner Hand, jetzt kann ich dir deine Ruhe und Freiheit geben …« Er hielt den Pistolenlauf gegen die Stirn des Stöhnenden, er kicherte: »Fühlst du, wie kalt das ist? Das ist die Ruhe und der Frieden, das ist das Eis, in dem wir begraben sein werden, immer und immer …«

Der Kommissar richtete sich ächzend auf. »Hast du das mit Absicht getan, Kluge?«, fragte er streng und riss die wundbrennenden Lider hoch von den schmerzenden Augen. Ihm war, als sähe er den andern neben sich wie einen schwärzeren Klumpen in all dem Nachtdunkel.

»Ja, mit Absicht«, kicherte der Kleine.

»Das war ein Mordversuch!«, sagte der Kommissar.

»Aber du hast doch gesagt, die Waffe ist gesichert!«

Jetzt war der Kommissar ganz sicher, dass seinen Augen nichts geschehen war.

»Ich werde dich ins Wasser schmeißen, du Lump! Das ist dann nur Notwehr!« Und er packte den Kleinen bei der Schulter.

»Nein, nein, bitte nicht! Bitte das nicht! Ich werde das andere auch bestimmt tun! Nur nicht ins Wasser! Du hast es mir heilig versprochen …«

Der Kommissar hatte ihn bei der Schulter gepackt.

»Ach was! Jetzt keine Winseleien mehr! Du hast doch nie die Courage dazu! Ins Wasser …!«

Zwei Schüsse fielen rasch hintereinander. Der Kommissar fühlte, wie der Mann zwischen seinen Fäusten zusammenfiel, er sackte in sich, unaufhaltsam. Einen Augenblick machte Escherich eine Bewegung, als er den Toten über den Stegrand ins Wasser rutschen sah. Seine Hände wollten ihn noch halten.

Und achselzuckend sah der Kommissar zu, wie der schwere Körper ins Wasser klatschte und sofort verschwand.

»Besser so«, sagte er und befeuchtete die trockenen Lippen. »Weniger Verdachtsmaterial.«

Einen Augenblick stand er noch, zweifelnd, ob er die auf dem Steg liegende Pistole ins Wasser stoßen sollte oder nicht. Dann ließ er sie liegen. Er ging langsam vom Bootssteg, den Uferhang hinan, nach dem Bahnhof zu.

Der Bahnhof war geschlossen, der letzte Zug abgefahren.

Der Kommissar schickte sich gleichmütig an, den weiten Weg nach Berlin unter seine Füße zu nehmen.

Eben fing die Uhr wieder an zu schlagen.

Mitternacht, dachte der Kommissar. Er hat's geschafft. Mitternacht. Bin neugierig, wie ihm sein Friede gefallen wird, wirklich neugierig. Ob er sich wieder betrogen vorkommt? Aas, kleines, winselndes Aas!

DRITTER TEIL

Das Spiel steht gegen die Quangels

34. KAPITEL
Trudel Hergesell

Die Hergesells fuhren mit dem Zuge von Erkner nach Berlin. Jawohl, es gab keine Trudel Baumann mehr, Karls andauernde Liebe hatte gesiegt, sie hatten geheiratet, und jetzt, im Jahre des Unheils 1942, war Trudel im fünften Monat schwanger.

Mit der Heirat hatten die beiden auch ihre Arbeit in der Uniformfabrik aufgegeben – nach dem bedrückenden Erlebnis mit Grigoleit und dem Säugling hatten sie sich dort nie mehr wohl gefühlt. Er arbeitete jetzt bei einer chemischen Fabrik in Erkner, während Trudel als Hausschneiderin ein paar Mark dazuverdiente. Mit leiser Scham dachten sie an die Zeit ihrer illegalen Betätigung zurück. Beide waren sie sich völlig klar darüber, dass sie versagt hatten; beide aber wussten sie jetzt auch, dass sie sich für eine derartige Tätigkeit, die eine völlige Zurückstellung des eigenen Ichs erforderte, nicht eigneten. Jetzt lebten sie nur noch für ihr häusliches Glück und genossen die Vorfreude auf das zu erwartende Kind.

Als sie Berlin verließen und nach Erkner hinauszogen, hatten sie gemeint, dort in völliger Ruhe, fern der Partei und ihren Forderungen, leben zu können. Wie viele Großstädter hatten sie sich dem sehr irrigen Glauben hingegeben, die Bespitzelung sei nur in Berlin so schlimm, auf dem Lande, in einer kleinen Stadt herrsche noch Anstand. Und wie viele Großstädter hatten sie erfahren müssen, dass grade das Denunziantentum, das Aushorchen und Bespitzeln, in einer kleinen Stadt noch zehnmal schlimmer war als in der Großstadt. In der Kleinstadt konnte man nie untertauchen in der Masse, jeder war klar übersichtlich, seine persönlichen Verhältnisse wurden rasch

375

bekannt, Gesprächen mit Nachbarn war kaum aus dem Wege zu gehen, und wie solche Gespräche entstellt werden konnten, das hatten sie schon ein paarmal mit Kummer erfahren müssen.

Da sie beide der Partei nicht angehörten, da sie beide sich bei allen Sammlungen nur mit dem geringstmöglichen Betrage beteiligten, da sie beide die Neigung zeigten, ganz allein für sich statt für die Gemeinschaft zu leben, da sie beide lieber lasen, als dass sie in eine Versammlung gingen, da Hergesell mit seinen dunklen, langen, immer verwirrten Haaren und seinen glühenden schwarzen Augen wie ein richtiger Sozialist und Pazifist aussah (nach Ansicht der Pgs), da Trudel in einer leichtsinnigen Minute einmal gesagt hatte, die Juden könnten einem auch leidtun – galten sie in kurzer Zeit für politisch verdächtig, und jeder ihrer Schritte wurde überwacht, jedes ihrer Worte überbracht.

Hergesells litten unter der Atmosphäre von Hass, in der sie in Erkner leben mussten, sehr stark. Aber sie redeten sich ein, dass sie sich nichts daraus machten und dass ihnen nichts passieren könnte, da sie ja gegen diesen Staat nichts taten. »Die Gedanken sind frei«, sagten sie, aber eigentlich hätten sie wissen müssen, dass in diesem Staat nicht einmal die Gedanken frei waren.

So flüchteten sie immer stärker in ihr Liebesglück. Sie waren wie zwei Liebende, die sich in einer Sturmflut, in den Wogen, im Zusammenbruch der Häuser, zwischen ertrinkendem Vieh, aneinandergeklammert haben und glauben, kraft ihrer Gemeinsamkeit, ihrer Liebe dem allgemeinen Untergang entgehen zu können. Sie hatten noch nicht begriffen, dass es in diesem Kriegs-Deutschland ein privates Leben überhaupt nicht mehr gab. Kein Sichzurückziehen rettete davor, dass jeder Deutsche zur Allgemeinheit der Deutschen gehörte und das deutsche Schicksal miterleiden musste – so wie ja auch die immer zahlreicher werdenden Bomben wahllos auf Gerechte wie Ungerechte fielen.

Auf dem Alexanderplatz trennten sich die Hergesells. Sie

hatte eine Schneiderarbeit in der Kleinen Alexanderstraße abzuliefern, während er einen zum Tausch inserierten Kinderwagen besichtigen wollte. Sie verabredeten, sich um die Mittagsstunde wieder auf dem Bahnhof zu treffen, und jedes ging seinen Weg. Trudel Hergesell, der, nach anfänglichen Beschwerden, jetzt im fünften Monat die Schwangerschaft nur ein nie gekanntes Gefühl von Stärke, Selbstvertrauen und Glück verliehen hatte, kam rasch in die Kleine Alexanderstraße und trat in das Treppenhaus.

Vor ihr stieg ein Mann die Treppe hinauf. Sie sah ihn nur von hinten, aber sie erkannte ihn sofort an der charakteristischen Kopfhaltung, dem steifen Nacken, an der langen Gestalt, an den hochgezogenen Schultern: es war Otto Quangel, der Vater ihres früheren Verlobten, jener Mann, dem sie einmal das Geheimnis ihrer illegalen Organisation verraten hatte.

Unwillkürlich hielt sie sich zurück. Es war klar, dass Quangel von ihrer Anwesenheit noch nichts gemerkt hatte. Er stieg ohne Hast, aber gleichmäßig schnell die Treppen hoch. Sie folgte ihm mit einer halben Treppe Abstand, immer bereit, sofort stehenzubleiben, sobald Quangel an einer der vielen Türen dieses Bürohauses klingelte.

Aber er klingelte nicht, sondern sie sah, wie er an einem Treppenfenster stehenblieb, eine Karte aus der Tasche zog und sie auf der Fensterbank niederlegte. Als er so tat, begegnete sein Blick dem der Beobachterin. Aber ob Quangel sie nun erkannt hatte oder nicht, war ihm nicht anzumerken, er ging an ihr vorbei, die Treppe hinunter, ohne sie anzusehen.

Kaum war er etwas tiefer, eilte sie zu dem Fenster und nahm die Karte in ihre Hand. Sie las nur die ersten Worte: »Habt ihr noch immer nicht begriffen, dass der Führer euch schändlich belogen hat, als er sagte, Russland habe zu einem Überfall auf Deutschland gerüstet?«

Dann lief sie Quangel nach.

Sie erreichte ihn, als er das Gebäude verließ, sie drängte sich an seine Seite und sagte: »Hast du mich eben nicht erkannt, Vater? Ich bin's doch, die Trudel, Ottochens Trudel!«

Er drehte ihr den Kopf zu, der ihr noch nie so vogelhaft hart und böse vorgekommen war wie in diesem Augenblick. Einen Moment glaubte sie, er werde sie nicht wiedererkennen wollen, aber dann nickte er kurz und sagte: »Siehst wohl aus, Mädel!«

»Ja«, sagte sie, und ihre Augen strahlten. »Ich fühle mich auch so kräftig und glücklich wie noch nie. Ich erwarte ein Kindchen. Ich habe mich verheiratet. Bist nicht böse, Vater?«

»Warum soll ich dir böse sein? Wegen des Verheiratetseins? Sei nicht albern, Trudel, du bist jung, und Ottochen ist bald zwei Jahre tot. Nein, nicht einmal die Anna würde dir das Heiraten übelgenommen haben, und die denkt doch noch jeden Tag an ihr Ottochen.«

»Wie geht's denn der Mutter?«

»Wie immer, Trudel, ganz wie immer. Bei uns alten Leuten ändert sich nichts mehr.«

»Doch!«, sagte sie und blieb stehen. »Doch!« Ihr Gesicht war jetzt sehr ernst geworden. »Doch, es hat sich viel bei euch geändert. Erinnerst du dich, wie wir einmal im Gang der Uniformfabrik standen, unter den Plakaten von den Hinrichtungen? Da hast du mich gewarnt …«

»Ich weiß nicht, wovon du sprichst, Trudel. Ein alter Mann vergisst vieles.«

»Heute warne ich dich, Vater«, fuhr sie leise, aber umso eindringlicher fort. »Ich habe dich gesehen, wie du die Karte im Treppenhaus hingelegt hast, diese schreckliche Karte, die jetzt in meiner Handtasche steckt.«

Er sah sie unverwandt an mit seinem kalten Auge, das jetzt böse zu leuchten schien.

Sie flüsterte: »Vater, es geht um deinen Kopf. Wie ich können dich andere beobachtet haben. Weiß die Mutter davon, dass du so was tust? Tust du es öfters?«

Er schwieg so lange, dass sie schon meinte, er wolle ihr gar nicht antworten. Aber dann sagte er: »Du weißt doch, Trudel, ich tu nichts ohne die Mutter.«

»Oh!«, stöhnte sie, und Tränen traten in ihre Augen. »Das habe ich gefürchtet. Du reißt auch Mutter herein.«

»Mutter hat ihren Sohn verloren. Das hat sie noch nicht verschmerzt – vergiss das nicht, Trudel!«

Ihre Wangen färbten sich rot, als habe er ihr einen Vorwurf gemacht. »Ich glaub nicht«, murmelte sie, »dass Ottochen einverstanden wäre, wenn er seine Mutter bei so was sähe.«

»Jeder geht seinen Weg, Trudel«, antwortete Otto Quangel kalt. »Du deinen, wir unsern. Ja, wir gehen unsern Weg.« Er warf den Kopf ruckartig zurück und wieder vor, es war, als hackte der Vogel. »Und jetzt müssen wir uns trennen. Mach es gut, Trudel, mit deinem Kindchen. Ich werde die Mutter grüßen von dir – vielleicht.«

Er war schon gegangen.

Dann kam er noch einmal zurück. »Die Karte da«, sagte er, »die behältst du nicht in der Tasche, verstehst du? Die legst du irgendwohin, wie ich es gemacht habe. Und deinem Mann sagst du kein Wort davon, versprichst du mir das, Trudel?«

Sie nickte leise, sie sah ihn nur angstvoll an.

»Und dann vergisst du uns. Du vergisst alles von den Quangels; wenn du mich wieder einmal siehst, kennst du mich nicht, verstanden?«

Wieder konnte sie nur nicken.

»Also, mach's gut«, sagte er noch einmal und war nun wirklich gegangen, und sie hätte ihm doch noch so viel zu sagen gehabt.

Als Trudel die Karte Otto Quangels ablegte, empfand sie alle Ängste eines Verbrechers, der fürchtet, ertappt zu werden. Sie hatte sich nicht entschließen können, die Karte weiterzulesen. Tragisches Schicksal auch dieser Karte Otto Quangels, von einem befreundeten Menschen aufgefunden, auch sie verfehlte ihre Wirkung. Auch sie war umsonst geschrieben, auch bei ihr hatte die Empfängerin nur den einen Wunsch, sie möglichst schnell wieder loszuwerden.

Als Trudel die Karte auf genau dem gleichen Fensterbrett abgelegt hatte, wo es Otto Quangel getan (es wäre ihr überhaupt nicht der Gedanke gekommen, dass ein anderer Platz dafür in Frage kam), eilte sie rasch die letzten Stufen hinauf und klingelte bei jenem Anwaltsbüro, für dessen Sekretärin sie ein Kleid gearbeitet hatte – aus einem in Frankreich gestohlenen Stoff, der von einem Freunde beim SD der Sekretärin geschickt worden war.

Beim Anprobieren wurde der Trudel heiß und kalt, plötzlich war ihr schwarz vor den Augen. Sie musste sich im Zimmer des Anwalts – er war auf einem Termin – hinlegen und später einen Kaffee trinken, richtigen, guten Bohnenkaffee (in Holland von einem andern Freunde bei der SS gestohlen).

Aber während das gesamte Büropersonal sich rührend um sie bemühte – ihr Zustand war unschwer zu erkennen, weil sie die ganze Last »vorne« trug –, währenddem dachte Trudel Hergesell: Er hat recht, ich darf Karl nie etwas davon sagen. Wenn es nur dem Kindchen nichts schadet, es hat mich doch schrecklich aufgeregt. Ach, Vater sollte so etwas nicht machen! Denkt er denn gar nicht daran, in wie viel Not und Angst er die Leute damit stürzt? Das Leben ist doch so schon schwer genug!

Als sie endlich wieder die Treppen hinabstieg, war die Karte verschwunden. Sie atmete erleichtert auf, aber diese Erleichterung hielt nicht an. Sondern sie konnte es nicht lassen, sie musste darüber nachdenken, wer jetzt wohl die Karte gefunden haben mochte, ob der auch solchen Schreck wie sie darüber bekommen hatte, was er mit der Karte anfing. Immerzu kreisten ihre Gedanken darum.

So leicht ging sie nicht wieder zum Alexanderplatz zurück, wie sie hergegangen war. Sie hatte eigentlich noch einige Besorgungen machen wollen, aber sie fühlte sich dazu nicht imstande. Sie setzte sich ganz still in den Wartesaal und hoffte nur, dass Karl bald kommen möge. Wenn erst Karl da war, würde der Schreck, der ihr immer noch in den Gliedern saß, vergehen – auch wenn sie ihm nichts sagte. Schon sein Da-Sein würde das bewirken …

Sie lächelte und schloss die Augen.

Guter Karl! dachte sie. Mein Einziger …!

Sie schlief ein.

35. KAPITEL
Karl Hergesell und Grigoleit

Karl Hergesell hatte das Tauschgeschäft mit dem Kinderwagen nicht machen können, nein, er hatte sich lebhaft darüber geärgert. Der Kinderwagen war zwanzig, fünfundzwanzig Jahre alt, ein vorsintflutliches Modell, vermutlich hatte Noah seinen Jüngsten damit in die Arche geschoben. Und die alte Frau hatte dafür ein Pfund Butter und ein Pfund Speck verlangt. Mit einer unbegreiflichen Hartnäckigkeit war sie dabei geblieben, dass »ihr da auf dem Lande doch alles habt! Ihr sitzt doch mittendrin in den Fettigkeiten!«

Es war eine glatte Unverschämtheit, was die Leute einem alles zumuteten. Dagegen versicherte Hergesell, dass Erkner alles andere als Land sei und dass sie dort nicht ein einziges Gramm Fett mehr bekämen als in Berlin. Er sei außerdem ein einfacher Arbeiter und nicht in der Lage, Hamsterpreise zu zahlen.

»Ja, glauben Sie denn«, hatte die Frau gesagt, »ich würde mich von so 'nem Stück trennen, wo ich meine beiden Kinder drin liegen gehabt, wenn ich nicht was Schönes dafür kriege? Sie wollen mir wohl ein paar lumpige Mark auf den Tisch legen? Nee, danke, lieber Herr, für so was müssen Sie sich eine Dümmere suchen!«

Hergesell, der den Wagen um fünfzig Mark nicht genommen hätte, dieses hochrädrige, in seinen Federn schwankende Biest, blieb dabei, es sei eine Unverschämtheit. Außerdem mache sie sich strafbar, es sei verboten, Fett im Austausch gegen Ware zu fordern.

»Strafbar!« Die alte Frau pfiff verächtlich durch die Nase. »Strafbar! Versuchen Sie es doch mal mit einer Anzeige, junger Mann! Mein Mann ist Hauptwachtmeister bei der Polizei, für uns gibt's nichts Strafbares. Und nu machen Sie nur schnell, dass Sie aus meiner Wohnung kommen. Ich lasse mich nicht in meiner eigenen Wohnung anschreien! Ich zähle bis drei, und wenn Sie dann nicht raus sind, ist es Hausfriedensbruch, und *ich* zeige *Sie* an!«

Nun, Karl Hergesell hatte ihr noch ordentlich seine Meinung gesagt, ehe er gegangen war. Er hatte ihr genau auseinandergesetzt, was er von solchen Ausbeutern, die sich an der Notlage vieler Deutscher mästen wollten, dachte. Dann war er gegangen, aber er hatte sich immer noch weiter geärgert.

Und in diesen frischen Ärger war sein Zusammentreffen mit Grigoleit gefallen, mit einem Mann aus jener Zeit, da sie noch kämpften für eine bessere Zukunft.

»Na, Grigoleit«, hatte Hergesell gesagt, als die lange Gestalt mit der hohen, zurückfliehenden Stirn, beladen mit zwei Handkoffern und einer Aktentasche, ihm da in den Weg lief. »Na, Grigoleit, auch mal wieder in Berlin?« Er packte einen Handkoffer. »Donnerwetter, ist das Dings aber schwer! Du willst doch zum Alex? Da will ich auch hin, ich trag dir den Koffer solange.«

Grigoleit lächelte dünn. »Na schön, Hergesell, ist nett von dir. Ich sehe, du bist noch immer der alte, hilfreiche Genosse. Was machst du denn? Und was macht das kleine, hübsche Mädchen von damals – wie hieß sie doch?«

»Trudel – Trudel Baumann. Ich habe das kleine, hübsche Mädchen von damals übrigens geheiratet, und wir erwarten jetzt ein Kind.«

»Das war ja wohl nicht anders zu erwarten. Besten Glückwunsch.« Die veränderten Lebensumstände der Hergesells schienen Grigoleit nicht sonderlich zu interessieren – und für Karl Hergesell waren sie doch eine ständig sprudelnde Quelle immer neuen Glücks.

»Und was machst du, Hergesell?«, fragte Grigoleit weiter.

»Ich? Du meinst, was ich arbeite? Wieder als Elektrotechniker bei einer chemischen Fabrik in Erkner.«

»Nein, ich meine, was du wirklich tust, Hergesell – für unsere Zukunft.«

»Nichts, Grigoleit«, antwortete Hergesell und fühlte plötzlich so etwas wie Schuld. Er sagte erklärend: »Sieh mal, Grigoleit, wir sind jung verheiratet und leben nur für uns. Was geht uns die Welt draußen an, die mit ihrem Scheißkrieg? Jetzt sind wir glücklich, dass wir ein Kleines haben werden. Sieh mal, Grigoleit, das ist doch auch etwas. Wenn wir uns bemühen, anständig zu bleiben und unser Kind zu einem anständigen Menschen zu erziehen ...«

»Wird euch verdammt schwerfallen in dieser Welt, die uns die braunen Herren zurichten! Na, lass man, Hergesell, von euch war nie was anderes zu erwarten. Ihr habt immer mehr mit dem Unterleib als mit dem Kopf gedacht!«

Hergesell lief vor Zorn rot an. Die Verachtung, mit der Grigoleit sprach, war nicht mehr zu überbieten. Und dabei schien er sich nicht einmal etwas Beleidigendes gedacht zu haben, denn er fuhr, ohne die Erregung des andern zu bemerken, ganz gleichmütig fort: »Ich mach weiter, und der Säugling macht auch weiter. Nein, nicht hier in Berlin. Jetzt sitzen wir sehr viel weiter westlich, das heißt, ich sitze nie, ich bin dauernd unterwegs, gebe so eine Art Kurier ab ...«

»Und versprecht ihr euch wirklich etwas davon? Ihr paar Männekens und diese Riesenmaschine ...?«

»Erstens sind wir nicht nur ein paar Männekens. Jeder anständige Deutsche, und zwei, drei Millionen gibt's von denen doch noch, wird mit uns mitmachen. Sie müssen nur erst mal mit ihrer Angst fertig werden. Jetzt ist ihre Angst vor der

Zukunft, die uns die braunen Bonzen bescheren werden, noch kleiner als die Angst vor den Drohungen der Gegenwart. Aber das wird sich bald ändern. Eine Weile mag der Hitler noch siegen, aber dann kommen die Rückschläge, er siegt sich einfach tot. Und die Fliegerangriffe werden auch immer massiver werden …«

»Und zweitens?«, fragte Hergesell, den diese Kriegsprognosen, in die sich Grigoleit verlor, herzlich langweilten. »Zweitens …«

»Zweitens, mein lieber Spitz, solltest du wissen, dass es gar nicht darauf ankommt, dass man zu wenigen gegen viele kämpft. Sondern, wenn man erst einmal eine Sache für wahrhaftig erkannt hat, so muss man eben für sie kämpfen. Ob du den Erfolg erlebst oder derjenige, der an deine Stelle getreten ist, das ist ganz egal. Ich kann nicht die Hände in den Schoß legen und sagen: Die sind zwar Schweine, aber was geht es mich an?«

»Ja«, sagte Hergesell. »Aber du bist auch nicht verheiratet, hast nicht für Frau und Kind zu sorgen …«

»Oh, verdammt noch mal!«, schrie Grigoleit angewidert. »Höre auf mit diesem verdammten sentimentalen Geschwätz! Du glaubst ja selbst kein Wort von dem, was du brabbelst! Frau und Kind! Ja, du Idiot, fällt dir gar nicht ein, dass ich schon zwanzigmal hätte verheiratet sein können, wenn es mir darauf angekommen wäre, eine Familie zu gründen?! Aber ich mache so etwas nicht. Ich sage mir, ich habe erst das Recht, privatim glücklich zu sein, wenn Raum für ein solches Glück auf dieser Erde ist!«

»Wir sind sehr weit auseinandergekommen!«, murmelte Karl Hergesell halb gelangweilt, halb bedrückt. »Ich nehm keinem was dadurch, dass ich glücklich bin.«

»Doch, du stiehlst! Du stiehlst Müttern ihre Söhne, Frauen ihre Männer, Mädchen ihren Freund, solange du duldest, dass die täglich zu Tausenden erschossen werden, und machst nicht einen Finger krumm, um dem Morden Einhalt zu tun. Das weißt du alles ganz gut, und ich frage mich, ob du nicht beinah schlimmer bist als jeder braun in der Wolle gefärbte Nazi. Die sind zu dumm, um zu wissen, was für ein Verbrechen sie begehen. Du aber weißt es und tust doch nichts dagegen! Ob du nicht schlimmer bist als die Nazis? Natürlich bist du schlimmer!«

»Gottlob sind wir hier am Bahnhof«, sagte Hergesell und setzte den schweren Koffer ab. »Ich brauch mich nicht länger von dir anpöbeln zu lassen. Wären wir noch weiter zusammen gewesen, du hättest entdeckt, dass nicht der Hitler, sondern ich, der Hergesell, eigentlich den ganzen Krieg angefangen hat.«

»Hast du auch! Im übertragenen Sinn natürlich. Wenn man es genau nimmt, hat deine Lauheit es erst möglich gemacht ...«

Jetzt lachte Hergesell aber doch los, und auch der finstere Grigoleit verstieg sich zu einem Grinsen, als er in dieses lachende Gesicht sah.

»Na, lassen wir das also!«, sagte Grigoleit. »Wir werden uns nie verstehen.« Er strich mit der Hand über die hohe Stirn. »Aber eigentlich könntest du mir einen kleinen Gefallen tun, Hergesell.«

»Ja, gerne, Grigoleit.«

»Ich habe da diesen ollen schweren Koffer, den du eben geschleppt hast. In einer Stunde muss ich weiter nach Königsberg, dort brauch ich den Koffer gar nicht. Willst du ihn nicht solange bei dir in Verwahrung nehmen?«

»Ja, weißt du, Grigoleit«, meinte Hergesell und sah den schweren Koffer mit Abneigung an. »Ich habe dir ja schon gesagt, ich wohne jetzt in Erkner draußen. Das gibt eine ziemliche Schlepperei bis dahin. Warum gibst du den Koffer nicht einfach hier auf der Gepäckaufbewahrung auf?«

»Ja, warum? Warum ist die Banane krumm? Weil ich den Brüdern hier nicht traue. Ich habe alle meine Wäsche und die Schuhe und die besten Anzüge darin. Und hier wird so viel geklaut. Und außerdem die Bomben, die Tommys schmeißen doch besonders gern auf die Bahnhöfe – dann bin ich all mein Hab und Gut los.«

Er drängte: »Also sag schon ja, Hergesell!«

»Na, meinetwegen. Meiner Frau wird's nicht recht sein. Aber weil du es bist. Aber weißt du, Grigoleit, ich möchte meiner Frau lieber gar nicht sagen, dass ich dich getroffen hab. Das regt sie auf, und das ist ihr und dem Kind nicht gut bei ihrem jetzigen Zustand, weißt du?«

»Schön, schön. Mach das, wie du willst. Die Hauptsache, du bewahrst ihn mir gut auf. In ungefähr einer Woche komme ich vorbei und hole mir den schweren Brocken. Sag mir mal deine Adresse. Schön, schön! Also denn auf baldiges Wiedersehen, Hergesell!«

»Auf Wiedersehen, Grigoleit!«

Karl Hergesell trat in den Wartesaal, um sich nach Trudel umzusehen. Er fand sie in eine dunkle Ecke gedrückt, den Kopf an die Rücklehne der Bank gelegt, fest schlafend. Einen Augenblick sah er sie an. Ihr Atem ging sachte. Sachte hob und senkte sich die volle Brust. Der Mund war leicht geöffnet, aber das Gesicht war sehr blass. Es sah sorgenvoll aus, und auf der Stirn standen kleine helle Schweißtropfen, als habe sie sich sehr angestrengt.

Er sah nieder auf die Geliebte. Dann, mit einem plötzlichen Entschluss, fasste er den Koffer Grigoleits und ging mit ihm zur Gepäckaufbewahrung. Nein, für Karl Hergesell war es jetzt das Wichtigste auf der Welt, dass Trudel sich nicht trübe Gedanken machte und sich aufregte. Nahm er den Koffer nach Erkner mit, so musste er ihr von Grigoleit erzählen, und er wusste, dass jede Erinnerung an das »Todesurteil« damals sie sehr erregte.

Als Hergesell mit dem Gepäckaufbewahrungsschein in der Brieftasche zum Wartesaal zurückkommt, ist Trudel aufgewacht und malt sich grade das Mäulchen rot. Sie lächelt ihm, ein wenig blass, zu und fragt: »Was hast du dich denn eben mit so einem großmächtigen Koffer abgeschleppt? Da war bestimmt kein Kinderwagen drin, Karli!«

»Großmächtiger Koffer!«, tut er verwundert. »Ich habe doch keinen großmächtigen Koffer! Ich komme eben erst, und mit dem Kinderwagen war es Essig, Trudel.«

Sie sieht ihn staunend an. Ihr Mann belügt sie? Aber warum denn? Was hat er für Heimlichkeiten vor ihr? Sie hat ihn doch eben hier ganz deutlich hier am Tisch stehen sehen mit dem Koffer, und dann hat er kehrtgemacht und den Koffer aus dem Wartesaal geschleppt.

»Aber, Karli!«, sagt sie ein bisschen gekränkt. »Ich habe dich doch eben erst hier mit dem Koffer am Tisch stehen sehen!«

»Wie soll ich denn zu einem Koffer kommen?«, erwidert er ein bisschen gereizt. »Das hast du geträumt, Trudel!«

»Ich versteh nicht, warum du mich plötzlich anschwindelst! Das haben wir doch noch nie gemacht!«

»Ich schwindle dich nicht an, das verbitte ich mir!« Jetzt ist er ziemlich erregt, sein schlechtes Gewissen macht ihn so. Er besinnt sich und fährt etwas ruhiger fort: »Ich habe dir gesagt, ich bin eben erst gekommen. Von einem Koffer weiß ich nichts, das hast du geträumt, Trudel!«

»So, so«, sagt sie nur und sieht ihn unverwandt an. »So, so. Na schön, Karli. Dann habe ich eben geträumt. Reden wir nicht mehr davon.«

Sie senkt den Blick. Es schmerzt sie tief, dass er Heimlichkeiten vor ihr hat, und dieser Schmerz wird noch brennender dadurch, dass auch sie Heimlichkeiten vor ihm hat. Sie hat dem Otto Quangel versprochen, dass sie ihrem Mann nichts von dem Wiedersehen, geschweige denn von der Karte erzählen wird. Aber recht ist es nicht. Eheleute sollen keine Geheimnisse voreinander haben. Und nun hat auch er welche vor ihr.

Karl Hergesell schämt sich auch. Es ist schändlich, wie schamlos er die Geliebte belügt, und er hat sie sogar angeschnauzt, weil sie die Wahrheit sagt. Er kämpft mit sich, ob er ihr nicht doch lieber von dem Zusammentreffen mit Grigoleit berichtet. Aber er entscheidet: Nein, das würde sie noch mehr aufregen.

»Verzeih, Trudel«, sagt er und drückt rasch ihre Hand. »Verzeih, dass ich dich angeranzt habe. Aber ich habe mich so über die Geschichte mit dem Kinderwagen geärgert. Hör mal zu …«

36. KAPITEL

Die erste Warnung

Der Überfall Hitlers auf Russland hatte Quangels Zorn auf diesen Tyrannen neue Nahrung verliehen. Dieses Mal hatte Quangel das Werden eines solchen Überfalls in allen Einzelheiten verfolgt. Nichts war ihm überraschend gekommen, von den ersten Truppenansammlungen an »unsern Grenzen« bis zu dem Einmarsch. Er hatte von vornherein gewusst, dass sie logen, diese Hitler, Goebbels, Fritzsche, jedes Wort war erstunken und erlogen. Niemanden konnten sie in Frieden lassen, und in zorniger Entrüstung hatte er auf eine der Karten geschrieben: »Was haben denn die russischen Soldaten getan, als Hitler sie überfiel? Karten haben sie gespielt, keiner hat in Russland an Krieg gedacht!«

Wenn er jetzt in der Werkstatt an eine Gruppe Schwatzender herantrat, so wünschte er manchmal, wenn sie von Politik sprachen, sie möchten nicht so schnell auseinandergehen. Er hörte jetzt gerne, was andere über den Krieg sagten.

Aber sie versanken sofort in mürrisches Schweigen, es war sehr gefährlich geworden, zu schwatzen. Der vergleichsweise harmlose Tischler Dollfuß war längst abgelöst worden; wer sein Nachfolger war, konnte Quangel nur mutmaßen. Elf seiner Leute, darunter zwei Männer, die schon über zwanzig Jahre in der Möbelfabrik gearbeitet hatten, waren spurlos verschwunden, mitten aus der Arbeit heraus, oder sie kamen eines

Morgens nicht mehr. Nie wurde gesagt, wo sie geblieben waren, und das war ein Beweis mehr dafür, dass sie irgendwann einmal ein Wort zu viel gesprochen hatten und darum ins KZ gewandert waren.

Statt dieser elf Mann waren neue Gesichter aufgetaucht, und oft fragte sich der alte Werkmeister, ob nicht alle diese elf Spitzel waren, ob nicht überhaupt die eine Hälfte der Belegschaft die andere belauerte und umgekehrt. Die Luft stank nach Verrat. Keiner konnte dem andern noch trauen, und in dieser schrecklichen Atmosphäre schienen die Leute immer mehr gegen alles abzustumpfen, wurden nur noch zu Teilen der Maschinen, die sie bedienten.

Aber manchmal flammte dann aus dieser Dumpfheit ein schrecklicher Zorn hoch, so wie damals, als ein Arbeiter den Arm gegen die Säge gepresst und dabei geschrien hatte: »Verrecken soll der Hitler! Und er wird verrecken! So wahr ich mir meinen Arm absäge!«

Sie hatten diesen Wahnsinnigen nur schwer aus der Maschine reißen können, und natürlich hatten sie nie wieder etwas von ihm gehört. Wahrscheinlich war er längst tot, hoffentlich war er das! Ja, man musste verflucht vorsichtig sein, nicht jeder stand so unbeargwohnt da wie dieses alte, stumpf gewordene Arbeitstier Otto Quangel, den nur noch zu interessieren schien, ob sie auch ihr Tagesquantum Särge schafften. Ja, Särge! Von den Bombenkisten waren sie zu Särgen hinabgesunken, elenden Dingern aus billigstem, dünnstem Ausschussholz, braunschwarz angeschmiert. Sie stellten Tausende und Zehntausende von diesen Särgen her, Güterzüge, einen Bahnhof voll von Güterzügen, viele Bahnhöfe voll!

Quangel, seinen Kopf achtsam nach jeder Maschine gereckt, dachte oft an all die vielen Leben, die in diesen Särgen zu Grabe getragen werden würden, hingemordetes Leben, nutzlos hingemordetes Leben, sei es nun, dass diese Särge für die Opfer der Bombenangriffe bestimmt waren, also hauptsächlich für alte Leute, für Mütter und Kinder ..., oder sei es wahr, dass diese Särge in die KZs wanderten, jede Woche ein paar tausend Stück, für Männer, die ihre Überzeugung nicht hatten verbergen können oder sie nicht verbergen wollten, jede Woche ein paar tausend Särge in ein einziges KZ. Oder vielleicht traten diese Güterzüge mit Särgen wirklich den weiten Weg an die Fronten an – obwohl Otto Quangel das eigentlich nicht glauben wollte, denn was kümmerten die sich um tote Soldaten! Ein toter Soldat war ihnen nicht mehr wert als ein toter Maulwurf.

Das kalte Vogelauge blinkt im elektrischen Licht hart und böse, ruckweise bewegt sich der Kopf, der schmallippige Mund ist fest zusammengepresst. Von dem Aufruhr, dem Abscheu, die in dieses Mannes Brust leben, ahnt niemand etwas, aber er weiß, er hat noch viel zu tun, er weiß, dass er zu einer großen Aufgabe berufen ist, und er schreibt nun nicht mehr nur am Sonntag. Er schreibt auch wochentags vor dem Arbeitsbeginn. Seit dem Überfall auf Russland schreibt er auch dann und wann Briefe, die ihn zwei Tage Arbeit kosten, aber sein Zorn muss sich Luft machen.

Quangel gesteht es sich ein, er arbeitet nicht mehr mit der alten Vorsicht. Er ist denen nun schon zwei Jahre glücklich entgangen, nie ist der geringste Verdacht auf ihn gefallen, er fühlt sich ganz sicher.

Eine erste Warnung ist ihm da die Begegnung mit Trudel Hergesell. Statt ihrer hätte auch jemand anders auf der Treppe stehen und ihn beobachten können, und dann war es um ihn und Anna geschehen. Nein, es kam weder auf ihn noch auf Anna an; es kam allein darauf an, dass diese Arbeit getan wurde, heute und alle Tage weiter. Im Interesse dieser Arbeit musste er hier vorsichtiger werden. Dass ihn die Trudel da auf der Treppe beim Ablegen der Karte beobachtet hatte, das war bösester Leichtsinn von ihm gewesen.

Und dabei ahnte Otto Quangel nicht, dass der Kommissar

Escherich zu diesem Zeitpunkt bereits von zwei Seiten eine Beschreibung seiner Person bekommen hatte. Schon zweimal vorher war Otto Quangel beim Ablegen der Karten beobachtet worden, beide Male von Frauen, die dann neugierig die Karten aufgenommen hatten, aber nicht schnell genug Alarm riefen, um den Täter noch im Hause zu fassen.

Ja, Kommissar Escherich besaß jetzt bereits zwei Personalbeschreibungen des Kartenablegers. Es war nur zu bedauern, dass diese Beschreibungen fast in allen Punkten voneinander abwichen. Nur in einem Punkt waren sich beide Beobachterinnen einig, dass das Gesicht des Täters ganz ungewöhnlich ausgesehen habe, gar nicht wie bei andern Menschen. Aber als Escherich dieses ungewöhnliche Gesicht näher geschildert wissen wollte, stellte sich heraus, dass die beiden Frauen entweder nicht beobachten konnten oder ihre Beobachtungen nicht in Worte zu kleiden wussten. Sie konnten beide nichts weiter sagen, als dass der Täter wie ein richtiger Verbrecher ausgesehen habe. Befragt, wie ein richtiger Verbrecher ihrer Ansicht nach aussähe, zuckten sie die Achseln und meinten, das müssten doch die Herren am besten wissen.

Quangel hatte lange geschwankt, ob er diese Begegnung mit Trudel der Anna erzählen sollte oder nicht. Aber er entschloss sich dann doch dazu: er wollte nicht das kleinste Geheimnis vor ihr haben.

Und sie hatte auch ein Recht darauf, die Wahrheit zu erfahren, wenn auch die Gefahr, dass durch Trudel etwas verraten wurde, ganz gering war, auch von einer ganz geringen Gefahr musste Anna wissen. Er erzählte es ihr also, genau wie es geschehen war, ohne seinen Leichtsinn zu beschönigen.

Es war bezeichnend für Anna, wie sie reagierte. Die Trudel und ihre Verheiratung und das erwartete Kind interessierten sie gar nicht, aber sie flüsterte, sehr erschrocken: »Aber denke doch, Otto, wenn da ein anderer gestanden hätte, einer von der SA!«

Er lächelte verächtlich: »Es hat aber kein anderer da gestanden! Und von jetzt an bin ich wieder vorsichtig!«

Aber diese Versicherung konnte sie nicht beruhigen. »Nein, nein«, sagte sie heftig. »Von nun an werde ich allein die Karten austragen. Auf eine alte Frau achtet niemand. Du fällst allen Leuten gleich auf, Otto!«

»Ich bin in zwei Jahren keinem aufgefallen, Mutter. Das kommt gar nicht in Frage, dass du das gefährlichste Geschäft allein besorgst! Das wär so was, wenn ich mich hinter deiner Schürze versteckte!«

»Ja«, erwiderte sie ärgerlich. »Nun komm mir auch noch mit solchen dummen Männerredensarten! Was für ein Unsinn: dich hinter meiner Schürze verstecken! Dass du Mut hast, das weiß ich auch so, aber dass du unvorsichtig bist, das habe ich nun erfahren, und danach richte ich mich. Da kannst du reden, was du willst!«

»Anna«, sagte er und fasste ihre Hand, »du darfst mir nun auch nicht, wie es andere Frauen tun, stets denselben Fehler vorwerfen! Ich habe dir gesagt, ich werde vorsichtiger sein, und das musst du mir glauben. Ich hab's ja zwei Jahre lang nicht schlecht gemacht – warum soll es da in Zukunft schlecht gehn?«

»Ich sehe nicht ein«, sagte sie hartnäckig, »warum ich nicht die Karten verteilen soll. Ich hab's doch bisher dann und wann tun dürfen.«

»Das sollst du auch weiter. Wenn's zu viele sind oder wenn mich das Reißen plagt.«

»Aber ich habe mehr Zeit als du. Und ich falle wirklich nicht so auf. Und ich habe jüngere Beine. Und ich will hier nicht vor Angst umkommen, alle Tage, wenn ich dich unterwegs weiß.«

»Und was denkst du über mich? Meinst du, ich sitze hier zufrieden im Haus, wenn ich weiß, die Anna läuft draußen herum? Verstehst du nicht, dass ich mich schämen müsste, wenn du die meiste Gefahr trügest? Nein, Anna, das kannst du nicht von mir verlangen!«

»So lass uns gemeinsam gehen. Vier Augen sehen mehr als zwei, Otto.«

»Zu zweien würden wir mehr auffallen, einer allein schiebt sich leicht unter die andern. Und ich glaube auch nicht, dass in so 'ner Sache vier Augen mehr sehn als zwei. Da verlässt sich schließlich das eine immer auf das andere. Und überhaupt, Anna, sei nicht bös, es würde mich nervös machen, wenn ich dich neben mir weiß, und ich glaube, dir würde es nicht anders gehen.«

»Ach, Otto«, sagte sie. »Ich weiß ja, wenn du etwas willst, setzt du es auch durch. Ich kann mich nicht gegen dich behaupten. Aber ich werde vor Angst umkommen, jetzt, wo ich dich so in Gefahr weiß.«

»Die Gefahr ist nicht größer als früher, nicht größer als damals, als ich die erste Karte in der Neuen Königstraße ablegte. Gefahr ist immer, Anna, für jeden, der das tut, was wir tun. Oder möchtest du, dass wir ganz damit aufhören?«

»Nein!«, rief sie laut. »Nein, ich hielte es keine zwei Wochen ohne diese Karten aus! Wozu leben wir dann noch? Das ist ja unser Leben, diese Karten!«

Er lächelte düster, mit einem düsteren Stolz sah er sie an.

»Siehst du, Anna«, sagte er dann. »So mag ich dich. Wir haben keine Angst. Wir wissen, was uns droht, und wir sind bereit, zu jeder Stunde sind wir bereit – aber hoffentlich geschieht es zu einer möglichst späten Stunde.«

»Nein«, sagte sie. »Nein. Ich denke immer, es geschieht nie. Wir überleben den Krieg, wir überleben die Nazis, und dann …«

»Dann?«, fragte auch er, denn plötzlich sahen sie – nach dem endlich errungenen Sieg – ein völlig leeres Leben vor sich.

»Nun«, sagte sie, »ich denke, wir werden auch dann noch etwas finden, für das es sich lohnt zu kämpfen. Vielleicht ganz offen, ohne so viel Gefahren.«

»Gefahr«, sagte er, »Gefahr ist immer, Anna, sonst ist es ja kein Kampf. Manchmal weiß ich, dass sie mich so nicht kriegen werden, und dann liege ich Stunden und Stunden und grüble, wo sonst Gefahr ist, was ich vielleicht übersehen habe. Ich grüble, ich finde nichts. Und doch ist irgendwo Gefahr, ich fühle das. Was können wir vergessen haben, Anna?«

»Nichts«, sagte sie. »Nichts. Wenn du mit dem Kartenverteilen vorsichtig bist ...«

Er schüttelte unmutig den Kopf. »Nein, Anna«, sagte er, »so meine ich es nicht. Die Gefahr steht nicht auf der Treppe und nicht beim Schreiben. Die Gefahr steht ganz woanders, wo ich nicht hinsehen kann. Plötzlich werden wir aufwachen und wissen, da hat sie immer gestanden, aber wir haben sie nicht gesehen. Und dann wird es zu spät sein.«

Sie verstand ihn noch immer nicht. »Ich weiß nicht, warum du dir plötzlich Sorgen machst, Otto«, sagte sie. »Wir haben doch alles hundertmal überlegt und erprobt. Wenn wir nur vorsichtig sind ...«

»Vorsichtig!«, rief er, unmutig über ihr fehlendes Verständnis, aus. »Wie kann man sich vor etwas vorsehen, das man nicht sieht! Ach, Anna, du verstehst mich nicht! Man kann nicht alles ausrechnen im Leben!«

»Nein, ich versteh dich nicht«, sagte sie kopfschüttelnd. »Ich glaube, du machst dir unnötige Sorge, Vater. Ich glaube, du solltest mehr schlafen in der Nacht, Otto. Du schläfst zu wenig.«

Er schwieg.

Nach einer Weile fragte sie: »Weißt du, wie die Trudel Baumann jetzt heißt und wo sie wohnt?«

Er schüttelte den Kopf. Er sagte: »Ich weiß es nicht, und ich will es auch nicht wissen.«

»Ich möchte es aber wissen«, sagte sie hartnäckig. »Ich will es mit meinen eigenen Ohren hören, dass es mit dem Ablegen der Karte glattgegangen ist. Du hättest ihr das nicht überlassen sollen, Otto! Was weiß so 'n Kind, was sie da tut. Vielleicht hat sie die Karte ganz offen hingelegt, und die haben sie dabei gekitscht. Und wenn die erst einmal so eine junge Frau in den Fängen haben, dann wissen sie auch bald den Namen Quangel.«

Er schüttelte den Kopf: »Ich weiß, von der Trudel droht uns keine Gefahr.«

»Ich möchte es aber sicher wissen!«, rief Frau Quangel. »Ich werde in ihre Fabrik gehen und mich erkundigen.«

»Du wirst nicht gehen, Mutter! Trudel gibt es nicht mehr für uns. Nein, rede nicht, du bleibst hier. Ich will kein Wort mehr davon hören.« Dann, als er sie noch immer widerspenstig sah, sagte er: »Glaube mir schon, Anna, es ist alles richtig, wie ich es dir sage. Von der Trudel brauchen wir nicht mehr zu sprechen, das ist alles erledigt. Aber«, fuhr er leiser fort, »aber wenn ich nachts wach liege, dann denke ich oft, dass wir doch nicht heil durchkommen werden, Anna.«

Sie sah ihn mit großen Augen an.

»Und dann male ich mir alles aus, wie es werden wird. Es ist gut, sich so etwas vorher auszumalen, dann kann einen nichts mehr überraschen. Denkst du manchmal daran?«

»Ich weiß nicht genau, wovon du sprichst, Otto«, sagte Anna Quangel abweisend.

Er stand mit dem Rücken gegen das Bücherbrett Ottochens gelehnt, eine Schulter von ihm berührte das Radiobastelbuch des Jungen. Er sah sie durchdringend an.

»Sobald sie uns verhaftet haben, werden wir getrennt sein, Anna. Wir werden uns vielleicht noch zwei- oder dreimal sehen, beim Verhör, bei der Verhandlung, vielleicht später noch einmal eine halbe Stunde vor der Hinrichtung …«

»Nein! Nein! Nein!« Sie schrie es. »Ich will nicht, dass du davon sprichst! Wir werden durchkommen, Otto, wir müssen durchkommen!«

Er legte seine große, verarbeitete Hand beruhigend auf ihre kleine, warme, zitternde.

»Und wenn wir nicht durchkommen? Würdest du irgendetwas bereuen? Möchtest du etwas ungetan wissen von dem, was wir getan haben?«

»Nein, nichts! Aber wir werden unentdeckt durchkommen, Otto, ich fühle das!«

»Siehst du, Anna«, sagte er, ohne auf ihre letzte Versicherung zu achten. »Das wollte ich hören. Wir werden nie etwas bereuen. Wir werden zu dem stehen, was wir getan haben, auch wenn sie uns sehr quälen.«

Sie sah ihn an, sie versuchte, ein Zittern zu unterdrücken. Vergeblich. »Ach, Otto!«, rief sie schluchzend. »Warum musst du so reden? So ziehst du das Unglück ja nur auf uns. Nie hast du noch so geredet!«

»Ich weiß nicht, warum ich so heute mit dir reden muss«, sagte er und ging von dem Bücherbrett fort. »Ich muss es, einmal. Wahrscheinlich werde ich nie wieder mit dir darüber sprechen. Aber einmal musste ich es. Denn du musst wissen, wir werden dann sehr allein sein in unsern Zellen, ohne ein Wort zueinander, die wir viel über zwanzig Jahre nicht einen Tag ohne das andere gelebt haben. Es wird uns sehr schwerfallen. Aber wir werden voneinander wissen, dass keines je schlappmacht, dass wir uns aufeinander verlassen können, wie im ganzen Leben, so auch im Tode. Wir werden auch allein sterben müssen, Anna.«

»Otto, du sprichst, als wäre es schon so weit! Und wir sind doch ganz frei und außer Verdacht. Wir könnten jeden Tag damit aufhören, wenn wir wollten ...«

»Aber wollen wir? Können wir überhaupt wollen?«

»Nein, ich sage nicht, dass wir aufhören wollen. Ich will's nicht, das weißt du! Aber ich will auch nicht, dass du sprichst, als hätten sie uns schon gefasst und als bliebe uns nur noch das Sterben. Ich will noch nicht sterben, Otto, ich möchte mit dir leben!«

»Wer will denn sterben?«, fragte er. »Alle wollen sie doch leben, alle, alle – auch das armseligste Würmlein schreit nach

Leben. Auch ich will noch leben. Aber es ist vielleicht gut, Anna, schon im ruhigen Leben an ein schweres Sterben zu denken, sich darauf vorzubereiten. Dass man weiß, man wird anständig sterben können, ohne Gewimmer und Geschrei. Das fände ich ekelhaft ...«

Eine Weile war es still.

Dann sagte Anna Quangel leise: »Du kannst dich auf mich verlassen, Otto. Ich werde dir schon keine Schande machen.«

37. Kapitel

Der Sturz des Kommissars Escherich

In dem Jahr, das auf den »Selbstmord« des kleinen Enno Kluge gefolgt war, hatte der Kommissar Escherich ein verhältnismäßig ruhiges Leben führen können, nicht gar zu belästigt durch die Ungeduld seiner Vorgesetzten. Damals, als dieser Selbstmord gemeldet worden war, als ersichtlich wurde, dass der schmächtige Mann sich allen Verhören durch Gestapo und SS entzogen hatte, gab es natürlich bei Obergruppenführer Prall Gewitter über Gewitter. Aber das legte sich mit der Zeit, die Spur war endgültig kalt geworden, nun musste auf eine neue Spur gewartet werden.

Im Übrigen war dieser Klabautermann nicht mehr so wichtig. Die sture Monotonie, mit der er Karten immer gleichen Inhalts schrieb, die niemand las, niemand lesen wollte und die alle Leute in Verlegenheit oder Angst stürzten, ließ ihn nur lächerlich und dumm erscheinen. Wohl piekte Escherich noch brav seine Fähnchen in den Stadtplan von Berlin. Mit einiger Befriedigung sah er, dass sie nördlich vom Alexanderplatz immer dichter wurden – da musste der Vogel sein Nest haben! Und dann diese auffällige Ansammlung von fast zehn Fähnchen südlich vom Nollendorfplatz – auch dort musste der Klabautermann regelmäßig, wenn auch in großen Zeitabständen hinkommen. Das alles würde sich eines Tages schon noch befriedigend aufklären …

Du kommst uns schon! Du kommst uns immer näher, unvermeidlich!, kicherte der Kommissar und rieb sich die Hände.

Aber dann ging er wieder zu seinen andern Arbeiten über. Es gab wichtigere und dringendere Fälle. Eine Art Wahnsinniger, ein überzeugter Nazi, wie er sich titulierte, war gerade sehr aktuell, er tat nichts, als alle Tage dem Minister Goebbels einen grob beleidigenden, oft pornographischen Brief zu schreiben. Zuerst hatten diese Briefe den Minister amüsiert, später irritiert, dann hatte er getobt und sein Opfer verlangt. Seine Eitelkeit war tödlich verletzt.

Nun, Kommissar Escherich hatte Glück gehabt, er hatte den Fall »Schweinigel«, wie er ihn getauft hatte, binnen heute und einem Vierteljahr erledigen können. Der Briefschreiber, der übrigens wirklich in der Partei war und sogar altes Parteimitglied, war zu Herrn Minister Goebbels gebracht worden, und damit konnte Escherich den Fall ad acta legen. Er wusste, er würde nie wieder etwas von »Schweinigeln« hören. Der Minister vergaß nie eine ihm angetane Kränkung.

Dann kamen andere Fälle – vor allem der jenes Mannes, der an prominente Leute Enzykliken des Papstes und Radioansprachen von Thomas Mann versandte, echte und gefälschte. Ein geschickter Bursche, dieser Mann – es war nicht ganz einfach gewesen, ihn zu kriegen. Aber schließlich hatte Escherich ihn doch für die Hinrichtungszelle in der Plötze reif machen können.

Und dieser kleine Prokurist, der plötzlich größenwahnsinnig geworden war, der sich zum Generaldirektor eines nicht existierenden Stahlwerks gemacht hatte und der vertrauliche Briefe nicht nur an andere Direktoren tatsächlich existierender Werke schrieb, sondern auch an den Führer, die über den alarmierenden Stand der deutschen Rüstungsindustrie Einzelheiten mitteilten, die oft nicht erfunden sein konnten. Nun, dieser Vogel war verhältnismäßig leicht zu fangen gewesen; der Kreis der Leute, die solche Informationen besaßen wie der Briefschreiber, war verhältnismäßig klein.

Ja, Kommissar Escherich hatte einige bedeutsame Erfolge gehabt; in den Kollegenkreisen munkelte man schon, er werde bald außer der Reihe aufrücken. Es war ein ganz erfreuliches Jahr gewesen, dieser Zeitraum seit dem Selbstmord des kleinen Kluge; der Kommissar Escherich war zufrieden.

Aber dann kam eine Zeit, da standen die Vorgesetzten Escherichs plötzlich wieder vor dem Stadtplan Klabautermann still. Sie ließen sich die Fähnchen erklären, sie nickten nachdenklich, wenn auf ihre Massierung nördlich des Alexanderplatzes hingewiesen wurde, sie nickten noch nachdenklicher, wenn Escherich auf diesen interessanten Vortrupp südlich des Nollendorfplatzes verwies, und dann sagten sie: »Und was haben Sie nun für Spuren, Herr Escherich? Was für Pläne haben Sie ausgeheckt, diesen Klabautermann zu fangen? Seit dem Einmarsch in Russland ist der Bursche ja mächtig aktiv geworden! In der letzten Woche waren es ja wohl fünf Briefe und Postkarten?«

»Ja«, sagte der Kommissar. »Und in dieser Woche sind es auch schon wieder drei!«

»Also wie steht die Sache, Escherich? Bedenken Sie, wie lange der Mann jetzt schon schreibt, das kann doch unmöglich so weitergehen! Wir haben hier kein statistisches Amt zur Registrierung von hochverräterischen Karten, Sie sind ein Fahndungsbeamter, mein Lieber! Also, was haben Sie für Spuren?«

So bedrängt, beklagte sich der Kommissar bitter über die Dummheit der zwei Frauen, die den Mann gesehen und nicht angehalten hatten, die ihn gesehen hatten und nicht mal beschreiben konnten.

»Ja, ja, alles schön und gut, mein Lieber. Aber wir reden hier nicht von Zeugendummheit, wir reden von den Spuren, die Ihr kluges Köpfchen gefunden hat!«

Worauf der Kommissar die Herren wieder an die Karte

führte und ihnen flüsternd zeigte, wie überall nördlich vom Alex Fahnen steckten, nur ein bestimmter, nicht sehr großer Bezirk blieb völlig frei von Fahnen.

»Und in diesem Bezirk steckt mein Klabautermann. Da legt er keine Karte ab, weil er zu bekannt ist, weil er immer befürchten muss, dass ihn ein Nachbar sieht. Es sind nur ein paar Straßen, alles kleine Leute, die da wohnen. Da sitzt er.«

»Und warum lassen Sie ihn da sitzen? Warum haben Sie nicht längst Haussuchung angeordnet in den paar Straßen? Sie müssen ihn da doch schnappen, Escherich! Wir verstehen Sie nicht, sonst sind Sie doch wirklich ganz brauchbar, aber in diesem Falle machen Sie eine Dummheit nach der andern. Wir haben uns mal die Akten angesehen. Da ist diese Geschichte mit dem Kluge, den Sie trotz seines Geständnisses haben laufenlassen! Und dann kümmern Sie sich nicht mehr um ihn und lassen den Burschen glatt Selbstmord verüben, grade dann, wenn wir ihn am nötigsten gebrauchen! Dummheiten über Dummheiten, Escherich!«

Der Kommissar Escherich, nervös seinen Schnurrbart drehend, gestattet sich, darauf hinzuweisen, dass der Kluge entschieden mit dem Kartenschreiber nicht das Geringste zu tun hatte. Die Postkarten waren vor wie nach seinem Tode unverändert gekommen.

»Ich halte sein Geständnis, dass ihm ein Unbekannter die Karte zum Ablegen gegeben hat, für unbedingt glaubhaft.«

»Na, wenn Sie's nur dafür halten! *Wir* halten es für notwendig, dass Sie nun endlich etwas tun! Ist uns ganz egal, was, aber jetzt wollen wir Erfolge sehn! Machen Sie also erst mal Haussuchung in den paar Straßen. Werden ja sehn, was dabei rauskommt. Irgendwas kommt immer raus, überall stinkt's!«

Wiederum gibt der Kommissar Escherich in aller Demut zu bedenken, dass, wenn auch nur ein paar Straßen in Frage kommen, immerhin fast tausend Wohnungen durchsucht werden müssen.

»Es wird die Bevölkerung gewaltig beunruhigen. Die Leute sind schon ohnedies reichlich nervös durch die zunehmenden Fliegerangriffe, und wenn wir ihnen nun erst Grund zum Meckern geben! Aber weiter: Was kann man sich von einer Haussuchung versprechen? Was sollen wir denn eigentlich finden? Der Mann braucht für seine verbrecherische Tätigkeit nur einen Federhalter (hat jeder Haushalt), ein Tintenfläschchen (dito), ein paar Postkarten (dito, dito). Ich wüsste nicht, was für Anhaltspunkte ich meinen Leuten für diese Haussuchungen geben sollte, wonach sie eigentlich zu suchen haben. Höchstens etwas Negatives: der Kartenschreiber besitzt bestimmt keinen Radioapparat. Noch nie habe ich auf all diesen Karten einen Hinweis darauf gefunden, dass er seine Nachrichten aus dem Radio bezogen hätte. Oft ist er einfach schlecht informiert. Nein, ich weiß nicht, worauf ich diese Haussuchung ansetzen soll.«

»Aber liebster, bester Escherich – wir verstehen Sie wirklich nicht mehr! Immer haben Sie nur Bedenklichkeiten, aber nicht einen positiven Vorschlag wissen Sie zu machen! Wir müssen den Mann doch fassen, und das bald!«

»Wir werden ihn auch fassen«, sagte der Kommissar lächelnd, »aber freilich, bald? Das kann ich nicht versprechen. Immerhin glaube ich nicht, dass er noch weitere zwei Jahre seine Postkarten schreiben wird.«

Sie stöhnten.

»Und warum nicht? Weil die Zeit gegen ihn arbeitet. Sehen Sie sich die Fähnchen an, noch hundert mehr, und wir werden ein gewaltiges Stück klarer sehn. Er ist ein verdammt zäher, kaltblütiger Bursche, mein Klabautermann, aber er hat auch einen Schweinedusel gehabt. Mit der Kaltblütigkeit allein ist es nämlich nicht getan, man muss auch ein bisschen Glück haben, und das hat er bisher in fast unbegreiflicher Weise gehabt. Aber das ist genau wie beim Kartenspielen, meine Herren, eine Weile können die Karten für den einen Spieler günstig fallen, aber dann ist es auch plötzlich alle. Plötzlich steht das Spiel gegen den Klabautermann, und wir haben die Trümpfe in der Hand!«

»Alles sehr schön und interessant, Escherich! Feinste Kriminalistentheorie, wir verstehen schon. Aber wir sind nicht so sehr für Theorie, und wir hören aus Ihren Worten nur heraus, dass wir eventuell noch zwei weitere Jahre zu warten haben, bis Sie sich zum Handeln entschließen werden. Da machen wir nicht mit, sondern wir schlagen Ihnen vor, Sie durchdenken den ganzen Fall noch einmal gründlich und machen uns, sagen wir in einer Woche, Ihre Vorschläge. Dann werden wir ja sehen, ob Sie zur Erledigung dieses Falles geeignet sind oder nicht. Heil Hitler, Escherich!«

Der Obergruppenführer Prall aber, der bisher wegen Anwesenheit noch höherer Vorgesetzter die Klappe hatte halten müssen, kam noch einmal in Escherichs Zimmer gestürzt: »Sie Kamel! Sie Idiot! Denken Sie, ich lasse meine Abteilung noch weiter durch einen Trottel, wie Sie es sind, schänden? Eine Woche haben Sie noch Zeit!« Er schüttelte grimmig die Fäuste. »Der Himmel gnade Ihnen, wenn Ihnen auch in dieser Woche nichts einfällt! Ich fahre Schlitten mit Ihnen!« Und so weiter und so weiter. Kommissar Escherich hörte das schon gar nicht mehr.

In der ihm verbliebenen einwöchigen Gnadenfrist beschäftigte sich Kommissar Escherich derart mit dem Fall Klabautermann, dass er sich gar nicht mit ihm beschäftigte. Einmal hatte er sich durch seine Vorgesetzten aus der für richtig erkannten Abwartetaktik herausdrängen lassen, und gleich war alles auf ein falsches Gleis geraten, drum hatte dieser Enno Kluge daran glauben müssen.

Nicht, dass dieser Kluge seinem Gewissen viel zugesetzt hätte. Ein wertloser, jämmerlicher Plärrer, das war ganz unwichtig, ob der lebte oder nicht. Aber der Kommissar Escherich hatte viel Scherereien wegen dieses kleinen Biests gehabt, es hatte einige Mühe gekostet, den einmal geöffneten Mund wieder zu schließen. Ja, in jener Nacht, an die er nicht gerne dachte, war der Kommissar sehr aufgeregt gewesen – und wenn der lange, farblose, graue Mann etwas hasste, so war es Aufgeregtsein.

Nein, nicht noch einmal würde er sich aus der beharrlichen Geduld herauslocken lassen – auch nicht von höchsten Vorgesetzten. Was konnte ihm viel geschehen? Sie brauchten ihren Escherich, für viele Dinge war er ihnen einfach unersetzlich. Sie würden schimpfen und toben, aber sie würden schließlich doch tun, was das einzig Richtige war: geduldig warten. Nein, Escherich hatte keine Vorschläge zu machen ...

Es war eine denkwürdige Sitzung. Diesmal fand sie nicht in Escherichs Zimmer, sie fand im Saal unter dem Vorsitz eines der höchsten Führer statt. Natürlich wurde nicht nur der Fall Klabautermann verhandelt, es wurden auch viele Fälle aus andern Abteilungen besprochen. Es wurde getadelt, gebrüllt, verächtlich gespottet. Und dann kam der nächste Fall.

»Kommissar Escherich, wollen Sie uns jetzt vortragen, was Sie uns über den Fall des Postkartenschreibers zu sagen haben?«

Der Kommissar wollte es vortragen. Er gab einen kleinen Bericht über das Geschehene und das bisher Ermittelte. Er machte das ausgezeichnet, kurz, genau, nicht ohne Witz, wobei er gedankenvoll seinen Schnurrbart streichelte.

Dann kam die Frage des Vorsitzenden: »Und was für Vorschläge haben Sie nun zur Erledigung dieses seit zwei Jahren anstehenden Falles zu machen? Zwei Jahre, Kommissar Escherich!«

»Ich kann nur weiter geduldiges Warten empfehlen, etwas anderes gibt es nicht. Aber vielleicht könnte man den Fall Herrn Kriminalrat Zott zur Nachprüfung übergeben?«

Einen Augenblick herrschte Totenstille.

Dann brach hier und da spöttisches Gelächter aus. Eine Stimme rief: »Drückeberger!«

Eine andere: »Erst verpfuschen, dann andere damit belasten!«

Obergruppenführer Prall ließ donnernd die Faust auf den Tisch fallen: »Ich werde mit dir Schlitten fahren, du Aas!«

»Ich bitte um vollkommene Ruhe!«

Die Stimme des Vorsitzenden klang leicht angewidert. Es wurde still.

»Wir haben hier eben ein Verhalten erlebt, meine Herren, das fast einer – Fahnenflucht gleichzusetzen ist. Feiges Ausreißen vor den Schwierigkeiten, die jeder Kampf unvermeidlich bringt. Ich bedaure das. Escherich, Sie sind von der weiteren Teilnahme an dieser Sitzung entbunden. Warten Sie in Ihrem Dienstzimmer meine Befehle ab!«

Der Kommissar, völlig fahl (denn nichts der Art hatte er erwartet), verbeugte sich. Dann ging er zur Tür, dort knallte er die Absätze zusammen und brüllte mit ausgestrecktem Arm: »Heil Hitler!«

Niemand beachtete ihn. Der Kommissar ging auf sein Zimmer.

Die ihm in Aussicht gestellten Befehle erschienen zuerst in der Gestalt von zwei SS-Männern, die ihn finster anstarrten und von denen der eine dann drohend sagte: »Sie haben hier nischt mehr anzurühren, verstehen Sie!«

Escherich wandte den Kopf langsam zu dem Mann hin, der so mit ihm sprach. Das war ein neuer Ton. Nicht, dass Escherich ihn noch nicht kannte, aber ihm gegenüber war er noch nie angewendet worden. Ein einfacher SS-Mann, der Kerl – es musste schlimm um Escherich stehen, wenn der einen solchen Ton dem Kommissar gegenüber anschlug.

Ein brutales Gesicht, eingedrückte Nase, stark entwickelte Kinnpartie, neigt zu Rohheitsakten, Intelligenz mangelhaft entwickelt, in betrunkenem Zustande gefährlich, resümierte Escherich. Wie hatte das hohe Tier oben gesagt? Fahnenflucht? Lächerlich! Kommissar Escherich und fahnenflüchtig!

Aber das sah diesen Brüdern ähnlich, immer hatten sie große Worte im Mund, und nachher passierte gar nichts!

Obergruppenführer Prall und Kriminalrat Zott traten ein.

Na also, haben sie meinen Vorschlag doch angenommen! Das Vernünftigste, was sie tun konnten, trotzdem ich nicht glaube, dass selbst dieser schlaue Tüftelkopf etwas Neues aus dem Material herausschinden kann!

Escherich will grade den Kriminalrat Zott freundlich-freudig begrüßen, schon um ihm zu zeigen, dass er über die Abgabe des Falles kein bisschen gekränkt ist, da fühlt er sich von den beiden SS-Leuten rauh zur Seite gerissen, und der mit dem Totschlägergesicht schreit: »Melde SS-Männer Dobat und Jacoby mit einem Häftling!«

Häftling – der soll ich wohl sein?, denkt Escherich verwundert.

Und laut: »Herr Obergruppenführer, darf ich noch sagen, dass ...«

»Mach, dass das Aas die Schnauze hält!«, brüllt Prall, der wahrscheinlich auch was auf den Deckel gekriegt hat, wütend.

Der SS-Mann Dobat schlägt Escherich mit der geballten Faust gegen den Mund. Der fühlt einen wütenden Schmerz, widerlich warmen Blutgeschmack im Munde. Dann beugt er sich vornüber und spuckt ein paar Zähne auf den Teppich.

Und während er das alles tut, ganz mechanisch tut, nicht einmal der Schmerz tut richtig weh, denkt er: Ich muss das sofort aufklären. Natürlich bin ich zu allem bereit. Haussuchungen durch ganz Berlin. Spione in jedem Haus, wo mehrere Rechtsanwälte und Ärzte wohnen. Ich tu alles, was ihr wollt, aber ihr könnt mir hier doch nicht einfach in die Fresse schlagen, mir, einem alten Kriminalbeamten und Inhaber des Kriegsverdienstkreuzes!

Indem er fieberhaft so denkt, ganz mechanisch von den Griffen der SS-Männer freizukommen sucht und dabei immer wieder zum Sprechen ansetzt – aber er kann doch wegen der zerrissenen Oberlippe und des blutenden Mundes gar nicht sprechen –, währenddem ist Obergruppenführer Prall vor ihn gesprungen, hat ihn mit beiden Händen vor der Brust gefasst und geschrien: »Na, haben wir dich endlich so weit, dich hochnäsigen Klugscheißer! Bist dir ja immer mächtig schlau vorgekommen, wenn du mir deine scheißklugen Vorträge hieltst, was? Denkst du vielleicht, ich hab das nicht gemerkt, für wie dumm du mich hieltst, und du warst oberschlau, he? Na, nun haben wir dich, und nun werden wir mit dir Schlitten fahren, das sollst du erleben!«

Einen Augenblick starrte Prall, fast besinnungslos vor Zorn, den blutenden Mann an.

Er schrie: »Spuckst mir hier den Teppich voll, mit deinem dreckigen Hundeblut, was? Schluckst du das Blut runter, du Hund, oder ich schlage dir gleich selber eins in die Schnauze!«

Und der Kommissar Escherich – nein, das jämmerliche, angstvolle Männlein Escherich, das noch vor einer Stunde ein mächtiger Kommissar der Gestapo gewesen war, mühte sich, Todesschweiß auf der Stirn, den widerlich warmen Blutstrom hinunterzuschlucken, nicht den Teppich zu beschmutzen, seinen eigenen, nein, jetzt den Teppich von Herrn Kriminalrat Zott …

Mit gierigen Augen hatte der Obergruppenführer dieses klägliche Benehmen des Kommissars beobachtet. Nun wandte er sich von Escherich mit einem ärgerlichen »Ach was!« ab und fragte den Kriminalrat: »Brauchen Sie den Mann noch zu irgendeiner Aufklärung, Herr Zott?«

Es war ein ungeschriebenes Gesetz, dass all die alten, zum Dienst bei der Gestapo kommandierten Kriminalisten auf Gedeih und Verderb zusammenhielten, wie ja auch die SS untereinander zusammenhielt – oft gegen die Kriminalbeamten. Nie wäre es Escherich eingefallen, einen auch noch so schuldbeladenen Kollegen der SS auszuliefern; er hätte sich eher bemüht, vor denen auch die größte Schandtat zu verstecken.

Und nun musste er erleben, wie der Kriminalrat nach einem kurzen Blick auf Escherich kalt sagte: »Den Mann? Zu einer Aufklärung? Danke, Herr Obergruppenführer. Ich kläre mich lieber selbst auf!«

»Abführen den Mann«, schrie der Obergruppenführer. »Und macht ihm ein bisschen Beine, Kerls!«

Und im Eiltempo wurde zwischen den beiden SS-Männern der Escherich den Gang entlanggerissen, denselben Gang, den er vor rund einem Jahr den Barkhausen mit einem Tritt hinabgeschickt hatte, lachend über den trefflichen Witz. Und über dieselben Steintreppen wurde er hinuntergeworfen, auf derselben Stelle blieb er blutend liegen, auf der Barkhausen blutend gelegen hatte. Wurde mit Tritten hochgejagt, die Kellertreppe zum Bunker hinuntergeworfen …

Jedes Glied schmerzte ihn, und dann kam es, Schlag auf Schlag: raus aus dem Zivil, rein in die Zebrakluft, die schamlos offene Verteilung seines Besitzes unter die SS-Männer. Und immerzu Hiebe, Püffe, Drohungen …

Oh, jawohl, der Kommissar Escherich hatte das alles oft in den letzten Jahren gesehen, und er hatte nichts Verwunderliches oder Verwerfliches darin gefunden, denn so geschah es ja Verbrechern. Es geschah so mit Recht. Aber dass er, der Kriminalkommissar Escherich, jetzt zu diesen rechtlosen Verbrechern zählen sollte, das wollte ihm nicht in den Kopf. Er hatte nichts verbrochen. Er hatte nur den Vorschlag gemacht, eine Sache abgeben zu dürfen, in der auch seine sämtlichen Vorgesetzten nicht einen brauchbaren Vorschlag hatten machen können. Es würde sich aufklären, sie mussten ihn wieder holen! Sie kamen ja einfach nicht ohne ihn aus! Und bis dahin musste er Haltung bewahren, er durfte keine Furcht zeigen, nicht einmal seine Schmerzen durfte er sich merken lassen.

Sie brachten grade noch einen in den Bunker. Einen kleinen Taschendieb, wie man gleich hörte, der das Unglück gehabt hatte, die Dame eines hohen SA-Führers beklauen zu wollen, und der dabei erwischt worden war.

Jetzt brachten sie ihn her, sie hatten ihn wohl schon unterwegs in der Mache gehabt, ein wimmerndes Geschöpf, das nach seinem Kot stank und das immer wieder, auf den Knien rutschend, die Beine der SS-Männer umschlang: sie möchten ihm doch um der heiligen Maria willen nichts tun! Sie möchten doch Gnade an ihm üben – der liebe Herr Jesus würde es ihnen vergelten!

Die SS-Männer machten sich den Scherz, den Kleinen, der ihre Beine umklammert hielt, im schönsten Betteln mit den Knien ins Gesicht zu stoßen. Dann wälzte sich der kleine Taschendieb schreiend auf der Erde – bis er wieder in die harten Gesichter spähte, in einem den Schimmer von Gnade zu entdecken glaubte und von neuem mit seinen Anrufungen begann ...

Und mit diesem Gewürm, mit diesem kotstinkenden Feigling, wurde der allmächtige Kommissar Escherich in eine Zelle gesperrt.

38. KAPITEL
Die zweite Warnung

An einem Sonntagmorgen sagte Frau Anna etwas zaghaft: »Ich glaube, Otto, wir müssen mal wieder nach meinem Bruder Ulrich sehen. Du weißt, wir sind dran. Wir haben uns acht Wochen nicht mehr bei Heffkes sehen lassen.«

Otto Quangel sah von seiner Schreiberei hoch. »Schön, Anna«, sagte er. »Dann also nächsten Sonntag. Ist's recht?«

»Es wäre mir lieber, wenn du es diesen Sonntag einrichten könntest, Otto. Ich glaube, sie erwarten uns.«

»Denen ist doch ein Sonntag wie der andere. Die haben keine Extraarbeit wie wir, die Leisetreter!«

Und er lachte spöttisch.

»Aber Ulrich hat am Freitag Geburtstag gehabt«, wandte Frau Quangel ein. »Ich habe ihm einen kleinen Kuchen gebacken, den ich ihm gern bringen möchte. Bestimmt erwarten sie uns heute.«

»Ich möchte heute eigentlich außer dieser Karte noch einen Brief schreiben«, sagte Quangel verdrossen. »Ich habe es mir nun einmal so vorgenommen. Ich schmeiße nicht gern mein Programm um.«

»Bitte, Otto!«

»Kannst du nicht allein gehen, Anna, und denen sagen, ich habe mein Reißen? Du hast das doch schon einmal getan!«

»Grade, weil ich's schon einmal getan habe, möchte ich's nicht schon wieder tun«, bat Anna. »Jetzt, wo er Geburtstag hat ...«

Quangel sah in das bittende Gesicht seiner Frau. Er wollte ihr gerne den Gefallen tun, aber der Gedanke, heute seine Stube zu verlassen, machte ihn missmutig.

»Wo ich heute den Brief schreiben wollte, Anna! Der Brief ist wirklich wichtig. Ich habe mir da was ausgedacht ... Er wird bestimmt eine mächtige Wirkung tun. Und dann, Anna, ich kenne jetzt all eure Kindergeschichten, ich weiß sie auswendig. Es ist so langweilig bei Heffkes. Ich hab nichts zu reden mit ihm, und deine Schwägerin sitzt auch immer bloß eingefroren dabei. Wir hätten das nie mit der Verwandtschaft anfangen sollen, Verwandte sind ein Greuel. Wir beide sind vollkommen genug!«

»Nun gut, Otto«, gab sie zum Teil nach, »so wollen wir es heute unsern letzten Besuch sein lassen. Ich versprech dir, dich nicht wieder darum zu bitten. Aber nur heute, wo ich den Kuchen gebacken habe und Ulrich Geburtstag feiert! Nur dieses eine Mal noch! Bitte, Otto!«

»Heute ist es mir grade besonders zuwider«, sagte er.

Aber von ihren flehenden Augen überwunden, brummte er schließlich doch: »Na schön, Anna, ich will mir's überlegen. Wenn ich bis Mittag zwei Karten schaffe ...«

Er schaffte bis Mittag zwei Karten, und so gingen Quangels denn gegen drei Uhr aus der Wohnung. Sie wollten mit der U-Bahn bis Nollendorfplatz fahren, aber kurz vor der Bülowstraße schlug Quangel seiner Frau vor, schon Bülowstraße auszusteigen, vielleicht sei da etwas zu machen.

Sie wusste, er hatte die zwei Karten in der Tasche, sie verstand ihn sofort und nickte.

Sie gingen ein Stück die Potsdamer Straße hinunter, ohne ein passendes Haus zu finden. Dann mussten sie rechts in die Winterfeldtstraße einbiegen, sonst wären sie zu weit von der Wohnung des Schwagers abgekommen. Und wieder suchten sie.

»Das ist keine so gute Gegend wie bei uns«, sagte Quangel unzufrieden.

»Und heute ist Sonntag«, setzte sie hinzu. »Sei bloß vorsichtig!«

»Ich bin schon vorsichtig«, erwiderte er. Und: »Da werde ich reingehen!«

Schon, sie hatte noch nichts sagen können, war er im Hause verschwunden.

Für Anna begannen jetzt die Minuten des Wartens, diese immer neu qualvollen Minuten, in denen sie Angst um Otto hatte und doch nichts tun konnte als warten.

O Gott! dachte sie, das Haus betrachtend, das Haus sieht aber gar nicht gut aus! Wenn es nur glattgeht! Ich hätte ihm vielleicht nicht so zureden sollen, heute hierherzufahren. Er wollte doch durchaus nicht, ich hab's ihm ja angemerkt. Und das war nicht nur wegen des Briefes, den er schreiben wollte. Wenn ihm heute was passiert, werde ich mir ewig Vorwürfe machen! Da kommt Otto …

Aber es war nicht Otto, der aus dem Hause kam, es war eine Dame, die an Anna, sie scharf ansehend, vorüberging.

Hat die mich eben argwöhnisch angesehen? Es kam mir beinah so vor. Ist was im Hause passiert? Otto ist schon so lange drin, sicher zehn Minuten! Ach was, das weiß ich doch von vielen Malen: Wenn man so wartend vor einem Hause steht, kommt einem die Zeit immer endlos vor. Gottlob, da ist Otto wirklich!

Sie wollte auf ihn zugehen – und sie blieb stehen.

Denn Otto war nicht allein aus dem Hause gekommen, sondern er war begleitet von einem sehr großen Herrn, der einen schwarzen Mantel mit Samtkragen trug und dessen eine Gesichtshälfte von einem riesigen, großen Feuermal mit wulstigen Narben entstellt war. In der Hand trug dieser Herr eine dicke schwarze Aktentasche. Ohne ein Wort miteinander zu sprechen, gingen die beiden an Anna, der das Herz vor Schreck stehengeblieben war, vorüber, in der Richtung auf den Winterfeldtplatz zu. Sie folgte ihnen mit fast versagenden Füßen.

Was ist da schon wieder passiert?, fragte sie sich angstvoll. Was ist das für ein Herr, der mit Otto geht? Kann das einer von der Gestapo sein? Er sieht schrecklich aus mit diesem Feuermal! Sie sprechen kein Wort miteinander – o Gott, hätte ich Otto nur nicht zugeredet. Er tat, als kennte er mich nicht, es muss also Gefahr sein! Diese unselige Karte!

Plötzlich hielt es Anna nicht mehr aus. Sie ertrug die qualvolle Ungewissheit nicht länger. Mit einer bei ihr ganz seltenen Entschlossenheit überholte sie die beiden Herren und blieb stehen. »Herr Berndt!«, rief sie und reichte Otto die Hand. »Das ist gut, dass ich Sie treffe! Sie müssen sofort zu uns kommen. Wir haben einen Rohrbruch in der Wasserleitung, die ganze Küche schwimmt schon …« Sie brach ab, sie fand, der Herr mit dem Feuermal sah sie sehr sonderbar an, so spöttisch, so verächtlich.

Aber Otto sagte: »Ich komme dann gleich zu Ihnen. Ich will nur den Herrn Doktor zu meiner Frau bringen.«

»Ich kann auch allein vorangehen«, sagte der Mann mit dem Feuermal. »Von-Einem-Straße 17, sagten Sie? Schön. Ich hoffe, Sie kommen bald nach.«

»In einer Viertelstunde, Herr Doktor, spätestens in einer

Viertelstunde bin ich auch da. Ich werde erst mal nur den Haupthahn abstellen.«

Und zehn Schritte weiter presste er den Arm Annas mit einer ganz ungewohnten Zärtlichkeit gegen seine Brust. »Das hast du großartig gemacht, Anna! Ich wusste doch nicht, wie ich den Kerl loswerden sollte! Wie bist du denn auf die Idee gekommen?«

»Wer war das? Ein Arzt? Ich dachte, es wäre einer von der Gestapo, und konnte die Ungewissheit nicht länger ertragen. Geh langsamer, Otto, mir zittern jetzt alle Glieder. Vorhin habe ich nicht gezittert, aber jetzt! Was ist denn geschehen? Weiß er was?«

»Nichts. Sei ganz ruhig. Er weiß gar nichts. Nichts ist geschehen, Anna. Aber seit heute früh, seit du mir gesagt hast, wir sollten zu deinem Bruder gehen, bin ich ein schlechtes Gefühl nicht losgeworden. Ich hab gedacht, es sei wegen des Briefes, den ich mir doch einmal vorgenommen hatte. Und wegen der Langenweile bei den Heffkes. Aber jetzt weiß ich, es war, weil ich immer das Gefühl hatte, heute passiert noch was. Heute gehe ich lieber nicht aus dem Bau ...«

»Es ist also doch was passiert, Otto?«

»Nein, gar nichts. Ich sagte dir doch schon, dass nichts passiert ist, Anna. Ich komme also die Treppe hoch und will grade meine Karte ablegen, habe sie in der Hand, da kommt dieser Mann aus seiner Wohnung gerannt. Ich sage dir, Anna, er lief so, er hätte mich fast über den Haufen gerannt. Ich hatte keine Zeit, die Karte wieder wegzustecken. ›Was machen Sie denn hier im Haus?‹, rief er mich gleich an. Nun, du weißt ja, ich habe die Angewohnheit, mir immer den Namen von jemand im Hause nach den Schildern am Eingang zu merken. ›Ich will zu Dr. Boll‹, sage ich. ›Der bin ich!‹, sagt er wieder. ›Was ist? Ist jemand krank zu Hause?‹ Nun, was blieb mir da weiter übrig, als zu schwindeln? Ich sagte ihm, du seiest krank, und er solle doch bei uns vorbeikommen. Gottlob erinnerte ich mich an den Namen Von-Einem-Straße. Ich dachte, er würde sagen, er kommt abends oder morgen Vormittag, aber er rief gleich: ›Passt großartig! Liegt grade auf meinem Weg! Kommen Sie mit, Herr Schmidt!‹ – Ich habe mich Schmidt genannt, verstehst du, viele Leute heißen ja wirklich Schmidt.«

»Ja, und ich habe dich vor ihm ›Herr Berndt‹ angeredet«, rief Anna erschrocken. »Das muss dem doch aufgefallen sein.«

Quangel blieb betroffen stehen. »Wahrhaftig«, sagte er, »daran habe ich noch gar nicht gedacht! Aber es scheint ihm doch nicht aufgefallen zu sein. Die Straße ist leer. Keiner geht hinter uns her. In der Von-Einem-Straße wird er natürlich umsonst suchen, aber dann sitzen wir längst bei Heffkes.«

Anna blieb stehen. »Weißt du, Otto«, sagte sie, »jetzt bin ich es, die sagt: Gehen wir lieber heute nicht zu Ulrich. Jetzt habe ich das Gefühl, es ist heute ein schlechter Tag. Lass uns nach Haus fahren. Die Karten bringe ich morgen fort.«

Aber er schüttelte lächelnd den Kopf. »Nein, nein, Anna, wo wir einmal so weit sind, wollen wir den Besuch auch hinter uns bringen. Wir haben doch ausgemacht, es soll unser letzter sein. Und außerdem möchte ich nicht grade jetzt auf den Nollendorfplatz gehen. Womöglich treffen wir wieder den Arzt.«

»Dann gib mir wenigstens die Karten! Ich mag nicht, dass du jetzt mit diesen Karten in der Tasche herumläufst!«

Nach anfänglichem Widerstreben händigte er ihr die beiden Postkarten aus.

»Es ist wirklich kein guter Sonntag, Otto ...«

39. KAPITEL

Die dritte Warnung

Aber dann bei den Heffkes vergaßen sie ganz ihre schlimmen Vorahnungen. Es zeigte sich, dass sie dort wirklich erwartet worden waren. Auch die dunkle, schweigsame Schwägerin hatte Kuchen gebacken, und nachdem die beiden Kuchen zum Muckefuck gegessen waren, brachte Ulrich Heffke eine Flasche Schnaps zum Vorschein, die ihm die Kollegen im Betrieb geschenkt hatten.

Sie tranken langsam und mit Genuss in kleinen Gläsern das ihnen allen ungewohnte Getränk, und es bewirkte, dass sie lebhafter als sonst wurden, gesprächiger. Schließlich – nun war die Flasche schon leer – fing der kleine Buckel mit den sanften Augen an zu singen. Er sang Kirchenlieder, Choräle: »Es kostet viel, ein Christ zu sein« und »Zeuch ein zu deinen Toren, sei meines Herzens Gast« – durch alle dreizehn Strophen.

Er sang sie in einem ganz hohen Falsett, es klang klar und fromm, und sogar Otto Quangel fühlte sich in seine Kindertage zurückversetzt, als solche Lieder ihm noch etwas bedeutet hatten, da er schlicht gläubig gewesen war. Damals war das Leben noch einfach gewesen, er hatte nicht nur an Gott geglaubt, sondern auch an die Menschen. Er hatte geglaubt, dass Sprüche wie »Liebe deine Feinde« und »Gesegnet seien die Friedfertigen«, dass solche Sprüche auf der Erde Gültigkeit besaßen. Es war sehr anders seitdem geworden und bestimmt nicht besser. An Gott konnte niemand mehr glauben; es war unmöglich, dass ein gütiger Gott solche Schande, wie sie heute auf der Welt war, zuließ, und was die Menschen anging, diese Schweine …

Der bucklige Ulrich Heffke sang ganz hoch und rein: »Du bist ein Mensch, das weißt du wohl, was strebst du denn nach Dingen …«

Aber zum Abendessen zu bleiben, lehnten Quangels schlichtweg ab. Ja, es sei sehr schön gewesen, aber nun müssten sie unbedingt nach Haus. Otto habe noch etwas zu erledigen. Und es gehe ja schon nicht wegen der Lebensmittelkarten, sie wüssten doch auch, wie das wäre. Allen Versicherungen der Heffkes zum Trotz, einmal gehe das schon, man feiere ja nicht jeden Sonntag Geburtstag und es sei wirklich alles vorbereitet, sie sollten nur selbst in die Küche sehen – all diesen Versicherungen zum Trotz blieben die Quangels dabei, sie müssten gehen.

Und sie gingen auch wirklich, obwohl die Heffkes entschieden gekränkt waren.

Auf der Straße sagte Anna: »Hast du gesehen, der Ulrich ist eingeschnappt und seine Frau auch …«

»Lass sie ruhig eingeschnappt sein! Dies war ja sowieso unser letzter Besuch!«

»Aber es war diesmal sehr nett, das findest du doch auch, Otto?«

»Sicher. Bestimmt. Der Schnaps hat viel dazu getan …«

»Und Ulrich hat so schön gesungen – fandest du es nicht auch schön?«

»Ja, sehr schön. Ein komischer Peter. Ich bin sicher, er betet jeden Abend im Bett noch zum lieben Gott.«

»Lass ihn doch, Otto! Solche Frommen haben es heutzutage leichter. Sie haben doch einen, an den sie sich mit ihren Sorgen wenden können. Und sie glauben, dass all dieses Morden einen Sinn hat.«

»Danke!«, sagte Quangel plötzlich böse. »Sinn! Das ist doch alles Unsinn! Weil die an den Himmel glauben, wollen sie auf der Erde nichts ändern. Immer nur kriechen und sich drücken! Im Himmel wird ja alles wieder gut. Gott weiß ja, warum es geschieht. Am Jüngsten Tag werden wir das alles schon erfahren! Nein, danke.«

Quangel hatte hastig und sehr böse gesprochen. Der ungewohnte Alkohol tat seine Wirkung in ihm. Plötzlich blieb Quangel stehen. »Das ist das Haus!«, sagte er plötzlich. »Da will ich rein! Gib mir eine Karte, Anna!«

»O nein, Otto. Tu das nicht! Wir hatten doch abgemacht, heute wollten wir nichts mehr tun. Es ist doch ein schlechter Tag heute!«

»Nicht mehr, jetzt nicht mehr. Gib die Karte, Anna!«

Sie gab sie ihm zögernd. »Wenn es nur nicht schiefgeht, Otto. Ich habe solche Angst …«

Aber er achtete nicht auf ihre Worte, er war schon gegangen.

Sie wartete. Aber diesmal brauchte sie sich nicht lange zu ängstigen, Otto kam schnell wieder.

»So«, sagte er und hakte sie unter. »Das wäre erledigt. Siehst du, wie einfach das ging? Man soll auf diese Vorahnungen nichts geben.«

»Gottlob!«, sagte Anna.

Aber sie hatten kaum die paar Schritte zum Nollendorfplatz hin gemacht, da stürzte ein Herr auf sie zu. In der Hand hielt er die Quangel'sche Karte.

»Sie! Sie!«, schrie er wahnsinnig aufgeregt. »Sie haben da eben diese Karte bei mir auf den Flur gelegt! Ich hab Sie genau gesehn! Genau gesehn! Polizei! Hallo! Schutzmann!«

Und er schrie immer lauter. Die Menschen liefen um sie zusammen, ein Schupo kam eilig über den Damm.

Es war kein Zweifel: Das Spiel stand plötzlich gegen die Quangels. Nachdem der Werkmeister über zwei Jahre lang erfolgreich gearbeitet hatte, war plötzlich das Glück gegen ihn. Ein Misserfolg nach dem andern. Hierin behielt der ehemalige Kommissar Escherich recht: man kann nicht immer mit Glück spielen, man muss auch das Unglück einkalkulieren. Das hatte Otto Quangel vergessen. Er hatte nie an all die kleinen, widrigen Zufälle gedacht, die das Leben stets bereithält, die man nicht voraussehen kann und mit denen man doch rechnen muss.

In diesem Fall war der Zufall in der Gestalt eines kleinen, rachsüchtigen Beamten aufgetreten, der seinen freien Sonntag dazu benutzt hatte, die Mieterin über ihm zu bespitzeln. Er hatte einen Zorn auf sie, weil sie morgens lange schlief, stets in Männerhosen herumlief und abends bis lange nach Mitternacht das Radio laufen ließ. Er hatte sie im Verdacht, »Kerle« in ihre Wohnung mitzunehmen. Wenn das stimmte, würde er sie im ganzen Hause unmöglich machen. Er würde zum Wirt gehen und ihm sagen, dass solche Nutte unmöglich weiter in einem anständigen Hause wohnen könne.

Er hatte schon über drei Stunden geduldig hinter dem Guckloch der Tür gelauert, als statt seiner Obermieterin Otto Quangel die Treppe hinaufgekommen war. Er hatte gesehen, mit seinen eigenen Augen hatte er es gesehen, wie Quangel die Karte auf einer Treppenstufe niederlegte – er tat das manchmal, wenn die Treppenfenster keine Fensterbänke hatten.

»Ich habe es gesehen, mit meinen eigenen Augen habe ich es gesehen!«, schrie der Aufgeregte den Wachtmeister an und schwenkte die Karte. »Lesen Sie hier bloß mal, Herr Wachtmeister! Das ist ja Hochverrat! Der Kerl gehört an den Galgen!«

»Schreien Sie doch bloß nicht so!«, sagte der Schupo missbilligend. »Sie sehen doch, der andere Herr ist ganz ruhig. Der läuft schon nicht weg. Nun, war es so, wie der Herr sagt?«

»Blödsinn!«, antwortete Otto Quangel böse. »Er hat mich verwechselt. Ich habe eben meinen Schwager zum Geburtstag besucht, in der Goltzstraße. Hier in der Maaßenstraße habe ich kein Haus betreten. Fragen Sie mal meine Frau …«

Er sah sich suchend um. Eben drängte sich Anna wieder durch den dichten Kreis der Neugierigen. Sie hatte sofort an die zweite Karte in ihrer Handtasche gedacht. Sie musste sie auf der Stelle loswerden, das war das Wichtigste. Sie hatte sich durch die Leute geschoben, hatte einen Briefkasten gesehen und ganz unauffällig – alle sahen nur auf den schreienden Ankläger – die Karte in den Kasten gesteckt.

Nun stand sie wieder bei ihrem Mann und lächelte ihm ermutigend zu.

Der Schupo hatte unterdes die Karte gelesen. Sehr ernst geworden, schob er sie unter den Ärmelaufschlag. Er wusste von diesen Karten; jedes Revier war nicht einmal, es war zehnmal auf sie aufmerksam gemacht worden. Die Verfolgung auch der kleinsten Spur war Pflicht.

»Sie kommen alle beide zur Wache mit!«, entschied er.

»Und ich?«, rief Anna Quangel empört und schob ihren Arm in den ihres Mannes. »Ich gehe auch mit! Ich lasse meinen Mann nicht alleine gehen!«

»Haste recht, Mutta!«, sagte eine tiefe Stimme aus dem Zuschauerkreis. »Bei die Brüder weeß man nie – pass man uff uff den Juten!«

»Ruhe!«, schrie der Wachtmeister. »Ruhe! Zurücktreten! Auseinandergehen! Hier gibt's gar nichts zu sehen!«

Aber das Publikum war anderer Ansicht, und der Schupo, der einsah, dass er unmöglich auf drei Menschen aufpassen und eine Menge von annähernd fünfzig Passanten zerstreuen konnte, gab es auf, die Leute zum Auseinandergehen aufzufordern.

»Irren Sie sich wirklich nicht?«, fragte er den aufgeregten Angeber. »War denn auch die Frau dabei auf der Treppe?«

»Nein, die war nicht dabei. Aber ich irre mich bestimmt nicht, Herr Wachtmeister!« Er fing wieder an zu schreien. »Mit meinen eigenen Augen habe ich ihn gesehen, schon drei Stunden hatte ich am Guckloch in meiner Tür gesessen …«

Eine schrille Stimme rief missbilligend: »So ein verdammter Achtgroschenjunge!«

»Also kommen Sie alle drei mit!«, entschied der Wachtmeister. »Gehen Sie doch auseinander! Sie sehen doch, die Herrschaften wollen durchgehen! So 'ne blöde Neugierde! Ja, bitte, da lang, mein Herr!«

Auf dem Revier mussten sie fünf Minuten warten, ehe sie in das Zimmer des Vorstehers gerufen wurden, eines großen Mannes mit einem gebräunten, offenen Gesicht. Die Karte Quangels lag auf seinem Schreibtisch.

Der Ankläger wiederholte seine Beschuldigungen.

Otto Quangel widersprach. Er hatte nur seinen Schwager in der Goltzstraße besucht, nie hatte er ein Haus in der Maaßenstraße betreten. Er sprach ohne jede Erregung, dieser alte

Werkmeister, als der er sich auch auswies, er war ein auch dem Vorsteher wohltuender Gegensatz zu dem schreienden, stets aufgeregten, spuckenden Ankläger.

»Sagen Sie mal«, sagte der Vorsteher langsam zu dem, »wieso haben Sie eigentlich drei Stunden hinter dem Guckloch gestanden? Sie konnten doch gar nicht wissen, dass jemand mit solcher Karte kam. Oder?«

»Ach, da wohnt doch solche Nutte in unserm Haus, Herr Vorsteher! Läuft immer in Hosen rum, lässt die ganze Nacht das Radio laufen – da wollte ich aufpassen, was die für Kerle in die Wohnung schleppt. Und da kam dieser Mann …«

»Bin nie in dem Haus gewesen«, wiederholte Quangel hartnäckig.

»Wie soll denn mein Mann dazu kommen, solche Sachen zu machen? Glauben Sie, ich würde das zugeben?«, rief Anna dazwischen. »Wo wir über fünfundzwanzig Jahre verheiratet sind, und nie hat was gegen meinen Mann vorgelegen!«

Der Vorsteher warf einen flüchtigen Blick auf das starre Vogelgesicht. Zuzutrauen ist dem schon allerhand!, schoss es ihm flüchtig durch den Kopf. Aber dass er solche Karten schreibt?

Er wandte sich dem Ankläger zu: »Wie heißen Sie? Millek? Sie sind doch irgendwas bei der Post, stimmt's?«

»Oberpostsekretär, Herr Vorsteher. Es stimmt.«

»Und Sie sind doch der Millek, von dem wir in der Woche durchschnittlich zwei Anzeigen bekommen, dass die Kaufleute schlecht wiegen, dass am Donnerstag Teppiche geklopft worden sind, dass jemand sein Geschäft vor Ihrer Tür gemacht hat und so weiter und so weiter. Das sind Sie doch?«

»Die Menschen sind ja so schlecht, Herr Vorsteher! Alles tun sie mir zum Tort! Glauben Sie mir, Herr Vorsteher …«

»Und heute Nachmittag haben Sie also auf eine Frau aufgepasst, die Sie als Nutte bezeichnen, und jetzt zeigen Sie diesen Herrn an …«

Herr Oberpostsekretär versicherte, dass er nur seine Pflicht tue. Er habe diesen Mann die Postkarte ablegen sehen, und da ihn ein Blick auf das Geschriebene belehrte, dass hier Hochverrat vorliege, sei er dem Manne sofort nachgeeilt.

»Soso!«, sagte der Vorsteher. »Einen Augenblick mal …«

Er setzte sich an seinen Schreibtisch und tat, als lese er die Karte noch einmal, die er doch schon dreimal gelesen hatte. Er dachte nach. Er war der Überzeugung, dass dieser Quangel ein alter Arbeiter war, dessen Angaben stimmten, der Millek dagegen ein Querulant, dessen Denunziationen sich noch nie bewahrheitet hatten. Am liebsten hätte er die drei nach Haus geschickt.

Aber immerhin war da diese Karte gefunden worden, darum war nicht herumzukommen, und es lag nun einmal der strenge Befehl vor, auch der kleinsten Spur nachzugehen. Der Vorsteher wollte sich keine Läuse in den Pelz setzen. Sehr gut war er oben sowieso nicht angeschrieben. Er war der Gefühlsduselei verdächtig, im Geheimen sollte er mit Asozialen und Juden sympathisieren. Er musste sehr vorsichtig sein. Und im Grunde, was geschah dieser Frau und diesem Manne Übles, wenn er sie der Gestapo übergab? Waren sie unschuldig, würde man sie nach ein paar Stunden wieder laufenlassen; der falsche Angeber aber würde eins aufs Dach bekommen wegen der unnützen Arbeit, die er verursacht hatte.

Er wollte schon den Kommissar Escherich anrufen, da fiel ihm etwas ein. Er klingelte und sagte zu dem eintretenden Schupo: »Nehmen Sie die beiden Herren mal nach vorne und filzen Sie sie gründlich durch. Passen Sie aber auf, dass die Sachen nicht durcheinanderkommen. Und dann schicken Sie mir einen Mann rein, ich werde mal hier die Frau durchsuchen!«

Aber auch das Ergebnis dieser Durchsuchungen war fruchtlos, es wurde nichts Quangel Belastendes gefunden. Anna Quangel dachte mit einem erleichterten Aufatmen an die Karte im Postkasten. Otto Quangel, der von dieser eiligen, geistesgegenwärtigen Aktion seiner Frau noch nichts wusste, dachte: Die Anna ist aber tüchtig. Wo sie bloß mit der Karte geblieben ist? Ich war doch immer an ihrer Seite! Auch Quangels Papiere bestätigten seine sämtlichen Angaben.

Dagegen hatte man in der Tasche des Millek eine fertige, an das Revier gerichtete Anzeige gefunden gegen eine gewisse Frau von Tressow, Maaßenstraße 17 wohnhaft, die ihren bissigen Hund trotz Leinenzwangs frei herumlaufen lasse. Schon zwei Mal habe der Hund den Oberpostsekretär bösartig angeknurrt. Er fürchte für seine Hosen, die jetzt im Kriege unersetzbar seien.

»Sie haben Sorgen, Mann!«, sagte der Vorsteher. »Jetzt, im dritten Kriegsjahr! Denken Sie, wir haben nichts anderes zu tun? Warum gehen Sie nicht einmal selbst an die Dame heran und bitten sie höflich, den Hund an die Leine zu nehmen?«

»So was tu ich nicht, Herr Vorsteher! Eine Dame in der Nacht auf der Straße ansprechen – nein! Nachher werde ich von ihr wegen Unsittlichkeit angezeigt!«

»Also, Wachtmeister, bringen Sie die drei erst mal nach vorne. Ich möchte jetzt telefonieren.«

»Bin ich etwa auch verhaftet?«, rief der Oberpostsekretär Millek zornig. »Ich habe Ihnen eine wichtige Anzeige gemacht, und Sie verhaften mich! Ich werde eine Anzeige machen!«

»Hat denn ein Mensch ein Wort von Verhaften gesagt? Wachtmeister, nehmen Sie die drei mit nach vorne!«

»Sie haben mir die Taschen wie bei einem Verbrecher ausleeren lassen!«, schrie der Oberpostsekretär wieder. Da schlug die Tür hinter ihm zu.

Der Vorsteher nahm das Telefon, wählte und meldete sich. »Ich möchte den Kommissar Escherich sprechen«, sagte er. »Wegen der Postkartengeschichte.«

»Kommissar Escherich ist aus, ex, perdu!«, rief eine freche Stimme in sein Ohr. »Kriminalrat Zott bearbeitet jetzt diesen Fall!«

»Dann geben Sie mir Herrn Kriminalrat Zott – falls er heute am Sonntagnachmittag erreichbar ist.«

»Ach, der doch immer! Ich gebe Ihnen den Kriminalrat!«

»Hier Zott!«

»Hier Reviervorsteher Kraus. Herr Kriminalrat, bei uns ist eben ein Mann eingeliefert worden, der mit dieser Postkartenaffäre zu tun haben soll – Sie sind im Bilde?«

»Weiß schon! Der Fall Klabautermann. Was ist der Mann von Beruf?«

»Tischler. Werkmeister in einer Möbelfabrik!«

»Dann haben Sie den Falschen erwischt! Der Richtige ist bei der Straßenbahn! Lassen Sie den Mann laufen, Vorsteher! Schluss!«

So kamen Quangels wieder auf freien Fuß, sehr zu ihrer eigenen Überraschung, denn mit ein paar gründlichen Verhören und einer Haussuchung hatten sie doch gerechnet.

40. Kapitel

Der Herr Kriminalrat Zott

Der Herr Kriminalrat Zott, mit Spitzbart und Spitzbauch, ein Männchen wie aus einer Geschichte des Ernst Theodor Amadeus Hoffmann, ein Geschöpf, wie zusammengebaut aus Papier, Aktenstaub, Tinte und viel Scharfsinn, war in früheren Zeiten eine recht lächerliche Figur unter den Kriminalisten Berlins gewesen. Er verschmähte die üblichen Methoden, er machte fast nie eine Vernehmung, und der Anblick eines Ermordeten machte ihn krank.

Am liebsten saß er über den Akten der andern, verglich, schlug nach, machte seitenlange Exzerpte – und sein Steckenpferd war es, sich über alles Tabellen anzulegen, endlose, minutiös durchdachte Tabellen, aus denen er seine scharfsinnigen Schlüsse zog. Da Kriminalrat Zott mit seiner Methode, nur seinen Kopf arbeiten zu lassen, einige überraschende Erfolge erzielt hatte in Fällen, die ganz ohne Hoffnung schienen, hatte man sich daran gewöhnt, ihm alle aussichtslosen Sachen zuzuschanzen – wenn Zott nichts herausholte, fand keiner was.

An sich war also der Vorschlag Kommissar Escherichs, den Fall Klabautermann an den Kriminalrat Zott abzugeben, gar nicht so ungewöhnlich gewesen. Nur hätte Escherich diesen Vorschlag eben von seinen Vorgesetzten ausgehen lassen müssen, von ihm gemacht, war er einfach eine Frechheit, nein, Feigheit vor dem Feinde, Fahnenflucht …

Kriminalrat Zott hatte sich drei Tage lang mit den Akten Klabautermann eingeschlossen und dann erst den Obergruppenführer um eine Unterredung gebeten. Der Obergruppenführer, begierig, diesen Fall endlich erledigt zu sehen, war gleich zu Zott gekommen.

»Nun, Herr Kriminalrat, was haben Sie oller Sherlock Holmes denn nun wieder ausgeschnüffelt? Ich bin überzeugt, Sie haben den Mann schon beim Wickel. Dieser Esel von Escherich …«

Und nun folgte eine lange Schimpfkanonade auf den Escherich, der alles verbockt hatte. Der Kriminalrat Zott hörte sie, ohne eine Miene zu verziehen, an, nicht einmal durch Nicken oder Kopfschütteln tat er seine eigene Meinung kund.

Als das Feuer endlich verraucht war, sagte Zott: »Herr Obergruppenführer, da haben wir also diesen Kartenschreiber, einen einfachen, ziemlich ungebildeten Mann, der in seinem Leben nicht viel geschrieben hat und dem es auch ziemlich schwerfällt, sich schriftlich auszudrücken. Er muss Junggeselle oder Witwer sein und ganz allein in seiner Wohnung leben, sonst hätte ihn in diesen zwei Jahren schon längst einmal seine Frau oder Wirtin beim Schreiben ertappt, und es wäre etwas laut geworden. Dass nie etwas über seine Person laut geworden ist, trotzdem, wie anzunehmen, in der Gegend nördlich vom Alexanderplatz viel über diese Karten geschwatzt wird, das beweist, dass ihn nie jemand beim Schreiben gesehen hat. Er muss absolut allein leben. Er muss ein älterer Mann sein – einem jüngeren wäre dieses Schreiben ohne sichtbare Wirkung längst über geworden, und er hätte längst was anderes angefangen. Auch besitzt er keinen Radioapparat ...«

»Schön, schön, Herr Kriminalrat!«, unterbrach ihn der Obergruppenführer Prall ungeduldig. »Das alles hat mir genau mit den gleichen Worten schon längst dieser Idiot, der Escherich, erzählt. Was ich brauche, sind neue Auswertungen, Ergebnisse, die mir die Inhaftnahme dieses Burschen ermöglichen. Ich sehe, Sie haben da eine Tabelle. Was ist mit dieser Tabelle?«

»Ich habe da eine Tabelle«, antwortete der Kriminalrat und ließ sich nicht anmerken, wie schwer Prall ihn eben gekränkt hatte, als er alle scharfsinnigen Deduktionen Zotts als schon von Escherich vorgetragen bezeichnet hatte, »ich habe da alle Fundzeiten der Karten aufgezeichnet. Es handelt sich bis heute um zweihundertdreiunddreißig Karten und acht Briefe. Wenn wir uns diese Fundzeiten genauer ansehen, so kommen wir zu folgenden Ergebnissen: Nach acht Uhr abends und vor neun Uhr morgens ist nie eine Karte abgelegt ...«

»Aber das ist doch klar wie Kloßbrühe!«, rief der Obergruppenführer ungeduldig. »Weil da die Häuser abgeschlossen sind! Dazu brauche ich wahrhaftig keine Tabellen, um das zu wissen!«

»Einen Augenblick, bitte!«, sagte Zott, und seine Stimme klang jetzt recht ärgerlich. »Ich war mit meinen Feststellungen noch nicht fertig. Im Übrigen werden die Häuser nicht erst morgens um neun Uhr, sondern schon um sieben, oft bereits um sechs Uhr aufgeschlossen. Ich fahre fort: Weiter sind achtzig Prozent der Karten in der Zeit zwischen neun Uhr morgens und zwölf Uhr mittags abgelegt worden. Nie ist eine Karte zwischen zwölf und vierzehn Uhr abgelegt. Dann zwanzig Prozent wieder zwischen vierzehn und zwanzig Uhr. Daraus folgt, dass der Kartenschreiber, der bestimmt mit dem Verteiler identisch ist, regelmäßig von zwölf bis vierzehn Uhr

Mittag isst, dass er nachts arbeitet, jedenfalls nie am Vormittag, selten am Nachmittag. Nehme ich eine Fundstelle, sagen wir am Alex, stelle ich fest, dass die Karte um elf Uhr fünfzehn abgelegt worden ist, nehme ich nun die Entfernung, die ein Mann in fünfundvierzig Minuten gehen kann, nämlich bis zwölf Uhr, und schlage ich mit dem Zirkel einen Kreis um die Fundstelle, so treffe ich stets nördlich auf diesen Fleck, der frei von Fähnchen ist. Das trifft mit einigen Einschränkungen, die man darum machen muss, weil nicht jede Fundzeit mit der Ablegezeit identisch ist, auf alle Fundstellen zu. Daraus schließe ich erstens: der Mann ist sehr pünktlich. Zweitens: er liebt es nicht, öffentliche Verkehrsmittel zu benutzen. Er wohnt in jenem Dreieck, dessen Seiten von der Greifswalder, Danziger und Prenzlauer Straße begrenzt werden, und zwar in dem nördlichen Ende dieses Dreiecks, vermutlich in der Chodowiecki-, der Jablonski- oder der Christburger Straße.«

»Ganz ausgezeichnet, Herr Kriminalrat!«, sagte der Obergruppenführer immer enttäuschter. »Übrigens erinnere ich mich, dass schon Escherich diese Straßen genannt hat. Er meinte nur, eine Haussuchung sei nutzlos. Wie denken Sie über eine Haussuchung?«

»Einen Augenblick, bitte«, sagte Zott und hob die kleine Hand, die von all dem Aktenpapier, auf dem sie gelegen, etwas Vergilbtes angenommen zu haben schien. Jetzt war er wirklich tief verletzt. »Ich möchte Ihnen meine Ergebnisse genau vortragen, damit Sie es selbst übersehen können, ob die von mir vorzuschlagenden Maßnahmen auch zweckmäßig sind …«

Will sich sichern, der kleine Schlaufuchs!, dachte Prall bei sich. Na warte, bei mir gibt's keine Sicherungen, und wenn ich mit dir Schlitten fahren will, tu ich's doch!

»Sehen wir diese Tabelle weiter an«, dozierte der Kriminalrat fort, »so finden wir, dass alle Karten an Wochentagen abgelegt sind. Daraus müssen wir schließen, dass der Mann an Sonntagen seine Wohnung nicht verlässt. Der Sonntag ist sein

Schreibetag, was auch dadurch erhärtet wird, dass die meisten Karten am Montag oder Dienstag gefunden werden. Der Mann hat es immer eilig, dieses belastende Material aus dem Haus zu bekommen.«

Der kleine Spitzbauch hob den Finger. »Eine Ausnahme bilden allein die neun Karten, die südlich des Nollendorfplatzes gefunden worden sind. Sie sind alle an Sonntagen abgelegt worden, meist mit fast vierteljährlichem Abstand und stets am späten Nachmittag oder frühen Abend. Woraus zu schließen ist, dass der Schreiber dort einen Verwandten, vielleicht eine alte Mutter, zu wohnen hat, der er in regelmäßigen Abständen einen Pflichtbesuch macht.«

Der Kriminalrat Zott machte eine Pause und sah den Obergruppenführer durch seine goldgeränderte Brille an, als erwarte er ein Wort der Anerkennung.

Aber der sagte nur: »Alles ganz schön und gut. Sicher sehr scharfsinnig. Stimmt sicher alles. Aber ich sehe nicht, wie uns das weiterführt ...«

»Ein wenig doch, Herr Obergruppenführer!«, widersprach der Kriminalrat. »Ich werde natürlich in den Häusern der genannten Straßen vertraulich und sehr behutsam nachforschen lassen, ob dort ein Mann wohnt, auf den meine Folgerungen zutreffen.«

»Das wäre doch was!«, rief der Obergruppenführer erleichtert. »Sonst noch was?«

»Ich habe nun«, sagte der Kriminalrat in stillem Triumph und zog eine zweite Karte hervor, »ich habe nun noch eine zweite Tabelle angefertigt, auf der ich mit Kreisen, die einen Durchmesser von einem Kilometer haben, die Hauptfundstellen rot eingekreist habe. Dabei sind die beiden Fundstellen Nollendorfplatz und mutmaßliche Wohnung außer Ansatz geblieben. Sehe ich mir diese elf Hauptfundstellen – es sind elf, Herr Obergruppenführer – genauer an, so mache ich die überraschende Entdeckung, dass sie alle, ausnahmslos alle, an oder in der Nähe von Straßenbahnhöfen liegen. Sehen Sie selbst, Herr Obergruppenführer! Hier! Und hier! Und dort! Da liegt der Bahnhof hier – etwas rechts, fast außerhalb des Kreises, aber immerhin auf seinem Radius. Und nun wieder hier – schön in der Mitte ...«

Zott sah den Obergruppenführer fast flehend an. »Das kann kein Zufall sein!«, sagte er. »Solche Zufälle gibt's in der Kriminalistik nicht! Herr Obergruppenführer, der Mann muss irgendwas mit der elektrischen Straßenbahn zu tun haben. Es ist gar nicht anders möglich. Er muss dort nachts arbeiten, gelegentlich auch mal nachmittags. Er wird aber keine Uniform tragen, das wissen wir aus den Berichten der beiden Zeuginnen, die ihn beim Ablegen gesehen haben. Herr Obergruppenführer, ich erbitte Ihre Erlaubnis, auf jedem dieser Bahnhöfe einen sehr guten Mann einsetzen zu dürfen. Ich verspreche mir von dieser Aktion eigentlich noch mehr als von der Nachfrage in den Häusern. Aber beide zusammen und gründlich durchgeführt, dann werden wir bestimmt einen Erfolg erzielen!«

»Sie schlauer Fuchs, Sie!«, rief jetzt der Obergruppenführer, auch ganz aufgeräumt, und schlug den Kriminalrat auf die Schulter, dass das Männchen in die Knie sackte. »Sie alter schlauer Verbrecher! Das mit den Straßenbahnhöfen ist großartig. Der Escherich ist ein Hornvieh! Darauf musste er kommen. Natürlich haben Sie meine Erlaubnis! Machen Sie ein bisschen schnell, und in zwei, drei Tagen melden Sie mir, dass der Mann geschnappt ist! Ich will's dem Kamel, dem Escherich, noch selbst in die Schnauze brüllen können, was für ein Kamel er ist!«

Der Obergruppenführer ging, vergnügt lächelnd, aus dem Zimmer.

Der Kriminalrat Zott, allein gelassen, hüstelte. Er setzte sich hinter seine Tabellen auf dem Schreibtisch, sah schief durch die Brille nach der Tür und hüstelte noch einmal. Er hasste alle diese lauten, hirnlosen Kerle, die nur brüllen konnten. Und diesen da, der eben aus dem Zimmer gegangen war, hasste er noch ganz besonders, diesen blöden Affen, der ihm immer den Escherich vorgehalten hatte. »Das hat der Escherich gesagt«, und »Das weiß ich schon vom Escherich, dem Kamel!«

Und dann hatte er ihn scherzhaft auf die Schulter geschlagen, und dem Kriminalrat war jede körperliche Berührung verhasst. Nein, dieser Kerl – nun, man musste die Zeit abwarten. Ganz so sicher saßen auch diese Herren nicht im Sattel, nur schlecht verbargen sie unter ihrem Gebrüll die Angst, eines Tages gestürzt zu werden. So sicher und zackig sie auch auftraten, im Innern wussten sie recht gut, dass sie nichts konnten und nichts waren. Einem solchen Flachkopf hatte er seine große Entdeckung von den Straßenbahnhöfen mitteilen müssen, einem Mann, der den Scharfsinn gar nicht würdigen konnte, der dazugehörte, so etwas herauszufinden! Perlen vor die Säue – immer das alte Lied!

Dann aber wendet sich der Kriminalrat wieder seinen Akten, seinen Tabellen, den Plänen zu. Er hat einen wohlgeordneten Kopf; er schiebt eine Lade zu und weiß von ihrem Inhalt nichts mehr. Er zieht die Lade Straßenbahnhöfe auf und beginnt, darüber nachzudenken, was der Kartenschreiber wohl für einen Posten bekleiden kann. Er ruft bei der Direktion der Verkehrsbetriebe, Abteilung Personalamt, an und lässt sich eine endlose Liste aller bei der BVG Beschäftigten geben. Ab und zu macht er sich Notizen.

Er ist nur erfüllt von dem Gedanken, dass der Täter etwas mit der Straßenbahn zu tun hat. Er ist so stolz auf diese Entdeckung. Er wäre maßlos enttäuscht, wenn sie ihm jetzt den Quangel als Täter hereinbrächten, diesen Werkmeister aus einer Möbelfabrik. Es wäre ihm ganz egal, dass der Täter nun endlich gefasst ist, sondern es würde ihn nur schmerzen, dass seine schöne Theorie falsch ist.

Und darum, als ein oder zwei Tage später die Suchaktion sowohl in den Häusern wie auf den Straßenbahnhöfen in vollem Gange ist, als da der Reviervorsteher dem Kriminalrat mitteilt, sie haben vielleicht den Täter, darum fragt er nur nach dem Beruf. Er hört Tischler, und der Mann ist für ihn erledigt. Straßenbahner muss er sein!

Angehängt und erledigt! So vollkommen erledigt, dass der Kriminalrat sich nicht einmal klarmacht, dass dieses Revier am Nollendorfplatz liegt, dass es Sonntag gegen Abend ist und dass am Nollendorfplatz grade wieder einmal eine Karte fällig ist! Nicht einmal die Nummer des Reviers merkt sich der Kriminalrat. Diese Idioten, machen nichts als Dummheiten – erledigt!

Meine Leute werden mir schon Bescheid bringen, morgen, spätestens übermorgen. Was die Schupo macht, das ist doch meist Mist, das sind eben keine Kriminalisten!

Und so kommen die schon gefassten Quangels wieder frei …

41. KAPITEL
Otto Quangel wird unsicher

Die beiden Quangels sind an diesem Sonntagabend ohne ein Wort nach Haus gefahren, ohne ein Wort haben sie zu Abend gegessen. Frau Anna, die, als es darauf ankam, so mutig und entschlossen gewesen war, hatte in der Küche rasch einige heimliche Tränen geweint, von denen Otto nichts wissen durfte. Jetzt, hinterher, da alles ausgestanden war, haben Schrecken und Angst sie erfasst. Beinahe wäre es schiefgegangen, um ein Kleines, und es wäre zu Ende mit ihnen beiden gewesen. Wenn dieser Millek nicht so ein bekannter Querulant gewesen wäre. Wenn sie die Karte nicht hätte loswerden können. Wenn der Vorsteher im Revier ein anderer Mann gewesen wäre – man sah es ihm ja an, dass er diesen Denunzianten nicht ausstehen konnte! Ja, einmal ist es noch wieder gutgegangen, aber nie, nie darf sich Otto wieder in eine solche Gefahr begeben.

Sie kommt in die Stube, wo ihr Mann rastlos auf und ab

geht. Sie brennen kein Licht, aber er hat die Verdunklung hochgezogen, es ist Mondschein.

Otto geht auf und ab, immer noch wortlos.

»Otto!«

»Ja?«

Er bleibt mit einem Ruck stehen und sieht zu der Frau hinüber, die sich in die Sofaecke gesetzt hat, kaum sichtbar in dem fahlen, schwachen Mondlicht, das in die Stube sickert.

»Otto, ich glaube, jetzt machen wir am besten erst einmal eine Pause. Im Augenblick haben wir kein Glück.«

»Geht nicht«, antwortet er. »Geht nicht, Anna. Das würde auffallen, wenn plötzlich keine Karten mehr kommen. Jetzt grade, wo sie uns beinahe erwischt haben, würde es besonders auffallen. So dumm sind die auch nicht – die würden merken, dass da ein Zusammenhang besteht zwischen uns und den Karten, die plötzlich nicht mehr kommen. Wir müssen schon weitermachen, ob wir wollen oder nicht.«

Er setzte hart hinzu: »Und ich will!«

Sie seufzte schwer. Sie hatte nicht den Mut, ihm laut beizustimmen, obwohl sie einsah, er hatte recht. Dies war kein Weg, auf dem man einhalten konnte, wenn man wollte. Es gab kein Zurück, keine Ruhe. Man musste immer weiter.

Nach einer Weile Nachdenkens sagte sie: »Dann lass mich von jetzt an die Karten fortbringen, Otto. Du hast jetzt kein Glück damit.«

Grollend sagte er: »Ich kann nichts dafür, wenn solch ein Angeber drei Stunden hinter dem Guckloch sitzt. Ich habe mich überall genau umgesehen, ich *war* vorsichtig!«

»Ich habe nicht gesagt, Otto, dass du unvorsichtig warst. Ich hab gesagt, du hast jetzt kein Glück. Dafür kannst du nichts.«

Wieder lenkt er ab. »Wo bist du eigentlich mit der zweiten Karte geblieben? Am Leibe versteckt?«

»Das ging nicht, weil doch immer Leute dabei waren. Nein,

Otto, ich habe sie in einen Briefkasten am Nollendorfplatz gesteckt, gleich in der ersten Aufregung.«

»Briefkasten? Sehr gut. Hast du gut gemacht, Anna. Wir werden in den nächsten Wochen überall, wo wir grade sind, Karten in die Briefkästen stecken, damit diese eine nicht so auffällt. Briefkästen sind gar nicht so schlecht, auch bei der Post werden nicht nur Nazis sein. Und das Risiko ist auch geringer.«

»Bitte, Otto, lass mich die Karten von nun an verteilen«, bat sie noch einmal.

»Du musst nicht glauben, Mutter, dass ich einen Fehler gemacht habe, den du hättest vermeiden können. Das sind die Zufälle, vor denen ich mich immer gefürchtet habe, gegen die es keine Vorsicht gibt, weil man sie nicht voraussehen kann. Was kann ich gegen einen Spion tun, der drei Stunden hinter einem Guckloch sitzt? Und du kannst plötzlich krank werden, du fällst nur hin und brichst dir ein Bein – gleich suchen sie deine Taschen nach und finden solch eine Karte! Nein, Anna, gegen die Zufälle gibt es keinen Schutz!«

»Es würde mich so sehr beruhigen, wenn du mir die Verteilung überlassen würdest!«, fing sie wieder an.

»Ich sage nicht nein, Anna. Ich will dir die Wahrheit gestehen, plötzlich fühle ich mich unsicher. Es ist mir, als könnte ich stets nur auf einen Fleck starren, auf dem der Gegner nicht sitzt. Und als säßen Feinde überall in meiner Nähe, und ich kann sie nicht sehen.«

»Du bist nervös geworden, Otto. Das geht schon zu lange. Wenn man nur ein paar Wochen damit aufhören könnte! Aber du hast recht, das geht nicht. Aber von jetzt an werde ich die Karten wegbringen.«

»Ich sage nicht nein. Tu's! Ich habe keine Angst, aber du hast recht, ich bin jetzt nervös. Das machen diese Zufälle, mit denen ich nie gerechnet habe. Ich habe geglaubt, es genügt, wenn man seine Sache nur ordentlich macht. Aber es ist nichts damit, man muss auch Glück haben, Anna. Wir haben lange Glück gehabt, jetzt scheint es ein bisschen anders zu kommen ...«

»Es ist ja noch einmal gutgegangen«, sagte sie beruhigend. »Es ist nichts geschehen.«

»Aber sie haben unsere Adresse, jederzeit können sie auf uns zurückgreifen! Diese verdammte Verwandtschaft, ich habe immer gesagt, sie taugt nichts.«

»Sei jetzt nicht ungerecht, Otto. Was kann Ulrich Heffke dafür?«

»Natürlich kann er nichts dafür! Wer hat was anderes gesagt? Aber wenn er nicht wäre, hätten wir dort keinen Besuch gemacht. Es taugt nichts, sich an Menschen zu hängen, Anna. Das macht alles nur schwerer. Nun sind wir in Verdacht.«

»Wenn wir wirklich in Verdacht wären, hätten sie uns nicht laufengelassen, Otto!«

»Die Tinte!«, sagte er, plötzlich stehenbleibend. »Wir haben die Tinte noch im Haus! Die Tinte, mit der ich die Karte geschrieben habe, und die gleiche Tinte ist hier im Fläschchen!«

Er lief, goss die Tinte in den Ausguss. Hinterher zog er sich an.

»Wohin willst du, Otto?«

»Die Flasche muss aus dem Haus! Wir besorgen morgen eine andere Sorte. Verbrenn unterdes den Federhalter, vor allem auch alte Karten und altes Briefpapier, das wir noch hier haben. Alles muss verbrannt werden! Sieh jedes Schubfach nach. Es darf nichts mehr von all dem Zeug im Haus sein!«

»Aber, Otto, wir sind doch nicht in Verdacht! Das alles hat doch Zeit!«

»Nichts hat Zeit! Tu, was ich dir sage! Alles durchsehen, alles verbrennen!«

Er ging.

Als er wiederkam, war er ruhiger. »Ich habe das Fläschchen in den Friedrichshain geworfen. Hast du alles verbrannt?«

»Ja!«

»Wirklich alles? Alles durchgesehen und verbrannt?«

»Wenn ich es dir doch sage, Otto!«

»Natürlich, ist ja gut, Anna! Aber komisch, wieder ist mir so, als könnte ich den Feind nicht sehen, wo er wirklich sitzt. Als hätte ich was vergessen!«

Er fuhr sich mit der Hand über die Stirn, sah sie nachdenklich an.

»Beruhige dich, Otto, du hast bestimmt nichts vergessen, nichts. In dieser Wohnung ist nichts mehr.«

»An meinen Fingern habe ich keine Tinte? Verstehst du, ich darf nicht den geringsten Tintenfleck an mir haben, jetzt, wo keine Tinte mehr im Hause ist.«

Sie sahen nach, und wirklich fanden sie noch einen Tintenfleck an seinem rechten Zeigefinger. Sie rieb ihn mit der Hand fort.

»Siehst du, ich sage es ja, man findet immer noch was! Das sind die Feinde, die ich nicht sehen kann. Nun, vielleicht war es dieser Tintenfleck, auf den ich nicht geachtet habe und der mich immer noch quälte!«

»Er ist fort, Otto, nun ist nichts mehr, das dich unruhig machen muss!«

»Gott sei Dank! Versteh, Anna, ich habe keine Angst, aber ich möchte doch nicht, dass wir zu früh entdeckt werden. So lange wie möglich möchte ich noch meine Arbeit tun. Wenn es geht, will ich noch erleben, wie dies alles zusammenbricht. Ja, das möchte ich noch erleben. Ein wenig haben doch auch wir dazu geholfen!«

Und diesmal ist es Anna, die ihm Trost zuspricht: »Ja, du wirst es erleben, wir werden es beide noch erleben. Was ist denn geschehen? Gewiss, wir waren in großer Gefahr, aber … du sagst, das Glück hat sich gegen uns gewendet? Das Glück ist uns treu geblieben, die Gefahr ist vorüber. Wir sind hier.«

»Ja«, sagte Otto Quangel. »Wir sind hier, wir sind frei. Noch sind wir es. Und ich hoffe, wir sind es noch lange, lange …«

42. KAPITEL

Der alte Parteigenosse Persicke

Der Schnüffler des Kriminalrats Zott, ein gewisser Klebs, hatte die Jablonskistraße nach dem alten, alleinlebenden Mann abzuklappern, auf dessen Feststellung man bei der Gestapo so großen Wert legte. In der Tasche trug er eine Liste, in der für jedes Haus und möglichst auch für jedes Hinterhaus ein zuverlässiger Parteigenosse genannt war, auch der Name Persicke stand auf dieser Liste.

Legte man in der Prinz-Albrecht-Straße großen Wert auf die Ergreifung des Gesuchten, für den Schnüffler Klebs war es ein bloßes Routinegeschäft. Klein, schlecht bezahlt und schlecht ernährt, mit schiefen Beinen, einer unreinen Haut und kariösen Zähnen erinnerte Klebs an eine Ratte, und er verrichtete seine Geschäfte, wie eine Ratte in Abfalltonnen wühlt. Immer war er bereit, eine Stulle Brot anzunehmen, um was zu trinken oder zu rauchen zu betteln, und seine klägliche, quiekende Stimme bekam bei diesem Betteln etwas leise Pfeifendes, als gehe dem Unseligen der letzte Atem aus.

Bei den Persickes öffnete ihm der Alte. Er sah wüst aus, das graue Haar in Zotteln, das Gesicht gedunsen, die Augen rot, und der ganze Mann schwankend und rollend wie ein Schiff im schweren Sturm.

»Wat willste denn?«

»Nur 'ne kleine Erkundigung einziehen, für die Partei.«

Es war diesen Schnüfflern nämlich strengstens verboten, sich bei ihren Erkundigungen auf die Gestapo zu berufen. Diese ganze Nachfrage sollte wie eine bedeutungslose Erkundigung nach einem Parteimitglied aussehen.

Aber auf den alten Persicke wirkte selbst diese harmlose Auskunft »Erkundigung für die Partei« wie ein Schlag auf den Magen. Er stöhnte und lehnte sich gegen den Türpfosten. In sein blödes, von Alkoholdünsten umnebeltes Hirn kehrte für einen Augenblick etwas Besinnung zurück und – mit der Besinnung – Angst.

Dann raffte er sich auf und sagte: »Komm rein!«

Die Ratte folgte schweigend. Sie beobachtete den alten Mann mit spitzen, flinken Augen. Nichts entging ihr.

In der Stube sah es wüst aus. Umgestürzte Stühle, umgefallene Flaschen, vor deren Hälsen Schnaps stinkend am Boden verdunstete. Eine zusammengeknüllte Schlafdecke auf der Erde. Ein heruntergerissenes Tischtuch. Unter dem Spiegel, der von einem Schlag ein Spinnennetz von Sprüngen aufwies, ein Haufen Glasscherben. Eine zugezogene Gardine und eine herabgerissene Gardine. Und überall Zigarettenstummel, Zigarettenstummel, halb angerissene Packungen mit Rauchwaren.

In den Diebsfingern des Schnüfflers Klebs zuckte es. Am liebsten hätte er jetzt gerafft und gegrapscht: Schnaps, Rauchwaren, Kippen, auch die Taschenuhr dort aus der Weste, die über einem Stuhl hing. Aber er war jetzt nur ein Bote der Gestapo oder der Partei. So setzte er sich brav auf ein Stühlchen und piepste fröhlich: »Ach, hier gibt's zu trinken und zu rauchen! Du hast's gut, Persicke!«

Der Alte sah ihn mit einem schweren, trüben Blick an. Dann schob er dem Besucher mit einem Ruck eine halbvolle Flasche Schnaps über den Tisch – Klebs konnte sie grade noch fassen, ehe sie kippte.

»Such dir was zu rauchen!«, murmelte Persicke und sah sich in der Stube um. »Hier muss irgendwas zu rauchen rumliegen.« Und er setzte mit schwerer Zunge hinzu: »Aber Feuer habe ich keines!«

»Mach dir keine Sorgen, Persicke!«, pfiff Klebs beruhigend. »Ich finde schon, was ich brauche. Du wirst ja in der Küche Gas haben und einen Gasanzünder.«

Er tat so, als kennten sie sich schon seit langem. Als seien sie die ältesten Freunde. Ganz selbstverständlich schlich er auf seinen schiefen Beinen in die Küche – dort sah es mit zertrümmertem Geschirr und umgestürzten Möbeln noch schlimmer aus als in der Stube –, fand wirklich den Gasanzünder in all dem Durcheinander und machte sich Feuer.

Er hatte sich gleich drei angebrochene Zigarettenpackungen eingesteckt. Eine davon hatte zwar in Schnaps gebadet, aber das konnte man trocknen. Auf dem Rückweg sah Klebs noch in die beiden andern Stuben, alles sah völlig verwüstet und verkommen aus. Wie Klebs gleich vermutet hatte, war der alte Mann allein in der Wohnung. Der Schnüffler rieb sich zufrieden die Hände, wobei seine gelbschwarzen Zähne sichtbar wurden. Bei dem würde wohl noch mehr zu holen sein als ein bisschen Schnaps und ein paar Zigaretten.

Der alte Persicke saß noch immer auf demselben Stuhl am Tisch, genau, wie ihn Klebs verlassen hatte. Aber der listige Klebs merkte doch, dass der Alte zwischendurch auf den Beinen gewesen sein musste, denn vor ihm stand jetzt eine volle Schnapsflasche, die vorher nicht zu sehen gewesen war.

Hat also irgendwo noch mehr liegen. Das werden wir schon noch rauskriegen!

Klebs ließ sich mit einem behaglichen Fiepen auf seinem Stuhl nieder, blies seinem Gegenüber einen Schwaden Tabakrauch ins Gesicht, nahm einen Schluck aus der Flasche und fragte harmlos: »Na, was hast du nu auf dem Herzen, Persicke? Immer raus, alter Junge, frei die Brust! Und frisch gewaschen, sonst wirst du erschossen!«

Der alte Mann zitterte bei den letzten Worten. Er hatte nicht erfassen können, in welchem Zusammenhang sie gesprochen waren. Nur dass von Erschießen die Rede war, hatte er begriffen.

»Nein, nein!«, murmelte er ängstlich. »Nicht schießen, nur nicht schießen. Baldur kommt, Baldur macht alles wieder gut!«

Die Ratte ließ es erst einmal unerörtert, wer Baldur war, der alles wiedergutmachende Baldur. »Ja, wenn du's nur wiedergutmachen kannst, Persicke!«, sagte er vorsichtig.

Er warf einen Blick auf das Gesicht des andern, das, wie es ihm schien, finster und argwöhnisch auf ihn starrte. »Aber freilich, wenn erst Baldur kommt …«, meinte er versöhnlich.

Der alte Mann starrte ihn immer weiter schweigend an. Plötzlich sagte er, in einem jener lichten Momente, wie sie grade dauernd Betrunkene dann und wann haben, mit gar nicht mehr lallender Zunge: »Wer sind Sie eigentlich? Was wollen Sie von mir? Ich kenn Sie doch gar nicht!«

Die Ratte sah den plötzlich so klar Gewordenen vorsichtig an. In solchen Stadien wurden die Betrunkenen oft streit- und prügelsüchtig, und Klebs war bloß ein Männchen (und ein Feigling dazu), während man es dem alten Persicke selbst jetzt im schlimmsten Verfall ansah, dass er seinem Führer zwei stattliche SS-Männer und einen Schüler der Napola geschenkt hatte.

Klebs sagte einlenkend: »Hab's Ihnen schon gesagt, Herr Persicke. Sie haben's vielleicht nicht ganz erfasst. Mein Name ist Klebs, komme von der Partei, um ein paar Erkundigungen einzuziehen …«

Die Faust Persickes donnerte auf den Tisch. Die beiden Flaschen gerieten ins Schwanken – rasch rettete sie Klebs.

»Wie kommst du Hund dazu«, schrie Persicke, »zu sagen, ich hätte was nicht erfasst? Bist du klüger als ich, du Stinktier? Sagst mir in meinem eigenen Hause an meinem eigenen Tisch, ich kann nicht erfassen, was du sagst. Stinktier, elendiges!«

»Nein, nein, nein, Herr Persicke!«, säuselte die Ratte beruhigend. »Ich hab's nicht so gemeint. Kleines Missverständnis. Alles in Friede und Freundschaft. Immer mit der Ruhe – alte Parteigenossen wie wir!«

»Wo hast du deinen Ausweis? Wieso kommst du in meine Bude und zeigst keinen Ausweis? Du weißt, das ist von Partei wegen verboten!«

Aber in diesem Punkt war Klebs nicht zu schrecken: die Gestapo hatte für vollgültige, ausgezeichnete, lückenlose Ausweise gesorgt.

»Da, Herr Persicke, sehen Sie sich alles in Ruhe an. Stimmt alles. Bin berechtigt, Erkundigungen einzuziehen, und Sie sollen mir helfen, wenn Sie können!«

Der alte Mann sah mit trüben Augen auf die Ausweise, die ihm vorgehalten wurden – Klebs hütete sich wohl, sie aus der Hand zu geben. Die Schrift verschwamm vor seinen Augen, er tippte schwerfällig mit dem Finger darauf: »Sind Sie das?«

»Aber das sehen Sie doch, Herr Persicke! Alle sagen, das Bild ist mir mächtig ähnlich!« Und eitel: »Nur soll ich in Wirklichkeit zehn Jahre jünger aussehen. Ich weiß das nicht, ich bin nicht eitel. Ich sehe nie in den Spiegel!«

»Nimm das Zeugs weg!«, knurrte der Ex-Budiker. »Mag jetzt nicht lesen. Setz dich hin, trink Schnaps, rauch, aber sei ruhig. Ich muss erst mal nachdenken.«

Die Ratte Klebs tat, wie ihr befohlen, und beobachtete dabei aufmerksam ihr Gegenüber, das wieder in seinen Rausch zu versinken schien.

Ja, der alte Persicke, der auch einen großen Schluck aus seiner Flasche genommen hatte, war wieder von seiner Klarheit verlassen, unwiderstehlich zog es ihn zurück in den Strudel seiner Betrunkenheit, und was er Nachdenken nannte, das war ein hilfloses Grübeln, das Suchen nach etwas, das ihm längst entfallen war. Er wusste nicht einmal, was er suchte.

Er war in einer schlimmen Lage, der alte Mann. Erst war der eine Sohn nach Holland gekommen, dann der andere nach Polen. Baldur war auf eine Napola geschickt worden, der ehrgeizige Bengel hatte sein erstes Ziel erreicht: er war unter die Ersten der deutschen Nation aufgenommen worden, ein Sonderschüler des Führers selbst! Er lernte weiter, er lernte beherrschen, nicht grade sich selbst, aber alle andern Menschen, die es nicht so weit gebracht hatten wie er.

Der Vater war mit Frau und Tochter allein geblieben. Er hatte immer schon zu gerne getrunken, der alte Persicke war schon in der verkrachten Budike sein bester Gast gewesen. Als die Söhne fort waren, als vor allem Baldurs Aufsicht fehlte, hatte Persicke zu trinken angefangen, mit Saufen war er fortgefahren. Der Frau war es zuerst unheimlich geworden; klein, ängstlich, weinerlich in diesem Männerhaushalt, in dem sie nie mehr als ein unbezahltes und sehr schlecht behandeltes Dienstmädchen gewesen war, hatte sie die Angst gepackt, woher denn der Mann wohl all das Geld für den vielen Schnaps nahm. Dazu kam die Angst vor den Drohungen, den Misshandlungen durch den Betrunkenen – und sie war heimlich zu Verwandten geflohen, den Vater der Tochter überlassend.

Die Tochter, ein wüstes Ding, durch den BDM gegangen, sogar Führerin im BDM gewesen, hatte nicht die geringste Neigung gehabt, dem Alten seinen Dreck nachzuräumen und sich dafür noch schlecht behandeln zu lassen. Sie verschaffte sich durch ihre Verbindungen eine Stellung als Aufseherin im Frauen-KZ Ravensbrück und zog es vor, dort alte Frauen, die nie in ihrem Leben körperliche Arbeit geleistet hatten, mit scharfen Schäferhunden und schwipper Reitpeitsche dahin zu bringen, dass sie mehr Arbeit taten, als ihr Körper leisten konnte.

Der allein gebliebene Vater versank immer mehr. Auf seinem Büro hatte er sich krankmelden lassen, niemand sorgte für sein Essen, er lebte fast nur noch von Alkohol. In den ersten Tagen hatte er sich auf seine Marken wenigstens noch ab und zu Brot geholt, aber die Marken waren ihm abhandengekommen, oder man hatte sie ihm auch gestohlen, seit Tagen hatte Persicke nicht mehr gegessen.

In der vergangenen Nacht war er sehr krank gewesen, das wusste er noch. Er wusste nicht mehr, dass er getobt hatte, Geschirr zerschlagen, Schränke umgestürzt, dass er in grauenvoller Angst überall Verfolger gesehen hatte. Quangels und der alte Kammergerichtsrat Fromm hatten an seiner Tür gestanden und hatten geklingelt und geklingelt. Aber er hatte sich nicht gerührt, er hatte sich gehütet, seinen Verfolgern aufzumachen.

Dort draußen standen nur die Boten der Partei, die von ihm die Abrechnung über seine Kasse haben wollten, und es fehlten doch über dreitausend Mark (es konnten auch sechstausend sein, selbst in seinen lichtesten Momenten konnte er das so genau nicht sagen).

Der alte Kammergerichtsrat meinte kühl: »Also lassen wir ihn weitertoben. Ich habe kein Interesse …«

Das sonst so liebenswürdige, meist leicht ironische Gesicht hatte sehr kalt ausgesehen. Der alte Herr war die Treppe wieder hinuntergegangen.

Und Otto Quangel, mit seiner tiefen Abneigung, in etwas hineingezogen zu werden, hatte auch gesagt: »Was sollen wir uns da einmischen? Wir haben nur Scherereien davon! Du hörst doch, Anna, er ist besoffen! Er wird schon wieder nüchtern werden.«

Aber Persicke, der von all diesen Dingen am nächsten Tage kaum noch etwas wusste, Persicke war nicht nüchtern geworden. Am Morgen war es ihm schlimm gegangen, er hatte so sehr an allen Gliedern gezittert, dass er kaum noch den Flaschenhals an den Mund bringen konnte. Aber je mehr Schnaps er trank, umso geringer wurde das Zittern, die Angst, die ihn noch immer ruckweise überfiel. Nur noch das dunkle Gefühl, er habe etwas vergessen, das ihm unbedingt einfallen müsse, quälte ihn noch.

Und nun saß ihm die Ratte gegenüber, geduldig, listig, gierig. Die Ratte hatte es nicht eilig, sie hatte ihre Gelegenheit gesehen und war entschlossen, sie zu nützen. Die Ratte Klebs hatte es nicht eilig mit ihrem Bericht an den Herrn Kriminalrat Zott. Dem konnte man noch immer was vorsohlen, warum man noch nicht weitergekommen war. Dies war eine einzigartige Gelegenheit, die man sich nicht entgehen lassen konnte.

Er ließ sie sich wirklich nicht entgehen, der Klebs! Der alte Persicke versank immer tiefer in seine Betrunkenheit, und wenn er auch nur noch mühsam lallen konnte, auch eine gelallte Auskunft ist etwas wert.

Nach einer Stunde wusste Klebs alles, was zu wissen nottat, von den Veruntreuungen des Alten; er wusste auch, wo die Schnapsflaschen lagen und die Rauchwaren – da steckte der Rest des Geldes schon in seiner Tasche.

Jetzt ist die Ratte längst der beste Freund des Alten. Sie hat ihn in sein Bett gepackt; und wenn Persicke brüllt, läuft Klebs zu ihm und gibt ihm so viel Schnaps zu trinken, dass er wieder mit Brüllen aufhört. Dazwischen packt die Ratte eilig in zwei Koffer, was ihr mitnehmenswert erscheint. Die schöne Damastwäsche der toten Rosenthal wechselt schon wieder den Besitzer, wiederum nicht völlig legal.

Dann gibt Klebs dem Alten noch einmal tüchtig zu trinken, nun nimmt er die Koffer und schleicht aus der Wohnung.

Als er die Flurtür öffnet, tritt dicht vor ihn ein großer, knochiger Mann mit einem finsteren Gesicht und sagt: »Was machen Sie denn hier in der Wohnung von Persickes? Was schleppen Sie denn hier raus? Sie sind doch ohne Koffer gekommen! He, wird's bald? Oder wollen Sie lieber mit mir auf die Polizei kommen?«

»Bitte, treten Sie doch näher«, pfeift die Ratte demütig. »Ich bin ein alter Freund und Parteigenosse des Herrn Persicke. Er wird es Ihnen bestätigen. Sie sind der Hausverwalter, nicht wahr? Herr Hausverwalter, mein Freund Persicke ist nämlich sehr krank …«

43. KAPITEL
Barkhausen zum dritten Mal geprellt

Die beiden Herren hatten in dem verwüsteten Wohnzimmer Platz genommen; jetzt saß der »Hausverwalter« auf dem Platz der Ratte, und Klebs saß auf dem Stuhl Persickes. Nein, der alte Persicke hatte nicht einmal eine Auskunft geben können, aber die Sicherheit, mit der sich Klebs in der Wohnung bewegte, die Ruhe, in der er mit Persicke sprach und ihm zu trinken gab, hatte den »Hausverwalter« doch zu einiger Vorsicht gemahnt.

Jetzt zog Klebs wieder seine abgegriffene Brieftasche aus einem Kunststoff, der einmal schwarz gewesen war und nun an den Kanten rostrot schimmerte, hervor. Er sagte: »Wenn ich dem Herrn Hausverwalter vielleicht meine Papiere zeigen darf? Es ist alles in Ordnung, ich bin von der Partei beauftragt ...«

Aber sein Gegenüber wies die Papiere zurück, er lehnte auch den Schnaps ab, nur eine Zigarette nahm er. Nein, jetzt trank er keinen Schnaps, er erinnerte sich zu gut, wie damals bei der Rosenthal oben der Enno ihm ein glänzendes Geschäft mit Kognaktrinken vermasselt hatte. Das sollte ihm nicht noch einmal passieren. Barkhausen, denn niemand anders als Barkhausen ist es, der dort als »Hausverwalter« sitzt, denkt nach, wie er seinem Gegenüber beikommen kann. Er hat diesen Bruder sofort durchschaut: ob der nun tatsächlich ein Bekannter vom alten Persicke ist oder nicht, ob er im Auftrag der Partei hier sitzt oder nicht – ganz egal: der Kerl hat klauen wollen! Was er in den Koffern hatte, war geklaute Ware – sonst wäre er nicht so erschrocken gewesen bei Barkhausens Anblick, sonst wäre er jetzt nicht so ängstlich und betulich. Niemand, der was Rechtes vorhat, kriecht so vor einem andern, das weiß Barkhausen aus eigenster Erfahrung.

»Vielleicht jetzt ein Schnäpschen gefällig, Herr Hausverwalter?«

»Nein!« Barkhausen brüllt das fast. »Halten Sie den Mund, ich muss noch was überlegen ...«

Die Ratte ist zusammengezuckt und schweigt.

Barkhausen hat ein sehr schlechtes Jahr hinter sich. Nein, die damals von Frau Häberle gesandten zweitausend Mark hat er auch nicht bekommen. Die Post hat ihm auf seinen Nachsendungsantrag hin mitgeteilt, dass die Gestapo das Geld für sich, als aus einem Verbrechen stammend, angefordert habe, er möge sich mit der Gestapo in Verbindung setzen. Nein,

Barkhausen hatte das nicht getan. Er wollte nie wieder etwas mit diesem wortbrüchigen Escherich zu tun haben, und Escherich schickte auch nie wieder nach Barkhausen.

Das war also ein Reinfall gewesen; viel schlimmer aber war es noch, dass der Kuno-Dieter nicht wieder nach Haus gekommen war. Zuerst hatte Barkhausen noch gedacht: Na, warte du! Wenn du erst wieder zu Hause bist! Hatte sich mit der Ausmalung von Prügelszenen ergötzt und die angstvollen Fragen Ottis nach dem Ausbleiben ihres Lieblings mit Grobheit abgewimmelt.

Aber als dann Woche um Woche verging, war die Lage ohne Kuno-Dieter doch ziemlich unerträglich geworden. Die Otti wurde zu einer wahren Giftschlange und machte ihm das Leben zur Hölle. Ihm war es schließlich egal, mochte der Bengel ganz wegbleiben, umso besser: ein unnützer Fresser weniger im Haus! Aber Otti stellte sich da reineweg toll an wegen ihres Lieblings, es war, als könnte sie keinen Tag mehr ohne Kuno-Dieter leben, und früher hatte sie doch auch bei ihm nie mit Schelte und Prügel gespart.

Schließlich war die Otti ganz meschugge geworden, sie war zur Polizei gelaufen und hatte den eigenen Mann wegen Mordes am Sohne angezeigt. Mit solchen Leuten wie mit Barkhausen machte man bei der Polizei nicht viel Umstände, er stand dort in gar keinem Rufe, weil er nämlich im allerschlechtesten stand, sie setzten ihn sofort auf dem Kriminalgericht fest.

Elf Wochen hatten sie ihn dort behalten, er hatte tüchtig Tüten kleben und Tauwerk zupfen müssen, sonst zogen sie ihm noch von dem Essen ab, von dem er sowieso nicht satt wurde. Das Schlimmste aber waren die Nächte gewesen, wenn Fliegerangriffe erfolgten. Barkhausen hatte eine gewaltige Angst vor Fliegerangriffen. Er hatte mal eine Frau in der Schönhauser Allee gesehen: eine Phosphorbombe war in sie gefahren und in ihr steckengeblieben – nie in diesem Leben würde Barkhausen den Anblick vergessen.

Er hatte also Angst vor Fliegern, und wenn die immer näher dröhnten, und die ganze Luft war voll von ihrem Geräusch, und dann kamen die ersten Einschläge, und seine Zellenwand war rot beleuchtet vom Flackerschein ferner und naher Brände ... Nein, sie schlossen die Gefangenen nicht aus der Zelle, sie ließen sie nicht in den Keller, in dem sie sicher gesessen hätten, diese Speckjäger, die! In solchen Nächten wurde das ganze riesige Zellengefängnis Moabit hysterisch, an den Fenstern hingen sie und schrien – oh, wie sie schrien! Und Barkhausen hatte mitgeschrien! Er hatte geheult wie ein Tier, er hatte den Kopf auf seiner Schlafpritsche verborgen, und dann war er mit diesem Kopf gegen die Zellentür gerannt, immer mit dem Schädel voran gegen die Zellentür, bis er dann vor Betäubung am Boden liegengeblieben war ... Das war seine Art Narkose, durch die er diese Nächte überstand!

Aber er war nach diesen elf Wochen Untersuchungshaft natürlich nicht in sehr freundlicher Stimmung nach Haus zurückgekehrt. Selbstverständlich hatten sie ihm nicht das Geringste nachweisen können, das wäre ja auch gelacht; aber diese elf Wochen hätte er sich ersparen können, wenn Otti nicht so ein Aas gewesen wäre! Und wie ein Aas behandelte er sie nun auch, sie, die mit ihren Freunden kein schlechtes Leben in seiner Wohnung geführt hatte (deren Miete sie regelmäßig bezahlte), während er hatte Taue zupfen und vor Angst halb wahnsinnig werden müssen.

Von da an hagelte es Schläge in der Barkhausen'schen Wohnung. Bei dem geringsten Mucks schlug der Mann zu, ganz gleich, was er in der Hand hatte, er schmiss es ihr in die Fresse, dem Aas, dem verdammten, das ihn so ins Unglück gebracht hatte.

Aber auch Otti setzte sich zur Wehr. Nie war Essen für ihn da, nie Geld, nie was zu rauchen. Sie schrie unter seinen Schlägen, dass die Hausbewohner zusammenliefen, und alle nahmen sie Partei gegen Barkhausen, wo sie doch genau wussten, sie war nichts als eine gemeine Nutte. Und dann eines Tages, als er ihr büschelweise die Haare vom Kopf gerissen hatte, tat sie das Allergemeinste: sie verschwand auf Nimmerwiedersehen aus der Wohnung und ließ ihn sitzen mit den restlichen vier Gören, von denen bei keinem seine Vaterschaft sicher war. Verdammt noch mal, Barkhausen hatte richtig auf Arbeit gehen müssen, sonst wären sie alle verhungert, und die zehnjährige Paula führte nun die Wirtschaft.

Ein bescheidenes Jahr, ein wahrhaft beschissenes Jahr war das gewesen! Und dazu dieser immer weiterbohrende Hass auf die Persickes, denen er nichts auswischen konnte noch durfte, die ohnmächtige Wut und Eifersucht, als im Hause bekannt wurde, der Baldur käme auf eine Napola, und schließlich das kleine, dünne Wiederaufglimmen von Hoffnung, als er den Suff des alten Persicke beobachtete – vielleicht – vielleicht doch …

Und nun saß er in der Wohnung der Persickes, da auf dem Tischchen unter dem Fenster stand der Radioapparat, den Baldur der alten Rosenthal geklaut hatte. Barkhausen war nahe am Ziel, und nun kam es nur noch darauf an, wie er diese Wanze da unverdächtig wegkriegte …

Barkhausens Augen leuchten auf, wenn er daran denkt, wie Baldur toben würde, wenn er den Barkhausen da am Tisch sitzen sähe. Dieser schlaue Fuchs, der Baldur, aber immer noch nicht schlau genug. Geduld ist manchmal mehr wert als Schlauheit. Und plötzlich fällt Barkhausen ein, wie es der Baldur mit ihm und dem Enno Kluge eigentlich hatte treiben wollen, damals als sie in die Wohnung der Rosenthal eingebrochen waren, das heißt, ein richtiger Einbruch war es ja gar nicht gewesen, sondern eine bestellte Sache …

Barkhausen schiebt die Unterlippe vor, er betrachtet sein während des langen Schweigens sehr zappelig gewordenes Gegenüber nachdenklich und sagt: »Na, dann zeigen Sie mir mal, was Sie in den Koffern haben!«

»Hören Sie mal«, die Ratte versucht sich zu widersetzen, »ich glaube, das ist ein bisschen viel verlangt. Wenn mir mein Freund, der Herr Persicke, erlaubt hat – das überschreitet doch Ihre Rechte als Hausverwalter …«

»Ach, quasseln Sie nicht!«, sagt Barkhausen. »Entweder zeigen Sie mir hier, was Sie in den Koffern haben, oder wir beide gehen gemeinsam zur Polizei.«

»Ich brauche es nicht«, stellt die Ratte quiekend fest, »aber ich zeige es Ihnen freiwillig. Mit der Polizei hat man immer bloß Scherereien, und wo jetzt mein Parteigenosse Persicke so krank geworden ist, kann es vielleicht noch Tage dauern, bis er meine Angaben bestätigt.«

»Los! Los! Aufmachen!«, sagt Barkhausen plötzlich wild und hat nun doch einen Schluck aus der Flasche genommen.

Die Ratte Klebs sieht ihn an, plötzlich kommt ein hämisches Lächeln in das Gesicht des Spitzels. »Los! Los! Aufmachen!« Durch diesen Ruf hat Barkhausen seine Gier verraten. Er hat auch verraten, dass er nicht der Hausverwalter ist, und wenn er es doch sein sollte, so ist er ein Hausverwalter, der die Absicht hat, ungetreu zu sein.

»Na, Kumpel?«, sagt die Ratte plötzlich in einem ganz andern Ton. »Wollen wir nicht halbe-halbe machen?«

Und ein Faustschlag schickt ihn zu Boden. Der Sicherheit halber gibt Barkhausen dem Klebs noch zwei, drei Schläge mit einem Stuhlbein nach. So, der wird nicht mucksen die nächste Stunde!

Und dann fängt Barkhausen an einzupacken, umzupacken. Wieder wechselt die ehemals Rosenthal'sche Wäsche den Besitzer. Barkhausen arbeitet rasch und völlig ruhig. Diesmal soll keiner zwischen ihn und den Erfolg treten. Lieber macht er alle hin, und wenn er die Kohlrübe dafür hergeben muss! Er lässt sich nicht noch einmal neppen.

Und es war dann, eine Viertelstunde später, doch nur ein ganz kurzer Kampf mit den beiden Schupos, als Barkhausen aus der Wohnung trat. Ein bisschen Getrampel und Gezerre nur, dann war Barkhausen gebändigt und gefesselt.

»So!«, sagte der kleine Herr Kammergerichtsrat a.D. Fromm zufrieden. »Und damit, glaube ich, ist es mit Ihrer Wirksamkeit in diesem Hause für immer vorbei, Herr Barkhausen. Ich werde nicht vergessen, Ihre Kinder der Fürsorge zu übergeben. Aber das interessiert Sie wohl weniger. So, meine Herren, und nun müssen wir noch in die Wohnung. Ich will hoffen, Herr Barkhausen, dass Sie mit dem kleinen Herrn, der vor Ihnen die Treppe hinaufging, nichts gar zu Schlimmes angestellt haben. Und dann werden wir ja wohl auch noch den Herrn Persicke finden, Herr Wachtmeister, letzte Nacht hatte der einen Anfall von Delirium tremens.«

44. KAPITEL

Zwischenspiel: Ein Idyll auf dem Lande

Die Ex-Briefträgerin Eva Kluge arbeitet auf dem Kartoffelacker, genau wie sie es einmal geträumt hat. Es ist ein schöner, für die Arbeit ziemlich heißer Frühsommertag, der Himmel ist strahlend blau, und es ist, besonders hier in der geschützten Ecke nahe am Walde, fast windstill. Während des Hackens hat Frau Eva ein Kleidungsstück nach dem andern abgelegt; nun trägt sie nur noch Bluse und Rock. Ihre kräftigen, nackten Beine wie ihr Gesicht, wie ihre Arme sind goldigbraun.

Ihre Hacke trifft Melde, Hederich, Disteln, Quecken – sie kommt nur langsam vorwärts, der Acker ist sehr verunkrautet. Oft trifft ihre Hacke auch einen Stein, dann klingt es silbern singend – das hört sich gut an. Nun gerät Frau Eva nahe dem Waldrand in ein Nest des roten Weiderich – diese Senke ist feucht, die Kartoffeln kümmern, aber der rote Weiderich triumphiert. Eigentlich hat sie jetzt frühstücken wollen, und nach dem Stand der Sonne zu urteilen, wäre es auch Zeit dafür, aber nun will sie doch lieber erst diese Weiderichpest vernichten, ehe sie pausiert. Sie hackt angestrengt, ihre Lippen sind fest geschlossen. Sie hat es hier auf dem Lande gelernt, das Unkraut zu verachten, dieses Ungeziefer, erbarmungslos hackt sie darauf los.

Aber wenn Frau Evas Mund auch fest geschlossen ist, ihr Auge blickt klar und ruhig. Der Blick hat nicht mehr den strengen, stets versorgten Ausdruck wie vor zwei Jahren in ihrer Berliner Zeit. Sie ist ruhig geworden, sie hat überwunden. Sie weiß, dass der kleine Enno tot ist, Frau Gesch hat es ihr aus Berlin geschrieben. Sie weiß, dass sie beide Söhne verloren hat – Max ist in Russland gefallen, und Karlemann ist ihr verloren. Sie ist noch nicht ganz fünfundvierzig Jahre alt, sie hat noch ein gutes Stück Leben vor sich, sie verzweifelt nicht, sie arbeitet. Sie will die ihr noch verbleibenden Jahre nicht einfach verwarten, sie will etwas schaffen.

Sie hat auch etwas, auf das sie sich alle Tage freuen kann: das ist das alltägliche abendliche Zusammensein mit dem Aushilfsschulmeister des Dorfes. Der »richtige« Lehrer Schwoch, ein wütendes Parteimitglied, ein kleiner, feiger Kläffer und Denunziant, der hundert Mal mit Tränen in den Augen versichert hat, wie leid es ihm tue, dass er nicht an die Front dürfe, sondern nach dem Befehl des Führers auf seinem ländlichen Posten ausharren müsse – der »richtige« Lehrer Schwoch also ist nun doch trotz aller ärztlichen Atteste zur Wehrmacht eingezogen worden. Das ist nun fast ein halbes Jahr her. Aber der Weg zur Front muss für diesen Kampfbegeisterten schwierig sein: vorläufig sitzt der Lehrer Schwoch noch immer als Schreiber auf einer Zahlmeisterstube. Öfter fährt Frau Schwoch mit Speck und Schinken zu ihrem Mann, aber der Mann isst wohl nicht alleine diese köstlichen Fettigkeiten: Es habe geklappt, jetzt würde ihr guter Walter Unteroffizier, hat Frau Schwoch nach ihrer letzten Speckreise verkündet. Unteroffizier – wo doch nach einem Befehl des Führers Beförderungen nur bei der kämpfenden Truppe erfolgen durften. Aber für glühende Parteigenossen mit Schinken und Speck gelten solche Führerbefehle natürlich nicht.

Nun, Frau Eva Kluge ist das gleichgültig. Sie weiß jetzt genau, wie das alles ist, seit sie aus der Partei ausgetreten ist. Jawohl, sie war in Berlin; als sie wieder die nötige innere Ruhe gewonnen hatte, fuhr sie nach Berlin und stellte sich dem Parteigericht und dem Postamt. Es waren keine angenehmen Tage gewesen, bei weitem nicht, sie war angebrüllt, bedroht und während ihrer fünftägigen Haft auch einmal verprügelt worden, das KZ war ihr nahe gewesen – aber schließlich hatte man sie laufenlassen. Staatsfeindin – nun, sie würde es ja eines Tages noch erleben, was sie davon hatte.

Eva Kluge hatte ihren Hausstand aufgelöst. Vieles hatte sie verkaufen müssen, denn im Dorf hatte man ihr nur eine Stube bewilligt, aber sie wohnte jetzt für sich allein. Sie arbeitete auch nicht mehr bloß für den Schwager, der ihr am liebsten nur die Kost und nie Geld gegeben hätte, sie sprang überall bei den Bauern ein. Sie machte nicht nur Feld- und Hofarbeit, sondern betätigte sich auch als Krankenpflegerin, als Näherin, als Gärtnerin, als Schafschererin. Sie hatte geschickte Hände, eigentlich war es nie so, als wenn sie etwas Neues lernte, sondern als erinnere sie sich nur einer lange nicht ausgeübten Arbeit. Die steckte ihr im Blut, die Landarbeit.

Aber dieses ganze kleine, nun friedvolle Leben, das sie sich da in all dem Zusammenbruch aufgerichtet hatte, bekam erst sein rechtes Licht und seine Freude durch den stellvertretenden Lehrer Kienschäper. Kienschäper war ein langer, immer etwas vornübergebeugt gehender Mann ausgangs der Fünfziger, mit weißen, flatternden Haaren und einem sehr braunen Gesicht, in dem junge blaue Augen lächelten. So wie Kienschäper die Kinder des kleinen Dorfes mit diesen lächelnden blauen Augen bändigte und sie aus der zackigen Erziehung seines Vorgängers in etwas menschlichere Gefilde führte, so wie er, mit einer Baumschere bewaffnet, durch die Bauerngärten ging und die wildwachsenden Obstbäume von Wasserschossen und totem Holz befreite, Krebswunden ausschnitt und mit Karbolineum verstrich – so hatte er auch die Wunden Evas geheilt, Bitterkeit aufgelöst, ihr Frieden gebracht.

Nicht grade, dass er viel darüber gesprochen hätte, Kienschäper war kein großer Redner. Aber wenn er mit ihr auf seinem Bienenstand war und von dem Leben der Bienen erzählte, die er leidenschaftlich liebte, wenn er mit ihr abends durch die Felder ging und ihr zeigte, wie liederlich dieser Acker bestellt war und mit wie wenig Arbeit er wieder ertragreicher zu machen wäre, wenn Kienschäper einer Kuh beim Kalben half, einen umgefallenen Zaun, ohne gebeten zu sein, wieder aufrichtete, wenn er an der Orgel saß und sachte nur für sie und sich spielte, wenn alles hinter seinen Schritten geordnet und friedlich erschien – so tat das für Evas Befriedung mehr als alle tröstenden Worte. Ein sich neigendes Leben in einer Zeit voller Hass, Tränen und Blut, aber friedevoll, Frieden atmend.

Die Lehrersfrau Schwoch, die noch nationalsozialistischer war als ihr kriegsbegeisterter Mann, hasste natürlich sofort diesen Kienschäper und tat ihm alles zum Tort, was ihrem gehässigen Hirn nur einfiel. Sie hatte den Stellvertreter ihres Mannes zu behausen und zu beköstigen, aber sie tat es mit solch genauer Berechnung, dass Kienschäper vor dem Schulanfang nie ein Frühstück bekam, dass sein Essen stets angebrannt war, seine Stube aber nie gesäubert.

Doch gegen seine heitere Gelassenheit war sie machtlos. Sie konnte sich erhitzen, stürmen, geifern, Übles von ihm reden, an der Tür des Klassenzimmers lauschen und dann beim Schulrat Denunziationen vorbringen – unverändert sprach er mit ihr wie mit einem ungezogenen Kind, das seine Unarten eines Tages schon von selbst einsehen wird. Und schließlich gab sich Kienschäper bei Frau Eva Kluge in Kost, zog ins Dorf, und die fette, zornige Schwoch konnte ihren Krieg nur noch aus der Ferne gegen ihn führen.

Wann Frau Eva Kluge und der weißhaarige Lehrer Kienschäper zuerst davon gesprochen hatten, dass sie eigentlich heiraten könnten, wussten beide nicht. Vielleicht hatten sie auch nie davon gesprochen. Es hatte sich ganz von selbst ergeben. Sie hatten es auch nicht eilig damit – eines Tages, irgendwann, würde es so weit sein. Zwei alternde Leute, die keinen einsamen Feierabend haben wollten. Nein, keine Kinder mehr, nie wieder Kinder – davor schauderte Frau Eva. Aber Kameradschaft, verstehende Liebe und vor allem Vertrauen. Sie, die in ihrer ganzen ersten Ehe nie hatte vertrauen dürfen, sie, die immer hatte führen müssen, sie will sich jetzt die letzte Lebensstrecke vertrauensvoll führen lassen. Als es ganz dunkel war, da, als sie völlig verzagt war, da trat noch einmal die Sonne durch die Wolken.

Der rote Weiderich liegt am Boden, fürs Erste ist er einmal ausgerottet. Gewiss, er wird nachwachsen, das ist so ein Unkraut, das muss man beim Pflügen aus der lockeren Erde sammeln, jedes unterirdische Wurzelstückchen treibt immer wieder neu aus. Aber Frau Eva kennt jetzt diese Stelle, sie wird sie nicht vergessen, sie wird so lange hierhergehen, bis der Weiderich völlig ausgerottet ist.

Eigentlich könnte sie jetzt frühstücken, es wäre Zeit dafür, ihr Magen sagt es auch. Aber als sie zu den im Schatten des Waldrandes hingelegten Broten und ihrer Kaffeeflasche hinblickt, sieht sie, dass sie nicht frühstücken wird, heute nicht, ihr Magen hat still zu sein. Denn da ist schon einer am Werk, ein vielleicht vierzehnjähriger Junge, unglaublich abgerissen und verdreckt, und er schlingt an ihren Broten, als sei er dem Verhungern nahe gewesen.

So sehr ist dieser Junge mit seiner Sättigung beschäftigt, dass er gar nicht darauf achtet, wie die Hacke im Unkrautacker still geworden ist. Er fährt erst zusammen, als die Frau direkt vor ihm steht, und starrt sie mit großen blauen Augen unter seinem verfilzten Schopf blonder Haare an. Obwohl er nun beim Stehlen erwischt und die Flucht nicht mehr nötig ist, blickt der

Bengel nicht angstvoll oder schuldbewusst, sondern sein Auge sieht eher herausfordernd drein.

In den letzten Monaten hat das Dorf und in ihm Frau Kluge sich an diese Kinder gewöhnen gelernt: die Fliegerangriffe auf Berlin haben sich ständig gesteigert, und die Bevölkerung ist aufgefordert worden, ihre Kinder aufs Land zu schicken. Die Provinz ist mit Berliner Kindern überschwemmt. Aber seltsam, manche dieser Kinder konnten sich durchaus nicht an das stille Landleben gewöhnen. Hier hatten sie Ruhe, besseres Essen, ungestörten Nachtschlaf, aber sie hielten es nicht aus, es zog sie in die große Stadt zurück. Und sie machten sich auf den Weg; barfuß, um ein bisschen Essen bettelnd, ohne Geld, von den Landjägern bedroht, suchten sie unbeirrt ihren Weg in die fast allnächtlich brennende Stadt zurück. Aufgegriffen, in ihre ländliche Gemeinde zurückgeschickt, warteten sie es kaum ab, dass sie wieder ein bisschen aufgefüttert wurden, und sie liefen von neuem los.

Dieser da mit dem herausfordernden Blick, der Frau Evas Frühstücksbrot aß, war wohl schon lange unterwegs. Die Frau konnte sich nicht erinnern, je eine so zerlumpte, verdreckte Gestalt gesehen zu haben. Im Haar hingen ihm Strohhalme, und in den Ohren hätte man Mohrrüben säen können.

»Na, schmeckt's?«, fragte Frau Kluge.

»Klar!«, sagte er, und schon dies eine Wort verriet seine Berliner Herkunft.

Er sah sie an. »Willste mir vahaun?«, fragte er.

»Nein«, sagte sie. »Iss nur ruhig weiter. Bei mir geht's auch mal ohne Frühstück, und du hast Hunger.«

»Klar!«, sagte er wieder nur. Und dann: »Willste mir nachher laufenlassen?«

»Vielleicht«, antwortete sie. »Aber vielleicht bist du einverstanden, dass ich dich vorher wasche und deine Kleider ein bisschen in Ordnung bringe. Vielleicht finde ich auch noch eine passende heile Hose für dich.«

»Det lass man!«, sagte er abweisend. »Die verscheuer ick bloß, wenn ick Kohldampf habe. Wat denkste, wat ick alles schon verscheuert habe in dem Jahr, wo ick uff de Walze bin! Mindestens fuffzehn Hosen! Und zehn Paar Schuhe!«

Er sah sie triumphierend an.

»Und warum erzählst du mir das?«, fragte sie. »Für dich wäre es doch vorteilhafter gewesen, du hättest die Hose genommen und mir nichts gesagt.«

»Weeß ick nich«, sagte er abweisend. »Valeicht weil de mir nich ausgeschimpft hast, weil ick dein Frühstück jeklaut habe. Ick finde Schimpfen blöde.«

»Also ein Jahr bist du schon unterwegs?«

»Det is 'n bissken jeprahlt. Den Winter über bin ick unterjekrochen. Bei so 'nem Kneipier in 'nem Kaff. Hab die Schweine jefüttert und Bierjläser jewaschen, ick hab allet jemacht. Det war 'ne janz jute Zeit«, sagte er nachdenklich. »'ne ulkige Kruke, der Jastwirt. Imma besoffen, aber mit mir hat er jeredet, als wär ick detselbe wie er, ebenso alt und so. Da ha'ck Schnapstrinken und Rauchen jelernt. Magste ooch Schnaps?«

Frau Kluge verschob die Erörterung der Frage, ob Schnapstrinken für vierzehnjährige Jungens gerade rätlich sei, auf später.

»Aber du bist dann da doch wieder fortgelaufen? Willst du zurück nach Berlin?«

»Nee«, sagte der Junge. »Bei meine Leute jeh ick nich mehr. Die sind mir zu jewöhnlich.«

»Aber deine Eltern werden sich Sorgen um dich machen; sie wissen doch gar nicht, wo du steckst!«

»Die un Sorjen! Die sind froh, det se mir los sind!«

»Was ist denn dein Vater?«

»Der? Ach, der is so 'n bissken von allet: Louis un Spitzel, und klauen tut der ooch. Wenn a wat zu klauen findt. Bloß, er is dusslig, er findt nie wat Rechts.«

»So«, sagte Frau Kluge, und nach diesen Eröffnungen klang

ihre Stimme doch etwas schärfer. »Und was sagt deine Mutter dazu?«

»Meine Mutta? Wat soll die sagn? Die is doch ooch bloß Nutte!«

Batsch! Nun hatte er doch, trotz ihres Versprechens, seine Ohrfeige weg.

»Schämst du dich denn gar nicht, so von deiner Mutter zu reden? Pfui Deibel!«

Der Bengel rieb sich, ohne die Miene zu verziehen, die Backe.

»Die hat jesessen«, stellte er fest. »Von die Sorte möchte ick nich mehr.«

»Du sollst nicht so von deiner Mutter sprechen! Verstehst du?«, sagte sie zornig.

»Warum denn nich?«, fragte er und lehnte sich zurück. Er blinzelte, jetzt völlig gesättigt, behaglich auf seine Gastgeberin. »Warum denn nich! Wo se doch mal 'ne Nutte is. Sie sagt's doch selber. ›Wenn ick nich uff'n Strich ginge‹, hat se oft jesacht, ›müsstet ihr alle vahungern!‹ Wa sind nemlich fümf Jeschwister, aba alle mit 'n andern Vata. Meiner soll 'n Rittajut in Pommern habn. Ick wollt 'n eijentlich suchen jehn un ihn ma bekieken. Muss 'ne ulkige Pflaume sein, Kuno-Dieter heißt a mit Vornamen. Es kann nich ville mit so 'n dussligen Vornamen jebn, finden müsst ick ihn eijentlich …«

»Kuno-Dieter«, sagte Frau Kluge. »Du heißt also auch Kuno-Dieter?«

»Sach man lieber Kuno, den Dieter kannste dir an 'n Hut stecken!«

»Also, Kuno, sag mal, in welche Gemeinde bist du denn evakuiert? Wie heißt das Dorf, wohin du mit der Bahn gefahren bist?«

»Ick bin doch nich evakuiert! Ick bin doch von meine Ollen jetürmt!«

Er lag jetzt auf der Seite, die schmutzige Backe ruhte auf dem ebenso schmutzigen Unterarm. Er blinzelte sie träge an, völlig bereit zu einem kleinen Quatsch. »Ick will dir erzählen, wie allet jekommen is. Also, wat mein sojenannter Vata is, der hat mich damals, det is schon über 'n Jahr her, um fuffzig Emm beschissen, und dazu hat a mir noch vakloppt. Na, da ha'ck mir 'n paar Freunde jeholt, det heeßt, Freunde waren's eijentlich ooch nich, so Halbstarke, weeßte, un denn sind wa alle über Vatan her und haben nu ma ihn vatrimmt. Det war den Mann janz jesund, hat a doch mal jelernt, det det nich imma so jeht: die Jroßen uff de Kleenen! Und denn ham wa ihn noch sein Jeld aus die Tasche jeklaut. Ick weeß nich, wie viels jewesen ist, die Jroßen von uns ham's jeteilt. Ick hab bloß zwanzich Emm jekricht, und denn ham se mir jesacht: Hau du bloß ab, dein Olla schlächt dir tot oder steckt dir in Fürsorge. Mach uff't Land bei de Bauern. Und da bin ick denn uff't Land bei de Bauern jemacht. Un een janz schönet Leben ha'ck seitdem jeführt, det kann ick wohl behaupten!«

Er schwieg und sah sie wieder an.

Sie sah still auf ihn hinunter, sie dachte an Karlemann. Dieser war nur noch drei Jahre später auch ein Karlemann, ohne Liebe, ohne Glauben, ohne Streben, nur auf sich selbst bedacht.

Sie fragte: »Und was, denkst du, soll einmal aus dir werden, Kuno?« Und sie setzte hinzu: »Du willst wohl später mal zu der SA oder zu der SS?«

Lang gedehnt: »Bei die Brüder? So blau! Die sind ja noch schlimma wie Vata! Imma bloß schimpfen un kommandieren! Nee, danke für Backobst, det is nischt für mich!«

»Aber vielleicht würde es dir Spaß machen, wenn du erst andere kommandieren kannst?«

»Wieso denn det? Nee, ich bin for so wat nich. Weeßte – wie heißte eijentlich?«

»Eva – Eva Kluge.«

»Weeßte, Eva, wat mir richtig Spaß machen würde, det wäre Auto. Von't Auto möcht ick jerne allet wissen, woso der Motor funktioniert und wie det is mit Vajaser un Zündung – nee, nich,

455

wie det is, det weeß ick schon halweje, aba warum det so is …
Aba det möcht ick schon ma wissen, bloß, for so wat bin ick zu
doof. Mir ham se in meine Jugend zu ville uff de Birne gekloppt,
seitdem is die weech. Nich ma richtich schreiben kann ick!«

»Aber so dumm siehst du gar nicht aus! Ich bin sicher, du
lernst das, das Schreiben und später auch das mit den Motoren.«

»Lernen? Nochma in de Schule jehn? Knif, kommt nicht in
Frage, für so wat bin ick schon zu alt. Ick hab doch schon zwei
Jeliebte jehabt.«

Einen Augenblick schauderte ihr. Aber dann sagte sie mutig: »Glaubst du denn, so ein Ingenieur oder Techniker hat je
ausgelernt? Die müssen doch immer weiterlernen, auf der
Hochschule oder in Abendkursen.«

»Weeß ick doch! Weeß ick doch allet! Det steht ja an de Lit-
faßsäulen! Abendkurse für fortgeschrittene Elektrotechniker«
– plötzlich sprach er ein ganz fehlerfreies Deutsch –, »die
Grundlagen der Elektrotechnik.«

»Na also!«, rief Frau Eva. »Und du denkst, du bist zu alt für
so was! Du willst nichts mehr lernen? Du willst dein Lebtag
ein Penner bleiben, der den Winter über Gläser wäscht und
Holz hackt? Das wird ja ein nettes Leben werden, viel Spaß
wird dir das nicht machen!«

Er hatte die Augen jetzt wieder weit geöffnet und sah sie
forschend, aber auch misstrauisch an.

»Du willst wohl, det ick bei meine Leute zurückmache und in
Berlin zur Schule jeh? Oder willste mir in Fürsorge stecken?«

»Nichts von beiden. Ich will sehen, dass du bei mir bleiben
kannst. Und dann will ich dich selber unterrichten, und ein
Freund von mir.«

Er blieb misstrauisch. »Un wat vadienst du denn bei det Jeschäft? Ick würde dir doch 'ne Masse kosten, mit Essen un
Kleider un Schulbücher und so weiter.«

»Ich weiß nicht, ob du das verstehen wirst, Kuno. Ich habe
mal einen Mann und zwei Jungens gehabt, die habe ich verlo-

ren. Und nun bin ich ganz allein, nur den einen Freund habe ich noch!«

»Da kannste doch noch 'n Kind kriejen!«

Sie wurde rot, sie, die alternde Frau, errötete unter dem Blick des vierzehnjährigen Jungen.

»Nein, ich kann keine Kinder mehr kriegen«, sagte sie und sah ihn fest an. »Aber es würde mir Freude machen, wenn du noch etwas würdest, ein Autoingenieur oder ein Flugzeugkonstrukteur. Das würde mir Freude machen, dass ich aus so einem Jungen, wie du bist, noch etwas gemacht habe.«

»Du denkst woll, ick bin een janz jemeenet Aas?«

»Das weißt du doch selbst, dass jetzt nicht viel mit dir los ist, Kuno!«

»Da haste recht. Det muss wahr sind!«

»Und du hast keine Lust, was anderes zu werden?«

»Lust schon, aba …«

»Aber was? Möchtest du nicht zu mir kommen?«

»Möchten schon, aba …«

»Was ist das noch für ein Aber?«

»Ick denk imma, du krichst mir schnell üba, und fortschicken lass ick mir nich jerne, ick jeh lieba von alleene.«

»Du kannst jeden Tag von mir fortgehen, ich werde dich nie halten.«

»Is det ein Wort?«

»Das ist ein Wort, ich verspreche es dir, Kuno. Bei mir bist du ganz frei.«

»Aba, wenn ick bei dir bin, denn muss ick richtich jemeldet wern, und denn wissen's ooch meine Ollen, wo ick bin. Die lassen mir nich eenen Tach bei dir.«

»Wenn das so aussieht bei euch zu Haus, wie du erzählt hast, wird dich keiner zwingen zurückzugehen. Vielleicht werden mir dann die Rechte übertragen, und du bist ganz mein Junge …«

Einen Augenblick sahen sich die beiden an. Sie meinte, in diesem blauen gleichgültigen Blick einen fernen Glanz zu entdecken. Aber dann sagte er – und legte den Kopf auf den Arm, schloss die Augen: »Na, denn schön. Denn will ick ma 'n bissken schlafen. Jeh du man wieder bei deine Kartoffeln!«

»Aber, Kuno« rief sie. »Du musst mir doch wenigstens eine Antwort auf meine Frage geben!«

»Muss ick?«, fragte er sehr schläfrig. »Keen Mensch muss müssen.«

Sie sah ein Weilchen zweifelnd auf ihn herab. Dann ging sie mit einem leichten Lächeln wieder an ihre Arbeit.

Sie hackte, aber jetzt hackte sie ganz gedankenlos. Zwei Mal ertappte sie sich dabei, dass sie eine Kartoffel umgelegt hatte. Pass doch auf, Eva!, sagte sie dann ärgerlich zu sich selbst.

Aber viel besser passte sie darum doch nicht auf. Sondern sie dachte daran, dass es vielleicht besser sei, wenn es mit diesem verkommenen Jungen und ihr nichts würde. Wie viel Liebe und Arbeit hatte sie in den Karlemann gesteckt, der ein unverdorbenes Kind gewesen war – und was war aus Liebe und Arbeit geworden? Und sie wollte einen vierzehnjährigen Bengel, der das ganze Leben und alle Menschen verachtete, noch einmal völlig umändern? Was hatte sie sich da eingebildet? Außerdem würde Kienschäper nie damit einverstanden sein …

Sie sah sich nach dem Schläfer um. Aber der Schläfer war nicht mehr da, allein lagen ihre Sachen im Schatten des Waldrandes.

Also gut!, dachte sie bei sich. Er hat mir schon jede Entscheidung abgenommen. Ausgerissen! Umso besser!

Und sie hackte zornig drauflos.

Aber einen Augenblick später entdeckte sie Kuno-Dieter auf dem andern Ende des Kartoffelackers, wie er fleißig Unkraut ausriss und die Bündel am Feldrand aufschichtete. Sie stieg über die Furchen fort zu ihm hin.

»Schon ausgeschlafen?«, fragte sie.

»Kann nich schlafen«, sagte er. »Mir haste den Kopp dusslig jeredt. Muss nachdenken.«

»Denn tu das man! Aber denk nicht, dass du meinetwegen arbeiten musst.«

»Deinetwegen!« So viel Verachtung, wie er in dieses eine Wort legte, war gar nicht auszudenken. »Ick reiß Unkraut aus, weil sich's dabei besser nachdenkt und weil's mir eben Spaß macht. Wahrhaftig! Wejen dir! Für die paar Sechserstullen meenste?«

Wieder ging Frau Eva Kluge mit einem stillen Lächeln an ihre Arbeit zurück. Und er tat es doch ihretwegen, wenn er es auch nicht einmal vor sich selbst wahrhaben wollte. Jetzt hatte sie keinen Zweifel mehr, dass er mittags mit ihr gehen würde, und davor verloren alle mahnenden und warnenden Stimmen, die in ihr laut geworden waren, an Gewicht.

Früher als sonst machte sie Schluss mit der Arbeit. Sie ging wieder zu dem Jungen zurück und sagte zu ihm: »Ich mach jetzt Mittag. Wenn du willst, Kuno, kannst du mit mir kommen.«

Er riss noch ein paar Unkräuter aus und sah dann auf das gesäuberte Stück. »'ne janz schöne Ecke ha'ck jeschafft«, sagte er befriedigt. »Natürlich ha'ck nur det jrobe Unkraut jenomm, for det kleene musste noch mal mit de Hacke langjehn, det schafft denn aba mehr.«

»Natürlich«, sagte sie. »Nimm du nur das grobe Unkraut weg, mit dem kleinen will ich schon fertig werden.«

Er sah sie wieder von der Seite an, und sie merkte, dass diese blauen Augen auch schelmisch blicken konnten.

»Det soll woll 'ne Anspielung sind?«, erkundigte er sich.

»Wie du meinst«, sagte sie. »Es braucht es nicht zu sein.«

»Na denn!«

Sie blieb stehen auf dem Rückweg, an einem kleinen, eilig dahinströmenden Wasser.

»Ich möchte dich so, wie du aussiehst, nicht mit ins Dorf nehmen, Kuno«, sagte sie.

Sofort erschien eine Falte auf seiner Stirn, und er fragte argwöhnisch: »Du schämst dir woll for mir?«

»Natürlich kannst du auch so mitkommen, meinetwegen«,

sagte sie. »Aber wenn du länger im Dorf leben willst, und du kannst fünf Jahre da sein und immer ordentlich gekleidet herumlaufen, die Bauern vergessen doch nie, wie du zu ihnen gekommen bist. Wie ein Dreckschwein, werden sie noch in zehn Jahren sagen. Wie ein Penner.«

»Da haste recht«, sagte er. »So sind die Brüder. Na, denn mach ma und hol Zeuch! Ick will ma sehn, det ick mir unterdes hier 'n bissken abschrubbe.«

»Ich bringe Seife und Bürste mit«, rief sie noch und machte sich eilig auf den Weg ins Dorf.

Später am Tage, sehr viel später am Tage, schon am Abend, als sie zu dreien ihr Abendbrot gegessen hatten: Frau Eva, der weißhaarige Kienschäper und ein fast bis zur Unkenntlichkeit verwandelter Kuno-Dieter, später also sagte Frau Eva: »Heute schläfst du hier noch auf dem Heuboden, Kuno. Von morgen an kriege ich die kleine Kammer, sie müssen nur erst das Gerümpel rausstellen. Ich richte sie dir hübsch ein. Möbel habe ich genug.«

Kuno sah sie nur an. »Det soll heeßen, det ick jetzt zu vaduften habe«, sagte er, »det de Herrschaften unter sich sein wollen. Na denn! Aba schlafen jeh ick jetzt noch nich, Eva, ick bin doch keen Siebenmonatskind. Ick wer mir erst ma det Kaff bekieken.«

»Aber lass es nicht zu spät werden, Kuno! Und rauch nicht auf dem Heuboden!«

»I wo denn! Wo wer ick!, wär ja der Erste, der abnibbeln müsste. Na denn! Ville Spaß noch, junge Leute, sagte der Vata, da machte er Mutta een Kind!«

Und Herr Kuno-Dieter ging ab. Ein glänzendes Produkt nationalsozialistischer Erziehung.

Frau Eva Kluge lächelte etwas bekümmert. »Ich weiß doch nicht, Kienschäper«, sagte sie, »ob ich grade recht daran getan habe, dieses Früchtchen in unsere kleine Familie aufzunehmen. Er ist eine Zumutung, das ist er!«

Kienschäper lachte. »Aber, Evi«, sagte er, »du musst doch selber merken, dass der Junge jetzt nur angibt! Der will sich hier ganz groß zeigen! Auch in aller Scheußlichkeit. Und gerade, weil er merkt, du bist ein bisschen zimperlich …«

»Ich bin doch nicht zimperlich!«, rief sie. »Aber wenn mir ein vierzehnjähriger Junge erzählt, er hat schon zwei Geliebte gehabt …«

»… so bist du eben doch zimperlich, Evi. Und was heißt übrigens zwei Geliebte, die er bestimmt gar nicht gehabt hat, sondern im schlimmsten Falle haben sie ihn gehabt! Das heißt gar nichts! Ich will es deinen Ohren ersparen, Evi, dir zu erzählen, was die Kinder dieses schlichten, frommen Dorfes alles miteinander vorhaben, dagegen ist dein Kuno-Dieter noch Gold!«

»Aber die Kinder reden nicht davon!«

»Weil sie ein schlechtes Gewissen haben. Er aber hat keines, sondern sieht es ganz natürlich an, weil er es nämlich nie anders gesehen und gehört hat. Das gibt sich alles. Ein guter Kern steckt in dem Jungen; in einem halben Jahr wird er schon schamrot werden, wenn er an das denkt, was er dir in den ersten Tagen alles gesagt hat. Er wird's ablegen, genauso wie sein Berlinisch. Hast du gemerkt, er kann ganz gut hochdeutsch reden, er will bloß nicht.«

»Ich habe ein schlechtes Gewissen, besonders vor dir, Kienschäper.«

»Das brauchst du nicht zu haben, Evi. Der Junge macht mir Spaß, und dessen sei sicher, er mag werden, wie er will: einer aus dem Hitlerdutzend wird er nie. Vielleicht ein Sonderling, aber nie ein Parteimann, sondern stets ein Einzelgänger.«

»Das gebe Gott!«, sagte Eva. »Mehr will ich ja gar nicht erreichen.«

Und sie hatte das dunkle Gefühl, als mache sie mit dem geretteten Kuno-Dieter die von Karlemann begangenen Schandtaten ein bisschen wieder gut.

45. Kapitel
Kriminalrat Zott gestürzt

Der Brief des Reviervorstehers war zwar ganz richtig an Herrn Kriminalrat Zott bei der Geheimen Staatspolizei, Berlin, adressiert gewesen. Aber das hatte noch nicht zur Folge, dass dieser Brief auch direkt bei dem Kriminalrat Zott eintraf. Sondern dessen Vorgesetzter, der SS-Obergruppenführer Prall, hatte ihn in den Händen, als er beim Kriminalrat eintrat.

»Was ist das für eine Sache, Herr Kriminalrat?«, fragte Prall. »Hier ist wieder so 'ne Karte vom Klabautermann und daran angeheftet ein Zettel: Häftlinge laut telefonischer Weisung der Gestapo, Kriminalrat Zott, wieder entlassen. Was sind das für Häftlinge? Warum ist mir davon nichts gemeldet?«

Der Kriminalrat sah schräg durch die Brille zu seinem Vorgesetzten hin: »Ach so! Ja, jetzt erinnere ich mich. Das war vorgestern oder noch einen Tag früher. Jetzt weiß ich es wieder genau: am Sonntag war es. Abends. Zwischen sechs und sieben, achtzehn und neunzehn Uhr wollte ich sagen, Herr Obergruppenführer.«

Und er sah, stolz auf sein ausgezeichnetes Gedächtnis, den Obergruppenführer an.

»Und was war da am Sonntag zwischen achtzehn und neunzehn Uhr? Wieso gab es da Häftlinge? Und warum wurden sie wieder entlassen? Und weshalb ist mir davon nichts gemeldet? Es ist zwar sehr beruhigend, dass Sie es jetzt wieder wissen, Zott, aber ich möcht's auch gerne wissen.«

Dieses ohne alle Titelei hervorgestoßene »Zott« klang wie ein erster Kanonenschuss.

»Aber eine ganz belanglose Geschichte!« Der Kriminalrat machte beruhigende Bewegungen mit seinem aktengelben Händchen. »Ein Unsinn auf dem Revier. Die hatten da als Kartenschreiber oder Kartenverteiler ein paar Leutchen festgenommen, ein Ehepaar, natürlich blanker Unsinn mal wieder von der Schupo. Ehepaar – da wir doch wissen, der Mann muss allein leben! Und dann, jetzt fällt mir auch das noch ein, von Beruf war der Mann Tischler, und wir wissen doch, er muss etwas mit der Straßenbahn zu tun haben!«

»Wollen Sie damit sagen, Herr«, antwortete, nur noch mühsam an sich haltend, der Obergruppenführer (das »Herr« war der zweite und weitaus schärfere Schuss in diesem Kriege), »wollen Sie damit sagen, dass Sie die Enthaftung dieser Leute angeordnet haben, ohne sie überhaupt zu sehen, ohne sie zu vernehmen – bloß weil es zwei waren statt einer und bloß weil der Mann sich für einen Tischler ausgab? Herr!«

»Herr Obergruppenführer«, antwortete der Kriminalrat Zott und stand auf. »Wir Kriminalisten arbeiten nach einem bestimmten Plan und weichen davon nicht ab. Ich suche einen einsam lebenden Mann, der was mit der Straßenbahn zu tun hat, und keinen Ehemann, der Tischler ist. Der interessiert mich nicht. Wegen dem gehe ich keinen Schritt.«

»Als wenn ein Tischler nicht auch für die BVG arbeiten könnte, zum Beispiel Bahnwagen reparieren!«, schrie jetzt Prall. »So eine Hornsdummheit!«

Zuerst wollte Zott beleidigt sein, aber die treffende Bemerkung seines Vorgesetzten machte ihn doch bedenklich. »Freilich«, sagte er betreten, »daran habe ich freilich nicht gedacht.« Er sammelte sich. »Aber ich suche einen einsam lebenden Menschen«, sagte er wieder. »Und dieser Mann hat eine Frau.«

»Haben Sie eine Ahnung, was die Weiber für gemeine Biester sein können!«, knurrte Prall. Aber er hatte noch etwas in Bereitschaft: »Und haben Sie, Herr Kriminalrat Zott« (der dritte und schärfste Schuss), »vielleicht auch daran nicht gedacht, dass diese Karte an einem Sonntagnachmittag abgelegt ist, in der Nähe des Nollendorfplatzes, der gehört nämlich zu dem Revier! Sollte auch dieser kleine, belanglose Umstand Ihrem kriminalistischen Scharfblick entgangen sein?«

Diesmal war der Kriminalrat Zott ehrlich bestürzt, sein

Spitzbart zuckte, über seine dunklen, scharfen Augen zog es wie ein Schleier.

»Sie sehen mich in der größten Verlegenheit, Herr Obergruppenführer! Ich bin verzweifelt, wie konnte mir das nur geschehen? Ach ja, ich habe mich verrannt. Ich habe immer nur an diese Bahnhöfe von der Elektrischen gedacht, ich war so stolz auf diese Entdeckung. Zu stolz ...«

Der Obergruppenführer sah mit bösen Augen auf dieses Männchen, das in ehrlicher Bekümmernis, aber ohne Kriecherei seine Sünden bekannte.

»Es war ein Fehler von mir, ein schwerwiegender Fehler«, fuhr der Kriminalrat eifrig fort, »diese Ermittlungen überhaupt zu übernehmen. Ich tauge nur für die stille Arbeit am Schreibtisch, nicht für den Fahndungsdienst. Kollege Escherich macht so etwas zehnmal besser als ich. Nun habe ich auch noch das Unglück gehabt«, fuhr er beichtend fort, »dass einer meiner Leute, den ich mit der Ermittlung in einem dieser Häuser beauftragt hatte, verhaftet worden ist, ein gewisser Klebs. Wie mir mitgeteilt wird, soll er an einem Diebstahl beteiligt sein, an der Ausräuberung eines Dipsomanen. Übrigens ist er schwer verletzt. Eine sehr hässliche Geschichte. Der Mann wird bei der Verhandlung nicht den Mund halten, er wird sagen, wir haben ihn geschickt ...«

Der Obergruppenführer Prall zitterte vor Zorn, aber der traurige Ernst, mit dem Kriminalrat Zott sprach, und seine völlige Unbekümmertheit um das eigene Schicksal hielten ihn noch im Zaum.

»Und wie denken Sie sich die Fortsetzung der Sache, Herr?«, fragte er kalt.

»Ich bitte Sie, Herr Obergruppenführer«, bat Zott mit flehend erhobenen Händen, »ich bitte Sie, entbinden Sie mich! Entbinden Sie mich von diesem Dienst, dem ich in keiner Weise gewachsen bin! Holen Sie den Kommissar Escherich wieder aus seinem Keller, er wird es besser machen als ich ...«

»Ich hoffe«, sagte Prall und schien alles eben Gesagte nicht gehört zu haben, »ich hoffe, Sie haben wenigstens die Anschriften der beiden inhaftiert Gewesenen notiert?«

»Ich habe es nicht! Ich habe mit sträflichem Leichtsinn gehandelt, von meiner Lieblingsidee verführt. Aber ich werde mich mit dem Revier verbinden lassen, man wird mir die Adressen geben, wir werden sehen …«

»Also lassen Sie sich verbinden!«

Das Gespräch war nur sehr kurz. Der Kriminalrat sagte zu dem Obergruppenführer: »Auch dort hat man die Adressen nicht notiert.« Und auf eine zornige Bewegung seines Vorgesetzten: »Ich bin schuld, ich ganz allein! Nach dem Telefongespräch mit mir musste man dort die Angelegenheit für endgültig erledigt ansehen. Ich allein bin schuld, dass nicht einmal eine Aktennotiz gemacht wurde!«

»So dass wir jetzt keinerlei Spur mehr haben?«

»Keinerlei Spur!«

»Und wie denken Sie über Ihr Verhalten?«

»Bitte, Herrn Kommissar Escherich aus dem Keller zu holen und mich an seiner Stelle festzusetzen!«

Obergruppenführer Prall sah den kleinen Mann eine Weile sprachlos an. Dann sagte er, zitternd vor Wut: »Wissen Sie, dass ich Sie in ein KZ schicken werde? Sie wagen, mir einen solchen Vorschlag ins Gesicht hinein zu machen, und Sie zittern und heulen nicht vor Angst? Aus dem Zeug, wie Sie sind, sind auch die Roten, die Bolschewiken, gemacht! Sie bekennen Ihre Schuld, aber Sie scheinen noch stolz darauf!«

»Ich bin nicht stolz auf meine Schuld. Aber ich bin bereit, die Folgen zu tragen. Und ich hoffe, ich werde es ohne Zittern und Heulen tun!«

Obergruppenführer Prall lächelte verächtlich zu diesen Worten. Er hatte unter den Schlägen der SS-Männer schon viel Würde zerfallen gesehen. Aber er hatte auch den Blick in den Augen mancher Gemarterten gesehen, diesen Blick, der in aller

Qual von einer kühlen, fast spöttischen Überlegenheit sprach. Und die Erinnerung an diesen Blick machte es, dass er, statt zu schreien und zu schlagen, nur sagte: »Sie halten sich in diesem Zimmer zu meiner Verfügung. Ich muss erst Bericht erstatten.«

Kriminalrat Zott neigte zustimmend den Kopf, und der Obergruppenführer Prall ging.

46. KAPITEL
Kommissar Escherich wieder frei

Der Kommissar Escherich ist wieder im Amt. Der Totgeglaubte ist aus den Kellern der Gestapo wieder zum Leben auferstanden. Ein wenig beschädigt und zerknittert, sitzt er doch wieder an seinem Schreibtisch, und seine Kollegen beeilen sich, ihn ihrer Sympathie zu versichern. Sie hätten immer an ihn geglaubt. Sie hätten alles gerne für ihn getan, was in ihrer Macht stand. »Nur, weißt du, wenn erst die höhere Führung jemanden in Verschiss tut, kann unsereiner nichts mehr machen. Da verbrennt man sich nur die Pfoten. Nun, das weißt du ja alles selbst, das verstehst du ja, Escherich.«

Escherich versichert, dass er alles versteht. Er verzieht den Mund zu einem Lächeln, das ein wenig unglücklich aussieht, vermutlich weil Escherich noch nicht gelernt hat, mit einigen Zahnlücken im Munde zu lächeln.

Nur zwei Reden haben auf ihn bei seinem Diensteintritt Eindruck gemacht. Die eine kam vom Kriminalrat Zott.

»Kollege Escherich«, hatte der gesagt. »Ich werde nicht statt Ihrer in den Bunker gesandt, obwohl ich es zehnmal mehr als Sie verdient hätte. Nicht nur wegen der Fehler, die ich gemacht habe, sondern weil ich mich wie ein Schwein Ihnen gegenüber benommen habe. Meine einzige Entschuldigung ist: ich glaubte, Sie hätten schlecht gearbeitet ...«

»Nun reden Sie nicht mehr davon«, hatte Escherich mit seinem zahnlückigen Lächeln gesagt. »Im Fall Klabautermann haben bisher alle schlecht gearbeitet, Sie, ich, alle. Es ist komisch, ich bin wirklich gespannt darauf, diesen Mann kennenzulernen, der so viel Unglück mit seinen Karten über seine Mitmenschen gebracht hat. Es muss ein seltsamer Vogel sein …«

Er sah den Kriminalrat gedankenvoll an.

Der gab ihm seine kleine aktengelbe Hand. »Denken Sie nicht zu böse von mir, Kollege Escherich«, sagte er leise. »Und noch eins: ich habe da so eine neue Theorie aufgestellt, dass der Täter irgendetwas mit der Straßenbahn zu tun hat. Sie werden es bei den Akten finden. Bitte verlieren Sie diese Theorie bei Ihren Ermittlungen nicht ganz aus dem Auge. Ich wäre sehr glücklich, wenn wenigstens dieser Punkt meiner Erwägungen sich als wahr erwiese! Ich bitte Sie darum!«

Und damit entschwand der Kriminalrat Zott auf sein abgelegenes, stilles Zimmer, nur noch seinen Theorien hingegeben.

Die zweite denkwürdige Ansprache hielt natürlich der Obergruppenführer Prall. »Escherich«, sagte er mit erhobener Stimme, »Kommissar Escherich! Sie fühlen sich doch ganz wohl?«

»Völlig wohl!«, antwortete der Kommissar. Er stand hinter seinem Schreibtisch, unwillkürlich lagen die Hände mit eng angepressten Daumen an der Hose, wie er es unten in der Zelle gelernt hatte. Sosehr er dagegen ankämpfte, der Kommissar zitterte. Sein Auge war aufmerksam auf den Vorgesetzten gerichtet. Diesem Manne gegenüber erfasste ihn nichts wie Angst, besinnungslose Angst, jeden Augenblick konnte der ihn wieder in den Keller schicken.

»Wenn Sie sich also völlig wohl fühlen, Escherich«, fuhr Prall fort, der sehr wohl die Wirkung seiner Worte spürte, »so können Sie doch auch arbeiten. Oder nicht?«

»Ich kann arbeiten, Herr Obergruppenführer!«

»Wenn Sie arbeiten können, Escherich, so können Sie doch auch den Klabautermann fangen! Das können Sie doch?«

»Das kann ich, Herr Obergruppenführer!«

»In kürzester Zeit, Escherich!«

»In kürzester Zeit, Herr Obergruppenführer!«

»Sehen Sie, Escherich«, sagte der Obergruppenführer Prall gnädig und weidete sich an der Angst seines Untergebenen. »Wie gut so 'n kleiner Ferienaufenthalt im Bunker tut! So liebe ich meine Leute! Sie fühlen sich mir nicht mehr sehr überlegen, Herr Escherich?«

»Nein, Herr Obergruppenführer, gewiss nicht. Zu Befehl, Herr Obergruppenführer!«

»Sie denken nicht mehr, dass Sie der allerschlaueste Hund in der ganzen Gestapo sind und dass alle andern bloß aus Hundedreck gemacht sind – das denken Sie doch nicht mehr, Escherich?«

»Zu Befehl, nein, Herr Obergruppenführer, das denke ich nicht mehr.«

»Sehen Sie, Escherich«, fuhr der Obergruppenführer fort und gab dem angstvoll zurückfahrenden Escherich einen kräftigen, scherzhaften Nasenstüber, »und wenn Sie sich nun mal wieder sehr schlau fühlen oder wenn Sie Eigenmächtigkeiten begehen oder wenn Sie denken, der Obergruppenführer Prall ist bloß ein doofes Aas, dann sagen Sie mir das rechtzeitig. Dann schicke ich Sie gleich, ehe es noch zu schlimm wird, zu einer kleinen Kur in den Keller. Na, na?«

Der Kommissar Escherich sah seinen Vorgesetzten nur starr an. Jetzt konnte es ein Blinder hören, so stark zitterte der Kommissar.

»Nun, was wird, Escherich, werden Sie's mir rechtzeitig sagen, wenn Sie mal wieder mächtig schlau sind?«

»Zu Befehl, Herr Obergruppenführer!«

»Oder wenn die Arbeit nicht vorangeht, damit ich Ihnen ein bisschen Beine mache?«

»Zu Befehl, Herr Obergruppenführer!«

»Na, dann sind wir uns ja einig, Escherich!«

Der hohe Herr gab dem genugsam Geduckten plötzlich ganz überraschend die Hand. »Freut mich, Escherich, Sie wieder im Dienst zu sehen. Hoffe, wir werden wieder ausgezeichnet miteinander arbeiten. Was wollen Sie also als Nächstes tun?«

»Mir von den Beamten des Reviers am Nollendorfplatz eine genaue Personalbeschreibung verschaffen. Die werden wir jetzt endlich bekommen! Der Mann, der die beiden Angezeigten vernahm, vielleicht hat er doch noch eine leise Erinnerung an den Namen. Die Suchaktion des Kollegen Zott fortsetzen …«

»Schön, schön. Das ist also jedenfalls ein Anfang. Sie erstatten mir täglich Bericht …«

»Zu Befehl, Herr Obergruppenführer!«

Ja, dies war die zweite Unterredung bei Wiederaufnahme seines Dienstes, die einigen Eindruck auf den Kriminalkommissar Escherich machte. Im Übrigen sah man ihm nichts mehr von seinen Erlebnissen an, nachdem auch die Zahnlücke wieder geschlossen war. Die Kollegen fanden sogar, Escherich sei sehr viel netter geworden seitdem. Das machte, dass er den Ton spöttischer Überlegenheit völlig verloren hatte. Keinem Menschen konnte er sich noch überlegen fühlen.

Kommissar Escherich arbeitet, macht Recherchen, nimmt Vernehmungen vor, fertigt Personalbeschreibungen an, liest in Akten, telefoniert – Escherich arbeitet wie eh und je. Aber wenn ihm auch keiner was ansieht und wenn er auch hofft, eines Tages wieder ohne Zittern mit seinem Vorgesetzten Prall reden zu können, Escherich weiß, er wird nie wieder der Alte. Er ist bloß noch eine Arbeitsmaschine; was er tut, ist Routinearbeit. Mit dem Überlegenheitsgefühl schwand auch die Freude an der Arbeit, der Dünkel war der Dünger, der seine Früchte reifte.

Escherich hat sich immer sehr sicher gefühlt. Er hat immer geglaubt, ihm könne nichts geschehen. Er hat angenommen, er sei ein ganz anderer Mensch als die andern. Und Escherich hat all diese Selbsttäuschungen aufgeben müssen, eigentlich in den paar Sekunden, als ihm der SS-Mann Dobat die Faust in den Mund schlug und er Angst lernte. Escherich hat in wenigen Tagen so gründlich Angst gelernt, dass er sie in seinem ganzen Leben nicht wieder verlernen wird. Er weiß, er kann aussehen, wie er will, er kann das Unmögliche erreichen, er kann geehrt und gefeiert werden – er weiß, er ist gar nichts. Ein Faustschlag kann ihn in ein heulendes, zitterndes, angstvolles Garnichts verwandeln, nicht viel besser als der kleine, stinkende, feige Taschendieb, mit dem er tagelang die Zelle geteilt hat und dessen eiligst geleierte Gebete ihm jetzt noch im Ohr sind. Nicht so sehr viel besser. Nein, gar nicht besser!

Aber eines hält den Kommissar Escherich noch aufrecht, das ist der Gedanke an den Klabautermann. Den Kerl muss er noch fassen, hinterher kann seinethalben werden, was will. Er muss diesem Mann Auge ins Auge sehen, er muss mit diesem Mann sprechen, der die Ursache seines Unglücks geworden ist. Er will es ihm ins Gesicht sagen, diesem Fanatiker, welch Unheil, Sorge, Not er über viele Menschen gebracht hat. Er wird ihn zerschmettern, diesen Feind im Dunkeln.

Hätte er ihn doch schon!

47. Kapitel
Der verhängnisvolle Montag

An diesem Montag, der den Quangels so verhängnisvoll werden sollte;

an diesem Montag, acht Wochen nachdem Escherich wieder in sein Amt eingesetzt war;

an diesem Montag, an dem Emil Barkhausen zu zwei Jahren Gefängnis, die Ratte Klebs zu einem Jahr verurteilt wurde;

an diesem Montag, da Baldur Persicke endlich aus seiner Napola in Berlin eintraf und seinen Vater in der Trinkerheilstätte besuchte;

an diesem Montag, da Trudel Hergesell auf dem Bahnhof

Erkner die Treppe hinunterfiel und dadurch eine Fehlgeburt hatte;

an diesem schicksalsreichen Montag also lag Anna Quangel mit einer schweren Grippe im Bett. Sie fieberte stark. An ihrer Seite saß Otto Quangel, der Doktor war gegangen. Sie stritten sich darüber, ob er heute die Karten austragen sollte oder nicht.

»Du gehst nicht mehr, wir haben das fest ausgemacht, Otto! Die Karten haben auch bis morgen oder übermorgen Zeit, da bin ich wieder auf den Beinen!«

»Ich will die Dinger aus dem Hause haben, Anna!«

»Dann gehe ich eben!« Und Anna richtete sich in ihrem Bett auf.

»Du bleibst liegen!« Er drückte sie in die Kissen zurück. »Anna, sei nicht töricht. Ich habe hundert, ich habe zweihundert Karten eingesteckt ...«

In diesem Augenblick ging die Klingel.

Sie fuhren erschrocken zusammen wie die ertappten Diebe. Quangel steckte rasch die beiden Karten ein, die bisher auf der Bettdecke gelegen hatten.

»Wer kann das sein?«, fragte Frau Anna ängstlich.

Und auch er: »Um diese Zeit? Morgens elf Uhr!«

Sie riet: »Vielleicht ist bei Heffkes was passiert? Oder der Doktor ist noch einmal zurückgekommen?«

Wieder ging die Klingel.

»Ich werde mal nachsehen«, murmelte er.

»Nein«, bat sie. »Bleib sitzen. Wenn wir mit den Karten unterwegs gewesen wären, hätte der auch umsonst geklingelt!«

»Nur mal nachsehen, Anna!«

»Nein, mach nicht auf, Otto! Ich bitte dich! Ich habe ein Vorgefühl: Wenn du die Tür aufmachst, kommt Unglück ins Haus!«

»Ich gehe ganz leise und sage dir erst Bescheid.«

Er ging.

Sie lag in zorniger Ungeduld. Dass er doch nie und nie nachgab, ihr niemals eine Bitte erfüllen konnte! Es war falsch, was er tat; Unglück lauerte draußen, aber jetzt fühlte er es nicht, wo es wirklich da war. Und nun hält er nicht einmal sein Wort! Sie hört, er hat die Tür geöffnet und spricht mit einem Mann. Und er hat ihr doch fest versprochen, ihr erst Bescheid zu sagen.

»Nun, was ist? Rede doch, Otto! Du siehst, ich vergehe vor Ungeduld! Was ist das für ein Mann? Er ist noch nicht aus der Wohnung!«

»Es ist nichts Aufregendes, Anna. Bloß ein Bote aus der Fabrik. Der Werkmeister von der Vormittagsschicht ist verunglückt – ich muss sofort für ihn einspringen.«

Sie legt sich, nun doch ein wenig beruhigt, in die Kissen zurück. »Und du gehst?«

»Natürlich!«

»Du hast noch kein Mittagessen!«

»Ich werde schon was in der Kantine kriegen!«

»Stecke dir wenigstens Brot ein!«

»Ja, ja, Anna, sorge dich um nichts. Es ist schlimm, dass ich dich hier so lange allein liegenlassen muss.«

»Um eins hättest du doch gehen müssen.«

»Ich werde meine eigene Schicht gleich hinterher abreißen.«

»Der Mann wartet?«

»Ja, ich fahre gleich mit ihm zurück.«

»Also komm schnell wieder, Otto. Nimm heut mal die Elektrische!«

»Versteht sich, Anna. Gute Besserung!«

Er war schon im Gehen, da rief sie: »Ach, bitte, Otto, gib mir doch noch einen Kuss!«

Er kam zurück, ein wenig verwundert, ein wenig verlegen wegen dieses bei ihnen so ungewohnten Zärtlichkeitsbedürfnisses. Er drückte seine Lippen auf ihren Mund.

Sie zog seinen Kopf fest an sich und küsste ihn herzhaft.

»Ich bin dumm, Otto«, sagte sie. »Ich habe noch immer Angst. Das macht wohl das Fieber. Aber jetzt geh!«

So trennten sie sich. Als freie Menschen sollten sie sich nie wiedersehen. An die Postkarten in seiner Tasche hatten sie beide im eiligen Aufbruch nicht mehr gedacht.

Aber dem alten Werkmeister fallen die Karten sofort wieder ein, als er mit seinem Begleiter in der Elektrischen sitzt. Er fasst in die Tasche – da sind sie! Er ist unzufrieden mit sich, daran hätte er denken müssen! Lieber hätte er die Dinger zu Haus gelassen, lieber wäre er noch jetzt aus der Bahn gestiegen, um sie in irgendeinem Hause abzulegen. Aber er findet keinen Vorwand, den er seinem Begleiter plausibel machen kann. So muss er die Karten in den Betrieb mitnehmen, etwas, das er noch nie getan hat, das er nie hätte tun dürfen – aber jetzt ist es zu spät.

Er steht auf dem Klosett. Er hat die Karten schon in den Händen, er will sie zerreißen, fortspülen – und sein Blick fällt auf das mit so vieler Mühe, in so vielen Stunden Geschriebene: es scheint ihm stark, wirkungsvoll. Es wäre schade darum, eine solche Waffe zu vernichten. Seine Sparsamkeit, sein »schmutziger Geiz« hindern ihn an der Vernichtung, aber auch sein Respekt vor der Arbeit; alles, was Arbeit geschaffen hat, ist heilig. Es ist eine Sünde, Arbeit nutzlos zu zerstören.

Aber in der Jacke, die er auch in der Werkstatt trägt, kann er die Karten nicht lassen. So legt er sie in die Aktentasche zu dem Brot, zu der Thermosflasche mit Kaffee. Otto Quangel weiß sehr wohl, dass an der Seite der Aktentasche eine Naht offen ist, schon seit Wochen sollte sie zum Sattler. Aber der ist überlastet mit Arbeit und hat geknurrt, zwei Wochen werde die Reparatur wenigstens dauern. So lange hat Quangel die Tasche nicht entbehren wollen, und es ist ihm ja auch noch nie etwas herausgefallen. Also legt er die Karten unbesorgt hinein.

Er geht durch die Werkstatt zu den Ankleideschränken, langsam, schon dorthin und dahin schauend. Es ist eine fremde Belegschaft, er sieht kaum ein bekanntes Gesicht, manchmal nickt er. Einmal legt er auch Hand an. Die Leute sehen ihn neugierig an, ihn kennen viele: Ach ja, das ist der olle Quangel, ein komischer Vogel, aber seine Belegschaft schimpft nie auf ihn, gerecht ist er, das muss man ihm lassen. I wo, ein Antreiber ist er, das Letzte holt er aus seinen Leuten heraus. Aber nein, nie schimpft jemand aus seiner Belegschaft auf ihn. Wie der komisch aussieht, der hat wohl Scharniere am Kopf, der nickt damit so komisch. Still, jetzt kommt er zurück, der kann Quasseln auf den Tod nicht ausstehen, der kiekt jeden, der quasselt, in Grund und Boden.

Otto Quangel hat seine Aktentasche in den Schrank gestellt, die Schlüssel sind in seiner Tasche. Gut, noch elf Stunden, und die Karten werden aus der Fabrik fort sein, und wenn es dann auch Nacht ist, er wird sie schon loswerden, er kann sie nicht noch einmal mit nach Haus nehmen. Anna ist imstande und steht auf, bloß um die Karten wegzubringen.

Bei dieser neuen Belegschaft kann Quangel nicht seinen gewohnten Beobachterposten in der Mitte des Raumes einnehmen – wie das ratscht und tratscht! Er muss von einer Gruppe zur andern gehen, und hier wissen sie das noch nicht alle, was sein Schweigen und Starren bedeuten soll; manche haben ja sogar die Unverfrorenheit, sie wollen den Meister ins Gespräch ziehen. Es dauert eine ganze Weile, bis die Arbeit so schnurrt, wie er es gewohnt ist, bis sie stiller sind und begriffen haben, dass es hier nichts gibt als arbeiten.

Quangel will sich gerade an seinen Aufsichtsposten begeben, da stockt sein Fuß. Sein Blick weitet sich, ein Ruck geht durch ihn: vor ihm auf der Erde, auf dem mit Sägemehl und Hobelspänen bedeckten Fußboden der Werkstatt liegt die eine seiner beiden Karten.

Es zuckt ihm in den Fingern, er will die Karte sofort heimlich aufheben und sieht, dass zwei Schritte weiter die andere liegt. Unmöglich, sie ungesehen aufzuheben. Immer wieder richtet sich der Blick eines Arbeiters auf den neuen Meister, und was die Weiber sind, so können sie es nicht lassen, ihn anzustarren, als hätten sie noch nie einen Mann gesehen.

Ach was, ich hebe sie einfach auf, ob sie es nun sehen oder nicht! Was geht das die an! Nein, ich kann es nicht tun, die Karte muss hier schon eine Viertelstunde liegen, ein Wunder, dass sie nicht schon einer aufgehoben hat! Vielleicht hat sie aber schon einer gesehen und rasch wieder hingeworfen, als er den Inhalt las. Wenn der mich die Karte aufheben und einstecken sieht!

Gefahr! Gefahr!, schreit es in Quangel. Äußerste Gefahr! Lass die Karte liegen! Tu, als hättest du sie nicht gesehen, lass einen andern sie finden! Stell dich auf deinen Platz!

Aber plötzlich geht etwas Seltsames in Otto Quangel vor. So lange nun schon, zwei Jahre nun schon hat er Postkarten geschrieben, verteilt – aber nie hat er ihre Wirkung gesehen. Immer nur hat er in seiner dunklen Höhle gelebt; was mit den Karten wurde, der Wirbel, den sie erzeugen mussten – er hat ihn sich hundertmal vorgestellt, aber er hat ihn nicht erlebt.

Ich möchte das doch einmal sehen, ein einziges Mal! Was kann mir denn geschehen? Ich bin hier einer von achtzig Arbeitern, alle sind ebenso in Verdacht wie ich, ja mehr noch, weil mich jeder als altes Arbeitstier kennt, fern von aller Politik. Ich riskiere es, ich muss es einmal erleben.

Und ehe er sich noch recht besonnen hat, ruft er einen Arbeiter an: »Du da! Heb das mal auf! Die Dinger muss einer verloren haben. Was ist das? Was glotzt du?«

Er nimmt dem Arbeiter die eine Karte aus der Hand, er tut, als läse er sie. Aber er kann jetzt nicht lesen, seine eigene große Schrift in Blockbuchstaben kann er nicht lesen. Es ist ihm nicht möglich, den Blick vom Gesicht des Arbeiters abzuwenden, der auf die Karte starrt. Der Mann liest auch nicht mehr, aber seine Hand zittert, in seinem Blick ist Angst.

Quangel starrt ihn an. Also Angst, nichts wie Angst. Der Mann hat die Karte nicht einmal zu Ende gelesen, er ist kaum über die erste Zeile hinausgekommen, da überwältigt ihn schon die Angst.

Kichern lässt Quangel aufmerken. Er blickt auf und sieht,

dass die halbe Werkstatt auf diese beiden Männer starrt, die da in der Arbeitszeit herumstehen, Postkarten lesend … Oder fühlen sie schon, dass etwas Schreckliches geschehen ist?

Quangel nimmt dem andern die Karte aus der Hand. Dieses Spiel muss er jetzt allein weiterspielen, der Mann ist so verschüchtert, dass er zu nichts mehr imstande ist.

»Wo ist hier der Obmann von der Arbeitsfront? Der in den Manchesterhosen an dem Sägegatter? Gut! Geh an deine Arbeit, und dass du mir nicht schwatzt, sonst ergeht es dir schlecht!«

»Höre!«, sagt Quangel zu dem Mann am Sägegatter. »Komm mal einen Augenblick auf den Gang. Ich will dir was geben.« Und als die beiden draußen stehen: »Hier diese beiden Karten! Der Mann dahinten hat sie aufgehoben. Ich sah sie. Ich glaube, du musst sie der Geschäftsführung bringen. Oder?«

Der andere liest. Auch er liest nur ein paar Sätze. »Was ist das?«, fragt er erschrocken. »Die haben hier bei uns in der Werkstatt gelegen? O Gott, das kann uns Kopf und Kragen kosten! Wer, sagst du, hat die Dinger aufgehoben? Hast du gesehen, wie er sie aufhob?«

»Ich sage, ich habe ihm gesagt, er soll sie aufheben! Ich habe sie vielleicht zuerst gesehen. Vielleicht!«

»O Gott, was soll ich nur tun mit den Dingern? Verfluchte Scheiße! Ich schmeiße sie einfach in den Abtritt!«

»Du musst sie auf der Direktion abliefern, sonst wirst du für schuldig angesehen. Der Mann, der sie fand, wird nicht immer den Mund halten. Lauf gleich, ich gehe unterdes für dich ans Gatter.«

Der Mann geht zögernd. Er hält die Karten so in der Hand, als versengten sie ihm die Finger.

Quangel kehrt in die Werkstatt zurück. Aber er kann sich nicht sofort ans Sägegatter stellen: die ganze Werkstatt ist voll Unruhe. Noch weiß niemand etwas Bestimmtes, aber dass etwas geschehen ist, das wissen sie alle. Sie stecken die Köpfe zusammen, sie wispern, und diesmal hilft nicht vogelhaft starres Blicken und Schweigen des Werkmeisters, um Ruhe zu schaffen. Er muss, was er seit Jahren nicht mehr getan hat, laut schimpfen, er muss Strafen androhen, den Zornigen spielen.

Und wenn es in der einen Ecke der Werkstatt ruhig geworden ist, so ist es in der andern umso lauter, und läuft wieder alles so einigermaßen, entdeckt er, dass zwei, drei Maschinen nicht voll besetzt sind: auf dem Abtritt steckt die Bande! Er jagt sie dort auf, einer hat die Frechheit, ihn zu fragen: »Was haben Sie da vorhin eigentlich gelesen, Meister? War's wirklich ein Flugblatt vom Engländer?«

»Tu deine Arbeit!«, knurrt Quangel und treibt die Burschen vor sich her in die Werkstatt.

Dort schwatzen sie schon wieder. Sie haben sich zu Trüppchen versammelt, eine nie dagewesene Unruhe herrscht. Quangel muss hin und her, muss schimpfen, drohen, schelten – der Schweiß steht auf seiner Stirne …

Und dabei denkt es immer weiter in ihm: Das also ist die erste Wirkung. Nur Angst. So viel Angst, dass sie nicht einmal weiterlesen! Aber das hat nichts zu sagen. Sie fühlen sich hier beobachtet. Meine Karten hat meist einer allein gefunden. Der konnte sie in Ruhe lesen, überdenken, da taten sie ganz andere Wirkung. Ich habe ein blödes Experiment gemacht. Mal sehen, wie es abläuft. Eigentlich ist es gut, dass ich als Meister die Karten gefunden und abgeliefert habe, das wird mich entlasten. Nein, ich habe nichts riskiert. Und selbst wenn sie Haussuchung bei mir machen, sie finden nichts. Anna wird freilich einen Schreck kriegen – aber nein, ehe sie Haussuchung machen, bin ich schon wieder dort und bereite Anna vor … 14 Uhr 2 Minuten – es müsste doch Schichtwechsel sein, jetzt kommt meine Schicht dran.

Aber nichts von Schichtwechsel. Das Glockenzeichen ertönt nicht in der Werkstatt, die ablösende Belegschaft (Quangels eigentliche Belegschaft) erscheint nicht, die Maschinen surren weiter. Jetzt werden die Leute wirklich unruhig, immer häufiger stecken sie die Köpfe zusammen, sehen auf die Uhren.

Quangel muss es aufgeben, ihrem Schwatzen Einhalt zu gebieten, er ist nur einer gegen achtzig Mann, er schafft es nicht mehr.

Dann plötzlich erscheint ein Herr aus den Büros, ein feiner Herr mit scharfgebügelten Hosen und mit dem Parteiabzeichen. Er stellt sich neben Quangel und ruft in den Maschinenlärm: »Belegschaft! Herhören!«

Alle Gesichter wenden sich ihm zu, bloß neugierige, erwartungsvolle, finstere, ablehnende, gleichgültige.

»Die Belegschaft arbeitet aus besonderen Gründen vorläufig weiter. Überstundenlohn wird bezahlt!«

Er macht eine Pause, alle sehen ihn starr an. Ist das alles? Aus besonderen Gründen! Sie erwarten mehr!

Aber er schreit nur: »Weiterarbeiten die Belegschaft!«

Und zu Quangel gewendet: »Sie sorgen für absolute Ruhe und Fleiß, Meister! Wer ist der Mann, der diese Karten aufgehoben hat?«

»Ich habe sie zuerst gesehen, glaube ich.«

»Ich weiß schon. Also der da? Schön, Namen wissen Sie doch?«

»Nein. Dies ist nicht meine Belegschaft.«

»Ich weiß schon. Ach, sagen Sie der Belegschaft doch noch, dass das Betreten der Aborte vorläufig nicht möglich ist, jedes Verlassen des Arbeitsraumes ist verboten. An jeder Tür stehen zwei Posten – draußen!«

Und der scharfgebügelte Herr nickt Quangel flüchtig zu und geht.

Quangel geht von Arbeitsplatz zu Arbeitsplatz. Einen Augenblick sieht er auf die Arbeit, auf die Hände der Arbeitenden. Dann sagt er: »Das Verlassen des Arbeitsraumes und das Betreten der Aborte ist vorläufig verboten. An jeder Tür stehen zwei Posten – draußen!«

478

Und ehe sie noch etwas haben fragen können, ist er zum nächsten Arbeitsplatz gegangen, wiederholt seine Botschaft.

Nein, jetzt hat er es nicht mehr nötig, ihnen das Schwatzen zu verbieten, sie anzutreiben. Alle arbeiten sie stumm und verbissen vor sich hin. Alle empfinden sie die Gefahr, die jedem droht. Denn es ist unter diesen achtzig keiner, der sich nicht irgendwie und irgendwann gegen den heutigen Staat vergangen hat, und sei es nur mit einem Wort! Jeder ist bedroht. Das Leben eines jeden ist gefährdet. Alle haben sie Angst ...

Aber unterdes bauen sie Särge. Sie häufen die Särge, die nicht abtransportiert werden können, in einer Ecke der Werkstatt auf. Erst sind es nur ein paar, aber wie die Stunden gehen, werden es mehr und mehr, sie türmen sie übereinander, sie wachsen auf, bis unter die Decke, sie stapeln neue daneben. Särge über Särge, für jeden in der Belegschaft, für jeden im deutschen Volk! Noch leben sie, aber sie zimmern schon an ihren Särgen.

Quangel steht unter ihnen. Er bewegt den Kopf ruckweise weiter und weiter. Er spürt auch die Gefahr, aber sie macht ihn lachen. Ihn fangen sie nie. Er hat sich einen Spaß erlaubt, er hat den ganzen Apparat wild gemacht, aber er ist nur der alte, dusslige Quangel, von Geiz besessen. Ihn werden sie nie verdächtigen. Er kämpft weiter, immer weiter.

Bis sich wieder die Tür öffnet und der Herr mit den messerscharf gebügelten Hosen hervorkommt. Ihm folgt ein anderer, ein langer, schlenkriger Mann mit einem sandfarbenen Schnurrbart, den er zärtlich streichelt.

Sofort hört an allen Plätzen die Arbeit auf.

Und während der Büroherr schreit: »Belegschaft! Feierabend!« –

während sie wie erlöst und doch ungläubig die Werkzeuge aus der Hand legen –

während langsam in ihre stumpf gewordenen Augen wieder Licht tritt –

währenddem hat der lange Mann mit dem hellen Schnurrbart gesagt: »Werkmeister Quangel, ich verhafte Sie wegen des
dringenden Verdachts von Landes- und Hochverrat. Gehen
Sie mir unauffällig voran!«

Arme Anna – dachte Quangel und ging langsam, hoch erhoben den Kopf mit dem Vogelprofil, dem Kommissar Escherich
voran aus der Werkstatt.

48. KAPITEL

Montag, der Tag des Kommissars Escherich

Diesmal hatte der Kommissar Escherich rasch und fehlerfrei
gearbeitet.

Kaum hatte ihn die telefonische Nachricht erreicht, dass
zwei Postkarten in einer mit achtzig Mann besetzten Werkstatt der Möbelfabrik Krause & Co. gefunden seien, da hatte
er gewusst: dies war die Stunde, auf die er so lange gewartet,
jetzt hatte der Klabautermann endlich den so lange erwarteten
Fehler gemacht. Jetzt würde er ihn fassen!

Fünf Minuten darauf hatte er genügend Mannschaften zur
Abriegelung des ganzen Fabrikgeländes angefordert und
sauste in dem vom Obergruppenführer selbst gesteuerten
Mercedes zur Fabrik.

Aber während Prall dafür war, sofort die achtzig Mann aus
der Werkstatt zu holen und jeden Mann einzeln so lange zu
vernehmen, bis die Wahrheit ans Tageslicht gekommen war,
hatte Escherich gesagt: »Ich brauche sofort eine Liste aller in
der Werkstatt Arbeitenden mit ihren Wohnungen. Wie rasch
kann ich die haben?«

»In fünf Minuten. Was wird mit den Leuten? Sie haben in
fünf Minuten Feierabend.«

»Zum Schichtende lassen Sie ihnen sagen, dass sie weiter-
zuarbeiten haben. Gründe unnötig. Jede Tür zur Werkstatt ist
mit Doppelposten zu besetzen. Niemand verlässt den Raum.

Sorgen Sie dafür, dass dies alles möglichst unauffällig geschieht, jede Beunruhigung der Leute ist zu vermeiden!«

Und als der Kontorist mit der Liste hereinkommt: »Der Kartenschreiber muss in der Chodowiecki- oder in der Jablonski- oder in der Christburger Straße wohnen. Wer von den achtzig wohnt dort?«

Sie sehen die Liste durch: Keiner! Kein Einziger!

Noch einmal schien das Glück Otto Quangel retten zu wollen. Er arbeitete in einer fremden Belegschaft, er stand nicht auf der Liste.

Der Kommissar Escherich schob die Unterlippe vor, zog sie rasch wieder zurück und biss zwei-, dreimal kräftig auf seinen Bart, den er eben noch gestreichelt hatte. Er war seiner Sache ganz sicher gewesen und war nun maßlos enttäuscht.

Aber außer der Misshandlung des geliebten Bartes ließ er sich von seiner Enttäuschung nichts merken, sondern er sagte kühl: »Wir sprechen jetzt die Personalverhältnisse eines jeden Arbeiters durch. Wer von den Herren kann genaue Angaben machen? Sie sind der Personalchef? Schön, also beginnen wir, Abeking, Hermann ... Was ist bekannt über den Mann?«

Es ging unendlich langsam voran. Nach fünf Viertelstunden waren sie erst beim Buchstaben H.

Obergruppenführer Prall rauchte Zigaretten, die er gleich wieder ausdrückte. Er begann Flüstergespräche, die nach wenigen Sätzen wieder versandeten. Er trommelte mit den Fingern Märsche auf die Fensterscheiben. Er fing plötzlich scharf an: »Ich finde das alles blöd! Viel einfacher wäre es doch ...«

Kommissar Escherich sah nicht einmal hoch. Jetzt hatte ihn die Angst vor seinem Vorgesetzten endlich verlassen. Er musste den Mann finden, er gab sich aber zu, dass ihn der Misserfolg mit den Straßen stark störte. Prall konnte noch so ungeduldig werden, auf eine Massenvernehmung ließ er sich nicht ein.

»Weiter bitte!«

»Kämpfer, Eugen – das ist der Werkmeister!«

»Kommt nicht in Frage, bitte um Entschuldigung. Hat sich bereits heute morgen um neun Uhr die Hand in der Hobelmaschine verletzt. Statt seiner macht Werkmeister Quangel heute Dienst …«

»Also weiter: Krull, Otto …«

»Ich bitte nochmals um Entschuldigung: Werkmeister Quangel steht nicht auf der Liste des Herrn Kommissars …«

»Stören Sie doch nicht ewig! Wie lange sollen wir denn hier noch sitzen? Quangel, dieses alte Riesenross, kommt doch nie in Frage!«

Aber Escherich, ein Fünkchen Hoffnung glimmt wieder in ihm, fragt: »Wo wohnt dieser Quangel?«

»Wir müssen erst mal nachsehen, weil er nicht zu dieser Belegschaft gehört.«

»Also lassen Sie doch nachsehen! Bisschen schnell, was? Ich hatte um eine *vollständige* Liste gebeten!«

»Natürlich wird nachgesehen. Aber ich sage Ihnen, Herr Kommissar, bei diesem Quangel handelt es sich um einen fast völlig vertrottelten alten Mann, der übrigens schon viele Jahre in unserm Betrieb arbeitet. Wir kennen den Mann durch und durch …«

Der Kommissar winkte ab. Er wusste, wie viel Irrtümern sich Menschen hingeben, die ihre Mitmenschen durch und durch zu kennen glauben.

»Nun?«, fragte er gespannt den wieder eintretenden Bürojüngling. »Nun!«

Nicht ohne Feierlichkeit sagte der junge Mann: »Werkmeister Quangel wohnt in der Jablonskistraße Nummer …«

Escherich sprang auf. Mit einer bei ihm ganz ungewohnten Erregung rief er: »Das ist er! Ich habe den Klabautermann!«

Und Obergruppenführer Prall schrie: »Nichts wie her mit dem Schwein! Und dann schleifen, schleifen, nichts wie schleifen!«

Die Erregung war allgemein.

»Der Quangel! Wer hätte das gedacht – der Quangel? Dieser alte Dussel – unmöglich! Aber er hat als Erster die Karten gefunden! Kunststück, wo er sie selbst hingelegt hat! Aber wer ist denn solch ein Idiot und stellt sich selbst eine Falle? Quangel – unmöglich!«

Und über allen die schreiende Stimme Pralls: »Nichts wie her mit dem Schwein! Und schleifen, schleifen!«

Als Erster war der Kommissar Escherich wieder ruhig geworden.

»Auf ein Wort, bitte, Herr Obergruppenführer! Ich bitte, vorschlagen zu dürfen, dass wir erst einmal in der Wohnung dieses Quangel eine kleine Haussuchung machen.«

»Aber wozu diese Umstände, Escherich? Nachher läuft uns der Kerl womöglich fort!«

»Aus diesem Bau kommt jetzt keiner mehr raus! Aber wenn wir was in der Wohnung finden, das ihn ohne weiteres überführt, das jedes Leugnen unmöglich macht? Das würde uns viel Arbeit sparen! Jetzt ist dafür der richtige Zeitpunkt! Jetzt, wo der Mann und seine Familie noch nicht weiß, dass wir ihn in Verdacht haben ...«

»Viel einfacher ist es doch, dem Mann die Eingeweide langsam aus dem Leibe zu leiern, bis er gesteht. Aber meinethalben: fassen wir gleich die Frau auch! Aber das sage ich Ihnen, Escherich, wenn der Kerl hier unterdes Schweinereien macht, sich in 'ne Maschine schmeißt und so was, dann fahre ich wieder mit Ihnen Schlitten! Ich will den Kerl baumeln sehen!«

»Das werden Sie auch! Ich werde diesen Quangel ununterbrochen durch die Tür beobachten lassen. Die Arbeit geht weiter, meine Herren, bis wir zurück sind – ich denke, in etwa einer Stunde ...«

49. KAPITEL

Die Verhaftung Anna Quangels

Nachdem Otto Quangel gegangen war, verfiel Anna Quangel in einen Zustand benommenen Vorsichhinbrütens, aus dem sie aber bald wieder hochschreckte. Sie tastete die Bettdecke nach den beiden Postkarten ab, fand sie aber nicht. Sie überlegte und konnte sich nicht erinnern, dass Otto die Karten mitgenommen hatte. Nein, im Gegenteil, jetzt wusste sie wieder genau, dass sie selbst morgen oder übermorgen die Karten wegbringen wollte – so war es ausgemacht.

Die Postkarten mussten also in der Wohnung sein. Und sie beginnt, eisig oder durchglüht vom Fieber, die Nachsuche. Sie dreht die Wohnung um, sie sucht zwischen der Wäsche, sie kriecht unter das Bett. Sie atmet nur mühsam, manchmal setzt sie sich auf die Bettkante, weil sie einfach nicht weiterkann. Sie zieht die Decke um sich und starrt vor sich hin, jetzt hat sie die Postkarten ganz vergessen. Aber gleich schreckt sie wieder hoch und beginnt von neuem mit der Nachsuche.

So verbringt sie die Stunden, bis die Klingel anschlägt. Sie stutzt. Es hat also geklingelt? Wer kann geklingelt haben? Wer will etwas von ihr?

Und sie verfällt in ein neues fieberisches Dämmern, aus dem sie das zweite Klingelzeichen hochschreckt. Diesmal geht die Klingel lange, schrill fordert sie Einlass. Und nun wird sogar mit den Fäusten gegen die Tür geschlagen. Sie hört Rufe: »Aufmachen! Polizei! Sofort aufmachen!«

Anna Quangel lächelt, und lächelnd legt sie sich wieder ins Bett, die Decke fest um sich stopfend. Mögen die nur klingeln und rufen! Sie ist krank, sie ist nicht verpflichtet zu öffnen. Mögen die ein andermal wiederkommen oder dann, wenn Otto da ist. Sie macht nicht auf.

Und weiter Klingeln, Rufen, Bummern …

Solche Affen, die! Als wenn ich deswegen aufmachte! Die können mir alle den Buckel langrutschen!

In dem Fieberzustand, in dem sie jetzt ist, kommt ihr weder der Gedanke an die vermissten Karten noch an die Gefahr, die dieser polizeiliche Besuch bedeutet. Sie freut sich nur, dass sie krank ist und darum nicht aufzumachen braucht.

Dann sind die natürlich doch in der Stube, fünf oder sechs Männer – haben sich einen Schlosser geholt oder mit einem Dietrich die Türe aufgemacht. Die Kette hat ja nicht vorgelegen, wegen ihrer Krankheit hat sie nach Ottos Fortgang nicht übergekettet. Grade heute – sonst liegt die Kette immer vor.

»Sie heißen Anna Quangel? Sie sind die Frau des Werkmeisters Otto Quangel?«

»Ja, lieber Herr. Schon achtundzwanzig Jahre.«

»Warum haben Sie nicht aufgemacht auf unser Klingeln und Klopfen?«

»Weil ich krank bin, lieber Herr. Ich hab die Grippe!«

»Spielen Sie uns hier kein Theater vor!«, schreit ein Dicker in schwarzer Uniform dazwischen. »Sie sind so wenig krank wie mein Arsch! Sie simulieren bloß!«

Kommissar Escherich winkt seinem Vorgesetzten beruhigend zu. Dass diese Frau wirklich krank ist, kann selbst ein Kind sehen. Und vielleicht ist es gut, dass sie krank ist: viele Leute schwatzen im Fieber. Während seine Leute die Wohnung zu durchsuchen beginnen, wendet sich der Kommissar wieder zu der Frau. Er nimmt ihre heiße Hand und sagt teilnahmsvoll: »Frau Quangel, ich muss Ihnen leider eine schlechte Nachricht bringen …«

Er macht eine Pause.

»Na?«, fragt die Frau, aber gar nicht ängstlich.

»Ich hab Ihren Mann verhaften müssen.«

Die Frau lächelt. Anna Quangel lächelt nur. Lächelnd schüttelt sie den Kopf und sagt: »Nee, lieber Herr, so was können Sie mir nicht erzählen! Den Otto verhaftet keiner, der ist ein anständiger Mensch.« Sie neigt sich zu dem Kommissar hinüber und flüstert: »Wissen Sie, lieber Herr, was ich glaube? Ich träume das alles nur. Ich habe nämlich Fieber. Grippe, hat der Doktor gesagt, und im Fieber träumt man so was. Ich träume das alles: Sie und den schwarzen Dicken und den Herrn dort an der Kommode, der in meiner Wäsche rumwühlt. Nee, mein lieber Herr, den Otto haben Sie nicht verhaftet, das träume ich nur.«

Der Kommissar Escherich sagt ebenso flüsternd: »Frau Quangel, jetzt träumen Sie auch von den Postkarten. Sie wissen doch von den Karten, die Ihr Mann immer geschrieben hat?«

Aber so sehr hat das Fieber Anna Quangels Sinne nicht verwirrt, dass sie nicht bei dem Wort »Postkarten« aufmerkte. Sie schreckt zusammen. Einen Augenblick ist das Auge, das auf den Kommissar gerichtet ist, ganz klar und wach. Aber dann sagt sie, wieder lächelnd, mit dem Kopf schüttelnd: »Was denn für Karten? Mein Mann schreibt doch keine Karten! Wenn was geschrieben wird hier bei uns, so tu ich das. Aber wir schreiben schon lange nicht mehr. Seit mein Sohn gefallen ist, schreiben wir nicht mehr. Das träumen Sie bloß, lieber Herr, dass mein Otto Karten geschrieben hat!«

Der Kommissar hat das Zusammenschrecken gesehen, aber ein Zusammenschrecken ist noch kein Beweis. So sagt er: »Sehen Sie, und seit Ihr Sohn gefallen ist, schreiben Sie die Postkarten, Sie beide. Erinnern Sie sich nicht mehr an die erste Karte?«

Und er wiederholt mit einer gewissen Feierlichkeit: »Mutter! Der Führer hat mir meinen Sohn ermordet! Der Führer wird auch Deine Söhne ermorden, er wird noch nicht aufhören, wenn er Trauer in jedes Haus der Welt gebracht hat ...«

Sie horcht. Sie lächelt. Sie sagt: »Das hat 'ne Mutter geschrieben! Das hat mein Otto nicht geschrieben, das träumen Sie bloß!«

Und der Kommissar: »Das hat Otto geschrieben, und du hast's ihm diktiert! Sag's!«

Aber sie schüttelt den Kopf. »Nein, lieber Herr! So was kann ich ja gar nicht diktieren, dafür reicht mein Kopf nicht …«

Der Kommissar steht auf und geht aus der Schlafstube. In der Wohnstube fängt er an, mit seinen Leuten nach Schreibzeug zu suchen. Er findet ein Fässchen mit Tinte, Federhalter und Feder, die er aufmerksam betrachtet, und eine Feldpostkarte. Er geht damit zu Anna Quangel zurück.

Die hat unterdes der Obergruppenführer Prall vernommen, auf seine Art. Prall ist fest davon überzeugt, dass all dies Getue von Grippe und Fieber nur »Fiole« ist, dass die Frau simuliert. Aber wenn sie auch wirklich krank wäre, würde das an seinen Vernehmungsmethoden nicht das Geringste ändern. Er packt Anna Quangel bei den Schultern, doch so, dass es ihr wirklich weh tut, und fängt an, sie zu beuteln. Der Kopf schlägt gegen die hölzerne Bettwand. Während er sie so zwanzig-, dreißigmal hochreißt und wieder in das Kissen drückt, schreit er ihr wütend ins Gesicht: »Willst du noch weiter lügen, du olle Kommunistensau? Du – sollst – nicht – lügen! Du – sollst – nicht – lügen!«

»Nicht!«, lallt die Frau. »Sie sollen das nicht!«

»Sag, dass du die Karten geschrieben hast! Sag – das – auf – der – Stelle! Oder – ich – schlage – dir – deinen – Bregen – kaputt, du rote Sau, du!«

Und bei jedem Wort lässt er ihren Kopf gegen die Bettwand krachen.

Der Kommissar Escherich, das Schreibzeug in der Hand, sieht von der Tür her mit einem Lächeln zu. Das ist also eine Vernehmung durch den Obergruppenführer! Wenn er noch fünf Minuten so weitermacht, wird die Frau fünf Tage lang vernehmungsunfähig sein. Keine noch so raffiniert ausgedachte Quälerei wird ihr dann das Bewusstsein wiedergeben.

Aber für einen Augenblick ist das vielleicht nicht einmal so schlecht. Soll die ruhig ein bisschen Angst kriegen und Schmerzen haben, umso eher wird sie sich an ihn, den höflichen Mann, klammern!

Als der Obergruppenführer den Kommissar am Bett auftauchen sieht, hört er mit seiner Beutelei auf und sagt halb entschuldigend und halb vorwurfsvoll: »Sie sind viel zu sanft mit solchen Weibern, Escherich! Die muss man schleifen, bis sie quieken!«

»Gewiss, Herr Obergruppenführer, sicher! Aber darf ich der Frau erst einmal etwas zeigen?«

Er wendet sich an die Kranke, die jetzt mühsam keuchend und mit geschlossenen Augen im Bett liegt: »Frau Quangel, hören Sie mal her!«

Sie scheint nicht zu hören.

Der Kommissar fasst sie an und setzt sie vorsichtig auf. »So«, sagt er, sanft zuredend. »Nun machen Sie mal die Augen auf!«

Sie tut es. Escherich hat ganz richtig gerechnet: nach dem Schütteln und Drohen eben klingt ihr die freundlich-höfliche Stimme angenehm.

»Sie haben mir doch eben gesagt, dass bei Ihnen hier schon lange keiner geschrieben hat? Nun, sehen Sie sich mal diese Feder an. Mit der ist grade erst geschrieben, vielleicht heute oder gestern, die Tinte sitzt noch ganz frisch dran! Sehen Sie, ich kann sie mit dem Nagel abkratzen!«

»Davon versteh ich nichts!«, sagt Frau Quangel abweisend. »Da müssen Sie meinen Mann nach fragen, von so was versteh ich nichts.«

Kommissar Escherich sieht sie aufmerksam an. »Sie verstehen ganz gut, Frau Quangel!«, sagt er etwas schärfer. »Bloß, Sie wollen nicht verstehen, weil Sie wissen, Sie haben sich schon verraten!«

»Bei uns schreibt keiner«, wiederholt Frau Quangel hartnäckig.

»Und Ihren Mann brauche ich nicht mehr zu befragen«,

fährt der Kommissar fort. »Weil er nämlich schon alles gestanden hat. Er hat die Karten geschrieben, und Sie haben sie ihm diktiert …«

»Na, denn ist's ja gut, wenn Otto das gestanden hat«, sagt Anna Quangel.

»Hau das freche Aas doch in die Fresse, Escherich!«, schreit der Obergruppenführer plötzlich dazwischen. »So 'ne Frechheit, uns hier anzusohlen!«

Aber der Kommissar haut das freche Aas nicht in die Fresse, sondern er sagt: »Wir haben Ihren Mann geschnappt mit zwei Postkarten in der Tasche. Er konnte ja gar nicht leugnen!«

Als Frau Quangel das mit den beiden Postkarten hört, die sie so lange im Fieber gesucht hat, fährt wieder ein Erschrecken durch sie. Also hat er sie doch mitgenommen, und sie hatten doch fest ausgemacht, dass sie die Karten morgen oder übermorgen einstecken sollte. Das war nicht recht von Otto.

Irgendwas muss passiert sein mit den Karten, überlegt sie mühsam. Aber gestanden hat Otto nichts, sonst würden sie hier nicht so herumsuchen und mich ausfragen. Sondern sie würden …

Und laut fragt sie: »Warum bringen Sie denn den Otto nicht her? Ich weiß nicht, was das sein soll mit Postkarten. Warum soll er denn Postkarten schreiben?«

Weit legt sie sich wieder zurück, den Mund und die Augen geschlossen, fest entschlossen, kein Wort mehr zu sagen.

Kommissar Escherich sieht einen Augenblick nachdenklich auf die Frau hinunter. Sie ist sehr erschöpft, das sieht er. Im Augenblick ist nichts mit ihr anzufangen. Er wendet sich kurz um, ruft zwei seiner Leute und befiehlt: »Legen Sie die Frau in das andere Bett da rüber, und dann durchsuchen Sie dieses Bett genau! Bitte, Herr Obergruppenführer!«

Er will seinen Vorgesetzten aus dem Zimmer haben, er will nicht noch eine Prall'sche Vernehmung. Es ist sehr möglich, dass er diese Frau in den nächsten Tagen notwendig braucht, dann muss sie ein bisschen bei Kräften und bei klarem Verstand sein. Außerdem scheint sie zu den nicht grade häufigen Menschen zu gehören, die körperliche Bedrohung nur noch bockbeiniger macht. Mit Schlägen ist aus der bestimmt nichts rauszukriegen.

Der Obergruppenführer geht nicht gerne von diesem Weibe fort. Er hätte es der ollen Nutte doch gar zu gerne gezeigt, was er von ihr hielt. Er hätte seinen Zorn über diese ganze verfahrene Klabautermanngeschichte am liebsten bei ihr ausgelassen. Aber wenn schon diese beiden Schnüffler im Zimmer waren – und außerdem: heute Abend steckte das alte Biest doch im Bunker in der Prinz-Albrecht-Straße, dann konnte er mit ihr machen, was er wollte.

»Sie werden die Olle doch festnehmen, Escherich?«, fragte er in der Wohnstube.

»Gewiss werde ich das«, antwortete der Kommissar und sah gedankenlos seinen Leuten zu, die mit pedantischer Gründlichkeit jedes Wäschestück auseinanderfalteten und wieder zusammenlegten, mit langen Nadeln die Sofapolster durchstachen und die Wände abklopften. Er setzte hinzu: »Aber ich muss sehen, dass ich sie erst in einen vernehmungsfähigen Zustand kriege. In diesem Fieber begreift sie alles nur halb. Sie muss erst verstehen, dass sie in Lebensgefahr ist. Dann kriegt sie Angst …«

»Ich werde ihr schon Angst beibringen!«, knurrte der Obergruppenführer.

»Nicht auf diese Art – jedenfalls muss sie dafür erst fieberfrei sein«, bat Escherich und unterbrach sich: »Was haben wir denn da?«

Einer seiner Leute hatte sich mit den wenigen Büchern beschäftigt, die auf einem kleinen Regal aufgereiht waren. Er hatte ein Buch geschüttelt, und etwas Weißes war auf die Erde geflattert.

Der Kommissar war der Schnellste. Er hob das Stück Papier auf.

»Eine Karte!«, rief er. »Eine angefangene und noch nicht zu Ende geschriebene Karte!«

Und er las vor: »Führer befiehl, wir folgen! Ja, wir sind eine Herde Schafe geworden, die unser Führer auf jede Schlachtbank treiben darf! Wir haben das Denken aufgegeben …«

Er ließ die Karte sinken, er sah sich um.

Alle blickten auf ihn.

»Wir haben den Beweis!«, sagte Kommissar Escherich fast stolz. »Wir haben den Täter. Er ist einwandfrei überführt, kein abgepresstes Geständnis, nein, ein klarer kriminalistischer Beweis. Es hat sich gelohnt, so lange zu warten!«

Er sah sich um. Seine blassen Augen glänzten jetzt. Dies war seine Stunde, die Stunde, auf die er so lange gewartet hatte. Einen Augenblick dachte er an den langen, langen Weg zurück, den er bis hierher gegangen war. Von der ersten Karte an, die er noch mit lächelnder Gleichgültigkeit aufgenommen hatte, bis zu dieser, die nun in seiner Hand war. Er dachte an die anschwellende Flut der Karten, die sich ständig vermehrenden roten Fähnchen, er dachte auch an den kleinen Enno Kluge.

Wieder stand er in der Zelle des Reviers bei ihm, wieder saß er mit ihm über dem dunklen Wasser des Schlachtensees. Dann fiel ein Schuss, und er glaubte sich für sein Leben blind. Er sah sich selbst, zwei SD-Männer warfen ihn die Treppe hinunter, blutend, vernichtet, während ein kleiner Taschendieb auf den Knien herumrutschte, seine heilige Jungfrau Maria anrufend. Ganz flüchtig dachte er auch an den Kriminalrat Zott – der Arme, auch seine Theorie mit den Straßenbahnhöfen hatte sich als falsch erwiesen.

Dies war die stolze Stunde des Kommissars Escherich. Er fand, es hatte sich gelohnt, geduldig zu sein und vieles zu ertragen. Er hatte ihn, seinen Klabautermann, wie er ihn zuerst im Scherz genannt hatte, aber er war ein richtiger Klabautermann geworden: er hatte Escherichs Lebensschiff fast zum

Scheitern gebracht. Aber nun war er gefasst, die Jagd war zu Ende, das Spiel ausgespielt.

Kommissar Escherich sah wie aufwachend hoch. Er sagte befehlend: »Die Frau wird mit einem Krankenwagen fortgebracht. Zwei Mann Begleitung. Sie stehen mir für sie, Kemmel, kein Verhören, überhaupt keinerlei Sprecherlaubnis. Aber sofort einen Arzt. Das Fieber muss in drei Tagen weg sein, sagen Sie ihm das, Kemmel!«

»Befehl, Herr Kommissar!«

»Die andern bringen die Wohnung wieder in Ordnung, tadellos. In welchem Buch hat diese Karte gelegen? Radiobastelbuch? Schön! Wrede, legen Sie die Karte genau so hinein, wie sie lag. In einer Stunde muss hier alles in Ordnung sein, ich komme dann noch einmal mit dem Täter hierher. Keiner von Ihnen bleibt hier. Kein Posten, nichts! Verstanden?«

»Befehl, Herr Kommissar!«

»Also gehen wir, Herr Obergruppenführer?«

»Wollen Sie der Frau nicht noch die aufgefundene Karte vorhalten, Escherich?«

»Wozu? Jetzt im Fieber reagiert sie doch nicht richtig, und mir kommt es nur auf den Mann an. Wrede, haben Sie irgendwo Schlüssel für die Entreetür gesehen?«

»In der Handtasche der Frau.«

»Geben Sie her – danke. Also gehen wir, Herr Obergruppenführer!«

Drunten, an seinem Fenster, sah der Kammergerichtsrat Fromm den Fortfahrenden nach. Er wiegte den Kopf hin und her. Später sah er, wie die Bahre mit Frau Quangel in einen Krankenwagen gehoben wurde; aber an dem Aussehen der Begleiter erkannte er, dass die Fahrt in kein übliches Krankenhaus ging.

»Einer nach dem andern«, sagte der Kammergerichtsrat a. D. Fromm leise. »Einer nach dem andern. Das Haus wird leer. Rosenthals, Persickes, Barkhausen, Quangel – ich wohne fast allein hier. Eine Hälfte des Volkes sperrt die andere ein, das kann nicht mehr lange dauern. Nun, ich jedenfalls werde hier wohnen bleiben, mich wird man nicht einsperren …«

Er lächelt und nickt.

»Je schlimmer, je besser. Umso eher nimmt dies ein Ende!«

50. KAPITEL
Das Gespräch mit Otto Quangel

Es war dem Kommissar Escherich nicht ganz leicht geworden, Herrn Obergruppenführer Prall zu bestimmen, dass er ihn bei dem ersten Verhör mit Otto Quangel allein ließ. Aber schließlich war es ihm doch gelungen.

Als er mit dem Werkmeister die Treppen zur Wohnung hinaufstieg, war es schon dunkel geworden. Licht brannte auf den Treppen, Licht schaltete Quangel ein, als sie in die Stube getreten waren. Er wandte sich zum Schlafzimmer.

»Meine Frau ist krank«, murmelte er.

»Ihre Frau ist nicht mehr hier«, sagte der Kommissar. »Sie ist fortgebracht. Setzen Sie sich hierher zu mir …«

»Meine Frau hat viel Fieber – Grippe …«, murmelte Quangel.

Es war ihm anzusehen, dass die Nachricht von der Abwesenheit seiner Frau ihn stark erschüttert hatte. Die starre Gleichgültigkeit, die er bisher zur Schau getragen hatte, war gewichen.

»Ein Arzt sorgt für Ihre Frau«, sagte der Kommissar beruhigend. »Ich denke, in zwei, drei Tagen werden wir das Fieber fort haben. Ich habe für den Abtransport einen Krankenwagen beordert.«

Zum ersten Mal sah Quangel den Mann da vor sich genauer an. Lange ruhte sein starres Vogelauge auf dem Kommissar. Dann nickte Quangel. »Krankenwagen«, sagte er. »Doktor – das ist gut. Ich danke Ihnen. Das ist richtig. Sie sind kein schlechter Mann.«

Der Kommissar nützte seine Gelegenheit. »Wir sind nicht so schlimm, Herr Quangel«, sagte er, »wie wir oft gemacht werden. Wir tun alles, um den Verhafteten die Lage zu erleichtern. Wir wollen ja nur feststellen, ob eine Schuld vorliegt. Das ist unser Geschäft, wie es Ihr Geschäft ist, Särge zu tischlern …«

»Ja«, sagte Quangel mit harter Stimme. »Ja, Sargtischler und Sarglieferant, so ist das!«

»Sie meinen«, antwortete Escherich leicht spöttisch, »ich liefere den Inhalt der Särge? Sehen Sie Ihren Fall denn so schwarz an?«

»Ich habe keinen Fall!«

»Oh, doch schon, ein bisschen. Sehen Sie zum Beispiel einmal diese Feder an, Quangel. Ja, es ist Ihre Feder. Die Tinte daran ist noch ganz frisch. Was haben Sie heute oder gestern mit dieser Feder geschrieben?«

»Ich musste was unterschreiben.«

»Und was mussten Sie denn unterschreiben, Herr Quangel?«

»Ich habe einen Krankenschein ausgeschrieben, für meine Frau. Meine Frau ist nämlich krank, Grippe …«

»Und Ihre Frau hat mir gesagt, Sie schreiben nie. Alles, was bei Ihnen geschrieben wird, schreibt sie, hat sie gesagt.«

»Das ist auch ganz richtig, was meine Frau gesagt hat. Die schreibt alles. Aber gestern musste ich, weil sie Fieber hatte. Sie weiß davon nichts.«

»Und sehen Sie einmal, Herr Quangel«, fuhr der Kommissar fort, »wie die Feder spießt! Es ist eine ganz neue Feder, aber schon spießt sie. Das macht, weil Sie solch schwere Hand haben, Herr Quangel.« Er legte die beiden in der Werkstatt gefundenen Karten auf den Tisch. »Sehen Sie, die erste Karte ist noch ganz glatt geschrieben. Aber bei der zweiten, sehen Sie – hier – und hier – und da das B auch –, da hat die Feder gespießt. Nun, Herr Quangel?«

»Das sind die Karten«, sagte Quangel gleichgültig, »die haben in der Werkstatt auf dem Boden gelegen. Ich habe dem mit der blauen Jacke gesagt, er soll sie aufheben. Da hat er's getan. Ich habe einen Blick auf die Karten geworfen, dann habe ich sie gleich dem Vertrauensmann von der Arbeitsfront gegeben. Der ist mit den Karten weggegangen. Und weiter weiß ich von den Dingern nichts.«

Das alles hatte Quangel eintönig und langsam gesagt, mit einer schwerfälligen Zunge, wie ein alter, etwas beschränkter Mann.

Der Kommissar fragte: »Aber das sehen Sie doch, Herr Quangel, dass diese zweite Karte zum Schluss mit einer gespaltenen Feder geschrieben ist?«

»Davon verstehe ich nichts. Ich bin gewissermaßen kein Schriftgelehrter, wie es in der Bibel heißt.«

Eine Weile war es ganz still in dem Zimmer. Quangel sah vor sich hin auf den Tisch, mit einem fast ausdruckslosen Gesicht.

Der Kommissar sah den Mann an. Er war fest davon überzeugt, dass dieser Mann nicht so langsam und schwerfällig war, wie er jetzt tat, sondern so scharf wie sein Gesicht und so rasch wie sein Auge. Der Kommissar sah es als seine erste Aufgabe an, diese Schärfe aus dem Mann hervorzulocken. Er wollte mit dem schlauen Kartenschreiber reden, nicht mit diesem alten, von Arbeit töricht gewordenen Werkmeister.

Nach einer Weile fragte Escherich: »Was sind denn das da für Bücher auf dem Regal?«

Langsam hob Quangel den Blick, sah einen Augenblick den andern an und drehte dann den Kopf ruckweise, bis das Bücherregal ihm in Sicht kam.

»Was das für Bücher sind? Da steht das Gesangbuch von meiner Frau und ihre Bibel. Und das andere sind wohl alles Bücher von meinem Sohn, der gefallen ist. Ich lese keine Bücher, ich besitze keine. Ich habe nie gut lesen können …«

»Geben Sie mir doch mal das vierte Buch von links, Herr Quangel, das mit dem roten Einband.«

Langsam und vorsichtig nahm Quangel das Buch aus der

Reihe, trug es behutsam, als sei es ein rohes Ei, an den Tisch und legte es vor den Kommissar.

»Otto Runges Radiobastelbuch«, las der Kommissar laut vom Deckel vor. »Na, Quangel, fällt Ihnen nichts ein, wenn Sie dies Buch sehen?«

»Ein Buch von meinem Sohn Otto, der gefallen ist«, antwortete Quangel langsam. »Der hatte es mit den Radios. Der war bekannt, um den haben sich die Werkstätten gerissen, der kannte jede Schaltung …«

»Und sonst fällt Ihnen nichts ein, Herr Quangel, wenn Sie dies Buch sehen?«

»Nee!« Quangel schüttelte den Kopf. »Ich weiß von nichts. Ich les nicht in so Büchern.«

»Aber vielleicht legen Sie was rein? Schlagen Sie das Buch mal auf, Herr Quangel!«

Das Buch öffnete sich genau an der Stelle, wo die Karte lag.

Quangel starrte auf die Worte: »Führer befiehl, wir folgen …«

Wann hatte er das geschrieben? Lange, lange musste es her sein. Ganz im Anfang. Aber warum hatte er es nicht zu Ende geschrieben? Wieso lag die Karte hier im Buch von Ottochen?

Und langsam dämmerte ihm eine Erinnerung an den ersten Besuch seines Schwagers Ulrich Heffke. Damals war die Karte rasch fortgesteckt worden, und er hatte an Ottochens Kopf weitergeschnitzt. Weggesteckt und vergessen, von ihm wie von Anna!

Das war die Gefahr, die er immer gefühlt hatte! Das war der Feind im Dunkeln, den er nicht hatte sehen können, den er aber immer geahnt hatte. Das war der Fehler, den er gemacht hatte, der nicht zu berechnen gewesen war …

Sie haben dich!, sprach es in ihm. Jetzt hast du dich um deinen Kopf gespielt – durch deine eigene Schuld. Jetzt bist du geliefert.

Und: Ob Anna irgendetwas gestanden hat? Sicher haben sie ihr die Karte gezeigt. Aber Anna hat trotzdem geleugnet, ich kenne sie doch schon, und so werde ich es auch machen. Freilich, Anna hat Fieber gehabt ...

Der Kommissar fragte: »Nun, Quangel, Sie sagen ja gar nichts? Wann haben Sie denn die Karte geschrieben?«

»Ich weiß von der Karte nichts«, antwortete er. »Ich kann so was gar nicht schreiben, dafür bin ich zu dumm!«

»Aber wieso kommt die Karte jetzt in das Buch Ihres Jungen? Wer hat sie denn da reingelegt?«

»Wie soll ich denn das wissen?«, antwortete Quangel fast grob. »Vielleicht haben Sie die Karte selber reingelegt oder einer von Ihren Leuten! Das hat man schon öfter gehört, dass Beweise gemacht werden, wo keine da sind!«

»Die Karte ist in Gegenwart von mehreren einwandfreien Zeugen in diesem Buch gefunden. Auch Ihre Frau war dabei.«

»Na, und was hat meine Frau gesagt?«

»Als die Karte gefunden wurde, hat sie sofort eingestanden, dass Sie der Schreiber sind, und sie hat diktiert. Sehen Sie, Quangel, seien Sie jetzt nicht bockbeinig. Gestehen Sie einfach. Wenn Sie jetzt gestehen, sagen Sie mir nichts, was ich nicht schon weiß. Sie erleichtern aber Ihre Lage und die Lage Ihrer Frau. Wenn Sie nicht gestehen, muss ich Sie zu uns auf die Gestapo nehmen, und in unserm Keller ist es nicht sehr hübsch ...«

In der Erinnerung, was er selbst in diesem Keller erlebt hatte, zitterte die Stimme des Kommissars etwas.

Er fasste sich aber und fuhr fort: »Wenn Sie aber gestehen, so kann ich Sie gleich dem Untersuchungsrichter übergeben. Dann kommen Sie nach Moabit, da werden Sie gut gehalten, genau wie alle andern Gefangenen.«

Aber der Kommissar konnte sagen, was er wollte, Quangel blieb bei seinen Lügen. Escherich hatte eben doch einen Fehler begangen, den der scharfsinnige Quangel sofort bemerkt hatte. So weit war Escherich eben doch durch das schwerfällige Wesen Quangels und durch die Mitteilungen seiner Vorgesetzten über ihn beeindruckt, dass er Quangel nicht für den

Verfasser der Karten hielt. Er war nur der Schreiber, die Frau hatte sie diktiert …

Dass er das aber wiederholte, bewies Quangel, dass Anna nichts gestanden hatte. Das hatte dieser Bruder sich nur ausgedacht.

Er leugnete immer weiter.

Schließlich brach Kommissar Escherich das erfolglose Verhör in der Wohnung ab und fuhr mit Quangel in die Prinz-Albrecht-Straße. Er hoffte jetzt, dass die andere Umgebung, der Aufmarsch der SS-Männer, dieser ganze drohende Apparat den einfachen Mann einschüchtern, ihn seiner Überredung zugänglicher machen würde.

Sie waren im Zimmer des Kommissars, und Escherich führte Quangel vor den Stadtplan von Berlin mit seinen roten Fähnchen.

»Sehen Sie das mal an, Herr Quangel«, sagte er. »Jedes Fähnchen bedeutet eine aufgefundene Karte. Es steckt genau an der Stelle, wo sie gefunden wurde. Und wenn Sie sich nun einmal diese Stellen ansehen«, er tippte mit dem Finger, »da sehen Sie ringsherum Fähnchen über Fähnchen, aber hier gar keine. Das ist nämlich die Jablonskistraße, in der Sie wohnen. Da haben Sie natürlich keine Karten abgelegt, da sind Sie zu bekannt …«

Aber Escherich sah, dass Quangel gar nicht hinhörte. Eine seltsame, unverständliche Erregung war über den Mann gekommen beim Anblick des Stadtplanes. Sein Blick flackerte, seine Hände zitterten. Fast schüchtern fragte er: »Das sind aber 'ne Menge Fähnchen, wie viele mögen das wohl sein?«

»Das kann ich Ihnen genau sagen«, antwortete der Kommissar, der jetzt begriffen hatte, was den Mann so erschütterte. »Es sind 267 Fähnchen, 259 Karten und 8 Briefe. Und wie viel haben Sie geschrieben, Quangel?

Der Mann schwieg, aber es war jetzt kein Schweigen des Trotzes mehr, sondern der Erschütterung.

»Und bedenken Sie noch eines, Herr Quangel«, fuhr der

Kommissar, seinen Vorteil wahrnehmend, fort, »alle diese Briefe und Karten sind freiwillig bei uns abgeliefert. Wir haben keine von uns aus gefunden. Die Leute sind damit förmlich gelaufen gekommen, als brennte es. Sie konnten sie nicht schnell genug loswerden, die meisten haben die Karten nicht einmal gelesen ...«

Noch immer schwieg Quangel, aber in seinem Gesicht zuckte es. Es arbeitete gewaltig in ihm; der Blick des starren, scharfen Auges, jetzt flackerte er, irrte ab, senkte sich zur Erde und hob sich wieder wie gebannt zu den Fähnchen.

»Und noch eines, Quangel: Haben Sie je einmal darüber nachgedacht, wie viel Angst und Not Sie mit diesen Karten über die Menschen gebracht haben? Die Leute sind ja vor Angst vergangen, manche sind verhaftet worden, und von einem weiß ich bestimmt, dass er wegen dieser Karten Selbstmord verübt hat ...«

»Nein! Nein!«, schrie Quangel. »Das habe ich nie gewollt! Das habe ich nie geahnt! Ich hab's gewollt, dass es besser wird, dass die Leute die Wahrheit kennenlernen, dass der Krieg schneller zu Ende geht, dass dies Morden endlich aufhört – das habe ich gewollt! Aber ich habe doch nicht Angst und Schrecken säen wollen, ich hab's doch nicht noch schlimmer machen wollen! Die armen Menschen – und ich habe sie noch ärmer gemacht! Wer war's denn, der Selbstmord verübt hat?«

»Ach, so ein kleiner Nichtstuer, ein Rennwetter, der ist nicht wichtig, um den machen Sie sich das Herz nicht schwer!«

»Jeder ist wichtig. Sein Blut wird von mir gefordert werden.«

»Sehen Sie, Herr Quangel«, sagte der Kommissar zu dem düster neben ihm stehenden Manne. »Nun haben Sie es doch gestanden, Ihr Verbrechen, und haben es nicht einmal gemerkt!«

»Mein Verbrechen? Ich habe kein Verbrechen begangen, wenigstens nicht das, was Sie meinen. Mein Verbrechen ist es, dass ich mich für zu schlau hielt, dass ich es allein machen wollte, und ich weiß doch, einer ist nichts. Nein, ich habe nichts getan, weswegen ich mich schämen muss, aber wie ich es getan habe, das war falsch. Dafür verdiene ich die Strafe, und darum sterbe ich gerne …«

»Nun, so schlimm wird's ja nicht gleich werden«, bemerkte der Kommissar tröstlich.

Quangel hörte nicht auf ihn. Vor sich hin sagte er: »Ich hab nie richtig was von den Menschen gehalten, sonst hätte ich es wissen müssen.«

Escherich fragte: »Wissen Sie denn, Quangel, wie viel Briefe und Karten Sie eigentlich geschrieben haben?«

»276 Karten, 9 Briefe.«

»… so dass ganze 18 Stück nicht abgeliefert worden sind.«

»18 Stück, das ist meine Arbeit von über zwei Jahren, das ist all meine Hoffnung. 18 Stück mit dem Leben bezahlt, aber immer doch 18 Stück!«

»Glauben Sie nur nicht, Quangel«, sagte der Kommissar, »dass diese 18 Stück immer weitergegeben sind. Nein, die sind von Leuten gefunden, die selbst so viel Dreck am Stecken hatten, dass sie die Karten nicht abzugeben wagten. Auch diese 18 sind ohne jede Wirkung geblieben, wir haben nie etwas aus dem Publikum von ihrer Wirkung gehört …«

»So dass ich nichts erreicht habe?«

»So dass Sie nichts erreicht haben, wenigstens nichts von dem, was Sie wollten! Seien Sie doch froh darüber, Quangel, das wird Ihnen bestimmt als strafmildernd angerechnet werden! Vielleicht kommen Sie mit fünfzehn oder zwanzig Jahren Zuchthaus weg!«

Quangel schauderte. »Nein«, sagte er. »Nein!«

»Was haben Sie sich denn eigentlich auch gedacht, Quangel? Sie, ein einfacher Arbeiter, haben gegen den Führer kämpfen wollen, hinter dem die Partei, die Wehrmacht, die SS, die SA stehen? Gegen den Führer, der schon die halbe Welt besiegt hat und in ein, zwei Jahren unsern letzten Feind besiegt haben wird? Das ist doch lächerlich! Das mussten Sie sich doch von vornherein sagen, dass das schief gehen musste! Das ist, wie wenn eine Mücke gegen einen Elefanten kämpfen will. Das verstehe ich nicht, Sie, ein vernünftiger Mann!«

»Nein, das werden Sie nie verstehen. Es ist egal, ob nur einer kämpft oder zehntausend; wenn der eine merkt, er muss kämpfen, so kämpft er, ob er Mitkämpfer hat oder nicht. Ich habe kämpfen müssen, und ich würde es immer wieder tun. Nur anders, ganz anders.«

Er wendete seinen wieder ruhigen Blick zum Kommissar: »Übrigens, meine Frau hat nichts mit diesen Dingen zu schaffen. Sie müssen sie wieder freilassen!«

»Jetzt lügen Sie, Quangel! Ihre Frau hat die Karten diktiert, sie hat es selbst gestanden.«

»Jetzt lügen Sie! Sehe ich aus wie ein Mann, der sich von seiner Frau diktieren lässt? Womöglich sagen Sie noch, sie hat sich die ganze Sache ausgedacht. Aber ich bin es gewesen, ich allein. Ich bin darauf gekommen, ich habe die Karten geschrieben, ich habe sie ausgetragen, ich will meine Strafe! Sie nicht! Meine Frau nicht!«

»Sie hat gestanden ...«

»Sie hat nichts gestanden! Ich will solche Lügen nicht mehr hören! Sie sollen mir meine Frau nicht schlechtmachen!«

Einen Augenblick standen sich die beiden gegenüber, der Mann mit dem scharfen Vogelkopf und dem harten Blick und der farblose, graue Kommissar mit dem semmelblonden Bart und den hellen Augen.

Dann senkte Escherich den Blick und sagte: »Ich rufe jetzt jemand herein, wir werden ein kleines Protokoll aufnehmen. Ich hoffe, Sie bleiben bei Ihrer Aussage?«

»Ich bleibe dabei.«

»Und Sie sind sich klar darüber, was Sie erwartet? Hohe Zuchthausstrafe, vielleicht der Tod?«

»Jawohl, ich weiß, was ich getan habe. Und ich hoffe, auch Sie wissen, was Sie tun, Herr Kommissar?«

»Was tue ich denn?«

»Sie arbeiten für einen Mörder, und Sie liefern dem Mörder stets neue Beute. Sie tun's für Geld, vielleicht glauben Sie nicht mal an den Mann. Nein, Sie glauben bestimmt nicht an ihn. Bloß für Geld ...«

Wieder standen sie sich schweigend gegenüber, und wieder senkte der Kommissar nach einer Weile überwunden den Blick.

»Ich gehe dann«, sagte er fast verlegen, »und hole einen Schreiber.«

Er ging.

51. KAPITEL
Kommissar Escherich

Um Mitternacht sitzt Kommissar Escherich noch oder vielmehr schon wieder in seinem Dienstzimmer. Er hockt da ganz in sich zusammengesunken, aber so viel Alkohol er auch getrunken hat, die schreckliche Szene, die er hat mitmachen müssen, hat er nicht vergessen.

Diesmal hat sein hoher Vorgesetzter, der schwarze Scheißbock Prall, kein Kriegsverdienstkreuz für seinen so erfolgreichen, so tüchtigen, so lieben Kommissar gehabt, aber eine Einladung zu einer kleinen Siegesfeier hatte er doch. Da hatten sie zusammengesessen, sie hatten vielen scharfen Armagnac aus gar nicht kleinen Gläsern getrunken, sie hatten über den erwischten Klabautermann geprahlt, und unter allgemeinem Beifall hatte Kommissar Escherich das Protokoll mit dem Geständnis Quangels vorlesen müssen ...

Mühsame, sorgfältige kriminalistische Arbeit vor die Schweine geworfen!

Aber dann, als sie alle so richtig fett angesoffen waren, hatten sie sich einen Extraspaß gemacht. Mit Flaschen und Gläsern ausgerüstet, waren sie in Quangels Zelle hinabgestiegen, auch der Kommissar hatte mitkommen müssen. Sie wollten sich diesen seltsamen Vogel doch einmal ansehen, diesen Hirnverbrannten, der die Frechheit gehabt hatte, gegen den geliebten Führer zu kämpfen!

Sie hatten Quangel gefunden unter seiner Decke auf der Pritsche, fest schlafend. Ein seltsames Gesicht, hatte Escherich gedacht, dem auch der Schlaf keine Entspannung schenkte, das immer gleich verschlossen und sorgenvoll aussah im Wachen und im Schlaf. Aber immerhin hatte der Mann fest geschlafen …

Natürlich hatten die ihn nicht schlafen lassen. Sie hatten ihn mit Püffen geweckt, sie hatten ihn von seiner Pritsche hochgejagt. Er hatte da vor diesen Leuten in ihren Uniformen in Schwarz und Silber in einem viel zu kurzen Hemd gestanden, einem Hemd, das nicht einmal ganz seine Blöße bedeckte, eine lächerliche Figur – wenn man den Kopf nicht ansah!

Und dann waren sie auf den Gedanken gekommen, den alten Klabautermann zu taufen, sie hatten ihm eine Flasche Schnaps über den Kopf gegossen. Der Obergruppenführer Prall hatte eine kleine, niedlich besoffene Rede über diesen Klabautermann gehalten, über dies Schwein, das bald gemetzelt würde, und am Schluss dieser Rede hatte er sein Schnapsglas auf Quangels Kopf zerschlagen.

Das war ein Signal für die andern gewesen, alle hatten sie ihre Schnapsgläser auf dem Kopf des alten Mannes zerschlagen. Armagnac und Blut waren über sein Gesicht gelaufen. Aber während alles dies geschah, war es Escherich gewesen, als sähe zwischen den Bächen aus Blut und Schnaps Quangel ihn unverwandt an, und er meinte gradezu, ihn sprechen zu hören: Das ist also die gerechte Sache, für die du mordest! Das sind deine Henkersgesellen! So seid ihr. Du weißt sehr wohl, was du tust. Ich aber werde für die Verbrechen, die ich nicht begangen habe, sterben, und du wirst leben – so gerecht ist deine Sache!

Dann hatten sie entdeckt, dass Escherichs Glas noch heil war. Sie hatten es ihm befohlen, es auch auf dem Kopf Quangels zu zerschlagen. Ja, Prall hatte es ihm zwei Mal sehr scharf befehlen müssen – »Du weißt doch, Escherich, wie ich mit dir Schlitten fahre, wenn du nicht parierst?« –, und dann hatte also Escherich sein Glas auf Quangels Kopf zerschlagen. Viermal hatte er mit seiner zitternden Hand zuschlagen müssen, ehe das Glas zerbrach, und die ganze Zeit über hatte er den scharfen, höhnischen Blick Quangels auf sich gefühlt, der schweigend seine Entwürdigung miterlebte. Diese lächerliche Figur in zu kurzem Hemd, sie war stärker, würdevoller gewesen als all seine Quäler. Und bei jedem Schlag, den Kommissar Escherich verzweifelt und verängstigt geführt hatte, war es ihm gewesen, als schlage er gegen den Bestand seines eigenen Ichs, als rühre ihm eine Axt an die Wurzeln des Lebensbaums.

Dann war Otto Quangel plötzlich zusammengebrochen, und so hatten sie ihn da auf dem nackten Zellenboden liegengelassen, bewusstlos und blutend. Sie hatten auch der Wache verboten, sich um das Schwein zu kümmern, und waren wieder hinaufgegangen zum Weitersaufen, zum Weiterfeiern, als hätten sie wer weiß was für einen heldischen Sieg errungen.

Und nun sitzt Kommissar Escherich wieder in seinem Dienstzimmer am Schreibtisch. Ihm gegenüber an der Wand hängt noch immer die Karte mit den roten Fähnchen. Sein Körper ist völlig in sich zusammengesunken, aber er denkt noch klar.

Ja, die Karte ist erledigt. Morgen kann sie abgenommen werden. Und übermorgen werde ich eine neue Karte aufhängen und nach einem neuen Klabautermann jagen. Und wieder eine. Und noch eine. Was hat das alles für einen Sinn? Bin ich dazu auf dieser Welt? Es muss ja wohl so sein, aber wenn es so ist, verstehe ich nichts von dieser Welt, dann liegt in nichts Verstand. Dann ist es wirklich ganz gleich, was ich tue …

Sein Blut wird von mir gefordert werden … Wie er das sagte! Und sein Blut von mir! Nein, auch Enno Kluges Blut habe ich auf mir, dieser erbärmliche Schwächling, den ich geopfert habe, um diesen Mann einer besoffenen Horde auszuliefern. Der wird nicht wimmern wie der kleine Kerl auf dem Bootssteg, der wird anständig sterben ...

Und ich? Wie steht es mit mir? Ein neuer Fall, und der tüchtige Escherich hat nicht so viel Erfolg, wie der Herr Obergruppenführer Prall erwartet, und ich wandere noch einmal in den Keller. Schließlich kommt der Tag, an dem ich hinuntergeschickt werde, um nicht wieder heraufgeholt zu werden. Lebe ich dazu, um dies zu erwarten? Nein, der Quangel hat recht, wenn er den Hitler einen Mörder nennt und mich den Lieferanten eines Mörders. Es ist mir immer gleich gewesen, wer am Ruder saß, warum dieser Krieg geführt wurde, wenn ich nur meinem gewohnten Geschäft nachgehen konnte, dem Menschenfang. Dann, wenn ich sie erst hatte, war mir gleichgültig, was aus ihnen wurde ...

Aber jetzt ist es mir nicht gleichgültig. Ich bin dessen so überdrüssig, es ekelt mich an, diesen Burschen neue Beute zu liefern; seit ich diesen Quangel fing, ekelt es mich an. Wie er dastand und mich ansah. Blut und Schnaps liefen über sein Gesicht, er aber sah mich an! Das hast du getan, sagte sein Blick, du hast mich verraten! Ach, wäre es noch möglich, ich würde zehn Enno Kluges opfern, diesen einen Quangel zu retten, ich würde dieses ganze Haus opfern, ihn frei zu machen! Wäre es noch möglich, ich würde fortgehen von hier, ich würde etwas beginnen wie Otto Quangel, etwas besser Ausgedachtes, aber ich möchte kämpfen.

Doch es ist unmöglich, sie lassen mich nicht, sie nennen so etwas Fahnenflucht. Sie würden mich holen und wieder in den Bunker werfen. Und mein Fleisch schreit, wenn es gequält wird, ja, ich bin feige. Ich bin feige wie Enno Kluge, ich bin nicht mutig wie Otto Quangel. Wenn mich der Obergruppenführer Prall anschreit, so zittere ich und tue zitternd, was er mir befiehlt. Ich zerschlage mein Schnapsglas auf dem Kopf des einzigen anständigen Mannes, aber jeder Schlag ist eine Handvoll Erde auf meinen Sarg.

Langsam stand Kommissar Escherich auf. Ein hilfloses

Lächeln lag auf seinem Gesicht. Er ging zur Wand, er lauschte. Es war jetzt, in der Stunde nach Mitternacht, still in dem großen Hause an der Prinz-Albrecht-Straße. Nur der Schritt der Wache auf dem Korridor, auf und ab, auf und ab …

Auch du weißt nicht, warum du so auf und ab rennst, dachte Escherich. Eines Tages wirst du begreifen, dass du dein Leben vertan hast …

Er griff nach der Karte, er riss sie von der Wand. Viele Fähnchen fielen, mit ihren Stecknadeln klappernd, zu Boden. Escherich zerknüllte die Karte und warf sie dazu.

»Aus!«, sagte er. »Zu Ende! Zu Ende der Fall Klabautermann!«

Er ging langsam zurück zu seinem Schreibtisch, zog eine Lade auf und nickte.

»Hier stehe ich, wahrscheinlich der einzige Mann, den Otto Quangel durch seine Karten bekehrt hat. Aber ich bin dir nichts nutze, Otto Quangel, ich kann dein Werk nicht fortsetzen. Ich bin zu feige dazu. Dein einziger Anhänger, Otto Quangel!«

Er zog rasch die Pistole hervor und schoss.

Dieses Mal hatte er nicht gezittert.

Der herbeistürzende Posten fand nur einen fast kopflosen Leichnam hinter dem Schreibtisch. Die Wände waren mit Blut und Hirn bespritzt, an einer Lampe hing, zerfetzt und schmierig, der semmelblonde Schnurrbart des Kommissars Escherich.

Der Obergruppenführer Prall tobte. »Fahnenflucht! Alle Zivilisten sind Schweine! Alles, was nicht Uniform trägt, gehört in den Bunker, hinter Stacheldraht! Aber warte, den Nachfolger von diesem Schwein, dem Escherich, den zwiebele ich von Anfang an so, dass er keinen einzigen Gedanken im Kopfe hat, nur Angst! Ich bin immer zu gutmütig gewesen, das ist mein Hauptfehler! Holt dieses Schwein, den Quangel, rauf! Er soll sich die Sauerei hier ansehen, er kann sie wegmachen!«

So verschaffte der einzige von Otto Quangel Bekehrte dem alten Werkmeister noch ein paar schwere Nachtstunden.

VIERTER TEIL

Das Ende

52. Kapitel
Anna Quangel im Verhör

Es war vierzehn Tage nach der Verhaftung bei einem der ersten Verhöre von Anna Quangel, die wieder gesund geworden war, als sich Anna entschlüpfen ließ, dass ihr Sohn Otto einmal mit einer gewissen Trudel Baumann verlobt gewesen war. Zu jener Zeit hatte Anna es noch nicht erfasst, dass jede Namensnennung gefährlich war, gefährlich für den Genannten. Denn mit einer pedantischen Genauigkeit wurde der Bekannten- und Freundeskreis jedes Verhafteten nachgeprüft, jeder Spur wurde nachgegangen, damit »die Eiterbeule auch ganz ausgebrannt« werde.

Der Vernehmende, der Kommissar Laub, der Nachfolger Escherichs, ein kurzer, gedrungener Mann, der es liebte, seine knochigen Finger wie eine Peitsche dem Vernommenen ins Gesicht zu schlagen, war nach seiner Gewohnheit erst über diese Mitteilung, ohne von ihr Notiz zu nehmen, weggegangen. Er fragte Anna Quangel lange und tödlich ermüdend über die Freunde und Arbeitgeber des Sohnes aus, fragte Dinge, die sie nicht wissen konnte, aber wissen sollte, fragte und fragte, und dazwischen peitschte er ihr rasch einmal die Finger ins Gesicht.

Kommissar Laub war ein Meister in der Kunst solcher Vernehmungen, ohne Ablösung hielt er es zehn Stunden aus, so musste es die Vernommene auch aushalten. Anna Quangel schwankte auf ihrem Schemel vor Müdigkeit. Die kaum überstandene Krankheit, die Angst um das Schicksal Ottos, von dem sie nichts wieder gehört hatte, die Schmach, wie ein unaufmerksames Schulkind geschlagen zu werden, all dies machte sie zerstreut, unaufmerksam, und wieder schlug Kommissar Laub zu.

Anna Quangel ächzte leise und bedeckte ihr Gesicht mit den Händen.

»Nehmen Sie die Hände runter!«, rief der Kommissar. »Sehen Sie mich an! Na, wird's bald?«

Sie tat es, sie sah ihn an mit einem Blick, in dem Angst war. Aber nicht vor ihm, sondern Angst, sie könne schwach werden.

»Wann haben Sie diese sogenannte Braut Ihres Sohnes zum letzten Male gesehen?«

»Das ist sehr lange her. Ich weiß doch nicht. Schon seit wir die Karten schreiben. Über zwei Jahre ... Oh, schlagen Sie nicht schon wieder! Denken Sie an Ihre eigene Mutter! Sie möchten auch nicht, dass Ihre Mutter geschlagen wird.«

Zwei, drei Schläge trafen sie kurz nacheinander.

»Meine Mutter ist kein hochverräterisches Aas wie Sie! Nennen Sie noch einmal meine Mutter, und ich werde Ihnen zeigen, wie ich schlagen kann! Wo hat dies Mädchen gewohnt?«

»Ich weiß doch nicht! Mein Mann hat mir mal gesagt, sie hat seitdem geheiratet! Sie wird sicher weggezogen sein.«

»So, Ihr Mann hat sie also gesehen? Wann war das?«

»Ich weiß nicht mehr! Da schrieben wir schon die Karten.«

»Und sie hat mitgemacht, was? Hat dabei geholfen?«

»Nein! Nein!«, rief Frau Quangel. Mit Schrecken sah sie, was sie angerichtet hatte. »Mein Mann«, sagte sie eilig, »hat die Trudel bloß auf der Straße getroffen. Da hat sie ihm erzählt, dass sie geheiratet hat und nicht mehr in die Fabrik geht.«

»Na – und weiter? In welche Fabrik ist sie denn gegangen?«

Frau Quangel nannte die Adresse der Uniformfabrik.

»Und weiter?«

»Das ist alles. Das ist wirklich alles, was ich weiß. Bestimmt, Herr Kommissar!«

»Finden Sie das nicht ein bisschen komisch, dass die Braut vom Sohn nicht einmal mehr zu den Schwiegereltern kommt, nicht mal nach dem Tode des Bräutigams?«

»Aber mein Mann war doch so! Wir haben schon nie Verkehr gehabt, und seit wir die Karten schrieben, hat er überhaupt alles abgebrochen.«

»Da lügen Sie schon wieder! Mit den Heffkes haben Sie erst beim Kartenschreiben den Verkehr angefangen!«

»Ja, das ist wahr! Das hatte ich vergessen. Aber Otto war es auch gar nicht recht, er hat's nur erlaubt, weil es mein Bruder war. Und wie hat er immer auf die Verwandtschaft geschimpft!« Sie sah den Kommissar traurig an. Sie sagte schüchtern: »Darf ich jetzt auch was fragen, Herr Kommissar?«

Kommissar Laub knurrte: »Fragen Sie nur! Wer viel fragt, kriegt viel Antwort.«

»Stimmt es …« Sie unterbrach sich. »Ich glaube, ich habe meine Schwägerin gestern morgen unten auf dem Flur gesehen … Stimmt es, dass Heffkes auch verhaftet sind?«

»Das lügen Sie wieder!« Ein scharfer Schlag. Und noch einer. »Die Frau Heffke, die ist ganz woanders. Die können Sie gar nicht gesehen haben. Das hat Ihnen eine verpfiffen. Wer hat Ihnen das verpfiffen?«

Aber Frau Quangel schüttelte den Kopf. »Nein, keiner hat's. Ich hab die Schwägerin von weitem gesehen. Ich war nicht mal sicher, dass sie's war.« Sie seufzte. »Nun sitzen die Heffkes also auch und haben gar nichts getan und von nichts gewusst. Die armen Menschen!«

»Die armen Menschen!«, höhnte der Kommissar Laub. »Von nischt nischt gewusst! Das sagt ihr alle! Aber ihr seid alle Verbrecher, und so wahr ich der Kommissar Laub bin, ich leire euch die Gedärme aus dem Leib, bis ihr die Wahrheit sagt! Wer liegt bei Ihnen mit auf der Zelle?«

»Ich weiß nicht, wie die Frau heißt. Ich sage einfach Berta zu ihr.«

»Wie lange liegt die Berta bei Ihnen auf der Zelle?«

»Seit gestern Abend.«

»Also die hat's Ihnen verpfiffen, das mit den Heffkes. Gestehen Sie es nur ein, Frau Quangel, sonst hole ich die Berta rauf und schlage sie in Ihrem Beisein so lange, bis sie gesteht.«

Frau Anna Quangel schüttelte wieder den Kopf. »Ob ich nun ja oder nein sage, Herr Kommissar«, sagte sie, »Sie holen die Berta doch rauf und schlagen sie. Ich kann nur sagen, ich habe die Frau Heffke unten auf dem Flur gesehen ...«

Kommissar Laub drehte sich rasch um und ließ der Frau Anna Quangel einen knallenden Furz ins Gesicht fahren. Dann drehte er sich wieder um und sah ihr höhnisch grinsend ins Gesicht. »Das riechen Sie man auf«, sagt er, »von der Sorte habe ich noch mehr, wenn sie zu schlau sind!« Und plötzlich schreiend: »Mist seid ihr! Mist seid ihr alle! Scheißdreck seid ihr alle! Und ich ruhe nicht eher, bis ihr als Mist unter der Erde liegt! Alle müsst ihr hin werden! Alle! Ordonnanz, bringen Sie die Berta Kuppke herauf!«

Eine Stunde verbrachte er damit, die beiden Frauen zu ängstigen und zu schlagen, trotzdem Frau Berta Kuppke sofort zugab, der Frau Quangel von Frau Heffke erzählt zu haben. Sie hatte bisher mit Frau Heffke auf einer Zelle gelegen. Aber das genügte dem Kommissar Laub nicht. Er wollte genau jedes Wort wissen, was zwischen den beiden gesprochen war, und sie hatten einander doch nur ihr Leid geklagt, wie es Frauen gerne tun. Er aber witterte überall Verschwörung und Hochverrat und ließ nicht ab mit Schlagen und Fragen.

Schließlich war die heulende Kuppke in den Keller abgeschoben worden und Anna Quangel wieder das alleinige Opfer des Kommissars Laub. Sie war jetzt so müde, dass sie seine Stimme nur noch wie aus weiter Ferne hörte, seine Gestalt verschwamm vor ihren Blicken, und die Schläge schmerzten sie nicht mehr.

»Was ist also vorgefallen, dass die sogenannte Braut Ihres Sohnes nicht mehr zu Ihnen gekommen ist?«

»Nichts ist vorgefallen. Mein Mann mochte keine Besuche.«

»Sie haben doch gestanden, dass er mit dem Besuch der Heffkes einverstanden war.«

»Die Heffkes waren eine Ausnahme, weil der Ulrich mein Bruder ist.«

»Und warum ist die Trudel nicht mehr ins Haus gekommen?«

»Weil mein Mann es nicht wollte.«

»Wann hatte er es ihr denn gesagt?«

»Ich weiß doch nicht! Herr Kommissar, ich kann nicht mehr. Lassen Sie mir eine halbe Stunde Ruhe. Eine Viertelstunde!«

»Erst wenn du's gesagt hast. Wann hat Ihr Mann dem Mädchen das Haus verboten?«

»Wie mein Sohn gefallen war.«

»Na also! Und wo ist das geschehen?«

»Bei uns in der Wohnung.«

»Und was hatte er als Grund gesagt?«

»Weil er keinen Verkehr mehr will. Herr Kommissar, ich kann wirklich nicht mehr. Nur zehn Minuten!«

»Na schön. In zehn Minuten werden wir eine Pause machen. Was hat denn Ihr Mann als Grund gesagt, dass die Trudel nicht mehr kommen soll?«

»Weil er keinen Verkehr mehr haben wollte. Da hatten wir das mit den Postkarten doch schon vor.«

»Da hat er ihr also als Grund gesagt, dass er das mit den Postkarten vorhat?«

»Nein, darüber hat er nie mit einem Menschen gesprochen.«

»Was hat er ihr denn als Grund gesagt?«

»Dass er keinen Verkehr mehr will. Oh, Herr Kommissar!«

»Wenn Sie mir den wirklichen Grund sagen, mache ich für heute sofort Schluss!«

»Aber das ist der wirkliche Grund!«

»Nein, das ist er nicht! Ich sehe doch, dass Sie lügen. Wenn Sie mir nicht die Wahrheit sagen, so vernehme ich Sie noch zehn Stunden. Was hat er also gesagt? Wiederholen Sie mir die Worte, die er zu der Trudel Baumann gesagt hat.«

»Die weiß ich nicht mehr. Er war so wütend.«

»Warum war er denn so wütend?«

»Weil ich die Trudel Baumann bei mir habe schlafen lassen.«

»Aber er hat's ihr doch erst hinterher verboten, oder hat er sie gleich weggeschickt?«

»Nein, erst am Morgen.«

»Und am Morgen hat er es ihr verboten?«

»Ja.«

»Warum war er denn so wütend?«

Frau Anna Quangel gab sich einen Stoß. »Ich will es Ihnen sagen, Herr Kommissar. Ich tue keinem einen Schaden mehr damit. Ich habe auch die alte Jüdin, die Rosenthal, die sich nachher aus einem Fenster totgesprungen hat, in der Nacht heimlich bei mir versteckt gehabt. Darüber war er so wütend, und da hat er die Trudel gleich mit rausgeschmissen.«

»Warum hat sich denn die Rosenthal bei Ihnen versteckt?«

»Weil sie Angst gehabt hat so allein in ihrer Wohnung. Die hat über uns gewohnt. Der haben sie den Mann weggeholt. Da hat sie Angst gehabt. Herr Kommissar, Sie haben mir versprochen …«

»Gleich. Gleich sind wir so weit. Also die Trudel hat gewusst, dass Sie eine Jüdin bei sich versteckt hatten?«

»Aber das war doch nicht verboten.«

»Natürlich war das verboten! Ein anständiger Arier nimmt keine Judensau auf, und ein anständiges Mädchen geht hin und meldet so was der Polizei. Was hat denn die Trudel dazu gesagt, dass die Jüdsche in eurer Wohnung war?«

»Herr Kommissar, jetzt sage ich nichts mehr aus. Jedes Wort verdrehen Sie mir. Die Trudel hat nichts verbrochen, sie hat von nichts was gewusst!«

»Aber dass eine Jüdin bei euch geschlafen hat, das hat sie doch gewusst!«

»Das war nichts Schlechtes!«

»Da denken wir anders darüber. Morgen werde ich mir mal die Trudel vorknöpfen.«

»Oh, lieber Gott, was habe ich da wieder angerichtet!«, weinte Frau Quangel los. »Nun habe ich auch die Trudel ins Unglück gestürzt. Herr Kommissar, der Trudel dürfen Sie nichts tun, die ist jetzt in andern Umständen!«

»Ach nee, das wissen Sie plötzlich doch, wo Sie die Trudel angeblich zwei Jahre nicht gesehen haben! Woher wissen Sie denn das?«

»Aber das habe ich Ihnen doch gesagt, Herr Kommissar, dass mein Mann sie noch mal auf der Straße getroffen hat.«

»Wann war denn das?«

»Das wird ein paar Wochen her sein. Herr Kommissar, Sie haben mir eine kleine Pause versprochen. Nur eine kleine Pause, bitte. Ich kann wirklich nicht mehr.«

»Nur noch einen Augenblick! Gleich sind wir so weit. Wer hat denn angefangen zu sprechen, die Trudel oder Ihr Mann, wo sie doch beide miteinander verkracht waren?«

»Sie waren doch nicht verkracht, Herr Kommissar.«

»Wo ihr dein Mann das Haus verboten hat!«

»Das hat die Trudel ihm doch nicht übelgenommen, die kennt doch meinen Mann!«

»Wo haben sie sich denn getroffen?«

»Ich glaube, in der Kleinen Alexanderstraße.«

»Was hat denn dein Mann in der Kleinen Alexanderstraße gemacht? Sie haben doch gesagt, er ist immer nur zur Fabrik und zurückgegangen.«

»Das ist auch so.«

»Und was hat er in der Kleinen Alexanderstraße zu tun? Wohl 'ne Postkarte wegbringen, was, Frau Quangel?«

»Nein, nein!«, rief sie angstvoll und erbleichte plötzlich.

»Die Postkarten habe ich immer verteilt! Immer ich allein, er nie!«

»Warum sind Sie denn eben so blass geworden, Frau Quangel?«

»Ich bin doch nicht blass geworden. Doch, ich bin. Weil mir

515

nämlich schlecht ist. Sie wollten doch eine Pause machen, Herr Kommissar!«

»Gleich, sobald wir das klar haben. Also, Ihr Mann hat eine Postkarte weggebracht und hat dabei die Trudel Baumann getroffen? Was hat die denn zu den Karten gesagt?«

»Aber sie hat doch gar nichts davon gewusst!«

»Hat Ihr Mann denn, als er die Trudel sah, die Karte noch in der Tasche gehabt, oder hatte er sie schon abgelegt?«

»Die hatte er schon abgelegt.«

»Sehen Sie, Frau Quangel, jetzt kommen wir der Sache schon näher. Nun sagen Sie mir nur noch, was die Trudel Baumann zu der Karte gesagt hat, und wir machen für heute Schluss.«

»Aber sie kann doch nichts gesagt haben, er hatte die Karte doch schon vorher abgelegt.«

»Überlegen Sie sich das man noch mal! Ich sehe Ihnen doch an, dass Sie lügen. Wenn Sie dabei bleiben, werden Sie morgen früh noch hier sitzen. Warum wollen Sie sich denn unnötig so quälen? Ich sage es ja morgen doch der Trudel Baumann auf den Kopf zu, dass sie von den Postkarten gewusst hat, und die wird's auch gleich zugeben. Warum wollen Sie sich also Schwierigkeiten machen, Frau Quangel? Sie werden auch froh sein, wenn Sie auf Ihre Pritsche kriechen dürfen. Also, wie steht's, Frau Quangel? Was hat die Trudel Baumann zu den Postkarten gesagt?«

»Nein! Nein! Nein!«, schrie Frau Quangel, verzweifelt aufspringend. »Ich sage kein Wort mehr! Ich verrate niemanden! Sie können sagen, was Sie wollen, Sie können mich totschlagen: ich rede nichts mehr!«

»Setzen Sie sich nur ruhig wieder hin«, sagte der Kommissar Laub und versetzte der Verzweifelten ein paar Schläge. »Wann Sie aufstehen dürfen, bestimme ich. Und wann das Verhör zu Ende ist, das bestimme ich auch. Jetzt wollen wir erst mal die Sache mit der Trudel Baumann zu Ende bequatschen. Nachdem Sie mir eben gestanden haben, dass sie Hochverrat begangen hat …«

»Das habe ich nicht gestanden!«, rief die gequälte, verzweifelte Frau.

»Sie haben gesagt, Sie wollen die Trudel nicht verraten«, sagte der Kommissar gleichmütig. »Und nun lass ich nicht eher nach, bis Sie mir gesagt haben, was es da zu verraten gibt.«

»Nie sage ich das, nie!«

»Na also! Sehen Sie, Frau Quangel, Sie sind dumm. Sie müssen sich doch selbst sagen, dass ich das, was ich wissen will, morgen in fünf Minuten der Trudel Baumann glatt und bequem aus der Nase ziehe. So 'ne schwangere Frau, die hält doch solch Verhör nicht lange aus. Wenn ich der ein paar runterhaue ...«

»Sie dürfen die Trudel nicht schlagen! Sie dürfen das nicht! Oh, lieber Gott, hätte ich doch nie ihren Namen genannt!«

»Sie haben ihn aber genannt! Und Sie machen es Ihrer Trudel viel leichter, wenn Sie alles gestehen! Nun, wie ist es, Frau Quangel? Was hat die Trudel zu den Karten gesagt?«

Und später: »Ich könnt's von der Trudel erfahren, aber grade will ich, dass Sie es mir jetzt sagen. Ich lass nicht eher nach! Sie sollen's lernen, dass Sie einfach ein Dreck sind vor mir. Sie sollen's lernen, dass alle Ihre Vorsätze, den Mund zu halten, Mist sind vor mir. Sie sollen lernen, dass Sie gar nichts wert sind, Sie mit all Ihrem Gerede von Treue und Nichtverratenwollen. Nichts sind Sie! Nun, Frau Quangel, wetten, dass ich zwischen jetzt und einer Stunde aus Ihrem Munde höre, was die Trudel mit den Postkarten zu tun hat?! Wetten?«

»Nein! Nein! Nie!«

Aber natürlich erfuhr es der Kommissar Laub, und es dauerte nicht mal eine Stunde.

53. Kapitel
Die betrübten Hergesells

Hergesells machten ihren ersten Spaziergang nach Trudels Fehlgeburt. Sie gingen die Straße nach Grünheide hinaus, bogen dann aber links in den Frankenweg ein und wanderten am Ufer des Flakensees auf Woltersdorfer Schleuse zu.

Sie gingen sehr langsam, ab und zu warf Karl einen raschen Blick auf Trudel, die mit gesenktem Blick neben ihm ging.

»Es ist schön im Walde«, sagte er.

»Ja, es ist schön«, antwortete sie.

Ein wenig später rief er: »Sieh dort die Schwäne auf dem See!«

»Ja«, antwortete sie. »Schwäne …« Und nichts mehr.

»Trudel«, sagte er besorgt, »warum sprichst du nicht? Warum freut dich nichts mehr?«

»Ich muss immer an mein totes Kind denken«, flüsterte sie.

»Ach, Trudel«, sagte er. »Wir werden noch viele Kinder haben!«

Sie schüttelte den Kopf. »Ich werde nie mehr ein Kind haben.«

Er fragte ängstlich: »Hat der Doktor dir das gesagt?«

»Nein, nicht der Doktor. Aber ich fühle es.«

»Nein«, sagte er. »So darfst du nicht denken, Trudel. Wir sind doch jung, wir können noch so viele Kinder haben.«

Wieder schüttelte sie den Kopf. »Ich denke manchmal, das jetzt war meine Strafe.«

»Eine Strafe! Wofür denn, Trudel? Was haben wir denn verbrochen, dass wir so gestraft werden? Nein, es war ein Zufall, bloß ein blinder, gemeiner Zufall!«

»Es war kein Zufall, es war eine Strafe«, sagte sie hartnäckig. »Wir sollen kein Kind haben. Ich muss immer daran denken, was aus dem Klaus geworden wäre, wenn er älter geworden wäre. Jungvolk und HJ, SA oder SS …«

»Aber, Trudel!«, rief er, ganz verblüfft von den schwarzen

518

Gedanken, mit denen seine Frau sich plagte, »wenn der Klaus größer geworden wäre, dann wäre es ja längst mit der ganzen Hitlerei vorbei gewesen. Die dauert nicht mehr lange, verlass dich drauf!«

»Ja«, sagte sie, »und was haben wir dazu getan, dass die Zukunft besser wird? Gar nichts! Schlimmer als nichts: wir haben die gute Sache verlassen. Ich muss jetzt so viel an Grigoleit und den Säugling denken ... deswegen sind wir bestraft ...«

»Ach, dieser elende Grigoleit!«, sagte er ärgerlich.

Er hatte einen schweren Zorn auf Grigoleit, der immer noch nicht seinen Koffer geholt hatte.

Schon ein paarmal hatte Hergesell den Einlieferungsschein erneuern müssen.

»Ich denke«, sagte er, »der Grigoleit sitzt längst. Man hätte sonst wohl wieder etwas von ihm gehört.«

»Wenn er sitzt«, beharrte sie, »sind wir mit daran schuld. Wir haben ihn im Stich gelassen.«

»Trudel!«, rief er ärgerlich. »Ich verbiete dir, solch einen Unsinn auch nur zu denken! Wir haben nicht das Zeug zu Verschwörern. Für uns war es das einzig Richtige, damit aufzuhören.«

»Ja«, sagte sie bitter, »aber wir haben das Zeug zu Drückebergern, zu Feiglingen! Du sagst, der Klaus hätte nicht mehr in die HJ gemusst. Aber wenn er es nicht gemusst hätte, wenn er seine Eltern hätte achten und lieben dürfen – was haben wir dazu getan? Was haben wir für eine bessere Zukunft getan? Nichts!«

»Es können nicht alle Verschwörer spielen, Trudel!«

»Nein. Aber man hätte anderes tun können. Wenn sogar ein Mann wie mein früherer Schwiegervater, der Otto Quangel ...« Sie brach ab.

»Nun, was ist mit dem Quangel? Was weißt du von ihm?«

»Nein, ich sage dir das lieber nicht. Ich habe es ihm auch versprochen. Aber wenn sogar ein alter Mann wie der Otto

Quangel gegen diesen Staat arbeitet, so finde ich es schmählich, dass wir die Hände in den Schoß legen!«

»Aber was können wir denn tun, Trudel? Nichts! Denk an
alle Macht, die der Hitler hat, und wir beide sind reine gar
nichts! Nichts können wir tun!«

»Wenn alle so dächten wie du, würde Hitler ewig die Macht
behalten. Einer muss gegen ihn zu kämpfen anfangen.«

»Aber was können wir tun?«

»Was? Alles! Wir könnten Aufrufe schreiben und an die
Bäume hängen! Du arbeitest in der chemischen Fabrik, kommst
als Elektriker in jeden Werkraum. Du brauchst nur einen Hahn
anders zu stellen, die Schraube an einer Maschine zu lockern,
und das Ergebnis von vielen Tagewerken ist kaputt. Wenn du so
was tust, und noch ein paar hundert andere, der Hitler würde
sich schön umsehen, wo sein Kriegsmaterial bleibt.«

»Ja, und nach dem zweiten Mal schon hätten sie mich beim
Schlips, und ab mit mir zur Hinrichtung!«

»Das ist es ja, was ich immer sage: wir sind feige. Wir denken nur an das, was mit uns geschehen wird, nie an das, was
den andern geschieht. Sieh mal, Karli, du bist von der Wehrmacht freigestellt. Aber wenn du Soldat sein müsstest, wärest
du ja auch jeden Tag in Lebensgefahr und fändest es sogar
selbstverständlich.«

»Ach, bei den Preußen würde ich auch schon einen Druck-
posten kriegen!«

»Und würdest andere für dich sterben lassen! Alles, wie ich
es sage. Feige sind wir, zu nichts taugen wir!«

»Diese verdammte Treppe!«, brach er los. »Wenn das mit
deiner Fehlgeburt nicht gekommen wäre, wir hätten so glücklich weitergelebt!«

»Nein, es wäre kein Glück gewesen, kein richtiges, Karli!
Schon seit ich mit dem Klaus ging, habe ich immer daran denken müssen, was aus dem Jungen wird. Ich hätte es nicht ertragen, wenn er den rechten Arm zum Heil Hitler ausgestreckt

hätte, ich hätte ihn nicht im braunen Hemd sehen mögen. Wenn wieder einmal ein Sieg gefeiert wäre, hätte er erlebt, wie seine Eltern fein artig die Hakenkreuzfahne aushängten, und er hätte gewusst, dass wir Lügner sind. Nun, das wenigstens ist uns erspart geblieben. Wir haben den Klaus nicht haben sollen, Karli!«

Er ging eine Weile in finsterem Schweigen neben ihr. Sie waren jetzt auf dem Rückweg, aber sie sahen weder See noch Wald.

Schließlich fragte er: »Du meinst also wirklich, wir sollten so etwas anfangen? Ich soll in der Fabrik etwas aufstellen?«

»Gewiss«, sagte sie. »Wir müssen etwas tun, Karli, damit wir uns nicht so sehr schämen müssen.«

Er überlegte eine Weile, dann sagte er: »Ich kann mir nicht helfen, Trudel, wenn ich mir das so vorstelle, wie ich in der Fabrik herumschleiche und Maschinen verderbe, es passt nicht zu mir.«

»So überlege dir, was zu dir passt! Es wird dir schon einfallen. Es muss ja nicht gleich sein.«

»Und hast du dir schon überlegt, was du tun willst?«

»Ja«, sagte sie. »Ich weiß eine Jüdin, die sich versteckt hält. Sie hat schon abtransportiert werden sollen. Aber sie ist bei schlechten Leuten und fürchtet jeden Tag Verrat. Die werde ich zu uns nehmen.«

»Nein!«, sagte er. »Nein. Das tu nicht, Trudel! So belauert, wie wir sind, kommt es sofort raus. Und dann denk an die Lebensmittelkarten! Die hat doch bestimmt keine! Wir können doch nicht noch einen Menschen von unseren beiden Karten ernähren!«

»Können wir das nicht? Können wir wirklich nicht ein bisschen hungern, wenn dadurch ein Mensch vom Tode errettet wird? Ach, Karli, wenn das so ist, dann hat es der Hitler wirklich leicht. Dann sind wir alle bloß Dreck, und es geschieht uns ganz recht!«

»Aber man wird sie bei uns sehen! In unserer kleinen Wohnung lässt sich niemand verstecken. Nein, das erlaube ich nicht!«

»Ich glaube nicht, Karli, dass du mir was zu erlauben hast. Es ist ebenso meine wie deine Wohnung.«

Sie gerieten in einen lebhaften Streit darüber, in den ersten wirklichen Streit ihrer Ehe. Sie sagte, sie würde die Frau, während er auf Arbeit wäre, einfach ins Haus bringen, und er verkündete, er würde sie auf der Stelle rausschmeißen.

»Dann schmeiß mich nur gleich mit raus!«

So weit gingen sie. Beide waren zornig, gereizt, böse. Sie legten die Sache nicht bei, hier gab es keinen Kompromiss. Sie wollte durchaus etwas tun, gegen den Hitler, gegen den Krieg. Prinzipiell wollte er auch etwas tun, aber es durfte kein Risiko dabei sein, nicht das geringste bisschen Gefahr wollte er laufen. Das mit der Jüdin war einfach Wahnsinn. Nie würde er es erlauben!

Sie gingen schweigend durch die Straßen Erkners nach Hause. Sie schwiegen so intensiv, dass es immer schwerer schien, dies Schweigen noch zu brechen. Sie hatten sich nicht mehr untergefasst, ohne Berührung gingen sie nebeneinander. Als sich einmal zufällig die Hände streiften, zog jedes eilig die eigene zurück, und sie vergrößerten den Abstand voneinander.

Sie achteten nicht darauf, dass vor ihrer Tür ein großes, geschlossenes Auto hielt. Sie stiegen die Treppe hinauf und merkten nicht, dass sie aus jeder Tür neugierig oder ängstlich angesehen wurden. Karl Hergesell schloss die Wohnungstür auf und ließ die Trudel vor sich her eintreten. Noch auf dem Flur merkten sie nichts. Erst als sie in der Stube den kleinen, untersetzten Mann in einer grünen Joppe sahen, schreckten sie zusammen.

»Nanu?«, sagte Hergesell empört. »Was machen Sie denn hier in meiner Wohnung?«

»Kriminalkommissar Laub von der Gestapo, Berlin«, stellte

sich der Mann in der grünen Joppe vor. Er hatte das Jägerhüt-
chen mit dem Rasierpinsel darauf auch in der Stube auf dem
Kopf.

»Herr Hergesell, nicht wahr? Frau Gertrud Hergesell, geborene Baumann, genannt Trudel? Schön! Ich hätte gern einmal ein paar Worte mit Ihrer Frau gesprochen, Herr Hergesell.
Vielleicht warten Sie solange in der Küche?«

Sie sahen einander angstvoll in die blass gewordenen Gesichter. Dann lächelte Trudel plötzlich. »Also auf Wiedersehen, Karli!«, sagte sie und umschlang ihn. »Auf ein gutes
Wiedersehen! Wie dumm es war, uns zu streiten! Es kommt
doch immer anders, als man denkt!«

Der Kommissar Laub räusperte sich mahnend. Sie küssten
sich. Hergesell ging.

»Sie haben von Ihrem Mann eben Abschied genommen,
Frau Hergesell?«

»Ich habe mich mit ihm versöhnt, wir hatten einen Streit
miteinander.«

»Worüber hatten sie denn gestritten?«

»Über den Besuch einer Tante von mir. Er war dagegen, ich
dafür.«

»Und mein Anblick hat Sie dazu bestimmt, nachzugeben?
Merkwürdig, sehr sauber scheint Ihr Gewissen nicht zu sein.
Augenblick mal! Sie bleiben hier!«

Sie hörte ihn in der Küche mit Karli reden. Wahrscheinlich
würde Karli eine andere Ursache des Streites angeben, diese
Sache lief vom ersten Anfang an falsch. Sie hatte sofort an
Quangel gedacht. Aber eigentlich sah es Quangel wenig ähnlich, einen Menschen zu verraten …

Der Kommissar kam zurück. Er sagte, sich zufrieden die
Hände reibend: »Ihr Mann erklärt, Sie hätten sich darüber gestritten, ob Sie ein Kind adoptieren wollten oder nicht. Das ist
die erste Lüge, bei der ich Sie ertappt habe. Keine Angst, in
einer halben Stunde werden eine Masse Lügen von Ihnen

dazugekommen sein, und bei allen werde ich Sie ertappen! Sie haben eine Fehlgeburt gehabt?«

»Ja.«

»Ein bisschen nachgeholfen, was? Damit der Führer keine Soldaten mehr kriegt, wie?«

»Jetzt haben aber Sie gelogen! Wenn ich so was gewollt hätte, hätte ich wohl kaum bis zum fünften Monat gewartet!«

Ein Mann kam herein, einen Zettel in der Hand.

»Herr Kommissar, den hat Herr Hergesell eben in der Küche verbrennen wollen.«

»Was ist das? Ein Hinterlegungsschein? Frau Hergesell, was ist das für ein Koffer, den Ihr Mann auf dem Bahnhof Alexanderplatz hinterlegt hat?«

»Ein Koffer? Ich habe keine Ahnung, mir hat mein Mann nie ein Wort davon gesagt.«

»Holen Sie den Hergesell rein! Ein Mann soll sofort mit dem Auto zum Alexanderplatz fahren und den Koffer holen!« Ein dritter Mann führte Karl Hergesell herein. Die ganze Wohnung steckte also voll Polizei, sie waren blind hineingetappt.

»Was ist das für ein Koffer, Herr Hergesell, den Sie da auf dem Alexanderplatz hinterlegt haben?«

»Ich weiß nicht, was drin ist, ich habe nie hineingesehen. Er gehört einem Bekannten. Er sagte, es ist Wäsche und Kleidung darin.«

»Sehr wahrscheinlich! Darum wollten Sie ja auch den Schein verbrennen, als Sie merkten, dass Polizei in der Wohnung ist!«

Hergesell zögerte, dann sagte er mit einem raschen Blick auf seine Frau: »Das habe ich getan, weil ich dem Bekannten nicht ganz traue. Es könnte ja auch etwas anderes darin sein. Der Koffer ist sehr schwer.«

»Und was könnte Ihrer Ansicht nach wohl in dem Koffer drin sein?«

»Vielleicht Druckschriften. Ich habe mir immer Mühe gegeben, nicht daran zu denken.«

»Was ist denn das für ein komischer Bekannter, der seinen Koffer nicht selbst zur Aufbewahrung geben kann? Heißt er vielleicht Karl Hergesell?«

»Nein, er heißt Schmidt, Heinrich Schmidt.«

»Und woher kennen Sie ihn, diesen sogenannten Heinrich Schmidt?«

»Ach, den kenne ich schon lange, schon mindestens zehn Jahre.«

»Und wie kamen Sie auf den Gedanken, dass es Druckschriften sein könnten? Was war denn dieser Emil Schulz?«

»Heinrich Schmidt. Der war Sozialdemokrat oder auch Kommunist. Darum bin ich ja auf den Gedanken gekommen, dass da Druckschriften drin sind.«

»Wo sind Sie denn eigentlich geboren, Herr Hergesell?«

»Ich? Hier in Berlin. In Berlin-Moabit.«

»Und wann?«

»Am 10. April 1920.«

»So, und den Heinrich Schmidt wollen Sie seit mindestens zehn Jahren kennen und über seine politische Einstellung Bescheid wissen! Da dürften Sie also elf Jahre alt gewesen sein, Herr Hergesell! Zu dumm dürfen Sie mich auch nicht ansohlen, dann werde ich nämlich ungemütlich, und wenn ich ungemütlich werde, dann tut Ihnen gleich was weh!«

»Ich habe nicht gelogen! Alles, was ich gesagt habe, ist wahr.«

»Name Heinrich Schmidt: erste Lüge! Inhalt des Koffers nie gesehen: zweite Lüge! Grund des Aufbewahrens: dritte Lüge! Nee, mein lieber Herr Hergesell, jeder Satz, den Sie gesagt haben, ist gelogen!«

»Nein, es ist alles wahr. Der Heinrich Schmidt wollte nach Königsberg fahren, und weil ihm der Koffer zu schwer war und er ihn auf der Reise nicht brauchte, hat er mich gebeten, ihn abzugeben. Das ist die ganze Geschichte!«

»Und macht sich die Mühe, nach Erkner zu fahren und sich den Schein bei Ihnen abzuholen, wo er ihn bei sich in der

Tasche tragen kann! Sehr wahrscheinlich, Ihre ganze Geschichte, Herr Hergesell! Na, wir wollen jetzt erst mal diese Sache auf sich beruhen lassen. Wir werden uns wohl noch öfter darüber unterhalten, ich denke, Sie werden so freundlich sein und mich ein bisschen auf die Gestapo begleiten. Was nun Ihre Frau angeht …«

»Meine Frau weiß von der ganzen Koffergeschichte nichts!«

»Das sagt sie auch. Aber was sie weiß und was sie nicht weiß, das werde ich alles schon noch erfahren. Aber da ich euch beide hübschen Schätzchen jetzt so nett beisammen habe – ihr kennt euch doch seit eurer Arbeit in der Uniformfabrik?«

»Ja …«, sagten sie.

»Na, wie ist denn das da gewesen, was habt ihr denn da so angestellt?«

»Ich war dort Elektriker …«

»Ich habe Waffenröcke zugeschnitten …«

»Sehr schön, sehr gut, fleißige Menschen seid ihr. Aber wenn ihr grade nicht Stoff geschnippelt und Draht gezogen habt – was habt ihr dann gemacht, meine kleinen Hübschen? Habt ihr da vielleicht so 'ne kleine hübsche kommunistische Zelle gebildet, ihr beiden, und ein gewisser Jensch, Säugling genannt, und ein Grigoleit?«

Sie sahen ihn, blass geworden, an. Wie konnte der Mann das wissen? Sie tauschten einen ratlosen Blick.

»Jaha!«, lachte Laub spöttisch. »Nun seid ihr ziemlich verdattert, was? Ihr habt da nämlich unter Beobachtung gestanden, ihr vier, und wenn ihr euch nicht so schnell getrennt hättet, würde ich eure Bekanntschaft schon ein bisschen früher gemacht haben. Sie stehen ja jetzt noch immer in Ihrer Fabrik hier unter Beobachtung, Hergesell!«

Sie waren so verwirrt, dass sie gar nicht daran dachten, dem Mann da zu widersprechen.

Er betrachtete sie nachdenklich, und plötzlich kam dem Kommissar ein Gedanke. »Wem hat denn nun der bewusste

Koffer gehört, Herr Hergesell?«, fragte er. »Dem Grigoleit oder dem Säugling?«

»Dem – ach, jetzt ist es ja doch egal, wo Sie alles schon wissen, also der Grigoleit hat ihn mir angedreht. Er wollte ihn in einer Woche wieder holen, aber nun ist das schon so lange her ...«

»Wird hopsgegangen sein, Ihr Grigoleit! Nun, den werde ich mir schon schnappen – wenn er noch lebt, heißt das.«

»Herr Kommissar, ich möchte aber feststellen, dass meine Frau und ich, seit wir aus der Zelle ausgetreten sind, uns nicht mehr politisch betätigt haben. Ja, wir haben die Zelle zum Platzen gebracht, noch ehe irgendetwas gearbeitet wurde. Wir haben nämlich gemerkt, dass wir zu so was nicht taugen.«

»Ich hab's auch gemerkt! Ich auch!«, spottete der Kommissar.

Aber Karl Hergesell fuhr unbeirrt fort: »Seitdem haben wir nur an unsere Arbeit gedacht, wir haben nichts gegen den Staat getan.«

»Bloß das mit dem Koffer, vergessen Sie doch bloß den Koffer nicht, Hergesell! Aufbewahrung kommunistischer Druckschriften, das ist Hochverrat, das kostet Sie das Köpfchen, mein Lieber! Na, Frau Hergesell! Frau Hergesell! Was regen Sie sich denn so auf? Fabian, machen Sie mal die junge Frau von ihrem Mann los, aber ganz zart, Fabian, um Gottes willen, Fabian, tun Sie dem Herzchen nur nicht weh! Hat grade 'ne Fehlgeburt gehabt, die süße Kleine, will durchaus dem Führer keine Soldaten mehr liefern!«

»Trudel!«, bat Hergesell. »Hör doch nicht, was er sagt! Es müssen ja gar keine Druckschriften in dem Koffer sein, ich hab es nur manchmal gedacht. Es kann ja wirklich Wäsche und Kleidung drin sein, Grigoleit muss mich ja nicht angelogen haben!«

»So ist's recht, junger Mann«, lobte Kommissar Laub, »machen Sie der jungen Frau wieder ein bisschen Mut! Haben wir uns gefasst, mein Herzchen? Können wir uns weiter unterhalten? Nun wollen wir vom Hochverrat des Karl Hergesell auf den Hochverrat der Trudel Hergesell, geborene Baumann, übergehen ...«

»Meine Frau hat von all diesen Dingen nichts gewusst! Meine Frau hat nie etwas getan, was gegen das Gesetz ist!«

»Nein, nein, ihr seid alle beide brave Nationalsozialisten gewesen!« Plötzlich packte den Kommissar Laub der Zorn. »Wisst ihr, was ihr seid? Feige kommunistische Schweine seid ihr! Wühlratten seid ihr, die in der Scheiße wühlen! Aber ich bring euch ans Licht, ich bring euch beide an den Galgen! Beide will ich euch baumeln sehen! Dich mit deinem Lügenkoffer! Und dich mit deiner Fehlgeburt! Vom Tisch da bist du so lange runtergehuppt, bis es geklingelt hat! War's so? War's so? Sag ja!«

Er hatte Trudel gefasst und schüttelte die halb Ohnmächtige.

»Lassen Sie meine Frau in Ruhe! Sie sollen meine Frau nicht anfassen!« Hergesell hatte den Kommissar gepackt. Ein Faustschlag von Fabian traf ihn. Drei Minuten später saß er, mit Handfesseln versehen, von Fabian bewacht, in der Küche und wusste – wilde Verzweiflung im Herzen – Trudel ohne seinen Beistand in den Händen des Quälers.

Und Laub quälte die Trudel redlich weiter. Sie, die aus Angst um ihren Karli halb besinnungslos war, sollte sich nun zu den Postkarten Quangels äußern. Er glaubte ihr das zufällige Zusammentreffen nicht, sie hatte stets in Verbindung mit den Quangels gestanden, feiges kommunistisches Verschwörerpack, und ihr Mann, Karli, hatte auch davon gewusst!

»Wie viel Karten haben Sie denn nun so abgelegt? Was hat auf den Karten gestanden? Was hat Ihr Mann dazu gesagt?«

So quälte er sie, Stunde um Stunde, während Hergesell verzweifelt in der Küche saß, die Hölle im Herzen.

Schließlich kam das Auto, kam der Koffer, kam das Öffnen des Koffers.

»Tändeln Sie mir das Ding da mal auf, Fabian!«, hatte Kommissar Laub gesagt. Karl Hergesell war nun auch wieder in der

Stube, aber bewacht. Durch die ganze Breite des Zimmers voneinander getrennt, sahen sich die Hergesells bleich und verzweifelt an.

»Hübsch schwer für Wäsche und Kleider!«, sagte der Kommissar spöttisch, während Fabian mit Drahthaken am Schloss hantierte. »Nun, wir werden ja gleich den Salat zu sehen bekommen! Wird, fürchte ich, ein bisschen peinlich für Sie beide, oder was meinen Sie, Hergesell?«

»Meine Frau hat nie etwas von diesem Koffer gewusst, Herr Kommissar!«, versicherte Hergesell wieder.

»Ja, und Sie haben nichts davon gewusst, dass Ihre Frau für diesen Quangel Postkarten mit hochverräterischem Inhalt in Treppenhäusern abgelegt hat! Jeder ein kleiner Hochverräter für sich allein! Eine feine Ehe, muss ich schon sagen!«

»Nein!«, schrie Hergesell. »Nein! Das hast du nicht getan, Trudel! Sag, dass du es nicht getan hast, Trudel!«

»Sie hat's aber gestanden!«

»Nur ein einziges Mal, Karli, und da war es reiner Zufall …«

»Ich verbiete Ihnen jede Unterhaltung miteinander! Noch ein einziges Wort, und Sie wandern wieder in die Küche ab, Hergesell! Na also, ist das Dings offen. Und was haben wir denn da?«

Er stand mit Fabian so vor dem Koffer, dass Hergesells den Inhalt nicht sehen konnten. Die beiden Kriminalbeamten tuschelten miteinander. Dann hob Fabian schwer den Inhalt ans Licht. Eine kleine Maschine, blinkende Schrauben, Federn, Schwärze glänzte …

»Eine Druckmaschine!«, sagte Kommissar Laub. »Eine hübsche kleine Druckmaschine – für kommunistische Hetzblätter. Das erledigt Ihren Fall, Hergesell. Für heute und immer!«

»Ich habe nicht gewusst, was in dem Koffer war«, widersprach Karl Hergesell, aber er war so verschreckt, dass dieser Widerspruch nur schwach klang.

»Als wenn das jetzt nicht ganz gleich wäre! Sie waren ja schon verpflichtet, Ihr Treffen mit diesem Grigoleit zu melden und den Koffer abzuliefern! Wir machen hier jetzt Schluss, Fabian. Packen Sie das Dings wieder ein. Ich weiß genug und übergenug. Auch die Frau wird gefesselt.«

»Lebe wohl, Karli!«, rief Trudel Hergesell mit starker Stimme. »Lebe wohl, mein Liebster. Du hast mich sehr glücklich gemacht …«

»Machen Sie, dass die Frau die Fresse hält!«, rief der Kommissar. »Nanu, Hergesell, was soll das?«

Karl Hergesell hatte sich von seinem Wachtmann losgerissen, als an der andern Stubenwand eine rohe Faust Trudels Mund verschloss. Obwohl er eine Handfessel trug, war es ihm gelungen, den Quäler Trudels zu Boden zu reißen. Sie wälzten sich an der Erde.

Der Kommissar hatte Fabian nur einen Wink gegeben. Der stand über den Kämpfenden, wartete, und nun schlug Fabian drei-, viermal Karl Hergesell auf den Schädel.

Hergesell ächzte, seine Glieder zuckten, dann lag er still zu Trudels Füßen. Sie sah bewegungslos auf ihn herab, ihr Mund blutete.

Während der langen Fahrt in die Stadt hoffte sie vergebens, er werde noch einmal aufwachen, sie könnte ihm noch einmal in die Augen sehen. Nein, nichts.

Nichts hatten sie getan. Und sie waren doch verloren …

54. KAPITEL

Otto Quangels schwerste Last

Während der neunzehn Tage, die Otto Quangel im Bunker der Gestapo zubringen musste, ehe er dem Untersuchungsrichter beim Volksgerichtshof ausgeliefert wurde, waren für ihn nicht die Verhöre durch den Kommissar Laub das am schwersten zu Ertragende, trotzdem dieser Mann alle seine nicht geringen Kräfte aufwandte, um den Widerstand Quangels zu brechen, wie er es nannte. Das hieß nichts anderes, als dass er mit all seinen schlimmen Kräften bemüht war, aus dem Häftling ein schreiendes, angstvolles Garnichts zu machen.

Es war auch nicht die ständig wachsende, sehr quälende Sorge um seine Frau Anna, die Otto Quangel so zermürbte. Er sah seine Frau nicht, er hörte nie direkt etwas von ihr. Aber als Laub bei den Vernehmungen den Namen Trudel Baumanns, nein, jetzt Trudel Hergesells nannte, wusste er, seine Frau hatte sich verängstigen lassen, sie war überlistet worden, ein Name war ihr entschlüpft, den sie nie hätte zu nennen brauchen.

Später, als immer klarer wurde, auch Trudel Baumann und ihr Mann waren verhaftet worden, sie hatten ausgesagt, sie waren mit in diesen Strudel gezogen, da haderte er in Gedanken viele Stunden mit seiner Frau. Es war immer sein Stolz gewesen in diesem seinem Leben, ein Mensch ganz für sich allein zu sein, die andern nicht zu brauchen, ihnen nie lästig zu fallen, und nun waren durch sein Verschulden (denn er fühlte sich voll verantwortlich für Anna) zwei junge Menschen in seine Sachen hereingezogen worden.

Aber der Hader hielt nicht lange an, die Trauer und die Sorge um seine Lebensgefährtin überwogen. Allein mit sich, presste er oft die Nägel in die Handteller, er schloss die Augen, er sammelte alle seine Stärke in sich – und dann dachte er an Anna, er suchte sie sich vorzustellen in ihrer Zelle, und er schickte Kraftströme aus, um ihr neuen Mut zu geben, damit sie nur nicht ihre Würde vergäße, sich nicht demütige vor diesem Elenden, der kaum noch etwas Menschliches hatte.

Diese Sorge um Anna war schwer zu ertragen, aber sie war bei weitem das Schwerste nicht.

Das Schwerste waren auch nicht die fast alltäglichen Einbrüche in die Zelle von betrunkenen SS-Männern und ihren Führern, die ihre Wut und Quälereien an dem Wehrlosen ausließen. Fast alltäglich rissen sie die Zellentür auf, stürzten herein, wild vom Alkohol, nur von der Gier besessen, Blut zu sehen,

Menschen verzucken, vergehen zu sehen, sich an der Schwäche des Fleisches zu erbauen. Auch dies war sehr schwer zu ertragen, aber das Schwerste war es noch nicht.

Sondern das Schwerste war, dass er nicht allein in seiner Zelle war, dass er einen Zellengefährten hatte, einen Mitleidenden, einen, der ebenso schuldig sein sollte, einen Mitmenschen. Denn das war ein Mensch, vor dem Quangel ein Grausen ankam, ein wildes, unflätiges Tier, herzlos und feige, zitternd und roh, ein Mensch, den Quangel nicht ansehen konnte, ohne einen tiefen Ekel vor ihm zu empfinden, und dem er doch willfährig sein musste, denn der Mann besaß viel mehr Kräfte als der alte Werkmeister.

Karl Ziemke, von den Wachen Karlchen genannt, war ein etwa dreißigjähriger Mann von herkulischem Körperbau, mit einem runden, bullenbeißerhaften Kopf, in dem sehr kleine Augen saßen, und mit langen, dichtbehaarten Armen und Händen. Seine niedrige, bucklige Stirn, in die stets ein Wisch filziger Haare hing, war von vielen Längsfalten gefurcht. Er sprach nur wenig, und das wenige, was er sprach, war nur Zeterei und Mord. Wie Quangel bald aus den Reden der Wachen erfuhr, war Karlchen Ziemke früher selbst ein prominentes Mitglied der SS gewesen, er hatte eine außerordentliche Henkersmission zu erfüllen gehabt, und wie viele Menschen diese behaarten Tatzen umgebracht hatten, das würde nie zu erfahren sein, denn Karlchen wusste es selbst nicht.

Doch für den Berufsmörder Karlchen Ziemke hatte es selbst in diesen mordlustigen Zeiten oft nicht genug zu morden gegeben, und da war er in solchen beschäftigungslosen Zeiten dazu übergegangen, auch dann Morde zu begehen, wenn sie nicht von seinen Vorgesetzten angeordnet worden waren. Wenn er es dabei auch nicht verschmähte, seinen Opfern Geld und Wertsachen abzunehmen, so war doch nie das Rauben der Grund zu seinen Übeltaten gewesen, sondern stets nur die reine Mordlust. Und schließlich war man ihm darauf gekommen, und da er so ungeschickt gewesen war, nicht nur Juden, Volksfeinde und ähnliches Freiwild umzubringen, sondern auch einwandfreie Arier und darunter sogar einen Parteigenossen, so saß er nun erst einmal hier im Bunker, und es war noch ungewiss, was mit ihm geschehen sollte.

Karlchen Ziemke, der so viele ohne einen schnelleren Herzschlag in den Tod geschickt hatte, war es angst um das eigene kostbare Leben geworden, und in seinem Kopf, der nicht viel mehr Gedanken, als ein fünfjähriges Kind hat, in sich trug, aber sehr viel bösere, war der Gedanke aufgetaucht, dass er sich vor den Folgen seiner Taten retten konnte, wenn er den Wahnsinnigen spielte. Er hatte sich dafür die Rolle eines Hundes ausgedacht. Oder sie war ihm auch von irgendwelchen Kameraden angeraten worden, was das Wahrscheinlichere war, und er führte diese Rolle mit Konsequenz durch, das zeigte, dass sie ihm lag.

Meist lief er völlig nackt auf allen vieren in der Zelle herum, bellte hündisch, fraß aus seiner Schüssel wie ein Hund und legte es immer wieder darauf an, Quangel in die Beine zu beißen. Oder er verlangte von dem alten Werkmeister, dass er ihm stundenlang eine Bürste zuwarf, die Karlchen dann apportierte, wofür er gestreichelt und belobt werden wollte. Oder Quangel musste die Hosen Karlchens wie ein Sprungseil schwingen, worüber dann Karlchen ununterbrochen sprang.

Zeigte sich der Werkmeister nicht willig genug, so überfiel ihn der »Hund«, warf ihn zu Boden und fasste seine Kehle wie ein Hund mit den Zähnen, und nie war es sicher, dass aus dem Spiel nicht Ernst wurde. Die Wachen hatten eine tiefe Freude an den Ergötzungen Karlchens. Oft standen sie lange in der Zellentür und hetzten den Hund, sie machten ihn scharf, und Quangel musste alles über sich ergehen lassen. Kamen sie aber in ihrer betrunkenen Wut, sie an den Gefangenen auszulassen, so warfen sie Karlchen auf die Erde, er breitete seine Arme auf der Erde aus und flehte sie an, ihm die Gedärme aus dem nackten Leib zu treten.

Mit diesem Manne war Quangel verurteilt, Tag für Tag, Stunde um Stunde, Minute nach Minute zusammenzuleben. Er, der stets für sich allein gelebt hatte, konnte nun nicht mehr eine Viertelstunde für sich allein sein. Selbst nachts, wenn er den Tröster Schlaf suchte, war er vor seinem Quäler nicht sicher. Plötzlich hockte er an seinem Bett, hatte die Pranke auf Quangels Brust gelegt und verlangte Wasser oder auch einen Platz auf Quangels Lager. Der musste beiseiterücken, er schüttelte sich vor Ekel vor diesem Körper, der nie gewaschen wurde, der haarig war wie der eines Tieres, der aber nichts von der Reinheit und Unschuld der Tiere hatte. Und dann bellte Karlchen leise und fing an, das Gesicht Otto Quangels abzulecken und nach dem Gesicht den ganzen Körper.

Ja, dies war schwer zu ertragen, und oft fragte sich Otto Quangel, warum er es denn eigentlich ertrug, da das Ende doch gewiss war, das nahe Ende. Aber da war ein Widerstand in ihm, sich selbst auszulöschen, Anna zu verlassen, die er doch nicht mehr sah. Da war ein Widerstand in ihm, es denen so leicht zu machen, das Urteil vorwegzunehmen. Sie sollten ihm das Leben absprechen, es ihm nehmen, mit Strick oder Fallbeil, gleichviel. Sie sollten nicht glauben, dass er sich schuldig fühlte. Nein, er wollte ihnen nichts ersparen, und so ersparte er sich Karlchen Ziemke nicht.

Und es war seltsam: je weiter diese neunzehn Tage vorrückten, umso ergebener schien ihm der »Hund« zu werden. Er biss ihn nicht mehr, er warf ihn nicht mehr und fasste ihn an der Kehle. Hatten ihm seine SS-Kameraden einmal einen besseren Bissen zugeteilt, so musste er durchaus geteilt werden, und oft lag der Hund stundenlang mit seinem riesigen Rundschädel im Schoße des alten Mannes, die Augen geschlossen, leise vor sich hin blaffend, während die Finger Otto Quangels durch seine Haare fuhren.

Dann fragte sich der Werkmeister oft, ob dieses Tier über dem Vortäuschen eines Wahnsinns nicht wirklich wahnsinnig

geworden war. Aber wenn er's wirklich war, so waren es seine
»freien« Kameraden auf den Gängen des Bunkers auch. Dann
änderte es auch nichts, dann waren sie samt ihrem wahnsinnigen Führer und ihrem ständig blöde grinsenden Himmler ein
Geschlecht, das ausgelöscht werden musste von dem Antlitz
der Erde, damit die Vernünftigen leben konnten.

Als es dann hieß, Otto Quangel käme auf Transport, war
Karlchen sehr unglücklich. Er jaulte und wimmerte, er zwang
Quangel sein ganzes Brot auf, und als der Werkmeister auf den
Gang heraustreten und mit hoch erhobenen Armen das Gesicht gegen die Wand pressen musste, schlüpfte der nackte
Mann auf allen vieren aus der Zelle, hockte sich neben ihn und
jaulte leise und jammervoll. Dies hatte das Gute, dass die rohen
SS-Männer nicht ganz so roh mit Quangel umsprangen wie mit
den andern Transportgefangenen; ein Mann, der die Ergebenheit eines solchen Hundes gewonnen hatte, dieser Mann mit
dem kalten, bösen Vogelgesicht machte sogar auf die Henkers-
knechte Eindruck.

Und als es dann »Abrücken!« hieß, als der Hund Karlchen in
seine Zelle zurückgejagt wurde, da war das Gesicht Quangels
nicht mehr nur kalt und böse, da empfand er in seinem Herzen
einen leichten Druck, etwas wie Bedauern. Der Mann, der in
seinem ganzen Leben sein Herz nur an einen Menschen, nämlich an seine Frau, gehängt hatte, sah den vielfachen Mörder,
dieses Vieh von einem Menschen, nur ungern aus seinem Leben
scheiden.

55. KAPITEL
Anna Quangel und Trudel Hergesell

Vielleicht war es nur Schlamperei, dass Anna Quangel als Zellengefährtin nach Bertas Tode Trudel Hergesell bekam. Vielleicht aber war es auch so, dass die dem Herrn Kommissar Laub
im Grunde ganz unwichtig waren. Man quetschte aus ihnen

heraus, was sie wussten, was sie von ihren Kerlen erfahren hatten, und dann waren sie erledigt. Die wirklichen Verbrecher waren immer die Männer, die Weiber liefen nur so mit, was freilich nicht hinderte, dass sie mit ihren Männern hingerichtet wurden.

Ja, Berta war gestorben, diese Berta, die der Anna ganz harmlos die Anwesenheit ihrer Schwägerin verraten und dadurch den Zorn des Kommissars Laub auf ihr Haupt herabgezogen hatte. Sie war ausgelöscht wie ein Licht, in Anna Quangels Armen war sie, schwächer und schwächer werdend, gestorben, und mit stets leiserer Stimme hatte sie ihre Zellengefährtin nur angefleht, niemanden zu rufen. Berta, wie sie nun weiter heißen und was für ein Verbrechen sie auch begangen haben mochte, war plötzlich still geworden. Ein paarmal hatte es in ihrer Kehle noch gerasselt, sie hatte um Luft gekämpft, und dann war ein Blutstrom gekommen, Blut über Blut; die um die Schultern Annas geklammerten Arme hatten sich gelöst …

Da hatte sie gelegen, sehr weiß und sehr still – und Anna hatte sich voll Kummer gefragt, ob sie nicht mit Schuld an diesem Ende trug. Hätte sie zu dem Kommissar Laub nicht ihre Schwägerin erwähnt! Und dann dachte sie an Trudel Baumann, Trudel Hergesell, sie fing an zu zittern – die hatte sie wirklich verraten! Gewiss, gewiss, Entschuldigungen genug. Wie hatte sie ahnen können, welch Unheil aus der bloßen Erwähnung von Ottochens Braut entstehen würde! Aber dann war es weitergegangen, Schritt um Schritt, und schließlich war der Verrat offensichtlich gewesen, und sie hatte einen Menschen, an dem ihr Herz hing, unglücklich gemacht, und vielleicht nicht nur *einen* Menschen.

Wenn Anna Quangel daran dachte, sie müsse Trudel Hergesell Auge in Auge entgegentreten, sie werde ihr ins Gesicht ihre verräterischen Worte wiederholen müssen, so zitterte sie. Wenn sie aber an ihren Mann dachte, so war sie verzweifelt. Dann war sie überzeugt, dass dieser gewissenhafte, rechtliche Mann ihr diesen Verrat nie verzeihen würde und dass sie noch vor ihrem nahen Lebensende den einzigen Kameraden verlieren würde.

Wie habe ich nur so schwach sein können, klagte sich Anna Quangel an, und wenn sie zu einem Verhör zu Laub geholt wurde, bat sie bei sich nicht darum, dass er sie nicht quälen möge, sondern sie bat um Stärke, trotz aller Quälereien nichts auszusagen, was andere belasten konnte. Und diese kleine, schmächtige Frau beharrte darauf, ihren Teil der Last zu tragen und mehr als ihren Teil: sie, nur sie allein hatte – bis auf einen oder zwei Fälle – die Postkarten ausgetragen, und nur sie allein hatte sich ihren Inhalt ausgedacht und ihn dem Manne diktiert. Sie allein war die Erfinderin dieser Karten; weil ihr Sohn gefallen war, hatte sie diese Idee gefasst.

Der Kommissar Laub, der wohl merkte, dass ihre Aussagen erlogen waren, dass diese Frau gar nicht fähig zu den Dingen war, die getan zu haben sie behauptete – Kommissar Laub mochte schreien, drohen, quälen, so viel er wollte: sie unterschrieb kein anderes Protokoll, sie nahm nichts von diesen Aussagen zurück, und wenn er ihr zehn Mal bewies, dass sie nicht stimmen konnten. Laub hatte die Schraube überdreht, er war machtlos. Und wenn Anna von einem solchen Verhör wieder in den Keller gebracht wurde, hatte sie ein Gefühl der Erleichterung, als habe sie einen Teil ihrer Schuld abgebüßt, als könne Otto ein wenig zufrieden mit ihr sein. Und der Gedanke wurde stärker in ihr, dass sie vielleicht Ottos Leben retten könnte, wenn sie nur alle Schuld auf sich nahm …

Nach den Gewohnheiten des Gestapogefängnisses hatte man sich keineswegs beeilt, die tote Berta aus Annas Zelle zu entfernen. Es konnte wiederum nur Schlamperei, es konnte aber auch beabsichtigte Quälerei sein – jedenfalls lag die Tote schon den dritten Tag in der widerlich süßlich riechenden Zelle, als die Tür aufgeschlossen und gerade jene hineingestoßen wurde, deren Blicken zu begegnen Anna so große Angst hatte.

Trudel Hergesell tat einen Schritt in die Zelle. Ihre Augen

sahen noch fast nichts, sie war zu Tode erschöpft, und die Angst um den nicht wieder zum Leben erwachten Karli, von dem man sie eben roh getrennt hatte, machte sie fast besinnungslos. Sie stieß einen leisen Schreckensruf aus, als sie den widerlichen Verwesungsgestank in der Zelle roch, als sie die Tote sah, die da jetzt fleckig und gedunsen auf der Holzpritsche lag.

Sie stöhnte: »Ich kann nicht mehr«, und Anna Quangel bewahrte das Opfer ihres Verrats vor dem Hinstürzen.

»Trudel!«, flüsterte sie an dem Ohr der halb Ohnmächtigen. »Trudel, kannst du mir verzeihen? Ich habe zuerst deinen Namen genannt, weil du doch Ottochens Braut warst. Und dann hat er mit seinen Quälereien alles aus mir herausgeholt. Ich verstehe es selbst nicht mehr. Trudel, sieh mich nicht so an, ich bitte dich! Trudel, solltest du nicht ein Kind bekommen? Habe ich auch das zerstört?«

Während Frau Anna Quangel so sprach, hatte sich Trudel Hergesell aus ihren Armen gelöst und war zum Eingang der Zelle zurückgegangen. Jetzt lehnte sie an der eisenbeschlagenen Tür und sah mit bleichem Gesicht zu der alten Frau hinüber, die sie, durch die Länge der Zelle getrennt, von der andern Wand her ansah.

»Du warst es, Mutter?«, fragte sie. »Du hast das getan?«

Und mit einem plötzlichen Ausbruch: »Ach, es ist mir wahrhaftig nicht um mich! Aber sie haben mir den Karli ganz zerschlagen, und ich weiß nicht, ob er wieder zur Besinnung kommen wird. Vielleicht ist er jetzt schon tot.«

Die Tränen stürzten aus ihren Augen, als sie rief: »Und ich kann nicht zu ihm! Ich weiß nichts, und vielleicht werde ich Tage und Tage hier sitzen und nichts hören. Er ist dann schon tot und verscharrt, aber in mir lebt er noch immer. Und ein Kind werde ich auch nicht von ihm haben – wie arm ich plötzlich geworden bin! Noch vor ein paar Wochen, ehe ich den Vater traf, hatte ich alles, um glücklich zu sein, und ich war auch glücklich! Und jetzt habe ich nichts mehr. Nichts! Ach, Mutter …«

Und sie setzte plötzlich hinzu: »Aber an der Fehlgeburt bist du nicht schuld, Mutter. Die war schon, als noch nichts geschehen war.«

Plötzlich eilte Trudel Hergesell schwankend durch die Zelle, sie hing ihren Kopf an Annas Brust und klagte: »Ach, Mutter, wie unglücklich bin ich doch geworden! Sage doch du mir, dass Karli es lebend überstehen wird!«

Und Anna Quangel küsste sie – und flüsterte: »Er wird leben, Trudel, und auch du wirst leben! Ihr habt doch nichts Böses getan!«

Eine Weile hielten sie sich umfasst und waren ganz still. Eines ruhte in der Liebe des andern, ein wenig Hoffnung rührte sich wieder.

Dann schüttelte die Trudel den Kopf, und sie sagte: »Nein, auch wir werden nicht heil davonkommen. Sie haben zu viel herausgefunden. Es ist wahr, was du sagst: eigentlich haben wir nichts Böses getan. Der Karli hat für einen andern einen Koffer aufbewahrt, ohne zu wissen, was darin ist, und ich habe für den Vater eine Postkarte abgelegt. Aber sie sagen, das ist Hochverrat und kostet den Kopf.«

»Das hat sicher der Laub gesagt, dieser schreckliche Kerl!«

»Ich weiß nicht, wie er heißt, aber das ist mir auch ganz egal. So sind sie doch alle! Auch die auf der Aufnahme hier, alle sind sie sich gleich. Aber es ist vielleicht ganz gut, dass es so viel ist: Jahre und Jahre in einem Zuchthaus sitzen …«

»Die Herrschaft von denen wird nicht mehr Jahre und Jahre dauern, Trudel!«

»Wer weiß? Und was haben sie alles den Juden und den andern Völkern antun dürfen – ohne Strafe! Glaubst du wirklich, dass es Gott gibt, Mutter?«

»Ja, Trudel, das glaube ich. Otto wollte es ja immer nicht erlauben, aber das ist mein einziges Geheimnis vor ihm: ich glaube noch an Gott.«

»Ich habe nie so recht an ihn glauben können. Aber es wäre

schön, wenn es Gott gäbe, denn dann wüsste ich doch, Karli und ich würden nach dem Tode zusammen sein!«

»Das werdet ihr, Trudel. Sieh einmal, auch Otto glaubt nicht an Gott. Er sagt, er weiß, mit diesem Leben ist alles zu Ende. Aber ich weiß, ich werde mit ihm zusammen sein nach unserm Tode, immer und ewig. Das weiß ich, Trudel!«

Trudel sah zu der Pritsche hinüber mit der stillen Gestalt, sie ängstigte sich.

Sie sagte: »Sie sieht nicht gut aus, diese Frau da! Ich habe Angst, wenn ich sie ansehe, mit ihren Totenflecken und so aufgetrieben! Ich möchte nicht so daliegen, Mutter!«

»Sie liegt schon den dritten Tag so, Trudel, sie holen sie ja nicht weg. Sie sah sehr schön aus, als sie gestorben war, so still und feierlich. Aber jetzt ist die Seele aus ihr entflohen, jetzt liegt sie da wie ein Stück verdorbenes Fleisch.«

»Sie sollen sie fortholen! Ich kann sie nicht ansehen! Ich will diesen Gestank nicht mehr atmen!«

Und ehe Anna Quangel es noch hatte hindern können, war Trudel zur Tür geeilt. Mit den Händen trommelte sie gegen das Eisenblech und schrie: »Aufmachen! Sofort aufmachen! Hört doch!«

Das war verboten, jedes Lärmen war verboten, eigentlich war sogar jedes Sprechen verboten.

Anna Quangel eilte zu Trudel, sie hielt ihre Hände fest, zog sie von der Tür fort und flüsterte angstvoll: »Das darfst du nicht tun, Trudel! Das ist verboten! Sie werden hereinkommen und dich schlagen!«

Aber es war schon zu spät. Das Schloss knackte, und herein stürzte ein riesenlanger SS-Mann mit erhobenem Gummiknüttel. »Was habt ihr hier zu schreien, ihr Nutten?«, brüllte er. »Habt ihr etwa Befehle zu geben, ihr Hurengesindel?«

Die beiden Frauen sahen ihn aus einem Winkel angstvoll an.

Er ging nicht zu ihnen, sie zu schlagen. Er ließ den Totschläger sinken und murmelte:

»Das stinkt ja hier wie ein ganzer Leichenkeller! Wie lange liegt die denn schon hier?«

Er war ein blutjunger Bursche, sein Gesicht war blass geworden.

»Schon den dritten Tag«, sagte Frau Anna. »Ach, seien Sie doch so gut und sehen Sie, dass die Tote aus der Zelle kommt! Man kann hier wirklich nicht mehr atmen!«

Der SS-Mann murmelte etwas und ging aus der Zelle. Aber er verschlos die Tür nicht wieder, er lehnte sie nur an.

Leise schlichen die beiden an die Tür, stießen sie ein wenig weiter auf, nur ein wenig weiter, und atmeten durch den Spalt die aus Desinfektions- und Abortgerüchen gemischte Luft des Ganges wie ein Labsal.

Dann zogen sie sich wieder zurück, denn der junge SS-Mann kam den Gang herauf.

»So!«, sagte er und hatte einen Zettel in der Hand. »Dann fasst man fix an! Du, Alte, nimm sie bei den Beinen, und du, Junge, nimm sie beim Kopf. Los mit euch – ihr werdet doch solch ein Gerippe tragen können?!«

Sein Ton war bei all seiner Rauheit fast gutmütig, er half auch beim Tragen.

Sie gingen einen langen Gang hinauf, dann wurde eine eiserne Gittertür geschlossen, ihr Begleiter wies einem Posten seinen Zettel, und nun ging es viele steinerne Treppen hinab. Es wurde feucht, das elektrische Licht brannte düster.

»Da!«, sagte der SS-Mann und schloss eine Tür auf. »Das ist der Leichenkeller. Legt sie hierher auf die Pritsche. Aber zieht sie aus. Kleider sind knapp. Es wird alles gebraucht!«

Er lachte, aber sein Lachen klang gezwungen.

Die Frauen stießen einen Schrei des Entsetzens aus. Denn in diesem wahrhaften Leichenkeller lagen tote Männer und Frauen, und alle nackt, wie sie auf die Welt gekommen waren. Da lagen sie, mit zerschlagenen Gesichtern, mit blutigen Striemen, mit verdrehten Gliedern, krustig von Blut und Schmutz.

541

Niemand hatte sich die Mühe genommen, ihnen die Augen zuzudrücken, sie starrten tot, und manche schienen auch tückisch zu blinzeln, als seien sie neugierig und freuten sich über den Zuwachs, der ihnen da zugetragen wurde.

Und während Anna und Trudel sich mit zitternden Händen mühten, die tote Berta möglichst rasch ihrer Kleider zu entledigen, konnten sie es doch nicht lassen, immer wieder neu einen Blick hinter sich auf die Versammlung der Toten zu werfen, auf diese Mutter, deren lang herabhängende Brust für immer versiegt war, auf einen alten Mann, der so sicher gehofft hatte, nach einem arbeitsreichen Leben ruhig in seinem Bett zu sterben, nach jenem jungen, weißlippigen Mädchen, das erschaffen war, Liebe zu geben und zu empfangen, nach dem Burschen mit der zerschmetterten Nase und einem ebenmäßigen Körper, der wie gelb gewordenes Elfenbein aussah.

Es war still in diesem Raum, ganz leise raschelten unter den Händen der beiden Frauen die Kleider der toten Berta. Dann summte eine Fliege, und alles war wieder still.

Der SS-Mann sah, die Hände in den Taschen, den beiden Frauen bei ihrer Arbeit zu. Er gähnte, er brannte sich eine Zigarette an und sagte: »Ja, ja, so ist das Leben!« Und wieder war alles still.

Dann, als Anna Quangel die Kleider zu einem Bündel verschnürt hatte, sagte er: »Also gehen wir!«

Aber Trudel Hergesell legte ihm die Hand auf den schwarzen Ärmel und bat: »Oh, bitte, bitte! Erlauben Sie mir doch, dass ich einmal hier nachsehe! Mein Mann – vielleicht liegt er auch hier unten …«

Er sah einen Augenblick auf sie herunter. Plötzlich sagte er: »Mädel! Mädel! Was machst du hier?« Er bewegte langsam den Kopf hin und her. »Ich hab 'ne Schwester auf unserm Dorf, sie muss so alt sein wie du.« Er sah noch einmal auf sie. »Also, sieh nach. Aber mach schnell!«

Sie ging leise zwischen den Toten umher. Sie sah in all diese

Gesichter, die ausgelöscht waren. Manche waren durch Wunden so entstellt, dass sie nicht zu erkennen waren, aber die Haarfarbe, ein Mal am Körper verriet ihr, dass es nicht Karl Hergesell sein konnte.

Sie kam zurück, sehr bleich.

»Nein, er ist nicht hier. Noch nicht.«

Der Posten vermied ihren Blick. »Also denn los!«, sagte er und ließ sie vorangehen.

Aber solange er an diesem Tage Wache hatte auf ihrem Zellengang, öffnete er immer wieder mal die Tür, damit sie bessere Luft in die Zelle bekämen. Er brachte ihnen auch frische Wäsche für das Bett der Toten – und das war in dieser erbarmungslosen Hölle ein sehr großes Erbarmen.

An diesem Tage hatte Kommissar Laub nicht viel Erfolg mit der Vernehmung der beiden Frauen. Sie hatten einander getröstet, und sie hatten ein bisschen Sympathie zu fühlen bekommen, sogar von einem SS-Mann, sie waren stark.

Aber es kamen noch so viele Tage, und dieser SS-Mann tat nie wieder Dienst auf ihrem Flur. Er war wohl als ungeeignet abgelöst, er war noch zu sehr Mensch, um hier Dienst zu tun.

56. KAPITEL
Baldur Persicke macht Besuch

Baldur Persicke, der stolze Schüler der Napola, der erfolgreichste Spross vom Hause Persicke, hat seine Geschäfte in Berlin abgeschlossen. Er kann endlich wieder zurückfahren und sich darin ausbilden, ein Herr der Welt zu sein. Er hat seine Mutter wieder aus ihrem Schlupfwinkel bei den Verwandten zurückgeholt und ihr streng befohlen, die Wohnung nicht wieder zu verlassen, sonst passiere ihr allerlei, und er hat auch einmal seine Schwester im KZ Ravensbrück besucht.

Er hat ihr nicht seine Anerkennung für das treffliche Antreiben alter Frauen versagt, und abends haben Bruder und Schwester mit einigen andern Aufseherinnen von Ravensbrück und einigen Freunden aus Fürstenberg eine richtige saftige kleine Orgie gefeiert, ganz im intimsten Kreis, mit viel Alkohol, Zigaretten und »Liebe« ...

Aber die Hauptanstrengungen Baldur Persickes haben doch mehr der Erledigung ernster geschäftlicher Angelegenheiten gegolten. Der Vater, der alte Persicke, hatte ja einige kleine Dummheiten in seinem Suff begangen, Geld sollte in der Kasse fehlen, er sollte sogar vor ein Parteigericht gestellt werden. Aber Baldur hatte alle seine Beziehungen spielen lassen, er hatte mit ärztlichen Attesten gearbeitet, die den Vater als einen altersschwachen Mann schilderten, er hatte gebettelt und gedroht, er war zackig und demütig aufgetreten, er hatte auch den Einbruch, bei dem das Geld wieder gestohlen war, weidlich ausgebeutet – und schließlich hatte es der getreueste Sohn des Hauses wirklich erreicht, dass die ganze faule Kiste ohne Sang und Klang beigelegt wurde. Nicht einmal aus der Wohnung hatte er etwas verkaufen müssen – der Fehlbetrag war als gestohlen ausgebucht. Aber nicht etwa vom alten Persicke gestohlen – o nein, o nein! Sondern von Barkhausen und Genossen gestohlen, so wurde ein Schuh daraus, so blieb der Ehrenschild der Persickes rein.

Und während die Hergesells mit Schlägen und dem Tode bedroht wurden für ein Verbrechen, das sie nicht begangen hatten, wurde das Parteimitglied Persicke für ein begangenes Verbrechen entsühnt.

Also dieses alles hatte Baldur Persicke bestens erledigt, wie es ja auch gar nicht anders von ihm zu erwarten war. Er hätte abreisen können auf seine Napola, aber vorher will er doch noch eine Anstandspflicht erfüllen, er will seinen Vater in der Trinkerheilstätte besuchen. Außerdem möchte er ja gerne einer Wiederholung solcher Ereignisse vorbeugen und die ängstliche Mutter in der Wohnung sicherstellen.

Da er Baldur Persicke ist, bekommt er auch sofort Besuchserlaubnis, und er darf den Vater sogar allein sprechen, ohne Arzt- und Pflegeraufsicht.

Baldur findet, dass der Alte mächtig heruntergekommen aussieht, er ist zusammengefallen wie ein Gummitier, in das man mit einer Nadel gepiekt hat.

Ja, die guten Tage des verkrachten Budikers sind vorüber, er ist nur noch ein Gespenst, aber ein Gespenst, das nicht frei von Gelüsten ist. Der Vater bettelt den Sohn um etwas Rauchbares an, und nachdem der Sohn sich ein paarmal geweigert hat (»Das hast du alter Verbrecher gar nicht verdient«), schenkt er dem Alten schließlich doch eine Zigarette. Als aber der alte Persicke darum bettelt, der Sohn möge dem Vater doch nur ein einziges Mal eine Flasche Schnaps einschmuggeln, da lacht Baldur bloß. Er schlägt dem Vater auf die dürr gewordenen, zittrigen Knie und sagt: »Das mach dir man ab, Vater! Schnaps kriegst du nie mehr in deinem Leben zu saufen, damit hast du mir viel zu viel Dummheiten gemacht!«

Und während der Vater böse starrt, berichtet der Sohn selbstgefällig von all der Mühe, die ihm die Beilegung dieser Dummheiten gemacht hat.

Der alte Persicke ist nie ein großer Diplomat gewesen, er hat immer seine Meinung geradeheraus gepoltert und nie daran gedacht, was der andere fühlt. So sagt er denn auch jetzt: »Du bist immer ein Prahlhans gewesen, Baldur! Das habe ich doch gewusst, dass mir von der Partei aus nie was passieren würde, wo ich doch schon fünfzehn Jahre in dem Hitler seinen Laden bin! Nein, wenn's dich Mühe gekostet hat, ist nur deine eigene Blödheit daran schuld. Ich hätt's mit ein paar Sätzen erledigt, wenn ich erst draußen bin!«

Der Vater ist dumm. Hätte er dem Sohne ein bisschen geschmeichelt, ihm gedankt und ihn gelobt, so wäre Baldur Persicke wohl gnädiger gestimmt gewesen. Aber jetzt ist er tief in seiner Eitelkeit verletzt, und er sagt nur kurz: »Ja, wenn du erst draußen bist, Vater! Aber du kommst nicht wieder raus aus dieser Klapsmühle, nie in deinem Leben!«

Der Vater bekommt bei diesen erbarmungslosen Worten erst einen solchen Schreck, dass er am ganzen Leibe zittert. Aber er fasst sich wieder und sagt: »Den möcht ich sehen, der mich hier halten könnte! Vorläufig bin ich noch ein freier Mensch, und Oberarzt Dr. Martens hat mir selber gesagt, wenn ich noch sechs Wochen hier weiter die Kur mache, kann ich raus. Dann bin ich geheilt.«

»Du wirst nie geheilt, Vater«, sagt Baldur spöttisch. »Du fängst doch immer wieder mit deinen Saufereien an. Das habe ich nun oft genug erlebt. Ich werde das nachher dem Oberarzt auch sagen und dafür sorgen, dass du entmündigt wirst!«

»Das tut er nicht! Dr. Martens mag mich mächtig gerne; er hat gesagt, so schöne Schweinereien wie ich weiß keiner! Der tut mir das nicht. Und außerdem hat er mir fest versprochen, dass ich in sechs Wochen entlassen werde!«

»Wenn ich ihm aber erzähle, dass du mich eben erst hast überreden wollen, dir eine Flasche einzuschmuggeln, wird er anders über deine Heilung denken!«

»Das tust du nicht, Baldur! Du bist doch mein Sohn, und ich bin dein Vater ...«

»Was ist denn da weiter bei? Von irgendwem muss ich doch der Sohn sein, und ich finde, ich habe gerade einen von den schäbigsten Vätern abbekommen.«

Er sah seinen Vater abschätzig an. Und dann setzte er hinzu: »Nee, nee, Vater, das mach dir man ab, an den Gedanken gewöhn du dich nur: du bleibst hier. Du blamierst draußen ja doch nur die ganze Innung!«

Der Alte ist verzweifelt. Er sagt: »Die Mutter wird das nie zugeben, das mit der Entmündigung, und dass ich ewig hierbleibe!«

»Na, so ewig wird's gar nicht werden, wie du jetzt aussiehst!« Baldur lacht und schlägt die Beine mit den schön gebeutelten

Reithosen übereinander. Zufrieden betrachtet er den – von der Mutter erzeugten – Glanz seiner Stiefel. »Und Mutter hat solche Angst vor dir, die weigert sich ja sogar, dich zu besuchen. Denkst du, Mutter hat vergessen, wie du sie beim Halse gehabt und gewürgt hast? Das vergisst dir Mutter nie!«

»Dann schreibe ich an den Führer!«, rief der alte Persicke aufgebracht. »Der Führer lässt einen alten Kämpfer nicht im Stich!«

»Was bist du denn dem Führer noch nutze? Der Führer schert sich einen Dreck um dich, der wirft nicht einen Blick auf dein Geklaue! Außerdem kannst du mit deinen alten, zittrigen Säuferhänden gar nicht mehr schreiben, und außerdem lassen die hier gar keinen Brief von dir raus, dafür werde ich sorgen! Schade um das Papier!«

»Baldur, habe doch Erbarmen mit mir! Du bist doch mal ein kleiner Junge gewesen! Ich bin doch sonntags mit dir spazieren gegangen. Weißt du noch, wie wir mal auf dem Kreuzberg waren, und das Wasser lief so schön rosa und blau? Ich hab dir immer Würstchen und Bonbons gekauft, und als du damals mit elf Jahren die Geschichte mit dem kleinen Kind angestellt hattest, da habe ich dafür gesorgt, dass du nicht von der Schule flogst und in Zwangserziehung kamst! Was wärst du ohne deinen ollen Vater, Baldur? Und nun darfste mich auch nicht in dieser Klapsmühle stecken lassen!«

Baldur hatte sich diesen langen Erguss, ohne eine Miene zu verziehen, angehört. Nun sagte er: »Also jetzt willst du auf die Gefühlstube drücken, Vater? Finde ich ganz tüchtig von dir. Bloß so was wirkt bei mir nicht, das müsstest du doch wissen, dass ich mir aus Gefühlen nichts mache! Gefühle – eine richtige Schinkenstulle ist mir lieber als alle Gefühle! Aber ich will nicht so sein, ich will dir noch 'ne Zigarette schenken – allez hopp!«

Aber der Alte war zu aufgeregt, um jetzt an Rauchen zu denken. Die Zigarette fiel – zum neuen Ärger Baldurs – unbeachtet auf den Boden.

»Baldur!«, flehte der Alte wieder. »Du weißt nicht, was dies für ein Haus ist! Hier lassen sie einen verhungern, und immer schlagen einen die Pfleger. Und die andern Kranken schlagen mich auch. Ich hab so zittrige Hände, ich kann mich nicht wehren, und dann nehmen sie mir das bisschen Essen auch noch weg ...«

Während der Alte so flehte, hatte Baldur sich zum Fortgehen fertiggemacht, aber sein Vater klammerte sich an ihn, er hielt den Sohn fest und fuhr immer eiliger fort: »Und es kommen noch viel schrecklichere Dinge vor. Manchmal gibt der Oberpfleger den Kranken, die ein bisschen laut waren, eine Spritze mit so 'nem grünen Zeug, ich weiß nicht, wie es heißt. Und davon müssen die Leute immerzu kotzen, sie kotzen sich die Seele aus dem Leibe, und plötzlich sind sie weg. Mausetot, Baldur, du wirst doch nicht wollen, dass dein Vater so stirbt, indem er sich die Seele aus dem Leibe kotzt, dein eigener Vater! Baldur, sei gut, hilf mir! Nimm mich hier raus, ich habe solche Angst!«

Aber Baldur Persicke hatte sich jetzt lange genug dieses Geflenne angehört. Er machte sich von dem alten Persicke gewaltsam los, drückte ihn in einen Sessel und sagte: »Na, dann mach's gut, Vater! Ich werde die Mutter von dir grüßen. Und denke daran, dass da am Tisch noch eine Zigarette liegt. Wäre ja schade darum!«

Damit ging dieser echte Sohn eines echten Vaters, beide echte Produkte hitlerischer Erziehung.

Baldur aber verließ noch nicht die Trinkerheilanstalt, sondern er ließ sich bei Herrn Oberarzt Dr. Martens melden. Er hatte auch Glück, der Oberarzt war sowohl da wie auch zu sprechen. Er begrüßte seinen Besucher höflich, und einen Augenblick sahen sich die beiden vorsichtig musternd an.

Dann sagte der Oberarzt: »Wie ich sehe, sind Sie auf der Napola, Herr Persicke, oder irre ich mich?«

»Nein, Herr Oberarzt, ich bin auf der Napola«, antwortete Baldur stolz.

»Ja, heute geschieht für unsere Jugend allerhand«, meinte der Oberarzt, beifällig nickend. »Ich wollte, ich hätte in meiner Jugend auch solche Förderung erfahren. Sie sind noch nicht zum Kriegsdienst eingezogen, Herr Persicke?«

»Mit dem üblichen Kommiss werde ich wohl verschont werden«, sagte nachlässig-verächtlich Baldur Persicke. »Ich werde wohl irgendein großes ländliches Gebiet zur Verwaltung bekommen, Ukraine oder Krim. Ein paar Dutzend Quadratkilometer.«

»Ich verstehe«, nickte der Arzt. »Und Sie erwerben jetzt die notwendigen Kenntnisse dafür?«

»Ich entwickele meine Führereigenschaften«, erklärte Baldur schlicht. »Für alle Fachgeschichten werde ich untergeordnete Kräfte haben. Aber ich werde die Leute unter Dampf halten. Und die Iwans werde ich schleifen. Es gibt viel zu viel von denen!«

»Ich verstehe«, nickte wieder Dr. Martens. »Der Osten ist unser künftiges Siedlungsgebiet.«

»Jawohl, Herr Oberarzt, in zwanzig Jahren wird bis an die Küsten des Schwarzen Meeres, bis an den Ural kein Slawe mehr leben. Alles wird ein rein deutsches Land sein. Wir sind die neuen Ordensritter!«

Baldurs Augen hinter der Brille blitzten.

»Und das werden wir alles dem Führer zu verdanken haben«, sagte der Oberarzt. »Ihm und seinen Getreuen!«

»Sie sind in der Partei, Herr Doktor Martens?«

»Leider nicht. Die Wahrheit zu gestehen, ein Großvater von mir hat eine Torheit begangen, der bekannte kleine Webfehler, Sie wissen?« Und eilig fortfahrend: »Aber die Sache ist beigelegt und geordnet, meine Chefs sind für mich eingetreten, ich gelte als reiner Arier. Ich möchte sagen: ich bin es. In Kürze hoffe ich auch, das Hakenkreuz tragen zu dürfen.«

Baldur saß sehr gerade. Als reiner Arier fühlte er sich seinem Gegenüber weit überlegen, der solche Hintertreppen brauchte. »Ich wollte mit Ihnen wegen meines Vaters reden, Herr Oberarzt«, sagte er, fast im Tone eines Vorgesetzten.

»Oh, mit Ihrem Vater geht alles glatt, Herr Persicke! Ich denke, in sechs, acht Wochen werden wir ihn als geheilt entlassen können …«

»Mein Vater ist nicht heilbar!«, unterbrach ihn Baldur Persicke schroff. »Mein Vater hat getrunken, seit ich denken kann. Und wenn Sie ihn hier vormittags als geheilt entlassen, wird er nachmittags bei uns betrunken ankommen. Wir kennen diese Heilungen. Meine Mutter und meine Geschwister wünschen, dass mein Vater den Rest seines Lebens hier verbringt. Ich schließe mich diesen Wünschen an, Herr Oberarzt!«

»Gewiss, gewiss!«, beeilte sich der Arzt zu versichern. »Ich werde mit dem Herrn Professor darüber sprechen …«

»Das ist ganz unnötig. Was wir hier vereinbaren, ist endgültig. Sollte mein Vater wirklich wieder bei uns zu Hause eintreffen, so wird dafür gesorgt sein, dass noch am gleichen Tage eine neue Einlieferung hier erfolgt, und zwar eines völlig betrunkenen Mannes! So würde Ihre vollständige Heilung aussehen, Herr Oberarzt, und ich stehe Ihnen dafür, dass die Folgen für Sie nicht angenehm sein würden!«

Die beiden sahen einander durch ihre Brillengläser an. Aber leider war der Oberarzt ein Feigling: er senkte vor dem schamlos frechen Blick Baldurs das Auge. Er sagte: »Gewiss ist bei Dipsomanen, bei Trinkern, die Gefahr eines Rückfalls stets groß. Und wenn Ihr Herr Vater, wie Sie mir eben berichtet haben, schon stets getrunken hat …«

»Er hat seine Kneipe versoffen. Er hat alles, was meine Mutter verdient hat, versoffen. Und er würde heute noch alles, was wir vier Kinder verdienen, versaufen, wenn wir es zuließen. Mein Vater bleibt hier!«

»Ihr Vater bleibt hier. Bis auf weiteres. Wenn Sie später, eventuell nach dem Kriege, bei einem Besuch doch den Eindruck haben sollten, dass Ihr Herr Vater sich wesentlich gebessert hat …«

Wieder schnitt Baldur Persicke dem Arzt das Wort ab. »Mein Vater wird keine Besuche mehr empfangen, weder von mir noch von meinen Geschwistern, noch von meiner Mutter. Wir wissen, er ist hier gut aufgehoben, das genügt uns.« Baldur sah den Arzt durchdringend an, hielt seinen Blick fest. Während er bisher mit lauter, fast befehlender Stimme gesprochen hatte, fuhr er nun leiser fort: »Mein Vater hat mir von gewissen grünen Spritzen gesprochen, Herr Oberarzt …«

Der Oberarzt fuhr ein wenig zusammen. »Eine reine Erziehungsmaßnahme. Ganz gelegentlich bei renitenten jüngeren Patienten angewandt. Schon das Alter Ihres Vater verbietet …«

Wieder wurde er unterbrochen. »Mein Vater hat bereits eine dieser grünen Spritzen bekommen …«

Der Arzt rief: »Das ist ausgeschlossen! Verzeihung, Herr Persicke, da muss ein Irrtum vorliegen!«

Baldur sagte streng: »Mein Vater hat mir von dieser einen Spritze berichtet. Er erzählte mir, sie habe ihm gutgetan. Warum wird er nicht weiter so behandelt, Herr Oberarzt?«

Der Arzt war völlig verwirrt. »Aber, Herr Persicke! Eine reine Erziehungsmaßnahme! Der Behandelte bricht stundenlang, oft tagelang danach!«

»Na, und was weiter? Lassen Sie ihn doch kotzen! Vielleicht macht ihm Kotzen Spaß! Mir hat er versichert, die grüne Spritze hätte ihm gutgetan. Er sehnt sich geradezu nach der zweiten. Warum verweigern Sie ihm das Mittel, da es ihn doch bessert?«

»Nein, nein!«, sagte der Arzt eilig. Und er setzte voll Scham über sich selbst hinzu: »Es muss ein Missverständnis vorliegen! Ich habe noch nie gehört, dass Patienten eine Spritze mit …«

»Herr Oberarzt, wer versteht einen Patienten besser als der eigene Sohn? Und ich bin der Lieblingssohn meines Vaters, müssen Sie wissen. Ich wäre Ihnen wirklich sehr verbunden, wenn Sie dem Oberpfleger, oder wer dafür zuständig ist, jetzt noch in meiner Gegenwart die Weisung erteilen würden, meinem Vater sofort solch eine Spritze zu verabfolgen. Ich ginge sozusagen beruhigter nach Haus – habe ich dem alten Manne doch einen Wunsch erfüllt!«

Der Arzt sah sehr blass in das Gesicht seines Gegenübers.

»Sie meinen also wirklich? Ich soll jetzt auf der Stelle?«, murmelte er.

»Aber kann denn an meiner Meinung noch ein Zweifel bestehen, Herr Oberarzt? Ich finde Sie für einen leitenden Arzt entschieden ein wenig weich. Sie hatten vorhin wirklich ganz recht: Sie hätten eine Napola besuchen und Ihre Führereigenschaften kräftiger entwickeln müssen!« Und er fügte boshaft hinzu: »Freilich gibt es bei Ihrem Geburtsfehler noch andere Erziehungsmöglichkeiten ...«

Nach einer langen Pause sagte der Arzt leise: »Ich werde jetzt also gehen und Ihrem Vater seine Spritze machen ...«

»Aber, bitte, Herr Doktor Martens, warum lassen Sie das nicht den Oberpfleger tun? Da es doch zu seinen Pflichten zu gehören scheint?«

Der Arzt saß in einem schweren Kampf mit sich. Es war wieder ganz still im Zimmer.

Dann stand er langsam auf. »Ich werde also dem Oberpfleger Bescheid sagen ...«

»Ich begleite Sie gerne. Ich interessiere mich mächtig für Ihren Betrieb. Sie verstehen, Aussonderung des nicht Lebenswerten, Sterilisierungen und so weiter ...«

Baldur Persicke stand daneben, wie der Arzt dem Oberpfleger seine Weisungen erteilte. Dem Patienten Persicke sei die und die Spritze zu verabfolgen ...

»Also eine Kotzspritze, mein Lieber!«, sagte Baldur huldreich. »Wie viel geben Sie denn im Allgemeinen? Soso, na, ein bisschen mehr wird auch nichts schaden, was? Kommen Sie mal, ich habe hier ein paar Zigaretten. Na, nehmen Sie schon die ganze Schachtel, Oberpfleger!«

Der Oberpfleger bedankte sich und ging, die Spritze mit der grünen Flüssigkeit in der Hand.

»Na, da haben Sie aber einen richtigen Bullen zum Oberpfleger! Ich kann mir schon denken, wenn der dazwischenschlägt, gibt's Kleinholz. Muskeln, Muskeln sind das halbe Leben, Herr Doktor Martens! Na, denn noch meinen schönsten Dank, Herr Oberarzt! Hoffentlich geht die Behandlung recht erfolgreich weiter. Na denn, Heil Hitler!«

»Heil Hitler, Herr Persicke!«

In seinem Dienstzimmer angekommen, sank der Oberarzt Dr. Martens schwer in einen Sessel. Er fühlte, dass er an allen Gliedern zitterte und dass kalter Schweiß seine Stirne bedeckte. Aber er fand noch keine Ruhe. Er stand wieder auf und ging an den Medikamentenschrank. Langsam zog er sich eine Spritze auf. Aber es war keine grüne Flüssigkeit darin, sosehr er auch Grund fühlte, über die ganze Welt und sein Leben insbesondere zu kotzen. Dr. Martens zog Morphium vor.

Er kehrte in seinen Sessel zurück, streckte die Glieder behaglich aus, auf die Wirkung des Narkotikums wartend.

Wie feige ich doch bin!, dachte er. Feige zum Ekeln! Dieser elende, freche Bengel – wahrscheinlich besteht der einzige Einfluss, den er hat, in seiner großen Schnauze. Und ich bin vor ihm gekrochen. Ich hätte es nicht nötig gehabt. Aber immer diese verfluchte Großmutter, und dass ich den Mund nicht halten kann! Und dabei war sie eine so reizende alte Dame, und ich habe sie so geliebt …

Seine Gedanken verloren sich, er sah die alte Dame mit dem feinen Gesicht wieder vor sich. In ihrer Wohnung roch es überall nach dem Potpourritopf mit Rosenblättern und nach Aniskuchen. Sie hatte eine so feine Hand, eine altgewordene Kinderhand …

Und ihretwegen habe ich mich vor diesem Schuft gedemütigt! Aber ich glaube, Herr Persicke, ich werde doch lieber nicht in die Partei eintreten. Ich glaube, dafür ist es zu spät. Es hat schon ein bisschen sehr lange gedauert mit euch!

Er blinzelte, er streckte sich. Er atmete wohlig, jetzt war ihm wieder gut zumute.

Ich werde gleich nachher nach dem Persicke sehen. Mehr Spritzen bekommt er jedenfalls nicht. Hoffentlich übersteht er's. Gleich nachher sehe ich nach ihm, erst einmal will ich die schönste Wirkung genießen. Aber gleich nachher – Ehrenwort!

57. KAPITEL
Otto Quangels anderer Zellengefährte

Als Otto Quangel von einem Aufseher in seine neue Zelle im Untersuchungsgefängnis geführt wurde, stand ein großer Mann vom Tisch auf, an dem er lesend gesessen, und stellte sich unter das Zellenfenster, in der vorschriftsmäßigen Haltung, mit den Händen an der Hosennaht. Aber die Art, wie er diese »Ehrenbezeigung« ausführte, verriet, dass er sie nicht für sehr notwendig hielt.

Der Aufseher winkte auch gleich ab. »Is ja jut, Herr Doktor«, sagte er. »Da haben Sie einen neuen Zellengefährten!«

»Schön!«, sagte der Mann, der aber für Otto Quangel mit seinem dunklen Anzug, seinem Sporthemd und Schlips mehr wie ein »Herr« als wie ein Zellenkamerad aussah. »Schön! Mein Name ist Reichhardt, Musiker. Kommunistischer Umtriebe beschuldigt. Und Sie?«

Quangel fühlte eine kühle, feste Hand in der seinen. »Quangel«, sagte er zögernd. »Ich bin Tischler. Ich soll Hoch- und Landesverrat begangen haben.«

»Ach, Sie!«, rief der Dr. Reichhardt, der Musiker, dem Aufseher nach, der eben die Tür schließen wollte. »Von heut an wieder zwei Portionen, ja?«

»Is ja jut, Herr Doktor!«, sagte der Aufseher. »Weeß ich ja von alleene!«

Und die Tür schloss sich.

Die beiden sahen sich einen Augenblick prüfend an. Quangel war misstrauisch, fast sehnte er sich nach seinem Karlchen Hund im Gestapokeller zurück. Mit diesem feinen Herrn, einem richtigen Doktor, sollte er nun zusammenleben – es war ihm unbehaglich.

Der »Herr« lächelte mit den Augen. Dann sagte er: »Tun Sie nur so, als wenn Sie alleine wären, wenn Ihnen das lieber ist. Ich werde Sie nicht stören. Ich lese viel, ich spiele mit mir selbst Schach. Ich treibe Gymnastik, um den Körper frisch zu erhalten. Manchmal singe ich ein wenig vor mich hin, aber nur ganz leise; es ist natürlich verboten. Würde Sie das stören?«

»Nein, das stört mich nicht«, antwortete Quangel. Und fast wider seinen Willen setzte er hinzu: »Ich komme aus dem Bunker von der Gestapo und habe da an die drei Wochen mit einem Verrückten zusammengesperrt gelebt, der ewig nackt war und Hund spielte. Mich stört so leicht nichts mehr.«

»Gut!«, sagte der Dr. Reichhardt. »Noch schöner wär's freilich gewesen, wenn Sie Musik ein wenig gefreut hätte. Es ist die einzige Art, sich hier in diesen Mauern Harmonie zu verschaffen.«

»Davon versteh ich nichts«, antwortete Otto Quangel abweisend. Und er setzte hinzu: »Es ist ein mächtig feines Haus gegen das, wo ich gewesen bin, was?«

Der Herr hatte sich wieder an den Tisch gesetzt und sein Buch in die Hand genommen. Er antwortete freundlich: »Ich war da unten auch eine Weile, wo Sie gewesen sind. Ja, etwas besser ist es schon hier. Wenigstens wird man nicht geschlagen. Die Aufseher sind meist stumpf, aber nicht völlig verroht. Doch Gefängnis bleibt Gefängnis, das wissen Sie ja. Ein paar Erleichterungen. Ich darf zum Beispiel lesen, rauchen, mir mein eigenes Essen kommen lassen, eigene Kleidung und Bettwäsche halten. Aber ich bin ein Sonderfall, und auch eine erleichterte Haft bleibt Haft. Man muss erst so weit kommen, dass man die Gitter nicht mehr fühlt.«

»Und sind Sie so weit?«

»Vielleicht. Meistens. Nicht immer. Durchaus nicht immer. Wenn ich zum Beispiel an meine Familie denke, dann nicht.«

»Ich hab nur 'ne Frau«, sagte Quangel. »Hat dieses Gefängnis auch eine Frauenseite?«

»Ja, die gibt es hier, wir sehen aber nie etwas von den Frauen.«

»Natürlich nicht.« Otto Quangel seufzte schwer. »Meine Frau haben sie auch eingesteckt. Hoffentlich haben sie die heute auch hierher gebracht.« Und er setzte hinzu: »Sie ist zu weich für das, was sie im Bunker aushalten musste.«

»Hoffentlich ist sie auch hier«, sagte der Herr freundlich. »Wir werden es durch den Pastor erfahren. Vielleicht kommt er noch heute Nachmittag. Übrigens dürfen Sie sich auch einen Verteidiger nehmen, jetzt, da Sie hier sind.«

Er nickte Quangel freundlich zu, sagte noch: »In einer Stunde gibt es Mittag«, setzte die Lesebrille auf und fing an zu lesen.

Quangel sah einen Augenblick zu ihm hin, aber der Herr wollte nicht weitersprechen, sondern las wirklich.

Komisch, diese feinen Leute!, dachte er. Ich hätt noch 'ne Masse zu fragen gehabt. Aber wenn er nicht will, auch gut. Ich will nicht sein Hund werden, der ihm keine Ruhe lässt.

Und ein wenig gekränkt machte er sich an das Beziehen seines Bettes.

Die Zelle war sehr sauber und hell. Sie war auch nicht gar zu klein, man konnte drei und einen halben Schritt hin- und wieder drei und einen halben Schritt zurückgehen. Das Fenster stand halb offen, die Luft war gut. Es roch hier angenehm; wie Quangel später feststellen konnte, kam dieser gute Geruch von der Seife und der Wäsche des Herrn Reichhardt her. Nach der stickig-stinkenden Atmosphäre des Gestapobunkers fühlte sich Quangel an einen hellen, fröhlichen Ort versetzt.

Nachdem er sein Bett bezogen hatte, setzte er sich darauf und sah zu seinem Zellengenossen hin. Der Herr las. In ziemlich rascher Folge wendete er Blatt um Blatt um. Quangel, der sich nicht erinnern konnte, seit seiner Schulzeit ein Buch gelesen zu haben, dachte verwundert: Was der nur zu lesen hat? Ob der nichts nachzudenken hat, hier, an diesem Ort? Ich könnte nicht so ruhig sitzen und lesen! Ich muss immerzu an Anna denken, und wie alles gekommen ist und wie es weitergeht und ob ich mich auch weiter anständig halte. Er sagt, ich kann mir 'nen Rechtsanwalt nehmen. Aber ein Rechtsanwalt kostet einen Haufen Geld, und was soll er mir nützen, wo ich schon so zum Tode verurteilt bin? Ich habe doch alles zugegeben! So ein feiner Herr – bei dem ist alles anders. Ich hab's ja gleich gesehen, wie ich reinkam, der Aufseher hat ihn richtig mit Herr und Doktor angeredet. Der wird nicht viel ausgefressen haben – der hat gut lesen. Immerzu lesen …

Der Doktor Reichhardt unterbrach nur zweimal sein vormittägliches Lesen. Das eine Mal sagte er, ohne aufzusehen: »Zigaretten und Streichhölzer liegen im Schränkchen – wenn Sie rauchen mögen?«

Aber als Quangel antwortete: »Ich rauche doch nicht! Dafür ist mir mein Geld zu schade!«, las er schon wieder.

Das andere Mal war Quangel auf den Schemel gestiegen und bemühte sich, auf den Hof hinauszuschauen, von dem das gleichmäßige Scharren vieler Füße ertönte.

»Jetzt lieber nicht, Herr Quangel!«, sagte der Dr. Reichhardt. »Jetzt ist Freistunde. Manche Beamte merken sich genau die Fenster, wo einer rausschaut. Dann fliegt der in die Dunkelzelle bei Wasser und Brot. Abends können Sie meist aus dem Fenster sehen.«

Dann kam das Mittagessen. Quangel, der den liederlich zusammengekochten Fraß des Gestapobunkers gewohnt war, sah mit Staunen, dass es hier zwei große Näpfe mit Suppe gab und zwei Teller mit Fleisch, Kartoffeln und grünen Bohnen. Aber mit noch größerem Erstaunen sah er, wie sein Zellengenosse sich in das Waschbecken ein wenig Wasser tat, sich sorgfältig die Hände wusch und sie dann abtrocknete. Dr. Reichhardt füllte neues Wasser ins Becken und sagte sehr höflich: »Bitte sehr, Herr Quangel!«, und Quangel wusch sich gehorsam auch die Hände, obwohl er doch nichts Schmutziges angefasst hatte.

Dann aßen sie fast schweigend das für Quangel ungewohnt gute Mittagessen.

Es dauerte drei Tage, bis der Werkmeister begriff, dass dieses Essen nicht die übliche vom Volksgericht den Untersuchungshäftlingen gespendete Kost war, sondern Herrn Dr. Reichhardts privates Essen, an dem er seinen Zellengenossen ohne alles Aufheben teilnehmen ließ. Wie er auch bereit war, Quangel von allem abzugeben, von seinen Rauchwaren, der Seife, seinen Büchern; der andere musste nur wollen.

Und es dauerte noch einige Tage länger, bis Otto Quangel sein plötzlich angesichts all solcher Freundlichkeiten gegen Dr. Reichhardt aufgekommenes Misstrauen überwand. Wer solche ungeheuerlichen Vergünstigungen genoss, musste ein Spitzel des Volksgerichts sein, dieser Gedanke hatte sich in Otto Quangel festgesetzt. Wer solche Gefälligkeiten erwies, der musste vom andern was wollen. Nimm dich in acht, Quangel!

Aber was konnte der Mann von ihm wollen? In Quangels Fall lag alles klar, auch vor dem Untersuchungsrichter des Volksgerichts hatte er nüchtern und ohne viel Worte die Aussagen wiederholt, die er schon vor den Kommissaren Escherich und Laub gemacht hatte. Er hatte alles erzählt, wie es wirklich gewesen war, und wenn die Akten noch immer nicht zur Anklageerhebung und Festsetzung des Verhandlungstermins weitergegeben waren, so lag das nur daran, dass Frau Anna mit einer Hartnäckigkeit sondergleichen darauf bestand, sie habe eigentlich alles getan und ihr Mann sei nur ein Werkzeug in ihrer Hand gewesen. Aber das alles gab keinerlei Grund ab, kostbare Zigaretten und sättigendes, sauberes Essen an Quangel zu verschenken. Der Fall lag klar, es gab an ihm nichts zu bespitzeln.

Richtig überwand Quangel sein Misstrauen gegen Dr. Reichhardt erst in einer Nacht, da sein Zellenkamerad, der überlegene, feine Herr, ihm flüsternd gestand, dass auch er noch oft eine grauenhafte Angst vor dem Tode habe, sei es nun Fallbeil oder Strick; der Gedanke daran beschäftige ihn oft stundenlang. Dr. Reichhardt gestand nun auch ein, dass er oft nur mechanisch die Seiten seines Buches umwendete: vor den Augen stand ihm nicht die schwarze Druckschrift, sondern ein grau zementierter Gefängnishof, ein Galgen mit einem sachte im Winde baumelnden Strick, der aus einem gesunden, kräftigen Manne in drei bis fünf Minuten ein widerliches, verrecktes Stück Kadaver machte.

Aber noch grauenhafter als dieses Ende, dem Dr. Reichhardt (seiner festen Annahme nach) mit jedem Tag seines Lebens unaufhaltsam näher gebracht wurde, noch grauenhafter war ihm der Gedanke an seine Familie. Quangel erfuhr, dass Reichhardt von seiner Frau drei Kinder hatte, zwei Jungen, ein Mädel, das älteste elf, das jüngste erst vier Jahre alt. Und Reichhardt hatte oft Angst, grauenhafte, panische Angst, dass die Verfolger sich nicht mit der Ermordung des Vaters begnügen, sondern dass sie ihre Rache auch auf die unschuldige Frau und die Kinder ausdehnen, sie in ein KZ verschleppen und langsam zu Tode martern würden.

Angesichts dieser Sorgen wurde nicht nur Quangels Misstrauen weggefegt, sondern er kam sich auch wie ein vergleichsweise begünstigter Mann vor. Er hatte nur um Anna zu sorgen, und wenn ihre Aussagen auch widersinnig und töricht waren, so sah er doch aus ihnen, dass Anna Mut und Kraft zurückgewonnen hatte. Eines Tages würden sie beide gemeinsam sterben müssen, aber das Sterben wurde leichter gemacht dadurch, dass es gemeinschaftlich geschah, dass sie niemanden auf der Erde zurückließen, um den sie sich in ihrer Todesstunde noch ängstigen mussten. Die Qualen, die Dr. Reichhardt um seine Frau und seine drei Kinder leiden musste, waren unvergleichlich größer. Sie würden ihn bis in die letzte Sekunde seines Sterbens begleiten, das begriff der alte Werkmeister wohl.

Was Dr. Reichhardt eigentlich verbrochen haben sollte, dass ihm der Tod so gewiss schien, erfuhr Quangel nie ganz genau. Es schien ihm, als habe sein Zellengefährte sich nicht so sehr aktiv gegen die Hitlerdiktatur vergangen, sich nicht verschworen, keine Plakate geklebt, keine Attentate vorbereitet, als vielmehr nur so gelebt, wie es seiner Überzeugung entsprach. Er hatte sich allen nationalsozialistischen Lockungen entzogen, er hatte nie mit Wort oder Tat oder Geld zu ihren Sammlungen etwas beigesteuert, aber er hatte oft seine warnende Stimme erhoben. Er hatte klar gesagt, für wie unheilvoll er den Weg hielt, den das deutsche Volk unter dieser Führung ging, kurz, er hatte all das, was Quangel in wenigen Sätzen unbeholfen auf Postkarten geschrieben hatte, zu jedem geäußert, im Inlande wie im Auslande. Denn bis in die letzten Kriegsjahre hinein hatten den Dr. Reichhardt seine Konzerte noch ins Ausland geführt.

Es brauchte sehr viel Zeit, bis der Tischler Quangel sich ein einigermaßen klares Bild von der Art der Arbeit machte, die Dr. Reichhardt draußen in der Welt geleistet hatte – und ganz klar wurde dieses Bild nie, und ganz als Arbeit sah er in seinem tiefsten Innern die Tätigkeit Reichhardts nie an.

Als er zuerst gehört hatte, dass Reichhardt Musiker war, hatte er an die Musikanten gedacht, die in den kleinen Kaffeehäusern zum Tanz aufspielen, und er hatte mitleidig und verächtlich über solche Arbeit für einen starken Mann mit gesunden Gliedern gelächelt. Das war genau wie das Lesen etwas Überflüssiges, auf das nur feine Leute gerieten, die keine vernünftige Arbeit hatten.

Reichhardt musste es dem alten Mann weitläufig und immer wieder erklären, was ein Orchester war und was ein Dirigent tat. Quangel wollte das immer wieder hören.

»Und dann stehen Sie also mit einem Stöckchen vor Ihren Leuten und machen nicht mal selbst Musik …?«

Ja, so sei es wohl.

»Und nur dafür, dass Sie anzeigen, wann jeder losspielen muss und wie laut – nur dafür bekommen Sie so viel Geld?«

Ja, Herr Dr. Reichhardt fürchtete, so sei es wohl, nur dafür bekam er so viel Geld.

»Aber Sie können doch selbst Musik machen, auf der Geige oder auf dem Klavier?«

»Ja, das kann ich. Aber ich tue es nicht, wenigstens nie vor dem Publikum. Sehen Sie mal, Quangel, das ist doch ähnlich wie bei Ihnen: auch Sie können hobeln und sägen und Nägel einklopfen. Aber Sie haben es nicht getan, Sie haben nur die andern beaufsichtigt.«

»Ja, damit sie möglichst viel schaffen. Haben denn Ihre Leute dadurch, dass Sie dastanden, nun schneller und mehr gespielt?«

»Nein, das haben sie freilich nicht getan.«

Schweigen.

Dann sagte Quangel plötzlich: »Und bloß Musik … Sehen Sie, wenn wir in unsern guten Zeiten gearbeitet haben, nicht bloß Särge, sondern Möbel, Anrichten und Bücherschränke und Tische, da haben wir was gearbeitet, was sich sehen lassen konnte! Beste Tischlerarbeit, verzapft und geleimt, was noch in hundert Jahren hält. Aber bloß Musik – wenn Sie aufhören, ist nichts von Ihrer Arbeit geblieben.«

»Doch, Quangel, die Freude in den Menschen, die gute Musik hören, die bleibt.«

Nein, in diesem Punkte kamen sie nie zu einem vollen Einverständnis; eine leise Verachtung für die Tätigkeit des Dirigenten Reichhardt blieb in Quangel zurück.

Aber er sah, dass der andere ein Mann war, ein aufrechter, wahrhaftiger Mann, der unter Bedrohungen und Schrecknissen sein Leben unbeirrt weitergelebt hatte, stets freundlich, stets hilfsbereit. Staunend begriff Otto Quangel, dass die Freundlichkeiten, die ihm Reichhardt erwies, nicht speziell ihm galten, sondern dass er sie jedem Zellengenossen erwiesen hätte, zum Beispiel auch dem »Hund«. Einige Tage hatten sie einen kleinen Dieb in der Zelle, ein verdorbenes, verlogenes Geschöpf, und dieser Bengel nützte die Freundlichkeiten des Doktors hohnlachend aus; er rauchte ihm all seine Zigaretten fort, er verhandelte seine Seife an den Kalfaktor, er stahl das Brot. Quangel hätte diese Kreatur am liebsten verprügelt, oh, der alte Werkmeister hätte den Bengel schon zurechtgestutzt. Aber der Doktor wollte das nicht haben, er nahm den Dieb, der seine Güte als Schwäche verspottete, in Schutz.

Als der Kerl schließlich aus ihrer Zelle geholt worden war, als sich herausgestellt hatte, dass er in unbegreiflicher Bosheit ein Bild, das einzige Bild, das Dr. Reichhardt von Frau und Kindern besaß, zerrissen hatte, als der Doktor trauernd vor den Fetzen dieses Bildes saß, die sich doch nicht wieder zusammenfügen lassen wollten, und als Quangel da zornig sagte: »Wissen Sie, Herr Doktor, ich glaube manchmal, Sie sind wirklich schlapp. Wenn Sie mir gleich erlaubt hätten, den Schuft ordentlich zusammenzustauchen, da hätte so was nicht passieren können« – da antwortete der Dirigent mit einem traurigen Lächeln: »Wollen wir denn werden wie die andern, Quangel? Die glauben doch, dass sie uns mit Schlägen zu ihren Ansichten bekehren können! Aber wir glauben nicht an die Herrschaft der Gewalt. Wir glauben an Güte, Liebe, Gerechtigkeit.«

»Güte und Liebe für solch einen boshaften Affen!«

»Wissen Sie denn, wie er so boshaft wurde? Wissen Sie, ob er sich jetzt nicht gegen Güte und Liebe nur wehrt, weil er Angst davor hat, wenn er nicht mehr schlecht ist, anders leben zu müssen? Hätten wir den Jungen nur noch vier Wochen in unserer Zelle gehabt, Sie hätten die Wirkung schon gespürt.«

»Man muss auch hart sein können, Doktor!«

»Nein, das muss man nicht. Solch ein Satz gibt die Entschuldigung für jede Lieblosigkeit ab, Quangel!«

Quangel bewegte unmutig den Kopf mit dem scharfen, harten Vogelgesicht hin und her. Aber er widersprach nicht weiter.

58. Kapitel

Das Leben in der Zelle

Sie gewöhnten sich aneinander, sie wurden Freunde, soweit ein harter, trockener Mensch wie Otto Quangel der Freund eines aufgeschlossenen, gütigen Menschen werden konnte. Ihr Tag war – durch Reichhardt – fest eingeteilt. Der Doktor stand sehr früh auf, er wusch sich kalt am ganzen Leibe, machte eine halbe Stunde Gymnastikübungen und reinigte dann selbst die Zelle. Später, nach dem Frühstück, las Reichhardt zwei Stunden und ging dann eine Stunde lang in der Zelle auf und ab, wobei er nie vergaß, die Schuhe auszuziehen, um seine Nachbarn in der Zelle darüber und darunter nicht durch sein ständiges Aufundabgehen nervös zu machen.

Bei diesem Morgenspaziergang, der von zehn bis elf Uhr dauerte, sang Dr. Reichhardt vor sich hin. Meist summte er nur ganz leise, denn vielen Aufsehern war kaum etwas Gutes zuzutrauen, und Quangel hatte sich daran gewöhnt, diesem Summen zu lauschen. So wenig er auch von der Musik halten mochte, er merkte doch, dass dieses Summen ihn beeinflusste. Manchmal machte es ihn mutig und stark genug, jedes Schicksal zu ertragen, dann sagte Reichhardt wohl: »Beethoven«. Und manchmal machte es ihn auf eine unbegreifliche Art leicht und fröhlich, wie er es nie in seinem Leben gewesen war, dann sagte Reichhardt: »Mozart«, und Quangel wusste nichts mehr von seinen Sorgen. Und wiederum kam es dunkel und schwer von des Doktors Munde, dann war es manchmal wie ein Schmerz in Quangels Brust und wieder, als säße er als Junge mit seiner Mutter in der Kirche: das ganze Leben lag noch vor ihm, und das war etwas Großes. Reichhardt aber sagte: »Johann Sebastian Bach«.

Ja, Quangel, der immer weiter wenig von der Musik hielt, konnte sich doch nicht ganz ihrem Einfluss entziehen, so primitiv das Singen und Summen des Doktors auch war. Er gewöhnte sich daran, auf einem Schemel sitzend, ihm zu lauschen, wie er dort auf und ab ging, meist geschlossenen Auges, denn die Füße kannten den schmalen, kurzen Zellenweg. Quangel sah dem Mann ins Gesicht, diesem feinen Herrn, mit dem er draußen in der Welt nicht ein Wort zu reden gewusst hätte, und manchmal kamen ihm Zweifel, ob er denn sein eigenes Leben wohl auf die richtige Art geführt hätte, getrennt von allen andern, ein Leben selbstgewollter Vereinzelung.

Der Dr. Reichhardt sagte auch manchmal: »Wir leben nicht für uns, sondern für die andern. Was wir aus uns machen, machen wir nicht für uns aus uns, sondern nur für die andern …«

Ja, es war kein Zweifel: über die fünfzig hinaus, gewiss eines nahen Todes, wandelte sich Quangel noch. Er sah es nicht gerne, er wehrte sich dagegen, und doch merkte er immer stärker, dass er sich wandelte, nicht nur durch die Musik, sondern vor allem durch das Beispiel des summenden Mannes. Er, der seiner Anna so oft den Mund verboten hatte, der Stille um sich für den erstrebenswertesten Zustand hielt, er ertappte sich dabei, dass er sich danach sehnte, der Dr. Reichhardt möge doch endlich einmal das Buch aus der Hand legen und wieder ein Wort zu ihm sprechen.

Meist geschah es dann nach seinem Sehnen. Plötzlich sah der Doktor vom Lesen hoch und fragte lächelnd: »Nun, Quangel?«

»Nichts, Herr Doktor.«

»Sie sollten nicht so viel sitzen und grübeln. Wollen Sie es nicht doch einmal mit dem Lesen versuchen?«

»Nein, dafür ist es zu spät für mich.«

»Vielleicht haben Sie recht. Was haben Sie sonst getrieben nach Ihrer Arbeit? Sie können nicht die ganze Zeit, wenn Sie nicht in der Werkstatt waren, tatenlos zu Haus gesessen haben, ein Mann wie Sie!«

»Da habe ich meine Karten geschrieben.«

»Und früher, als noch kein Krieg war?«

Quangel musste erst richtig überlegen, was er früher getan hatte. »Ja, ganz früher habe ich gerne geschnitzt.«

Und der Doktor sagte nachdenklich: »Tja, das werden sie uns freilich nicht erlauben: Messer. Wir dürfen den Henker doch nicht um seine Gebühren bringen, Quangel!«

Und Quangel, zögernd: »Wie ist das, Doktor, Sie spielen Schach immer mit sich allein? Man kann das doch auch zu mehreren spielen?«

»Ja, zu zweien. Hätten Sie Lust, es zu lernen?«

»Ich glaube, ich bin zu dumm dafür.«

»Unsinn! Wir wollen es gleich einmal versuchen.«

Und der Dr. Reichhardt klappte sein Buch zu.

So lernte Quangel noch das Schachspiel. Er lernte es zu seiner Überraschung sehr schnell und ohne alle Schwierigkeiten. Und er erfuhr wieder einmal, dass etwas, was er früher gedacht hatte, grundfalsch war. Er hatte es ein bisschen albern und kindisch gefunden, wenn er in einem Kaffeehause gesehen hatte, wie zwei Männer Holzstückchen zwischen sich hin und her schoben, er hatte es Zeit totschlagen genannt, etwas für Kinder.

Nun erfuhr er, dass dies Hin- und Herschieben von Hölzchen auch etwas wie Glück geben konnte, eine Klarheit im Kopf, die tiefe, ehrliche Freude über einen schönen Zug, die Entdeckung, dass es sehr wenig darauf ankam, ob man gewann oder verlor, dass vielmehr die Freude an einer schön gespielten verlorenen Partie weit größer war als die über ein Spiel, das er durch einen Fehler des Doktors gewonnen hatte.

Wenn jetzt der Dr. Reichhardt las, saß Quangel ihm gegenüber, das Schachbrett mit den schwarzen und weißen Figuren vor sich, daneben den Reclamband: Dufresne, Lehrbuch des Schachspiels, und er übte sich in Eröffnungen und Endspielen. Später ging er zum Nachspielen ganzer Meisterpartien über, sein klarer, nüchterner Kopf behielt mühelos zwanzig, dreißig Züge, und schnell kam der Tag, da er der überlegene Spieler war.

»Schach und matt, Herr Doktor!«

»Da haben Sie mich also wieder drangekriegt, Quangel!«, sagte der Doktor und neigte seinen König grüßend vor dem Gegner. »Sie haben das Zeug zu einem sehr guten Spieler in sich.«

»Ich denke jetzt manchmal, Herr Doktor, zu was allem ich wohl das Zeug in mir habe, von dem ich früher nichts wusste. Erst seit ich Sie kenne, erst seitdem ich zum Sterben in diesen Zementkasten gekommen bin, erfahre ich, wie viel ich in meinem Leben doch verpasst habe.«

»Das wird jedem so gehen. Jeder, der sterben muss, und vor allem jeder, der wie wir vor seiner Zeit sterben muss, wird sich über jede vertrödelte Stunde seines Lebens grämen.«

»Aber bei mir ist es doch noch ganz anders, Herr Doktor. Ich hab immer gedacht, es ist genug, wenn ich mein Handwerk ordentlich tue und nichts verlumpe. Und nun erfahre ich, ich hätte noch 'ne ganze Menge andere Dinge tun können: Schach spielen, nett zu den Menschen sein, Musik hören, ins Theater gehen. Wirklich, Herr Doktor, wenn ich vor meinem Sterben noch einen Wunsch äußern dürfte, ich möchte Sie mal mit Ihrem Stöckchen in so einem großen Symphoniekonzert sehen, wie Sie's nennen. Ich bin neugierig, wie das aussieht und wie es auf mich wirken würde.«

»Keiner kann nach allen Richtungen leben, Quangel. Das Leben ist so reich. Sie würden sich zersplittert haben. Sie haben Ihre Arbeit getan und sich immer als ganzer Mann gefühlt. Als Sie noch draußen waren, hat Ihnen nichts gefehlt, Quangel. Sie haben Ihre Postkarten geschrieben ...«

»Aber sie haben doch nichts genützt, Herr Doktor! Ich habe gedacht, es haut mich hin, wie der Kommissar Escherich mir beweist, dass von 285 Karten, die ich geschrieben, 267 in seine Hände geraten sind! Nur 18 nicht erwischt! Und diese 18 haben auch nichts gewirkt!«

»Wer weiß? Und Sie haben doch wenigstens dem Schlechten widerstanden. Sie sind nicht mit schlecht geworden. Sie und ich und die vielen hier in diesem Hause und viele, viele in andern festen Häusern und die Zehntausende in den KZs – sie widerstehen alle noch, heute, morgen …«

»Ja, und dann wird uns das Leben genommen, und was hat dann unser Widerstand genützt?«

»Uns – viel, weil wir uns bis zum Tode als anständige Menschen fühlen können. Und mehr noch dem Volke, das errettet werden wird um der Gerechten willen, wie es in der Bibel heißt. Sehen Sie, Quangel, es wäre natürlich hundert Mal besser gewesen, wir hätten einen Mann gehabt, der uns gesagt hätte: So und so müsst ihr handeln, das und das ist unser Plan. Aber wenn ein solcher Mann in Deutschland gewesen wäre, dann wäre es nie zu 1933 gekommen. So haben wir alle einzeln handeln müssen, und einzeln sind wir gefangen, und jeder wird für sich allein sterben müssen. Aber darum sind wir doch nicht allein, Quangel, darum sterben wir doch nicht umsonst. Umsonst geschieht nichts in dieser Welt, und da wir gegen die rohe Gewalt für das Recht kämpfen, werden wir am Schluss doch die Sieger sein.«

»Und was werden wir davon haben, da unten in unsern Gräbern?«

»Aber, Quangel! Möchten Sie denn lieber für eine ungerechte Sache leben als für eine gerechte sterben? Es gibt doch gar keine Wahl, weder für Sie noch für mich. Weil wir sind, die wir sind, mussten wir diesen Weg gehen.«

Lange schwiegen sie.

Dann fing Quangel wieder an: »Dieses Schachspiel …«

»Ja, Quangel, was ist damit?«

»Ich denke manchmal, ich tue unrecht damit. Viele Stunden habe ich nur das Schach im Kopf, und ich habe doch noch eine Frau …«

»Sie denken genug an Ihre Frau. Sie wollen stark und mutig bleiben; alles, was Sie stark und mutig erhält, ist gut, und was Sie schwach und zweiflerisch macht wie Grübeln, ist schlecht. Was nützt Ihrer Frau das Grübeln? Ihr nützt, wenn der Pastor

Lorenz ihr wieder einmal sagen kann, dass Sie stark und mutig sind.«

»Aber er kann, seit sie diese Zellengenossin hat, nicht mehr offen mit ihr sprechen. Der Pastor hält das Weib auch für eine Spionin.«

»Der Pastor wird es Ihrer Frau schon begreiflich machen, dass es Ihnen gut geht und dass Sie sich stark fühlen. Dafür genügt schließlich ein Kopfnicken, ein Blick. Der Pastor Lorenz kennt sich aus.«

»Ich möchte ihm gern einmal einen Brief an Anna mitgeben«, sagte Quangel nachdenklich.

»Tun Sie das lieber nicht. Er würde es nicht abschlagen, aber Sie würden sein Leben in Gefahr bringen. Sie wissen ja, ihm wird ständig misstraut. Es wäre schlimm, wenn auch unser guter Freund in eine solche Zelle käme. Er wagt ja schon so eigentlich jeden Tag sein Leben.«

»Ich werde also keinen Brief schreiben«, sagte Otto Quangel.

Und er tat es auch nicht, obwohl ihm der Pastor am nächsten Tag eine schlimme Nachricht brachte, eine sehr schlimme Nachricht, ganz besonders auch für Anna Quangel. Der Werkmeister bat ihn nur, diese sehr schlimme Nachricht jetzt noch nicht seiner Frau zu bringen.

»Jetzt noch nicht, bitte nicht, Herr Pastor!«

Und der Pastor versprach das auch.

»Nein, noch nicht; Sie werden es mir sagen, wenn es so weit ist, Herr Quangel.«

59. KAPITEL

Der gute Pastor

Pastor Friedrich Lorenz, der unermüdlich im Gefängnis seinen Dienst verrichtete, war ein Mann in den besten Jahren, das heißt um die vierzig herum, sehr lang, schmalbrüstig, ewig hüstelnd, ein von der Tuberkulose Gezeichneter, der seine Krankheit ignorierte, weil die Arbeit ihm für die Pflege und Heilung seines Körpers keine Zeit ließ. Sein blasses Gesicht mit dunklen Augen hinter Brillengläsern und der schmalrückigen, feinen Nase hatte einen Backenbart, aber die Mundpartie war stets tadellos rasiert und zeigte einen schmallippigen, blassen, großen Mund und ein festes rundes Kinn.

Dies war der Mann, auf den Hunderte von Gefangenen jeden Tag warteten, der einzige Freund, den sie in diesem Hause wussten, der noch eine Brücke zur Außenwelt war, dem sie ihre Sorgen und Nöte vortrugen und der half, soviel in seiner Macht stand, jedenfalls bei weitem mehr, als ihm gestattet war. Unermüdlich ging er von Zelle zu Zelle, nie abgestumpft gegen das Leiden der andern, stets sein eigenes Leid vergessend, völlig furchtlos, was die eigene Person anging. Ein wahrer Seelsorger, der nie nach dem Bekenntnis, nach dem Glauben der Hilfesuchenden fragte, der mit ihnen betete, wenn es erbeten wurde, und der sonst nur der Bruder Mensch war.

Der Pastor Friedrich Lorenz steht vor dem Pult des Gefängnisdirektors, Schweißtropfen stehen auf seiner Stirn, zwei rote Flecke zeichnen sich auf seinen Backen ab, aber er sagt ganz ruhig: »Das ist der siebente durch Vernachlässigung hervorgerufene Todesfall in den letzten zwei Wochen.«

»Auf dem Totenschein steht Lungenentzündung«, widerspricht der Direktor, sieht aber dabei von seiner Schreiberei nicht auf.

»Der Arzt tut seine Pflicht nicht«, sagt der Pastor hartnäckig und klopft dabei sanft mit dem Knöchel auf den Schreibtisch, als begehre er Einlass bei dem Direktor. »Es tut mir leid, sagen zu müssen, der Arzt trinkt zu viel. Seine Patienten vernachlässigt er.«

»Oh, der Doktor ist schon ganz in Ordnung«, antwortet der Direktor flüchtig und schreibt weiter. Er gewährt dem Pastor keinen Einlass. »Ich wollte, Sie wären ebenso in Ordnung, Herr

Pastor. Wie ist es, haben Sie Nummer 397 einen Kassiber zugesteckt oder nicht?«

Jetzt endlich begegnen sich der beiden Blicke, der des rotgesichtigen Direktors mit seinem Gesicht voller Schmisse und der Blick des von seinem Fieber verbrannten Geistlichen.

»Es ist der siebente Todesfall in zwei Wochen«, sagt Pastor Lorenz beharrlich. »Das Gefängnis braucht einen neuen Arzt.«

»Ich fragte Sie eben etwas, Herr Pastor. Würden Sie mir gütigst antworten?«

»Jawohl, ich habe Nummer 397 einen Brief übergeben, aber keinen Kassiber. Es war ein Brief seiner Frau, der ihm meldet, dass der dritte Sohn dieses Mannes nun doch nicht gefallen, sondern in Kriegsgefangenschaft geraten ist. Zwei Söhne hat er schon verloren, den dritten glaubte er auch tot.«

»Sie finden stets einen Grund, die Gefängnisordnung zu übertreten, Herr Pastor. Aber ich sehe mir dieses Spiel nicht lange mehr an.«

»Ich bitte um Ablösung des Arztes«, wiederholt der Pastor hartnäckig und klopft wieder leise auf den Schreibtisch.

»Ach was!«, schreit der rotgesichtige Direktor plötzlich los. »Belästigen Sie mich nicht mehr mit Ihrem blöden Geschwätz! Der Doktor ist gut, er bleibt! Und Sie, sehen Sie zu, dass Sie die Gefängnisordnung befolgen, sonst passiert Ihnen noch was!«

»Was kann mir passieren?«, fragte der Pastor. »Ich kann sterben. Und ich werde sterben. Sehr bald. Ich bitte nochmals um die Ablösung des Arztes.«

»Sie sind ein Narr, Pastor«, sagte der Direktor kalt. »Ich nehme an, Ihre Schwindsucht hat Sie ein bisschen verrückt gemacht. Wenn Sie nicht so ein harmloser Trottel wären – eben ein Narr! –, wären Sie längst gehängt. Aber ich habe Mitleid mit Ihnen.«

»Wenden Sie Ihr Mitleid lieber Ihren Gefangenen zu«, antwortete der Pastor ebenso kalt. »Und sorgen Sie für einen pflichtbewussten Arzt.«

»Sie machen die Tür jetzt am besten von außen zu, Herr Pastor.«

»Ich habe Ihr Versprechen, dass Sie für einen andern Arzt sorgen?«

»Nein, nein, zum Donnerwetter, nein! Scheren Sie sich zum Henker!«

Jetzt war der Direktor doch in Wut geraten, er war aufgesprungen hinter seinem Schreibtisch und hatte zwei Schritte auf den Pastor zu gemacht. »Soll ich Sie mit Körpergewalt rausschmeißen, wollen Sie das?«

»Es würde nicht gut für die Gefangenen draußen in der Schreibstube aussehen. Es würde das bisschen Ansehen, das die Staatsautorität bei ihnen noch genießt, noch weiter erschüttern. Aber immerhin, wie Sie wollen, Herr Direktor!«

»Narr!«, sagte der Direktor, war aber durch den Hinweis des Pastors so weit ernüchtert, dass er sich wieder auf seinen Stuhl setzte. »Gehen Sie jetzt. Ich habe zu arbeiten.«

»Die dringendste Arbeit ist die Bestellung eines neuen Arztes.«

»Glauben Sie, durch Ihre Hartnäckigkeit etwas zu erreichen? Gerade das Gegenteil erreichen Sie! Der Doktor bleibt nun erst recht!«

»Ich erinnere mich«, sagte der Pastor, »eines Tages, da Sie selbst mit diesem Arzt nicht ganz zufrieden waren. Es war Nacht, es stürmte. Sie hatten um andere Ärzte geschickt und telefoniert, die nicht kamen. Ihr sechsjähriger Berthold hatte eine Vereiterung des Mittelohrs, er wimmerte vor Schmerzen. Es bestand Lebensgefahr. Ich holte auf Ihre Bitten den Gefängnisarzt. Er war betrunken. Beim Anblick des sterbenden Kindes verlor er den Rest seiner Besinnung; er verwies auf seine zitternden Hände, die jeden chirurgischen Eingriff unmöglich machten, und brach in Tränen aus.«

»Der betrunkene Schuft!«, murmelte der Direktor, der plötzlich finster geworden war.

»Ihr Berthold ist gerettet worden damals, durch einen andern Arzt. Aber was einmal geschah, kann sich wiederholen. Sie rühmen sich, kein Christ zu sein, Herr Direktor, trotzdem sage ich Ihnen: Gott lässt seiner nicht spotten!«

Der Gefängnisdirektor sagte mit Überwindung, ohne hochzusehen: »Also gehen Sie jetzt, Herr Pastor.«

»Und der Arzt?«

»Ich will sehen, was sich tun lässt.«

»Ich danke Ihnen, Herr Direktor. Viele werden Ihnen danken.«

Der Geistliche ging durch das Gefängnis, in seinem abgetragenen schwarzen Rock, dessen Ellenbogen grau schimmerten, mit seinen ausgebeutelten schwarzen Hosen, den dicksohligen, gefetteten Schuhen und der verrutschten schwarzen Binde, eine skurrile Figur. Manche von den Wärtern grüßten ihn, andere wandten sich ostentativ bei seinem Nahen um und spähten ihm dann argwöhnisch nach, sobald er vorüber war. Aber alle auf den Gängen beschäftigten Gefangenen hatten einen Blick für ihn (da sie ihn nicht grüßen durften), einen Blick voller Dankbarkeit.

Der Geistliche geht durch viele Eisentüren, über eiserne Treppen, sich am eisernen Geländer festhaltend. Aus einer Zelle hört er Weinen, er bleibt einen Augenblick stehen, schüttelt dann aber den Kopf und geht eilig weiter. Er kommt durch einen eisernen Kellergang, rechts und links gähnen die offenen Türen der Dunkelzellen, der Strafzellen, vor ihm brennt in einem Raume Licht. Der Pastor bleibt stehen und sieht hinein.

In dem hässlichen, schmutzigen Raum sitzt an einem Tisch ein Mann mit einem grauen, finsteren Gesicht und starrt mit fischigen Augen auf sieben Männer, die, erbärmlich vor Kälte zitternd, splitternackt vor ihm stehen, unter der Aufsicht von zwei Wachtmeistern.

»Na, ihr meine Hübschen!«, grölt der Mann. »Was wackelt ihr denn so? Ein bisschen kalt, wie? Oh, nicht doch, was Kälte ist, das werdet ihr erst erleben, wenn ihr im Bunker sitzt, zwischen Eisen und Zement, bei Wasser und Brot …«

Er unterbricht sich. Er hat die schweigende, beobachtende Gestalt in der Tür gesehen.

»Hauptwachtmeister«, befiehlt er mürrisch. »Führen Sie die Leute ab! Alle gesund und dunkelarrestfähig. Hier haben Sie den Wisch!«

Er hat seinen Namen unter eine Liste gesetzt und gibt sie dem Beamten.

Die Gefangenen gehen an dem Pastor vorüber, nicht ohne einen erbarmungswürdigen Blick auf ihn zu werfen, in dem doch schon eine leise Hoffnung glimmt.

Der Pastor wartet, bis der Letzte von ihnen verschwunden ist, dann erst tritt er ganz in den Raum und sagt leise: »Also 352 ist nun auch tot. Und ich hatte Sie doch gebeten …«

»Was kann ich machen, Pastor? Ich selbst habe heute zwei Stunden bei dem Manne gesessen und ihm Umschläge gemacht.«

»Dann muss ich geschlafen haben. Ich glaubte bisher, ich hätte die ganze Nacht bei 352 gesessen. Und es war auch mit seiner Lunge nichts, Herr Doktor, 357 hatte eine Lungenentzündung. Der tote Hergesell auf 352 hatte einen Schädelbruch.«

»Sie sollten an meiner Stelle hier Arzt sein«, sagte der schwammige Mann spöttisch. »Ich kann ja den Seelsorger machen.«

»Ich fürchte nur, Sie würden einen noch schlechteren Seelsorger abgeben als Arzt.«

Der Doktor lachte. »Wenn Sie frech werden, Pfäfflein, liebe ich Sie. Darf ich nicht einmal Ihre Lunge untersuchen?«

Der Pastor sagte unbeirrt: »Nein, das dürfen Sie nicht, das wollen wir lieber einem andern Arzt überlassen.«

»Aber auch ohne Untersuchung kann ich Ihnen mitteilen, dass Sie es kein Vierteljahr mehr machen werden«, fuhr der Arzt boshaft fort. »Ich weiß, Sie werfen schon seit Mai Blut aus – nein, es wird nicht mehr lange dauern bis zum ersten Blutsturz.«

Der Pastor war bei dieser grausamen Eröffnung vielleicht einen Schatten blasser geworden, aber seine Stimme schwankte nicht, als er sagte: »Und wie viel Zeit werden die Leute, die Sie eben in Dunkelarrest haben abführen lassen, bis zu ihrem ersten Blutsturz noch haben, Herr Medizinalrat?«

»Die Leute sind sämtlich gesund und dunkelarrestfähig – laut ärztlichem Befund.«

»Freilich sind sie gar nicht erst untersucht worden.«

»Wollen Sie meine Amtsführung kontrollieren? Ich warne Sie! Ich weiß mehr von Ihnen, als Sie glauben!«

»Und mit meinem ersten Blutsturz wird Ihr Wissen wertlos! Übrigens habe ich ihn schon hinter mir ...«

»Was? Was haben Sie hinter sich?!«

»Meinen ersten Blutsturz – vor drei oder vier Tagen.«

Der Arzt stand schwerfällig auf. »Also kommen Sie mit mir, Pfäffchen, ich werde Sie oben in meiner Bude untersuchen. Ich werde erreichen, dass Sie sofort Urlaub bekommen. Wir werden einen Antrag machen, dass Sie in die Schweiz dürfen, und bis der bewilligt ist, schicke ich Sie nach Thüringen.«

Der Pastor, nach dessen Arm der Halbtrunkene gegriffen hatte, stand unbeweglich. »Und was wird unterdes mit den Männern im Dunkelarrest? Zwei von ihnen sind bestimmt nicht fähig, die Nässe, die Kälte und den Hunger dort zu ertragen, und allen sieben würde es dauernden Schaden tun.«

Der Arzt antwortete: »Sechzig Prozent der Leute in diesem Hause werden hingerichtet. Ich schätze, dass mindestens fünfunddreißig Prozent der übrigen zu langjährigen Zuchthausstrafen verurteilt werden. Was kommt es also darauf an, ob sie ein Vierteljahr früher oder später sterben?«

»Da Sie so denken, haben Sie kein Recht mehr, sich hier Arzt zu nennen. Treten Sie von Ihrem Amt zurück!«

»Der nach mir kommt, wird auch nicht anders sein. Warum

also ändern?« Der Medizinalrat lachte. »Kommen Sie, Pastor, lassen Sie sich untersuchen. Sie wissen doch, ich habe eine Schwäche für Sie, trotzdem Sie ständig gegen mich wühlen und hetzen. Sie sind so ein prachtvoller Don Quichotte!«

»Ich habe eben auch gegen Sie gewühlt und gehetzt. Ich habe beim Direktor Ihre Ablösung beantragt und eine Dreiviertelzusage bekommen.«

Der Arzt fing an zu lachen. Er klopfte dem Pastor auf die Schulter und rief: »Aber das ist ja prächtig von Ihnen, Pfäfflein, da muss ich Ihnen ja direkt dankbar sein. Denn wenn ich abgelöst werde, falle ich bestimmt die Treppe hinauf, werde Obermedizinalrat und brauche gar nichts mehr zu tun. Meinen innigsten Dank, Pfäfflein!«

»Zeigen Sie ihn dadurch, dass Sie den Kraus und den kleinen Wendt aus dem Dunkelarrest holen. Sie überstehen ihn nicht lebend. Wir haben in den letzten beiden Wochen schon sieben Todesfälle durch Ihre Nachlässigkeit gehabt.«

»Sie Schmeichler! Aber ich kann Ihnen nun mal keinen Korb geben. Ich werde die beiden heute Abend rausholen. Jetzt gleich, nachdem ich eben meine Unterschrift gegeben habe, würde es doch etwas zu kompromittierend für mich aussehen, oder was meinen Sie, Pastor?«

60. Kapitel
Trudel Hergesell, geborene Baumann

Die Verlegung in das Untersuchungsgefängnis hatte Trudel Hergesell von Anna Quangel getrennt. Es wurde Trudel schwer, die »Mutter« entbehren zu müssen. Sie hatte längst vergessen, dass Anna der Grund ihrer Verhaftung gewesen war, nein, sie hatte es nicht vergessen, aber sie hatte es verziehen. Mehr noch, sie hatte eingesehen, dass es eigentlich auch nichts zu verzeihen gab. In diesen Verhören war niemand seiner ganz sicher, die gerissenen Kommissare konnten eine harmlose Erwähnung zu einer Schlinge machen, in der man sich rettungslos fing.

Nun war Trudel ohne die Mutter, sie hatte niemanden mehr, mit dem sie sprechen konnte. Von dem Glück, das sie einmal besessen, von der Sorge um Karli, die sie jetzt ganz erfüllte, musste sie schweigen. Ihre neue Zellengenossin war ein ältliches, gelbes Frauenzimmer – die beiden hatten sich vom ersten Augenblick gehasst, und immer hatte dieses Weib mit den Wärterinnen und Aufseherinnen zu tuscheln. War der Pastor in der Zelle, entging kein Wort ihrer Aufmerksamkeit.

Durch den Pastor hatte Trudel freilich doch etwas über ihren Karli erfahren. Frau Hänsel, ihre Zellengenossin, war gerade mal wieder vorne auf der Verwaltung, sicher, um irgendeinen Menschen durch ihre Klatschereien ins Unglück zu stürzen. Der Pastor hatte Trudel erzählt, dass ihr Mann mit ihr im gleichen Gefängnis sei, dass er aber krank liege, meist ohne klare Besinnung – immerhin könne er ihr aber einen Gruß von Karli ausrichten.

Seitdem lebte Trudel nur in der Hoffnung auf des Pfarrers Besuche. Wenn auch die Hänsel dabei war, immer brachte es der Geistliche fertig, ihr eine Nachricht zuzuschanzen. Oft saßen sie dabei unter dem Fenster, die Schemel eng aneinandergerückt, und der Pastor Lorenz las ihr ein Kapitel aus dem Neuen Testament vor, während die Hänsel meist an der andern Zellenwand stand, den Blick aufmerksam auf die beiden gerichtet.

Für Trudel war die Bibel etwas ganz Neues. Sie war religionslos durch die Hitlerschulen gegangen, und sie hatte nie ein religiöses Bedürfnis gespürt. Gott war für sie kein Begriff, Gott war für sie nur ein Wort in Ausrufen wie: »Ach, du lieber Gott!« Man konnte ebenso gut »Ach, du lieber Himmel!«, sagen – es machte keinen Unterschied.

Auch jetzt, als sie aus dem Evangelium Matthäi vom Leben Christi erfuhr, sagte sie dem Pastor, sie könne sich darunter, dass er »Gottes Sohn« sei, nichts vorstellen. Aber der Pastor

Lorenz hatte dazu nur sanft gelächelt und gemeint, das schade jetzt nichts. Sie solle nur darauf achten, wie dieser Jesus Christus auf der Erde gelebt habe, wie er die Menschen geliebt habe, auch seine Feinde. Die »Wunder« solle sie nehmen, wie sie wolle, als schöne Märchen, aber sie solle doch erfahren, wie einer auf dieser Erde gelebt habe, so dass seine Spur noch nach fast zweitausend Jahren unvergänglich strahle, ewiges Abbild dessen, dass die Liebe stärker sei als der Hass.

Trudel Hergesell, die ebenso kräftig hassen wie lieben konnte (und die beim Empfang dieser Lehre die Frau Hänsel in drei Metern Entfernung aus tiefstem Herzen hasste), die Trudel Hergesell hatte sich zuerst gegen eine solche Lehre aufgelehnt. Sie kam ihr gar zu weichlich vor. So war es nicht Jesus Christus, der ihr Herz empfänglicher machte, sondern sein Pastor Friedrich Lorenz. Wenn sie diesen Mann betrachtete, dessen schwere Krankheit niemand übersehen konnte, wenn sie erlebte, dass er an ihren Sorgen teilhatte, als seien es seine eigenen, dass er nie an sich selbst dachte, wenn sie seinen Mut erkannte, der ihr beim Lesen einen Zettel in die Hand spielte, auf dem eine Botschaft über Karli stand, und wenn sie ihn dann mit der Angeberin Hänsel genauso freundlich-gütig sprechen hörte wie mit ihr selbst, mit dieser Frau, von der er doch wusste, sie war zu jeder Minute fähig, ihn zu verraten, ihn dem Henker auszuliefern, so empfand sie etwas wie Glück, einen tiefen Frieden, der von diesem Manne ausging, der nicht hassen, sondern nur lieben wollte, auch noch den schlechtesten Menschen lieben.

Dieses neue Gefühl bewirkte nun freilich nicht in ihr, dass nun die Trudel Hergesell milder zur Hänsel geworden wäre, aber sie wurde ihr vielleicht gleichgültiger, der Hass war ihr nicht mehr so wichtig. Sie konnte manchmal auf ihren Wanderungen durch die Zelle plötzlich vor der Hänsel stehen bleiben und sie fragen: »Warum machen Sie das eigentlich? Warum verklatschen Sie jeden? Hoffen Sie eine geringere Strafe zu bekommen?«

Die Hänsel wendete bei einer solchen Ansprache den Blick

ihrer gelben, bösen Augen nicht von Trudel ab. Entweder antwortete sie gar nichts, oder sie sagte: »Denken Sie denn, ich habe nicht gesehen, wie Sie Ihre Brust gegen den Arm vom Pastor gedrückt haben? So 'ne Gemeinheit, einen halbtoten Mann noch verführen zu wollen! Aber warte, ich erwisch euch beide noch mal! Ich erwisch euch!«

Bei was die Hänsel den Pastor und die Trudel Hergesell eigentlich erwischen wollte, blieb unklar. Trudel hatte für solche Schmähungen auch nur ein kurzes, spöttisches Auflachen und nahm dann wortlos ihre endlose Zellenwanderung wieder auf, immer mit dem Gedanken an Karli beschäftigt. Es war nicht zu verkennen, dass die Nachrichten über ihn stets schlechter wurden, so vorsichtig und schonend sie der Pastor auch abfasste. Wenn es etwa hieß, dass nichts Neues vorlag, da sein Zustand unverändert sei, so bedeutete das, dass Karli ihr keinen Gruß bestellt hatte, was wieder so zu verstehen war, dass er besinnungslos lag. Denn der Pastor log nicht, das hatte Trudel auch schon gelernt, er bestellte keinen Gruß, wenn ihm keiner aufgetragen war. Er verschmähte jeden billigen Trost, der sich eines Tages doch als Lüge entpuppen musste.

Aber auch durch die Vernehmungen durch den Untersuchungsrichter wusste Trudel, dass es schlimm mit ihrem Manne stand. Nie wurde auf eine neuere Aussage von ihm Bezug genommen, über alles sollte sie Auskunft geben, und sie wusste doch wirklich nichts über den Koffer des elenden Grigoleit, der sie beide – willentlich? – ins Unglück gerissen hatte. Wenn die Vernehmungsmethoden des Untersuchungsrichters auch nicht so bodenlos gemein und brutal waren wie die des Kommissars Laub, die gleiche Hartnäckigkeit wie Laub hatte er auch. Trudel kam von diesen Sitzungen immer völlig erschöpft und mutlos in ihre Zelle zurück. Ach, Karli, Karli! Ihn nur einmal wiedersehen dürfen, an seinem Lager sitzen, seine Hand halten dürfen, ganz still, ohne ein Wort!

Es hatte eine Zeit gegeben, da hatte sie geglaubt, sie liebte ihn nicht, sie würde ihn nie lieben können. Nun war sie wie durchtränkt von ihm, die Luft, die sie atmete, war er, das Brot, das sie aß, er, die Decke, die sie wärmte, er. Und er war so nahe, ein paar Gänge, ein paar Treppen, eine Tür – aber auf der ganzen Welt war kein Mensch so barmherzig, dass er sie einmal, ein einziges Mal nur zu ihm hingeführt hätte! Auch dieser schwindsüchtige Pastor nicht!

Sie hatten eben alle Angst um ihr liebes Leben, sie wagten nichts Ernstliches, um einer Hilflosen wirklich zu helfen. Und plötzlich kommt in ihre Erinnerung der Leichenkeller aus dem Gestapobunker, der lange SS-Mann, der sich eine Zigarette ansteckte und zu ihr »Mädel! Mädel!« sagte, ihr Suchen zwischen den Leichen, nachdem Anna und sie die tote Berta entkleidet hatten – und es scheint ihr, als ob das damals noch eine milde, barmherzige Stunde war, als sie Karli suchen durfte. Und nun? Eingeschlossen das zuckende Herz zwischen Eisen und Stein! Allein!

Die Tür wird geschlossen, viel langsamer und sachter, als es die Aufseherinnen tun, nun klopft es gar: der Pastor.

»Darf ich eintreten?«, fragt er.

»Kommen Sie bitte, kommen Sie doch, Herr Pastor!«, ruft Trudel Hergesell weinend.

Während die Frau Hänsel mit einem gehässigen Blick murmelt: »Was will der denn schon wieder?«

Und da lehnt Trudel plötzlich ihren Kopf gegen die schmale, rasch atmende Brust des Geistlichen, ihre Tränen fließen, sie verbirgt das Gesicht an seiner Brust, und sie fleht: »Herr Pastor, mir ist so angst! Sie müssen mir helfen! Ich muss den Karli sehen, nur einmal noch! Ich fühle, es wird das letzte Mal sein …«

Und die grelle Stimme der Frau Hänsel: »Das melde ich! Das melde ich aber sofort!« Während der Pastor ihr tröstend über den Kopf streicht und sagt: »Ja, mein Kind, Sie sollen ihn sehen, einmal noch!«

Da schüttelt sie ein immer stärker werdendes Schluchzen,

und sie weiß, dass Karli tot ist, dass sie ihn nicht umsonst im Leichenkeller gesucht hat, dass es eine Vorahnung war, eine Warnung.

Und sie schreit: »Er ist tot! Herr Pastor, er ist tot!«

Und er antwortet, er spendet den einzigen Trost, den er diesen Todgeweihten spenden kann, er sagt: »Kind, er leidet nicht mehr. Du hast es schwerer.«

Sie hört es noch. Sie will darüber nachdenken, es richtig verstehen, aber es wird ihr dunkel vor den Augen. Das Licht erlischt. Ihr Kopf sinkt vornüber.

»Fassen Sie doch mit an, Frau Hänsel!«, bittet der Pastor. »Ich bin zu schwach, sie zu halten.«

Und dann ist auch draußen Nacht, Nacht zu Nacht, Dunkel zu Dunkel.

Trudel, verwitwete Hergesell, ist aufgewacht, und sie weiß, dass sie nicht in ihrer Zelle ist, und sie weiß wieder, dass Karli tot ist. Sie sieht ihn wieder liegen auf seiner schmalen Zellenpritsche, mit dem so klein und jung gewordenen Gesicht, und sie denkt an das Gesicht des Kindes, das sie geboren, und beide Gesichter gehen ineinander über, und sie weiß, dass sie alles verloren hat auf dieser Welt, Kind und Mann, dass sie niemals wird lieben, nie wird Kinder gebären dürfen, und alles dies, weil sie für einen alten Mann eine Postkarte auf ein Fensterbrett gelegt hat, dass darum ihr ganzes Leben zerbrochen ist und das von Karli dazu und dass es nie wieder Sonne und Glück und Sommer für sie geben wird, und keine Blumen …

Blumen auf mein Grab, Blumen auf dein Grab …

Und bei dem ungeheuren Schmerz, der sich immer weiter in ihr ausbreitet, der sie durchkältet wie Eis, schließt sie die Augen wieder und will zurück in Nacht und Vergessen. Aber die Nacht ist draußen, sie bleibt dort, sie dringt nicht in sie ein, aber plötzlich durchströmt Hitze sie … Sie springt mit einem Schrei vom Bett auf und will fort, nur laufen, diesem grässlichen Schmerz entlaufen. Aber eine Hand fasst nach ihr …

Es wird hell, und wieder ist es der Pastor, der bei ihr gesessen hat, der sie nun festhält. Ja, es ist eine fremde Zelle, es ist Karlis Zelle, aber sie haben ihn schon fortgebracht, und der Mann, der hier mit Karli in der Zelle lag, ist auch fort.

»Wo ist er hingebracht?«, fragt sie atemlos, als sei sie einen weiten Weg gelaufen.

»Ich werde an seinem Grabe meine Gebete sprechen.«

»Was helfen ihm jetzt noch Ihre Gebete? Hätten Sie um sein Leben gebetet, als noch Zeit dafür war!«

»Er hat den Frieden, Kind!«

»Ich will hier fort!«, sagt Trudel fieberhaft. »Bitte, lassen Sie mich zurück in meine Zelle, Herr Pastor! Ich habe dort ein Bild von ihm, ich muss es sehen, jetzt gleich. Er sah so anders aus.«

Und während sie so spricht, weiß sie sehr wohl, dass sie den guten Pastor belügt und dass sie ihn betrügen will. Denn sie besitzt kein Bild von Karli, und sie will nie wieder in ihre Zelle zu der Frau Hänsel zurück.

Und flüchtig schießt es ihr durch den Kopf: Ich bin ja wahnsinnig, aber jetzt muss ich mich gut verstellen, dass er es nicht merkt ... Nur fünf Minuten noch meinen Wahnsinn verstecken!

Der Pastor führt sie sorglich an seinem Arm aus der Zelle über viele Gänge und Treppen in das Frauengefängnis zurück, und aus vielen Zellen hört sie tiefes Atmen – die schlafen – und aus andern rastlose Schritte – die sorgen sich – und wieder aus andern Weinen – die tragen Leid, aber niemand trägt so viel Leid wie sie.

Aber als der Pastor eine Tür auf- und hinter ihr wieder abgeschlossen hat, nimmt sie seinen Arm nicht wieder, und schweigend gehen die beiden weiter durch den nächtlichen Gang mit den Dunkelarrestzellen, aus denen der betrunkene Arzt gegen sein Versprechen die beiden Kranken nicht erlöst hat, und nun steigen sie viele Treppen im Frauengefängnis hinan bis zur Station V, wo die Trudel liegt.

Dort auf dem obersten Gang schlurft ihnen eine Wärterin entgegen und sagt: »Jetzt nachts um elf Uhr vierzig bringen Sie erst die Hergesell zurück, Herr Pastor? Wo waren Sie denn so lange mit ihr?«

»Sie war viele Stunden ohnmächtig. Ihr Mann ist gestorben, wissen Sie.«

»So – und da haben Sie die junge Frau also getröstet, Herr Pastor? Sehr hübsch! Die Frau Hänsel hat mir erzählt, sie soll Ihnen ganz schamlos immer gleich um den Hals fallen. Da muss solch nächtliches Trösten besonders hübsch sein! Ich werde das ins Wachtbuch schreiben!«

Aber ehe der Pastor sich noch mit einem Wort gegen diese Schmutzerei hat zur Wehr setzen können, sehen sie beide, dass Frau Trudel, verwitwete Hergesell, über das Eisengitter des Ganges geklettert ist. Einen Augenblick steht sie da, hält sich noch mit einer Hand am Geländer fest, mit dem Rücken zu ihnen.

Und sie rufen: »Halt! Nein! Bitte nicht!«

Und sie stürzen zu ihr hin, die Hände greifen schon nach ihr.

Aber wie eine Schwimmerin, die einen Kopfsprung machen will, hat sich Trudel Hergesell schon in die Tiefe gestürzt. Sie hören ein Flattern und Sausen, ein dumpfes Aufschlagen.

Und dann ist alles totenstill, während sie die bleichen Gesichter über das Geländer neigen und doch nichts sehen.

Dann machen sie einen Schritt zur Treppe hin.

Und in demselben Augenblick bricht die Hölle los.

Es ist, als sei's durch die eisenbeschlagenen Zellentüren zu sehen gewesen, was geschehen ist. Erst ist es vielleicht nur ein hysterischer Schrei gewesen, aber er lief weiter von Zelle zu Zelle und von Station zu Station, von der einen Gangseite zur andern, über den Abgrund fort.

Und während er weiterlief, wurde aus dem einen Schrei ein Brüllen, Heulen, Zetern, Keifen, Toben.

»Ihr Mörder! Ihr habt sie umgebracht! Bringt uns doch gleich alle um, ihr Henker!«

Und es gab welche, die hingen sich an die Fenster und schrien es auf die Höfe, so dass auch die Männerflügel aus ihrem angstdünnen Schlaf erwachten, und es tobte, es schrie, es geiferte, es plärrte, es grunzte, es verzweifelte.

Es klagte an, es klagte an mit tausend, mit zweitausend, mit dreitausend Stimmen, schrie das Tier seine Anklage aus tausend, zweitausend, dreitausend Mäulern.

Und die Alarmglocke schrillte, und sie trommelten mit den Fäusten gegen die Eisentüren, mit den Schemeln rannten sie dagegen an. Die Eisenbetten fielen, knallend in ihren Scharnieren, und wurden wieder hochgerissen und knallten neu. Scheppernd fuhren die Essschüsseln auf dem Boden herum, die Kübeldeckel lärmten, und das ganze Haus, dieses Riesengefängnis, stank plötzlich wie eine verhundertfachte Latrine.

Und die Bereitschaften fuhren in ihre Kleider und griffen nach ihren Gummiknütteln.

Und Zellentüren wurden aufgeschlossen: Knackknack!

Und der klatschend dumpfe Laut von Gummiknütteln auf die Schädel hernieder wurde laut und das Gebrüll wütender, vermischt mit dem Gescharr kämpfender Füße, und die hohen, tierhaften Schreie der Epileptiker und das Juhu-Gejodel idiotischer Spaßmacher und die gellenden Ludenpfiffe …

Und Wasser klatschte in die Gesichter der eindringenden Aufseher.

Und in der Leichenkammer lag Karli Hergesell ganz still mit einem kindhaft kleinen, friedlichen Gesicht.

Und all das war eine wilde, panische, grausige Symphonie, gespielt zu Ehren Trudels, verwitwete Hergesell, geborene Baumann.

Aber sie lag unten, halb auf dem Linoleum, halb auf dem schmutziggrauen Zementboden der unteren Station I.

Sie lag da ganz still, ihre kleine graue Hand, die noch so viel

Mädchenhaftes hatte, war leicht geöffnet. Ihre Lippen waren von ein wenig Blut gefärbt, ihre Augen sahen blicklos in eine unbekannte Gegend.

Aber ihre Ohren schienen auf den tosenden, auf- und abschwellenden Höllenlärm zu lauschen, und ihre Stirn war gefaltet, als grübele sie darüber nach, ob dieses wohl der Friede sei, den ihr der gute Pastor Lorenz versprochen.

In Verfolg aber dieses Selbstmordes wurde der Gefängnisgeistliche Friedrich Lorenz von seinem Amte suspendiert, und nicht der versoffene Arzt. Ein Verfahren wurde gegen den Geistlichen eröffnet. Denn es ist ein Verbrechen und die Begünstigung eines Verbrechens, wenn einem Gefangenen gestattet wird, selbst sein Lebensende zu bestimmen: dazu sind allein der Staat und seine Diener berechtigt.

Wenn ein Kriminalbeamter einen Mann mit seinem Pistolenkolben so verletzt, dass er sterbenskrank wird, und wenn ein betrunkener Arzt den Verletzten sterben lässt, so ist das alles in Ordnung. Aber wenn ein Geistlicher einen Selbstmord nicht verhindert, wenn er einem Gefangenen, der keinen eigenen Willen mehr haben darf, den eigenen Willen lässt, so hat er ein Verbrechen begangen und muss dafür büßen.

Leider entzog sich Pastor Friedrich Lorenz – genau wie diese Hergesell – der Sühne seines Verbrechens, indem er an einem Blutsturz starb, grade in dem Augenblick, als er verhaftet werden sollte. Es war nämlich auch der Verdacht aufgetaucht, dass er unsittliche Beziehungen zu seinen Betreuten unterhielt. Er aber hatte den Frieden, wie er selbst gesagt hätte, ihm blieb viel erspart.

Aber so kam es, dass Frau Anna Quangel bis zur Hauptverhandlung nichts von dem Tode von Trudel und Karl Hergesell erfuhr, denn der Nachfolger des guten Pastors war zu ängstlich oder unwillig, Botengänge unter den Gefangenen zu übernehmen. Er beschränkte sich strikte auf die Seelsorge, da, wo sie gewünscht wurde.

61. KAPITEL

Die Hauptverhandlung: Ein Wiedersehen

Auch bei dem raffiniertest ausgeklügelten System können Fehler vorkommen. Der Volksgerichtshof zu Berlin, ein Gerichtshof, der nichts mit dem Volke zu tun hatte und zu dem das Volk nicht einmal als stummer Zuschauer zugelassen war, denn seine meisten Sitzungen waren geheim – dieser Volksgerichtshof war so ein raffiniert ausgeklügeltes System: ehe der Angeklagte noch den Verhandlungssaal betreten hatte, war er praktisch schon verurteilt, und nichts schien es zu geben, das dafür sprach, dass ein Angeklagter in diesem Saale etwas Erfreuliches erleben könnte.

An diesem Morgen stand nur eine kleine Sache an: gegen Otto und Anna Quangel wegen Landes- und Hochverrats. Der Zuhörerraum war kaum zu einem Viertel gefüllt: ein paar Parteiuniformen, einige Juristen, die aus unerforschlichen Gründen dieser Verhandlung beizuwohnen wünschten, und in der Hauptsache Studenten der Jurisprudenz, die lernen wollten, wie die Justiz Menschen aus der Welt schafft, deren Verbrechen darin bestand, ihr Vaterland mehr geliebt zu haben, als es die verurteilenden Richter taten. Alle diese Leute hatten nur durch »Beziehungen« Eintrittskarten bekommen. Woher der kleine Mann mit dem weißen Spitzbärtchen und den von klugen Fältchen umgebenen Augen, woher also der Kammergerichtsrat a. D. Fromm seine Karte bezogen hatte, bleibt unbekannt. Er saß jedenfalls unauffällig zwischen den andern, in einem kleinen Abstand von ihnen, das Gesicht gesenkt und häufig seine goldgefasste Brille putzend.

Um fünf Minuten vor zehn Uhr wurde Otto Quangel von einem Schupo in den Gerichtssaal geführt. Man hatte ihm die Kleider angezogen, die er bei seiner Verhaftung in der Werkstatt getragen hatte, ein sauberes, aber vielfach geflicktes Alltagsgewand, bei dem die dunkelblauen Flicken sehr lebhaft von dem verwaschenen Blau der Grundfarbe abstachen. Sein immer noch scharfes Auge glitt gleichgültig von den noch leeren Plätzen hinter der Gerichtsschranke zu den Zuschauern hinüber, leuchtete einen Augenblick auf beim Anblick des Kammergerichtsrats – und Quangel setzte sich auf die Bank der Angeklagten.

Kurz vor zehn Uhr wurde die zweite Angeklagte, Anna Quangel, von einem zweiten Schupo hereingeführt, und nun geschah eben jenes Versehen: kaum hatte Anna Quangel ihren Mann gesehen, so ging sie, ohne zu zögern, ohne die Menschen im Saal zu beachten, zu ihm hin und setzte sich neben ihn.

Otto Quangel flüsterte hinter der vorgehaltenen Hand: »Sprich nicht! Noch nicht!«

Aber ein Aufleuchten in seinem Auge sagte ihr, wie erfreut er über dieses Wiedersehen war.

Es war natürlich nie und nirgends in der Geschäftsordnung dieses erlauchten Hauses vorgesehen, dass zwei Angeklagte, die seit Monaten sorgfältig voneinander isoliert worden waren, eine Viertelstunde vor Beginn der Verhandlung sich zusammensetzen und gemütlich miteinander plaudern konnten. Aber sei es nun, dass die beiden Schupos zum ersten Male diesen Dienst versahen und ihre Vorschriften vergessen hatten, oder sei es, dass sie dieser Strafsache keine große Bedeutung beimaßen, oder sei es, dass ihnen die beiden einfachen, fast dürftig angezogenen ältlichen Leutlein ganz unwesentlich erschienen, genug, sie erhoben keinen Einwand gegen den von Frau Anna gewählten Sitzplatz und kümmerten sich auch in der folgenden Viertelstunde so gut wie gar nicht um die beiden Angeklagten. Vielmehr begannen sie ein aufregendes Gespräch über irgendwelche Dienstbezüge, eine ihnen vorenthaltene Nachtzulage und unberechtigte hohe Lohnsteuerabzüge.

Auch im Zuschauerraum wurde – natürlich außer vom Kammergerichtsrat Fromm – von niemandem der Fehler bemerkt. Alle waren nachlässig und schlampig, niemand rügte

586

diesen zum Nachteil des Dritten Reiches und zum Vorteil zweier Hochverräter begangenen Fehler. Ein Prozess, der nur zwei Angeklagte aus dem Arbeiterstand aufzuweisen hatte, konnte hier keinen großen Eindruck machen. Hier war man Monsterprozesse gewöhnt, mit dreißig, vierzig Angeklagten, die sich meist untereinander gar nicht kannten, die aber zu ihrer Überraschung im Verlauf des Prozesses erfuhren, dass sie alle miteinander verschworen waren, und die demgemäß auch verurteilt wurden.

So konnte Quangel, nach einigen Sekunden sorgfältigen Rundblickes, sagen: »Ich freue mich, Anna. Geht's dir gut?«

»Ja, Otto, jetzt geht's mir wieder gut.«

»Sie werden uns nicht lange beieinandersitzen lassen. Aber wir wollen uns dieser Minuten freuen. Dir ist doch klar, was kommen wird?«

Sehr leise: »Ja, Otto.«

»Ja, das Todesurteil für uns beide, Anna. Es ist unausbleiblich.«

»Aber, Otto …«

»Nein, Anna, kein Aber. Ich weiß, du hast den Versuch gemacht, alle Schuld auf dich zu nehmen …«

»Sie werden eine Frau nicht so schwer verurteilen, und du kommst vielleicht mit dem Leben davon.«

»Nein, nicht. Du kannst nicht gut genug lügen. Du wirst nur die Verhandlung in die Länge ziehen. Lass uns die Wahrheit sagen, dann geht es schnell.«

»Aber, Otto …«

»Nein, Anna, jetzt kein Aber. Denke nach. Lass uns nicht lügen. Die reine Wahrheit …«

»Aber, Otto …«

»Anna, ich bitte dich!«

»Otto, ich möchte dich doch retten, ich möchte wissen, dass du lebst!«

»Anna, ich bitte dich!«

»Otto, mach es mir doch nicht so schwer!«

»Sollen wir gegen die anlügen? Uns streiten? Denen ein Schauspiel bieten? Die reine Wahrheit, Anna!«

Sie kämpfte mit sich. Dann gab sie nach, wie sie ihm immer nachgegeben hatte. »Gut, Otto, ich verspreche es dir.«

»Danke, Anna. Ich danke dir sehr.«

Sie schwiegen. Sie sahen vor sich nieder. Beide schämten sie sich, ihre Rührung zu zeigen.

Die Stimme des einen Polizisten hinter ihnen wurde vernehmbar: »Und da ha'ck den Leutnant jesacht, Leutnant, ha'ck jesacht, so wat könn Se doch mit mir nich machen, Leutnant, ha'ck jesacht …«

Otto Quangel gab sich einen Ruck. Es musste sein. Wenn Anna es während der Verhandlung erfuhr – und sie musste es im Verlauf der Verhandlung erfahren –, war alles noch viel schlimmer. Die Folgen waren ganz unübersehbar.

»Anna«, flüsterte er. »Du bist stark und mutig, nicht wahr?«

»Ja, Otto«, antwortete sie. »Jetzt bin ich es. Seit ich bei dir bin, bin ich es. Was ist noch Schlimmes?«

»Ja, es ist etwas Schlimmes, Anna …«

»Was ist es denn, Otto? Sage es doch, Otto! Wenn selbst du Angst hast, es mir zu sagen, bekomme ich auch Angst.«

»Anna, du hast nichts mehr von der Gertrud gehört?«

»Von welcher Gertrud?«

»Von der Trudel doch!«

»Ach, von der Trudel! Was ist mit der Trudel? Nein, seit wir in der Untersuchungshaft sind, habe ich nichts mehr von ihr gehört. Sie hat mir sehr gefehlt, sie war so gut zu mir. Sie hat mir verziehen, dass ich sie verraten hatte.«

»Du hast sie doch nicht verraten, die Trudel! Erst habe ich es auch gedacht, aber dann habe ich es verstanden.«

»Ja, sie hat es auch verstanden. Ich war so verwirrt während der ersten Verhöre durch diesen schrecklichen Laub, dass ich nicht wusste, was ich sagte, aber sie hat es verstanden. Sie hat mir verziehen.«

»Gottlob! Anna, sei mutig und stark! Die Trudel ist tot.«

»Oh!«, stöhnte Anna nur und legte die Hand aufs Herz. »Oh!«

Und er setzte rasch hinzu, um jetzt alles auf einmal hinter sich zu bringen: »Und ihr Mann ist auch tot.«

Jetzt kam lange keine Antwort. Sie saß da, die Hände vor dem gesenkten Gesicht, aber Otto fühlte, dass sie nicht weinte, dass sie noch wie betäubt war von der schrecklichen Nachricht. Und unwillkürlich sprach er die Worte, die der gute Pastor Lorenz zu ihm beim Überbringen dieser Nachricht gesagt hatte: »Sie sind tot. Sie haben den Frieden. Ihnen ist viel erspart geblieben.«

»Ja!«, sagte Anna jetzt. »Ja. Sie hat sich so viel um Ihren Karli geängstigt, als keine Nachricht kam, aber nun hat sie den Frieden.«

Sie schwieg lange, und Quangel drängte sie nicht, obwohl er an der Unruhe im Saale merkte, dass der Gerichtshof bald kommen würde.

Leise fragte Anna schließlich: »Sind die beiden – hingerichtet?«

»Nein«, antwortete Quangel. »Er ist an den Folgen eines Schlages gestorben, den er bei der Verhaftung abbekommen hat.«

»Und Trudel?«

»Sie hat sich dann selbst das Leben genommen«, sagte Otto Quangel schnell. »Sie ist über das Gitter im fünften Stock gesprungen. Sie ist sofort tot gewesen, hat der Pastor Lorenz gesagt. Sie hat nicht gelitten.«

»Das ist in der Nacht geschehen«, erinnerte sich Anna Quangel plötzlich, »als das ganze Gefängnis schrie! Jetzt weiß ich es, oh, es war schrecklich, Otto!« Und sie verbarg das Gesicht.

»Ja, es war schrecklich«, wiederholte Quangel. »Auch bei uns war es schrecklich.«

Nach einer Weile hob sie den Kopf wieder und sah Otto fest

an. Noch zitterten ihre Lippen, aber sie sagte: »Es ist besser, wie es gekommen ist. Wenn sie hier neben uns säßen, es wäre so schrecklich. Nun haben sie ihren Frieden.« Und ganz leise: »Otto, Otto, wir könnten es auch so machen.«

Er sah sie fest an. Und sie sah in den harten, scharfen Augen ein Licht, wie sie es nie gesehen, ein spöttisches Licht, als sei alles nur ein Spiel, das, was sie jetzt sagte, und das, was kommen würde, und das unvermeidliche Ende. Als sei es nicht wert, so ernst genommen zu werden.

Dann schüttelte er langsam den Kopf. »Nein, Anna, wir tun das nicht. Wir stehlen uns nicht weg, als seien wir überführte Verbrecher. Wir nehmen ihnen das Urteil nicht ab. Wir nicht!« Und in einem ganz andern Ton: »Für all so was ist es zu spät. Wirst du nicht gefesselt?«

»Doch«, sagte sie. »Aber als der Schupo mich bis an die Tür hier geführt hatte, hat er mir das Kettchen abgenommen.«

»Du siehst!«, sagte er. »Es würde misslingen.«

Er verschwieg ihr, dass er, seit man ihn aus dem Untersuchungsgefängnis fortgeführt hatte, gefesselt war, mit Handschellen und einer Kette, mit Fußschellen und einer Eisenstange. Wie bei Anna hatte der Schupo ihm erst an der Tür des Verhandlungssaals diesen Schmuck abgenommen: der Staat sollte nicht um sein Schlachtopfer betrogen werden.

»Nun gut«, fand sie sich darein. »Aber du glaubst doch, Otto, dass wir zusammen hingerichtet werden?«

»Ich weiß nicht«, sagte er ausweichend. Er wollte sie nicht belügen und wusste doch, jedes würde allein sterben müssen.

»Aber man wird uns doch zur gleichen Stunde hinrichten?«

»Sicher, Anna, bestimmt wird man das!«

Aber er war nicht so sicher. Er fuhr fort: »Aber denke jetzt nicht daran. Denke nur daran, dass wir jetzt stark sein müssen. Wenn wir uns schuldig bekennen, wird alles sehr schnell gehen. Wenn wir keine Ausflüchte machen und nicht lügen, haben wir vielleicht schon in einer halben Stunde unser Urteil.«

»Ja, so wollen wir es machen. Aber, Otto, wenn es so schnell geht, werden wir auch schnell wieder getrennt, und vielleicht sehen wir uns nie wieder.«

»Bestimmt sehen wir uns – vorher noch wieder, Anna. Das hat man mir gesagt, wir dürfen noch Abschied nehmen voneinander. Bestimmt, Anna!«

»Dann ist es gut, Otto, dann habe ich doch was, auf das ich mich jede Stunde freuen kann. Und jetzt sitzen wir beisammen.«

Sie saßen nur noch eine Minute beisammen, dann wurde der Fehler entdeckt, und die beiden wurden weit auseinander gesetzt. Sie mussten den Kopf wenden, um einander zu sehen. Gottlob war es der Anwalt von Frau Quangel, der den Fehler entdeckte, ein freundlicher, grauer, etwas versorgter Mann, den das Gericht als Pflichtanwalt bestellt hatte, da Quangel dabei geblieben war, kein Geld an eine so nutzlose Sache wie ihre Verteidigung zu wenden.

Da der Anwalt den Fehler entdeckt hatte, ging es ohne alles Geschrei ab. Auch die beiden Schutzpolizisten hatten alle Ursache, den Mund zu halten, und so erfuhr der Präsident des Volksgerichtshofs, Feisler, nie, was hier Unverzeihliches geschehen war. Die Verhandlung hätte sonst wahrscheinlich noch viel länger gedauert.

62. KAPITEL
Die Hauptverhandlung: Präsident Feisler

Der Präsident des Volksgerichtshofs, der höchste Richter im deutschen Lande zu jener Zeit, Feisler, hatte das Aussehen eines gebildeten Mannes. Er war, nach der Terminologie des Werkmeisters Otto Quangel, ein feiner Herr. Er wusste seinen Talar mit Anstand zu tragen, und das Barett verlieh seinem Haupt Würde, saß nicht sinnlos angeklebt darauf wie auf vielen andern Köpfen. Die Augen waren klug, aber kalt. Er hatte eine hohe, schöne Stirn, aber der Mund war gemein, dieser Mund mit den harten, grausamen und doch wollüstigen Lippen verriet den Mann, einen Lüstling, der alle Genüsse dieser Welt gesucht hatte und der stets andere dafür hatte zahlen lassen.

Und die Hände mit ihren langen, knotigen Fingern waren gemein, Finger wie die Krallen eines Geiers – wenn er eine besonders verletzende Frage stellte, so krümmten sich diese Finger, als wühlten sie im Fleisch des Opfers. Und seine Art zu sprechen war gemein: dieser Mann konnte nie ruhig und sachlich sprechen, er hackte auf seine Opfer los, er beschimpfte sie, er sprach mit schneidender Ironie. Ein gemeiner Mensch, ein schlechter Mensch.

Seitdem Otto Quangel die Anklage zugestellt worden war, hatte er manches Mal mit Dr. Reichhardt, seinem Freunde, über diese Hauptverhandlung gesprochen. Auch der kluge Dr. Reichhardt war der Ansicht gewesen, da das Ende doch unabänderlich sei, solle Quangel von vornherein alles zugestehen, nichts vertuschen, nie lügen. Das würde diesen Leuten den Wind aus den Segeln nehmen, sie würden nicht lange mit ihm herumschimpfen können. Die Verhandlung würde dann nur kurz sein, man würde bestimmt auf eine Zeugenvernehmung verzichten.

Es war eine kleine Sensation, als beide Angeklagte auf die Frage des Vorsitzenden, ob sie sich im Sinne der Anklage schuldig bekannten, mit einem einfachen »Ja« antworteten. Denn mit diesem Ja hatten sie sich selbst das Todesurteil gesprochen und jede weitere Verhandlung unnötig gemacht.

Einen Augenblick stutzte auch der Präsident Feisler, überwältigt von diesem kaum je gehörten Geständnis.

Aber dann besann er sich. Er wollte seine Verhandlung haben. Er wollte diese beiden Arbeiter im Dreck sehen, er wollte sie sich winden sehen unter seinen messerscharfen Fragen. Dieses Ja auf die Frage »Schuldig?« hatte Stolz gezeigt. Präsident Feisler sah es den Gesichtern im Zuhörerraum an, die teils verblüfft, teils nachdenklich aussahen, und er wollte den

Angeklagten diesen Stolz nehmen. Sie sollten aus dieser Verhandlung ohne Stolz, ohne Würde hinausgehen.

Feisler fragte: »Sie sind sich klar darüber, dass Sie durch dieses Ja sich selbst das Leben abgesprochen haben, dass Sie sich selbst geschieden haben von allen anständigen Menschen? Dass Sie ein gemeiner, todeswürdiger Verbrecher sind, dessen Aas man am Halse aufhängen wird? Sie sind sich klar darüber? Antworten Sie mit Ja oder mit Nein!«

Quangel sagte langsam: »Ich bin schuldig, ich habe getan, was in der Anklage steht.«

Der Präsident hackte zu: »Sie sollen mit Ja oder Nein antworten! Sind Sie ein gemeiner Volksverräter, oder sind Sie es nicht? Ja oder nein!«

Quangel sah den feinen Herrn dort über sich scharf an. Er sagte: »Ja!«

»Pfui Teufel!«, schrie der Präsident und spuckte hinter sich. »Pfui Teufel! Und so was nennt sich Deutscher!«

Er sah Quangel mit tiefer Verachtung an und wandte dann seinen Blick zu Anna Quangel. »Und Sie da, Sie Frau da?«, fragte er. »Sind Sie auch so gemein wie Ihr Mann? Sind Sie auch eine schuftige Volksverräterin? Schänden Sie auch das Ansehen Ihres auf dem Felde der Ehre gefallenen Sohnes? Ja oder nein?«

Der versorgte graue Anwalt erhob sich eilig und sagte: »Ich bitte doch, bemerken zu dürfen, Herr Präsident, dass meine Mandantin …«

Der Präsident hackte wieder zu. »Ich nehme Sie in Strafe, Herr Rechtsanwalt«, sagte er, »ich nehme Sie sofort in Strafe, wenn Sie noch einmal, ohne aufgefordert zu sein, das Wort ergreifen! Setzen Sie sich!«

Der Präsident wendete sich wieder an Anna Quangel. »Nun, wie ist es mit Ihnen? Besinnen Sie sich auf den letzten Rest von Anständigkeit in Ihrer Brust, oder wollen Sie so etwas sein wie Ihr Mann, von dem wir jetzt schon wissen, dass er ein gemeiner Volksverräter ist? Sind Sie eine Verräterin Ihres Volkes in schwerer Notzeit? Haben Sie den Mut, den eigenen Sohn zu schänden? Ja oder nein?«

Anna Quangel sah ängstlich zögernd zu ihrem Mann hinüber.

»Sie haben mich anzusehen! Nicht diesen Hochverräter! Ja oder nein!«

Leise, aber deutlich: »Ja!«

»Sie sollen laut reden! Wir wollen es alle hören, dass eine deutsche Mutter sich nicht schämt, den Heldentod ihres eigenen Sohnes mit Schande zu bedecken!«

»Ja!«, sagte Anna Quangel laut.

»Unglaublich!«, rief Feisler. »Ich habe hier viel Trauriges und auch Grauenhaftes erlebt, aber eine solche Schande ist mir noch nicht vorgekommen! Sie müssten nicht gehängt, sondern entmenschte Bestien wie Sie müssten geviertelt werden!«

Er sprach mehr zu den Hörern als zu den Quangels, er nahm die Anklagerede des Anklägers vorweg. Er schien sich zu besinnen (er wollte seine Verhandlung haben): »Aber meine schwere Pflicht als Oberster Richter gebietet es mir, mich nicht einfach mit Ihrem Schuldbekenntnis zu begnügen. So schwer es mir auch fällt und so aussichtslos es erscheint, meine Pflicht gebietet mir nachzuprüfen, ob es nicht doch vielleicht irgendwelche Milderungsgründe gibt.«

So begann es, und dann dauerte es sieben Stunden an.

Ja, der kluge Dr. Reichhardt in der Zelle hatte sich geirrt und Quangel mit ihm. Nie hatten sie damit gerechnet, dass der höchste Richter des deutschen Volkes die Verhandlung in einer so abgrundtiefen, so gemeinen Gehässigkeit führen werde. Es war, als hätten die Quangels ihn selbst, den Herrn Präsidenten Feisler, höchstpersönlich gekränkt, als sei ein kleiner, missgünstiger, nie verzeihender Mann in seiner Ehre beleidigt und lege es nun darauf an, seinen Gegner bis auf den Tod zu verletzen. Es war, als habe Quangel die Tochter des Präsidenten verführt, so persönlich war das alles, so himmelweit entfernt von aller Sachlichkeit. Nein, da hatten sich die beiden gewaltig geirrt, dieses Dritte Reich hatte für seinen tiefsten Verächter immer noch neue Überraschungen, es war über jede Gemeinheit hinaus gemein.

»Die Zeugen, Ihre anständigen Arbeitskameraden, haben ausgesagt, dass Sie von einem gradezu schmutzigen Geiz besessen waren, Angeklagter. Was haben Sie nun wohl in einer Woche verdient?«, fragte der Präsident etwa.

»Vierzig Mark habe ich in der letzten Zeit nach Haus gebracht«, antwortete Quangel.

»So, vierzig Mark, und da waren also die Abzüge, die Lohnsteuer und das Winterhilfswerk und die Krankenkasse und die Arbeitsfront, schon weg?«

»Die waren schon weg.«

»Das scheint mir aber ein ganz hübscher Verdienst zu sein für zwei alte Leute wie Sie, ja?«

»Wir sind damit ausgekommen.«

»Nein, Sie sind nicht damit ausgekommen! Sie lügen schon wieder! Sondern Sie haben noch regelmäßig gespart! Stimmt das oder stimmt das nicht?«

»Das stimmt. Meistens haben wir was zurückgelegt.«

»Wie viel haben Sie denn zurücklegen können jede Woche, im Durchschnitt?«

»Das kann ich so genau nicht sagen. Das war verschieden.«

Der Präsident ereiferte sich: »Im Durchschnitt, habe ich gesagt! Im Durchschnitt! Verstehen Sie nicht, was das heißt, im Durchschnitt? Und Sie schimpfen sich Handwerksmeister? Können nicht mal rechnen! Prachtvoll!«

Der Präsident Feisler schien es aber gar nicht prachtvoll zu finden, sondern er sah den Angeklagten empört an.

»Ich bin über fünfzig. Ich habe fünfundzwanzig Jahre gearbeitet. Die Jahre sind verschieden gewesen. Ich bin auch mal arbeitslos gewesen. Oder der Junge war krank. Ich kann keinen Durchschnitt sagen.«

»So? Das können Sie nicht? Ich will Ihnen sagen, warum Sie das nicht können! Sie wollen es nicht! Das ist eben Ihr schmutziger Geiz gewesen, von dem Ihre anständigen Arbeitskameraden sich mit Abscheu abgewandt haben. Sie haben Angst, wir könnten hier erfahren, wie viel Sie zusammengescharrt haben! Nun, wie viel ist es gewesen? Können Sie das auch nicht sagen?«

Quangel kämpfte mit sich. Der Präsident hatte wirklich eine schwache Stelle bei ihm gefunden. Wie viel sie tatsächlich gespart hatten, wusste nicht einmal Anna. Aber dann gab Quangel sich einen Ruck. Er warf auch das hinter sich. In den letzten Wochen hatte er so vieles hinter sich geworfen, warum nicht auch dies? Er löste sich ganz von dem Letzten, das ihn noch an sein altes Leben band, und sagte: »4763 Mark!«

»Ja«, wiederholte der Präsident und lehnte sich in seinen hohen Richterstuhl zurück. »4763 Mark und 67 Pfennige!« Er las die Zahl aus den Akten vor. »Und Sie schämen sich gar nicht, einen Staat zu bekämpfen, der Sie so viel hat verdienen lassen? Sie bekämpfen die Gemeinschaft, die so für Sie gesorgt hat?« Er steigerte sich. »Sie wissen nicht, was Dankbarkeit ist. Sie wissen nicht, was Ehre ist. Ein Schandfleck sind Sie! Sie müssen ausgetilgt werden!«

Und die Geierkrallen schlossen sich, öffneten sich wiederum und schlossen sich noch einmal, als zerfleische er Aas.

»Fast die Hälfte von dem Gelde hatte ich schon vor der Machtergreifung gespart«, sagte Quangel.

Jemand im Zuschauerraum lachte, verstummte aber sofort erschrocken, als ihn ein bitterböser Blick des Präsidenten traf. Er hüstelte verlegen.

»Ich bitte um Ruhe! Um absolute Ruhe! Und Sie, Angeklagter, wenn Sie hier frech werden, so werde ich Sie bestrafen. Denken Sie nur nicht, dass Sie jetzt vor jeder andern Strafe sicher sind. Sie könnten sonst was erleben!« Er sah Quangel durchdringend an: »Nun sagen Sie mir mal, Angeklagter, wofür haben Sie eigentlich gespart?«

»Für unser Alter doch.«

»Ach nee, für Ihr Alter? Wie rührend das klingt! Aber gelogen ist es doch wieder. Zum mindesten seit Sie die Karten schrieben, haben Sie gewusst, dass Sie nicht mehr sehr alt werden würden! Sie haben hier selber zugestanden, dass Sie sich stets klar über die Folgen Ihrer Verbrechen gewesen sind. Aber trotzdem haben Sie immer weiter zurückgelegt und Geld bei der Sparkasse eingezahlt. Für was denn?«

»Ich habe doch immer damit gerechnet, dass ich davonkomme.«

»Was heißt das, davonkommen? Dass Sie freigesprochen werden?«

»Nein, an so was habe ich nie geglaubt. Ich habe gedacht, ich werde nicht gefasst.«

»Sie sehen, da haben Sie ein bisschen falsch gedacht. Ich glaube es Ihnen aber auch nicht, dass Sie so gedacht haben. So dumm sind Sie ja gar nicht, wie Sie sich jetzt stellen. Sie können gar nicht gedacht haben, dass Sie Ihre Verbrechen noch Jahre und Jahre ungestört fortsetzen könnten.«

»Ich glaube nicht an Jahre und Jahre.«

»Was soll das heißen?«

»Ich glaube nicht, dass es noch lange hält, das Tausendjährige Reich«, sagte Quangel, den scharfen Vogelkopf dem Präsidenten zuwendend.

Der Anwalt unten fuhr erschrocken zusammen.

Bei den Hörern lachte jemand wieder auf, und sofort wurde dort ein drohendes Murren laut.

»So ein Schwein!«, schrie einer.

Der Schutzpolizist hinter Quangel rückte an seinem Tschako, mit der andern Hand fasste er nach seiner Pistolentasche.

Der Ankläger war aufgesprungen und schwenkte ein Blatt Papier.

Frau Quangel sah lächelnd auf ihren Mann und nickte eifrig.

Der Schutzpolizist hinter ihr fasste nach ihrer Schulter und drückte sie schmerzhaft.

Sie bezwang sich und schrie nicht.

Ein Beisitzer starrte mit weit offenem Munde auf Quangel.

Der Präsident sprang auf: »Sie Verbrecher, Sie! Sie Idiot! Sie Verbrecher! Sie wagen hier zu sagen …«

Er brach ab, auf seine Würde bedacht.

»Der Angeklagte ist erst einmal abzuführen. Wachtmeister, führen Sie den Kerl raus! Der Gerichtshof beschließt über eine angemessene Bestrafung …«

Nach einer Viertelstunde wurde die Verhandlung wieder aufgenommen.

Viel beachtet wurde, dass der Angeklagte jetzt nicht mehr richtig gehen zu können schien. Allgemein dachte man: Den haben sie unterdes hübsch in der Mache gehabt. Auch Anna Quangel dachte dies mit Angst.

Der Präsident Feisler verkündete: »Der Angeklagte Otto Quangel erhält für vier Wochen Dunkelarrest bei Wasser und Brot und völligem Kostentzug an jedem dritten Tag. Außerdem«, setzte Präsident Feisler erklärend hinzu, »sind dem Angeklagten die Hosenträger fortgenommen worden, da er, wie mir gemeldet wurde, sich in der Pause eben verdächtig mit ihnen zu schaffen gemacht hat. Es besteht Selbstmordverdacht.«

»Ich hab nur mal austreten müssen.«

»Sie halten das Maul, Angeklagter! Es besteht Selbstmordverdacht. Der Angeklagte wird sich von nun an ohne Hosenträger behelfen müssen. Er hat sich das selbst zuzuschreiben.«

Im Zuhörerraum wurde schon wieder gelacht, aber jetzt warf der Präsident einen fast wohlwollenden Blick dorthin, er freute sich selbst an seinem guten Witz. Der Angeklagte stand da, in etwas verkrampfter Haltung, immer musste er die rutschende Hose festhalten.

Der Präsident lächelte. »Wir fahren in der Verhandlung fort.«

63. Kapitel

Die Hauptverhandlung: Ankläger Pinscher

Während der Präsident des Volksgerichtshofes, Feisler, für jeden unvoreingenommenen Beobachter mit einem bösartigen Bluthund zu vergleichen war, spielte der Ankläger nur die Rolle eines kleinen kläffenden Pinschers, der darauf lauert, den vom Bluthund Angefallenen in die Wade zu beißen, während sein großer Bruder ihn bei der Kehle hatte. Ein paarmal hatte der Ankläger während der Verhandlung gegen die Quangels versucht loszukläffen, aber immer hatte ihn sofort wieder das Gebell des Bluthundes übertönt. Was gab es da auch noch groß für ihn zu kläffen? Der Präsident verrichtete ja von der ersten Minute an die Dienste des Anklägers, von der ersten Minute an hatte Feisler die Grundpflicht jedes Richters verletzt, der die Wahrheit ermitteln soll: er war höchst parteiisch gewesen.

Aber nach der Mittagspause, in der vom Präsidenten ein sehr reichhaltiges Mahl kartenfrei eingenommen war, zu dem es auch Wein und Schnaps gegeben hatte, war Feisler ein wenig müde. Was sollte auch noch alle Anstrengung? Die waren ja beide schon tot. Zudem war jetzt das Weib dran, diese kleine Arbeiterfrau – und die Weiber waren dem Präsidenten ziemlich gleichgültig, von seinem Richterstandpunkt aus. Die Weiber waren alle doof und nur zu einer Sache nütze. Sonst taten sie, was ihre Männer wollten.

Feisler litt es also gnädig, dass nun der Pinscher sich in den Vordergrund drängte und zu kläffen anhob. Mit halbgeschlossenen Augen lehnte er in seinem Richterstuhl, den Kopf in die Geierkralle gestützt, scheinbar aufmerksam zuhörend, in Wirklichkeit aber ganz seiner Verdauung hingegeben.

Der Pinscher kläffte: »Sie haben doch früher ein Amt in der Frauenschaft bekleidet, Angeklagte?«

»Ja«, antwortete Frau Quangel.

»Und warum haben Sie das denn aufgegeben? Hat Ihr Mann das von Ihnen verlangt?«

»Nein«, antwortete Frau Quangel.

»So, das hat er nicht von Ihnen verlangt? Erst legt der Mann sein Amt in der Arbeitsfront nieder und dann die Frau vierzehn Tage später ihr Amt in der Frauenschaft. Angeklagter Quangel, haben Sie das nicht von Ihrer Frau verlangt?«

»Sie wird wohl von selbst auf die Idee gekommen sein, als sie hörte, dass ich meinen Posten aufgegeben hatte.«

Quangel steht da und muss seine Hosen festhalten.

Dann setzt er sich, denn der Ankläger wendet sich schon wieder an Anna Quangel. »Also, wie ist das, warum haben Sie Ihr Amt niedergelegt«

»Ich habe es ja gar nicht niedergelegt. Ich bin ausgeschlossen worden.«

Der Pinscher kläffte los: »Angeklagte, achten Sie auf Ihre Worte! Auch Sie können, genau wie Ihr Mann, in Strafe genommen werden, wenn Sie es zu bunt treiben! Eben erst haben Sie mir zugegeben, dass Sie Ihr Amt niedergelegt haben.«

»Das habe ich nicht. Ich habe gesagt: nein, mein Mann hat mich nicht angestiftet.«

»Sie lügen! Sie lügen! Sie haben die Unverschämtheit, dem Hohen Gerichtshof und mir ins Gesicht zu lügen!«

Wütendes Gekläff. Die Angeklagte bleibt bei ihrer Aussage.

»Man vergleiche das Stenogramm!«

Das Stenogramm wird verlesen, und es wird festgestellt, dass die Angeklagte mit ihrer Behauptung recht hat. Bewegung im Saal. Otto Quangel sieht beifällig seine Anna an, die sich nicht einschüchtern lässt. Er ist stolz auf sie.

Ankläger Pinscher lässt einen Augenblick den Schwanz hängen und schielt zum Präsidenten. Der gähnt diskret hinter der Geierklaue. Der Ankläger entschließt sich, er verlässt die alte Spur und nimmt eine neue auf.

»Angeklagte, Sie waren doch schon ziemlich ältlich, als Ihr jetziger Mann Sie heiratete?«

»Ich war an die dreißig.«

»Und vorher?«

»Ich verstehe das nicht.«

»Tun Sie bloß nicht so unschuldig, ich will wissen, was Sie vor Ihrer Ehe für Beziehungen zu den Männern hatten. Nun, wird's bald?«

Bei der abgrundtiefen Gemeinheit dieser Frage wurde Anna Quangel erst rot, dann blass. Hilfeflehend sah sie zu ihrem ältlichen versorgten Verteidiger hin, der aufsprang und sagte: »Ich bitte, die Frage als nicht zur Sache gehörig zurückzuweisen!«

Und der Ankläger: »Meine Frage gehört zur Sache. Hier ist die Vermutung laut geworden, die Angeklagte sei nur eine Mitläuferin ihres Mannes gewesen. Ich werde beweisen, dass sie eine moralisch ganz tiefstehende Person war, aus dem Pöbel stammend, dass man sich bei ihr jedes Verbrechens zu versehen hat.«

Der Präsident erklärte gelangweilt: »Die Frage gehört zur Sache. Sie ist zugelassen.«

Der Pinscher kläffte neu: »Also mit wie viel Männern hatten Sie bis zu Ihrer Ehe Beziehungen?«

Alle Augen sind auf Frau Anna Quangel gerichtet. Einige Studenten im Hörerraum lecken sich die Lippen, jemand stöhnt wohlig.

Quangel sieht mit einiger Besorgnis auf Anna, er weiß doch, wie empfindlich sie in diesem Punkte ist.

Aber Anna Quangel hat sich entschlossen. Wie ihr Otto vorhin alle Bedenken wegen seiner Spargelder hinter sich geworfen hat, so war sie jetzt willens, schamlos vor diesen schamlosen Männern zu sein.

Der Ankläger hatte gefragt: »Also mit wie viel Männern hatten Sie bis zu Ihrer Ehe Beziehungen?«

Und Anna Quangel antwortet: »Mit siebenundachtzig.«

Jemand prustet im Zuhörerraum los.

Der Präsident wacht aus seinem Halbschlaf auf und sieht beinah interessiert auf die kleine Arbeiterfrau mit der gedrungenen Gestalt, den roten Bäckchen, der vollen Brust.

Quangels dunkle Augen haben aufgeleuchtet, nun hat er die Lider wieder tief über sie gesenkt. Er sieht niemanden an.

Der Ankläger aber stottert völlig verwirrt: »Mit siebenundachtzig? Wieso grade mit siebenundachtzig?«

»Das weiß ich nicht«, sagt Anna Quangel ungerührt. »Mehr waren's eben nicht.«

»So?«, sagt der Ankläger missmutig. »So!«

Er ist sehr missmutig, denn er hat die Angeklagte plötzlich zu einer interessanten Figur gemacht, was keineswegs in seiner Absicht lag. Auch ist er, wie die meisten Anwesenden, fest davon überzeugt, dass sie lügt, dass es vielleicht nur zwei oder drei Liebhaber waren, womöglich sogar keiner. Man könnte sie wegen Verhöhnung des Gerichts in Strafe nehmen lassen. Aber wie ihr diese Absicht beweisen?

Endlich entschließt er sich. Er sagt grämlich: »Ich bin fest davon überzeugt, dass Sie maßlos übertreiben, Angeklagte. Eine Frau, die siebenundachtzig Liebhaber gehabt hat, wird sich wohl kaum der Zahl erinnern. Sie wird antworten: viele. Aber Ihre Antwort beweist grade Ihre Verkommenheit. Sie rühmen sich noch Ihrer Schamlosigkeit! Sie sind stolz darauf, eine Hure gewesen zu sein. Und aus der Hure sind Sie dann das geworden, was aus allen Huren gemeiniglich wird, Sie sind eine Kuppelmutter geworden. Den eigenen Sohn haben Sie verkuppelt.«

Jetzt hat er Anna Quangel doch gebissen, der Pinscher.

»Nein!«, schreit Anna Quangel und erhebt bittend die Hände. »Sagen Sie doch das nicht! So etwas habe ich nie getan!«

»Das haben Sie nicht getan?«, kläfft der Pinscher. »Und wie wollen Sie das nennen, dass Sie der sogenannten Braut Ihres Sohnes mehrfach nachts Unterkunft gewährt haben? Da haben Sie wohl Ihren Sohn unterdes ausquartiert? He? Wo hat denn diese Trudel geschlafen? Sie wissen doch, sie ist tot, ja, das wissen Sie doch? Sonst säße dieses Frauenzimmer, diese Mithelferin Ihres Mannes bei seinen Verbrechen, auch hier auf der Anklagebank!«

Aber die Erwähnung der Trudel hat Frau Quangel neuen Mut eingeflößt. Sie sagt, nicht zum Ankläger, sondern zum Gerichtshof hinüber: »Ja, gottlob, dass die Trudel tot ist, dass sie diese letzte Schande nicht miterlebt hat …«

»Mäßigen Sie sich gefälligst! Ich warne Sie, Angeklagte!«

»Sie war ein gutes, anständiges Mädchen …«

»Und trieb ihr fünf Monate altes Kind ab, weil sie keine Soldaten zur Welt bringen wollte!«

»Sie hat das Kind nicht abgetrieben, sie war unglücklich über seinen Tod!«

»Sie hat es selber eingestanden!«

»Das glaube ich nicht.«

Der Ankläger schreit los: »Was Sie hier glauben oder nicht, das ist uns gleich! Aber ich rate Ihnen dringend, Ihren Ton zu ändern, Angeklagte, sonst erleben Sie noch etwas sehr Unangenehmes! Die Aussage der Hergesell ist von dem Kommissar Laub protokolliert. Und ein Kriminalkommissar lügt nicht!«

Drohend sah sich der Pinscher im ganzen Saal um.

»Und nun ersuche ich Sie nochmals, Angeklagte, mir zu sagen: Hat Ihr Sohn in intimen Beziehungen zu diesem Mädchen gestanden oder nicht?«

»Danach sieht eine Mutter nicht hin. *Ich* bin keine Schnüfflerin.«

»Aber Sie hatten eine Aufsichtspflicht! Wenn Sie den unsittlichen Verkehr Ihres Sohnes in der eigenen Wohnung zulassen, haben Sie sich der schweren Kuppelei schuldig gemacht, so bestimmt es das Strafgesetzbuch.«

»Davon weiß ich nichts. Aber ich weiß, dass Krieg war und dass mein Junge vielleicht sterben musste. In unsern Kreisen ist das so, wenn zwei verlobt sind oder so gut wie verlobt, und noch dazu Krieg ist, so sehen wir nicht so genau hin.«

»Aha, jetzt gestehen Sie also, Angeklagte! Sie haben von den unsittlichen Beziehungen gewusst, und Sie haben sie geduldet! Das nennen Sie dann: nicht so genau hinsehen. Aber das Strafgesetzbuch nennt es schwere Kuppelei, und eine Mutter ist schändlich und völlig verworfen, die so etwas duldet!«

»So, ist sie das? Na, dann möchte ich wohl wissen«, sagt Anna Quangel ganz ohne Angst und mit fester Stimme, »dann möchte ich wohl wissen, wie das Strafgesetzbuch das nennt, was der Bubi-drück-mich-Verein tut?«

Lebhaftes Lachen ...

»Und was die SA ausfrisst mit ihren Mädchen ...«

Das Lachen bricht ab.

»Und die SS – sie erzählen ja, die SS schändet die Judenmädchen erst und schießt sie hinterher tot ...«

Einen Augenblick Totenstille ...

Aber dann bricht der Tumult los. Sie schreien. Welche von den Zuhörern klettern über die Schranken und wollen auf die Angeklagte eindringen.

Otto Quangel ist aufgesprungen, bereit, seiner Frau zu Hilfe zu eilen ...

Der Schutzpolizist, die fehlenden Hosenträger behindern ihn.

Der Präsident steht da und gebietet heftig, aber vergeblich Ruhe.

Die Beisitzer reden laut miteinander. Der Blöde mit dem stets offenen Mund schüttelt die Fäuste ...

Der Ankläger Pinscher kläfft und kläfft, und niemand versteht ein Wort ...

Die heiligsten Gefühle der Nation sind verletzt, die SS ist beleidigt, die Lieblingstruppe des Führers, die Elite germanischer Rasse!

Schließlich wird Anna Quangel aus dem Saal geschleppt,

der Lärm beruhigt sich wieder, der Gerichtshof zieht sich zur Beratung zurück ...

In fünf Minuten erscheint er wieder:

»Die Angeklagte Anna Quangel ist von der Teilnahme an der Verhandlung gegen sie ausgeschlossen. Sie bleibt von jetzt an in Fesseln. Dunkelarrest bis auf weiteres. Wasser und Brot nur jeden zweiten Tag.«

Die Verhandlung geht weiter.

64. KAPITEL
Die Hauptverhandlung: Der Zeuge Ulrich Heffke

Der Zeuge Ulrich Heffke, dieser Qualitätsarbeiter, der bucklige Bruder Anna Quangels, hat schwere Monate hinter sich. Der tüchtige Kommissar Laub hatte ihn mit seiner Frau gleich nach der Festnahme der Quangels verhaftet, ohne jeden stichhaltigen Verdacht, einfach nur, weil er ein Verwandter der Quangels war.

Von da an hatte Ulrich Heffke in Angst gelebt. Dieser sanfte Mensch mit einem schlichten, einfachen Geist, der sein Lebtag allem Streit aus dem Wege gegangen war, war von dem Sadisten Laub verhaftet worden, gequält, angeschrien, geschlagen. Man hatte ihn hungern lassen, gedemütigt, kurz, er war mit allen teuflischen Künsten gemartert worden.

Darüber war der Geist des Buckels völlig verwirrt geworden. Er hatte nur ängstlich gelauscht, was seine Quäler hören wollten, und er hatte dann besinnungslos auch die ihn belastendsten Geständnisse abgelegt, deren Widersinn ihm doch sofort bewiesen wurde.

Und von neuem hatte man ihn gemartert, in der Hoffnung, von dem kleinen Buckel doch noch ein neues, bisher ungekannt gebliebenes Verbrechen zu erfahren. Denn Kommissar Laub handelte nach dem Satz dieser Zeiten: Jeder hat was ausgefressen. Man muss nur lange genug suchen, so findet man auch was.

Laub wollte und wollte es nicht glauben, dass er auf einen Deutschen gestoßen war, der kein Parteimitglied war und der trotzdem nie einen ausländischen Sender abgehört, eine defätistische Flüsterpropaganda getrieben hatte, der nie eine Lebensmittelverordnung übertreten hatte. Laub sagte es dem Heffke auf den Kopf zu, dass er die Karten am Nollendorfplatz für seinen Schwager eingesteckt hatte.

Heffke gab es zu – und nach drei Tagen konnte es ihm Laub beweisen, dass er, Ulrich Heffke, die Karten unmöglich eingesteckt haben konnte.

Kommissar Laub beschuldigte den Heffke nun des Verrates von Betriebsgeheimnissen in der optischen Fabrik, in der er arbeitete. Heffke gestand, und nach einer Woche mühsamer Ermittlungen konnte Laub feststellen, dass es in dieser Fabrik gar keine Geheimnisse zu verraten gab; niemand wusste dort, für welche Waffe eigentlich die Einzelteile, die man dort herstellte, bestimmt waren.

Jedes falsche Geständnis musste Heffke teuer bezahlen, aber das machte ihn nur verschreckter, nicht klüger. Er gestand blindlings, nur um Ruhe zu haben, einem weiteren Verhör zu entrinnen, er unterschrieb jedes Protokoll. Er hätte sein eigenes Todesurteil unterschrieben. Er war nichts wie Gallert, ein Häufchen Angst, das schon beim ersten Wort zu zittern anfing.

Kommissar Laub war schamlos genug, diesen Unglücksmenschen zusammen mit den Quangels in die Untersuchungshaft überführen zu lassen, obwohl nicht eines der Protokolle eine Beteiligung Heffkes an den »Verbrechen« der Quangels bewies. Sicher war sicher, mochte der Untersuchungsrichter sehen, ob er nicht doch etwas Belastendes aus dem Heffke herausbekam. Ulrich Heffke benutzte die etwas vielseitigeren Möglichkeiten der Untersuchungshaft dazu, dass er sich erst einmal aufhängte. Man fand ihn im allerletzten Augenblick, schnitt ihn ab und schenkte ihn einem Leben wieder, das ihm völlig unerträglich geworden war.

Von Stunde an musste der kleine Buckel unter noch viel schwereren Bedingungen leben: in seiner Zelle brannte die ganze Nacht Licht, ein Sonderposten sah in Abständen von wenigen Minuten durch die Tür, seine Hände waren gefesselt, und er wurde fast täglich zu einem Verhör geholt. Wenn der Untersuchungsrichter in den Akten auch nichts Belastendes gegen Heffke gefunden hatte, so war er doch fest davon überzeugt, dass der Buckel ein Verbrechen verbarg, denn warum hätte er sonst einen Selbstmordversuch machen sollen? Kein Unschuldiger tat das! Die gradezu blödsinnige Art Heffkes, jeder Beschuldigung erst einmal zuzustimmen, bewirkte es, dass der Untersuchungsrichter erst einmal zu den langwierigsten Vernehmungen und Ermittlungen schreiten musste, die dann ergaben, dass Heffke nichts getan hatte.

So kam es, dass Ulrich Heffke erst eine Woche vor der Hauptverhandlung aus der Untersuchungshaft entlassen wurde. Er kehrte zu seiner langen, dunklen, müden Frau zurück, die schon längst freigekommen war. Sie empfing ihn schweigend. Heffke war zu verstört, um zur Arbeit gehen zu können; er kniete oft stundenlang in einem Zimmerwinkel und sang mit angenehmer, leiser Falsettstimme Kirchenlieder vor sich hin. Er sprach kaum noch, und nachts weinte er viel. Sie hatten Geld gespart, so tat die Frau nichts, den Mann zur Arbeit anzuspornen.

Drei Tage nach seiner Entlassung bekam Ulrich Heffke schon wieder eine Ladung als Zeuge zu der Hauptverhandlung. Sein schwacher Kopf konnte es so recht nicht mehr fassen, dass er nur als Zeuge geladen war. Seine Aufregung steigerte sich von Stunde zu Stunde, er aß fast nichts mehr und sang immer länger. Die Angst, die eben erst überstandenen Quälereien sollten schon wieder losgehen, quälte ihn unendlich.

In der Nacht vor der Hauptverhandlung hängte er sich zum zweiten Male auf, diesmal rettete ihm sein dunkles Weib das Leben. Sobald er wieder atmen konnte, prügelte sie ihn gründlich durch. Sie missbilligte seine Lebensweise. Am nächsten Tage nahm sie ihn fest unter den Arm und lieferte ihn an der Tür des Zeugenzimmers dem Gerichtsdiener mit den Worten ab: »Der hat einen Vogel! Auf den müssen Sie gut aufpassen!«

Da das Zeugenzimmer schon gut besetzt war, als diese Worte fielen – es waren in der Hauptsache Arbeitskameraden von Quangel geladen, die Fabrikleitung, die beiden Frauen und der Postsekretär, die ihn beim Ablegen der Karten beobachtet hatten, die zwei Damen aus dem Vorstand der Frauenschaft und so weiter –, da also schon eine ganze Reihe von Zeugen anwesend war, als Anna Heffke diese Worte sagte, so passte nicht nur der Gerichtsdiener, sondern die ganze Zeugenschaft eifrig auf den kleinen Mann auf. Manche versuchten, sich die langweilige Wartezeit mit Neckereien des Buckels zu verkürzen, aber es wurde nicht viel damit: dem Manne sah zu sehr die Angst aus den Augen. Die Leute waren doch zu gutmütig, ihm viel zuzusetzen.

Die Vernehmung durch den Präsidenten Feisler hatte der Buckel trotz seiner Angst gut überstanden, einfach, weil er so leise sprach und so sehr zitterte, dass es dem höchsten Richter in Bälde langweilig wurde, sich diesen Angsthasen länger vorzunehmen. Dann hatte der Buckel sich unter die andern Zeugen geduckt, in der Hoffnung, alles sei nun für ihn abgetan.

Aber dann hatte er mit ansehen müssen, wie der Ankläger Pinscher sich seine Schwester vornahm, wie er sie quälte, er hörte die schamlosen Fragen, die Anna gestellt wurden. Sein Herz empörte sich, er wollte vortreten, er wollte für die heißgeliebte Schwester reden, er wollte bezeugen, dass sie immer ein anständiges Leben geführt hatte – und seine Furcht ließ ihn wieder sich niederducken, sich verkriechen, feige sein.

So verfolgte er, zwischen Angst und Feigheit und Mutanwandlungen nicht mehr Herr seiner Sinne, den Fortgang der Verhandlung, bis er zu jenem Moment kam, da Anna Quangel den BDM, die SA und die SS beschimpfte. Er erlebte den Tumult, der folgte, er machte selbst für seine eigene kleine, lächerliche Figur ein bisschen Tumult mit, indem er auf die Bank kletterte, um besser sehen zu können. Er sah, wie zwei Schupos Anna aus dem Saal schleppten.

Er stand noch immer auf der Bank, als der Präsident endlich Ruhe zu schaffen begann im Saal. Seine Nachbarn hatten ihn vergessen, sie steckten noch die Köpfe zusammen.

Da fiel der Blick des Anklägers Pinscher auf Ulrich Heffke, er betrachtete verwundert die erbarmungswürdige Gestalt und rief: »He, Sie da …! Sie sind doch der Bruder der Angeklagten! Wie heißen Sie doch?«

»Heffke, Ulrich Heffke«, half dem Ankläger sein Assessor aus.

»Zeuge Ulrich Heffke, das war Ihre Schwester! Ich fordere Sie auf, sich zu dem Vorleben der Anna Quangel zu äußern! Was wissen Sie von diesem Vorleben?«

Und Ulrich Heffke tat den Mund auf – er stand noch immer auf seiner Bank, und seine Augen blickten zum ersten Male ohne Scheu. Er tat den Mund auf, und mit einer angenehmen Falsettstimme sang er:

»Valet will ich dir geben, du arge, falsche Welt!
Dein sündlich böses Streben durchaus mir nicht gefällt.
Im Himmel ist gut wohnen: hinauf steht mein Begier.
Da wird Gott herrlich lohnen dem, der ihm dient allhier!«

Alle waren derart verblüfft, dass sie ihn ruhig singen ließen. Einige empfanden sogar diesen schlichten Gesang angenehm und wiegten, der Melodie folgend, dumm die Köpfe hin und her. Der eine Beisitzer hatte schon wieder den Mund weit offen. Die Studenten hielten mit den Händen die Schranke fest umklammert, mit einem gespannten Zug im Gesicht. Der versorgte graue Anwalt pulte sich bei schiefgelegtem Kopf gedankenvoll in der Nase. Otto Quangel hatte sein scharfes Gesicht auf den Schwager gerichtet und fühlte zum ersten Male sein kaltes Herz für den armen kleinen Kerl klopfen. Was würden sie mit ihm tun?

>»Verbirg mein Seel aus Gnaden in deiner offnen Seit,
Rück sie aus allem Schaden in deine Herrlichkeit.
Der ist wohl hin gewesen, der kommt ins Himmelsschloss;
Der ist ewig genesen, der bleibt in deinem Schoß.«

Während des Absingens der zweiten Strophe war es im Saale schon wieder unruhig geworden. Der Präsident hatte geflüstert, der Ankläger hatte einen Zettel zu dem wachhabenden Polizeioffizier geschickt.

Aber der kleine Buckel hatte auf nichts von alledem geachtet. Sein Blick war zur Decke des Saales gerichtet. Nun rief er laut, mit einer ekstatisch verzückten Stimme: »Ich komme!«

Er hob die Arme, er stieß sich mit den Füßen von der Bank ab, er wollte fliegen …

Dann fiel er unbeholfen zwischen die vor ihm sitzenden Zeugen, die erschrocken zur Seite sprangen, rollte zwischen die Bänke …

»Schaffen Sie den Mann raus!«, rief der Präsident gebieterisch in den schon wieder tumultuarisch erregten Saal. »Er soll ärztlich untersucht werden!«

Ulrich Heffke wurde aus dem Saal gebracht.

»Wie man sieht: eine Familie von Verbrechern und Wahnsinnigen«, stellte der Präsident fest. »Nun, es wird für die Ausmerzung gesorgt werden.«

Und er warf einen drohenden Blick auf Otto Quangel, der, seine Hosen mit den Händen haltend, noch immer auf die Tür sah, durch die der kleine Schwager verschwunden war.

Freilich wurde für die Ausmerzung des kleinen Buckels Ulrich Heffke gesorgt. Körperlich wie geistig war er nicht lebenswert, und nach einem kurzen Anstaltsaufenthalt sorgte eine Spritze dafür, dass er dieser bösen Welt wirklich Valet sagen konnte.

65. Kapitel

Die Hauptverhandlung: Die Verteidiger

Der Verteidiger Anna Quangels, der versorgte, graue ältliche Mann, der so gerne in selbstvergessenen Augenblicken in der Nase bohrte und der unverkennbar jüdisch aussah (dem aber nichts »bewiesen« werden konnte, denn seine Papiere waren »rein arisch«), dieser Mann, der ex officio zum Rechtsbeistand der Frau gemacht worden war, erhob sich zu seinem Plädoyer.

Er führte aus, dass er es sehr bedauern müsse, gezwungen zu sein, in Abwesenheit seiner Mandantin sprechen zu müssen. Gewiss seien ihre Ausfälle gegen so bewährte Einrichtungen der Partei wie die SA und die SS beklagenswert ...

Zwischenruf des Anklägers: »Verbrecherisch!«

Jawohl, selbstverständlich stimme er der Anklagebehörde zu, solche Ausfälle seien höchst verbrecherisch. Immerhin sehe man an dem Fall des Bruders seiner Mandantin, dass sie kaum für voll zurechnungsfähig angesehen werden könne. Der Fall Ulrich Heffke, der sicher dem hohen Gerichtshof noch lebhaft in der Erinnerung sei, habe bewiesen, dass in der Familie Heffke der Geist religiösen Wahns umgehe. Er nehme wohl, ohne dem Urteil des ärztlichen Sachverständigen vorgreifen zu wollen, mit Recht an, dass es sich um Schizophrenie handele, und da die Schizophrenie zu den Erbkrankheiten gehöre ...

Hier wurde der graue Verteidiger zum zweiten Male von dem Ankläger unterbrochen, der den Gerichtshof bat, den Rechtsanwalt zu ermahnen, zur Sache zu sprechen.

Präsident Feisler mahnte den Anwalt, zur Sache zu sprechen.

Der Anwalt wandte ein, er spreche zur Sache.

Nein, er spreche nicht zur Sache. Es handle sich um Hoch- und Landesverrat, nicht um Schizophrenie und Irresein.

Wieder wandte der Anwalt ein: Wenn der Herr Ankläger berechtigt sei, die moralische Minderwertigkeit seiner Mandantin zu beweisen, so sei er berechtigt, über Schizophrenie zu sprechen. Er bitte um Gerichtsbeschluss.

Der Gerichtshof zog sich zur Beschlussfassung über den Antrag des Verteidigers zurück. Dann verkündete Präsident Feisler: »Weder in der Voruntersuchung noch in der heutigen Verhandlung haben sich irgendwelche Anzeichen für eine geistige Störung der Anna Quangel ergeben. Der Fall ihres Bruders Ulrich Heffke kann nicht als beweiskräftig herangezogen werden, da über den Zeugen Heffke noch kein gerichtsärztliches Gutachten vorliegt. Es ist sehr wohl möglich, dass es sich bei dem Ulrich Heffke um einen gefährlichen Simulanten handelt, der seiner Schwester nur Hilfestellung leisten wolle. Es wird der Verteidigung aufgegeben, sich an die Tatsachen des Hoch- und Landesverrates zu halten, wie sie in der heutigen Verhandlung zutage getreten sind ...«

Triumphierender Blick des Anklägers Pinscher zu dem versorgten Anwalt.

Und trüber Gegenblick des Anwalts.

»Da es mir vom Hohen Gerichtshof untersagt ist«, begann der Anwalt Anna Quangels von neuem, »auf den Geisteszustand meiner Mandantin einzugehen, so überspringe ich alle die Punkte, die für eine verminderte Zurechnungsfähigkeit sprechen: ihre Beschimpfung des eigenen Gatten nach dem Tode des Sohnes, ihr seltsames, fast geistesgestört anmutendes Verhalten bei der Frau des Obersturmbannführers ...«

Der Pinscher kläfft los: »Ich erhebe schreienden Protest dagegen, wie der Verteidiger der Angeklagten das Verbot des Gerichtes umgeht. Er überspringt die Punkte und hebt sie umso nachdrücklicher hervor. Ich beantrage Gerichtsbeschluss!«

Wiederum zieht sich der Gerichtshof zurück, und bei seinem Wiedererscheinen verkündet der Präsident Feisler bitterböse, dass der Anwalt wegen Übertretung eines Gerichtsbeschlusses zu einer Geldstrafe von fünfhundert Mark verurteilt sei. Für den Fall einer Wiederholung wird der Wortentzug angedroht.

Der graue Anwalt verbeugt sich. Er sieht sorgenvoll aus, als plage ihn der Gedanke, wie er diese fünfhundert Mark zusammenbringen solle. Er beginnt zum dritten Mal seine Rede. Er bemüht sich, die Jugend Anna Quangels zu schildern, die Dienstmädchenjahre, dann die Ehe an der Seite eines Mannes, der ein kalter Fanatiker sei, ein ganzes Frauenleben: »Nur Arbeit, Sorge, Verzicht, Sichfügen in einen harten Mann. Und dieser Mann beginnt plötzlich, Karten hochverräterischen Inhalts zu schreiben. Es ist aus der Verhandlung klar erwiesen, dass es der Mann war, der auf diesen Gedanken kam, nicht die Frau. Alle gegenteiligen Behauptungen meiner Mandantin in der Voruntersuchung sind als fehlgeleiteter Opferwille aufzufassen …«

Der Anwalt ruft: »Was sollte Frau Anna Quangel gegen den verbrecherischen Willen ihres Gatten tun? Was konnte sie tun? Ein Leben voller Dienstbarkeit lag hinter ihr, sie hatte nur Gehorchen gelernt, nie Widerstand geleistet. Sie war ein Geschöpf ihres Mannes, sie war ihm hörig …«

Der Ankläger sitzt mit gespitzten Ohren da.

»Hoher Gerichtshof! Die Tat, nein, die Beihilfe zur Tat durch eine solche Frau kann nicht voll bewertet werden. Wie man einen Hund nicht bestrafen kann, der auf Befehl seines Herrn in einem fremden Revier Hasen fängt, so ist diese Frau nicht voll für ihre Beihilfe verantwortlich zu machen. Sie hat – auch aus diesem Grunde – den Schutz des Paragraphen 51 Absatz 2 hinter sich …«

Der Ankläger unterbricht wieder. Er kläfft los, der Anwalt habe wiederum das Verbot des Gerichtshofes übertreten.

Der Verteidiger widerspricht.

Der Ankläger liest ab, von einem Block: »Nach dem Stenogramm hat die Verteidigung Folgendes gesagt: Sie hat – auch aus diesem Grunde – den Schutz des Paragraphen 51 Absatz 2. Die Worte ›Auch aus diesem Grunde‹ beziehen sich ganz klar auf die von der Verteidigung behauptete Geisteskrankheit der Familie Heffke. Ich beantrage Gerichtsbeschluss!«

Präsident Feisler befragt den Verteidiger, worauf er die Worte »Auch aus diesem Grunde« bezogen habe?

Der Anwalt erklärt, diese Worte hätten sich auf im weiteren Verlauf seiner Verteidigung zu entwickelnde Gründe bezogen.

Der Ankläger schreit, niemand beziehe sich in seiner Rede auf etwas, das noch nicht gesagt worden sei. Eine Bezugnahme könne nur auf Bekanntes, nie auf Unbekanntes erfolgen. Die Worte des Herrn Verteidigers stellten nichts als eine faule Ausrede dar.

Der Verteidiger protestierte gegen den Anwurf, eine faule Ausrede gebraucht zu haben. Im Übrigen könne man sich in einer Rede sehr wohl auf etwas noch Vorzutragendes beziehen, dies sei eine bekannte Redekunst, Spannung auf etwas noch Vorzutragendes zu erzeugen. So habe zum Beispiel Marcus Tullius Cicero in seiner berühmten dritten Philippika gesagt ...

Anna Quangel war vergessen; jetzt sah Otto Quangel mit vor Staunen geöffnetem Munde von einem zum andern.

Ein hitziger Disput war im Gange. Es regnete Zitate in Latein und Altgriechisch.

Schließlich zog sich der Gerichtshof wiederum zurück, und Präsident Feisler verkündete bei seinem Wiedererscheinen zur allgemeinen Überraschung (denn die meisten hatten über dem gelehrten Disput den Anlass dazu völlig vergessen), dass dem Anwalt der Angeklagten wegen nochmaliger Übertretung eines Gerichtsbeschlusses das Wort entzogen sei. Die Offizialverteidigung der Anna Quangel sei dem zufällig anwesenden Assessor Lüdecke übertragen.

Der graue Verteidiger verbeugte sich und verließ den Sitzungssaal, versorgter denn je aussehend.

Der »zufällig anwesende« Assessor Lüdecke erhob sich und sprach. Er hatte noch nicht viel Erfahrung, er hatte auch nicht recht zugehört, er war vom Gerichtshof eingeschüchtert, außerdem war er zurzeit stark verliebt und keines vernünftigen Gedankens fähig. Er sprach drei Minuten, bat um mildernde Umstände (falls der Hohe Gerichtshof nicht anderer Meinung sein sollte, in welchem Falle er bat, seine Bitte als ungesprochen anzusehen) und setzte sich wieder, sehr rot und verlegen aussehend.

Dem Verteidiger Otto Quangels wurde das Wort erteilt.

Er erhob sich, sehr blond und sehr hochmütig. In die Verhandlung hatte er bisher in keinem Fall eingegriffen, er hatte sich nicht eine Notiz gemacht, der Tisch vor ihm war leer. Während der stundenlangen Verhandlung hatte er sich eigentlich nur damit beschäftigt, seine rosigen, sehr gepflegten Fingernägel sanft gegeneinander zu reiben und immer wieder genau zu betrachten.

Jetzt aber sprach er, der Talar war halb geöffnet, eine Hand hatte er in der Hosentasche, die andere machte sparsame Gesten. Dieser Verteidiger konnte seinen Mandanten nicht ausstehen, er fand ihn widerlich, beschränkt, unglaubhaft hässlich und gradezu abstoßend. Und Quangel hatte leider alles getan, diese Abneigung seines Verteidigers noch zu verstärken, indem er trotz des dringenden Abratens Dr. Reichhardts dem Anwalt jede Auskunft verweigert hatte: er brauchte keinen Anwalt.

Jetzt also sprach Rechtsanwalt Dr. Stark. Seine nasale, schleppende Redeweise stand in starkem Gegensatz zu den krassen Worten, die er gebrauchte.

Er sagte: »Selten haben wohl wir alle, die wir hier zur Stunde in diesem Saale versammelt sind, ein solches Bild abgrundtiefer menschlicher Verworfenheit vorgeführt bekommen, wie es hier heute geschehen ist. Landesverrat, Hochverrat, Hurerei, Kuppelei, Abtreibung, Geiz – ja, gibt es denn ein menschliches Verbrechen, das mein Mandant nicht auf sich geladen, an dem er nicht teilgenommen hat? Hoher Gerichtshof, meine Herren, Sie sehen mich außerstande, einen solchen Verbrecher zu verteidigen. In einem solchen Falle lege ich die Robe des Verteidigers ab, ich selbst, der Verteidiger, muss zum Ankläger werden, und mahnend erhebe ich meine Stimme: die Gerechtigkeit nehme in ihrer äußersten Strenge den Lauf. In Abänderung eines bekannten Satzes kann ich nur sagen: Fiat justitia, pereat mundus! Keine Milderungsgründe für diesen Verbrecher, der den Namen Mensch nicht verdient!«

Damit verbeugte sich der Verteidiger zur allgemeinen Überraschung und setzte sich wieder, sorgfältig die Hosen über den Knien hochziehend. Er warf einen prüfenden Blick auf seine Nägel und begann, sie sachte gegeneinander zu reiben.

Nach einem kurzen Stutzen fragte der Präsident den Angeklagten, ob er noch etwas zu seinen Gunsten vorzutragen habe. Er möge sich aber gefälligst kurz fassen.

Otto Quangel sagte, seine Hosen festhaltend: »Ich habe nichts zu meinen Gunsten zu sagen: Aber ich möchte meinem Anwalt aufrichtig für seine Verteidigung danken. Endlich habe ich erfasst, was ein Linksanwalt ist.«

Und Quangel setzte sich unter stürmischer Bewegung der andern. Der Anwalt unterbrach sein Nagelpolieren, erhob sich und verkündete nachlässig, dass er auf einen Antrag gegen seinen Mandanten verzichte, dieser habe nur wieder bewiesen, dass er ein unverbesserlicher Verbrecher sei.

Dies war der Augenblick, da Quangel lachte, zum ersten Mal seit seiner Verhaftung, nein, seit undenklichen Zeiten, heiter und unbekümmert lachte. Die Komik, dass dieses Verbrechergesindel ihn ernsthaft zum Verbrecher stempeln wollte, überwältigte ihn plötzlich.

Der Präsident ließ den Angeklagten wegen seiner unziemlichen Heiterkeit scharf an. Er erwog, mit noch schärferen Strafen gegen Quangel vorzugehen, aber dann fiel ihm ein, dass er eigentlich alle nur möglichen Strafen bereits über den Angeklagten verhängt hatte, dass ihm nur noch die Ausschließung aus dem Verhandlungszimmer blieb, und er bedachte, wie wenig es wirken würde, wenn er das Urteil in Abwesenheit beider Angeklagten verkünden würde. So beschied er sich zur Milde.

Der Gerichtshof zog sich zur Urteilsfällung zurück.

Große Pause.

Die meisten gingen, wie im Theater, um eine Zigarette zu rauchen.

66. Kapitel

Die Hauptverhandlung: Das Urteil

Bestimmungsgemäß hätten die beiden Schutzpolizisten, die jetzt Otto Quangel bewachten, während der Verhandlungspause ihren Gefangenen in die kleine Wartezelle abführen müssen, die für solche Pausen vorgesehen war. Da aber der Saal sich fast völlig geleert hatte und der Transport des Gefangenen mit den ewig rutschenden Hosen über die vielen Gänge und Treppen ziemlich umständlich war, so glaubten sie sich über diese Vorschrift hinwegsetzen zu können und blieben plaudernd in einiger Entfernung von Quangel stehen.

Der alte Werkmeister stützte den Kopf in die Hände und versank für wenige Minuten in eine Art Halbschlaf. Die siebenstündige Verhandlung, während der er seiner Aufmerksamkeit nicht einmal erlaubt hatte abzuirren, hatte ihn erschöpft. Bilder zogen schattenhaft an ihm vorüber: die krallenfingrige Hand des Präsidenten Feisler, die sich öffnete und schloss, der Verteidiger von Anna mit dem Finger in der Nase, der kleine Buckel Heffke, wie er fliegen lernen wollte, Anna, die mit roten Backen »Siebenundachtzig« sagte und deren Augen dabei eine so heitere Überlegenheit bezeigt hatten, wie er sie nie an ihr gesehen, und viele andere Bilder noch, viele – andere – Bilder – noch –

Sein Kopf presste sich fester gegen seine Hände, er war so müde, er musste schlafen, nur fünf Minuten …

So legte er einen Arm auf den Tisch und den Kopf darauf. Er atmete behaglich. Nur fünf Minuten fester Schlaf, eine kleine Spanne Vergessen.

Aber er schreckte wieder hoch. Es war da etwas in diesem

Saale, das ihm die ersehnte Ruhe zerstörte. Er sah mit weit aufgerissenen Augen umher, und sein Blick fiel auf den Kammergerichtsrat a. D. Fromm, der am Geländer des Zuhörerraums stand und ihm Zeichen zu machen schien. Quangel hatte den alten Herrn schon vorher gesehen, wie überhaupt nichts seiner regen Aufmerksamkeit entgangen zu sein schien, aber bei den vielen erregenden Eindrücken dieses Tages hatte er nicht viel Notiz von dem früheren Hausgenossen aus der Jablonskistraße genommen.

Jetzt also stand der Rat an der Barriere und machte ihm Zeichen.

Quangel warf einen Blick auf die beiden Schupos. Sie standen etwa drei Schritte von ihm entfernt, keiner sah ihn direkt an, und sie waren in ein sehr lebhaftes Gespräch vertieft. Quangel hörte gerade die Worte: »Und da fass ick den Bruder ins Jenick …«

Der Werkmeister war aufgestanden, hatte die Hosen fest mit beiden Händen gepackt und ging nun Schritt um Schritt durch die ganze Länge des Saales auf den Kammergerichtsrat zu.

Der stand an der Barre, den Blick hielt er jetzt gesenkt, als wolle er den herannahenden Gefangenen nicht sehen. Dann – Quangel war nur noch ein paar Schritte von ihm entfernt – drehte sich der Kammergerichtsrat rasch um, ging zwischen den Stuhlreihen hindurch und auf die Ausgangstür zu. Aber von ihm zurückgelassen, lag ein kleines weißes Päckchen, nicht einmal so groß wie ein Garnröllchen, auf dem Geländer.

Quangel machte die letzten Schritte, fasste zu und barg das Röllchen zuerst in der hohlen Hand, dann in der Hosentasche. Es hatte sich fest angefühlt. Er drehte sich um und sah, dass seine beiden Bewacher noch immer nicht seine Abwesenheit bemerkt hatten. Dann klappte eine Tür im Zuschauerraum, und der Kammergerichtsrat war fort.

Quangel begann wieder seine Wanderung zurück zu seinem Platz. Er war ziemlich erregt, sein Herz klopfte, es schien so unwahrscheinlich, dass dieses Abenteuer gut ausgehen sollte. Und was war dem alten Rat so wichtig erschienen, es ihm zuzustecken, dass er darum so viel gewagt hatte?

Quangel war nur noch einige Schritte vom Platz entfernt, als der eine Wachtmeister ihn plötzlich sah. Er fuhr erschrocken zusammen, warf einen verwirrten Blick auf den leeren Sitz Quangels, als wolle er sich überzeugen, dass der Angeklagte wirklich nicht mehr dort saß, und schrie dann fast in seinem Schreck: »Wat machen Sie denn da?«

Auch der andere Schupo fuhr herum und starrte Quangel an. In ihrer ersten Verwirrung standen beide wie angewurzelt, dachten gar nicht daran, den Gefangenen zurückzuführen.

»Ich möchte mal austreten, Herr Wachtmeister!«, sagte Quangel.

Aber während der rasch beruhigte Polizist noch knurrte: »Da latschen Se jefällichst nich alleene los! Da melden Se sich jefällichst, Sie!« – während der Polizist noch so sprach, dachte Quangel plötzlich, dass er es nicht anders haben wollte als Anna. Sollten die ruhig ihr Urteil ohne die beiden Angeklagten verkünden, es würde ihnen viel von ihrem Spaß nehmen. Er, Quangel, war nicht neugierig darauf, weil er es nämlich schon kannte. Außerdem sehnte er sich danach, zu erfahren, was für eine Wichtigkeit ihm der alte Rat da zugesteckt hatte.

Die beiden Polizisten waren bei Quangel angelangt und fassten ihn bei den Armen, die doch die Hosen hielten.

Quangel sah sie kalt an und sagte: »Hitler, verrecke!«

»Was?« Sie waren verblüfft, trauten ihren Ohren nicht.

Und Quangel sehr schnell und sehr laut: »Hitler, verrecke! Göring, verrecke! Goebbels, du Aas, verrecke! Streicher, verrecke!«

Eine ihn unter dem Kinn treffende Faust machte das weitere Ableiern dieses Rosenkranzes unmöglich. Die beiden Schupos schleppten den bewusstlosen Quangel aus dem Saal.

So kam es, dass Präsident Feisler das Urteil doch ohne die beiden Angeklagten verkünden musste. Umsonst hatte der höchste Richter über die Beleidigung des Anwalts gnädig hinweggesehen. Und Quangel behielt recht: die Urteilsverkündung machte dem Präsidenten ohne die Gesichter der beiden Angeklagten keinen Spaß mehr, nicht mehr den allergeringsten. Er hatte sich so schöne beschimpfende Formulierungen ausgedacht.

Während Feisler noch sprach, öffnete Quangel in seiner Wartezelle die Augen. Sein Kinn schmerzte, der ganze Kopf schmerzte, mühsam nur konnte er sich an das Geschehene erinnern. Seine Hand tastete sich vorsichtig in die Tasche: Gottlob, das Päckchen war noch da.

Er hörte den Schritt der Wache auf dem Gang, nun hörte das Geräusch auf, und stattdessen wurde ein leiser, schürfender Laut von der Tür her vernehmlich: das Schutzschild wurde vom Spion zurückgeschoben. Quangel hatte die Augen geschlossen, er lag, als sei er noch immer bewusstlos. Nach einer endlos erscheinenden Frist kam wiederum das leise, schürfende Geräusch von der Tür her und dann endlich von neuem der Schritt der Wache …

Der Spion war wieder geschlossen, die nächsten zwei, drei Minuten würde der Posten bestimmt nicht hereinsehen.

Quangel fasste schnell in die Tasche und brachte das Röllchen zum Vorschein. Er streifte den Faden ab, der es umspannte, entfaltete den Zettel, der um ein Glasröhrchen lag, und las die Maschinenschrift: »Blausäure, tötet schmerzlos in wenigen Sekunden. Im Mund verstecken. Für die Frau wird auch gesorgt. Zettel vernichten!«

Quangel lächelte. Der gute alte Mann! Der herrliche alte Mann! Er kaute das Zettelchen, bis es ganz nass war, und schluckte es dann herunter.

Neugierig betrachtete er die Ampulle, sah die wasserklare Flüssigkeit an. Rascher, schmerzloser Tod, sagte er sich. Oh, wenn ihr das wüsstet! Und für Anna wird auch gesorgt werden. Er denkt an alles. Guter alter Mann!

Er schob das Glasröhrchen in den Mund. Er probierte. Er fand, dass er es am besten zwischen Zahnfleisch und Backzähnen verbergen konnte, wie einen Stift, einen Priem, den viele Arbeiter in der Tischlerwerkstatt gebraucht hatten. Er tastete die Backe ab. Nein, er konnte von einer Erhöhung nichts spüren. Und wenn sie wirklich etwas merkten, ehe sie ihm das Ding fortnehmen konnten, hatte er zugebissen und es im Munde zermalmt.

Wieder lächelte Quangel. Jetzt war er wirklich frei, jetzt hatten sie keinerlei Gewalt mehr über ihn!

67. Kapitel
Das Totenhaus

Das Totenhaus in Plötzensee beherbergt jetzt Otto Quangel. Die Einzelzelle des Totenhauses ist nun seine letzte Heimat auf dieser Erde.

Ja, jetzt liegt er auf einer Einzelzelle: Für die zum Tode Verurteilten gibt es keine Gefährten mehr, keinen Dr. Reichhardt, nicht einmal einen »Hund«. Die zum Tode Verurteilten haben nur noch den Tod zum Gefährten, so will es das Gesetz.

Es ist ein ganzes Haus, in dem sie leben, diese zum Tode Verurteilten, Dutzende, vielleicht Hunderte, Zelle an Zelle. Immer geht der Schritt der Wachen über den Gang, immer hört man Klirren, und die ganze Nacht bellen die Hunde auf den Höfen.

Aber in den Zellen die Gespenster sind still, in den Zellen ist Ruhe, man hört keinen Laut. Sie sind so still, diese Todeskandidaten! Aus allen Teilen Europas zusammengeholt, Männer, Jünglinge, fast noch Knaben, Deutsche, Franzosen, Holländer, Belgier, Norweger, gute Menschen, schwache Menschen, böse Menschen, alle Temperamente vom Sanguiniker bis zum Choleriker, bis zum Melancholiker. Aber in diesem Hause verwischen sich die Unterschiede, sie sind alle still geworden, nur noch Gespenster ihrer selbst. Kaum je hört Quangel nachts ein Weinen, und wieder Stille, Stille … Stille …

Er hat die Stille immer geliebt. Diese letzten Monate hatte er ein Leben führen müssen, das seiner ganzen Wesensart entgegengesetzt war: nie mit sich allein, so oft zum Sprechen gezwungen, er, der doch alles Sprechen hasste. Nun ist er noch ein Mal, ein letztes Mal, zu seiner Art des Lebens zurückgekehrt, in die Stille, in die Geduld. Der Dr. Reichhardt war gut, er hat ihn vieles gelehrt, aber nun, dem Tode so nahe, ist es noch besser, ohne den Dr. Reichhardt zu leben.

Von Dr. Reichhardt hat er es übernommen, sich ein regelmäßiges Leben hier in der Zelle einzurichten. Alles hat seine Zeit: das sehr sorgfältige Waschen, einige Freiübungen, die er dem Zellengefährten abgelauscht hat, je eine Stunde Spaziergang am Vor- wie am Nachmittag, das gründliche Reinigen der Zelle, das Essen, der Schlaf. Es gibt hier auch Bücher zum Lesen, jede Woche werden ihm sechs Bücher auf die Zelle gebracht; aber darin hat er sich nicht geändert, er sieht sie nicht an. Er wird doch auf seine alten Tage nicht noch mit Lesen anfangen.

Aber noch ein anderes hat er von dem Dr. Reichhardt übernommen. Während seiner Spaziergänge summt er vor sich hin. Er erinnert sich an alte Kinder- und Volkslieder, von der Schule her. Aus seiner frühesten Jugend tauchen sie in ihm auf, Vers reiht sich an Vers – was für einen Kopf er doch hat, der dies alles über vierzig Jahre hin noch weiß! Und dann die Gedichte: Der Ring des Polykrates, Die Bürgschaft, Freude, schöner Götterfunken, Der Erlkönig. Aber das Lied von der Glocke bekommt er nicht mehr zusammen. Vielleicht hat er nie alle Verse gekonnt, das weiß er nun nicht mehr …

Ein stilles Leben, aber den Hauptinhalt des Tages bietet doch die Arbeit. Ja, hier muss er arbeiten, ein bestimmtes Quantum Erbsen muss er sortieren, wurmstichige Erbsen auslesen, halbe, zerbrochene entfernen wie die Unkrautsamen und die schwarzgrauen Kugeln der Wicken. Er tut diese Arbeit gerne, seine Finger sortieren fleißig Stunde um Stunde.

Und es ist gut, dass er gerade diese Arbeit bekommen hat, sie sättigt ihn. Denn nun sind die guten Zeiten, da er von den Speisen Dr. Reichhardts mitessen durfte, endgültig vorbei. Was sie ihm in seine Zelle reichen, ist schlecht gekocht, Wassergeplemper, nasses, klebriges Brot mit Kartoffelbeimischung, das unverdaulich schwer in seinem Magen liegt.

Aber da helfen die Erbsen. Er kann nicht viel abnehmen, denn sein Quantum wird ihm zugewogen, aber er kann so viel abnehmen, dass er einigermaßen satt wird. Er weicht sich diese Erbsen in Wasser ein, und wenn sie gequollen sind, tut er sie in seine Suppe, damit sie ein bisschen warm werden, und dann kaut er sie. So verbessert er sein Essen, von dem das Wort gilt: Zum Leben zu wenig, zum Sterben zu viel.

Er vermutet es beinahe, dass die Aufseher, die Arbeitsinspektoren wissen, was er tut, dass er Erbsen stiehlt, aber sie sagen nichts. Und sie sagen nichts, nicht weil sie den zum Tode Verurteilten schonen wollen, sondern weil sie gleichgültig sind, stumpf geworden in diesem Hause, in dem sie alle Tage so viel Elend erleben.

Sie reden nicht, schon damit der andere nicht spricht. Sie wollen keine Klagen hören, sie können ja doch nichts ändern, bessern, hier geht alles seinen starren Weg. Sie sind nur Räderchen einer Maschine, Räderchen aus Eisen, aus Stahl. Wenn das Eisen weich würde, müsste das Rädchen ersetzt werden, sie wollen nicht ersetzt werden, sie wollen weiter Rädchen sein.

Darum können sie auch nicht trösten, sie wollen es nicht, sie sind, wie sie sind: gleichgültig, kalt, ohne alle Teilnahme.

Zuerst, als Otto Quangel aus dem ihm vom Präsidenten Feisler verordneten Dunkelarrest in diese Zelle hinaufkam, hatte er gemeint, es sei für ein, zwei Tage, er hatte gemeint, sie seien begierig darauf, das Todesurteil rasch an ihm zu vollstrecken, es wäre ihm recht gewesen.

Aber dann erfährt er allmählich, dass es Wochen und Wochen mit der Vollstreckung des Urteils dauern kann, Monate, ja, womöglich ein Jahr. Doch, es gibt zum Tode Verurteilte, die schon ein Jahr auf ihren Tod warten, die sich jeden Abend zum Schlafen hinlegen und die nicht wissen, ob sie in der Nacht aus diesem Schlaf von den Henkersgehilfen geweckt werden; jede Nacht, jede Stunde, den Bissen im Munde, beim Erbsenpalen, auf dem Notdurftkübel, stets kann die Tür sich auftun, eine Hand winkt, eine Stimme spricht: »Komm! Jetzt ist es so weit!«

Es ist eine unermessliche Grausamkeit, die in dieser über Tage, Wochen, Monate verlängerten Todesangst liegt, und es sind nicht nur juristische Formalien, es machen nicht nur die eingereichten Gnadengesuche, auf die der Entscheid erst abgewartet werden muss, die diese Verzögerung bedingen. Manche sagen auch, der Henker ist überbeschäftigt, er kann es nicht mehr schaffen. Aber der Henker arbeitet nur an den Montagen und an den Donnerstagen, an den andern Tagen nicht. Er ist über Land, überall in Deutschland wird hingerichtet, der Henker arbeitet auch auswärts. Aber wie kommt es dann, dass von Verurteilten der eine sieben Monate früher als sein in gleicher Sache Mitverurteilter hingerichtet wird? Nein, hier ist wieder die Grausamkeit am Werk, der Sadismus; in diesem Hause wird nicht roh geschlagen und nicht körperlich gefoltert, hier sickert das Gift unmerklich in die Zellen, sie wollen die Seelen hier nicht eine Minute aus dem Todesgriff der Angst entlassen.

Jeden Montag und Donnerstag wird das Totenhaus unruhig. Schon in der Nacht rühren sich die Gespenster, sie hocken an den Türen, ihre Glieder zittern, sie lauschen auf die Gänge hinaus. Noch gehen die Schritte der Wachen, es ist erst zwei Uhr morgens. Aber bald ... Vielleicht heute noch. Und sie bitten, beten: Nur noch diese drei Tage, nur noch diese vier Tage bis zum nächsten Hinrichtungstag, dann werde ich mich willig fügen, nur heute noch nicht! Und sie bitten, sie beten, sie betteln.

Eine Uhr schlägt vier. Schritte, Schlüsselgeklapper, Murmeln.

Die Schritte nähern sich. Das Herz fängt an zu pochen, Schweiß bricht aus über den ganzen Körper. Plötzlich klirrt ein Schlüssel im Schloss. Still doch, still doch, es ist ja die Zelle nebenan, die aufgeschlossen wurde, nein, noch eine weiter! Du bist noch nicht dran. Ein rasch ersticktes: Nein! Nein! Hilfe! Scharren von Füßen. Stille. Der regelmäßige Schritt des Postens. Stille. Warten. Angstvolles Warten. Ich ertrage das nicht …

Und nach einer endlosen Frist, nach einem Abgrund voller Angst, nach einer unerträglichen Wartezeit, die doch ertragen werden muss, nähert sich wieder das Murmeln, das Geräusch vieler Füße, das Schlüsselgeklapper … Es kommt näher, nahe, nahe. O Gott, heute noch nicht, nur noch die drei Tage! Ruck-zuck! Schlüssel im Schloss – bei mir? Oh, bei dir! Nein, es ist die Nachbarzelle, ein paar gemurmelte Worte, sie holen also den Nachbarn. Sie holen ihn, die Schritte entfernen sich …

Zeit zerbricht langsam, wenig Zeit zerbröckelt langsam in un-endlich viele kleine Stücke. Warten. Nichts wie Warten. Und der Schritt der Wachen auf dem Gang. O Gott, heute nehmen sie einfach Zelle neben Zelle, als Nächster kommst du dran. Als – Nächster – kommst – du – dran! In drei Stunden wirst du eine Leiche sein, dieser Körper ist tot, diese Beine, die dich jetzt noch tragen, tote Stecken, diese Hand, die gearbeitet, gestreichelt, ge-kost und gesündigt hat, wird nichts mehr sein wie ein verdorbe-nes Stück Fleisch! Es ist unmöglich, und doch ist es wahr!

Warten – warten – warten! Und plötzlich sieht der Wartende, dass durch sein Fenster der Tag dämmert, er hört eine Glocke zum Aufstehen rufen. Der Tag ist gekommen, ein neuer Ar-beitstag – und er ist noch einmal verschont geblieben. Er hat noch drei Tage Frist, vier Tage Frist, wenn es ein Donnerstag ist. Das Glück hat ihm gelächelt! Er atmet leichter, endlich kann er leichter atmen, vielleicht verschonen sie ihn ganz. Vielleicht kommt ein großer Sieg und damit eine Amnestie, vielleicht wird er zu lebenslänglichem Zuchthaus begnadigt werden!

Eine Stunde leichteres Atmen!

Und schon setzt die Angst neu ein, vergiftet diese drei, vier Tage: Sie haben diesmal grade bei deiner Zelle Schluss gemacht, am Montag werden sie mit mir beginnen. Oh, was tu ich nur? Ich kann doch noch nicht …

Und immer von neuem, immer von neuem, zweimal die Woche, alle Tage die Woche, jede Sekunde die Angst!

Und Monat um Monat: Todesangst!

Manchmal fragte sich Otto Quangel, woher er alles dieses wusste. Er sprach doch eigentlich nie mit jemandem, und eigentlich sprach nie jemand mit ihm. Einige dürre Worte des Aufsehers: »Mitkommen! Aufstehen! Schneller arbeiten!« Vielleicht gerade noch beim Essenabfüllen ein mehr mit den Lippen gebildetes als gehauchtes Wort: »Heute sieben Hinrichtungen«, das war alles.

Aber seine Sinne waren so unendlich scharf geworden. Sie errieten, was er nicht sah. Seine Ohren hörten jedes Geräusch auf dem Gang, ein Gesprächsfetzen der sich ablösenden Posten, ein Fluch, ein Schrei – alles enthüllte sich ihm, nichts blieb ihm verborgen. Und dann in den Nächten, in den langen Nächten, die nach der Hausordnung dreizehn Stunden dauerten, die aber nie Nächte waren, weil in seiner Zelle stets Licht brennen musste, dann wagte er es manchmal: er kletterte zum Fenster hinauf, er lauschte in die Nacht. Er wusste, die Posten unten auf dem Hof mit ihren ewig bellenden Hunden hatten den Befehl, auf jedes Gesicht im Fenster zu schießen, und nicht selten fiel auch einmal ein Schuss – aber er wagte es trotzdem.

Er stand da auf seinem Schemel, er spürte die reine Nachtluft (schon diese Luft war belohnend für jede Gefahr), und dann hörte er dies Flüstern von Fenster zu Fenster, sinnlose Worte zuerst: »Den Karl hat's mal wieder!« Oder: »Die Frau von 347 hat heute den ganzen Tag unten gestanden«, aber mit der Zeit konnte er sich auf alles einen Vers machen. Mit der Zeit wusste er, dass in der Zelle neben ihm ein Mann von der

Spionageabwehr saß, der sich dem Feinde verkauft haben sollte und der schon zweimal versucht haben sollte, sich umzubringen. Und in der Zelle hinter ihm saß ein Arbeiter, der hatte in einem Elektrizitätswerk die Dynamos verschmoren lassen, ein Kommunist. Und der Aufseher Brennecke besorgte Papier und Bleistiftstummel und schmuggelte auch Briefe aus dem Bau, wenn er von außen geschmiert wurde, mit sehr viel Geld oder besser noch mit Lebensmitteln. Und ... und ... Nachrichten über Nachrichten. Auch ein Totenhaus spricht, atmet, lebt, auch in einem Totenhaus erlischt nicht das unbezwingliche Bedürfnis der Menschen, sich mitzuteilen.

Aber wenn auch Otto Quangel sein Leben – manchmal – wagte, um zu lauschen, wenn seine Sinne auch nie müde wurden, auf jede Veränderung zu achten, so ganz gehörte Quangel nicht zu den andern. Manchmal ahnten sie, dass auch er am nächtlichen Fenster stand, einer flüsterte: »Na, wie ist's denn mit dir, Otto? Gnadengesuch schon zurück?« (Sie wussten alles über ihn.) Aber nie antwortete er mit einem Wort, nie gab er zu, dass auch er lauschte. Er gehörte nicht zu ihnen, wenn auch das gleiche Urteil über ihn verhängt war, er war ein ganz anderer.

Und dass er ein ganz anderer war als sie, das machte nicht sein Einzelgängertum, wie es früher gewesen, das machte nicht sein Bedürfnis nach Ruhe, das ihn bisher von allen getrennt hatte, das kam nicht von seiner Abneigung gegen Reden, die früher seine Zunge schweigsam gemacht – sondern das machte jenes kleine Glasröhrchen, das ihm der Kammergerichtsrat Fromm gegeben.

Dieses Röhrchen mit der wasserhellen Blausäurelösung hatte ihn frei gemacht. Die andern, seine Leidensgefährten, sie mussten den letzten bitteren Weg gehen; er hatte die Wahl. Er konnte in jeder Minute sterben, er musste es nur wollen. Er war frei. Er war, im Totenhaus, hinter Gittern und Mauern, er war, gehalten mit Ketten und Schellen – er, Otto Quangel, Tischlermeister a. D., Werkmeister a. D., Ehegatte a. D., Vater a. D.,

Aufrührer a. D. – er war frei geworden. Das hatten sie bewirkt, sie hatten ihn frei gemacht, wie er es nie in seinem Leben gewesen war. Er, der Besitzer dieses Glasröhrchens, fürchtete den Tod nicht. Der Tod war zu jeder Stunde bei ihm, er war sein Freund. Er, Otto Quangel, brauchte an den Montagen und den Donnerstagen nicht lange vor der Zeit zu erwachen und angstvoll an der Türe lauschen. Er gehörte nicht zu ihnen, nicht ganz. Er musste sich nicht quälen, weil er das Ende aller Qual bei sich hatte.

Es war ein gutes Leben, das er führte. Er liebte es. Er war nicht einmal ganz sicher, dass er diese Glasampulle je gebrauchen würde. Vielleicht war es noch besser, bis zur letzten Minute zu warten? Vielleicht durfte er Anna doch noch einmal sehen? War es nicht richtiger, denen keine Schande zu ersparen?

Sie sollten ihn hinrichten, besser, viel besser! Er wollte es wissen, wie es dabei zuging – ihm war, als käme es ihm zu, als sei es seine Pflicht, auch zu wissen, wie sie das machten. Er glaubte, bis die Schlinge um seinen Hals oder der Kopf unter dem Fallbeil lag, müsste er alles wissen. Er konnte, in der letzten Minute noch, denen doch einen Streich spielen.

Und in der Gewissheit, dass ihm nichts mehr geschehen konnte, dass er hier – vielleicht zum ersten Mal in seinem Leben – ganz er selbst sein konnte, unverstellt er selbst, in dieser Gewissheit fand er Ruhe, Heiterkeit, Frieden. Sein alternder Körper hatte sich nie so wohl gefühlt wie in diesen Wochen. Sein hartes Vogelauge hatte nie so freundlich gesehen wie in der Todeszelle der Plötze. Sein Geist hatte nie so frei schweifen können wie hier.

Ein gutes Leben, dieses Leben!

Hoffentlich ging es auch Anna gut. Aber der alte Rat Fromm war ein Mann, der Wort hielt. Auch Anna würde über alle Verfolgungen hinaus sein, auch Anna war frei, gefangen frei …

68. KAPITEL

Die Gnadengesuche

Otto Quangel hatte erst seit einigen Tagen in der Dunkelzelle gelegen – gemäß Beschluss des Volksgerichtshofs –, er fror jämmerlich in dem kleinen Käfig aus Eisenstangen, der am ehesten einem sehr engen Affenkäfig im Zoo glich –, da tat sich die Tür auf, Licht ging an, und sein Anwalt, Dr. Stark, stand in der Tür des Raumes, in dem der Gitterkäfig aufgebaut war, und sah seinen Mandanten an.

Quangel stand langsam auf und schaute zurück.

Da war dieser geschniegelte und gebügelte Herr also noch einmal zu ihm gekommen, mit seinen rosigen Fingernägeln und der nachlässigen, schleppenden Art zu reden. Wahrscheinlich, um sich den Verbrecher in seiner Qual anzusehen.

Aber auch da schon hatte Quangel die Zyankaliampulle in seinem Munde getragen, diesen Talisman, der ihn Kälte und Hunger ertragen ließ, und so hatte er ruhig, ja, mit einer heiteren Überlegenheit auf den »feinen Herrn« geblickt, er, in seiner Zerlumptheit, vor Frost zitternd, der Magen brennend vor Hunger.

»Nun?«, hatte Quangel schließlich gefragt.

»Ich bringe Ihnen das Urteil«, sagte der Anwalt und zog ein Papier aus der Tasche.

Aber Quangel nahm es nicht. »Es interessiert mich nicht«, sagte er. »Ich weiß ja doch, dass es auf Todesstrafe lautet. Auch meine Frau?«

»Auch Ihre Frau. Und es gibt keine Berufung dagegen.«

»Gut«, antwortete er.

»Aber Sie können ein Gnadengesuch machen«, sagte der Anwalt.

»An den Führer?«

»Ja, an den Führer.«

»Nein, danke.«

»Sie wollen also sterben?«

Quangel lächelte.

»Sie haben keine Angst?«

Quangel lächelte.

Der Anwalt sah zum ersten Mal mit einer Spur von Interesse in das Gesicht seines Mandanten, er sagte: »So werde ich für Sie ein Gnadengesuch einreichen.«

»Nachdem Sie meine Verurteilung gefordert haben!«

»Es ist so üblich, bei jedem Todesurteil wird ein Gnadengesuch eingereicht. Es gehört zu meinen Pflichten.«

»Zu Ihren Pflichten. Ich verstehe. Wie Ihre Verteidigung. Nun, ich nehme an, Ihr Gnadengesuch wird wenig Wirkung haben, lassen Sie es lieber.«

»Ich werde es trotzdem einreichen, auch gegen Ihren Willen.«

»Ich kann Sie nicht hindern.«

Quangel setzte sich wieder auf die Pritsche. Er wartete, dass der andere jetzt mit diesem blöden Gewäsch aufhörte, dass er ginge.

Aber der Anwalt ging nicht, sondern er fragte nach einer langen Pause: »Sagen Sie, warum haben Sie das eigentlich getan?«

»Was getan?«, fragte Quangel gleichgültig, ohne den Gebügelten anzusehen.

»Diese Postkarten geschrieben. Sie haben doch nichts genützt und kosten Ihnen nun das Leben.«

»Weil ich ein dummer Mensch bin. Weil mir nichts Besseres eingefallen ist. Weil ich mit einer andern Wirkung rechnete. Darum!«

»Und Sie bedauern es nicht? Es tut Ihnen nicht leid, wegen solch einer Dummheit das Leben zu verlieren?«

Ein scharfer Blick traf den Anwalt, der alte, stolze, harte Vogelblick. »Aber ich bin wenigstens anständig geblieben«, sagte er. »Ich habe nicht mitgemacht.«

Der Anwalt sah lange auf den schweigend Dasitzenden.

Dann sagte er: »Ich glaube jetzt doch, mein Kollege, der Ihre Frau verteidigte, hat recht gehabt: Sie beide sind wahnsinnig.«

»Nennen Sie es wahnsinnig, dass man jeden Preis dafür bezahlt, anständig zu bleiben?«

»Sie hätten das auch ohne Karten bleiben können.«

»Das wäre schweigende Zustimmung gewesen. Was haben Sie dafür bezahlt, dass Sie so ein feiner Herr geworden sind mit so schön gebügelten Hosen, mit lackierten Fingernägeln und mit verlogenen Verteidigungsreden? Was haben Sie dafür bezahlt?«

Der Anwalt schwieg.

»Da haben Sie es!«, sagte Quangel. »Und Sie werden immer mehr dafür bezahlen, und vielleicht werden Sie eines Tages auch den Kopf dafür lassen müssen, genau wie ich, aber dann lassen Sie ihn für Ihre Unanständigkeit!«

Noch immer schwieg der Anwalt.

Quangel stand auf, er lachte. »Sehen Sie«, lachte er. »Sie wissen gut, dass der hinter den Gitterstäben anständig ist und Sie davor der Lump, dass der Verbrecher frei ist, aber der Anständige zum Tode verurteilt. Sie sind kein Rechtsanwalt, nicht ohne Grund habe ich Sie Linksanwalt genannt. Und Sie wollen ein Gnadengesuch für mich machen – ach, gehen Sie doch!«

»Und ich werde doch ein Gnadengesuch für Sie einreichen«, sagte der Anwalt.

Quangel antwortete nicht.

»Also auf Wiedersehen!«, sagte der Anwalt.

»Kaum – oder Sie sehen bei meiner Hinrichtung zu. Sie sind herzlich eingeladen!«

Der Anwalt ging.

Er war abgebrüht, verhärtet, er war schlecht. Aber er hatte noch so viel Verstand, sich zuzugestehen, dass der andere der bessere Mann war.

Das Gnadengesuch wurde aufgesetzt, Irrsinn war der Anlass, der den Führer zur Gnade bestimmen sollte, aber der Anwalt wusste gut, dass sein Mandant nicht irrsinnig war.

Auch für Anna Quangel wurde ein Gnadengesuch unmittelbar an den Führer eingereicht, aber dieses Gesuch kam nicht aus der Stadt Berlin, es kam aus einem kleinen, armen märkischen Dorf, und unter dem Gesuch stand: Familie Heffke.

Die Eltern von Anna Quangel hatten einen Brief ihrer Schwiegertochter bekommen, von der Frau ihres Sohnes Ulrich. In dem Brief standen nur schlimme Nachrichten, und sie waren ohne Schonung in kurzen, harten Sätzen niedergeschrieben. Der Sohn Ulrich saß wahnsinnig in Wittenau, und Otto und Anna Quangel waren daran schuld. Die aber waren zum Tode verurteilt worden, weil sie ihr Land und ihren Führer verraten hatten. Das sind eure Kinder, eine Schande ist es, Heffke zu heißen!

Ohne ein Wort, ohne zu wagen, sich auch nur anzusehen, saßen die beiden alten Leute in ihrer kleinen, armseligen Stube. Der Brief lag zwischen ihnen, diese Hiobspost. Aber auch den Brief wagten sie nicht anzusehen.

Ihr Lebtag hatten sie sich ducken müssen, kleine Landarbeiter auf einem großen Gut unter harten Verwaltern, sie hatten ein karges Leben gehabt: viel Arbeit, wenig Freude. Die Freude waren die Kinder gewesen, aus den Kindern war etwas Ordentliches geworden. Sie waren mehr geworden als ihre Eltern, sie hatten sich nicht so schinden müssen, Ulrich, der Vorarbeiter in einer optischen Fabrik, und Anna, die Frau eines Tischlermeisters. Dass sie kaum schrieben, sich nicht sehen ließen, das störte die Alten kaum, das war die Art aller Vögel, die flügge geworden sind. Wussten sie doch, es ging den Kindern gut.

Und nun dieser Schlag, dieser erbarmungslose Schlag! Nach einer Weile streckt sich die verarbeitete, dürre Hand des alten Landarbeiters über den Tisch: »Mutter!«

Und plötzlich stürzen bei der Greisin die Tränen: »Ach, Vater! Unsere Anna! Unser Ulrich! Nun sollen sie unsern Führer verraten haben! Ich kann es nicht glauben, nie und nie!«

Drei Tage waren sie so verwirrt, dass sie keinen Entschluss

fassen konnten. Sie trauten sich nicht aus dem Hause, sie wagten nicht, jemandem ins Auge zu blicken, aus Furcht, die Schande könne schon bekannt geworden sein.

Dann, am vierten Tag, baten Sie eine Hausnachbarin, ihr bisschen Kleinvieh zu versorgen, und machten sich auf den Weg nach der Stadt Berlin. Wie sie da die windgepeitschte Chaussee entlangwanderten, nach ländlicher Gewohnheit der Mann voran, die Frau einen Schritt hinterdrein, glichen sie Kindern, die sich in der weiten Welt verirrt haben, für die alles zur Drohung wird: ein Windstoß, ein herabfallender dürrer Ast, ein vorüberfahrendes Auto, ein raues Wort. Sie waren so völlig wehrlos.

Nach zwei Tagen wanderten sie die gleiche Chaussee zurück, noch kleiner, noch gebeugter, noch trostloser.

Sie hatten nichts erreicht in Berlin. Die Schwiegertochter hatte sie nur mit Schmähungen überhäuft. Sie hatten den Sohn Ulrich nicht sehen dürfen, weil keine »Besuchszeit« war. Die Anna und ihr Mann – kein Mensch konnte ihnen genau sagen, in welchem Gefängnis sie lagen. Sie hatten die Kinder nicht gefunden. Und der Führer, der geliebte Führer, von dem sie sich Hilfe und Trost erwarteten, dessen Kanzlei sie wirklich gefunden hatten, der Führer war nicht in Berlin gewesen. Er war im Großen Hauptquartier, damit beschäftigt, Söhne umzubringen, er hatte keine Zeit, Eltern zu helfen, die im Begriff standen, ihre Kinder zu verlieren.

Sie sollten nur ein Gesuch machen, war ihnen gesagt worden.

Sie wagten sich niemandem anzuvertrauen. Sie fürchteten sich vor der Schande. Sie, Parteimitglieder seit vielen Jahren, hatten eine Tochter, die den Führer verraten hatte. Sie hätten hier nicht mehr leben können, wenn das bekannt wurde. Und sie mussten doch leben, um die Anna zu retten. Nein, von keinem konnten sie sich bei diesem Gnadengesuch helfen lassen, nicht vom Lehrer, nicht vom Bürgermeister, selbst vom Pastor nicht.

Und mühsam, in stundenlangen Gesprächen, Überlegungen, Schreiben mit zitternder Hand brachten sie ein Gnadengesuch zustande. Es wurde geschrieben und wieder abgeschrieben und noch einmal ins Reine geschrieben und fing so an:

»Mein inniggeliebter Führer!

Eine verzweifelte Mutter bittet Dich auf den Knien um das Leben ihrer Tochter. Sie hat sich schwer an Dir vergangen, aber Du bist so groß, Du wirst Deine Gnade an ihr walten lassen. Du wirst ihr verzeihen ...«

Hitler, der zum Gott geworden ist, Herr des Weltalls, allmächtig, allgütig, allverzeihend! Zwei alte Menschen – draußen rast der Krieg und mordet Millionen, sie glauben an ihn, noch da er ihre Tochter dem Henker überantwortet, glauben sie an ihn, kein Zweifel schleicht in ihr Herz, eher ist ihre Tochter schlecht als Gott der Führer!

Sie wagen nicht, den Brief im Dorf abzusenden, gemeinsam wandern sie zur Kreisstadt, um ihn dort zur Post zu geben. Als Adresse steht auf ihm: »An die eigene Person unseres innig geliebten Führers ...«

Dann kehren sie heim in ihre Stube und warten gläubig, dass ihr Gott gnädig ist ...

Er wird gnädig sein!

Die Post nimmt das verlogene Gesuch des Anwalts wie das hilflose von zwei trauernden Eltern und befördert beide, aber sie bringt sie nicht zum Führer. Der Führer will solche Gesuche nicht sehen, sie interessieren ihn nicht. Ihn interessieren Krieg, Zerstörung, Mord, nicht die Abwendung des Mordes. Die Gesuche wandern in die Kanzlei des Führers, sie bekommen eine Nummer, sie werden registriert, und dann wird ein Stempel auf sie gedrückt: An den Herrn Reichsjustizminister weitergeleitet. Zurück nur hierher, falls Verurteilter Parteimitglied ist, was aus dem Gnadengesuch nicht ersichtlich ...

(Die zweigeteilte Gnade, die Gnade für Parteigenossen und die Gnade für Volksgenossen.)

Auf dem Reichsjustizministerium werden die Gesuche wiederum registriert und beziffert, sie bekommen einen weiteren Stempel: An die Gefängnisverwaltung zur Stellungnahme.

Die Post befördert die Gesuche ein drittes Mal, und ein drittes Mal bekommen sie Nummern und werden in ein Buch eingetragen. Eine Schreiberhand setzt auf das Gesuch für Anna wie für Otto Quangel die wenigen Worte: Die Führung war nach der Hausordnung. Anlass zur Gnadenerteilung liegt hier nicht vor. Zurück an das Reichsjustizministerium.

Wiederum zweigeteilte Gnade: die einen, die sich gegen die Hausordnung vergingen oder die sie nur befolgten, geben keinen Anlass zur Gnade; aber wer sich durch Spionage, Verrat, Misshandlung seiner Leidensgenossen ausgezeichnet hatte, der fand – vielleicht Gnade.

Auf dem Justizministerium buchen sie den Wiedereingang der Gesuche, sie drücken einen Stempel darauf: »Ablehnen!«, und ein munteres Fräulein tippt auf seiner Maschine von morgens bis abends: Ihr Gnadengesuch wird abgelehnt ... wird abgelehnt ... abgelehnt ... abgelehnt ... abgelehnt ..., den ganzen Tag lang, alle Tage lang.

Und eines Tages eröffnet dem Otto Quangel ein Beamter: »Ihr Gnadengesuch ist abgelehnt.«

Quangel, der kein Gnadengesuch gemacht hat, sagt kein Wort, es ist der Mühe nicht wert.

Aber die Post trägt den alten Leuten die Ablehnung ins Haus, durch das Dorf läuft das Gerücht: »Die Heffkes haben einen Brief vom Reichsjustizminister bekommen.«

Und wenn die alten Leute auch schweigen, beharrlich, angstvoll, zitternd schweigen, ein Bürgermeister hat Wege, die Wahrheit zu erfahren, und bald kommt zu der Trauer die Schande für zwei alte Leute ...

Wege der Gnade!

69. KAPITEL

Anna Quangels schwerster Entschluss

Anna Quangel hatte es schwerer als ihr Mann: sie war eine Frau. Sie sehnte sich nach Aussprache, Sympathie, ein wenig Zärtlichkeit – und jetzt war sie immer allein, von morgens bis abends mit dem Entwirren und Aufrollen von Bindfäden beschäftigt, die sackweise in ihre Zelle gestellt wurden. So knapp sie ihr Mann auch mit Worten und Taten der Gemeinsamkeit gehalten hatte, dieses Wenig schien ihr jetzt wie ein Paradies, ja, die Anwesenheit nur eines stummen Otto wäre ihr schon ein Segen gewesen.

Sie weinte viel. Der harte, lange Dunkelarrest hatte ihr bisschen Kraft genommen, dieses bisschen durch das Wiedersehen mit Otto wieder aufgeflammte Kraft, das sie in der Hauptverhandlung so stark und mutig gemacht hatte. Sie hatte zu sehr hungern und frieren müssen, sie musste es ja auch jetzt in ihrer kahlen Einzelzelle. Sie konnte nicht wie ihr Mann den schmalen Küchenzettel mit rohen Erbsen aufbessern, sie hatte es nicht gelernt wie er, ihrem Tag eine sinnvolle Einteilung zu geben, einen wechselnden Rhythmus, der immer noch etwas wie Freude erwarten ließ: nach der Arbeit eine Stunde Spaziergang oder die Zufriedenheit über einen frisch gewaschenen Körper.

Auch Anna Quangel hatte es gelernt, nachts aus dem Zellenfenster zu lauschen. Aber sie stand nicht nur manchmal an ihm, sie tat es allnächtlich. Und sie flüsterte, sie sprach am Fenster, sie erzählte ihre Geschichte, sie fragte immer wieder nach Otto, nach Otto Quangel ... O Gott, wusste denn wirklich hier niemand, wo Otto war, wie es ihm ging, Otto Quangel, ja doch, ein älterer Werkmeister, aber noch rüstig, sah so und so aus, dreiundfünfzig Jahre – sie mussten es doch wissen!

Sie merkte es nicht, oder sie wollte es nicht merken, dass sie den andern lästig fiel mit ihren ewigen Fragen, ihrem hemmungslosen Erzählen. Hier hatte jede ihre eigenen Sorgen.

»Halt doch endlich mal deine Klappe, du da, Nummer 76, das wissen wir nun alles, was du quatschst!«

Oder auch: »Ach, das ist die wieder mit ihrem Otto, von hinten und von vorne Otto, was?«

Oder ganz scharf: »Wenn du nicht endlich die Klappe hältst, verpfeifen wir dich! Jetzt wollen auch mal andre drankommen!«

Kroch dann Anna Quangel endlich tief in der Nacht unter ihre Decke, schlief sie noch viel später ein, so fand sie am nächsten Morgen nicht rechtzeitig heraus. Die Aufseherin schalt mit ihr und drohte ihr einen neuen Arrest an. Spät setzte sie sich an die Arbeit, zu spät. Sie musste sich hetzen und machte allen Erfolg ihrer Hetzerei wieder zunichte, weil sie ein Geräusch auf dem Flur gehört zu haben glaubte und nun an der Tür lauschte. Eine halbe Stunde lang, eine Stunde lang. Sie, die eine ruhige, freundliche, mütterliche Frau gewesen war, veränderte sich durch die Einzelhaft so, dass alle sich an ihr ärgerten. Da die Aufseherinnen stets Mühe mit ihr hatten und unfreundlich mit ihr waren, fing sie Streit mit ihnen an; sie behauptete, ihr gebe man am wenigsten und am schlechtesten zu essen, aber die meiste Arbeit. Schon ein paarmal hatte sie sich bei diesem Wortgefecht so erhitzt, dass sie zu schreien anfing, einfach sinnlos zu schreien.

Dann hielt sie selbst erschrocken inne. Sie bedachte den Weg, den sie gegangen war, bis in diese kahle Todeszelle hinein, sie dachte an ihr Heim in der Jablonskistraße, das sie nie wiedersehen würde, sie erinnerte sich des Sohnes Otto, wie er größer wurde, seines kindlichen Geplauders, der ersten Schulsorgen, der kleinen grauen Hand, die mit ungeschickter Zärtlichkeit ihr ins Gesicht gefasst hatte – ach, diese Kinderhand, die sich in ihrem Leibe, aus ihrem Blut zu Fleisch gebildet hatte, sie war längst wieder zu Erde zerfallen, sie war ihr auf ewig verloren. Sie dachte an die Nächte, da die Trudel bei ihr im Bett gelegen hatte, wenn sie flüsternd, den blühenden jungen Leib nahe dem ihrigen, sich stundenlang unterhalten hatten, über den strengen

Vater, der drüben im Bett schlief, über Ottochen und über ihre Zukunftsaussichten. Aber auch die Trudel war verloren.

Und dann dachte sie an die gemeinsame Arbeit mit Otto, an den Kampf, den sie beide über zwei Jahre in aller Stille geführt hatten. Die Sonntage kamen ihr in Erinnerung, wenn sie gemeinsam am Tisch in der Stube saßen, sie in der Sofaecke, Strümpfe stopfend, und er auf seinem Stuhl, sein Schreibzeug vor sich, gemeinsam Sätze formulierend, gemeinsam Träumen von großem Erfolg nachhängend. Verloren, vorbei, alles verloren, alles vorbei! Einsam in der Zelle, nur noch den nahen, gewissen Tod vor sich, ohne Wort von Otto, vielleicht nie wieder sein Gesicht – allein zum Sterben, allein im Grabe …

Sie geht stundenlang in der Zelle auf und ab, sie erträgt es nicht. Sie hat ihre Arbeit vergessen, die Bindfadenknäuel liegen noch immer verknotet und verwirrt auf der Erde, sie stößt sie mit dem Fuße fort, ungeduldig – und als die Wärterin die Zelle am Abend aufschließt, ist nichts getan. Es gibt harte Worte, aber sie hört gar nicht hin, mögen die doch mit ihr machen, was sie wollen, mögen die sie doch schnell hinrichten – umso besser!

»Passt auf, was ich euch sage«, sagt die Aufseherin ihren Kolleginnen. »Die fängt bald an zu spinnen, haltet immer schon eine Tobjacke bereit. Und seht oft nach ihr rein, die ist imstande und baumelt sich am hellerlichten Tage, im Handumdrehen baumelt sie sich auf, und wir haben nachher die Scherereien!«

Aber darin hat die Aufseherin unrecht: an Aufbaumeln denkt Anna Quangel nicht. Was sie am Leben erhält, was selbst dieses niedere Dasein ihr lebenswert erscheinen lässt, das ist der Gedanke an Otto. Sie kann doch nicht so von hier fortgehen, sie muss warten, vielleicht bekommt sie eine Nachricht von ihm, vielleicht wird ihr sogar erlaubt, ihn noch einmal vor ihrem Tode wiederzusehen.

Und dann, eines Tages unter diesen trüben Tagen, scheint

das Glück ihr zu lächeln. Eine Wärterin öffnet plötzlich die Zellentür: »Mitkommen, Quangel! Besuch!«

Besuch? Wer soll mich hier besuchen? Ich habe doch keinen, der mich hier besuchen kann. Es wird Otto sein! Es muss Otto sein! Ich fühle es, das ist Otto!

Sie wirft einen Blick auf die Wärterin, sie möchte ihr so gerne die Frage nach dem Besucher stellen, aber es ist gerade eine Wärterin, mit der sie ständig Streit gehabt hat, sie kann diese Frau nicht fragen. Sie folgt ihr, am ganzen Leibe zitternd, sie sieht nichts, sie weiß nicht, wohin sie gehen, sie erinnert sich nicht mehr, dass sie bald sterben muss – sie weiß nur, sie geht zu Otto, zu dem einzigen Menschen auf der ganzen Welt …

Die Wärterin übergibt die Gefangene 76 einem Wachtmeister, sie wird in eine Stube geführt, die durch ein Gitter in zwei Hälften geteilt ist, auf der andern Seite des Gitters steht ein Mann.

Und alle Freude fällt von Anna Quangel ab, als sie diesen Mann sieht. Es ist nicht Otto, es ist nur der alte Kammergerichtsrat Fromm. Da steht das Männlein, sieht ihr entgegen mit seinen blauen Augen, die von einem Fältchenkranz umgeben sind, und sagt: »Ich wollte doch mal nach Ihnen sehen, Frau Quangel.«

Der Aufsichtsbeamte hat sich ans Gitter gestellt, er betrachtet nachdenklich die beiden. Dann wendet er sich gelangweilt ab und geht ans Fenster.

»Schnell!«, flüstert der Rat und hält ihr durchs Gitter etwas hin.

Instinktiv fasst sie zu.

»Stecken Sie es weg!«, flüstert er.

Und sie verbirgt das weiße Röllchen.

Ein Brief von Otto, denkt sie, und ihr Herz klopft wieder freier. Die Enttäuschung ist überwunden.

Der Beamte hat sich wieder umgedreht und sieht vom Fenster her auf die beiden.

Endlich findet Anna ein paar Worte. Sie begrüßt den Kammergerichtsrat nicht, sie sagt keinen Dank, sie stellt die einzige Frage, die sie noch auf der Welt interessiert: »Haben Sie Otto gesehen, Herr Kammergerichtsrat?«

Der alte Herr wiegt den klugen Kopf hin und her. »Nicht in der letzten Zeit«, antwortet er. »Aber ich habe durch Freunde gehört, dass es ihm gut geht, sehr gut. Er hält sich wunderbar.«

Er bedenkt sich und setzt nach einem kurzen Zögern hinzu: »Ich glaube, ich darf Sie von ihm grüßen.«

»Danke«, flüstert sie. »Danke sehr.«

Viele verschiedene Empfindungen sind bei seinen Worten durch sie gelaufen. Wenn er ihn nicht gesehen hat, kann er auch keinen Brief von ihm haben. Aber nein, er spricht von Freunden; vielleicht bekam er durch die Freunde einen Brief? Und die Worte »Er hält sich wunderbar« geben ihr Glück und Stolz … Und dieser Gruß von ihm, dieser Gruß zwischen den Eisen- und Steinzellen, dieser Frühling zwischen Mauern! O herrlich, herrlich, ein herrliches Leben!

»Sie sehen aber nicht gut aus, Frau Quangel«, sagt der alte Rat.

»Ja?«, fragt sie, ein wenig verwundert, geistesabwesend. »Aber mir geht es gut. Sehr gut. Sagen Sie das Otto. Bitte, sagen Sie es ihm! Vergessen Sie nicht, ihn von mir zu grüßen. Sie werden ihn doch sehen?«

»Ich denke, ja«, antwortet er zögernd. Er ist so penibel, der kleine, ordentliche Herr. Die kleinste Unwahrheit dieser Sterbenden gegenüber widerstrebt ihm. Sie ahnt es ja nicht, welche Listen er hat aufwenden, welcher Intrigen er hat anzetteln müssen, um diese Besuchserlaubnis zu erhalten! Dass er seine sämtlichen Beziehungen hat einspannen müssen! Für die Welt ist Anna Quangel ja tot – kann man denn Tote besuchen?

Aber er wagt ihr nicht zu sagen, dass er Otto Quangel in diesem Leben nie wiedersehen wird, dass er nichts von ihm gehört hat, dass er eben gelogen hat mit seinem Gruß, um dieser völlig verfallenen Frau doch ein wenig Mut zu geben. Manchmal muss man eben auch Sterbende belügen.

»Ach!«, sagt sie plötzlich ganz lebhaft, und – siehe! – ihre blassen, eingefallenen Wangen röten sich. »Sagen Sie Otto doch, wenn Sie ihn sehen, dass ich alle Tage, dass ich jede Stunde an ihn denke und dass ich bestimmt weiß, ich werde ihn noch sehen, ehe ich sterbe …«

Der Aufseher sieht einen Augenblick verwirrt auf die alternde Frau, die hier spricht wie ein junges, verliebtes Mädchen. Altes Stroh brennt am hellsten!, denkt er und geht wieder ans Fenster.

Sie hat nichts davon gemerkt, sie fährt fieberhaft fort: »Und sagen Sie Otto doch auch, dass ich eine schöne Zelle habe für mich ganz allein. Es geht mir gut. Ich denke immer an ihn, und so bin ich glücklich. Ich weiß, dass uns nie etwas trennen kann, nicht Mauern, nicht Gitter. Ich bin bei ihm, jede Stunde bei Tag und bei Nacht. Sagen Sie ihm das!«

Sie lügt, oh, wie sie lügt, um ihrem Otto nur etwas Gutes zu sagen! Sie will ihm Ruhe geben, die Ruhe, die sie nicht eine Stunde gehabt hat, seit sie in diesem Hause ist.

Der Kammergerichtsrat schielt zu dem Aufseher hinüber, der aus dem Fenster starrt, er flüstert: »Verlieren Sie nicht, was ich Ihnen gegeben habe!«, denn Frau Quangel sieht aus, als habe sie die ganze Welt vergessen.

»Nein, ich verliere nichts, Herr Rat.« Und plötzlich leise: »Was ist es?«

Und er noch leiser: »Gift, Ihr Mann hat es auch.«

Sie nickt.

Der Beamte am Fenster dreht sich um. Er sagt mahnend: »Hier darf nur laut gesprochen werden, sonst ist gleich Schluss. Übrigens«, er befragt seine Uhr, »ist die Besuchszeit sowieso in anderthalb Minuten um.«

»Ja«, sagt sie nachdenklich. »Ja«, und plötzlich weiß sie, wie sie es sagen soll. Sie fragt: »Und glauben Sie, dass Otto bald verreisen wird – vor seiner großen Reise noch? Glauben Sie das?«

Ihr Gesicht drückt jetzt so sehr schmerzliche Unruhe aus, dass selbst der stumpfe Beamte merkt, es geht hier um ganz andere Dinge, als gesprochen wird. Einen Augenblick will er einschreiten, aber dann sieht er diese alternde Frau an und diesen Herrn mit dem weißen Spitzbart, der laut Besuchsschein Kammergerichtsrat ist – der Beamte hat eine großmütige Anwandlung und sieht wieder aus dem Fenster.

»Ja, das ist schwer zu sagen«, antwortet der Rat vorsichtig. »Mit dem Reisen ist es ja jetzt auch schwierig.« Und ganz rasch, flüsternd: »Warten Sie bis zur allerletzten Minute, vielleicht sehen Sie ihn noch vorher. Ja?«

Sie nickt, sie nickt wieder.

»Ja«, antwortet sie laut. »So ist es wohl das Allerbeste.«

Und dann stehen sich die beiden stumm gegenüber, plötzlich fühlen sie, sie haben sich nichts mehr zu sagen. Zu Ende. Vorbei.

»Ja, ich glaube, ich muss dann gehen«, sagt der alte Rat.

»Ja«, flüstert sie zurück, »ich glaube, es wird Zeit.«

Und plötzlich – der Aufseher hat sich schon umgewendet und sieht, mit der Uhr in der Hand, auffordernd die beiden an – überkommt es Frau Quangel. Sie presst den Körper gegen das Gitter, sie flüstert, den Kopf an den Gitterstäben: »Bitte, bitte – Sie sind vielleicht der letzte anständige Mensch auf der Welt, den ich zu sehen bekomme. Bitte, Herr Rat, geben Sie mir einen Kuss! Ich werde die Augen zumachen, ich werde glauben, es ist Otto …«

Mannstoll!, denkt der Aufseher. Soll hingerichtet werden und noch immer mannstoll! Und so ein oller …

Aber der alte Rat sagt mit sanfter, freundlicher Stimme: »Nicht bange sein, Kind, nicht bange sein …«

Und seine alten, dünnen Lippen berühren sanft ihren trockenen, rissigen Mund.

»Nicht bange sein, Kind. Sie haben den Frieden bei sich …«

»Ich weiß«, flüstert sie. »Ich danke Ihnen sehr, Herr Rat.«

Dann ist sie wieder in ihrer Zelle, die Bindfäden liegen unordentlich am Boden, und sie geht hin und her, sie ungeduldig mit den Füßen in die Ecken stoßend, wie in ihren schlimmsten Tagen. Sie hat den Zettel gelesen, sie hat ihn verstanden. Sie weiß nun, Otto wie sie haben eine Waffe, sie können jederzeit dieses jammervolle Leben von sich werfen, wenn es gar zu unerträglich wird. Sie braucht sich nicht mehr quälen zu lassen, sie kann jetzt, in dieser Minute, da noch ein bisschen Glück von dem Besuch in ihr ist, ein Ende machen.

Sie wandert, sie redet mit sich, sie lacht, sie weint.

An der Tür lauschen sie. Sie sagen: »Jetzt fängt sie richtig an zu spinnen. Ist die Tobjacke bereit?«

Die Frau drinnen merkt nichts davon, sie kämpft ihren schwersten Kampf. Sie sieht den alten Rat Fromm wieder vor sich, sein Gesicht war so ernst, als er sagte, sie möge bis zur allerletzten Minute warten, vielleicht bekomme sie ihren Mann doch noch einmal zu sehen.

Und sie hat ihm zugestimmt. Natürlich ist es das Richtige, sie muss warten, Geduld üben, vielleicht dauert es noch Monate. Aber seien es auch nur noch Wochen, es ist so schwer, jetzt noch zu warten. Sie kennt sich doch, wieder wird sie verzweifeln, lange weinen, in Trübsinn verfallen, alle sind so hart mit ihr, nie ein gutes Wort, nie ein Lächeln. Die Zeit wird kaum zu ertragen sein. Sie braucht nur ein bisschen zu spielen, mit der Zunge und mit den Zähnen, es braucht ja noch gar nicht Ernst zu sein, nur so ein bisschen probieren, und schon ist es geschehen. Es ist ihr jetzt so leicht gemacht – es ist ihr zu leicht gemacht!

Das ist es. In irgendeiner Stunde wird sie schwach sein, sie wird es tun, und in dem Augenblick, da sie es getan hat, in dem ganz kleinen Augenblick zwischen Tat und Tod wird sie es bereuen, wie sie nie etwas im Leben bereut hat: sie hat sich der

Aussicht beraubt, ihn noch einmal wiederzusehen, weil sie feige und schwach war. Man wird ihm die Nachricht von ihrem Tode bringen, und er wird erfahren, dass sie ihn verlassen hat, dass sie ihn verraten hat, dass sie feige war. Und er wird sie verachten, er, dessen Achtung ihr allein auf der Welt etwas gilt.

Nein, sie muss diese unselige Glasröhre auf der Stelle zerstören. Morgen früh kann es vielleicht zu spät sein, wer weiß, in welcher Stimmung sie morgen früh aufwacht.

Aber auf dem Wege zum Kübel hält sie inne …

Und wieder nimmt sie ihre Wanderung auf. Plötzlich hat sie sich erinnert, dass sie sterben muss und wie sie sterben muss. Sie hat es ja gehört in diesem Gefängnis bei ihren Fenstergesprächen, dass es nicht der Galgen sein wird, der sie erwartet, sondern das Fallbeil. Sie haben es ihr gerne geschildert, wie man sie auf den Tisch schnallen wird, auf dem Bauche liegend, wird sie in einen mit Sägemehl halbgefüllten Korb starren, und auf dieses Sägemehl fällt in wenigen Sekunden ihr Kopf. Man wird ihren Nacken entblößen, und über diesem Nacken wird sie die Kälte des Fallbeils spüren, noch ehe es zu stürzen beginnt. Dann wird das Sausen immer lauter werden, es wird in ihren Ohren dröhnen wie die Trompete des Jüngsten Gerichts, und dann wird ihr Körper nur ein zuckendes Etwas sein, dessen Halsstumpf dicke Strahlen Blut ausspeit, während der Kopf im Korbe vielleicht nach dem blutspeienden Halse glotzt und noch sehen kann, fühlen kann, leiden kann …

So haben sie es ihr erzählt, und so hat sie es sich viele hundert Male vorstellen müssen, und davon hat sie geträumt manches Mal, und von all diesen Schrecknissen kann ein einziger Biss auf das Glasröhrchen sie befreien! Und das soll sie von sich tun, diese Erlösung soll sie aufgeben? Sie hat die Wahl zwischen einem leichten Tod und einem schweren Tod – und sie soll den schweren Tod wählen, bloß weil sie Furcht hat, schwach zu werden, vor Otto zu sterben?

Sie schüttelt den Kopf, nein, sie wird nicht schwach werden.

Sie kann das doch, warten bis zur letzten Minute. Sie will Otto wiedersehen. Sie hat die Angst ausgehalten, die sie immer ergriff, wenn Otto die Karten ablegte, sie hat den Schreck der Verhaftung ausgehalten, sie hat die Quälereien des Kommissars Laub überstanden, sie hat Trudels Tod verwunden – sie wird doch noch warten können, ein paar Wochen, ein paar Monate! Sie hat alles ertragen – auch dies wird sie ertragen! Natürlich muss sie das Gift aufbewahren bis zur letzten Minute.

Sie wandert auf und ab, auf und ab.

Aber der eben gefasste Entschluss erleichtert sie nicht. Von neuem beginnt der Zweifel, und von neuem schlägt sie sich mit ihm herum, und wieder beschließt sie, das Gift jetzt, sofort, auf der Stelle zu vernichten, und wieder tut sie es nicht.

Darüber ist es Abend geworden und Nacht. Man hat die ungetane Arbeit aus der Zelle geholt, und es ist ihr eröffnet worden, dass ihr wegen Faulheit für eine Woche die Matratze entzogen und dass sie für eine Woche auf Wasser und Brot gesetzt worden ist. Aber sie hat kaum hingehört. Was geht das sie an, was die reden?

Ihre Abendsuppe steht unangerührt auf dem Tisch, und noch immer läuft sie auf und ab, todmüde, keines klaren Gedankens mehr fähig, eine Beute des Zweifels: Soll ich – soll ich nicht?

Jetzt spielt ihre Zunge mit dem Giftröhrchen im Munde, ohne dass sie es recht weiß, ohne dass sie es recht will, setzt sie ihre Zähne sanft, sanft auf das Glas auf, ganz vorsichtig beißen die Zähne ein wenig …

Und hastig holt sie das Glas aus der Mundhöhle. Sie wandert und probiert, sie weiß nicht mehr, was sie tut – und draußen liegt die Tobjacke für sie bereit …

Dann plötzlich, schon tief in der Nacht, entdeckt sie, dass sie auf ihrer Holzpritsche liegt, auf den harten Brettern, mit der dünnen Decke zugedeckt. Sie zittert vor Kälte am ganzen Leibe. Hat sie geschlafen? Ist das Röhrchen noch da? Hat sie es etwa verschluckt? Sie hat es nicht mehr im Munde!

Sie fährt in irrer Angst hoch, setzt sich auf – und lächelt. Da ist es – in ihrer Hand. Sie hat es in der hohlen Hand gehalten während des Schlafs. Sie lächelt, noch einmal ist sie gerettet. Nicht den andern, fürchterlichen Tod muss sie sterben ...

Und während sie da so frierend sitzt, denkt sie daran, dass sie von heut an jeden Tag, der werden wird, diesen schrecklichen Kampf kämpfen muss zwischen Willen und Schwäche, Feigheit und Mut. Und wie ungewiss der Ausgang dieses Kampfes ist ...

Und durch Zweifel und Verzweiflung hört sie eine sanfte, gütige Stimme: Nicht bange sein, Kind, bloß nicht bange sein ...

Plötzlich weiß Frau Anna Quangel: Jetzt werde ich mich entschließen! Jetzt habe ich die Kraft!

Sie schleicht zur Tür, sie lauscht hinaus auf den Gang. Der Schritt der Aufseherin nähert sich. Sie stellt sich an die Wand gegenüber, beginnt dann, als sie merkt, sie wird durch den Spion beobachtet, langsam auf und ab zu gehen. Nicht bange sein, Kind ...

Erst als sie ganz sicher ist, die Aufseherin ist weitergegangen, klettert sie am Fenster hoch. Eine Stimme fragt: »Bist du das, 76? Hast du heute Besuch gehabt?«

Sie antwortet nicht. Sie wird nie mehr antworten. Mit der einen Hand hält sie sich an der Fensterblende, die andere streckt sie hinaus, zwischen den Fingern das Röhrchen. Sie drückt es gegen die Steinwand, sie fühlt, der dünne Hals bricht ab. Sie lässt das Gift in die Tiefe des Hofes fallen.

Als sie wieder in der Zelle ist, riecht sie an ihren Fingern: sie riechen stark nach bitteren Mandeln. Sie wäscht sich die Hände, sie legt sich auf das Bett. Sie ist todmüde, ihr ist, als sei sie einer schweren Gefahr entronnen. Sie schläft rasch ein. Sie schläft sehr tief und traumlos. Sie wacht erfrischt auf.

Von dieser Nacht an gab 76 keinen Anlass mehr zu Tadel. Sie war ruhig, heiter, fleißig, freundlich.

Sie dachte kaum noch an ihren schweren Tod, sie dachte nur

noch daran, dass sie Otto Ehre machen musste. Und manchmal, in trüben Stunden, hörte sie wieder die Stimme des alten Kammergerichtsrats Fromm: Nicht bange sein, Kind, bloß nicht bange sein.

Sie war es nicht. Nie mehr.

Sie hatte es überwunden.

70. Kapitel
Es ist so weit, Quangel

Es ist noch Nacht, als ein Aufseher die Tür zu Otto Quangels Zelle aufschließt.

Quangel, aus tiefem Schlaf erwacht, sieht blinzelnd auf die große, schwarze Gestalt, die in seine Zelle getreten ist. Im nächsten Augenblick ist er hellwach, und sein Herz klopft schneller als sonst, denn er hat begriffen, was diese große, dort schweigend unter der Tür stehende Gestalt bedeutet.

»Ist es so weit, Herr Pastor?«, fragt er und greift schon nach seinen Kleidern.

»Es ist so weit, Quangel!«, antwortet der Geistliche. Und fragt: »Fühlen Sie sich bereit?«

»Ich bin jede Stunde bereit«, antwortet Quangel, und seine Zunge berührt das Röhrchen in seinem Munde.

Er fängt an, sich anzukleiden. Alle seine Griffe geschehen ruhig, ohne Hast.

Einen Augenblick mustern sich die beiden schweigend. Der Pastor ist ein noch junger, grobknochiger Mann, mit einem einfachen, vielleicht etwas törichten Gesicht.

Nicht viel los mit dem, entscheidet Quangel. Kein Mann wie der gute Pastor.

Der Pastor wieder sieht vor sich einen langen, verarbeiteten Mann. Das Gesicht mit dem scharfen, vogelhaften Profil missfällt ihm, der musternde Blick des dunkeln, merkwürdig runden Auges missfällt ihm, es missfällt ihm auch der schmale, blutlose Mund mit den eingekniffenen Lippen. Aber der Geistliche gibt sich einen Stoß und sagt so freundlich, wie er kann: »Ich hoffe, Sie haben Ihren Frieden mit dieser Welt gemacht, Quangel?«

»Hat diese Welt Frieden gemacht, Herr Pastor?«, fragt Quangel dagegen.

»Leider noch nicht, Quangel, leider noch nicht«, antwortet der Geistliche, und sein Gesicht versucht, einen Kummer auszudrücken, der nicht empfunden wird. Er übergeht diesen Punkt und fragt weiter: »Aber den Frieden mit Ihrem Herrgott haben Sie doch gemacht, Quangel?«

»Ich glaube an keinen Herrgott«, antwortet Quangel kurz.

»Wie?«

Der Pastor scheint fast erschrocken von dieser brüsken Erklärung. »Nun«, fährt er fort, »wenn Sie vielleicht auch an keinen persönlichen Gott glauben, so werden Sie doch ein Pantheist sein, nicht wahr, Quangel?«

»Was ist das?«

»Nun, das ist doch klar …« Der Pastor versucht etwas zu erklären, was ihm selbst nicht ganz klar ist. »Eine Weltseele, verstehen Sie. Alles ist Gott, Sie verstehen? Ihre Seele, Ihre unsterbliche Seele wird in die große Weltenseele heimkehren, Quangel!«

»Alles ist Gott?«, fragt Quangel. Er ist jetzt mit Anziehen fertig geworden und steht vor der Pritsche. »Ist Hitler auch Gott? Das Morden draußen Gott? Sie Gott? Ich Gott?«

»Sie haben mich falsch verstanden, vermutlich absichtlich falsch verstanden«, antwortet gereizt der Geistliche. »Aber ich bin nicht hier, Quangel, um mit Ihnen über religiöse Fragen zu diskutieren. Ich bin gekommen, Sie auf Ihren Tod vorzubereiten. Sie werden sterben müssen, Quangel, in wenigen Stunden. Sind Sie bereit?«

Statt einer Antwort fragt Quangel: »Haben Sie den Pastor

Lorenz gekannt im Untersuchungsgefängnis beim Volks-gerichtshof?«

Der Pastor, schon wieder aus dem Konzept gebracht, ant-wortet ärgerlich: »Nein, aber ich habe von ihm gehört. Ich darf wohl sagen, der Herr hat ihn zur rechten Zeit abberufen. Er hat unserm Stande Schande gemacht.«

Quangel sah den Geistlichen aufmerksam an. Er sagte: »Er war ein sehr guter Mann. Viele Gefangene werden mit Dank-barkeit an ihn denken.«

»Ja«, rief der Pastor in unverhülltem Ärger. »Weil er euren Lüsten nachgegeben hat! Er war ein sehr schwacher Mann, Quangel. Der Diener Gottes hat ein Kämpfer zu sein in diesen Kriegszeiten, kein flauer Kompromissmacher!« Er besann sich wieder. Er sah hastig auf die Uhr und sagte: »Ich habe nur noch acht Minuten für Sie, Quangel. Ich habe noch einige Ih-rer Leidensgefährten, die gleich Ihnen heute den letzten Gang antreten, mit meinem geistlichen Trost zu versehen. Wir wol-len jetzt beten ...«

Der Geistliche, dieser starkknochige, grobe Bauer, hatte ein weißes Tuch aus der Tasche gezogen und entfaltete es behut-sam.

Quangel fragte: »Versehen Sie auch die hinzurichtenden Frauen mit Ihrem geistlichen Trost?«

Sein Spott war so undurchdringlich, dass der Pastor nichts von ihm merkte. Er breitete das schneeweiße Tuch auf dem Zellenboden aus und antwortete dabei gleichgültig: »Es fin-den heute keine Hinrichtungen von Frauen statt.«

»Erinnern Sie sich vielleicht«, fragte Quangel hartnäckig weiter, »ob Sie in der letzten Zeit bei einer Frau Anna Quangel gewesen sind?«

»Frau Anna Quangel? Das ist Ihre Frau? Nein, bestimmt nicht. Ich würde mich erinnern. Ich habe ein ungewöhnlich gutes Namengedächtnis ...«

»Ich habe eine Bitte, Herr Pastor ...«

»Nun, sagen Sie schon, Quangel! Sie wissen, meine Zeit ist knapp!«

»Ich bitte Sie, meiner Frau, wenn es so weit ist, nicht zu sagen, dass ich vor ihr hingerichtet worden bin. Sagen Sie ihr bitte, dass ich in der gleichen Stunde mit ihr sterbe.«

»Das wäre eine Lüge, Quangel, und ich als Diener Gottes darf mich nicht gegen sein achtes Gebot vergehen.«

»Sie lügen also nie, Herr Pastor? Sie haben noch nie in Ihrem Leben gelogen?«

»Ich hoffe«, sagte der Pastor, verwirrt unter dem spöttisch musternden Blick des andern, »ich hoffe, dass ich mich stets nach meinen schwachen Kräften bemüht habe, Gottes Gebote zu halten.«

»Und Gottes Gebote verlangen also von Ihnen, meiner Frau den Trost, dass sie in der gleichen Stunde mit mir stirbt, zu versagen?«

»Ich darf nicht falsch Zeugnis reden wider meinen Nächsten, Quangel!«

»Schade, schade! Sie sind wirklich nicht der gute Pastor.«

»Wie?«, rief der Geistliche, halb verwirrt, halb drohend.

»Herr Pastor Lorenz hieß im Gefängnis nur der gute Pastor«, erklärte Quangel.

»Nein, nein«, rief der Pastor zornig, »ich sehne mich nicht nach einem solchen von euch gespendeten Ehrennamen! Ich würde das einen Unehrennamen heißen!« Er besann sich. Mit einem Plumps fiel er auf die Knie, genau auf das weiße Taschentuch. Er deutete auf eine Stelle des dunklen Zellenbodens neben sich (denn das weiße Tuch reichte nur für ihn aus): »Knien Sie auch nieder, Quangel, wir wollen beten!«

»Vor wem soll ich knien?«, fragte Quangel kalt. »Zu wem soll ich beten?«

»Oh!«, brach der Pastor ärgerlich aus, »fangen Sie doch nicht schon wieder damit an! Ich habe schon viel zu viel Zeit an Sie verschwendet!« Er sah kniend zu dem Mann mit dem harten, bösen Gesicht auf. Er murmelte: »Gleichviel, ich werde meine Pflicht tun. Ich werde für Sie beten!«

Er senkte den Kopf, faltete die Hände, und seine Augen schlossen sich. Dann stieß er den Kopf vor, öffnete die Augen weit und schrie plötzlich so laut, dass Quangel erschrocken zusammenfuhr: »O Du mein Herr und mein Gott! Allmächtiger, allwissender, allgütiger, allgerechter Gott, Richter über Gut und Böse! Ein Sünder liegt hier vor Dir im Staube, ich bitte Dich, Du wollest die Augen in Barmherzigkeit wenden auf diesen Menschen, der viele Missetat begangen hat, ihn erquicken an Leib und Seele und ihm alle seine Sünden in Gnaden vergeben …«

Der kniende Pastor schrie noch lauter: »Nimm an das Opfer des unschuldigen Todes Jesu Christi, Deines lieben Sohnes, für die Bezahlung seiner Missetat! Er ist ja auch auf desselbigen Namen getauft und mit desselbigen Blut gewaschen und gereinigt. So errette ihn nun von des Leibes Qual und Pein! Verkürze ihm seine Schmerzen, erhalte ihn wider die Anklage des Gewissens! Verleihe ihm eine selige Heimfahrt zum ewigen Leben!«

Der Geistliche senkte seine Stimme zu einem geheimnisvollen Flüstern: »Schicke Deine heiligen Engel her, dass sie ihn begleiten zur Versammlung Deiner Auserwählten in Christo Jesu, unserm Herrn.«

Der Pastor rief wieder sehr laut: »Amen! Amen! Amen!«

Er stand auf, faltete das weiße Tuch sorgfältig wieder zusammen und fragte, ohne Quangel anzusehen: »Es ist wohl vergeblich, dass ich Sie frage, ob Sie bereit sind, das heilige Abendmahl einzunehmen?«

»Völlig vergeblich, Herr Pastor.«

Der Pastor streckte zögernd seine Hand gegen Quangel aus.

Quangel schüttelte den Kopf und legte seine Hände auf den Rücken.

»Auch das ist vergeblich, Herr Pastor!«, sagte er.

Der Pastor ging, ohne ihn anzusehen, zur Tür. Er wandte sich noch einmal um, warf einen flüchtigen Blick auf Quangel und sagte: »Nehmen Sie noch diesen Spruch mit zur letzten Richtstätte, Philipper 1,21: Christus ist mein Leben, und Sterben ist mein Gewinn.«

Die Tür klappte, er war gegangen.

Quangel atmete auf.

71. KAPITEL
Der letzte Weg

Der Geistliche war kaum gegangen, da trat ein kleiner, untersetzter Mann in einem hellgrauen Anzug in die Zelle. Er warf einen raschen, scharf prüfenden, klugen Blick auf Quangels Gesicht, ging dann auf ihn zu und sagte: »Dr. Brandt, Gefängnisarzt.« Er hatte dabei Quangels Hand geschüttelt und behielt sie nun in der seinen, während er sagte: »Darf ich Ihnen den Puls fühlen?«

»Immer zu!«, sagte Quangel.

Der Arzt zählte langsam. Dann ließ er die Hand Quangels los und sagte beifällig: »Sehr gut. Ausgezeichnet. Sie sind ein Mann.«

Er warf einen raschen Blick zur Tür, die halb offengeblieben war, und fragte flüsternd: »Kann ich was für Sie tun? Was Betäubendes?«

Quangel bewegte verneinend den Kopf. »Ich danke schön, Herr Doktor. Es wird auch so gehen.«

Seine Zunge berührte die Ampulle. Er überlegte einen Augenblick, ob er dem Arzt noch irgendeinen Auftrag an Anna geben sollte. Aber nein, dieser Pastor würde ihr doch alles erzählen …

»Sonst etwas?«, fragte der Arzt flüsternd. Er hatte Quangels Schwanken sofort bemerkt. »Vielleicht ein Brief zu bestellen?«

»Ich habe hier kein Schreibzeug – ach nein, ich will es auch lassen. Ich danke Ihnen jedenfalls, Herr Doktor, wieder ein

Mensch mehr! Gottlob sind auch in solch einem Bau nicht alle schlecht.«

Der Arzt nickte trübe, gab Quangel noch einmal die Hand, überlegte und sagte rasch: »Ich kann Ihnen nur sagen: Bleiben Sie so mutig.«

Und er verließ rasch die Zelle.

Ein Aufseher trat ein, gefolgt von einem Gefangenen, der eine Schüssel und einen Teller trug. In der Schüssel dampfte heißer Kaffee, auf dem Teller lagen mit Butter bestrichene Brote. Daneben zwei Zigaretten, zwei Streichhölzer und ein Stückchen Reibfläche.

»So«, sagte der Aufseher. »Sie sehen, wir lassen uns nicht lumpen. Und alles ohne Karten!«

Er lachte, und der Kalfaktor lachte pflichtschuldigst mit. Es war zu merken, dass dieser »Witz« schon oft gemacht worden war.

In einer plötzlichen, überraschenden Aufwallung von Ärger sagte Quangel: »Nehmen Sie das Zeug wieder raus! Ich brauche eure Henkersmahlzeit nicht!«

»Das soll mir keiner zweimal sagen!«, sagte der Aufseher. »Übrigens ist der Kaffee bloß Muckefuck und die Butter Margarine …«

Und wieder war Quangel allein. Er ordnete sein Bett, zog die Bezüge ab und legte sie neben der Tür nieder, klappte das Gestell an die Wand. Dann machte er sich daran, sich zu waschen.

Er war noch dabei, als ein Mann, gefolgt von zwei Burschen, die Zelle betrat.

»Die Wascherei sparen Sie sich man«, sagte der Mann lärmend. »Jetzt werden wir Sie erstklassig rasieren und frisieren! Los, Jungens, macht ein bisschen schnell, wir sind spät dran!« Und entschuldigend zu Quangel: »Ihr Vorgänger hat uns zu sehr aufgehalten. Manche wollen gar keine Vernunft annehmen und begreifen nicht, dass ich nichts ändern kann. Ich bin nämlich der Scharfrichter von Berlin …«

Er streckte Quangel die Hand hin.

»Nun, Sie werden sehen, ich werde weder trödeln noch quälen. Macht ihr keine Schwierigkeiten, mache ich auch keine. Ich sage immer zu meinen Jungens: ›Jungens‹, sage ich, ›wenn einer sich unvernünftig anstellt und schmeißt sich hin und brüllt und schreit, so seid ihr auch unvernünftig. Packt ihn an, wo ihr ihn zu fassen kriegt, und wenn ihr ihm die Hoden rausreißt!‹ Aber bei vernünftigen Leuten, wie du einer bist, immer fein sachte!«

Während er so immer weiterredete, war eine Haarschneidemaschine über Quangels Kopf hin und her gewandert, sein sämtliches Kopfhaar lag auf dem Zellenboden. Der andere Henkersgehilfe hatte Seife zu Schaum geschlagen und rasierte Quangels Bart. »So«, sagte der Scharfrichter befriedigt. »Sieben Minuten! Wir haben wieder aufgeholt. Noch ein paar solche Vernünftige, und wir sind pünktlich wie die Eisenbahn.« Und bittend zu Quangel: »Sei so nett und feg dein Zeug selber zusammen. Du bist nicht dazu verpflichtet, verstehst du, aber wir sind knapp mit der Zeit. Der Direktor und der Ankläger können jeden Augenblick kommen. Schmeiß die Haare nicht in den Kübel, ich leg dir hier 'ne Zeitung hin: wickle sie ein und lege sie neben die Tür. Es ist ein kleiner Nebenverdienst, du verstehst?«

»Was machst du denn mit meinen Haaren?«, fragte Quangel neugierig.

»Verkauf ich an einen Perückenmacher. Perücken werden immer gebraucht. Nicht nur für die Schauspieler, auch so. Na, dann dank ich auch schön. Heil Hitler!«

Auch die waren gegangen, muntere Burschen, konnte man wohl sagen, sie verstanden ihr Handwerk, man konnte nicht mit mehr Seelenruhe Schweine schlachten. Und doch entschied Quangel, dass diese rohen, herzlosen Burschen besser zu ertragen seien als der Pastor vorhin. Dem Scharfrichter hatte er doch sogar ohne weiteres die Hand gegeben.

Quangel hatte gerade die Wünsche des Scharfrichters, die Zellenreinigung betreffend, erfüllt, als schon wieder die Tür geöffnet wurde. Es traten ein, begleitet von einigen Uniformierten, ein dicker Herr mit rotem Schnurrbart und einem fetten, bleichen Gesicht – der Gefängnisdirektor, wie sich gleich herausstellte, und ein alter Bekannter Quangels: der Ankläger aus der Hauptverhandlung, der wie ein Pinscher kläffte.

Zwei Uniformierte packten Quangel und rissen ihn roh gegen die Zellenwand zurück, wo sie ihn zwangen, Haltung einzunehmen. Dann stellten sie sich neben ihn.

»Otto Quangel«, schrie der eine.

»Ach so!«, kläffte der Pinscher los. »An das Gesicht erinnere ich mich doch!« Er wandte sich an den Direktor. »Dem habe ich selber sein Todesurteil verschafft!«, sagte er stolz. »Ein ganz unverschämter Bursche das. Er dachte, er könnte dem Gericht und mir frech kommen. Aber wir haben's dir gegeben, Bursche!«, kläffte er, zu Quangel gewendet, weiter. »Was, wir haben's dir gegeben! Wie ist dir nun? Nicht mehr ganz so frech, wie?«

Einer der Männer neben ihm puffte Quangel in die Seite. »Antworten!«, flüsterte er befehlend.

»Ach, leckt mich doch alle!«, sagte Quangel gelangweilt.

»Wie? Was?« Der Ankläger tanzte vor Erregung von einem Bein aufs andere. »Herr Direktor, ich verlange …«

»Ach was!«, sagte der Direktor, »lassen Sie die Leute doch zufrieden! Sie sehen doch, das ist ein ganz ruhiger Mann! Nicht wahr, das sind Sie doch?«

»Natürlich!«, antwortete Quangel. »Er soll mich nur zufrieden lassen. Ich lasse ihn schon in Ruhe.«

»Ich protestiere! Ich verlange …!«, schrie der Pinscher.

»Was denn?«, sagte der Direktor, »was können Sie denn jetzt noch verlangen? Mehr als hinrichten können wir den Mann doch nicht, und das weiß der sehr gut. Also, machen Sie los, lesen Sie ihm schon das Urteil vor!«

Endlich beruhigte sich der Pinscher, entfaltete ein Aktenstück und begann vorzulesen. Er las hastig und undeutlich, übersprang Sätze, verwirrte sich und schloss ganz plötzlich: »Also, Sie wissen Bescheid!«

Quangel antwortete nicht.

»Führen Sie den Mann nach unten!«, sagte der rotbärtige Direktor, und die beiden Wachen packten Quangel fest bei den Armen.

Er machte sich unwillig los.

Sie packten ihn noch fester an.

»Lassen Sie den Mann allein gehen!«, befahl der Direktor. »Der wird schon keine Schwierigkeiten machen.«

Sie traten auf den Gang hinaus. Dort standen eine Menge Leute, Uniformierte und Zivilisten. Plötzlich hatte sich ein Zug gebildet, dessen Mittelpunkt Otto Quangel war. An der Spitze gingen Wachtmeister. Dann folgte der Pastor, der jetzt einen Talar mit weißem Kragen trug und irgendetwas Unverständliches vor sich hin betete. Hinter ihm ging Quangel, in eine ganze Traube von Aufsehern gehüllt, aber der kleine Arzt im hellen Anzug hielt sich dicht bei ihm. Dahinter folgten der Direktor und der Ankläger, denen wieder Zivilisten und Uniformierte nachgingen, die Zivilisten zum Teil mit Fotoapparaten bewaffnet.

So bewegte sich der Zug über Korridore, die schlecht beleuchtet waren, über eiserne Treppen, deren Linoleumbelag schlüpfrig war, durch das Totenhaus. Und wo er vorbeikam, schien ein Stöhnen in den Zellen laut zu werden, ein verhaltenes Ächzen aus tiefster Brust. Plötzlich rief eine Stimme aus einer Zelle sehr laut: »Lebe wohl, Genosse!«

Und ganz mechanisch antwortete Otto Quangel laut: »Lebe wohl, Genosse!« Erst einen Augenblick später fiel ihm ein, wie widersinnig dieses »Lebewohl« an einen Sterbenden gewesen war.

Jetzt wurde eine Tür aufgeschlossen, und sie traten auf den

Hof hinaus. Noch hing das nächtliche Dunkel zwischen den Mauern. Quangel sah rasch rechts und links, seiner überwachen Aufmerksamkeit entging nichts. Er sah an den Fenstern des Zellengefängnisses das Rund vieler bleicher Gesichter, die Kameraden, die, gleich ihm zum Tode verurteilt, noch lebten. Ein Schäferhund fuhr laut bellend dem Zuge entgegen, wurde von dem Posten zurückgepfiffen und zog sich knurrend zurück. Der Kies knirschte unter den vielen Füßen, es sah aus, als müsse er bei Tageslicht leicht gelblich aussehen, jetzt, im Schein der elektrischen Lampen, wirkte er weißlichgrau. Über die Mauer sah schattenhaft der Umriss eines entblätterten Baumes. Die Luft war fröstelig und feucht. Quangel dachte: In einer Viertelstunde werde ich nicht mehr frieren – komisch!

Seine Zunge tastete nach der Glasampulle. Aber es war noch zu früh …

Seltsam, so deutlich er alles sah und hörte, was um ihn vorging, bis auf die geringste Kleinigkeit, so unwirklich schien ihm doch alles. Dies war ihm einmal erzählt worden. Er lag in seiner Zelle und träumte davon. Ja, es war ganz unmöglich, dass er hier körperlich wandelte, und sie alle, die hier mit ihm gingen, mit ihren gleichgültigen oder rohen oder gierigen oder traurigen Gesichtern, sie alle waren nichts Körperliches. Der Kies war kaum Kies, und das Scharren der Füße, das Knirschen der Steinchen unter den Sohlen – das waren Traumgeräusche …

Sie traten durch eine Tür und kamen in einen Raum, der so grell beleuchtet war, dass Quangel zuerst nichts sah. Seine Begleiter rissen ihn plötzlich nach vorn, an dem niederknienden Geistlichen vorbei.

Der Scharfrichter kam mit seinen beiden Gehilfen auf ihn zu. Er streckte ihm die Hand hin.

»Also, nimm mir's nicht übel!«, sagte er.

»Nee, zu was denn?«, antwortete Quangel und nahm mechanisch die Hand.

Während der Scharfrichter Quangel die Jacke auszog und den Kragen seines Hemdes abschnitt, sah Quangel zurück auf die, die ihn begleitet hatten. Er sah in der blendenden Helle nur einen Kranz weißer Gesichter, die alle ihm zugewandt waren.

Ich träume das, dachte er, und sein Herz begann stärker zu klopfen.

Aus dem Zuschauerraum löste sich eine Gestalt, und als sie näher kam, erkannte Quangel den kleinen, hilfsbereiten Arzt im hellgrauen Anzug.

»Nun?«, fragte der Arzt mit einem matten Lächeln. »Wie geht es uns?«

»Immer ruhig!«, sagte Quangel, während ihm die Hände auf dem Rücken gebunden wurden. »Im Augenblick habe ich ziemliches Herzklopfen, aber ich nehme an, das wird sich in den nächsten fünf Minuten geben.«

Und er lächelte.

»Warten Sie, ich gebe Ihnen was!«, sagte der Arzt und griff in seine Tasche.

»Machen Sie sich keine Mühe, Herr Doktor«, antwortete Quangel. »Ich bin gut versorgt …«

Und für einen Augenblick zeigte die Zunge zwischen den dünnen Lippen die Glasampulle …

»Ja, dann!«, meinte der Arzt und sah verwirrt aus.

Sie drehten Quangel um. Jetzt sah er vor sich den langen Tisch, der mit einem glatten, stumpfen, schwarzen Überzug bedeckt war, wie Wachstuch. Er sah Riemen, Schnallen, aber vor allem sah er das Messer, das breite Messer. Es schien ihm sehr hoch über dem Kopf zu hängen, drohend hoch. Es blinkte grausilbern, es sah ihn tückisch an.

Quangel seufzte leicht …

Plötzlich stand der Direktor neben ihm und sprach mit dem Scharfrichter einige Worte. Quangel sah unverwandt auf das Messer. Er hörte nur halb hin: »Ich übergebe Ihnen als dem

Scharfrichter der Stadt Berlin diesen Otto Quangel, dass Sie ihn mit dem Fallbeil vom Leben zum Tode bringen, wie es angeordnet ist durch rechtskräftiges Urteil des Volksgerichtshofes …«

Die Stimme schallte unerträglich laut. Das Licht war zu hell …

Jetzt, dachte Quangel. Jetzt …

Aber er tat es nicht. Eine fürchterliche, peinigende Neugier kitzelte ihn …

Nur noch ein paar Minuten, dachte er. Ich muss noch wissen, wie es auf diesem Tisch ist …

»Nun mal los, alter Junge!«, mahnte der Scharfrichter. »Mach jetzt keine langen Geschichten. In zwei Minuten hast du es ausgestanden. Hast du übrigens an die Haare gedacht?«

»Liegen an der Tür«, antwortete Quangel.

Einen Augenblick später lag Quangel auf dem Tisch, er fühlte, wie sie seine Füße festschnallten. Ein stählerner Bügel senkte sich auf seinen Rücken und presste seine Schultern fest gegen die Unterlage …

Es stank nach Kalk, nach feuchtem Sägemehl, es stank nach Desinfektionsmitteln … Aber vor allem stank es, alles andere übertäubend, widerlich süß nach etwas, nach etwas …

Blut …, dachte Quangel. Es stinkt nach Blut …

Er hörte, wie der Scharfrichter leise flüsterte: »Jetzt!«

Aber so leise er auch flüsterte, so leise konnte kein Mensch flüstern, Quangel hörte es doch, dieses »Jetzt!«

Er hörte auch ein surrendes Geräusch …

Jetzt!, dachte es auch in ihm, und seine Zähne wollten die Zyankaliampulle zerbeißen …

Da würgte es in ihm, ein Strom von Erbrochenem füllte seinen Mund, riss das Glasröhrchen mit …

O Gott, dachte er, ich habe zu lange gewartet …

Das Surren war ein Sausen geworden, das Sausen war ein gellendes Geschrei geworden, das bis in die Sterne, bis vor Gottes Thron zu hören sein musste …

Dann krachte das Beil durch sein Genick.

Quangels Kopf fällt in den Korb.

Einen Augenblick lag er ganz still, als sei dieser kopflose Körper verblüfft über den Streich, den man ihm da gespielt. Dann bäumte der Leib sich auf, er wand sich zwischen Riemen und Stahlbügeln, die Gehilfen des Scharfrichters warfen sich auf ihn und versuchten, ihn niederzudrücken.

Die Venen in den Händen des Toten wurden dick und dicker, und dann fiel alles zusammen. Man hörte nur das Blut, das zischende, rauschende, dumpf niederfallende Blut.

Drei Minuten nach dem Fall des Beils verkündete der bleiche Arzt mit etwas zitternder Stimme den Tod des Hingerichteten.

Sie räumten den Kadaver fort.

Otto Quangel war nicht mehr.

72. KAPITEL
Anna Quangels Wiedersehen

Die Monate kamen, und die Monate gingen, die Jahreszeiten wechselten, und Frau Anna Quangel saß noch immer in ihrer Zelle und wartete auf das Wiedersehen mit Otto Quangel.

Manchmal sagte die Aufseherin, deren Liebling Frau Anna jetzt war, zu ihr: »Ich glaube, Frau Quangel, die haben Sie ganz vergessen.«

»Ja«, antwortete die Gefangene 76 freundlich. »Es scheint beinahe so. Mich und meinen Mann. Wie geht es Otto?«

»Gut!«, antwortete die Aufseherin rasch. »Er lässt auch grüßen.«

Sie waren sich alle einig geworden, die gute, immer fleißige

Frau den Tod des Mannes nicht erfahren zu lassen. Sie bestellten ihr regelmäßig Grüße.

Und dieses Mal meinte es der Himmel gnädig mit Frau Anna: kein müßiges Geschwätz, kein pflichtbewusster Pastor zerstörten ihr den Glauben an das Leben Otto Quangels.

Fast den ganzen Tag saß sie an ihrer kleinen Handstrickmaschine und strickte Strümpfe, Strümpfe für die Soldaten draußen, strickte tagaus, tagein.

Manchmal sang sie leise dabei. Sie war jetzt fest davon überzeugt, dass Otto und sie sich nicht nur wiedersehen, nein, dass sie auch lange miteinander noch leben würden. Entweder waren sie wirklich vergessen, oder man hatte sie im Geheimen begnadigt. Es konnte nicht mehr lange dauern, und sie waren frei.

Denn so wenig die Aufseherinnen davon auch sprachen, das hatte Anna Quangel doch gemerkt: es stand schlecht draußen mit dem Krieg, und die Nachrichten wurden von Woche zu Woche schlechter. Sie merkte es auch an dem sich rasch weiter verschlechternden Essen, an dem oft fehlenden Arbeitsmaterial, durch den zerbrochenen Teil ihrer Strickmaschine, dessen Ersatz wochenlang dauerte, dass alles immer knapper wurde. Aber wenn es schlecht mit dem Kriege stand, so stand es gut für die Quangels. Bald waren sie frei.

So sitzt sie und strickt. Sie strickt ihre Träume, Hoffnungen, die sich nie erfüllen werden, Wünsche, die sie früher nie gehabt, in die Strümpfe. Sie malt sich einen ganz andern Otto aus, als der ist, an dessen Seite sie gelebt hat, einen heiteren, vergnügten, zärtlichen Otto. Sie ist fast zu einem jungen Mädchen geworden, dem das ganze Leben noch frühlingsfroh winkt. Träumt sie nicht manchmal sogar davon, noch Kinder zu haben? Ach, Kinder …!

Seit Anna Quangel das Zyankali vernichtete, als sie beschlossen hatte, nach schwerstem Kampf, auszuhalten bis zum Wiedersehen mit Otto, es möge ihr geschehen, was wolle –

seitdem ist sie frei und jung und fröhlich geworden. Sie hat sich selbst überwunden.

Und nun ist sie frei. Furchtlos und frei.

Sie ist es auch in den immer schwereren Nächten, die der Krieg jetzt über die Stadt Berlin gebracht hat, wenn die Sirenen heulen, die Flieger in stets dichteren Schwärmen über der Stadt ziehen, die Bomben fallen, die Minen zerreißend schreien und Feuersbrünste überall aufglühen.

Auch in solchen Nächten bleiben die Gefangenen in ihren Zellen. Man wagt nicht, sie in Schutzräume zu führen, aus Furcht vor Meuterei. Sie schreien in ihren Zellen, sie toben, sie bitten und flehen, werden wahnsinnig vor Angst, aber die Gänge sind leer, keine Wache steht noch dort, keine erbarmende Hand schließt die Zellentüren auf, das Wachtpersonal sitzt in den Luftschutzräumen.

Anna Quangel ist ohne Furcht. Ihre kleine Rundmaschine tickert und tuckert, reiht Maschenkreis an Maschenkreis. Sie benutzt diese Stunden, in denen sie doch nicht schlafen kann, zum Stricken. Und beim Stricken träumt sie. Sie träumt von dem Wiedersehen mit Otto, und in einen solchen Traum bricht ohrenzerreißend die Mine ein, die diesen Teil des Gefängnisses in Schutt und Asche legt.

Frau Anna Quangel hat keine Zeit mehr gehabt, aus ihrem Wiedersehenstraum mit Otto aufzuwachen. Sie ist schon bei ihm. Sie ist jedenfalls dort, wo auch er ist. Wo immer das nun auch sein mag.

73. KAPITEL

Der Junge

Aber nicht mit dem Tode wollen wir dieses Buch beschließen, es ist dem Leben geweiht, dem unbezwinglichen, immer von neuem über Schmach und Tränen, über Elend und Tod triumphierenden Leben.

Es ist Sommer, es ist der Frühsommer des Jahres 1946.

Ein Junge, ein junger Mann fast schon, kommt über den Hof einer märkischen Siedlung gegangen.

Eine ältere Frau begegnet ihm. »Na, Kuno«, fragt sie. »Was gibt's heute?«

»Ich will in die Stadt«, antwortet der Junge. »Ich soll unsern neuen Pflug abholen.«

»Na«, sagt sie, »ich schreibe dir noch auf, was du mir mitbringen kannst – wenn du's kriegst!«

»Wenn's nur da ist, dann kriege ich es auch schon, Mutter!«, ruft er lachend. »Das weißt du doch!«

Sie sehen sich lachend an. Dann geht sie ins Häuschen zu ihrem Mann, dem alten Lehrer, der längst das Pensionsalter hat und der noch immer seine Kinder lehrt – wie der Jüngste.

Der Junge zieht das Pferd Toni, ihrer aller Stolz, aus dem Schuppen.

Eine halbe Stunde später ist Kuno-Dieter Barkhausen auf dem Wege zur Stadt. Aber er heißt nicht mehr Barkhausen, rechtens und mit allen Formalitäten ist er von den Eheleuten Kienschäper adoptiert, damals, als es klar wurde, dass weder Karl noch Max Kluge aus dem Kriege heimkehren würden. Übrigens ist auch der Dieter bei dieser Gelegenheit ausgemerzt: Kuno Kienschäper klingt ausgezeichnet und ist völlig genug.

Kuno pfeift vergnügt vor sich hin, während der Braune Toni langsam in der Sonne den ausgefahrenen Feldweg entlangzuckelt. Soll er sich Zeit lassen, der Toni, zum Mittag sind sie immer wieder zurück.

Kuno sieht auf die Felder rechts und links, prüfend, fachmännisch beurteilt er den Saatenstand. Er hat viel gelernt hier auf dem Lande, und er hat – gottlob! – fast ebenso viel vergessen. Der Hinterhof mit der Frau Otti, nein, an den denkt er fast nie mehr, und auch nicht mehr an einen dreizehnjährigen

Kuno-Dieter, der eine Art Räuber war, nein, das alles gibt es nicht mehr. Aber auch die Träume von der Motorenschlosserei sind aufgeschoben, vorläufig genügt es dem Jungen, den Trecker im Dorf bei der Pflügerei trotz seiner Jugend führen zu dürfen.

Ja, sie sind schön vorangekommen, der Vater, die Mutter und er. Sie sind nicht mehr von den Verwandten abhängig, sie haben im vorigen Jahr Land bekommen, sie sind selbständige Leute mit Toni, einer Kuh, einem Schwein, zwei Hammeln und sieben Hühnern. Toni kann mähen und pflügen, er hat vom Vater das Säen gelernt und von der Mutter das Hacken. Das Leben macht ihm Spaß, er wird den Hof schon in die Höhe bringen, das tut er!

Er pfeift.

Am Straßenrand richtet sich eine verwahrloste, lange Gestalt auf, zerlumpt der Anzug, verwüstet das Gesicht. Das ist keiner der unseligen Flüchtlinge, das ist ein Verkommener, ein Penner, ein Lump. Die versoffene Stimme krächzt: »He, Jung, nimm mich mit in die Stadt!«

Kuno Kienschäper ist beim Klange dieser Stimme zusammengezuckt. Er möchte aus dem behaglichen Toni einen Galopp herausholen, aber dafür ist es zu spät, und so sagt er mit gesenktem Kopf: »Sitz auf – nee, nicht hier bei mir! Hinten kannst du aufsitzen!«

»Warum nicht bei dir?«, krächzt der Mann herausfordernd. »Bin dir wohl nicht fein genug?«

»Schafskopp!«, ruft Kuno mit angenommener Grobheit. »Weil du hinten auf dem Stroh weicher sitzt!«

Der Mann fügt sich brummend, kriecht hinten auf den Wagen, und Toni fängt jetzt an, ganz von selber zu traben.

Der Kuno hat den ersten Schreck darüber verwunden, dass er da seinen Vater, nein, ausgerechnet den Barkhausen aus dem Straßengraben auf den Wagen hat laden müssen, ausgerechnet er, ausgerechnet den! Aber vielleicht war das gar kein Zufall, vielleicht hat der Barkhausen ihm aufgelauert und weiß genau, wer ihn da fährt.

Kuno schielt über die Schulter nach dem Mann.

Der hat sich ins Stroh gestreckt und sagt jetzt, als habe er den Blick des Jungen gespürt: »Kannste mir wohl sagen, wo hier in der Drehe ein Junge wohnt, aus Berlin, muss so um die sechzehn sind? Hier um die Drehe rum muss er wohnen ...«

»Hier um die Drehe rum wohnen noch viele Berliner!«, antwortet Kuno.

»Das hab ich gemerkt! Aber das mit dem Jungen, wo ich meine, das ist ein Spezialfall – der ist nicht evakuiert damals im Kriege, der ist getürmt von seine Eltern! Haste von so 'nem Jungen mal gehört?«

»Nee!«, lügt Kuno. Und nach einer Pause fragt er: »Wissen Sie denn nicht, wie der Junge heißt?«

»Na ja, der heißt Barkhausen ...«

»Einen Barkhausen gibt's hier in der Drehe nicht, das müsste ich wissen.«

»Das ist komisch!«, sagt der Mann, tut, als müsse er lachen, und stößt dem Jungen die Faust schmerzhaft zwischen die Schultern. »Und ich hätt darauf geschworen, ein Barkhausen sitzt hier auf dem Wagen!«

»Da hätten Sie falsch geschworen!«, antwortet Kuno, und jetzt, da die Gewissheit da ist, schlägt sein Herz ruhig und kalt. »Ich heiß nämlich Kienschäper, Kuno Kienschäper ...«

»Nee, aber so wat!«, tut der Mann erstaunt. »Der, wo ich suche, heißt nämlich auch Kuno, Kuno-Dieter nämlich ...«

»Ich heiße bloß Kuno Kienschäper«, sagte der Junge. »Und dann: wenn ich wüsste, ein Barkhausen sitzt auf meinem Wagen, dann drehte ich die Peitsche um und prügelte den Kerl so lange, bis er runter wäre von meinem Wagen!«

»Nee, so wat! Nee, so wat! Jibt's denn so wat?«, wunderte sich der Penner. »Ein Junge, der den eigenen Vater vom Wagen prügelt?«

»Und wenn ich den Barkhausen runtergeprügelt hätte«, fuhr Kuno Kienschäper unbarmherzig fort, »dann führe ich in die Stadt zur Polizei und sagte denen: Passt auf, ihr! Da ist ein Mann hier in der Drehe, der kann nichts wie Faulsein und Stehlen und Schaden stiften, der hat gesessen, der ist ein Verbrecher, den langt euch!«

»So wat wirste doch nich machen, Kuno-Dieter«, rief Barkhausen nun wirklich erschrocken aus. »Du wirst mir doch nicht die Polente auf den Hals hetzen! Jetzt, wo ich endlich mal wieder raus bin aus dem Bunker und mir richtig gebessert habe? Ich hab ein Zeugnis vom Paster, ich hab mir wirklich gebessert, und ich fass nischt Verbotenes mehr an mit meine Hände, det schwör ick dir! Aber ick hab gedacht, wo du 'n Gut hast und so in der Fettlebe sitzt, dass du deinen alten Vater auch mal ein bisschen bei dir ausruhen lässt! Es jeht mir jarnich jut, Kuno-Dieter, ich hab's auf der Brust, ich muss mal 'n bisschen pausieren …«

»Dein bisschen Pausieren, das kenn ich!«, rief der Junge erbittert aus. »Ich weiß, wenn ich dich nur für einen Tag in unser Haus lasse, so machst du dich breit und bist nicht wieder wegzukriegen, und mit dir ist Unfriede und Unglück und Schmarotzerei ins Haus gezogen. Nein, jetzt machst du, dass du von meinem Wagen runterkommst, sonst drehe ich wirklich die Peitsche um!«

Der Junge hatte den Wagen halten lassen und war von ihm abgesprungen. Jetzt stand er da, die Peitsche in der Faust, zu allem bereit, um den Frieden des neuerworbenen Heims zu verteidigen.

Der ewige Pechvogel Barkhausen sagte kläglich: »Das wirste doch nich machen! Deinen eigenen Vater wirste doch nich schlagen!«

»Du bist ja gar nicht mein Vater! Das hast du mir früher leider oft genug gesagt!«

»Det is doch een Witz jewesen, Kuno-Dieter, vasteh det doch bloß!«

»Ich hab keinen Vater!«, schrie der Junge, rasend vor Zorn. »Ich hab eine Mutter, und ich fang ganz von Frischem an. Und wenn da Leute kommen von früher und sagen dies und das, dann prügele ich sie so lange, bis sie mich zufrieden lassen! Ich lass mir mein Leben nicht von dir verderben!«

Er stand so drohend da mit der erhobenen Peitsche, dass der Alte wirklich Furcht bekam. Er kroch vom Wagen und stand nun auf der Straße, feige Angst im Gesicht.

Feige drohend sagte er: »Ick kann dir viel Schaden machen ...«

»Darauf hab ich gewartet!«, rief Kuno Kienschäper. »Auf das Betteln folgt das Drohen, so ist es immer bei dir gewesen! Aber das sage ich dir, das schwör ich dir zu: Von hier fahre ich direkt zur Polizei und erstatte Anzeige, dass du mir gedroht hast, unser Haus anzuzünden ...«

»Det ha ick ja jarnich jesagt, Kuno-Dieter!«

»Aber gedacht hast du daran, das habe ich deinen Augen angesehen! Da geht dein Weg! Und merke dir, in einer Stunde sind die von der Polizei hinter dir her! Mach also, dass du schnell fortkommst!«

Kuno Kienschäper stand noch so lange auf der Straße, bis die verschlissene Gestalt zwischen den Kornfeldern verschwunden war. Dann klopfte er dem Braunen Toni auf den Hals und sagte: »Was, Toni, wir lassen uns von so einem nicht noch mal das Leben verpfuschen? Wir haben's neu angefangen. Wie die Mutter mich in das Wasser gesteckt und mit ihren eigenen Händen allen Dreck von mir abgewaschen hat, da hab ich mir's geschworen: Von nun an halte ich mich alleine sauber! Und das wird gehalten!«

In den nächsten Tagen wunderte sich Mutter Kienschäper manches Mal, dass der Junge so gar nicht vom Hofe zu kriegen war. Sonst war er immer der Erste bei der Feldarbeit gewesen, und jetzt wollte er nicht mal die Kuh auf der Weide tüdern. Aber sie sagte nichts, und der Junge sagte nichts, und als die Tage gingen in den reifen Sommer hinein und die Roggenernte anfing, da ging der Junge mit seiner Sense doch hinaus …

Denn was man gesät hat, soll man auch ernten, und der Junge hatte gutes Korn gesät.

ANHANG

Arbeitsfront – Deutsche Arbeitsfront (DAF); nach der Zerschlagung der Gewerkschaften im Mai 1933 gegründete Massenorganisation für Arbeitnehmer und Arbeitgeber, rechtlich der *NSDAP* angeschlossen; der DAF gehörten auch Unternehmen (u. a. VW, Banken, Werften, Verlage); sie wurde ein wichtiger Faktor bei der Umstellung der deutschen Wirtschaft auf Kriegsproduktion.

BDM – Bund Deutscher Mädel in der Hitlerjugend; ab 1932 einzige parteiamtliche Organisation der *NSDAP* für Mädchen und (ab 1938) für junge Frauen; 1936 wurde die Mitgliedschaft im BDM verpflichtend.
Bubi-drück-mich-Verein – Für Bund Deutscher Mädel (*BDM*).
BVG – Berliner Verkehrsbetriebe.

Dollfuß – Engelbert Dollfuß (1892–1934), österr. Politiker; 1932 bis 1934 Bundeskanzler, suchte Anlehnung an das faschistische Italien und verkündete nach Entmachtung des Nationalrats und Verbot oppositioneller Parteien (darunter der KPÖ und des österr. Flügels der *NSDAP*) eine neue Verfassung, mit der die parlamentarische Demokratie aufgehoben wurde; während eines Putsches von österr. Nationalsozialisten ermordet.

Frauenschaft – NS-Frauenschaft; Frauenorganisation der *NSDAP*, gegründet 1931 durch Zusammenschluss mehrerer Frauenverbände; übernahm die ideologische und praktische Schulung von Haus- und Landfrauen (erwerbstätige Frauen waren in der Deutschen *Arbeitsfront* organisiert, Mädchen im *BDM*).
Fritzsche – Hans Fritzsche (1900–1953); seit 1933 Leiter des Nachrichtenwesens im Propagandaministerium und *NSDAP*-Mitglied, seit 1938 Leiter der Abteilung Deutsche Presse und

1942 Chef der Rundfunkabteilung des Propagandaministeriums, zuständig für Kontrolle und Zensur aller Nachrichten; im Nürnberger Hauptkriegsverbrecherprozess freigesprochen, 1947 zu neun Jahren Arbeitslager verurteilt, 1950 wegen guter Führung aus dem Internierungslager entlassen.

Gestapo – Geheime Staatspolizei; 1933 gegründete politische Polizei zur Ermittlung und Verfolgung politisch oder rassisch Missliebiger. *Himmler* wurde 1936 Chef der gesamten Polizei, die Gestapo der SS unterstellt und in die NSDAP eingegliedert; 1946 vor dem Nürnberger Internationalen Militärtribunal angeklagt und als »verbrecherische Organisation« verurteilt.

Goebbels – Joseph Goebbels (1897–1945); seit 1924 bei der NSDAP, 1926 Gauleiter von Berlin, 1933 Reichsminister für Volksaufklärung und Propaganda, Präsident der Reichskulturkammer, gehörte zum engsten Führungskreis, als Anhänger Hitlers maßgeblich an der Umsetzung der NS-Verbrechen beteiligt; nach Hitlers Freitod Selbstmord.

Göring – Hermann Göring (1893–1946), 1933 preußischer Ministerpräsident, Reichsminister für die Luftfahrt, 1935 Oberbefehlshaber der Luftwaffe, 1938 Generalfeldmarschall, 1940 Reichsmarschall; 1939 offiziell zum Nachfolger Hitlers bestellt, im April 1945 aller Ämter enthoben und wegen des Versuchs, mit den Alliierten zu kooperieren, verhaftet; 1946 im Nürnberger Hauptkriegsverbrecherprozess zum Tode verurteilt als Mitverantwortlicher für Angriffskriege, staatliche Judenverfolgung und Zwangsarbeit, kurz vor der Hinrichtung Selbsttötung durch Gift.

Himmler – Heinrich Himmler (1900–1945); seit 1929 Reichsführer SS, 1933 Polizeipräsident von München, 1936 Chef der Deutschen Polizei, seit 1943 Reichsinnenminister und Generalbevollmächtigter für die Reichsverwaltung; nach dem Attentat am 20. Juli 1944 auf Hitler Oberbefehlshaber des Ersatzheeres, organisierte den »Volkssturm« als letztes Aufgebot; war verantwortlich für die Organisation und Durchführung des Völkermords an den europäischen Juden, Siedlungspolitik, Partisanenbekämpfung, Zwangsarbeitsprogramm; im Mai 1945 Selbstmord in britischer Gefangenschaft.

HJ – Hitlerjugend; 1926 gegründete Jugendorganisation der *NSDAP*, ab 1933 einziger staatlicher Jugendverband, diente der ideologischen Schulung und körperlichen Ertüchtigung; Gliederung in Hitlerjugend für die Jungen, *BDM* für die Mädchen; nach Einführung der »Jugenddienstpflicht« Zwangsmitgliedschaft, 1936 waren nahezu alle Jugendlichen Mitglied der HJ.

KPD – Kommunistische Partei Deutschlands; gegründet in Berlin am 30. 12. 1918 durch den Zusammenschluss des Spartakusbundes und der Internationalen Kommunisten Deutschlands; nach dem Reichstagsbrand 1933 wurden die Mandate der KPD-Abgeordneten kassiert, offiziell wurde die KPD vom NS-Regime nie verboten, ihre Struktur jedoch zerschlagen, die Mitglieder wurden in Konzentrationslager verschleppt, verhaftet, ins Exil oder in den Untergrund gedrängt.

Napola – Nationalpolitische Erziehungsanstalt; Internatsschulen, die auf führende Positionen im NS-Staat vorbereiten sollten; die ersten Absolventen wurden meist bei der Wehrmacht und Waffen-SS eingesetzt; bei Kriegsende gab es 43 Napolas, drei davon für Mädchen.

NSDAP – Nationalsozialistische Deutsche Arbeiterpartei; 1919 als Deutsche Arbeiterpartei gegründet, 1920 umbenannt in NSDAP, seit 1921 Vorsitzender Adolf Hitler, der nach dem Führerprinzip allein die Richtlinien der Partei bestimmte, Hakenkreuz als Emblem; regionale Gliederung in Gaue, Kreise, Ortsgruppen, Zellen und Blocks, zahlreiche angeschlossene Verbände (darunter *SA*, *SS*, *HJ*, *Frauenschaft*, *NSV*); 1945 durch Gesetz der Alliierten als »verbrecherische Organisation« mit allen Untergliederungen aufgelöst und verboten.

NSV – NS-Volkswohlfahrt; 1933 durch Hitler anerkannt, seit 1935 Verband der *NSDAP*, 1944 »Träger der Volkspflege«; sollte für Fragen der Fürsorge zuständig sein und den Leistungsstandard des deutschen Volkes sichern; rassisch definiertes Programm.

Organisation Todt – 1938 gegründet, nach ihrem Gründer Fritz Todt benannt; u. a. für den Bau militärischer Befestigungsanlagen zuständig, in Deutschland und in den besetzten Gebieten tätig; entwickelte sich zur kriegswichtigsten Organisation außerhalb von Wehrmacht und *SS*, ab 1943 wurden Zwangsarbeiter und Kriegsgefangene auf OT-Baustellen eingesetzt.

Pg – Parteigenosse; Mitglied der *NSDAP*.

Plötze – Umgangssprachliche Abkürzung für das Strafgefängnis in Berlin-Plötzensee; 1933–1945 Hinrichtungsstätte der NS-Justiz.

Prinz-Albrecht-Straße – Sitz der *Gestapo*-Zentrale in Berlin.

Reichsarbeitsdienst – Ab Juni 1935 geltende Arbeitspflicht von sechs Monaten für junge Männer zwischen 18 und 25 Jahren, ab Beginn des Zweiten Weltkrieges auch für weibliche Jugendliche; die Bezahlung lag knapp über dem Arbeitslosengeld.

SA – Sturmabteilung; 1921 gegründeter Wehrverband, 1925 in die *NSDAP* eingegliedert, Kennzeichen braune Uniformen; organisierte Propaganda-Aufmärsche, Straßenterror und Provokation politischer Gegner, 1933 in Preußen als »Hilfspolizei« mit staatlichen Vollmachten eingesetzt; unter Leitung der SA entstanden die ersten KZ; Auseinandersetzungen zwischen Reichsleitung und SA über deren Rolle als »Volksmiliz« in Konkurrenz zur Reichswehr endeten 1934 mit der Liquidierung der SA-Führung; danach verlor die SA zugunsten der *SS* weitgehend an Bedeutung, bei den Pogromen im November 1938 kam sie noch einmal landesweit zum Einsatz.

Schirach – Baldur von Schirach (1907–1974), 1933–1940 Reichsjugendführer, zuständig für die außerschulische Erziehung; ab 1940 Reichsstatthalter und Gauleiter von Wien; Angeklagter im Hauptkriegsverbrecherprozess in Nürnberg, 1946 Verurteilung zu zwanzig Jahren Haft.

Schupo – Umgangssprachliche Abkürzung für Schutzpolizist.

SD – Sicherheitsdienst; Nachrichtendienst innerhalb der Schutzstaffel (*SS*).

SS – Schutzstaffel; 1925 zum persönlichen Schutz Adolf Hitlers und zur Sicherung von *NSDAP*-Versammlungen gegründet, unterstand zunächst der *SA*, seit 1934 eigenständige parami-

litärische Organisation der *NSDAP*; seit 1929 unter Reichsführer *Himmler* Entwicklung zu einer Art »Parteipolizei« und
»Führerexekutive«, stellte u. a. KZ-Wachmannschaften; SS-
Einsatzgruppen verübten Kriegsverbrechen (Massenexekutio-
nen an Zivilisten in den besetzten Ländern, Vertreibung Nicht-
deutscher) und waren maßgeblich am Holocaust beteiligt; im
Nürnberger Hauptkriegsverbrecherprozess zur verbrecherischen Organisation erklärt.

Streicher – Julius Streicher (1885–1946), seit 1923 Herausgeber
der antisemitischen Wochenzeitung »Der Stürmer«, Gauleiter;
1933 Reichstagsabgeordneter, 1934 *SA*-Gruppenführer, 1935
Beteiligung am Zustandekommen der Nürnberger Gesetze.
1940 wegen persönlicher Verfehlungen in einem Parteige-
richtsverfahren seiner Ämter enthoben, behielt jedoch den
Rang eines Gauleiters und blieb Herausgeber des »Stürmers«;
im Nürnberger Hauptkriegsverbrecherprozess zum Tode verurteilt, hingerichtet.

Völkischer Beobachter – Ab 1923 Tageszeitung, Parteiorgan der
NSDAP (Untertitel: »Kampfblatt der nationalsozialistischen
Bewegung Großdeutschlands«), entwickelte sich nach 1933
zum regierungsamtlichen Massenblatt.

WHW – Winterhilfswerk; »Winterhilfswerk des Deutschen
Volkes«, seit 1932/33 mit besonderem Propaganda-Aufwand
durchgeführte Sammelaktionen zur Unterstützung Bedürfti-
ger.

1893 21. 7.: Geburt von Rudolf Ditzen in Greifswald als drittes Kind des Landrichters Wilhelm Ditzen und Elisabeth Ditzen

1899 Berufung des Vaters zum Kammergerichtsrat in Berlin, Umzug der Familie nach Berlin

1909 Berufung des Vaters zum Reichsgerichtsrat in Leipzig, Umzug der Familie nach Leipzig, schwerer Fahrradunfall

1911 Besuch des Gymnasiums in Rudolstadt, schwere Verletzung bei einem als Duell getarnten Doppelselbstmordversuch, bei dem der Freund Hanns Dietrich von Necker getötet wurde

1912 Aufenthalt in der Nervenheilanstalt Tannenfeld/Sachsen

1913 Landwirtschaftseleve in Posterstein/Sachsen

1914 Meldung als Kriegsfreiwilliger, aus gesundheitlichen Gründen nach wenigen Tagen entlassen

1915 Eleve auf dem Gut Heydebreck/Hinterpommern

1916 Arbeit in der Landwirtschaftskammer Stettin, danach Tätigkeit in Berlin bei der Kartoffelbaugesellschaft

1917 Drogenentziehungskur in Carlsfeld bei Brehna. Anschließend Kassenverwalter (Rendant) auf verschiedenen Gütern u. a. in Mecklenburg, Vorpommern, Schleswig-Holstein, Schlesien

1919 Erneut Entziehungskur in Tannenfeld

1920 *Der junge Goedeschal.* Seitdem Pseudonym Hans Fallada

1923 *Anton und Gerda.* Wegen Unterschlagung Verurteilung zu mehrmonatiger Gefängnishaft; bis zum Haftantritt Gutssekretär in Radach bei Drossen

1924/25 Drei Monate Gerichtsgefängnis in Greifswald. Nach der Entlassung Rechnungsführer in Gudderitz auf Rügen und in Lübgust/Pommern

1926 Wegen erneuter Veruntreuung 2½ Jahre Haft im Zentralgefängnis Münster

1928 Adressenschreiber in Hamburg, Mitglied der SPD, Verlobung mit Anna Issel

1929 Annoncenwerber in Neumünster, Lokalreporter für den »General-Anzeiger«, 5.6.: Heirat mit Anna Issel, Prozess-Berichterstatter beim »Landvolkprozess«

1930 Anstellung beim Rowohlt-Verlag. Geburt des Sohnes Ulrich

1931 *Bauern, Bonzen, Bomben.* Umzug nach Neuenhagen bei Berlin

1932 *Kleiner Mann – was nun?* Freie Autorenschaft

1933 Umzug nach Berkenbrück. Elftägige Haft nach Denunziation. Erwerb eines Anwesens in Carwitz bei Feldberg. Geburt der Tochter Lore

1934/35 *Wer einmal aus dem Blechnapf frißt; Wir hatten mal ein Kind; Das Märchen vom Stadtschreiber, der aufs Land flog*

1936 *Altes Herz geht auf die Reise; Hoppelpoppel, wo bist du?*

1937 *Wolf unter Wölfen*

1938 *Der eiserne Gustav; Geschichten aus der Murkelei*

1939 *Kleiner Mann, großer Mann – alles vertauscht*

1940 *Der ungeliebte Mann.* Geburt des Sohnes Achim

1941 *Ein Mann will hinauf: die Frauen und der Träumer* (auch unter dem Titel *Ein Mann will nach oben*); *Der mutige Buchhändler* (auch u.d.T. *Das Abenteuer des Werner Quabs*)

1942 *Damals bei uns daheim; Zwei zarte Lämmchen weiß wie Schnee; Die Stunde eh du schlafen gehst*

1943 *Heute bei uns zu Haus*; *Der Jungherr von Strammin* (auch u. d. T. *Junger Herr ganz groß*). Im Auftrag des Reichsarbeitsdienstes im Majorsrang Reise in die annektierten Gebiete der Tschechoslowakei und in das besetzte Frankreich

1944 5.7.: Scheidung von Anna Ditzen; nach Auseinandersetzung mit einer Schusswaffe Zwangseinweisung in die Landesanstalt Altstrelitz, hier entsteht das *Trinker*-Manuskript mit dem Gefängnistagebuch 1944 (Erstausgabe u. d. T. *In meinem fremden Land* 2009); *Fridolin, der freche Dachs*

1945 Heirat mit Ursula Losch, bei Kriegsende von der Roten Armee als Bürgermeister in Feldberg eingesetzt, Zusammenbruch und Krankenhausaufenthalt, Umzug nach Berlin, Schreibaufträge für die »Tägliche Rundschau«, Umzug in den Eisenmengerweg

1946 Wiederholt Klinikeinweisungen, Arbeit an *Der Trinker* (erschienen in rekonstruierter Fassung 1950/1953); *Der Alpdruck* (erschienen 1947) und *Jeder stirbt für sich allein* (erschienen 1947)

1947 5.2.: Tod von Rudolf Ditzen/Hans Fallada in Berlin

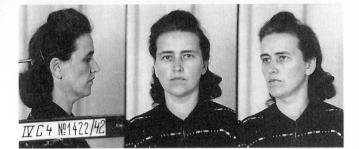

Gestapo-Fotos von Elise und Otto Hampel

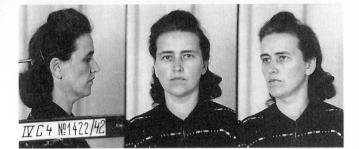

Aus den Prozessakten

Berlin-Wedding, Ecke Amsterdamer-/Müllerstraße

BERLINER GEDENKTAFEL

Hier stand das Haus, in dem

OTTO HAMPEL
21.6.1897–8.4.1943
und

ELISE HAMPEL
27.10.1903–8.4.1943

von 1934 bis zu ihrer Verhaftung lebten.
Das Arbeiterehepaar wurde am 8. April 1943 in Berlin-
Plötzensee hingerichtet.
Ihre Auflehnung gegen die Menschenverachtung
des NS-Regimes
war das Vorbild für Hans Falladas Roman
Jeder stirbt für sich allein.

Gedenktafel an der Amsterdamer Straße 10
Fotos: Reno Engel, 2010

Vom Ehepaar Hampel geschriebene und abgelegte Karte mit Fund-
ortvermerk durch die Gestapo

Freie Presse!
Fort mit dem Hitler Vernerkungs
System.

Der gemeine Soldat Hitler
und seine Bande stürzen uns in den
Abgrund!
Diese Hitler Göring Himmler Goebbels Bande
ist in unsen Deutschland nur Todes Raum
zu Gewähren!

Nr. 176 – gefunden am 16.V.42
Grundstück : Stockholmer Str. 33

Vom Ehepaar Hampel geschriebene und abgelegte Karte mit Fund-
ortvermerk durch die Gestapo

682

Brandenburger Tor, Autokolonne mit dem japanischen Außenminister Matsuoka am 26.3.1941
Foto: Heinrich Hofmann

```
Fallada                        Berlin.Charité. Nervenklinik. Station 6.



Lieber Wilhelm,
                   vielleicht klingt es sehr unbescheiden, aber ich hätte
Sie wirklich gerne vor dem Feste noch einmal gesehen und gesprochen.
Ich bin schon wieder einmal ziemlich zurecht geflickt und auch arbeits-
lustig. Wenn Sie also Korrekturen mitzubringen haben - bitte!  Und dann
die Umänderungen von 'Jeder stirbt für sich allein' - ich hoffe, Sie
haben das MS schon vom Schemjakin zurück. Ich habe vor ein paar Tagen
Hauptmann Periswetow sehr daran erinnert. Das könnte ich jetzt auch so
schön machen. Und dann habe ich eine gute Idee für Ihre Jugendreihe -
ganz modernes Thema, aus dem Heute, mir hier in den Weg gelaufen. Damit
will ich hier sofort anfangen, sobald ich all den Umarbeitungskram hin-
ter mich gebracht habe!

       Also hoffentlich sehe ich Sie noch!
       Sonst Ihnen und Ihrer Frau ein recht schönes Fest

                   von Ihrem alten
```

Brief von Hans Fallada an den Verlagsleiter Kurt Wilhelm, vermutlich
Dezember 1946

W/Gr.   den 27. Januar 1947

Herrn
Hans Fallada
z.Z. Charité, Nervenklinik
Station G
(1) Berlin NW 7

Lieber Herr Fallada,

es wundert mich sehr, daß ich in den letzten beiden Wochen von
Ihnen kein Lebenszeichen erhalten habe. Ich hatte jeden Tag damit
gerechnet, daß Sie bzw. Ihre Gattin mich einmal anrufen, schon deswegen, weil ich die nahezu unmögliche Kohlenangelegenheit nun doch
bewerkstelligen konnte. Ist etwa in Ihren Gesundheitszustand eine
Verschlechterung eingetreten? Dies hoffe ich jedenfalls nicht.
Daß ich Ihnen in der Zwischenzeit keinen persönlichen Besuch ab-
statten konnte, liegt darin begründet, daß sich gerade in den letzten
beiden Wochen wichtige Verlagszusammenhänge klären mußten, die meine
ganze "Freizeit" in Anspruch nahmen. Sicher werden Sie Verständnis
dafür aufbringen können.

Unsere Vorstellung benötigt noch immer dringendst den von Ihnen
korrigierten Umbruch zum "Alptraum". Ist es Ihnen nicht möglich,
mir durch jemanden das Exemplar möglichst noch Erhalt dieser Zeilen
herzuschicken? - Haben Sie inzwischen die Kritiken zu Ihrem Buch
"Jeder stirbt für sich allein" durchgelesen bzw. meine Zuschrift
vom 31. Dezember v. J. dabei berücksichtigt?

Ich würde mich sehr freuen, wenn ich auf diese Zeilen von Ihnen recht
bald hören würde, und verbleibe

                 mit herzlichen Grüßen
                 wie immer
                 Ihr

                 (Wilhelm)

Brief von Kurt Wilhelm an Hans Fallada, 27.1.1947

684

1. Kapitel

Die Post bringt eine schlimme Nachricht

Die Briefträgerin Eva Kluge steigt langsam die Stufen im Treppenhaus Jabloskistrasse 55 hoch. Sie ist nicht etwa deshalb so langsam, weil sie ihr Bestellgang so sehr ermüdet hat, sondern weil einer jener Briefe in ihrer Tasche steckt, die abzugeben sie hasst, und jetzt gleich, zwei Treppen höher, muss sie ihn bei Quangels abgeben. Die Frau lauert sicher schon auf sie, seit über zwei Wochen schon lauert sie der Bestellerin auf, ob denn kein Feldpostbrief für sie dabei sei. [Vorher hat sie

Ehe die Briefträgerin Kluge den Feldpostbrief in Schreibmaschinenschrift abgibt, hat sie noch den Persickes in der Etage den Völkischen Beobachter auszuhändigen. Persicke ist Amtswalter oder Politischer Leiter oder sonst was in der Partei - obwohl Eva Kluge, seit sie bei der Post arbeitet, auch Parteimitglied ist, bringt sie alle diese Aemter noch immer durcheinander. Jedenfalls muss man bei Persickes "Heil Hitler" grüssen und sich gut vorsehen mit dem, was man sagt. Das muss man freilich eigentlich überall, selten mal ein Mensch, dem Eva Kluge sagen kann, was sie wirklich denkt. Sie ist gar nicht politisch interessiert, sie ist einfach eine Frau, und als Frau findet sie, dass man Kinder nicht darum in die Welt gesetzt hat, dass sie totgeschossen werden. Auch ein Haushalt ohne Mann ist nichts wert, vorläufig hat sie gar nichts mehr, weder die beiden Jungen, noch den Mann, noch den Haushalt. Statt dessen hat sie den Mund zu halten, sehr vorsichtig zu sein und ekelhafte Feldpostbriefe auszutragen, die nicht mit der Hand, sondern mit der Maschine geschrieben sind und als Absender den Regimentsadjutanten nennen.

Aus dem Satztyposkript, Erster Teil, 1. Kapitel

685

a)
zusammen.

Die Mollige fährt fort: "Manchmal wünsche ich es mir direkt, nichts weiter zu sein als eine eifache Arbeiterin, in der Masse zu verschwinden. Man wird so erledigt von diesem ewigen Vorsichtig- sein, dieser nie ablassenden Angst . . . "

Das Mutterkreuz schüttelt den Kopf. "Ich würde lieber nicht so reden" sagt sie kurz. Und sie setzt hinzu, als die andere gekränkt schweigt: "Jedenfalls haben wir die Sache auch ohne die Quangel, so gut wie es ging, hingekriegt. Er hat ausdrücklich gesagt, der Fall ist für ihn erledigt, und das melden wir nach oben weiter."

"Und dass die Quangel abgesetzt ist!"

"Natürlich, das auch ! Die will ich nie wieder auf unserer Ge- schäftsstelle sehen!"

Und sie bekamen sie dort auch nicht wieder zu sehen. Anna Quangel aber konnte ihrem Mann einen Erfolg melden, und so sorgfältig er sie auch ausfragte, es schien ein wirklicher Erfolg zu sein. Quangels waren beide ihre Aemter los, ohne Risiko. . . .

18. K a p i t e l

D i e   e r s t e   K a r t e   w i r d   g e s c h r e i b e n

Der Rest der Woche verlief ohne alle besonderen Ereignisse, und so kam der Sonntag wieder heran, dieser Sonntag, von dem sich Anna Quangel endlich die so sehnlich erwartete und so lange aufgeschobene Aussprache mit Otto über seine Pläne erwartete. Er war erst spät

Aus dem Satztyposkript, Erster Teil, Ende des 17. Kapitels

Wann hat es das schon einmal gegeben? Mehr als sechzig Jahre nach dem Tod eines deutschen Autors wird eines seiner Bücher zum internationalen Ereignis, zum Amazon-Toptitel und Spitzenreiter der einschlägigen Sellerlisten in zwanzig Ländern. Ausgehend von der Wiederentdeckung durch den von einer alten Übersetzung faszinierten Verleger des französischen Verlages Denoël über die Begeisterung des Verantwortlichen für das Programm von Penguin bis hin zu der erfolgreichen Kampagne des kleinen und feinen amerikanischen Verlages Melville House erreicht der im Ausland längst vergessene Hans Fallada mit seinem letzten Roman auf einmal breite Leserschichten von New York bis Amsterdam, von London bis Tel Aviv. Seine Darstellung des Widerstandes der kleinen Leute gegen das Naziregime bewegt die Gemüter heutiger Leser in aller Herren Länder.

Dass es neben den singulären, prominenten Gestalten der deutschen Opposition gegen Hitler auch diese Form von Widerstand gegeben hat in einem Deutschland, für dessen dunkle Zeit lange das internationale Verdikt des kollektiven Mitläufertums galt, ist eine offenbar zeitgemäße Erkenntnis. Dazu kommt das enorme weltweite Interesse an der Metropole Berlin, die nicht nur ein weiterer Protagonist des Romans ist, sondern in den übersetzten Ausgaben auch titelgebend: »Alone in Berlin«. Das erinnert nicht nur zufällig an Christopher Isherwoods Roman »Goodbye To Berlin« von 1939, dessen unterschiedliche Bühnenversionen 1972 in dem erfolgreichen Film »Cabaret« gipfelten: Auch hier ist die Stadt faszinierender Protagonist, wenngleich etwa zehn Jahre früher, zum Beginn der dreißiger Jahre. Falladas einzigartige Innenansicht der frühen Vierziger allerdings ist ein derart ungewöhnliches Phänomen, dass es sich lohnt, die Umstände der Entstehung des Romans und die Geschichte des Originaltextes näher anzusehen.

Anfang September 1945 zog Rudolf Ditzen/Hans Fallada vom mecklenburgischen Feldberg in die Vier-Sektoren-Stadt Berlin.[1] Er hatte gerade einen Klinikaufenthalt in Neustrelitz hinter sich. Die Arbeit als Bürgermeister von Feldberg, für die er Anfang Mai von der Roten Armee eingesetzt worden war, hatte ihn überfordert. Dem Misstrauen der Bevölkerung und den Spannungen mit dem Kommandanten hielt seine zerrüttete Gesundheit nicht stand. Er war seit seiner Jugend süchtig, brauchte Morphium, Kokain, Alkohol, Nikotin, Schlaftabletten. Nach der Scheidung von Anna (»Suse«) Ditzen heiratete er im Februar 1945 die dreißig Jahre jüngere Witwe Ursula (»Ulla«) Losch, die, ebenfalls morphiumsüchtig, sich künftig fast gleichzeitig mit ihm in Kliniken befand. In Berlin erhoffte sich Fallada einen neuen Lebensstart nach den Jahren der NS-Zeit, in der er als »unerwünschter Autor« galt. Zunächst lebte er mit Ulla in ihrer Schöneberger Wohnung im amerikanischen Sektor, ab November im Eisenmengerweg[2] im Stadtbezirk Pankow, der im sowjetisch kontrollierten Sektor lag. Das Haus mit Garten im Ostberliner Prominentenviertel hatte Fallada der Vermittlung des Dichters und späteren Kulturministers Johannes R. Becher zu verdanken, den er im Oktober kennengelernt hatte.

Becher und Fallada verband eine ambivalente Freundschaft. Fallada rühmte Bechers »unübertreffliche Hilfsbereitschaft«[3], Becher schätzte Falladas Begabung als »großartigen Erzähler, Fabulierer«, nicht ohne auch dessen Gefährdungen zu sehen,

die in seiner konfliktvollen Persönlichkeit begründet lagen[4].
Die Parallelen in ihren Biographien mögen für diese Beziehung auch eine Rolle gespielt haben, denn auch Becher kam aus einer wilhelminisch geprägten Juristenfamilie, war morphiumsüchtig und hatte als Jugendlicher ebenfalls den Versuch eines Doppelsuizids überlebt, während die Geliebte starb. Aber Bechers Bemühungen um Fallada sprechen vor allem für sein kulturpolitisches Konzept. Im Juni 1945 aus dem Exil in Moskau zurückgekehrt, versuchte er, Künstler und Schriftsteller zum Engagement für eine neue Kultur zu motivieren, wobei er sich besonders an Autoren wandte, die nicht emigriert waren, sich aber auch nicht vom NS-Regime hatten vereinnahmen lassen. Becher war Mitbegründer und erster Präsident des »Kulturbunds zur demokratischen Erneuerung Deutschlands«. Diesem Programm stimmte Fallada zu und bekundete bereits in den ersten Wochen seines Berlin-Aufenthaltes Interesse an einer Mitarbeit im Kulturbund und in dem durch ihn 1945 gegründeten Aufbau-Verlag.

Damit begann, ohne dass Fallada es ahnte, das Schicksal seines Romans »Jeder stirbt für sich allein«.[5] Der Kulturbund hatte Prozessakten von exekutierten Widerstandskämpfern durch Otto Winzer, Stadtrat für Volksbildung in Ostberlin, erhalten und suchte Autoren, die darüber schreiben würden. Es war Bechers Idee, Fallada mit dem Prozess gegen ein Berliner Ehepaar bekanntzumachen, das in den Jahren 1940 bis 1942 Aufrufe zum Widerstand gegen das NS-Regime auf Karten und in Briefen verbreitet hatte und hingerichtet worden war. Heinz Willmann, Generalsekretär des Kulturbundes und Mitbegründer des Aufbau-Verlages, brachte Fallada in Bechers Auftrag die Prozessakten über das Ehepaar Otto und Elise Hampel. Aber Fallada lehnte ab: Er selbst habe sich im großen Strom mittreiben lassen und wolle nicht besser erscheinen, als er gewesen war.[6] Doch auf Drängen Bechers suchte Willmann ein weiteres Gespräch mit Fallada und machte ihn auf die Besonderheit dieses Falles aufmerksam, bei dem es sich um keine Aktion aus bewusstem politischem Engagement, sondern um den Alleingang von zwei unauffälligen, zurückgezogen lebenden Menschen handelte.[7] Becher hatte sich in Falladas psychologischem Interesse nicht getäuscht. Diesmal nahm er die Akten an und schrieb nach der Lektüre einen Essay für die Zeitschrift »Aufbau«: »Über den doch vorhandenen Widerstand der Deutschen gegen den Hitlerterror«[8], der eine erste Annäherung an den Stoff darstellt. Dieser Text folgt im Wesentlichen dem authentischen Vorgang, enthält aber bereits eigene Interpretationen und fiktive Ergänzungen durch Personen und Episoden; auch die späteren Roman-Namen der Hauptfiguren sind bereits vorhanden. Allerdings hatte Fallada, wie seine Beschreibung vermuten lässt, nicht die vollständige Akte zur Verfügung.[9] Er ging z. B. davon aus, dass in dem Prozess, bei dem so viel gelogen wurde, auch die in der Urteilsbegründung aufgestellte Behauptung, die Hampels hätten sich gegenseitig beschuldigt, eine Lüge war. Doch aus den erhaltenen Gnadengesuchen der Verurteilten und ihrer Familien geht hervor, dass sich diese tief verzweifelten Menschen angesichts der Todesgefahr tatsächlich hiermit eine Chance zur Rettung erhofft hatten. Die Eltern Elises versuchten darüber hinaus, mit einem persönlichen Brief an Hitler und einem Geldgeschenk von 300 Reichsmark zu seinem Geburtstag, ihn zur Revision des Todesurteils gegen ihre angeblich vom Ehemann verleitete Tochter zu bewegen.[10]

Was Fallada an dem Fall Hampel vor allem interessierte, beschreibt er in seinem Essay so: »Diese beiden Eheleute Quangel, zwei bedeutungslose Einzelwesen im Norden Berlins, [...] nehmen eines Tages im Jahre 1940 den Kampf auf gegen die ungeheure Maschinerie des Nazistaates, und das Groteske geschieht: der Elefant fühlt sich von der Maus bedroht.« Er lässt im Schluss-Satz des Textes keinen Zweifel daran, dass er darüber einen Roman schreiben würde. Und so konnte der

Aufbau-Verlag bereits am 18. Oktober 1945 einen Vertrag mit Fallada zu dem Projekt schließen, das den Arbeitstitel »Im Namen des deutschen Volkes! (Streng geheim)« trug. Als zweiter Titel wurde »Jeder stirbt für sich allein« nachträglich hinzugefügt.[11] Einen Tag später wurde der Vertrag für einen Fortsetzungsabdruck des Romans mit der »Neuen Berliner Illustrierten« abgeschlossen.

Doch Fallada schob die Arbeit am Roman immer wieder auf. Er schrieb Geschichten für die »Tägliche Rundschau«[12], deren freier Mitarbeiter er nun war, begleitete Becher zu Veranstaltungen, hielt im Schweriner Staatstheater eine Rede zum Nürnberger Prozess und unterzog sich von Januar bis März 1946 einer Entziehungskur, während der er mit einem neuen Projekt begann: »Der Alpdruck«. Was ihn, den manischen Schreiber, an der vereinbarten Arbeit hinderte, äußerte er schließlich in einem Brief an den Leiter des Aufbau-Verlages Kurt Wilhelm. Er beschrieb sein Unbehagen und seine Bedenken gegenüber dem Roman-Projekt, das ihm »je länger je weniger« schmecken wolle. »Einmal wegen der völligen Trostlosigkeit des Stoffes: zwei ältere Leute, ein von vornherein aussichtsloser Kampf, Verbitterung, Hass, Gemeinheit, kein Hochschwung. Und zum andern das völlige Fehlen von Jugend und damit von Aussichten auf die Zukunft.« Zwar habe er einen Weg gefunden, etwas Jugend einzuschmuggeln, aber: »Das Wesentliche beim Falle Hampel ist ja grade dieser Alleinkampf der beiden älteren Leute, ihre völlige Beziehungslosigkeit zu der immer wilderen Nazi-Umwelt. Durch das Einschmuggeln von Jugend verfälscht man wieder den Stoff. Also, kurz und gut, das will mir nicht so recht munden und würde doch eine recht erzwungene Sache.«[13]

Fallada stürzte sich in die Arbeit am »Alpdruck«, einem autobiographisch geprägten Schlüsselroman, der auf Erfahrungen von April 1945 bis Juli 1946 basierte. An ihm schrieb er im Krankenhaus weiter, wo er nach einem Nervenzusammenbruch von Mai bis Juli lag. Erst als er diesen Roman im August beendet hatte, wandte er sich wieder dem Prozess-Stoff zu, für den sich auch die DEFA interessierte[14]. Am 21. Oktober teilte er Kurt Wilhelm mit, dass er mit dem Roman gut vorankäme, und bat um Papier für die Herstellung von fünf Typoskript-Exemplaren. Den Umfang schätzte er auf 600 bis 800 Druckseiten. Als Titel favorisierte er jetzt »Die Quangels« oder nur »Quangels«.[15]

Am 30. Oktober schickte er eine Inhaltsangabe, die er für die DEFA geschrieben hatte, an Kurt Wilhelm, damit dieser sich »langsam auf das vorbereiten« könne, was ihm bevorstehe[16], und am 5. November sandte er »die gewünschte Schmonze« an Wilhelm, für die er einen neuen Titel gefunden habe[17]. (Vermutlich handelt es sich um den endgültigen.) Am 17. November folgte der zweite Teil mit der Ankündigung des dritten und vierten. »Hinterher«, so Fallada an Wilhelm, »werde ich halbtot sein, aber ich bin doch froh, dieses Buch geschrieben zu haben, endlich wieder ein Fallada! Ich will dann übrigens nicht gleich an den ganz grossen Roman gehen (Eroberung von Berlin), sondern ich habe da eine Idee für eine kleine hübsche Erzählung für Ihre Jugendreihe – zu meiner Erholung!«[18] Den Schluss schickte Fallada tatsächlich am 24. November an den Verlag.[19] Er hatte den Roman von 866 Typoskriptseiten in gerade einmal vier Wochen geschrieben.

Bei allem Stolz über die geleistete Arbeit gestand er seiner geschiedenen Frau auch die Schwierigkeiten: Mit diesem Roman sei ihm »seit ›Wolf unter Wölfen‹ wieder der erste richtige Fallada« gelungen. Und das, »trotzdem mir der Stoff doch gar nicht lag: illegale Arbeit während der Hitlerzeit. Enthauptung der beiden Helden«.[20] Wohl deshalb hatte Fallada viele Episoden eingefügt, die ihm die Möglichkeit gaben, ein breites Spektrum menschlichen Verhaltens zu entwickeln. Zum einen führen die Wege des Kommissars Escherich in die Szenerie der Spitzel und Denunzianten, der Spieler und Betrüger. Zum anderen gibt es die Welt der Quangels, in die trotz aller Abschottung doch Schicksale anderer eindringen, wie das der Hergesells, der Jüdin Rosenthal, des Kammergerichtsrates Fromm. Die Figuren dieses Romans leben ihren Alltag in einer der finstersten Zeiten deutscher Geschichte, ausgesetzt einer Atmosphäre von Einschüchterung, Angst, Verrat, Bespitzelung. Wie sie damit umgehen, ist Falladas Thema. Und wieder – wie bei »Wolf unter Wölfen« – bildet Berlin die Kulisse: die Straßen und Plätze, die Hinterhöfe, die Kneipen. Die Stadt ist immer präsent. In dieser für Fallada bezeichnenden Legierung von Individuellem und Urbanem entwickelt er das ebenso realitätsnahe wie eindringliche Bild vom Leben der »kleinen Leute« im Berlin der NS-Zeit.

In der folgenden Zeit war Fallada mit der Überarbeitung des »Alpdrucks« beschäftigt, die ihm ein Gutachten des Aufbau-Lektors Paul Wiegler nahegelegt hatte[21], außerdem musste er sich mit den Korrekturseiten für eine Neuausgabe der »Geschichten aus der Murkelei« befassen. Anfang Dezember erlitt er aber erneut einen Zusammenbruch und wurde in die Nervenklinik der Charité eingewiesen. Vermutlich am 22. Dezember schrieb er von dort an Kurt Wilhelm[22] und bat, auch in Bezug auf eventuelle Änderungen am Roman, um ein Gespräch, das Wilhelm, der von dem erneuten Klinikaufenthalt Falladas bisher nichts wusste, sofort zusagte.[23]

Am letzten Tag des Jahres schrieb Wilhelm an Fallada, dass inzwischen einige kritische Gutachten zum Roman eingegangen seien, die er ihm – »auf Grund unseres engen und persönlichen Kontaktes« – nicht vorenthalten wolle. Er fährt fort: »Wenn auch verschiedentlich die Grenze objektiver Kritik an Zeitromanen überschritten wird, so sind doch hier und da berechtigte Ungenauigkeiten aufgezeigt, die bei einer endgültigen Überarbeitung berichtigt werden müßten; beim Lesen werden Sie sicher selbst zu dieser Erkenntnis kommen. Es ist vielleicht ganz gut, wenn wir die eine oder andere in Betracht kommende

Stelle im Roman vor Drucklegung ›ausbügeln‹, denn man soll nicht unnötig den Rezensenten der Zeitungen und Zeitschriften aller Richtungen zu einer billigen Kritik verhelfen, auch hierin werden Sie sicher meinen Standpunkt teilen.«[24]

Für einige Tage im Januar 1947 kehrten Fallada und seine Frau, die ebenfalls in der Charité gelegen hatte, in ihre Wohnung zurück, doch am 10. Januar wurden beide in das Hilfskrankenhaus in Pankow eingeliefert. Wilhelm, dem diese Tragödie offenbar nicht bekannt war, schrieb noch mehrere Briefe an Fallada, um die Abgabe der Korrekturen zur »Murkelei« und zum »Alpdruck« anzumahnen und zu bestätigen, dass es ihm gelungen sei, eine Kohlenlieferung für Fallada zu organisieren[25]. Er erhielt keine Antwort mehr, Fallada starb am 5. Februar an Herzversagen.

Im Archiv des Aufbau-Verlages befindet sich das für den Satz eingerichtete vollständige Roman-Typoskript, das eines jener von Fallada erwähnten fünf Exemplare sein muss.[26] Es enthält handschriftliche Korrekturen und Streichungen, vorwiegend von dem Lektor Paul Wiegler, der in den ersten Ausgaben als Verantwortlicher für die Edition genannt wird.[27] Wiegler, u. a. früher Leiter der Roman-Abteilung im Ullstein Verlag, gehörte zu den Mitbegründern des Aufbau-Verlages und der Zeitschrift »Sinn und Form«. Fallada war ihm im Oktober 1945 wiederbegegnet und hatte durch ihn Becher kennengelernt.

Wiegler lagen jene Gutachten vor, die Verlagsleiter Wilhelm am 31. Dezember 1946 Fallada geschickt und kommentiert hatte. In seinem letzten Brief an Fallada vom 27. Januar hatte Wilhelm ihn gefragt, ob er die Gutachten gelesen habe. Dazu ist keine Antwort überliefert. Selbst wenn Fallada sie zur Kenntnis genommen hat, ist eine Reaktion darauf unwahrscheinlich, da er die meiste Zeit im Krankenhaus lag und in der kurzen Zwischenperiode mit seinen und den Zusammenbrüchen seiner Frau zu kämpfen hatte.

Die Gutachten[28] sind zum einen als resümierende »Bemerkungen zum Roman von Fallada« abgefasst, die namentlich ausgewiesen sind[29], zum anderen werden kritische Anmerkungen zu einzelnen Passagen aufgelistet. Wer diese Gutachten in Auftrag gegeben hat und warum, ist eine offene Frage. Möglich ist auch, dass sie von der Redaktion der »Neuen Berliner Illustrierten« veranlasst wurden, zumal in ihnen auf die besonderen Bedingungen des Fortsetzungsromans verwiesen wird. Für die Druckgenehmigung, die zu der Zeit für alle Bücher des Aufbau-Verlages von der Sowjetischen Militäradministration (SMAD) erteilt wurde, spielten sie vermutlich keine Rolle.[30]

Alle Stellungnahmen fallen negativ aus. Eingewendet wurde, dass dem Roman die Mittelschicht fehle, es gebe nur schwarze und weiße Gestalten, die Familie Persicke sei völlig überzeichnet, es sei ein Fehler, dass in ihr keine anständige Person vorkäme, es gebe im Roman keine lebendigen Menschen, aber zu viele Zufälle und Unwahrscheinlichkeiten, die Realität in Deutschland sei ausgeblendet; kurz – so das negativste Verdikt –, es sei »ein Zuhälterroman mit politischem Aufputz. Damit will niemand in Deutschland etwas zu tun gehabt haben«.

Wilhelms Bemerkung, dass die Gutachten »verschiedentlich die Grenze objektiver Kritik am Zeitroman überschritten«, wird sich sowohl auf solche Einwände bezogen haben als auch auf die Auflistung mancher historischen oder logischen Ungenauigkeiten. Wilhelm hatte verstanden, dass es seinem Autor nicht um das faktisch »richtige« Bild, sondern um den sinnlichen Eindruck, um Vermittlung von Atmosphäre ging. Insofern interessierte es Fallada offensichtlich wenig, ob Frau Häberle die Abfahrtszeiten des Münchner Zuges aus dem Kopf wissen kann, ob die überbeschäftigte Sprechstundenhilfe noch in der Lage ist, Ennos Toilettengang zu überwachen, ob Werkversammlungen mit »Heil Hitler« geschlossen wurden oder nicht, ob Hitler unehelich geboren wurde oder ob es vielmehr sein Vater war. Die Beanstandungsliste ist lang. Lektor Wiegler lässt einige dieser Bemerkungen unberücksichtigt, vermutlich besonders dann, wenn eine Korrektur Falladas erzählerischen Duktus zu stark geglättet hätte.

Wo Wiegler allerdings konsequent eingriff und damit auch den Inhalt veränderte, ging es fast immer um politische Aspekte. Zur Entstehungszeit des Romans liefen in den Besatzungszonen Deutschlands noch die von den Alliierten beschlossenen Maßnahmen zur »Entnazifizierung«, bei denen Verstrickungen in das NS-Regime geprüft bzw. geahndet wurden. Gleichzeitig setzte Becher bei seinem kulturpolitischen Konzept für den Aufbau-Verlag auf den Versöhnungsgedanken und bestand auf der Einbeziehung von Vertretern der inneren Emigration[31], zu denen er auch Fallada zählte. In diesem Kontext ist denkbar, dass man gerade von ihm ein Buch präsentieren wollte, das Menschen darstellte, die als Vor- und Leitbilder dienen konnten. Romanfiguren wie Anna und Otto Quangel, die noch dazu einen authentischen Hintergrund hatten, boten sich dafür an. Es geschah nun mit dem Roman genau das, was Fallada zu vermeiden gesucht hatte. Sein literarisches Gespür hatte sich an der Wirklichkeit und an den tiefen menschlichen Konflikten in der NS-Zeit orientiert, und sehr bewusst hatte er also die Quangels gerade nicht als unbelastete Menschen darstellen wollen, sondern als Mitläufer, die sich aus dieser Haltung befreien. Das betonte er in seinem Essay, und dem entspricht auch die Originalfassung des Romans. Hier sind sich beide Quangels einig, dass sie Ottos Einstellung als Werkmeister in einer Möbelfabrik dem »Führer« zu verdanken haben. Und nach dem Willen des Autors sollte Anna Quangel nicht nur eine Verehrerin des »Führers« gewesen sein, sondern auch Mitglied der NS-Frauenschaft und dort freiwillig einen kleinen Posten übernommen haben. (In den Gutachten wird kritisiert, dass sie 1940 diese Funktion nicht in der geschilderten Weise ausgeübt haben könnte.)

Wiegler strich alle Bezüge auf Annas frühere Hitlerverehrung und auf ihren Posten in der Frauenschaft. Das betrifft neben kleineren Textstellen besonders gravierend das 17. Kapitel, das Anna Quangel ungewöhnlich selbstbewusst und schlagfertig zeigt. Hiervon bleibt nur der Anfang erhalten, der dem ursprünglich 18. Kapitel zugeschlagen wird.

Wiegler anonymisierte zudem die Widerstandszelle, der Trudel Hergesell angehörte, indem er das Adjektiv »kommunistisch« strich, vermutlich wegen des unmenschlichen Urteils der Genossen über Trudel. Er strich Passagen, in denen die Postbotin Eva Kluge als Parteimitglied beschrieben wird. Den Gutachten folgend, relativierte er die beabsichtigte Zwiespältigkeit des Richters Fromm, der nicht mehr »blutiger Fromm« oder »Scharfrichter Fromm« genannt wird, um »die Sympathien für einen antifaschistischen Richter« nicht zu verringern.

Vermutlich gehörten auch Streichungen vulgärer Ausdrücke oder drastischer Beschreibungen wie die des toten Escherichs zu Wieglers Überarbeitungskonzept im Sinne kulturpolitischer Korrektheit. Warum er aber den Namen des Denunzianten Barkhausen in Borkhausen änderte, ist nicht mehr nachvollziehbar.

Der Roman erschien in Falladas Todesjahr in der Wiegler'schen Überarbeitung[32] und erlebte in dieser Fassung ununterbrochen Auflagen im In- und Ausland. Die hier erstmals vorgelegte Ausgabe des Romans in seiner originalen Gestalt, mit allen »Verstößen« gegen Korrektheit, Faktentreue und Geschmacksfragen, zeigt ihn rauer und derber, aber auch intensiver, und vermutlich war es gerade das, was Fallada anstrebte[33]. Denn nicht aus der Mitte, sondern von den Rändern der Gesellschaft kommt die eigentliche Botschaft seines Romans: dass noch der kleinste Akt des Widerstandes von Bedeutung ist.

Almut Giesecke

1 Zu ausführlicheren biographischen Darstellungen vgl. Jenny Williams: »Mehr Leben als eins. Hans Fallada. Eine Biographie«, Aufbau-Verlag, Berlin 2002, Aufbau Taschenbuch Verlag, Berlin 2004.

2 Heute Rudolf-Ditzen-Weg.

3 Fallada an Ernst Rowohlt, 26.11.1945, vgl. Günter Caspar: »Im Umgang. Zwölf Autoren-Konterfeis und eine Paraphrase«, Aufbau-Verlag, Berlin und Weimar 1984, S. 73 f.

4 Ebd.

5 Eine materialreiche Dokumentation zur Entstehung, zum autobiographischen und historischen Kontext des Romans legte Manfred Kuhnke vor: »Die Hampels und die Quangels. Authentisches und Erfundenes in Hans Falladas letztem Roman«, hrsg. vom Literaturzentrum Neubrandenburg e. V., federchen Verlag, Neubrandenburg 2001.

6 Heinz Willmann: »Steine klopft man mit dem Kopf. Lebenserinnerungen«, Verlag Neues Leben, Berlin 1977, S. 294 f.

7 Ebd.

8 In: »Aufbau. Kulturpolitische Monatsschrift«, Heft 3, November 1945. Vgl. auch Hans Fallada: »Jeder stirbt für sich allein«, Aufbau Taschenbuch 2009.

9 Die Akten zum Prozess gegen Otto und Elise Hampel befinden sich im Bundesarchiv, Berlin, BArch NJ 36 1–4. – Dass Fallada nicht die vollständige Akte kannte, geht auch daraus hervor, dass er die Polizei-Fotos von Elise Hampel vermisste, die aber in dem erhaltenen Akten-Konvolut vorhanden sind; vgl. S. 679.

10 Zu Falladas Umgang mit dem Faktenmaterial gibt es in der Forschung unterschiedliche Positionen; vgl. dazu Kuhnke, Die Hampels und die Quangels, S. 21 ff.

11 Vgl. Archiv des Aufbau-Verlages in der Staatsbibliothek zu Berlin, Depositum 38 [im Folgenden SBB Dep 38], 0583 0136 f.

12 Vgl. Günter Caspar: »Hans Fallada, Geschichtenerzähler«, in Hans Fallada: »Ausgewählte Werke in Einzelausgaben IX, Märchen und Geschichten«, Aufbau-Verlag, Berlin und Weimar 1985. – Die Tageszeitung »Tägliche Rundschau« erschien ab Mai 1945 als Zeitung für Politik, Wirtschaft und Kultur, hrsg. von der Sowjetischen Militäradministration.

13 Hans Fallada an Kurt Wilhelm, 17.3.1946, SBB Dep 38, 0583 0172 – Auch in einem Rundfunkvortrag sprach Fallada 1946 von seinen Schwierigkeiten mit dem Stoff, den er sich aber dennoch angeeignet und zu seinem Roman gemacht habe, vgl. Kuhnke, Die Hampels und die Quangels, S. 24 f.

14 Zu einer Verfilmung des Romans durch die DEFA kam es nicht. In der DDR entstand eine dreiteilige Fernsehfolge (1970, Regie: Hans-

Joachim Kaszprizik), in der BRD entstanden ein TV-Film (1962, Regie: Falk Harnack) sowie ein Kinofilm (1975, Regie: Alfred Vohrer).

15 Hans Fallada an Kurt Wilhelm, 21.10.1946, SBB Dep. 38, 0583 0135.

16 Hans Fallada an Kurt Wilhelm, 30.10.1946, SBB Dep. 38, 0583 0119.

17 Hans Fallada an Kurt Wilhelm, 5.11.1946, SBB Dep. 38, 0583 0117.

18 Hans Fallada an Kurt Wilhelm, 17.11.1946, SBB Dep. 38, 0583 0161.

19 Hans Fallada an Kurt Wilhelm, 24.11.1946, SBB Dep. 38, 0583 0160.

20 Hans Fallada an Anna Ditzen, 27.10.1946, zit. nach Williams, Mehr Leben als eins, S. 339.

21 SBB Dep. 38, 0583 0167 f.

22 Hans Fallada an Kurt Wilhelm, ohne Datum, SBB Dep. 38, 0583 0156.

23 Kurt Wilhelm an Hans Fallada, 23.12.1946, SBB Dep. 38, 0583 0155.

24 Kurt Wilhelm an Hans Fallada, 31.12.1946, SBB Dep. 38, 0583 0153.

25 Kurt Wilhelm an Hans Fallada, 11.1, 18.1., 27.1.1947, SBB Dep. 38, 0583 0152, 051, 0150.

26 SBB Dep. 38, M 0624 a–d.

27 Ein Schriftvergleich mit einem handschriftlichen Text im Paul-Wiegler-Archiv im Archiv der Akademie der Künste, Berlin, bestätigt die Identität in den meisten Fällen, weitere Korrekturen sind von fremder Hand. – Der Vermerk in der Erstausgabe lautet »Die Ausgabe besorgte Paul Wiegler«.

28 SBB Dep. 38, 0583 0122–0127.

29 Die Namen lauten: Kappus, Berghaus, Wohlgemuth, Nowak. Bei Kappus handelt es sich vermutl. um Franz Xaver Kappus; von ihm existieren im Wiegler-Archiv Briefe (13.9.1943, 15.9.1948), die darauf schließen lassen, dass es zwischen beiden Kontakte gab. Zu den anderen Gutachtern konnten keine weiteren Angaben ermittelt werden. Möglicherweise waren sie wie Wiegler frühere Mitarbeiter des Ullstein bzw. des Deutschen Verlages oder arbeiteten für die »Neue Berliner Illustrierte«.

30 Wie aus dem Briefwechsel zwischen Fallada und Wilhelm hervorgeht, prüfte ein sowjetischer Kulturoffizier den Roman für einen evtl. Abdruck in der »Täglichen Rundschau«, vgl. Hans Fallada an Kurt Wilhelm, 29.11.1946, SBB Dep. 38, 0583 0157.

31 Vgl. Carsten Wurm: »Jeden Tag ein Buch. 50 Jahre Aufbau-Verlag 1945–1995«, Aufbau-Verlag, Berlin 1995, S. 13 f.

32 Diese Fassung lag auch der von Günter Caspar besorgten Werkausgabe von 1981 zugrunde, für die nur Korrekturen von Interpunktion und Orthographie vorgenommen wurden.

33 Vgl. Williams, Mehr Leben als eins, S. 343 f.

Die Ausgabe basiert auf dem Typoskript, das dem Druck der Erstausgabe (Aufbau-Verlag 1947) zugrunde lag. Es befindet sich im Archiv des Aufbau-Verlages (Staatsbibliothek zu Berlin, Preußischer Kulturbesitz, Depositum 38). Diese Lesefassung zeigt den Roman erstmals in der ungekürzten Originalfassung, insbesondere das 17. Kapitel ist zum ersten Mal vollständig enthalten.

Der Originalzustand des Textes wurde weitestgehend wiederhergestellt, indem die u. a. von dem Lektor Paul Wiegler veranlassten Streichungen aufgehoben wurden. Die aufgehobenen Streichungen verändern den Text nicht grundlegend, zeigen ihn aber rauer und authentischer, so wie Fallada ihn intendiert hatte. Besonders interessant sind die politisch motivierten Tilgungen, etwa die Streichung der Parteizugehörigkeit der Briefträgerin Eva Kluge und der Mitgliedschaft Anna Quangels in der NS-Frauenschaft (auch wenn durch die Wiederherstellung teilweise zugunsten des Gesamtbildes kleinere historische oder logische Ungenauigkeiten entstehen).

Übernommen wurden grundsätzlich folgende Streichungen: die Tilgung der An- und Abführungszeichen bei gedachter Rede und von Gedankenstrichen am Satzende, die Reduzierung von Ausrufe- und Fragezeichen sowie von gehäuft auftretenden drei Punkten. Korrekturen, die ausgelassene Wörter ergänzen, fanden Berücksichtigung. Gleiches gilt für die Verwendung doppelter statt einfacher Anführungszeichen bei Eigennamen sowie einige wenige Fälle, die eindeutig syntaktisch oder grammatisch begründet waren oder einen offenkundigen Tipp-, Schreib- oder logischen Fehler beseitigen, ansonsten aber keine inhaltlichen Änderungen bedeuten. Der vorliegende Text wurde in Interpunktion und Orthographie den Regeln der Rechtschreibreform von 2006 angepasst. Hervorhebungen werden kursiv wiedergegeben.

Archiv des Aufbau-Verlags in der Staatsbibliothek zu Berlin,
  Preußischer Kulturbesitz, Dep. 38   S. 683 unten, 684 ff.
Bundesarchiv, NJ 36 1–4   S. 679, 681 f.
Reno Engel, Berlin   S. 680
Ullstein Bilderdienst, Berlin   S. 683 oben

INHALT

Dritter Teil:
Das Spiel steht gegen die Quangels

Vierter Teil: Das Ende

Anhang